KB005138

황토 외

인간으로서의 노동이자
삶으로서의 글쓰기를 실천해 온
한국 민족문학의 거봉

조 정 래.

전남 승주군 선암사에서 조종현과 박성순
사이의 4남 4녀 중 넷째로 태어났다.
아버지는 일제의 황국신민화 과정에서
대처승의 길을 밟아야 했다. 사진은
첫 돌 무렵의 작가.(1944)

피난지 논산에서 벌교로 이사한 첫해 벌교상고
운동장에서. 검정 고무신이 시대의 가난을 보
여준다.(1953)

벌교북초등학교 6학년 수학
여행 때 순천 선암사 대웅전 앞
에서 선생님과 함께.(1955)

광주서중학교 3학년 때 광주
학생운동 기념탑 정원에서
형 조진래와 함께.(사진 왼쪽
이 작가. 1958)

보성고등학교 3학년 때. 이
사진 뒤에는 고교 시절의 마
지막 하복이란 의미의 시원
섭섭한 감정을 담아 '제복이
여 잘 있거라'라고 적혀 있
다.(1961)

연인 김초혜와 함께 백운대 등산에 나선 작가(사진 왼쪽). 당시 김초혜는 이미 《현대문학》의 추천을 받은 시인이었다.(1964)

동국대학교 '문학의 밤' 행사에서 시를 낭독 하는 작가. 재학생 중에 기성 시인이 네댓 명 이나 있는 상황에서 신입생으로 유일하게 참 가했다.(1962)

유일한 목표인 소설가의 꿈을 이루지 못한 채 사각모를 쓰게 된 작가. 졸업 직후 그는 군에 입대해야 했다.(1966)

1967년 1월 29일. 서정주 시인의 주례로 시인 김초혜와 결혼식을 올렸다. 당시 작가는 일등병이었던 탓에 짧은 머리가 어색하기만 하다.

문학적으로도 생활적으로도 고민이 많았던 동구여상 교사 시절의 작가. 하룻밤새 단편소설 한 편을 마무리 짓고는 사흘 동안 인사불성으로 앓을 만치 문학에 대한 그의 열정은 뜨거웠다.(1971)

부부 작품집 《어떤 전설》의 출판기념회. 함께 문학의 길을 걷던 아내와 첫 작품집을 꾸며내 문단의 박수를 받았다.(사진 왼쪽부터 시인 서정주, 김초혜, 문학평론가 조연현, 작가. 1972)

현대문학상을 받은 직후.(왼쪽부터 형 조진래, 작가, 동생 조건래. 1981)

아내 김초혜 시인과 함께. 문단에서 소문난 애처가인 작가는 아내를 일러 자신의 작품의 첫 번째 독자이자 감수자이며 조정자이자 감시자라고 했다.(1982)

시조 시인인 아버지와 시인인 며느리. 소설가 아들이 한자리에 모여 문학에 대해 담소하고 있다.(사진 왼쪽부터 아버지 조정현, 김초혜, 작가. 1983)

《태백산맥》 4부를 쓸 당시의 작가.

우측 위쪽부터 《태백산맥》 출판 기념회
에서 축사를 하고 있는 시인 고은, 작품
의 성과를 피력하고 있는 문학평론가 권
영민, 답사를 하고 있는 작가.(1989)

《아리랑》을 쓰기 위해 답사에 나선 작가. 첫 번째 답사지인 중국은 수교 전이라 옌볜의 작가 김학철의 도움을 받고 이어령 문화부 장관의 보증을 받고서야 여행길에 오를 수 있었다. 사진은 만주의 척박한 벌판에서도 농사를 짓고 있는 조선족들.(1990)

원고지 1만 6500장의 《태백산맥》(왼쪽)과 2만 장에 이르는 《아리랑》원고와 함께 선 작가.(1995)

《한강》의 취재차 나선 독일 여행 중 역사의 유물이 된 베를린 장벽 앞에 선 작가.(1996)

《한강》의 취재차 나선 하노이 여행의 마지막 날. 베트남의 어제와 오늘, 내일을 생각하며 착잡하고 우울했다는 작가의 모습.(1996)

《한강》의 취재를 위해 나선 베트남 여행에서.(1996)

《태백산맥》100쇄 출판 기념연에서.(사진
왼쪽부터 소설가 이순원, 문학평론가 권영
민, 소설가 이윤기, 작가, 시인 고은, 문학
평론가 조남현, 《현대문학》 주간 양숙진.
1997)

한중 수교를 기념해 제정된 제1회 노신문학상을 받은 직후.(사진 왼
쪽 두 번째부터 국회의원 김근태, 전 YMCA 총무 전택부, 당시 중
국 대사, 노신 선생의 아들, 작가, 김초혜, 박태준 전 자민련 총재,
한중 문화교류회장 이경재, 중국노신학회장, 1988)

몇 년 만에 벌교를 찾은 작가. 보성군청은 벌교로 진입하는 길목에 이런 푯말을 붙였다.(1999)

      ❝ 이 세상의 모든 숙명이나 운명은 가혹하고 잔인하지 않은 게 없지만,

        '남겨져야 한다'는 숙명만큼 작가들에게 잔혹한 형벌은 없다.

        그러나 작가들은 그 형벌을 형벌이라 생각하지 않고

        창작이라는 그 불가해한 무한 바다로 뛰어든다.

        자기는 틀림없이 남겨질 작품을 쓸 수 있다는 자신감과 황홀경에 취해서. ❞

                                    — 〈작가의 말〉 중에서

한국문학대표작선집 27

황토 외

조정래

문학사상사

문학을 한다는 것

조정래

《동물농장》의 작가 조지 오웰은 '나는 왜 쓰는가' 하는 글에서 그 이유를 네 가지로 구분해서 들었다. 그런데 첫 번째 이유가 이렇다.

순전한 이기심. 남들보다 똑똑해 보이고, 사람들의 입에 오르내리며, 죽은 후에도 기억되고, 어린 시절 자기를 무시했던 어른들에게 보복하고 싶은 욕망. 이게 작가의 동기, 그것도 강한 동기가 아니라고 말한다면 그건 거짓말이다. 작가는 이 특징적 동기를⋯⋯.

너무 솔직하고 거리낌 없이 속을 털어놓아 읽는 사람이 오히려 민망하고 면구스러울 지경이다. 그러나, 조지 오웰이 '그건 거짓말이다' 하고 단언할 정도로 그의 말은 모든 작가들의 속마음(내면)을 있는 그대로 드러내고 있다. 다만 모든 작가들은 조지 오웰처럼 주책스러울 정도로 솔직하시 않을 뿐이다.

《파우스트》의 작가 괴테는. '두 번 읽을 필요가 없는 책은 사지 않는

다'고 말했다.

이 두 작가의 말은 아무런 공통점이 없는 것처럼 보인다. 그런데 유심히 살펴보면 한 가지 공통점이 있다. 조지 오웰의 '죽은 후에도 기억되고' 싶어 한다는 것과, 괴테의 '두 번 읽을 필요가 (없는 책이 아니라) 있는 책'이라는 것이 그것이다.

이 공통점의 해명을 위해서 먼저 문자언어의 속성부터 살펴볼 필요가 있다.

간단히 말해서, 문자는 음성언어인 소리의 절대적 한계인 시간과 공간의 제약을 극복하기 위해서 만들어진 것이 아닌가. 그러므로 말하는 그때가 아니면 들을 수 없고, 또한 멀리서는 들을 수 없는 소리의 약점을 해결한 문자는 '오래오래 남겨진다'는 것을 그 특성으로 하고 있다.

그런데 문자로 기록되는 것은 수없이 다양한 종류들이 있겠지만, 그중에서도 문자의 꽃은 문학이 아닐까 한다. 그렇다면 모든 문학 작품들은 '남겨져야 한다'는 숙명을 지니고 태어나게 된다.

이 세상의 모든 숙명이나 문명은 가혹하고 잔인하지 않은 게 없지만, '남겨져야 한다'는 숙명만큼 작가들에게 잔혹한 형벌은 없다. 그러나 작가들은 그 형벌을 형벌이라 생각하지 않고 창작이라는 그 불가해한 무한 바다로 뛰어든다. 자기는 틀림없이 남겨질 작품을 쓸 수 있다는 자신감과 황홀경에 취해서.

그 '남겨짐'이 조지 오웰이 말한 '죽은 후에도 기억되는' 것이고, 괴테가 말한 '두 번 읽을 필요가 있는 책'이다. 그리고, 그 남기는 작업이 곧 문학전집 출간이다. 그건 문학 역사의 정리이면서 평가이다.

강연을 할 때마다 자주 받는 질문 중의 하나가 '어떤 책을 읽어야 좋으냐'는 것이다. 어떤 책이란 물론 문학 책을 가리키는 것이다. 나는 그때마다 주저하지 않고 세계문학전집과 한국문학전집을 통독하라고 한다. 그 책들은 이미 전문가들에 의해 점검과 평가를 거쳐 가려 뽑은 것들이기 때문이라고 이유를 곁들인다.

나는 가끔 우스갯소리로 말한다. '문학하는 것이 이런 것인 줄 미리 알았더라면 하지 않았을 것이다.' 이 말에 문인들은 누구나 이의 없이 동의한다. 그리고 문인 아닌 사람들도 그 말의 의미를 헤아리며 고개를 끄덕이고 웃는다. 계속 새롭게 쓰기도 어렵고, 좋은 작품으로 평가받기도 어렵고, 영구히 남겨지기는 더욱 어려운 이 길을 어찌 그리 용감무쌍하게 시작했던 것일까.

내 사랑하는 손자 재면이는 소설가가 안 되겠다고 도리질이다. 7살에 그 어려움을 벌써부터 간파해 버린 것이다. 이건 할아버지의 대책 없는 손자 자랑으로 과장하는 것이 아니다. 손자놈은 제 아버지 어머니가 《태백산맥》을 원고지에 꼬박꼬박 베껴 쓰느라고 고생고생하는 것을 아주 어렸을 때부터 보아왔던 것이다. 손자의 도리질 반응이 다행스럽다.

나나 모르고 한 일이었으니까. 그런데 둘째 손자 재서는 어떨지 모르겠다. 아직 4살이니까. 어머니 아버지의 고생을 모르는 그놈이 혹시 소설가 되겠다고 나서는 건 아닐까? 이건 할애비의 염려만 있는 것이 아니다. 어찌 보면 은근한 기대심리가 어디에 한 가닥 감추어져 있는지도 모를 일이다.

인생이 무엇인지 모르듯이 아직껏 문학이 무엇인지 모르고 있다. 그러나 문학은 사람 한평생을 바쳐도 좋을 만큼 값지고 보람 있는 것이라는 사실은 체득하고 있다.

작가는 인류의 스승이고, 그 시대의 산소다.

일찍 인류 문화사가들이 내려놓은 정의다. 그 과분한 대접 앞에서 언제나 바르고 진지하고자 했다.

얼마 전 통계청에서 주5일 근무제에 따른 주말 이틀 동안의 여가 시간 이용에 대해 조사했다. 그랬더니 인터넷, 손전화, TV 시청으로 3~4시간을 쓰고, 신문을 포함한 책 읽기의 시간은 7~8분이었다. 20세기 말의 문명의 이기에 휘말린 우리의 삶을 단적으로 보여준다. 인문학의 위기이며, 소설의 종말이라는 말이 떠도는 것이 결코 과장이 아닌 것이다.

그런 환경에서도 문학사상사에서는 지치지 않고 전집을 꾸며내고 있다. 그것이야말로 '내일 지구가 멸망한다 해도 오늘 사과나무를 심겠다'는 정신이 아닐까. 이 기획에 함께하게 된 것은 작가로서 큰 기쁨이고 보람이다. 감사 드린다.

2007. 1.

조정래와 분단문학의 극복

권영민(문학평론가 · 서울대 교수)

분단문학과 조정래 문학

한국 사회는 일본의 식민지 지배로부터 해방된 이후 반세기 이상 민족 분단의 역사를 체험해 왔다. 한국 민족의 분단은 일제 식민지 지배로부터의 해방과 함께 새로운 민족국가의 수립을 눈앞에 둔 상태에서 타율적으로 강요된 역사적 질곡이다. 동서 열강의 이념적 대립과 그 세력의 역학 관계 속에서 획책된 국토의 분단이 민족의 분단으로 이어졌고, 민족의식의 분열을 낳으면서 대립과 갈등을 고조시켰던 것이다.

한국문학의 당대성을 규정하는 하나의 중심 개념으로 우리는 분단 상황을 손꼽는다. 1945년 해방이 민족과 국토의 분단을 자초하는 혼란으로 이어졌다면, 1950년 6·25전쟁은 민족 분단의 현실을 가장 뼈저리게 절감하도록 해준 역사적 비극이 된다. 그것은 전쟁의 참혹성만이 아니라, 이데올로기의 충동이 갖는 광폭성을 동시에 드러내주고 있다. 이 참담한 전쟁은 그 빌발에서부터 전개 양상과 처리 과정이 모두 민족 전체의 의사와 무관하게 이루어졌고, 휴전 이후 분단의 고착 상태를 초래

하고 있다. 6·25전쟁 이후 고정화된 민족의 분단은 남과 북에 각각 상이한 대립적인 정치 체제를 낳음으로써 민족사의 전체적인 흐름을 왜곡시켜 놓고 있다. 이러한 분단 상황의 사회·정치적 모순이 민족공동체의 확립과 민족의 삶에 대한 총체적 인식을 불가능하게 하는 분단 논리를 더욱 확대시켰음은 물론이다. 그리고 바로 거기서 민족의식의 분열과 그 이념적 편향이 분단 의식이라는 이름으로 보편화되기에 이른 것이다.

한국문학은 이러한 민족 분단의 상황 속에서 분단의 역사에 대한 인식의 방법과 그 시각에 따라 전혀 다른 상반된 가치 체계를 드러내고 있다. 한국문학은 6·25전쟁을 거쳐 1960년대 중반에 이르기까지 분단 체제에 소극적일 수밖에 없는 한계를 분명히 보여주고 있다. 6·25전쟁으로 인한 민족의식의 분열과 대립이 분단의 고정화를 촉진시키는 동안, 문학은 개인의식의 위축과 피폐를 감추기 위해 이념으로부터 도피한다. 전쟁으로 인한 민족의식의 분열과 훼손이 분단의 고정화를 의식화하도록 만든다. 이른바 분단 논리가 이러한 의식의 변화와 추세에 따라 자연스럽게 확대된 것도 이 무렵이다. 삶의 터전의 황폐화, 정치의 혼란, 역사에 대한 전망의 부재 상태가 계속되는 동안, 문학은 분단 문제와 연관되는 정치적 이데올로기를 문제 삼을 수 없는 상황에서 의식의 위축과 피폐를 감추기 위해 이데올로기로부터의 도피가 시작된 것이다. 실제로 이 시기의 문학은 일체의 이념적 경향을 외면한 채 문학의 순수를 강조하기도 하고, 현실의 불모성과 삶의 고통을 초월하여 절대적인 공간 속에서 개인의 실존을 운위하기도 한다. 전쟁의 상황을 그리고 있는 작품들은 이데올로기의 실체와 그 대립 과정에 대한 규명을 덮어둔 채, 휴머니즘의 정신만을 내세우며 개인의식의 내면으로 빠져들어간 경우가 많으며, 전후의 혼란된 사회상을 그려내고 있는 경우에도 그 사회구조적 모순에 대한 깊이 있는 인식 대신에 풍속적 차원의 세태 묘사에 그치는 예가 적지 않다.

한국문학에서 분단 상황에 대한 비판적인 인식을 바탕으로 하는 문학적 도전이 구체화되기 시작한 것은 1970년대 이후의 일이다. 1950년대의 전후문학이나 그 후의 1960년대 문학에서도 분단 문제와 연관되는 6·25 소재의 문학이 없었던 것은 아니다. 그러나 분단 상황에서 첨예하게 돌출되는 이념의 대립과 그 실체를 외면하거나 관념적으로 이해해 버리는 경우가 대부분이었음이 사실이다. 분단 이데올로기로부터의 도피를 문학적 순수주의로 위장할 수밖에 없었던 당시의 사회 현실을 문학이 제대로 감당할 수 없었던 것이다. 1970년대 초반부터 문학의 최대 쟁점으로 제기되기 시작한 민족문학론은 문학의 자기 인식과 그 사회적 확대 과정을 통해 기왕의 문학이 보여왔던 한계성에 도전하게 된다. 민족문학론은 민족의 역사적 조건과 현실적 상황을 주체적으로 인식하고 이를 문학적으로 형상화할 것을 요구하고 있다. 민족문학의 근본적인 과제로서, 식민지 체험과 민족 분단의 비극에 대한 정신적 극복이 제기되기에 이른 것이다. 그 결과, 민족문학은 분단 상황 아래 훼손된 민족의 동질성을 회복하고, 민족 공동체 의식의 새로운 확립을 목표로 분단 극복의 정신적 지향을 드러내게 된다. 6·25전쟁과 함께 이념적 갈등 속에서 초래된 가족 구조의 파괴 문제를 조심스럽게 비판하는 이른바 '이산離散문학'의 출현이 그 구체적인 예에 속한다. 〈장마〉(윤흥길), 《노을》(김원일), 《아베의 가족》(전상국), 《철쭉제》(문순태), 《천둥 소리》(김주영) 《영웅 시대》(이문열), 《겨울 골짜기》(김원일) 등에서 확인할 수 있는 분단 상황에 대한 비판적 재인식은 이데올로기의 횡포로 인하여 파괴된 가족의 의미를 혈연 의식을 근거로 하여 다시 확인하고자 하는 노력으로 이어지고 있다. 회상적 진술 방법을 이용한 이중적인 시점으로 과거와 현대를 교차시키면서 비극의 상황을 재현시켜 놓은 이 작품들에서는 분단 상황의 문제성이 개인적인 삶의 한복판에서 구체화되고 있다. 그러나 이 같은 작품들은 분단 이데올로기의 실체에 대한 비판보다는 심정적 차원에서 혈연 의식을 강조하고 있기 때문에, 그 폭이 좁다고 할 수 있다. 물론, 식민지 시대와 해방과 6·25전쟁으로 이어지는 격동의 상황 속에서, 이데올로기의 선택에 대한 비판적인 접근을 시도한 경우도 있지만, 구체적인 인식 수준에 이르지 못하고 있다.

바로 여기서 작가 조정래와 《태백산맥》의 등장이 주목된다. 조정래는 이미 〈유형의 땅〉과 《불놀이》에서 6·25전쟁의 비극성과 분단 상황의 모순 구조를 민족 사회에 내재해 있던 계급적인 모순 구조에 근거하여 해명함으로써, 문학을 통한 분단 극복의 의지를 적극화한 바 있다. 그의 문학적 열정을 통하여 우리는 드디어 본격적인 의미에서 분단 극복을 지향하는 분단문학의 실천적인 형태를 보게 된다. 그의 소설 《태백산맥》은 바로 그러한 의미에서 분단문학의 정점에 해당한다고 할 것이다. 《태백산맥》은 민족 분단의 상황 속에서 이념의 요구에 의해 은폐될수밖에 없었던 역사의 한 장면을 방대한 규모의 소설적 형식을 통해 형상화하고 있다. 이 작품에서 다루어지고 있는 이야기는 그 자체가 역사적 사실과 대응하고 있으면서도 기존의 편향된 이념에 의해 왜곡된 역사와 현실을 비판한다.

그가 완성한 대작 《아리랑》과 《한강》은 《태백산맥》의 이야기를 앞섰던 식민지 시대 역사와 《태백산맥》의 뒤에 이르는 민족 분단과 그 모순의 상황에서 이루어진 산업화의 과정을 함께 장대한 서사적 화폭에 그려놓은 본격적인 의미의 대하역사소설이라고 할 수 있다. 작가 조정래는 전통사회의 붕괴 과정에서부터 식민지 시대로 이어지는 민족사의 모순을 총체적으로 파헤치면서도, 그 속에서 살아 있는 민족의 힘을 다

채로운 서사적인 담론으로 결집시켜 놓고 있다. 폭넓은 역사적 상상력과 소설적 진실이 함께 빚어내는 이 작품의 감동은 수난의 역사를 정신적으로 극복한 민족적 의지의 결정이라고 할 것이다. 작가 조정래가 식민지 시대에서 민족 해방으로 이어지는 격동의 순간과 민족 분단에서 6·25전쟁 그리고 근대화라는 이름으로 몰아댔던 산업화의 과정을 소설의 형식을 빌려 재구성하고자 했다는 점은 민족의 역사에 대한 문학적 비판으로 기록될 만하다. 한국 민족의 삶을 제약하고 있는 분단의 현실을 본질적인 면에서 규명해 보고자 하는 작가의 소설적인 작업이 궁극적으로 민족 분단의 극복에 있음을 생각한다면, 민족 통합의 시대를 추구하고 있는 우리들에게 조정래의 문학은 바로 미래에 대한 새로운 도전을 의미하는 것임은 당연한 일이다.

조정래와 분단 역사의 소설적 인식

조정래의 초기 작품들 가운데 〈청산댁〉, 〈황토〉, 〈20년을 비가 내리는 땅〉, 〈박토의 혼〉 그리고 〈유형의 땅〉 등은 조정래 문학의 원점에 자리하고 있다. 이 가운데 특히 주목되는 작품으로 〈청산댁〉과 〈유형의 땅〉을 지목할 수 있다. 이 작품들은 각각 줄거리가 다르지만, 그 주제의 해석 방식과 인물의 형상화 자체에서 상당한 공통점을 발견할 수 있다. 이 작품들에는 식민지 시대와 6·25전쟁의 고통이 비극적인 원상으로 각인되어 있다. 그리고 계층의 대립과 빈부의 갈등에서 빚어진 가난과 한스러움이 서로 얽혀 있다. 〈청산댁〉의 주인공 청산댁과 〈유형의 땅〉의 주인공 만석이 보여주는 운명적인 삶은 하나의 원형적인 패턴처럼 조정래 문학의 전반에 걸쳐 반복된다. 〈황토〉의 경우나 〈박토의 혼〉에서도 유사한 모티프들이 작동하고 있으며, 여기서 만들어진 문제적 인간형과 소설적 주제가 《불놀이》에서 살아나며, 《태백산맥》으로 통합된다. 그리고 그 선대의 인물들은 다시 《아리랑》의 무대에 등장하며, 《한강》을 통해 그 현실적 삶의 모습이 새롭게 형상화된다.

소설 〈청산댁〉은 조정래 문학이 지닌 역사의식의 출발점이며, 그 거대한 울림의 진원지이다. 그것은 숙명이라든지 한이라는 이름으로 추상화되어 온 우리네의 삶의 실상이기도 하지만, 역사의 흐름이라는 거대한 시대적 격변이 어떻게 한 인간의 개인적인 삶을 처절하게 파괴시킬 수 있는지도 보여준다. 이 작품의 기본적인 구조는 청산댁이라는 여성 주인공의 한 맺힌 삶에 근거하고 있다. 그러나 그 내용을 들여다보면 거기에는 개인적인 삶의 영역을 넘어서는 현실과 사회가 있고, 전쟁과 역사가 자리하고 있다.

소설의 주인공 청산댁의 삶은 남편과 그 아들로 이어지는 남성적인 것들의 파멸 과정으로 점철되어 있다. 6·25전쟁과 남편의 죽음, 월남전과 아들의 전사로 이어지는 남성적 존재의 파괴 과정은 곧바로 청산댁의 삶 자체의 파괴로 이어진다. 이러한 비극적인 삶은 두 가지의 연원을 지니고 있다. 하나는 개인적인 면에서 제대로 극복하지 못한 신분적인 제약과 가난이다. 식민지 시대를 겪고, 해방을 맞았지만, 청산댁은 머슴살이로 연명했던 삶과 그 가난의 고통을 크게 벗어나지 못한다. 다른 하나는 사회적인 면에서의 구조적인 모순과 분단이라는 민족사적인 모순이 작용하고 있다. 청산댁은 해방 직후 한때 그들이 원했던 땅을 얻음으로써, 삶의 궁핍을 모면할 수 있는 가능성을 보여준다. 그러나 6·25전쟁과 함께 남편이 죽게 되자, 그 꿈은 일시에 사라지고 만다. 그녀는 끈질긴 생명력과 땅에 대한 집착으로 재기하지만, 월남전에 참전한 아들의 죽음으로 다시 절망에 빠져버린다. 소설 〈청산댁〉은 삶의 이념과 가치를 상징하는 남성의 부재 공간이다. 그리고 그것은 곧 작가 조정래가 파악한 분단의 상황이기도 하다. 강요된 비극의 역사와 그 역사에 의해 파괴된 개인의 삶을 통하여 작가는 당대적 현실의 모순을 다시 직시하고 있는 셈이다.

조정래의 문학에서 6·25전쟁의 상처를 보다 내밀하게 구체화시킨 것은 소설 〈유형의 땅〉이다. 이 작품의 주인공은 전쟁을 거치면서 삶의 모든 것을 상실하고 있다. 하나는 자기 삶의 터전이 되는 고향의 상실이며, 다른 하나는 자기 존재의 뿌리가 되는 가족의 해체이다. 그리고 바로 그 비극의 한복판에 실체가 없이 자리하고 있는 완강한 이념적인 증오가 엿보인다. 소설의 주인공은 전쟁 당시 고향에서 인민부위원장이되어 반동의 숙청에 앞장선다. 그러나 전쟁이 끝나자 고향을 빠져나와 신분을 숨기고 전전한다. 끊임없는 부랑으로 이어진 그의 삶은 이른바 부역자의 비극적인 최후를 보여주는 마지막 초라한 죽음에 이르기까지 모두 처절한 파괴로 점철되어 있다. 작가 조정래는 〈유형의 땅〉에서 바로 그 개인의 삶의 처절한 파괴가 무엇을 의미하고 있는가를 질문하고 있다.

조정래가 자신의 문학적인 테마에 역사적인 의미를 부여하면서 통합적인 구상에 근거하여 소설적으로 형상화한 것은 장편소설《불놀이》이다. 이 작품은 〈인간 연습〉, 〈인간의 문〉, 〈인간의 계단〉, 〈인간의 탑〉으로 이어지는 연작형 중편을 모아놓은 것으로서 조정래 문학의 중간 결산에 해당한다고 할 수 있다. 이 작품의 후기에서 작가는 다음과 같이 말하고 있다.

《불놀이》는 이 땅의 영원한 한이 될지도 모르는 6·25를 소재로 한 작품이다. 그러나 나는 6·25를 전쟁사의 측면에서 보기를 거부했다. 민족사의 큰 맥락 속에서 이 땅의 사람들이 겪어낸 삶의 아픔 속에서 그것을 파악하고 수용하려 했다. 그것은 무수히 반복되어 온 소재 6·25를 통해서 새롭게 하고자 하는 이야기의 욕구 때문이었다. 그러나 슬픈 삶의 굴절인 한의 사슬은 다 풀릴 것이 아니다. 이제 시작일 뿐이다. 앞으로도 얼마만큼 계속될 것 같은 예감을 가지고 있다.

소설 《불놀이》는 작가의 말 그대로 6·25전쟁이 그 중심축을 이루고 있다. 그리고 그 중심축 위에 문제적인 인물 배점수를 자리하게 한다. 배점수는 명문가인 신씨 집안의 종이다. 신씨 집안에 충성을 다하는 아버지를 못마땅하게 여기던 그는 아버지로부터 독립하여 대장장이 노릇을 하면서 신씨 집안에 대한 증오를 키우게 된다. 6·25전쟁이 터지자 배점수는 공산주의자들의 충동에 앞장서서 신씨 집안의 사람들을 모조리 반동으로 처단하게 된다. 그리고, 그러한 행동 자체가 오히려 영웅적인 투쟁으로 찬양되자, 배점수는 더욱 포악한 보복을 단행한다. 전쟁이 끝나자, 배점수는 마을을 빠져나와 신분을 위장한다. 그는 악착같이 돈을 벌어 부를 축적하고, 커다란 회사를 운영하는 사장으로 군림한다. 배점수는 자신의 가문의 비밀을 숨기고, 독립운동가에 반공투사 집안으로 가문을 위조한다. 그리고 그 아들을 대학교수로 키운다. 그러나 그는 자신의 추악한 과거가 폭로된 충격으로 고통스럽게 죽어간다.

이 소설의 서술 구조는 이러한 배점수의 문제적인 행위를 역으로 추적하는 추리적인 수법에 의거하고 있다. 《불놀이》를 이루고 있는 네 편의 중편들을 보면, 배점수가 자신의 신분을 폭로하겠다는 전화를 받고, 숨겨둔 과거의 사실과 그 비극의 현장을 머리에 떠올리는 대목이 〈인간 연습〉의 내용이다. 고향 마을에 내려간 배점수의 아들 배형민이 고향 주민으로부터 아버지의 숨겨진 비밀인 6·25 당시의 참극을 전해 듣고 자신의 위치를 되돌아보는 것이 〈인간의 문〉의 내용이다. 〈인간의 계단〉에서는 배점수에 의해 희생된 사람들의 이야기가 중심을 이루고 있으며,

〈인간의 탑〉에서는 배점수의 이율배반적인 삶과 마지막 죽음의 모습을 그리고 있다. 이러한 내용으로 본다면, 소설 《불놀이》의 주인공은 개별적이고도 예외적인 존재일 수밖에 없다. 그는 종의 아들로 태어나 '가진 자'와 '힘 있는 자'들에 대한 적개심을 키웠고, 전쟁을 이용하여 자신의 증오를 복수로 실현한다. 그리고 자기 과거를 감추고 신분을 위장한 뒤에 부를 축적하였으며, 가문을 위조하기도 한다. 이러한 행위는 결국 거짓에 의한 것이긴 하지만, 일종의 한풀이적인 속성을 지닌다. 그리고 그 반대에서 한풀이를 행하기 위해 그를 찾는 집요한 추적자에 의해 모든 것이 폭로되고 결국 죽음을 맞게 되는 것이다.

그렇지만, 이 소설은 인간의 개인적인 증오와 적개심을, 이념적인 대결 구도를 통해 치열하게 전개되었던 전쟁의 역사와 연결시키고 있다. 그 과정에서 진실과 거짓이 뒤바뀌고, 개인적인 욕망과 이념적인 요구 등이 서로 얽혀 하나의 거대한 인간 비극이 만들어지고 있다. 이미 〈청산댁〉이나 〈유형의 땅〉 같은 작품에서 파헤쳤던 개인적인 차원의 한의 문제는 이 작품에서 신분의 격차, 계층의 차별을 뚫고 집단적 이념의 요구로 확대되는 것을 볼 수 있다. 바로 이러한 소설 구도의 변화 조짐이 《태백산맥》의 주제에 대한 관심으로 이어진다고 할 수 있을 것이다.

《태백산맥》과 분단 상황의 극복

소설 《태백산맥》은 작가 조정래 문학의 정점이면서 동시에 해방 이후 분단문학의 역사가 일구어낸 하나의 거대한 성과라고 할 수 있다. 소설 《태백산맥》의 내면 구조는 무엇인가? 이 작품은 해방과 민족 분단과 6·25전쟁으로 이어지는 민족사의 격동기를 소설적 시간으로 설정하고 있다. 이 작품의 서사적 공간은 남도의 벌교를 시원지로 하여 지리산 일대로 확대되고 있으며, 시대적인 상황과 결합된 독특한 소설 공간으로 자리 잡고 있다. 이러한 시공성의 선택은 소설적 구성의 묘미를 살리기 위해서라든지, 어떤 기법적인 인식에 근거해서 이루어진 것은 아니다. 그것은 오직 작가 자신이 민족사의 격변과 분단의 비극적 체험을 총체적으로 형상화하기 위해 선택한 시간과 공간일 뿐이다. 역사적 상황성에 대한 사실적인 재해석의 요구를 위해 작가가 찾아낸 시간과 공간이 바로 그처럼 표상된 것이다.

그런데 이 같은 역사적 상황성의 인식을 바탕으로 하는 서사적 공간에서 중요한 것은 당대 민중의 삶 전체이다. 이 소설에서는 모든 등장인물들이 민족 분단으로 치닫는 비극적인 역사적 상황 속에 함몰되고 있으며, 그들의 운명적인 삶이 역사적 상황성의 의미를 고양시키는 민족의 비극으로 집약되고 있다. 그러므로 작가 조정래는 모든 계층의 인간들에게 관심을 부여하고 전체를 조망하면서 세분을 묘사한다. 그리고 다시 그것을 하나로 융합하고, 개개의 사건과 삽화를 연결시키면서 하나의 거대한 사회적 변화를 볼 수 있도록 하고 있다. 말하자면 역사의 물결을 민중 생활 전체의 사회·역사적 변화 속에서 그려내고 있는 것이다. 특히 민중의 실제적인 삶의 조건과 점차 증대되기 시작하는 삶의 위기를 사회·역사적 상황 속에서 포착함으로써, 분단의 비극적인 상황의 원천을 어느 정도 감지할 수 있도록 하고 있다.

소설 《태백산맥》이 내건 가장 중요한 화두는 무엇 때문에 우리 민족이 해방과 동시에 분단 체제를 받아들일 수밖에 없었으며, 왜 좌우 세력으로 분열되어 이념적 대결을 거듭했어야 했는가? 하는 것이다. 이 질문을 놓고 작가가 직접적으로 상황의 한복판에 뛰어든 것은 이른바 '여순반란사건'으로 알려진 공산당의 반란 사건이다. 1948년 10월 남한만의 단독 정부 수립이 선포된 직후 전남 여수·순천에서 발발한 이 사건은 해방 정국의 암울했던 상황을 단적으로 말해 주는 것이다. 작가는 이 사건의 윤곽을 더듬기 시작하면서 국방군의 토벌 작전에 밀려 지리산 빨치산으로 숨어든 공산당원들의 행적으로 추적하고, 6·25전쟁의 현장까지 이야기를 확장한다. 그렇기 때문에 이 소설의 방대한 규모에도 불구하고 실제로 소설의 이야기는 1948년부터 길게 잡아 5~6년을 넘지 않는다. 이 한정된 시간의 의미를 분단 상황을 고정시킨 역사적 공간으로 최대한 확장시킨 점에 이 작품의 구조적 특징이 있다고 할 것이다.

《태백산맥》의 이야기에서 작가가 주목하고 있는 것은 여순사건의 추이와 그 연결 과정에 대한 설명이 아니다. 오히려 작가는 그러한 일련의 사건을 통해 분단의 현실과 그 상황 전개가 갖는 역사적 의미가 무엇인가를 확인하고자 한다. 이를 위해 작가는 단순한 이데올로기의 문제나 이념의 논리만을 내세우지 않는다. 이 사건에 등장하고 있는 실재적 인물과 허구적 인물을 병치시키면서 그들의 사회·경제적 배경을 설명적 제시의 방법으로 서술함으로써, 분단 상황의 인식과 이념적 대결 문제에 대한 해석의 폭을 넓혀놓고 있는 것이다. 그렇기 때문에 이 소설의 이야기는 5~6년 정도의 한정된 시간을 넘어서서 해방 이전 일제 식민지시대, 그리고 그보다 더 앞선 한말의 시기까지 내면적으로 확장된다. 물론 오늘의 현실까지도 그 속에 포함될 수가 있다. 이 소설에서 이루어낸 역사적 공간의 내면적 확대를 통해 분단 상황의 전개 과정을 오히려 집중시키는 극적 효과를 드러내고 있으며, 이를 매개로 하여 우리 현대사의 전체적인 의미를 구현할 수 있게 되었다는 것은 중요한 소득이라고 할 것이다.

소설 《태백산맥》에서 역사적 상황성의 의미를 구현하는 데에 가장 기능적으로 작용하고 있는 것은 인물이다. 소설이라는 형식 자체가 성격의 문제를 떠나서는 성립될 수 없는 것이지만, 이 작품의 인물 설정은 특이하다. 작가가 택한 인물들은 모두가 분단 상황의 고정화 과정과 그것을 뒷받침해 온 체제의 왜곡된 발전을 전체적으로 형상화하는 데에 기여하고 있을 뿐, 각자가 지니고 있는 성격의 속성을 독자적으로 강조하지 않는다. 소설 《태백산맥》이 어떤 인물에 관한 이야기가 아니라 어떤 역사적 상황에 관한 이야기라는 점을 여기서 단순히 다시 주목할 필요가 있다. 이 소설에서 주동적 역할을 담당하고 있는 인물들은 '여순반란사건'과 연관되어 지리산으로까지 내몰리고, 결국 6·25전쟁과 함께 생애를 마감하는 좌익 운동가와 그 추종세력이다. 물론 이들과는 다른 입장에서 갈등과 대립의 현장을 보여주는 중도적인 지식층 인사들과 토착 농민들도 적지 않다. 게다가 반란 사건을 평정하기 위해 일하는 우익의 세력도 각도를 달리하여 그려 보이고 있다. 이들 인물들은 갈등 속에서 서로 대립과 투쟁의 삶에 얽혀들고 있기 때문에, 해방에서 분단으로 돌변해 버린 역사적 상황성의 의미를 증폭시켜 주고 있다.

《태백산맥》은 역사적 사건과 연관된 상황성의 인식을 목표로 하고 있으므로 사실적인 자료나 기록 내용을 있는 그대로 나열하지는 않는다. 사회·정치적인 지각 변동에 의해 형성되기 시작하는 인간관계의 복잡한 양상 가운데에서 계층적 갈등이 어떻게 이념적 대립으로 확장되어 사회적인 문제성을 드러내고 있는가를 조명하고 있는 것이다. 다시 말하면 여순반란사건에 연관된 인물들의 이야기라기보다는, 분단 상황 속에서 문제적인 상태로 노정되는 인간들의 삶을 통해 그것이 어떻게 이념의 대입으로까지 치닫게 되었는가를 해명하고 있는 셈이다. 그렇기 때문에, 우리는 이 소설에 등장하는 인물들의 삶의 과정을 인간의 개인적 운명이라는 말로 설명해서는 안 된다. 그들의 삶은 역사적 상황이 빚어내는 복잡한 상호 작용의 경과라고 할 수 있을 뿐이다.

이 소설의 전체적인 흐름 가운데 가장 문제적인 인물로 부각되어 있는 염상진의 경우를 살펴보자. 염상진의 삶은 문제적이면서도 동시에 비극적이다. 특히 그의 행동 양식을 추종하는 하대치·안창민·강동식·정하섭 등은 각기 다른 삶의 배경을 갖고 있으면서도 염상진과의 연결 고리를 통해서 역사적 상황의 복판으로 끌려들게 된다. 이들을 통해 작가는 개인적인 동기가 어떻게 집단적인 이념으로 확장될 수 있으며 사회적 문제성을 드러낼 수 있는가를 보여준다. 염상진의 출신 성분은 작가의 요약적인 해설로 잘 드러나고 있듯이 노비의 자손이다. 그러나 노비의 신분에서 벗어난 아버지 염무칠이 숯 장사로 자수성가하면서, 염상진은 신학문의 길에 들어설 수 있게 된다. 사범학교를 졸업한 그가 교직을 그만둔 후에 농사일에 뛰어든 것이라든지, 적색농민운동의 주동자로 커나가는 과정에서 우리는 한 인간의 사회적 변모보다 지향의 일관성을 확인하게 된다. 그는 토지 소유를 둘러싼 지주 계층과 소작인의 관계를 인간사회의 모순으로 인식하고 있었던 것이다. 염상진을 따르는 다른 인물들의 경우에도, 하대치라는 인물이나 강동식이라는 인물의 설정 자체가 유사한 패턴을 보이고 있다. 지주에서 소작농으로 전락해 버린 몰락 양반의 후예인 안창민의 경우와 대지주이면서 재산가인 아버지에게 반발하면서 사회주의에 관심을 기울이게 된 정하섭 등은 유별난 예에 속하지만, 모두가 식민지 현실 속에서 중첩된 계급적·민족적 모순의 결과로 파생된 것임은 물론이며, 그 모순의 극복을 향해 좌익운동에 투신하고 있음을 보게 된다. 염상진을 중심으로 결합된 이들이 자신들의 행동에 신념을 갖게 된 것도 바로 그 모순의 현실 때문이다. 이들의 신념이 이념을 근거로 하여 맹목성을 드러내면서 분단 상황의 비극적 단초가 마련된다는 것은 역사의 필연일 수밖에 없는 것이다.

염상진의 극단적인 입장과 다른 방향에서 주목을 요하는 인물로서

김범우의 경우를 지목할 수 있다. 지주의 아들이면서 진보적인 견해를 어느 정도 지니고 있는 지식인 김범우는 교육자로서 자신의 위치를 중도적인 입장에 두고 끝까지 민족적인 것의 우위를 주장한다. 그는 좌익운동이 지향하고 있는 사회주의 혁명보다는 민족의 자기 각성을 중시한다. 그러나 그가 지니고 있는 중도적인 입장은 오히려 왼쪽으로 비껴서 있는 것처럼 생각되기도 한다. 김범우는 좌우익 모두로부터 배제되고 때로는 심한 곤욕을 당하기도 한다. 그가 보여주는 적절한 포용력이 어떤 의미에서 계층적 대립과 이념적 갈등을 포괄할 수 있는 힘을 지닌 것같이 생각됨에도 불구하고, 당시 사회 상황 속에 제대로 뿌리를 내릴 수 없었던 것은 사회·역사적 조건 자체가 이미 더 이상의 갈등과 대립을 감당하기 힘든 상태까지 다다른 때문이라고 할 수 있다. 그는 부분적인 중간조정 기능을 담당하면서 극단적인 두 세력 사이에 끼어든 힘없는 이상주의자로 남게 되고, 전쟁의 소용돌이 속에서 자기 역할을 마감하는 것이다.

소설 《태백산맥》은 6·25전쟁을 소재로 하면서 분단 문제의 외곽만을 건드린 이른바 '이산문학'의 한계를 넘어서고 있다. 이 작품은 민족 분단을 고정화한 6·25전쟁을 작품 내용의 절정 단계에 배치함으로써 해방 직후의 정치·사회적 혼란과 민족 내부의 계급적 모순이 이 전쟁을 통해 어떻게 폭발하고 있는지를 극명하게 제시하고 있다. 그러므로 이 작품의 내용은 이념적 금기 지대를 넘어서면서 분단 상황의 객관적인 인식을 문제 삼고 있다고 할 것이다. 여순반란사건과 지리산 빨치산 활동 등으로 이어지는 좌익운동의 실상을 그 근원적인 것에서부터 철저하게 파헤친 이 작품은 6·25전쟁의 비극성을 우리 민족 내부의 모순을 통해 더욱 적나라하게 표출시켜 놓고 있다. 그렇기 때문에 이 소설은 과거의 어떤 문학작품에서도 시도한 적이 없는 이념의 금기 지대에 깊숙이 파고든 셈이다. 좌익운동의 실상이 대부분 정치적 상황에 의해 은폐되어 버린 점을 생각한다면, 이 작품이 은폐되어 있던 사실의 소설적 복원과 그 객관적인 제시에 주력했다는 것은 중요한 의미를 지닌다.

그리고 《태백산맥》은 이데올로기의 갈등과 그 대립의 실상을 첨예하게 드러내면서도 결코 그것을 관념적인 이념 논의로 끌고 가지 않는다는 점이 중요하다. 이 작품에서 모든 인물들은 이념에 대한 낭만적 전망을 갖고 있지 않다. 그들은 봉건적인 사회 제도의 약점과 모순 구조를 벗어나기 위해 발버둥치다가, 현실 상황의 불안 속에서 이데올로기의 대립 과정 속으로 함몰되고 있을 뿐이다. 자신의 신분적 한계를 극복하기 위해, 숱한 역경 속에서 가슴에 쌓아온 한을 풀어버리기 위해, 그리고 작가가 서 있는 자리의 부당성을 털어버리기 위해, 그들은 모구 역사적 상황의 한복판에 서게 된 것이다. 그것이 바로 민족의식의 분열로 나타났으며, 분단의 단초가 되어 6·25 같은 전쟁의 불꽃으로 폭발한 것이다. 민족 내부의 모순에서부터 분단 상황의 문제성을 비판적으로 재조명한 이 작품이 보다 철저한 객관적인 사실에의 접근을 시도하고 있는 것은 당연한 일이다. 소설의 리얼리티라는 것이 실재성에 대한 신념에 근거한다는 것은 당연한 일이지만, 리얼리티의 추구가 궁극적으로는 역사에 대한 전망을 뜻한다는 점도 《태백산맥》을 통해 다시 한번 강조되어야 할 것이다.

《아리랑》과 역사적 상상력의 확산

소설 《아리랑》은 본격적인 의미의 대하 역사소설이다. 《태백산맥》이 역사적 상상력의 상황적 집중의 효과를 최대한 거두고 있다면, 《아리랑》은 역사적 상상력의 시대적인 확산을 통해 소설적인 성과를 거두고 있다. 역사적 소재를 다루는 소설에서, 현실에 대한 명확한 인식이 없는 상태로 과거를 형상화한다는 것은 불가능하다. 반대로 과거에 대한 판단 없이, 긴 역사 발전의 도정 가운데에서 오늘의 현실로 드러나 있는 삶의 전체적인 모습을 제대로 그려낸다는 것도 가능하지 않다. 우리가 스스로 체험한 그대로를 이루어낸 역사적·사회적인 동력은 언제나 과거와 현재의 관계 속에서 생성되는 것이다. 문학은 바로 그 힘을 발견함으로써 자체의 의미를 지닐 수가 있다.

조정래의 《아리랑》은 한국의 근대화 과정을 식민지적 근대성의 형태로 왜곡시킨 일제 식민지 시대에 대한 비판적 인식을 근거로 하고 있다. 이 작품에서 작가는 소설적 상황 공간을 역사적으로 확산시키면서, 민족 내부의 자기모순이 어떻게 폭발되고 있는지를 추적하고 있다. 이 작품이 거두어들이고 있는 역사적 상상력의 진폭은 숨겨진 역사적 사실의 복원이라든지 실체의 규명이라든지 하는 방법론적인 의미만을 뜻하는 것은 아니다. 그는 식민지 시대를 살다간 민중들의 삶의 모습을 요약적으로 제시하고 사회·역사적인 조건에 연결시켜 설명함으로써 자연스럽게 식민지 시대의 역사적 상황을 확산시켜 보여주고 있다. 그러므로 이 작품에서 민족사의 왜곡된 전개 과정과 그 속에 노정된 민중의 궁핍한 삶의 조건, 그리고, 증대되고 있는 삶의 위기를 극복하기 위한 치열한 투쟁의 과정을 충분히 인식할 수 있다. 바로 이 같은 상황 인식이 이 소설의 역사적 의미를 주목하게 하는 셈이다.

소설 《아리랑》은 그 이야기의 진원지가 군산이다. 《태백산맥》의 경우 벌교를 그 극적인 무대로 설정했던 것과 좋은 대조를 이룬다. 《태백산맥》에서는 모든 사건이 벌교에 집중된다. 계급과 이념의 대결의 장이 된 벌교는 열려 있는 땅이 아니다. 그것은 기껏 지리산 산자락을 따라 폐쇄된 산골짜기로 통할 뿐이다. 그러므로 벌교의 이야기는 그대로 지리산 골짜기로 옮겨지고, 다시 벌교로 내려온다. 언제나 이야기의 중심은 벌교를 떠나지 않으므로, 벌교 그 자체가 소설적 상상력의 집중을 요구하고 있다. 닫힌 공간으로서의 벌교의 긴장을 떠나서는《태백산맥》의 이야기가 전개될 수 없다.

반면《아리랑》의 군산은 그 의미가 긍정적이든 부정적이든 열려 있는 땅이다. 바다로 열려 있는 군산에서 바다를 건너면 중국이며 일본이다. 그리고 더 멀리 나아가면 하와이요 미국이다. 군산이라는 무대가 지니고 있는 이 공간적 개방성이야말로 소설《아리랑》의 역사적 상상력이 시공의 제약을 넘어서서 얼마든지 확산될 가능성을 말하는 것이다. 군산은 일제에 의해 항구가 개항되고, 호남 곡창의 미곡을 수합하여 일본에 송출했던 장소이다. 1930년대 채만식의 소설 〈탁류〉가 바로 이곳을 무대로 했지만, 채만식은 일제 자본의 침략에 의해 왜곡된 근대화 바람을 세태 풍자의 방식으로 그려냈을 뿐이다. 군산 항구를 중심으로 하여《아리랑》의 작가가 주목하고 있는 것은 풍속사의 전변이 아니다. 일본 제국주의의 경제적인 침탈을 가장 극명하게 보여주는 군산을 무대로 하여 우리의 토착 자본들이 어떻게 붕괴되고, 우리 민중들이 어떻게 짓밟히고, 지배층이 어떻게 일제와 야합하는지를 보여준다. 그리고 이야기의 핵심 인물들이 군산을 떠나 각지로 흩어지면서 소설의 무대는 군산을 중심으로 거대한 방사체를 형성한다.

그러므로《아리랑》의 소설 공간은 군산을 중심으로 하는 확산 구조이다. 그 하나의 축이 만주와 시베리아가 되고, 다른 하나의 축이 하와이와 미국이 된다. 작가는 이러한 공간적 확산 구조를 이용하여 일제에 저항하는 민족 세력의 성장과 그 확대 과정을 제시하고 있다. 물론 여기서 민족 세력의 이념적 분화 과정까지도 극명하게 제시함으로써 소설《태백산맥》에서 문제시되었던 민족 분단 구조의 내재적인 동인을 드러낼 수 있게 되는 것이다. 바로 이 대목이《아리랑》의 가장 빛나는 성과에 해당한다.

이 소설에서 토착 농민을 중심으로 하는 민중 세력이 분화하여 일제의 침략에 대응하는 거대한 민족 세력으로 확대되는 과정은《태백산맥》의 이념적 대결 구조와는 사뭇 다르다.《태백산맥》의 경우 그것은 봉건적인 토지 소유제도에서 비롯된 계층의 분화와 그 착취구조 내의 갈등이 이념적 대결 구조로 전환되면서 6·25전쟁과 이어진다. 그러나《아리랑》의 경우는 계급적 대결 구조와는 거리가 멀다. 이 작품의 서사적인 구도는 일본의 침략과 한국 민중의 대결이라는 민족적 대결 구조를 근간으로 하고 있다. 물론 서사적인 공간의 변화에 따라 그 대결 방법의 이념적인 차이가 드러날 뿐이다.

《아리랑》은 식민지 시대 민족 운동의 서사적인 재구성을 위해 역사적 상상력의 확산을 중시하고 있다. 그러므로 이 작품에서는《태백산맥》의 김범우와 같은 중간형의 주인공을 내세우지 않고 있다. 일제의 강압과 침탈에 여러 계층의 민족 세력이 어떻게 대처하는가를 주목하고 있기 때문에, 소설의 모든 장면들이 각각의 주인공들을 긴장된 대결 국면에 내세우고 있는 것이다. 바로 이러한 구성상의 특징 때문에 대하적인 장편소설의 거대한 흐름이 다양한 삽화의 중첩으로 방해받는 수도 종종 있다. 그러나 하와이의 농노로 팔려가는 인물들과 만주로 이주해 버린 인물들이 각기 자신들의 무대에서 민족운동 세력의 핵심적 기반으로 성장한다든지, 국내에 남아 있는 인물들이 전개하는 민족운동이 해외파와의 연계를 통해 그 이념과 노선을 조정하는 과정이 오히려 자연스럽게 드러나고 있다.

소설《아리랑》의 이야기는 민족의 해방으로 귀결된다. 그러나 이 소설에서의 해방은 민족적인 감격으로 묘사되고 있지 않다. 이것은 소설적인 기법에 의해서가 아니라 해방 이후의 역사를 바라보는 작가의 역사의식에 의해서 방향 지어진 것이다. 물론, 《아리랑》의 이야기들이 그 서사적인 확산을 다시 해방으로 집약시킨다면, 이 작품의 서사적인 구조와 그 흐름이 보여주는 결말 지향적인 특징을 이른바 대서사 양식의 본질적인 특성으로 이해할 수 있을 것이다. 이것은 《태백산맥》의 구조가 지리산 빨치산 부대의 패멸이라는 이야기의 결말을 지향하지 않고, 오히려 그 서두에 무게를 두고 있는 것과 서로 비교된다. 《태백산맥》의 모든 이야기는 결말을 지향하여 집중되는 것이 아니다. 말하자면, 염상진을 중심으로 하는 좌익 빨치산들의 최후를 보여주는 것이 이 작품의 목표가 아니라는 것이다. 모든 이야기들은 그 이야기들의 시작과 기원을 향해 집중되어 있다. 그러므로 독자들은 비참한 최후를 맞는 염상진 등의 모습에서 이 소설의 결말을 보는 것이 아니라 다시 그 비극의 기원으로 돌아가기 마련이다. 그리고 이 비극이 어디서부터 비롯되고 있는 것인가를 다시 묻게 되는 것이다.

하나의 매듭

작가 조정래의 문학 세계는 초기 작품에서부터 소설 《태백산맥》에 이르기까지 6·25전쟁의 상황을 중심 무대로 하고 있다. 작가는 이 전쟁의 상황 속에서 한국사회에 전통적으로 자리 잡고 있던 계급적 갈등과 모순 구조가 이념적인 대립과 충돌로 바뀌어지는 과정을 그려내고 있다. 그러므로 그가 파악하고 있는 한국전쟁과 분단은 민족의 삶을 왜곡시켜 온 사회구조의 모순이 이데올로기에 의해 다시 왜곡되면서 해체되는 과정에 해당된다. 이러한 인식은 분단 상황에 대한 정치적인 차원의 논의가 갖는 논리적 허구성을 지적할 수 있는 근거를 제공하고 있다. 그의 상편 《태백산맥》이 이러한 인식의 포괄성을 더욱 확대하는 작업으로 완결되고 있는 것은 분단 의식의 극복을 위한 실천적인 성과의 하나로 기록될 것이다. 특히 그가 소설의 양식을 통해 은폐되었던 진실을 확인하고, 분단 현실에 대한 비판적인 자기 모럴의 확립을 요구한 것은 매우 중요한 테마라고 할 것이다.

《태백산맥》은 분단문학이 하나의 목표로 설정했던 지점에 이윽고 도달한 소설이라고 해도 과언이 아니다. 분단의 현실을 그려낸 상당수의 작품들이 분단 현실의 심정적 정황 제시에 머물거나, 이데올로기 문제의 초보적인 인식 수준에 그쳐버린 점에 비추어 본다면, 이 작품은 분단 극복의 의미를 적극화하기 위해서 민족사회의 내재적인 모순을 철저하게 비판하는 자세를 견지하고 있다. 이러한 작가의 관점과 태도는 분단 상황에 대한 민족적 인식 전환의 당위성을 제시하고 있는 것이며, 분단 극복의 새로운 가능성을 암시하는 것이라고 할 수 있다.

소설 《태백산맥》이 1980년대 전환 시대 문학의 최대 성과이면서 동시에 분단 극복을 지향하는 한국문학의 정신적 결정체라고 한다면, 《아리랑》은 식민지 시대의 역사를 광복 후의 오늘에 다시 소설적으로 재구성한 최대의 문제작으로 지목할 수 있다. 《태백산맥》이 분단의 고통과 비극의 기원을 찾아 그 극복의 가능성을 내재적인 것에서 추구해 낸 집념의 소산이듯이, 소설 《아리랑》은 식민지 지배의 비극 속에서 왜곡된 민족의식을 바로 세우고자 하는 의지의 드높은 구현이라고 하겠다. 《태백산맥》을 본다는 것이 우리 자신의 당대적인 삶을 지켜보는 것이라면, 《아리랑》과 《한강》을 보는 일이야말로, 우리의 근대사를 오늘의 현실과 잇대어 다시 세우는 역사의 재건에 해당한다. 작가 조정래는 《아리랑》과 《한강》을 완결함으로써 우리 근대사의 모순과 왜곡된 역사의 진실을 서사적으로 형상화하는 작업을 마무리하고 있는 것이다.

차 례

일러두기

1. 맞춤법과 띄어쓰기는 현대어 표기법에 준해 고쳐놓았으나, 방언의 경우 작가의 뜻을 살려 원본 그대로 두었다.
2. 의미를 알기 어려운 단어의 경우 찾아보기를 통해 독자의 이해를 편리하도록 했다.

20년을 비가 내리는 땅

20년을 비가 내리는 땅

　복역 214일째……, 그는 의식 속의 일력日曆을 또 하나 넘겼다. 그는 남들처럼 굳이 무슨 표식을 하지 않아도 정지한 삶의 나날이 쌓여가는 것을 또렷이 기억할 수가 있었다. 그건 머리가 좋아서가 아니었다. 자신이 당한 일의 어이없는 허망함과 끈질긴 기구함이 의식을 그렇게 긴장시키고 있었다. 이젠 돌로 발등을 찍고 싶었던 억울함도, 벽에 머리를 박아 죽어버리고 싶었던 후회도 안개 스러지듯 사라지고 없었다. 담배를 피우고 싶던 간절함을 이기게 되면서부터 다스리고 삭인 감정들이었다. 돌이 안 된 아들 녀석과 아내가 처음에는 견디기 어려운 고통이었다가 결국은 자신을 일으켜 세운 양쪽 지팡이가 되어주었다.

　"간첩단 사건에서 3년짜리 징역도 봤어? 제까닥제까닥 사형이고, 재수 좋아야 무기, 천운을 타고나는 경우 15년이야. 3년은 무죄라는 소리야, 무죄. 신문에 났으니까 죄 안 줄 수 없었던 거지. 수양한다 셈치고 그저 죽치라구."

　장기수들의 이런 말이 다소 위로도 되고 좀 더 빠르게 체념을 익히게 했는지도 몰랐다.

　"이중현!"

　철그럭, 쇳소리와 함께 문이 열렸다.

"빨리 나와, 면회."

중현은 다리가 헛디뎌지는 것을 느끼며 복도로 나섰다. 운동이나 영양이 부족해서가 아니라 아내가 의식을 흔드는 탓이었다. 아니, 그것은 정확한 말이 아니었다. 아내를 의식하는 순간 자신의 의식은 경련을 일으키고 휘돌이를 하며 어지럼증을 일으키는 것이다. 그건 아내에 대해 사무치는 미안함이고 안쓰러움이었다.

면회실 문이 열리기 전에 중현은 숨을 깊이 들이마셨다. 문을 열고 등을 미는 간수의 힘이 너무 억세게 느껴졌다. 저쪽 철창 밖에 금이 간 아내의 얼굴. 그 얼굴은 웃고 있었다. 그런데 얼굴 전체에 번지고 있는 것은 울음이었다. 면회 올 때마다 아내의 얼굴은 그 두 가지 표정을 동시에 품고 있었다. 웃는 얼굴은 이성이었고 우는 얼굴은 감정인 것을 그는 느끼고 있었다.

중현은 그 얼굴 앞에서 또 말을 잃어버렸다.

"……."

"……."

그는 아까운 시간에 쫓기며 겨우 입을 열었다.

"철이는……?"

힘 있게 말하려는 의지와는 다르게 목소리는 갈라지고 낮게 나왔다. 울음 덩이인지 서러움 덩이인지 모를 것이 목을 꽉 막고 있었던 것이다.

"예에……."

너무 가느다란 아내의 목소리와 함께 고개가 보일 듯 말 듯 끄덕여졌다. 아내의 눈에는 곧 쏟아질 것처럼 눈물이 가득 찼다.

"친구들은……?"

아내의 얼굴이 좌우로 약간 움직였다. 중현은 죄스러움과 함께 그것을 다시 물은 것을 쓰라리게 후회했다. 지금까지도 찾아준 친구들이 없다면 그들은 완전히 발길을 끊어버린 것이다. 한 가닥 그들에게 기대했던 것은 자신이 혈연이라고는 없었고, 아내는 내 것을 남에게 줄 수는 있어도 남에게 얻어먹을 수 없는 성품으로 아무런 생활 능력이 없었던 것이다. 꽤나 긴 세월 속에서 술자리를 많이 하며 돈독했다고 믿었던 그 우정은 술이 깨면서 사라지는 술기운 같은 것이었을까. 친정 도움도 전혀 바랄 수 없는 아내는 앞으로 남은 세월을⋯⋯.

중현은 또 어떻게 사느냐고 묻고 싶었다. 진작 그 말은 꼭 물었어야 했다. 그런데도 말이 목을 넘어오지 않았다. 아내가 그 말 듣기를 바랄 것 같지 않았다. 너무 천하고 험한 일로 끼니를 이어가는 것을 아내는 밝히고 싶지 않아 할 것 같았다.

"당신, 내가 원망스럽지 않아? 아직 너무나 많이 남았는데⋯⋯."

그러나, 중현이 하고 싶은 말은 이것이 아니었다. 여보, 더 늦기 전에 철이는 고아원에 보내고 당신은⋯⋯. 그건 진심이었지만 아내가 받아들일 리가 없었다. 그러면 그 말은 아내에 대한 모독일 뿐이었다. 그렇지만 자신은 출감한다 해도 더는 가망이 없는 인생이었다. 그 죄명의 전과를 가지고⋯⋯.

"여보, 제발 약해지지 마세요. 당신은 죄가 없잖아요, 가난한 것밖엔. 친구분들이 집에 안 오는 것에도 마음 쓰실 필요가 없어요. 당연한 거잖아요. 허고, 친구분들 아니라도 저 혼자 힘으로 해나갈 수 있어요. 당신은 제발 건강하기나 하세요."

아내의 목소리는 강했고 표정은 어느새 단호해져 있었다. 그 강함이 오히려 슬픔이 되어 중현의 가슴벽을 눈물로 적시고 있었다.

"시간 다 됐습니다."

"철이를⋯⋯."

중현은 말을 끝내지도 못하고 등이 밀려 돌아섰다.

그때서야 철창 밖에 선 그의 아내의 얼굴에 주르륵 눈물이 흘러내렸다.

모든 신문의 톱기사가 된 지하 간첩단 검거 사건. 거기에 ㅂ월간잡지사 전직 기자인 이중현의 이름이 끼어 있는 데 놀라고 어리둥절한 것은 그를 알고 있는 모든 사람들이 마찬가지였다.

"이거 중현이 아냐?"

"글쎄, 그렇다니까."

"아니 이럴 수가 있나, 중현이가……."

"사람 속 모른다더니."

"아니야, 그 사람 철저한 반공주의였는데 어찌된 거야."

"그 친구 어딘가 음침하다 했더니, 똥구멍으로 호박씨 깠구먼."

"호박씨 아니라 수박씨를 까도 그렇지, 그 사람은 정치니 사상이니 하는 건 아주 싫어했어. 어디 한두 해 겪어봤나."

"글쎄, 수박 겉만 보고 속이 빨간 줄 알 사람 누가 있나?"

"그렇지만 그 사람 언행도 그렇고, 기질도 그럴 사람이 아니라니까."

"바로 그게 문제 아냐. 철저한 위장술이지."

"그렇다면 왜 그렇게 가난했지?"

"그것도 위장술의 하나였겠지."

"이 사람아, 위장될 게 따로 있지."

"왜들 이리 말들이 많아. 그리 할 말들이 많으면 수사 기관에 가서 하고, 어서 일들이나 해."

간부의 퉁을 맞고 사원들은 일시에 조용해졌다.

한스러운 넋의 환생인 양 선명한 핏빛으로 피어나는 동백꽃으로 뒤덮이는 오동도를 바라보고 있는 남해안의 항구 도시 여수. 여름이면 물 맑고 모래밭이 좋은 만성리 해수욕장을 찾는 피서객, 설한풍을 헤치고 오동도 동백을 구경 오는 사람들, 부처님 영험이 높다는 해남 대흥사를 찾아가는 불신도 겸 관광객, 그리고 목포와 제주와 부산을 왕래하는 선편을 이용하는 상인 또는 여행자, 이런 사람들이 머물고 떠나는 여수는 그래도 안개 속에 뱃고동 소리가 울리고 바다로 쏟아지는 밤 빗줄기 속에 등대 불빛이 아련하게 깜빡거리는 평화롭고 정취 어린 항구였다.

그런 여수에 갑자기 총성이 울리고, 반란을 일으켰다는 군인들과 그 뒤를 따르는 민간인들의 함성이 경찰서를 불태우는 불길로 화하면서 시가지에는 시체들이 나뒹굴기 시작했다. 삽시간에 여수를 휩쓴 군인들의 기세는 다시 인접한 순천으로 번져갔다.

중현은 고함 소리에 놀라 퍼뜩 잠이 깼다.

"여보, 이래서는 못쓰요. 요 험한 시국에 워째 나스고 그요. 저 새끼덜, 저 어린 새끼덜얼 생각허씨요."

어머니는 아버지에게 매달려 몸부림을 치고 있었다.

"아, 때가 왔당께, 때가. 여그 놔!"

아버지는 어머니를 떼치려고 어머니의 몸을 아무데나 내리치며 악을 썼다. 그런 아버지의 손에는 총이 들려 있었다.

"금메, 험한 시국에넌 꼼지락 않고 있는 것이 상수란 말이요. 일이 잘못되면 저 새끼덜언 어쩌라고 이러요."

"아, 얼렁 안 놀 것이여? 에라 잡것!"

"아이고메!"

어머니는 뒤로 나자빠졌다. 아버지가 무릎으로 얼굴을 걷어차 버린 것이었다.

아버지가 급하게 뛰쳐나간 다음에야 중현은 어머니를 부둥켜안았다. 어머니의 눈은 희멀겋게 뒤집혀 있었다. 중현은 무서움으로 가슴이 벌떡거렸다. 정신을 잃은 어머니의 모습도 무서웠고, 총을 들고 정신없이 집을 나간 아버지의 모습은 더욱 무서웠다.

아버지는 총이 어디서 난 것일까. 아버지는 왜 총을 들었을까. 아버지는 총을 들고 어디로 간 것일까. 총은 군인이나 경찰만 드는 것이 아닌가. 아버지는 그냥 민간인이 아닌가······.

찬물을 떠다 어머니에게 먹이고, 팔다리를 주무르고 하면서도 중현은 그런 종잡을 수 없는 의문들로 머리가 어지럽기만 했다.

"인자 존 시상 다 끝났는갑다. 시상을 꾀지게 살아야 허는디, 위째 넘 먼첨 설레발치고 나서. 느그덜 신세가 워찌 될랑가 앞이 캄캄허다, 요 불쌍헌 새끼들아."

희붐하게 먼동이 터오는데 어머니는 중현과 상현을 감싸안고 오래도록 느껴 울었다.

어머니는 앓는 소리를 하며 몸을 일으키지 못했다. 중현은 동생에게 찬밥을 먹이고는 책가방을 들고 나섰다.

"이 북새통에 핵교는 무신 핵교여. 선상님들도 안 나왔을 것인디 그만두라니께로."

어머니는 우는 얼굴로 타들어가는 소리를 질렀다.

중현은 아무 대꾸도 하지 않고 돌아섰다. 공부를 하려고 학교에 가는 것이 아니었다. 무슨 일이 벌어졌는지, 아버지가 왜 그렇게 변했는지 알아야 했다. 그런 것을 다 알 사람은 선생님뿐이었다.

"성, 나도 함께 갈라네."

동생 상현이 따라나섰다.

"찍소리 말고 자빠져 있어."

중현은 눈을 부릅뜨고 나서 돌아섰다.

시가지에는 별로 사람들이 보이지 않았다. 학교 가는 학생들도 거의 보이지 않았다. 총을 든 군인들만 길목 길목을 지키고 있었다. 중현은 그 군인들이 무서워 땅만 보고 걸었다. 저 군인들은 왜 어제 시내를 발칵 뒤집었을까. 새벽에 집을 나간 아버지는 저 군인들과 무슨 상관이 있을까. 중현은 줄곧 이런 생각을 하고 있었다.

이북과 내통하고 있던 빨갱이 군인들이 반란을 일으켰다는 것이며, 그 반란군이 여수를 휩쓸고 다시 순천을 손아귀에 넣기 위해 새벽에 기차 편으로 떠났다는 것을 알았다. 선생님은 가만가만 이 말을 하며 주위를 살피고는 했다. 그렇게 겁나 하는 선생님을 보기는 처음이었다.

"그라먼 민간인도 빨갱이가 있는 게라?"

아버지를 생각하며 중현도 속삭이듯 물었다.

"그럼, 있고말고. 민간인도 있고 고등학생들까지 있다. 그 사람들은 평소에는 표를 안 내고 있다가 이번에 군인들이 반란을 일으키자 합세를 했단다."

"글먼 민간인 빨갱이도 순천으로 함께 떠났는 게라?"

"응, 그런 사람들도 있을 것이다."

"그 사람덜언 언제 온다요?"

"글쎄, 잘 모르겠다. 어쩌면 못 올지도 모르지."

중현은 그만 가슴이 철렁했다.

"고것이 무신 소리다요?"

"응, 전에 공산당 빨갱이는 뭐라고 배웠지?"

"예, 우리의 적이라고요."

중현은 자신 있게 대답했다.

"그래, 똑똑하다. 우리의 적인 반란군은 꼭 망하고 만다. 왜 그런고 하면 우리 편 군대는 엄청나게 많고 반란군은 얼마 안 되니까 말이야. 그러니 결국 반란군 빨갱이들은 다 잡혀 죽게 된단 말이다."

중현은 앞이 캄캄해졌다. 선생님은 이렇게 훤히 다 아는데 아버지는 어째서 이런 것을 모르고 반란군을 편들고 나섰을까. 그건 유식한 선생님과 잡화상회 주인인 아버지의 차이였다. 중현은 아버지가 총을 들고 집을 나갔다는 것을 감추었다.

"너 선생님하고 한 말 아무한테도 해서는 안 된다. 알겠지?"

"예."

"너 친구들하고도 말을 잘못하면 네 어머니 아버지가 반란군한테 잡혀가 죽는다. 알아듣겠어?"

"예, 무신 일이 있어도 입 딱 봉허고 있겠구만요."

선생님의 그런 다짐이 아니었더라도 중현은 아버지가 반란군과 합세한 빨갱이인 것이 무섭고 싫어서 아무에게도 입을 열지 않을 작정이었던 것이다.

"그래, 어서 가거라. 등교하라고 할 때까지 집에서 자습하고."

집으로 돌아오는 중현의 마음은 학교로 갈 때보다 더 겁나고 무서움에 차 있었다. 새벽에 집을 나간 아버지는 반란군들과 함께 기차를 탄 것이 틀림없다. 반란군은 우리의 적이라고 한다. 그럼 아버지는 우리의 적이 아닌가. 경찰은 우리 편이다. 그런데 반란군이 경찰을 죽였다. 우리 편인 경찰을 죽인 반란군은 틀림없이 우리의 적이다. 선생님 말씀이 맞다. 선생님 말씀대로 반란군이 망하면 반란군은 누구에게 죽을까? 반란군은 우리 적이니까 우리 편인 경찰이 죽일 것이다. 그럼 아버지도……. 그렇지만 아버지는 경찰 아저씨들과 친했는데. 술도 같이 마시고 아주 친했는데……

6학년인 중현에게는 알 듯 말 듯한 문제들이 너무 많았다. 자꾸 생각할수록 머릿속이 뒤죽박죽되어 어지럽기만 했다. 사나흘이 지난 아침 순천 쪽에서 나타난 비행기는 천장이 흔들리는 폭음을 내며 낮게 날아다녔다. 그리고 바다에는 큰 군함들이 나타났다.

"아이고, 요런 등신 팔푼아, 나가 멋이라고 허드냐. 있는 재산 지킴서 헛바람 들지 않았음사 한평상 편케 살았을 것인디. 아이고 문덩아, 어찌 한치 앞도 못 내려다본다냐. 인자 요 자석 새끼덜 신세럴 어째야 쓰끄나."

비행기가 폭음을 내고 지나갈 때마다 어머니는 흔들리는 천장을 바라보며 정신 나간 사람처럼 이런 말을 쏟아놓고 있었다.

비행기가 사라지자 뒤를 이어 총소리를 앞세운 군인들이 시가지로 밀어닥쳤다. 그들은 반란군을 뒤쫓는 토벌군이라고 했다.

반란군은 순천도 여수처럼 쉽게 손 안에 넣기는 했지만 며칠 숨 돌릴 겨를도 없이 토벌군들에게 쫓기기 시작했다는 것이다. 토벌군들이 워낙 수가 많아 반란군들은 변변히 싸우지도 못하고 광양 백운산을 거쳐 지리산으로 쫓겨 들어갔다고들 했다.

동네 아주머니들의 이런 말을 들으며 중현은 돌아올 수 없게 된 아버지를 생각했다. 반란은 왜 일으키는 것인지, 아버지는 왜 반란에 합세한 것인지 점점 의문이 커가는 한편으로 잡화상이 걱정되었다. 아버지가 없으면 잡화상 일은 누가 하고, 우리 집안은 어떻게 될 것인가. 어머니는 물건만 팔았을 뿐 큰일은 다 아버지가 했던 것이다.

그러나 중현의 그런 걱정도 잠시뿐이었다. 어머니가 총을 들이댄 토벌군들에게 팔을 묶여 끌려간 것이었다. 중현은 동생과 함께 군인들의 다리를 붙들고 몸부림치며 울었다.

"아저씨들은 우리 편이람서요? 근디 위째 우리 엄니를 잡아가요. 살려주씨요, 살려주씨요."

"이 반란군 새끼들아, 저리 비켜."

"어린것들이 무신 죄가 있다고 그렇크름 때리요, 때리길. 죄진 것은 어른이니께 다뤄도 어른을 다루씨요."

어머니는 군인들을 무서워하지 않고 대들었다.

"요런 빨갱이, 말이 많아. 빨리 끌어가."

어머니는 총부리로 등을 떠밀려 대문을 나서면서 소리치고 있었다.

"중현아, 걱정 말고 동생 밥이나 잘 해 믹여라이."

이틀 만에 돌아온 어머니는 산 사람이 아니었다. 말도 제대로 못 하는 어머니의 몸은 상처투성이였다. 그런 어머니를 붙들고 동생과 목놓아 울던 중현은 울음을 그쳤다. 어머니를 이대로 두었다가는 죽을지도 모른다는 생각이 퍼뜩 떠올랐던 것이다.

중현은 병원으로 뛰었다.

바쁘다는 의사에게 매달리며 중현은 애타게 사정을 했다.

"아저씨, 아저씨, 지발 좀 가주시써요. 돈이야 얼매든지 디릴 팅께 얼렁 좀 가주시랑께요. 엄니가, 엄니가……."

중현은 상점에 가득 쌓인 물건들을 생각하고 있었다.

"허어, 그놈 참 효자로군. 그래, 어디 가보자."

중현은 고마워 손등으로 눈물을 훔치고는 가방을 받아들고 앞장섰다.

"얘, 가만있거라. 네 아버지 이름이 이석호냐?"

대문을 들어서던 중현은 고개를 돌렸다. 의사는 아버지의 이름이 적힌 문패를 쳐다보고 있었다.

"예, 위째서요?"

"네가 중앙상회 아들이 틀림없지?"

"예에."

"그 가방 이리 내라."

의사는 왕진 가방을 빼앗아가지고 돌아섰다. 중현은 다급하게 의사를 막아섰다.

"아저씨, 왜 이러신 게라. 다 왔는디 위째 이러시냥께요."

"비켜라 이놈아. 빨갱이 치료하고 앉았을 세상이 아니다."

의사는 험상궂은 얼굴로 중현을 내쳤다.

멀어지는 의사를 바라보고 서 있는 중현의 눈에서는 눈물이 주르륵 흘러내렸다. 한동안 막막하게 서 있던 중현은 어머니가 자주 다니던 한 약방을 생각해냈다. 그 마음씨 좋게 생긴 할아버지는 틀림없이 와줄 거라는 생각이 들었다. 그 할아버지는 침을 용하게 잘 놓는다고 소문나 있었다. 중현은 다시 뛰기 시작했다.

그러나 그 할아버지도 "가봤으면 좋기넌 허겠는디" 하는 말만 되풀이하며 약을 지어서 손에 들려줄 뿐이었다.

약봉지를 들고 한약방을 나오는 중현의 얼굴에는 또 눈물이 흘러내리고 있었다. 맥만 짚어보고도 무슨 병인지를 다 안다는 그 할아버지에게 어머니는 침을 맞을 수 없게 된 것이었다.

약 달일 것을 걱정하며 부산하게 걷던 중현은 새터댁을 생각해냈다. 새터댁은 집에서 잔치를 벌이거나 무슨 일이 있을 때마다 부엌일을 도맡아 해주는 아주머니였다. 새터댁만은 틀림없이 집에 와서 어머니의 병간호를 해주리라 믿으며 중현은 새터댁의 집으로 달음박질쳤다.

"얼랴, 못 간다니께 위째 이리 사람을 잡지고 이래 싼다냐 와."

"엄니가 다 죽어간단 말이요."

"아 금메, 나보고 위쩌란 것이여?"

"약 대래주고 엄니 수발 좀 혀주라고 안 그래요."

"아, 시국이 시국이란 말이여. 니허고 답답혀서 말 못허겄응께 싸게 가그라, 싸게. 다 시국이 원수니께."

새터댁의 집을 나오는 중현은 더 울지 않았다.

빨갱이라는 것이 이렇게 무서운 것인가……, 중현은 새롭게 끼쳐오는 무섬증으로 몸이 움츠러들고 기가 꺾였다. 아버지 때문에 끌려가 반

죽음을 당하고 치료도 받을 수 없게 된 어머니가 너무나 딱하고 안쓰러웠다. 그리고, 아버지는 모든 사람들이 그리도 무서워하고 꺼리는 짓을 왜 하는 것인지 원망스럽고 이해할 수가 없었다.

어머니는 중현이 달이는 약을 마시고, 설 끓인 죽을 먹고 해서 며칠 후에는 겨우 일어나 앉게 되었다. 그동안 이런저런 흉흉한 소문이 떠돌아다녔다. 만성리 해수욕장 뒷산 골짜기에서 총살당한 시체들이 그득하다고 했고, 국민학교 운동장에서 토벌대장이 어떤 빨갱이를 일본도로 목을 쳐 죽였다고 하는가 하면, 밤이면 몸에 돌을 매달아 바다에 빠뜨려 죽인다고 했고, 빨갱이 가족은 끝내 씨를 남기지 않고 죽일 거라고도 했다.

그런 어느 날 중현은 오동도가 맞바라보이는 해변의 바위에 나란히 놓인 어머니의 고무신을 발견하게 되었다. 그리고 논산에 사는 이모가 집에 도착한 것은 어머니가 자살한 이틀 뒤였다. 어머니는 바닷물에 몸을 던지기 전에 동생에게 두 아들을 부탁하는 편지를 보낸 것이었다.

바닷가를 헤맸지만 어머니의 시체는 찾을 수가 없었다. 중현은 동생의 손목을 잡고 이모를 따라 기차를 타야 했다. 반란 사건이 일어난 지도 20여 일이 지나 있었다.

이모네 집에서 눈칫밥을 먹다가 6·25를 당했다. 7월의 무더위를 헤치며 피난길에 올랐다. 중학생인 중현은 몸보다 큰 짐을 지고 국민학교 5학년인 동생 상현의 손을 꼭 잡고 걸었다.

"성, 우리는 집으로 가야 되지 않을랑가?"

동생 상현이 낮게 속삭였다.

"무신 소리여?"

중현은 가슴이 섬뜩해졌다.

"아부지가 우리 찾으러 왔을지도 모르는디."

"아니여, 아니여, 니 그런 소리 허면 큰일나. 그런 생각 꿈에도 허덜 말어. 니허고 나허고 다 죽응께. 무신 말인지 알었냐?"

당황한 중현은 동생을 노려보며 사납게 말했다.

"잉, 알어……."

동생은 풀죽으며 고개를 떨구었다. 씰룩이는 입가에 울음이 번지고 있었다.

중현은 가슴이 심하게 뛰는 걸 느끼며 동생을 다시 생각하고 있었다. 동생은 어려서 아무것도 모르는 것이 아니었다. 다 알면서 그동안 입을 열지 않은 것뿐이었다.

은진미륵을 지나고 또 걷고 걸어서 어둑어둑해질 무렵에 도착한 곳이 북소라는 조그만 마을이었다. 이모부네 친척 집을 찾아들었다.

그러나 7월 하순으로 접어들면서 피난을 하나마나가 되어버렸다. 거기까지 온통 인민군의 세상이 되어버렸던 것이다. 인민위원회며 부녀회며 청년회 같은 것들이 만들어져 활동하기 시작했다. 중현은 두려움과 불안 속에서 나날을 보내면서 늘 마음이 조마조마했다. 동생이 또 아버지를 찾아 집으로 돌아가자고 할까 봐서였다. 아버지가 지금까지 살아 있을지 어떨지도 모를 일이었고, 만약 살아서 되돌아왔다 하더라도 아버지는 우리 편이 아니었다. 그리고 또 아버지네가 싸움에서 져 도망가게 된다면 자신과 동생은 어찌될 것인가. 그런 것까지 다 생각했는지 어쩐지 동생은 더는 집을 찾아가자는 말을 꺼내지 않았다.

밤만 되면 부녀회에서는 여자들을 정미소 마당으로 불러냈다. 이에 맞서 청년회에서는 국민학생들까지 뒷산 풀밭에 모이게 했다. 그들이 열을 내서 가르치는 것들이 중현의 귀에는 들어오지 않았다. 달빛이 소나기처럼 쏟아지는 밤이었다. 청년위원장이 호명을 해가며 그동안 가르친 것들을 묻고 있었다.

중현도 호명을 당했다. 중현은 느리게 몸을 일으켰다. 청년위원장은 장백산 어쩌고로 시작하는 노래를 불러보라고 했다. 중현은 의당 그러리라고 짐작하고 있었던 것이다. 그 노래를 배울 때 딴전을 피우다가 몇 번이나 주의를 받은 일이 있었기 때문이다.

"모르겠소."

중현의 퉁명스러운 대답이었다.

"모르는 거야, 못 부르겠다는 거야!"

빨간 글씨의 완장을 추켜올리며 청년위원장의 얼굴이 사납게 변했다.

"서엉……."

동생이 장딴지를 꼬집으며 걱정스럽게 부르고 있었다.

"둘 다요."

중현은 눈을 질끈 감으며 내쏘았다.

"뭐야? 이리 나와!"

피할 겨를도 없이 몽둥이가 달빛을 가르며 중현의 옆구리를 후려쳤다.

"요런 반동 새끼는 인민의 이름으로 처단해야 돼."

청년위원장의 이런 외침과 왁자지껄한 소리와 동생의 자지러지는 울음 소리를 들으며 중현은 일어서려고 애쓰다가 정신을 잃고 말았다.

쑥을 태워 찜질을 하고, 업혀다니며 침을 맞고, 중현은 7월 말 8월 초순의 무더위를 토굴 같은 방에서 견뎌야 했다. 깡보리밥도 제대로 먹기 어려운 피난지에서 변소 길도 못 가게 얻어맞고 몸져누운 채 식성을 잃어버린 중현이 먹을 것이라고는 아무것도 없었다. 그런데 동생 상현은 어디서 났는지 풋감을 옷 속에 감춰오기도 했고, 살도 채 오르지 않은 생고구마를 슬며시 내미는가 하면, 어느 날 밤엔 계란을 디밀기도 했다.

"니 요거 워디서 났냐? 돌랐지야, 그렇제?"

중현이 따지고 들면 상현은,

"워디가 이뻐서 누가 요런 걸 주었는가. 아무것이나 묵고 성이 얼렁 낫아야제. 이러다가 죽어뿔면……."

눈물이 글썽해서 목이 메는 것이었다.

더위에 지쳐 시름시름 잠이 들다가 바깥에서 야단치는 소리에 중현은 눈을 떴다.

"요게 멋이당가? 개구락지 아닌가벼. 아, 요런 징상스런 것을 어쩔라고 솥에다 끓이냐니께. 호랭이가 칵 씹어갈 놈같으니, 밥얼 축내면 허는 짓거리나 밉상부리지 안 해얄 것 아니여. 위째 이리 내 애간장얼 썩이냐, 썩이길."

이모의 앙칼진 외침이었다. 그리고 무엇인가 쏟아버리는 소리가 들렸다.

"왜 그걸 내뿌요, 왜. 약을 안 써주면 가만이나 있제 위째 훼방까지 놓고 그러요."

울음 섞인 동생의 목소리였다.

중현은 가까스로 기어서 문틈에 눈을 댔다. 마당에는 손바닥만큼씩 큰 왕개구리들이 흩어져 있고, 상현은 두 주먹을 불끈 쥔 채 이모를 노려보고 있는데, 눈에서는 눈물이 흐르고 있었다.

"하이고, 에미 애비 읋는 새끼덜 끌고 댕김서 피난까지 시켜논께 인자 정계꺼정 허느만? 그랴, 이 오살헐 놈아, 요런 징헌 개구락지가 약은 무신 약이냐."

"모르면 말얼 마씨요. 약방 할아부지가 그러는디, 한 솥만 푹 과 묵으면 성님 병은 싹 낫는답디다. 엄니가 살았으면 성님 병은 폴새 다 낫았을 것인디."

상현은 울면서 흩어진 개구리들을 다시 주워 모으기 시작했다. 그런 동생을 보며 중현은 손등으로 눈을 훔쳤다.

8월 중순이 되어서야 중현은 겨우 일어날 수 있었다. 동생의 부축을 받아 뒷동산에 올라 바람을 쐬면 몸이 한결 가벼워지는 것 같았다. 눈 아래 내려다보이는 파란 저수지를 바라보는 것은 좋았지만, 그 저수지는 어머니 생각이 나게 하는 슬픔을 지녀서 마음 아팠다. 그러나 쌕쌕이 비행기는 그와는 반대로 마음을 상쾌하고 든든하게 해주었다. 언제나 지나가고 나서 요란한 소리를 내는 그 하얀 비행기는 어떤 때는 햇빛을 받아 눈이 부시게 번쩍이며 날아갔다. 누구나 호주 비행기라 부르는 그 비행기는 뒷산 쪽에서 갑자기 나타나 삽시간에 저 멀리 어렴풋하게 보이는 논산 시내를 향하여 날아갔다. 그러고는 네 대가 번갈아 쏜살같이 아래로 내닫으며 갖가지 색깔의 불을 내뿜고는 땅에 곧 닿을 듯하다가 아슬아슬하게 하늘로 치솟아 오르고 나면 힘차게 터져오르는 검은 연기 하얀 연기, 그리고 한참 후에 들려오는 콰광, 쾅 소리. 그런 조마조마한 비행기들의 폭격을 보고 있으면 고향 여수의 해변가에 자리 잡던 곡마단 생각이 떠오르는 것이다. 그 까마득히 높은 공중에서 그네를 타며 간 졸이게 재주를 부리던 코가 오똑한 가시내. 그 예쁜 가시내는 이쪽 그네에서 재주를 부리다가 새처럼 휘익 날아서 저쪽 그네로 옮아가고……. 그때마다 중현은 얼마나 애가 탔는지 모른다. 저렇게 예쁜 가시내가 떨어져 죽으면 어떡하나. 그러나 가시내는 용케도 재주를 다 부리고 나서는 그네에 나부시 앉아 할랑할랑 손을 흔드는 것이다. 그때서야 중현은 안도의 숨을 내쉬며 손바닥에 불이 나도록 손뼉을 쳐댔다. 다음 날도, 그 다음 날도, 곡마단의 구슬픈 나팔 소리가 파도 소리에 흩어지며 여수를 떠날 때까지 가시내는 무사했던 것이다. 비행기가 폭격을 마치고 마을 뒷산을 향해 날아오면 중현은 손뼉을 치진 않았지만 안도의 숨을 쉬었고, 비행기가 넘어가 버리면 곡마단의 낡은 자동차가 사라져버린 다음처럼 다시 왔으면 하는 아쉬움이 남는 것이었다.

비행기 폭격은 날이 갈수록 심해졌고, 중현의 몸도 차츰 나아갔다. 그리고 사람들의 수군거림처럼 인민위원회 기세가 시들기 시작했다.

감이 붉게 익어가는 10월 초순, 국군과 유엔군이 논산 가까이 왔다는 풍문과 함께 북소 마을에도 대소동이 벌어졌다. 하룻밤 사이에 네 명이 자살을 한 것이었다. 모두가 붉은 글씨의 완장을 차고 다니던 인민위원회 간부들이었다. 부녀회의 두 여자는 한 우물에 빠져 죽었고, 인민위원장은 저수지에 둥둥 떠 있었고, 청년위원장은 당산나무에 목을 매단 것이었다.

"성, 얼렁 가세. 웬수 갚으로 얼렁 가세."

상현이 흥분한 얼굴로 형 중현의 손을 잡아끌었다.

"무신 웬수……?"

"아, 청년위원장놈이 당산나무 아래 뻐드러져 있단 말이시. 성이 맞은 만큼 그놈을 패얄 것 아닌가."

상현은 숨을 씩씩거렸다.

"아니여, 죽은 것으로 지 죄 갚음 지가 헌 것이여. 죽은 놈 건디리면 귀신 붙은께 다 잊어부러."

중현은 동생의 말막음을 하느라고 일부러 귀신 이야기를 했다. 중현은 마음 한구석에 이제라도 앙갚음하고 싶은 생각이 없는 것도 아니었다. 그런데 문득 아버지 생각이 떠올랐던 것이다. 만약 아버지가 그렇게 죽었는데 원수진 사람들이 시체를 두들기며 앙갚음하면 어찌할 것인가. 중현은 또다시 아버지가 야속하고 원망스럽고 이해가 되지 않았다.

기차의 화물칸까지 폭격을 당해 벌겋게 불타버린 폐허의 도시에는 당장 먹을 것이 없어도 사람들은 피난에서 돌아오고 있었다. 전쟁 소식이 이북 쪽으로 멀어지고, 곧 이겨 전쟁이 끝나리라는 소문 속에 도시는 겨울을 맞고 있었다. 그런데 형편이 뒤바뀌어 다시 밀려 내려온다는 소문으로 도시는 뒤숭숭해지기 시작했다.

중현의 이모부만 시골 친척 집으로 피신을 했다. 밀려도 논산까지 밀리지 않겠지만 만일을 위해서라고 했다.

중현은 동생과 함께 망태기를 걸고 탄피를 주으러 다녔다. 으레 점심은 굶는 것이라서 그들은 탄피나 파편을 줍는 것보다는 말라비틀어진 배추 고갱이를 찾아 허기를 달래는 일이 더 급했다. 중현은 애써 찾은 배추 고갱이를 씹다가도 방천둑에 군인 트럭이 나타나면 입에 군침이 싹 가시는 것이었다. 군인 트럭은 길고 긴 방천둑을 끝에서 끝까지 가득 메우는 행렬이었다. 고향 여수와 같은 방향인 남쪽으로 달리는 그 행렬을 바라볼 때마다 우리 편이 졌구나 하는 낙망에 빠지고는 했다. 한밤중이나 새벽에만 방천둑을 지나가는 탱크 소리에 중현은 꼭 잠을 깼다. 어둠 속에서 들려오는 수십 대의 탱크가 굴러가는 소리, 불그스름하고 희미한 불빛들의 움직임, 중현은 더 큰 낙담으로 잠을 자지 못했다. 남들은 다시 피난을 떠나고, 낮에는 트럭이, 밤에는 어둠을 타고 탱크들까지 도망을 가는데 어찌된 영문인지 이모는 태연하기만 했다.

"엊저녁에도 탱크가 스무 대나 후퇴를 하던디……."

중현이 걱정스럽게 한마디 하면,

"쥐새끼만 헌 게 걱정도 팔짜여. 느그덜언 아무 걱정 말고 탄피나 싸게싸게 줏으면 되야."

이모는 묘하게 웃을 뿐이었다.

이모는 동네 아이들까지 모아 탄피나 파편을 모아들였다. 가끔 동생의 망태기를 채워주다 보면 중현은 그날 저녁에는 죽을 반 그릇밖에 얻어먹지 못했다.

햇살이 좀 두터워지기 시작하자 트럭과 탱크들은 다시 방천둑을 타고 찬바람이 불어오는 북쪽으로 달리기 시작했다. 탱크도 이젠 밤에만 지나가는 것이 아니었다.

보리가 알을 안을 즈음 이모부가 돌아왔다. 이모부가 오고부터는 탄
피와 파편 모으는 일에 아낙네들까지 합세하여 열을 올렸다. 또 멀리서
탄피를 가지고 오는 사람들에게 사들이기도 했다.

중현으로서는 이모 내외의 속셈을 알 수가 없었다. 더욱이 이모네가
그렇게 부자였던가 하는 것은 풀리지 않는 의문이었다. 아낙네들이 주
위온 것을 근으로 달아 품삯을 치르는 돈도 적잖았고, 사들이는 돈까지
합하면 상당한 액수였다. 그 일을 매일 되풀이해서 해를 넘긴 것이다.
그래서 앞뒤 마당에는 차곡차곡 쌓여 올라간 가마니들로 큰 동산을 이
루게 되었다. 중현이 알고 있는 전쟁 전 이모부의 직업은 어떤 공장의
월급쟁이일 뿐이었다.

운동장의 부서진 탱크나 찌그러진 자동차를 치우지도 않고 학교는
문을 열었다. 폭격으로 불타버린 잿더미 위에서 역시 장이 섰다.

이모부가 철제소를 차린 것은 그 무렵이었다. 중현은 비로소 이모부
가 탄피 모으기에 열성이었던 이유를 알았다.

이모의 표나는 차별은 동생 상현의 마음까지 상하게 만들었다.

"성, 이모가 갈수록 독살시럽게 변해 가제?"

"그려, 그냥 모른 칙기 혀."

중현은 동생 어깨를 감싸안았다.

"이모가 죽고 읎다면 우리 엄니는 경수헌테 그렇크름 야박허게는 안
헐 것인디."

"긍께 공부를 열심히 혀. 우리가 믿을 것은 그것밖에 읎응께. 알겄지
야?"

사실 이모는 나이가 같은 아들 경수와 소카 상현을 대하는 데 야속하
리만큼 표나게 했다.

지난날 여수의 집을 찾아오던 이모는 언제나 정겹게 웃는 얼굴이었다. 절을 하면 으레 공책 열 권을 사고도 남을 돈을 손에 쥐여주고는 했다. 그러나 그런 것은 동생 상현이나 정신없이 신바람 날 일이었다. 중현으로서는 그 용돈이 그다지 달갑지 않았다. 이모는 또 어머니에게 돈을 얻으러 온 것이 뻔했기 때문이다. 중현은 이모가 얻어가는 돈이 얼마인지 알 수 없었지만 어머니는 언제나 싫은 기색하지 않고 이모에게 돈을 주는 눈치였다.

　여수에서 제일가던 중앙상회. 어른과 아이들의 봄옷부터 여름옷까지, 여자들의 화장품과 여러 가지 빗들, 크고 작은 수틀과 온갖 색깔의 수실들, 유치원생 가방부터 가지각색 여행 가방 등 없는 게 없던 상점. 장날이면 미처 간추리지 못해 포대에 마구 넣었던 돈을 차근차근 세서 다발로 묶느라고 아버지와 어머니는 밤늦도록 잠을 자지 못하지 않았던가. 그 큰 상점과 그 많은 재산은……?

　중현의 의문은 갈수록 커져가기만 했다. 그 의문은 풀 길이 없는 채 이모네의 철제소는 날로 번창해 갔다. 전쟁이 멀어지고, 휴전이 될 거라는 풍문이 자꾸 퍼지면서 사람들은 살림살이 장만에 바빴던 것이다.

　중현은 학교에서 돌아오기 바쁘게 공장으로 나가고는 했다. 공장에서 일을 안 하고는 학교는 말할 것도 없고 밥 먹을 생각도 말라고 이모부는 호령이었다. 날마다 잔심부름에 쫓기다가 밤 10시쯤 돌아와 저녁을 먹고 나면 몸은 흐물흐물 풀리고 잠이 쏟아지는 속에서 눈꺼풀에는 무슨 끈끈한 풀이라도 붙어 있는 것처럼 눈을 뜰 수가 없었다. 숙제는 커녕 책을 바꿔 넣고 갈 짬도 없이 허둥지둥 등교를 해야 하는 나날이었다.

　"성, 이러다가 성 죽어불겠네."

　동생 상현은 학교로 가면서야 이렇게 입을 열며 울먹이고는 했다.

"아니여, 나는 암시랑 안 혀. 나 걱정 말고 니나 이 성이 못허는 공부 꺼정 곱쟁이로 허능겨. 알겄어?"

"이모부 순 악질이야."

"그런 맘 묵지 말어. 자다가 그런 말 나오면 어쩔 것이냐."

동생은 움찔하며 고개를 떨구었다.

언제인지 모르게 시내에서는 전쟁으로 파괴된 흔적들이 사라지고 새 건물이며 새 집들이 지어지고 있었다. 그러면서 어느 날은 폭탄을 가지고 놀던 아이들 서너 명이 한꺼번에 죽었다는 소문이 퍼지기도 했다.

날마다 지치고 잠이 모자라 허덕이면서 중현은 그래도 중학교를 졸업했다. 경수와 같은 학년이면서도 경수와 달리 사친회비를 못 내고 쫓겨다니던 상현도 국민학교를 졸업했다. 어머니 없는 졸업식이었다고, 상현이 우등 졸업을 했다고 서러움이나 기쁨 같은 것을 느낄 겨를이 없었다. 이모부가 중현이나 상현에게 더 이상 학교에 다닐 것 없이 공장에서 기술을 배우라고 윽박지르고 있었기 때문이다.

동생의 원서 마감을 며칠 앞두고서였다.

"부모 없는 사람은 자수성가하는 길밖에 없단 말이다. 자수성가하는 길은 내 기술 있어야지, 많이 배운다고 되는 게 아니다. 너희들 신상 생각해서 하는 말이니까 공장에서 밥벌이할 기술을 익히는 게 상수야."

중현은 입술이 타도록 사정을 했지만 이모부는 같은 말만 되풀이했다.

"글먼 저는 그만두고 상현이는 중학교만이라도 보내줏써요. 남들은 다 배우는디……."

"그따위 얼빠진 소리 그만하라니까!"

이모부는 눈을 부라리며 고함을 질렀다.

경수 새끼 원서는 벌써 제출해 놓고는! 그 순간 또 떠오르는 의문이 있었다. 그 큰 상점과 그 많은 재산은……? 중현은 더 이상 사정을 해서 될 일이 아니라고 생각하며 이를 앙다물었다.

"에미 애비 옳는 새끼덜이 자수성가는 해서 멋허졌소. 그렇크름 꼴보기 싫으면 눈앞에서 콱 죽고 말겄소."

중현은 동생의 손을 낚아잡고 방을 뛰쳐나갔다.

"저, 저, 싸가지 없는 새끼들, 어허 참……."

밤늦도록 이모 내외가 다투는 소리를 들으며 중현은 잠자리에서 뒤척거렸다.

다음 날 아침 이모부는 둘의 진학을 승낙했다. 그러나 중현은 공업학교라는 제한을 받았다.

중현의 방과 후의 공장 일은 계속되었다. 전쟁으로 파괴된 시설 부족한 공업학교 학생인 중현으로서는 실습의 도움을 받았는지도 모른다.

중현은 졸업 시험을 마치자 며칠간 고향을 다녀오게 해달라고 이모부에게 부탁했다. 남들처럼 성묘는 못 가도 어머니가 마지막 밟았던 바위에 한번쯤 술이라도 부어야 할 게 아니냐고, 졸업을 하고 나면 이모부를 위해 본격적으로 일을 해야 하는데 미리 다녀오는 게 좋지 않겠느냐고 구실을 붙였다. 이모부는 가볍게 승낙을 했다. 이모부가 그리 선선해지기까지는 중현이 지난 3년 동안 군소리 한마디 없이 시키는 일을 꼬박꼬박 해낸 덕이었다. 요즘에 이르러선 이모부는 경리 직원을 잘 살피라는 귀띔을 하는가 하면 은행 출입까지 시키기도 했다.

이모부는 동생도 데리고 가라고 인심을 썼지만 괜한 돈을 낭비할 필요가 없다며 중현은 사양했다.

12월 말 중현은 7년 만에 여수로 가는 기차를 탔다.

간판만이 바뀐 옛날 그대로의 상점 문패와 대문이 변한 옛집. 회한이 가득 찬 가슴을 중현은 깊은 한숨으로 어루만졌다.

머리가 하얗게 변한 한약방 할아버지를, 전쟁 통에 과부가 되어 여전히 찌그러져가는 초가집에 사는 새터댁을 만나보았다. 어머니 유서대로 한약방 할아버지는 이모에게 재산 정리를 빨리 하도록 도와주었다고 했다.

"모친 유서에는 두 자식 장래를 위해 재산을 써달라고 했드만그랴. 하도 그 뜻이 절절해서 내 힘이 닿는 대로 일을 도울라고 애를 썼네만, 이렇크름 장성헌 자네럴 대면하고 봉께 자네 모친이 변을 당했다고 헐적에 가보지도 않고 자네헌테 약봉지만 들려보낸 것이……, 면목이 읎네. 그것이 내 속맘은 아니었응께……."

한약방 할아버지는 한숨을 내쉬며 물기 번진 눈을 내려감았다.

재산 처리에 대해 새터댁의 말도 할아버지의 말이나 같았다. 그리고 새터댁도 눈물을 훔쳐가며 어머니의 간호를 거절했던 옛일을 몇번이고 사과하는 것이었다.

중현의 기억 속에는 어머니의 시체를 찾으려고 며칠을 울며 바닷가를 쏘다녔던 일이 너무나 생생하게 남아 있었다. 자신이 그렇게 넋을 놓고 바닷가를 헤매는 동안 이모는 재산 처분에 여념이 없었다는 결론이었다.

예정보다 사흘을 앞당겨 이틀 만에 여수를 등졌다. 남은 돈으로는 김과 미역을 사들고서였다. 놀라는 이모부에게 공장 일이 바쁜데 오래 있으면 뭘 하겠느냐고 얼버무렸다. 이모부는 중현의 어깨를 두드렸고, 이모도 김과 미역을 보고는 더없이 환하게 웃었다.

중현은 ㅈ고등학교 교무주임이 대학 원서를 사러 상경하는 편에 자기의 것도 부탁했다. 그리고 상현의 원서는 우편을 이용해서 담임선생 주소로 받았다.

공장에서 중현이 하는 일을 보다못해 이모부는 쉬어가며 하라고 할 정도였다. 그러나 중현은 막무가내 몸을 돌보지 않고 일을 해나갔다.

그런 중현을 바라보며 이모부는 만족스러운 웃음을 머금고는 했다.

그러던 어느 날 중현은 엄청난 특진을 하게 되었다. 직원들을 모아놓고 이모부가 유식한 척 문자를 써가며 일장 연설을 한 다음에 중현을 업무부장에 임명한 것이었다. 그 자리는 공장 안에서는 이모부의 대리역이었고 외부 거래가 있을 때는 비서역이었다.

조바심나게 기다리던 훈련소와의 납품 계약이 이루어진 것은 원서 마감이 며칠 남지 않은 1월 말쯤이었다.

"오늘 저녁 8시."

중현은 방을 나서기 전에 동생에게 다시 다짐했다.

납품 계약에 따라 일부 금액을 오후 2시에 받았다. 은행에서 수표를 바꾸고, 두 군데 요정을 예약하고 오는 길에 중현은 역에까지 들렀다.

중현은 서너 개의 봉투에 돈을 넣으며 자꾸 손이 떨리는 것을 느꼈다. 우 36, 좌 78, 우 50. 중현은 금고 번호를 또 외었다. 10여 일 전 정신을 못 차리게 만취한 이모부를 끌고 오며 지갑 깊숙이에서 찾아낸 것이었다. 중현은 돈 봉투들을 이모부에게 건넸다.

"빨리 금고 잠그고."

중현은 나머지 돈을 금고에 집어넣고 문을 닫았다. 그리고 보기 좋게 다이얼을 이쪽 저쪽으로 마구 돌렸다.

"여기 열쇠."

중현은 열쇠를 받아 돌아서며 이모부를 살폈다. 이모부는 만족스러운 듯 또 계약서를 들여다보고 있었다.

중현은 금고에 열쇠를 꽂아 왼쪽으로 돌렸다가 재빨리 오른쪽으로 되돌렸다.

이모부에게 열쇠를 건네고 함께 사무실을 나왔다. 밖에는 어둠이 깔려 있었다. 이모가 기다릴 요정으로 갔다. 납품 계약에 힘을 쓴 사람들에게 한턱을 내는 밤이었다. 이모도 역시 부인들을 상대로 판을 벌이는 것이었다. 이모에게 돈 봉투를 전하고 요정을 나왔다.

시계를 보았다. 6시 50분.

중현은 공장을 향해 뛰기 시작했다.

우 36, 좌 78, 우 50……, 금고 문이 묵직하게 열렸다. 돈 뭉치를 꺼내고 그 자리에 봉투 하나를 놓았다.

—우리 재산을 다 가지셨더군요.

그 봉투에 든 편지 내용이었다. 중현은 여러 가지로 생각하다가 그렇게만 쓰기로 했다. 그동안 유감스러웠던 것을 다 쓰자니 너무 길었고, 그렇다고 아무것도 남기지 않아 자신이 도둑놈 누명을 쓸 수는 없었다. 자신이 도둑놈도 안 되고 이모부도 꼼짝 못 하게 하는 방법으로 그 말은 아주 마땅했던 것이다.

마지막 버스를 타고 북쪽으로 논산 다음 역에 도착한 것은 8시 5분. 중현과 상현은 8시 30분에 서울행 호남선 야간 열차에 몸을 실었다.

중현은 ㅂ대학 법대를 실패하고 ㄷ대학 영문과를 택했다. 중현은 동생의 일류 고등학교 진학으로 자신의 실패를 위안받았다.

그들에게 타향인 서울은 살벌하고도 고통스러운 도시였다. 고학으로 다음 학기 등록금을 마련하고 생계를 이어나가고……, 그건 망상에 지나지 않았다. 먹고살면서 학업을 계속하려면 둘 다 장학금을 타지 않으면 안 된다는 결론뿐이었다.

6개월 동안 시내 버스 탄 횟수를 헤아리는 데는 다섯 손가락이 다 필요하지 않았다. 커피 맛이 곧 인생 맛이라는 그 맛이 어떤지를 몰랐다. 당구의 스리쿠션이 어떻고, 화투 나이롱뽕의 씌우기가 어떻고 떠들어대는 동급생들의 말이 생소하기만 했다

서울에서 맞은 첫 겨울, 야속하리만큼 춥고 견디기 어렵게 배가 고팠

다. 추위를 막아야 하는 데 따로 돈이 드는 겨울은 지긋지긋하게 길기만 했다.

가까스로 겨울을 넘긴 3월에 동생이 졸도를 했다. 그날도 신문 배달을 하려고 일찍 일어난 상현은 문지방을 넘다가 나무 둥치처럼 쓰러져버린 것이었다.

의사는 극도의 영양실조라고 했다. 동생은 정신이 들자 잠시 어리둥절하다가 벌떡 일어났다. 그러나 머리를 감싼 채 픽 쓰러지며 또 까무러치고 말았다.

"상현아, 상현아……."

중현은 핏기 없이 여윈 동생의 손을 모아잡고 부들부들 떨었다.

한참 만에 동생은 다시 정신을 차렸다. 힘없이 풀려버린 눈으로 형을 바라보며 상현은 중얼거렸다.

"신문을 돌려야지, 신문……."

"걱정 말어, 상현아. 하루쯤 어떨라구."

"아냐, 요샌 지원자가 많아 하루만 안 나가도 자리를 뺏겨."

중현의 목에서는 커다란 멍울이 치받쳐올랐다. 중현은 뼈가 맞잡히는 동생의 손을 움켜쥔 채 창 밖의 먼 산을 바라보며 애써 울음 덩이를 삼키고 있었다.

중현은 며칠 후에 휴학계를 냈다. 의사의 지시대로 동생을 입원시키진 못했지만 앞으로도 계속 고학을 하게 내버려둘 수는 없었다. 이번 기회에 대학을 들어갈 때까지 뒷바라지를 해주려는 것이었다. 교수의 알선으로 중·고등학생을 상대로 한 영어 문제집을 발간하는 주간 신문사에 교정원 자리를 얻었다.

중현은 퇴근을 하는 길에 꼭 시장의 생선 가게를 거쳐 집으로 돌아왔다. 헐값의 꽁치를 사기 위해서였다. 의사는 동생의 건강 회복을 위해 중요한 몇 가지 식품들을 적어주었다. 그중에서 값비싼 쇠고기 같은 것은 엄두를 낼 수가 없고, 등 푸른 생선 꼭 하나로 생각해낸 것이 제일 값싼 꽁치였던 것이다. 생선이 거의 그렇듯 오후의 꽁치는 더욱 헐값이었다. 꽁치 한 마리를 달랑 사는 것은 괜히 생선 장수의 눈치가 보이기도 했지만, 더 말썽인 것은 그것을 동생이 혼자 먹지 않으려는 것이었다.

"성이 안 먹으면 나도 안 먹어."

사투리를 다 고쳤으면서도 형만은 꼭 성으로 발음하는 상현은 이렇게 말하며 고집을 꺾지 않았다. 그래서 꽁치를 반 토막낼 수밖에 없었다. 그래도 상현은 젓가락을 대지 않고 고개를 저었다. 자기 것이 너무 크다는 것이었다. 상현이 제안한 것은 가운데 등뼈를 중심으로 반으로 갈라야 똑같아진다는 것이었다. 동생을 먹이려면 그렇게 할 수밖에 없었다.

의사가 적어준 목록에는 콩나물도 있었다. 영양가와 비타민을 동시에 함유하고 있는 최고 식품이라는 콩나물은 반찬거리로는 가장 싼 편이었다. 그러나 매번 사먹는 것은 장사들에게 그만큼의 이문을 뜯기는 것이었다. 그래서 길러먹기로 했다. 콩나물 기르는 것은 어렸을 때 많이 보아서 자신이 있었다. 누가 쓰레기통 위에 내다버린 귀 떨어진 시루를 주워다가 콩나물을 길렀다. 둘이서 번갈아 가며 물만 주면 콩나물은 고맙게도 잘도 자랐다.

상현은 ㅅ대학 공대에 무난히 합격했다. 그리고 대학 이름 덕인지 대우가 꽤 괜찮은 가정교사 자리도 쉽게 구했다.

중현은 2년 만에 복학을 했다. 4월에 학교 신문사의 기자가 되어 다른 아르바이트 자리를 구할 필요가 없게 되었다.

해가 바뀌면서 중현과 상현은 의논 끝에 함께 입대를 하기로 했다.

언젠가 한 번은 거쳐야 할 군대, 중현이 졸업을 하고 나면 장교가 아닌 사병으로는 나이가 너무 많았다. 그리고 상현도 입대할 나이가 넘은 바에야 굳이 졸업 후로 미룰 여유가 없었다.

전셋돈을 빼서 은행에 정기 예금을 했다. 정부는 대학 졸업 예정자나 재학생들에게 복무 연한 1년 6개월의 특별 조치를 취하고 있었다. 그건 대학 졸업자들을 사회에 빨리 진출시켜 인재 활용을 하기 위한 방안이었다. 전후 복구를 위한 인력 확충이었던 것이다.

중현과 상현은 같은 날 논산행 특별 야간 열차에 몸을 실었다. 2월의 추위가 살을 파고드는 새벽 4시쯤 기차는 논산에 도착했다. 그런데 기차가 정거한 역은 논산역이 아니라 훈련소 가까이에 설치한 간이역이라는 것을 알고 중현은 자신도 모르게 안도의 숨을 내쉬었다.

싸늘한 어둠 속에 자취 희미한 황산벌, 논산 특유의 땅 내음을 맡으며 중현은 서글픔도 반가움도 아닌 묘한 감회에 젖어 있었다.

속보의 대열 속에서 바삐 걸으며 상현이 입을 열었다.

"성, 경수 그놈도 대학을 다닐까?"

중현은 동생에게 눈길을 주며 엷게 웃어 보였다. 동생도 지난날에 젖어 있는 것이다. 어찌 그렇지 않으랴……, 중현은 콧등이 시큰해졌다.

"글쎄, 다니겠지."

"그놈을 훈련소에서 만나면 어떡하지?"

공부 잘하는 공대생에게 어울리지 않는 물음이었다. 어렸을 때의 감정으로 돌아가 있는 동생의 심정을 중현은 충분히 헤아리고 있었다.

"그럴 리야 없겠지만, 네 맘 내키는 대로 해. 감정 나는 대로."

상현은 더 말하지 않았다. 논산을 떠나고 여태껏 한 번도 꺼내본 적이 없는 이모네 이야기였다.

수용 연대에서 신체검사를 마치고 군번을 받아 중현과 상현은 나흘 만에 헤어져야 했다.

"무조건 잘못했다고만 해."

"……."

"군대는 주먹이 법이야."

"……."

"소오대 차려엇, 앞으로이 갓!"

"셩!"

고개만 숙이고 있던 상현은 발을 떼어놓으며 중현을 불렀다. 그 음성은 그대로 울음이었다.

대열의 맨 끝에 따라가면서 자꾸만 뒤를 돌아보는 동생의 얼굴이 차츰 작아지면서 흐려지고 있었다. 중현은 눈을 슴벅거리고 또 슴벅거리며 언제까지나 손을 흔들고 있었다. 살이 오르지도 않은 생고구마를 웃옷에서 내밀고, 울면서 왕개구리들을 주워모으던 동생을 생각하며.

행여나 행여나 했지만 인접한 훈련장에서도, 어느 길목에서도 동생은 만나볼 수가 없었다. 연대가 다르고 훈련 시작이 빠른 상현은 모든 훈련장을 중현보다 이틀 먼저 지나가고 있었다. 왼팔이 떨어져나가는 것 같은 사격 연습장에서, 팔꿈치 무릎이 벗겨지는 각개전투 훈련장에서, 총알이 빗발치는 사격장에서 중현은 동생 걱정에 훈련이 고된 것을 느낄 수가 없었다.

배출대에서 혹시나 했지만 그것도 허사였다. 이젠 중현으로서는 동생이 아무 데서나 무사히 있다가 제대하기만을 바랄 수밖에 없었다.

기록 카드에 잉크도 마르기 전에 나가는 새끼들이라고 구박을 받고, 배웠으면 얼마나 배웠느냐고 트집을 잡는 고역을 치러가며 중현도 다른 학보병들과 마찬가지로 최전방만을 골라서 전전했다.

다음 해 8월 말, 제대복을 입고 예비 사단에서 만난 동생은 턱에 수염

자리가 제대로 잡힌 어른이 되어 있었다. 그러나 몸은 여전히 실해 보이지 않았다.

9월 중순에 들어 상현은 집을 하나 짓자고 서둘렀다. 고등학교 동창이고 같은 대학에 다니는 친구가 백운대 입구 우이동에 땅을 주기로 했다는 것이었다. 30평을 얻기로 했으나 20평에 온돌방 두 개, 그리고 마루방과 부엌을 들이자고 했다. 재료는 개천에 숱하게 굴러다니는 돌들을 쓰면 된다는 것이었다. 그러면 재목 값이 안 들고 집은 벽돌집보다 튼튼한 동시에 자연석의 아름다움은 바로 예술품이라고 열을 올렸다. 자신이 가진 공대생의 실력으로 모든 것을 주관하면 최소의 돈으로 한 달이면 집은 완성이라고 했다. 건축비는 전세를 사글세로 바꿔 이용하자는 것이었다.

"성도 곧 결혼을 해얄 테니까 어차피 집은 필요하거든."

상현은 손수 그린 설계도를 펼쳐 보였다.

"짜식, 결혼은 무슨."

"이 집은 성 결혼 선물이야. 성이 결혼하면 난 이 방을 쓸 테니까 괄세나 말라구."

"아니, 괄세할랜다."

중현은 집을 짓기로 했다. 학기를 맞추기 위해 신학기를 기다리며 가정교사로만 소일하는 이 시기는 집을 짓기에 안성맞춤이기도 했던 것이다.

며칠 후부터 중현과 상현은 가마니에다 대나무를 지른 들것으로 돌을 나르기 시작했다. 민가라고는 거의 없는 그곳에서 콧노래에 맞추어 흥겹게 돌을 나르고 있는 그들의 모습을 가끔씩 지나다니는 등산객들이 무심히 볼 뿐이었다. 돌은 상현이 미리 그어놓은 도면의 선을 따라 네 군데에다 분산시켰다. 벽면을 쌓아올릴 때 다시 옮기는 수고를 덜긴 위한 대비였다. 1주일 정도로 돌 나르기를 끝내고 기초 공사를 위해 땅 파기를 시작했다. 동생 상현은 50센티미터 정도만 파면 된다고 했지만 중현은 한 삽이라도 더 깊이 파려고 했다. 드디어 집을 짓는다는 실감이 오면서, 서울특별시라는 도시에서 내 집을 갖게 되었다는 감격이 좀 더 든든한 기초 공사를 하고 싶은 욕심을 발동시키는 것이었다.

상현이 미장이를 데려오면서부터 돌벽은 하루가 다르게 쌓여 올라가기 시작했다. 중현과 상현은 미장이가 잠시 쉴 수가 없을 정도로 서로 다투어 그의 조수 역할을 해냈다. 미장이에게 돌을 들어주고, 시멘트를 버무리고, 물을 길어오고, 시멘트를 떠주고, 그들의 부지런에 미장이의 손놀림이 딸릴 지경이었다.

"나 이리 숨쉴 짬도 없이 일하기는 생전 첨이오. 하여튼 형제간 우애가 이리 좋으니 나도 일이 힘든 줄 모르겠고, 기분도 아주 좋소."

미장이가 담배를 피우며 흐뭇한 얼굴로 한 말이었다.

"아저씨, 너무 힘들게 해서 미안해요. 이 집 다 되면 크게 한턱낼게요."

상현이 재치 있게 미장이의 비위를 맞추고 들었다.

"그럽시다. 그 술맛 유별날 것 같소."

미장이는 껄껄 웃으며 맞장구를 쳤다.

보름이 지나자 사방 돌벽은 팔을 뻗쳐올려야 닿을 만큼 높아졌고, 돌을 들어올리려면 사다리를 써야 했다. 상현은 일을 마치고 돌아갈 때면 아직도 돌담에 불과한 거기에 한참씩 볼을 비비거나 어루만지거나 했다.

돌벽이 높아갈수록 일은 느려졌다. 돌을 들어올리는 데도 두 사람이 필요했다. 한 사람이 사다리를 오르내리는 것보다는 둘이서 전달 식으로 하는 게 빨랐다. 서로 번갈아 가며 물을 길어오고 돌을 들어 올리던 때의 능률을 기대할 수가 없었다. 더욱이 돌이 모자랄 것 같아 수시로 개천에서 돌을 날라와야 하는 일까지 겹쳐졌다.

중현은 사다리를 오르내리며 몇 번이나 개천 쪽으로 눈길을 돌렸다. 돌을 주우러 간 상현이 너무 늦기 때문이었다. 대변이라도 보나……, 낯이라도 씻고 쉬는 게지……, 쉬다가 잠이 든 건가……, 아니다! 중현은 급히 사다리를 내려왔다. 일을 하다가 잠이 들 상현이 아니었다. 중현은 개천으로 뛰기 시작했다.

"어……?"

중현은 개천으로 뛰어내렸다. 동생이 시체처럼 돌 위에 엎어져 있었다.

"상현아, 야 상현아, 정신차려."

중현은 동생을 바르게 눕혀 상체를 껴안고 흔들었다. 동생은 아무런 반응 없이 무겁게 흔들릴 뿐이었다. 쓰러지면서 돌에 부딪혔는지 이마에서 난 피는 얼굴로 흘러내리다가 굳어 있었다. 중현은 옷을 헤집고 동생의 가슴에다 귀를 댔다.

"살았구나!"

울음을 터뜨리는 것 같은 중현의 외침이었다.

"보호자는 밖에 나가 계시지요."

중현은 허둥지둥 복도로 나왔다. 응급 치료실 빨간 글씨가 눈앞으로 확 다가왔다가 멀어지고, 왼쪽으로 마구 돌다가 오른쪽으로 돌고, 그러다가 글자들이 서로 뒤엉켜 돌아가고……, 중현은 거칠게 눈을 비비고 또 비볐다.

중현은 부들부들 떨며 어머니, 어머니를 불렀다. 그는 몸을 비비틀며 신음 소리를 냈다. 그 신음 소리에 어머니, 어머니……, 상현아, 상현아…… 하는 소리가 섞이고 있었다. 한동안이 지나 응급실 문이 열렸다. 중현은 벌떡 일어섰다. 흰 가운이 그에게 다가왔다.

"어, 어떻게……."

"……운명했습니다."

중현은 문을 박차고 들어갔다. 구석에 놓인 침대는 흰 광목을 뒤집어 쓰고 있었다. 중현은 비틀거리며 광목을 걷었다.

"……."

얼굴에 피가 말라붙은 채 동생은 마치 잠이 들어 있는 것 같았다.

다음 날, 초가을의 사양을 등 뒤로 받고 무악재를 휘청거리며 넘어오고 있는 중현의 손에는 조그만 상자 하나가 들려 있었다.

"인마, 누가 너더러 결혼 선물을 달래드냐, 누가……, 누가……."

중현은 똑같은 말을 되풀이하고 있었다. 동생의 건강을 생각하지도 않고 집 갖을 욕심에 휘말려버렸던 자신의 어리석음이 가슴에 사무치고 또 사무치고 있었다.

중현은 동생의 유골을 책상 위에 안치했다. 도저히 아무데나 뿌려버릴 수가 없었고, 도무지 동생의 죽음을 믿을 수가 없어서 그렇게라도 함께 있고 싶었던 것이다.

며칠 동안 침식을 잊고 있던 중현은 마음을 다잡고 일어섰다. 집짓기를 계속하려는 것이었다. 돌벽에 볼을 비비고 어루만지고 했던 동생의 애착과 집념을 헛되게 할 수는 없었다.

10월 말에 집을 완성했다. 좁은 마당이었지만 양지를 골라 동생의 유골을 묻었다. 그리고 잘생긴 돌을 들어다가 비석을 대신했다. 제대로 된 비석을 세울 때까지의 임시변통이었다.

동생이 쓰겠다던 방에는 전세로 사람을 들였다. 도둑이 들어서 오히려 저고리라도 벗어두고 갈 만큼 아무것도 없는 집이었지만 낮에 늘 빈집으로 둘 수는 없었던 것이다.

대학 졸업장을 받던 날 중현은 홀로 서서 먼 산만 바라보았다. 대학에 입학한 지 8년 만에 졸업하는 의미가 무엇인지 중현의 가슴에는 공허한 바람만 휘돌고 있었다.

연거푸 2년이나 치른 신문기자 시험은 무슨 영문인지 면접 시험에서 떨어지곤 했다. 그렇다고 신문사에서 그 이유를 밝히지도 않았고, 알아볼 만한 어떤 줄도 없었다. 중현은 기자가 되기를 포기하고 다른 직장을 구하기 시작했다. 가정교사 같은 것을 하기도 곤란하게 된 서른을 넘긴 나이에 안정된 직장이 급했던 것이다.

출판사로, 대중 잡지사로 불안하게 떠돌았다. 그 사업들이 영세해서 월급도 낮은 데다가 걸핏하면 망해서 문을 닫았다. 튼튼한 출판사가 몇 군데 없는 것도 아니었지만 그런 곳에 자리를 얻기란 그야말로 하늘의 별 따기였다.

중현은 서른한 살 가을에 결혼을 했다. 양순하기만 한 희숙을 아내로 맞아놓고 3개월이 못 되어 중현은 아차 싶었다. 결혼 생활은 동생과 둘이 아무렇게나 살았던 생활이 아니었다. 최소한의 격식을 차리고 체면을 유지해야 하는 것이 결혼 생활이었다. 그런 것은 다 돈을 잡아먹어야 해결되는 것이었다. 집이 있다는 것을 큰 밑천으로 삼고 결혼을 했던 것이 착오였다. 다시 말하면 중현의 수입이라는 것이 그만큼 부실했던 것이다.

중현은 저축이라고는 할 수 없는 생활에 쫓기며 문득문득 사는 것에 회의하고는 했다. 그럴 때면 전세나 사글세방을 전전하는 주위 사람들을 생각하며 자신을 추스르고는 했다.

중현의 그런 불안감은 아내의 임신과 직결되어 있기도 했다. 아내의 배가 차츰 표가 나는 만큼 알맞은 준비가 되어가야 하는데 아무리 안간힘을 써도 매일 그 타령이었던 것이다.

다달이 중현을 위압하면서 불러 오르던 아내의 배는 7월로 접어들면서 절정에 이르렀다. 중현은 뱃속의 놈이 언제 나올지 모르는 초조감에 쫓기기 시작했다. 그놈이 나오기 전에 돈을 장만해둬야 하는데 그 일은 마음 같지가 않았다. 회사에서는 가불은커녕 불경기로 월급 지급도 어려운 형편이라고 했고, 다른 직장의 몇 친구에게 연락을 해보았지만 다 궁해 빠진 소리들이었다.

중현은 땀이 흐르는 얼굴로 헉헉거리며 다방으로 들어섰다. 두 번 세 번 훑어보아도 박 기자는 보이지 않았다. 시계를 보니 약속 시간에서 10분이 지나 있었다. 벌써 가버렸나? 중현은 황급히 메모판으로 다가갔다. 두 번 확인을 했지만 박 기자의 메모는 없었다.

"망할 자식……."

마음이 급한 김에 중현은 자기도 모르게 욕을 뱉었다. 중현은 숨을 깊이 들이켜며 마음을 가라앉히려고 했다. 급한 것은 자신이지 박 기자가 아니었고, 그도 돈을 구해 가지고 나오느라고 얼마든지 늦을 수 있는 일이었다.

아내가 진통에 시달리는 것을 보고 병원을 나왔던 것이다. 두 군데를 들렀지만 돈은 구해지지 않았다. 그래서 선배 체면 같은 것은 딱 접고 후배인 박 기자한테까지 사정을 하게 되었던 것이다. 박 기자는 대학 다닐 때부터 씀씀이가 표가 날 만큼 가정 형편이 넉넉하다고 했었다.

10분이 지났지만 박 기자는 나타나지 않았다. 전부 20분이 지난건데……, 안 오려는 것인가? 중현은 불길한 생각으로 이마의 땀을 쓱 문질렀다. 선풍기가 돌고는 있었지만 다방 안은 무덥기 그지없었다.

차는 시키지 않고 냉수만 두 컵째 달라고 하자 레지는 째지라고 중현에게 눈을 흘기며 지나갔다.

또 10분이 지나갔다.

"이 새끼가 도대체 이거……."

중현은 욕을 더 심하게 내뱉으며 엉덩이를 들었다가 놓았다. 틀렸다는 생각이 확실해졌지만 중현은 10분만 더 기다리자고 스스로를 타일렀다. 자리를 뜨기에는 기대가 너무 컸고, 또 막상 다른 사람 누군가를 찾아나서기도 막막했던 것이다.

"이거 이 형 아니쇼?"

누가 중현의 어깨를 쳤다. 예감대로 박 기자가 아니라 그전 잡지사에 있을 때 거래하던 인쇄업자 한 사장이었다. 중현의 얼굴이 그만 일그러졌다.

"요즘 재미가 어떠쇼. 이 형."

"뭐 그저……."

중현은 허튼 말대꾸 하기에 짜증이 나 이마의 땀을 신경질적으로 문질렀다.

"지금도 거길 나가시지?"

"글쎄요……."

"아니 글쎄요라니, 관뒀소?"

한 사장은 중현의 앞자리에 털썩 주저앉았다. 이 자식은 왜 이리 항상 수다스러워, 중현은 더 짜증이 심해졌다.

"그럼 요즘 근무하는 데는 좋소?"

"잘 아시잖아요. 삼류 잡지사들꼴."

중현은 퉁명스럽게 쏘아붙였다.

"아니, 꼭 그렇지도 않소. 경제 개발이다 뭐다 해서 시절이 좋아지고 있는데 사장들이 괜히 죽는 소리 해대며 우리 이 형 같은 능력자들 속이고 푸대접하는 거지. 근데, 누굴 기다리시오?"

"예……."

중현은 막 들어서는 사람에게 눈길을 보냈니만 박 기자가 아니었다.

"누군데요?"

이건 정말 쉬파리 같은 놈이네, 이거. 중현은 역정이 솟았지만 다시 억누르며 건성으로 대꾸했다.

"ㅈ잡지사 박 긴데……."

"눈치가 무슨 급한 일인가 보군요?"

"예……."

중현의 눈길은 문 쪽에만 박혀 있었다.

"대체 무슨 일이오?"

중현은 그만 치미는 울화를 터뜨리듯 내뱉었다.

"돈 때문이오, 돈!"

"아, 돈 때문에 그러시는구먼. 난 또 무슨 큰일인가 했지, 거액이오?"

한 사장은 중현에게 얼굴을 디밀며 나긋한 목소리로 물었다. 이런 태평스런 사람 봤나. 급한 돈보다 더 큰일이 어디 또 있다고. 그러면서 중현은 순간적으로 혹시 이 사람에게…… 하는 엉뚱한 생각을 했다.

"한 2만 원 정도 빌리자고 한 건데……."

"2만 원이라, 어디에 쓰시려고?"

"거 뭐……."

"그거 내가 빌려드리지."

"예에……?"

중현은 그 말을 믿을 수가 없어 한 사장을 멍하니 바라보았다.

"다 아는 처지에 뭐 그리 놀랄 것 없소. 우리 아직 목도 안 축였는데 뭐 시원한 걸로 한잔씩 합시다."

한 사장은 중현의 말을 듣지도 않고 칼피스를 시켰다. 그리고 속주머니에서 돈을 꺼내 세기 시작했다.

"어서 드시오. 에, 이게 3만 원인데, 빌려드리긴 하지만 그 대신에, 에……."

"물론 이자야 드리지요."

"아아, 그런 게 아니고, 내가 이번에 잡지를 하나 시작하는데 이 형께서 편집장 일을 맡아달라는 조건이오."

"그럼……."

"그러니까 이 돈은 월급으로 미리 드리는 거니까 이 형은 노동으로 갚으라 그거요. 어떻소?"

"예, 감사합니다, 감사합니다."

"허허허…… 감사하긴요. 이 형을 모시게 되어 내가 오히려 영광이오. 일이 잘 풀리려고 이 형을 이렇게 만나다니……."

중현은 흥분 상태로 다방을 나왔다. 돈을 구하고 대우 좋은 자리까지 생겼다. 3만 원 월급이면 30퍼센트 인상이 아닌가. 딸이든 아들이든 어쨌든 복덩어리가 태어났다. 이놈이 태어나면서 운수가 대통하는구나.

중현은 어떻게 해서 병원까지 왔는지 기억이 없었다. 아내는 아들을 낳아놓고 잠들어 있었다.

사흘 만에 퇴원하는 택시에서 중현의 말을 듣고 난 아내는 평소의 그녀답지 않게 기쁨의 소리를 지르며 아기 안은 중현의 목을 끌어안았다. 중현은 한 사장의 연락을 기다리다 못해 그 다방에 네댓 번 나갔지만 한 사장은 만날 수가 없었다. 그가 경영하는 인쇄소로 가보았다.

한 사장은 이미 서너 달 전에 인쇄소를 처분했다는 것이었다. 중현은 허망한 기분으로 쩝쩝 입맛을 다셨다. 또 일이 잘못된 게지……, 잡지사를 하려다가 숱하게 실패하는 꼴을 보아온 중현은 한 사장도 그런 식이었겠지 생각하고 말았다.

몇 개월이 지난 어느 날 새벽 중현은 체포되었다. 중현의 앞에 내던져진 서너 권의 책은 자신이 보지도 듣지도 못했던 것이었다. 그런데 책 뒤의 판권 표시란에는 편집장 이중현이란 이름이 선명하게 인쇄되어 있었다.

불온 잡지 편집진 이중현— 수사 과정에서 직접 편집에 참여했느냐 아니냐 하는 문제와 똑같은 비중으로 불쑥 나타난 것이 아버지의 문제였다. 그 아버지도 그랬으니 그 아들도 그렇다는 올가미인지 함정인지 조작인지 강압인지 모를 막다른 골목에 몰리며 중현을 차라리 죽고 싶다는 절망에 수없이 부딪혔다. 자신은 옛날 그 사건이 터지면서부터 아버지를 원망하고 미워했고 언제부터인가 철저히 잊으려고 노력하며 살았고, 동생과도 아버지의 이야기를 의식적으로 피하며 살아왔던 것이다. 수사를 받다 보니까 지난 세월 동안 자신이 너무 치사하고 비겁할 정도로 아버지를 두려워하고 회피하려 했다는 것을 새삼스럽게 느꼈던 것이다. 그러나 수사기관에서는 자신의 말을 전혀 믿지 않았을 뿐만 아니라 오히려 그 반대였다고 생각했다. 아버지를 영웅시하여 동경하고 흠모하다가 마침내 지하 고정 간첩들과 합세해 공산 혁명 실현을 이어받으려 했다는 것이었다. 그 누명 앞에서 비로소 자신의 의식 속에는 아버지가 왜 공산 혁명을 꿈꾸었을까 하는 의문 아닌 진지한 관심이 생겨나게 되었다.

중현은 처음에 한 사장이 증오스러웠지만 결국은 고마움을 느꼈다. 한 사장이 끝까지 자신을 속여 이름을 도용했을 뿐이라고 진술했던 것이다.

수사 과정에서 전혀 떠오르지 않았지만 중현은 박 기자에게 여전히 의혹을 떼치지 못하고 있었다. 한 사장이 그 다방에 나타났던 것은 과연 우연이었을까. 그는 선배와의 약속을 그렇게 외면해 버릴 수 있는 인간성을 가졌던 것인가. 그러나 이제 와서 그런 생각을 하는 건 다 부질없는 것이었다

—여보, 제발 약해지지 마세요. 당신은 죄가 없잖아요, 가난한 것밖엔. 친구분들이 집에 안 오는 것에도 마음쓰실 필요가 없어요. 당연한

거잖아요…….

중현은 아내의 말을 생각하다 고개를 떨구었다.

친구들이 안 온다고? 그래, 당신 말대로 당연한 일인지도 모른다. 한약방 할아버지도, 새터댁도 안 왔고, 그들은 나중에 사과를 했다. 친구들도 다음에 날 만나면 사과를 하겠지. 그때 난 뭐라고 대꾸를 하나. 20년을 비가 내리는 땅, 앞으로도 얼마나 더 오래 비가 내릴지 모르는 땅에서 너와 나는 모두 불행한 사람들이라고 말하나? 너무나 긴 대꾸다. 그저 웃고 말지…….

인기척과 함께 식구통이 열렸다.

"야, 밥 받어."

중현은 생각에서 깨어났다.

"동작 좀 빨리 못 취해?"

밥을 받아가지고 돌아서다가 중현은 그 자리에 멍하니 섰다. 조그만 창, 조각난 파란 하늘에 흰구름 끝이 지나가고 있었다.

〈1971년〉

청 산 댁

청산댁

비구름을 가득 안은 하늘이 낮게 드리웠다. 스산한 바람결이 흙먼지를 일구며 땅바닥을 핥고 지나가고 있었다.

"한 줄금 퍼부슬랑갑다. 싸게 가자."

청산댁靑山宅은 하늘을 힐끔 올려다보고 몸을 으스스 떨었다.

"아이고, 내 새끼 꼬치 얼겠네웨."

삼베 치맛자락을 걷어올려 아래는 발가숭이인 손자를 감쌌다. 그리고 바짝 추슬러 업고는 잰걸음을 쳤다.

윗마을 입구의 당산나무에 이르렀다. 청산댁은 빠르게 저고리 섶을 여미었다. 승천하기 전날 밤 몸을 정히 가누지 못한 용이 벼락을 맞아 떨어진 자리에 솟아났다는 당산나무. 이 앞을 지나칠 때면 청산댁은 으레 몸매무새를 바로잡곤 했다. 그리고 가다듬어진 마음으로 간곡하게 기구를 빌어올리는 것이다.

"비나이다, 비나이다, 당신님 전 비나이다. 우리 만득이 전장터에 나갔습네. 당신님이 굽어살피사 총알이 우리 만득이 피해 가게, 총알이 우리 만득이 피해 가게 당신님 전 비나이다. 딴 집 자석 다 몰라도 우리 자석 만득이만 살아서 돌아오게 당신님 굽어살펴 줍시사."

빌기를 마치고 눈을 뜬 청산댁은 그만 까무러치게 놀랐다.

당산나무 가지에 몸을 친친 감아 대가리를 늘어뜨린 구렁이가 빨간 혀를 낼름거리고 있지 않은가. 실히 팔뚝 굵기는 될 구렁이의 몸에서는 푸른 빛이 돋아나고 있었다.

청산댁은 입을 딱 벌린 채 움직일 줄을 몰랐다. 등에 업힌 손자가 머리칼을 잡아늘이는 바람에 흠칫 정신을 바로잡았다. 청산댁은 휙 돌아서며 퉤퉤 침을 세 번 뱉었다. 그러고는 쫓기듯 걸음을 빨리 했다.

"얄궂어라, 워쩐 놈에 구랭이가 금메…… 얄궂어라."

청산댁은 고개를 설레설레 저었다. 어쩌면 하필 당산나무에 그리 징상스런 구렁이가 몸을 사렸을까 싶어서였다. 그런 생각을 떼치기라도 하듯 손자를 업은 팔에 힘을 더 주고 걸음을 서둘렀다.

그리고 치맛말기 속에 접어 넣은 아들의 편지를 생각했다. 금세 눈앞에 만득이의 대장부다운 모습이 어른거렸다. 그리고 곧 흐려졌다. 눈물이 솟은 것이다. 아들 생각만 하면 솟는 눈물이었다.

"늙은 것이 요망하게……."

청산댁은 손등으로 얼른 눈 언저리를 훔치며 콧물을 들이마셨다.

우물을 지나는데 후드득 빗발이 듣기 시작했다.

"기엉코 퍼붓는구만. 선상님이 기실지 모르겄네."

청산댁은 뛰다시피 했다.

아들의 편지를 읽어달라고 가는 길이었다. 월남이라든가 베트남이라든가 하는, 사시장철 복더위보다 더한 여름뿐이라는 나라에 베트콩들과 싸우러 간 아들 만득이한테서는 한 달에 한 번쯤 편지가 왔다. 에미 애간장 썩어 내려앉는 줄도 모르고 자주 편지 안 하는 것이 야속하고 원망스러웠지만 무소식이 희소식이거니 생각하며 기다리고, 그럴수록 새벽마다 정화수를 떠올리고 비는 일을 게을리 하지 않았다. 읍내 중학교를 나온 며느리를 시켜 아들의 편지 내용을 들을 수 있었지만 고 방정맞고 버르장머리 없는 것이 편지만 들었다 하면 훌쩍거리고 짜는 꼴이란. 객지에 나가 돈을 잘 벌고 있는 낭군 소식이라도 그래서는 못쓰는디, 싸움터에서 시시각각 운수를 하늘에 맡긴 낭군의 소식을 상면하고 계집이 눈물을 찔끔거리다니. 그런 싸가지 없고 보배운 데 없는 요망한 것 같으니라고. 그리고 며느리에게 대필을 시켜도 될 일이었다. 허나 계집이 배웠으면 뭘 얼마나 배웠고 네까짓 게 알면 오죽 어쭙잖을라고. 도시 시답잖고 미덥지가 않아 편지만 오면 그 길로 윗마을 선생님을 찾아가야 마음이 든든한 것이다. 국민학교 때 만득이를 가르쳤던 박 선생이 그 굵은 목소리로 또박또박 읽어야 아들 모습이 선히 떠오르고, 그분이 받아써 주어야 속이 후련해지는 것이다.

"선상님 기신 기라우?"

"누구다요?"

"만득이 에미요."

"비가 요리 퍼붓는디 워쩐 일이요?"

"만득이 핀지를 갖고 왔는디…… 선상님은 안 기시요?"

"여기 있습니다. 어서 들어오십시오."

굵은 남자의 목소리. 비에 흠뻑 젖은 청산댁 얼굴이 환하게 밝아졌다.

손자를 내려놓고 앉자마자 청산댁은 앞가슴을 더듬어 편지를 내밀었다.

"낯이나 좀 훔치씨요."

선생 부인이 건네주는 수건을 받아들어 무릎에 앉힌 손자의 머리와 얼굴을 아무렇게나 두어 번 문지르고는 자신의 얼굴은 한 번 닦는 시늉만 하고 수건을 옆으로 밀쳐놓았다. 그러는 동안에도 청산댁의 눈길은 편지 봉투를 뜯는 선생의 손에 박혀 있었다.

봉투 속에서 편지가 나오자 청산댁은 앉은걸음으로 앞으로 다가들었다.

선생은 편지지의 끝과 끝을 양 손가락으로 잡아서는 호기 있게 쫙 펼쳤다. 그 순간 청산댁은 침을 꿀꺽 삼켰다. 그런데 방바닥에 톡 소리를 내며 떨어지는 것이 있었다.

"요게 뭐라여?"

그걸 선생보다 먼저 집어든 건 청산댁이었다.

"아이고메 이 일얼 워째야 쓸꼬."

청산댁은 그만 울음 섞인 소리를 질렀다.

"뭔데요? 어디 봅시다."

선생이 손을 내밀자 청산댁은 얼른 피하면서,

"시상에 이랄 수도 있답디여? 이 늙은 것이 환장을 했잖음사 이랄 수가 있당가? 늙으면 죽어서 싸. 요렇크름 귀헌 것을 금메……."

청산댁이 한참을 손바닥으로 쓸다가 내민 것은 반으로 꺾인 아들의 사진이었다. 편지를 접어 옷 속에 넣는 바람에 사진이 반으로 꺾여버린 것이다.

열대의 무성한 숲을 배경으로 정글 전투의 완전무장을 갖추고 선 사내. 얼룩무늬가 덮인 철모를 쓰고 방탄조끼를 입었다. 한 팔에는 총구가 하늘로 치솟게 M16을 곤두세워 들고 다른 팔은 허리에 꺾어 올렸다. 그런 맨살로 드러난 윤기 흐르는 팔은 질기고 굳센 힘이 묻어나고 있었다. 두 다리를 떡 버티고 서서 하늘을 우러러보고 있는 검게 탄 얼굴. 그 얼굴에는 웃음기라곤 없다. 양쪽 입꼬리가 아래로 처질 정도로 굳게 다물린 입, 치뜬 두 눈이 사뭇 위압적이고 엄숙했다. 작달막한 키에 다부진 몸집의 사내. 그가 만득이었다.

벌써 이렇게 어른이 다 됐군. 선생은 만득이의 얼굴을 들여다보며 빙그레 웃고 있었다.

"실성헌 사람맹키로 왜 그리 웃어쌓소. 이리 좀 줏씨요, 나도 좀 보게."

아내가 옆구리를 쿡 찔러서야 선생은 사진을 건네며 그 생각에서 깨어났다.

국민학교 4학년 때였던가. 녀석은 여선생이 변소로 들어가는 것을 보고 고무신에 물을 담아다가 뒷창문으로 끼얹었다. 동시에 변소 안에서는 여자의 비명 소리가 터지고, 신이 나서 깡충거리며 돌아서던 녀석은 지나가던 선생에게 덜미를 잡히고 말았다. 또 한번은 계집아이들이 땅뺏기 놀이를 하는 뒤에다 대고 오줌을 깔겨대서 직원실에 끌려온 일이 있었다. 어느 선생이 면도칼을 들고 그걸 잘라버린다고 으르자 녀석은 얼굴이 파랗게 질려가지고 뒷걸음질을 치면서 "워메 선생님 안 된다니께요. 오줌은 워디로 누라고 그러요." 직원실은 웃음바다가 되어버리고 녀석은 엉덩이를 차이고 뺑소니를 쳤던 것이다. 이 일은 녀석이 사모관대를 입고 장가를 가던 날 선생의 머리에 떠올랐고, 그때도 지금처럼 선생은 빙그레 웃었던 것이다.

"와따메 영 몰라보겄소이? 서양물을 묵어붕께 그렁가 하이칼라 냄새를 풍기네웨."

"월남이 서양은 무슨 서양."

선생의 말에 부인은 아랑곳없이,

"근디 얼굴이 워째 요리 시커멀게라우? 영축없이 깜둥이구만이라."

"금메 사시장철 삼복 여름이라 안 그럽디여."

청산댁의 예사스런 응답이었다.

"그런 디서 워찌 사는고. 오랴, 그래서 요렇크름 팔뚝을 까 내놓고 사느만 그랴. 근디 이 총은 예비군이 쓰는 것이랑은 영 달븐디?"

"하먼이라. 베트꽁을 잡아야는디 같아서 될랍디여."

두말해선 뭘 하겠느냐는 식의 청산댁의 대꾸였다.

"얼굴은 영축없이 애빌 빼박아서 훤헌 게 미남이여."

"금메 말이요. 한번 죽어분 게 무신 소양이 있소."

청산댁의 얼굴은 금세 서러워지고 눈에는 물기가 배었다.

"그래도 청산댁이사 고상헌 보람 있지라우. 자석이 요렇크름 장성했겄다, 명난 효자겄다, 그라고 아들 손자 얻었겄다. 기룬 것이 멋이요. 아 갈산댁 좀 봇씨요. 말년에 영감이란 것이 느자구읎이 술이다 지집이다, 속을 에지간히 썩이요? 고런 잡것은 영감이 아니라 철천지웬수요, 웬수."

선생은 대강 훑어본 편지를 방바닥에 놓고는 담배에 불을 붙였다.

"웨메 내 정신 좀 보소. 뭐라고 썼는지 싸게 좀 읽어줏씨요."

청산댁은 무릎 위의 손자를 바로 앉히고 몸을 사렸다.

"예, 읽어봅시다. 에헴, 잘 들으십시오."

선생은 담배 연기를 푸우 내뿜고는 목청을 다듬었다. 청산댁은 침을 꿀꺽 삼켰다.

"모친 전 상서. 지독스러운 더위에 고생이 얼매나 많습니까. 그동안 옥체 만강하여 건강하시고 밥은 잘 잡수시고 기십니까. 지난번 편지는 받았습니다. 수복이가 배탈 설사가 났다니 큰일입니다. 이질배가 안 되게 의원 선생한테 얼렁 가십시오. 꼬치장도 받았는디 꼬약꼬약 넘어서 야단 난리입니다. 그라고 어떻게나 매운지 똥눌 때 똥구멍이 매와서 며칠은 죽을 욕을 봤습니다. (청산댁은 연이어 혀를 찼다.) 아마도 비푸스텍 끼니 함바그스텍끼 같은 싱거운, 서양 코쟁이 음식을 먹고, 싸울 때도 씨레이숑 깡통이나 까먹는 버릇이 들어서 그런 모양입니다."

"선상님 무신 말인지 통 모르겄소. 꼬부랑말이 나오제라우?"

"예, 비푸스텍은 쇠고기로 된 음식이고 햄버그란 돼지고기로 만든 서양 사람들 음식이거든요. 그런데 그게 모두 싱거워서 그것만 먹던 속에 갑자기 고추장을 먹었더니 대변 볼 때 맵더라는 겁니다."

"낫 놓고 기역 자도 몰르는 에미헌테 편지를 씀시롱 위째 꼬부랑말을 쓰는지 몰라. 선상님 심이 곱으로 드는 질 모르고. 답은 뭐라고 썼지라우?"

청산댁은 말은 이렇게 하면서도 결코 기분이 나쁘질 않았다. 꼬부랑 말을 거침없이 쓰는 아들. 그저 대견스럽기만 했다. 그리고 중학교까지 만이라도 가르친 게 십분 잘했다 싶었다.

"이번 여름에 우리 나라 전부에 폭우비가 쏟아져 피해가 많다는디 우리 농사는 워쩐지 애가 탑니다. 이역만리 월남 땅에서 싸우는 소자는 엄니의 염려 덕분으로 건강하고 편하게 있습니다. 빳다 방맹이로 궁뎅이 볼기짝을 쌔가 빠지도록 맞던 시절은 추억의 한 페이지를 장식했습니다. 인자 소자는 병장이 되었으니께 쌔가 빠지도록 쫄병들만 조지면 됩니다. 이번 편지에는 엄니가 놀라 기절초풍할 소식을 전합니다. 귀신 잡기 작전에서 소자가 베트꽁들을 태권도 완 빤찌로 격파하여 생포했습니다. 그때 표창장과 훈장을 받았고 상품으로 일제 쏘니 트란지스타도 받았습니다. 그 트란지스타는 엄니 심심할 때 들으라고 선물로 푸레센트 할려 합니다."

"선상님, 기절초풍헐 소식 담부턴 무신 소리다요?"

"예, 그러니까……."

선생의 설명을 듣고 난 청산댁은 감격해 마지않는 눈물을 감추지 못했다.

"그 라지요 말이지라우, 라지요? 참말로, 참말로…… 요망스럽게 눈물은 자꼬……."

"을매나 효자요, 금메, 에밀 그렇크름 끔찍허니 위허는 자석이 요셋 시상에 쉽간디. 청산댁만 같음사 자석 수발도 헐 만허고말고."

선생 부인이 맞장구를 쳤다.

"에헴, 그럼 다음부터 또 읽습니다. 타관 생활을 하다 보니까 하늘보다 높고 바다보다 깊은 엄니 사랑이 절절합니다. 제대하면 군대서 숙달

한 달구지 모는 기술로 (웨메 군대에서 구루마 끄는 것도 가르친답디여? 청산댁의 이 말에, 자동차 운전 기술이라고 선생은 설명을 붙였다.) 도시에 나가 떼돈을 벌어 엄니를 호강시킬랍니다. 지금 고생을 쪼끔만 더 견디십시오. 무더위에 몸조리 잘하십시오. 소자 염려걱정은 하지 않아도 됩니다. 인자 소자도 외상 없는 어른이고 애아부지가 아닙니까. 수복이 아프지 않게 하십시오. 오늘은 이만 아듀. 남십자성 별빛 아래서 불효자 만득 상서."

"끝막음은 항시 남십자성 별빛 아래구먼 그랴."

"그라믄, 월남이니께."

치마 끝으로 눈물을 찍어내고 있던 청산댁이 콧물을 들이마시며 선생 부인의 말에 당연하지 않느냐는 듯 대꾸를 했다.

"펜촉하고 종이 내와요".

선생은 부인에게 일렀다.

청산댁은 매번 폐를 끼쳐 미안하다는 말을 여느 때나 다름없이 서너 번은 되풀이했고, 선생은 담배 한 대를 태우고 나서 방바닥에 엎드렸다.

"자, 어서 부르십시오."

선생은 청산댁이 부르는 대로 받아쓰기 시작했다. 사투리로 그대로 써야 했다. 처음 대필을 했을 때 멋모르고 청산댁의 말을 모두 표준어로 바꾸어 썼다. 그런데 대필을 마치고 다시 읽을 때 말썽이 생겼다. 내가 어디 그렇게 불렀느냐고 청산댁은 불만이었다. 표준말에 익숙하지 못한 청산댁은, 자기가 부른 것과는 엉뚱하게 다르며, 그래서는 아들 만득이가 알아듣지를 못한다고 우김질이었다. 선생은 어쩔 도리가 없었다. 그래서 사투리로 고쳐 다시 편지를 써야 했다.

"내 자석 만득이 보거라. 사시사철 삼복 더우가 뻗대는 땅덩어리서 금메 을매나 신간이 편찮고 사지가 늘어지겠냐. 만득이 니는 여름이면

땀깨나 흘려쌓고 소싯적에넌 땀빼기어시가 나서 고상깨나 했니라. 은제나 짬을 타서 미역을 감아사 쓴다. 니 한 몸 성해서 만사태평 만사형통이니께. 사루마다 갈아입을 적마동 부적 갈아붙이는 거 잊어뿔지 말아라. 항시 허는 말이다만 그 부적은 천 사람 정성이 깃들인 것이랑께. 만득이 니는 위쨌든 칠성님 자석이여. 무식헌 에미 말이라고 선뿔리 허먼 칠성님이 노허시니께 명심해야 써. 이 에미 걱정은 안 혀도 되야. 그라고 수복이 배탈도 말끔허니 나샀응께 걱정은 그만혀. 꼬치장이 매와서 똥구멍할랑 맵다니께 위째야 쓸지 모르겄다. 다 땀을 많이 빼서 양기가 허한 징조다. 여름 보신은 닭허고 개장국이 젤인디 위째야 쓴다냐 와. 농새는 그닥잖으니께 상심허지 말어라. 만득이 니가 공을 세와 상장도 타고 라지오도 받았다니께 장허고 장헌 일이다. 허나 공을 세우는 것도 중허지만 위선 전장터에서는 몸을 사릴 줄 알아야 쓴다. 내 한목숨이 곧 천지니께. 그라고 도야지가 새끼를 쳤다. 일곱 마리다. 그걸 돈 사서 수복이 돌잔치 장만을 해야 쓰겄다. 수복이 돌도 인자 한 달 남짓 남었다. 수복이 돌에 애비인 니가 있음사 오지기나 좋겄냐 와. 다 시국 탓이고 운수 소관이니께 너무 섭해 생각은 말거라이. 니가 이 못난 에미를 그렇크름 알뜰살뜰허게 위해쌓니께 이 에미는 헐말이 읎다. 얼렁얼렁 세월이 가 니 뜻대로 풀림사 오지기나 좋겄냐. 우리도 얼렁 옛말 이르고 살 때가 와얄 텐디. 이번 핀지에 넌 위쩐 일로 박 선상님 안부를 안 여쭸드라냐. 그래사 못쓴다. 박 선상님이 나 땜씨 을매나 애를 쓰시는지 아냐. 애비 읎이 큰 자석이란 말을 넘한테 들어사 되겄냐. 집일 걱정 말고 몸 편히 근강해라. 헐 말은 태산 같지만 오늘은 이만 허겄다."

선생이 다시 읽는 동안 청산댁은 눈을 감고 있었다.

"선상님 욕보셨구만이라. 우리 만득이 오먼 은혜사 톡톡허니 갚을랑마요."

청산댁은 손자를 들쳐업고 일어섰다. 올벼 쌀이라도 한 됫박 갖다드려야지 생각하고 있었다. 편지를 써줄 때마다 인사는 빠뜨리지 않은 청산댁이었다. 인사를 하는 둥 마는 둥 서둘러 사립문을 나섰다. 비가 멎은 사이에 읍내 우체국에 나갈 생각만이 머리에 차 있는 것이다.

남들이 아들 만득이를 칭찬하거나 자기를 복인福人이라고 부를 때처럼 청산댁에게 만족스럽고 뿌듯한 때는 없었다. 그러나 그때마다 선하게 떠올랐다가 사라지는 얼굴이 있었다. 남편이었다. 늙어갈수록 자꾸 꿈자리를 어지럽히고 마음에 허전한 구석을 만들어놓는 남편이었다. '실헌 자석 만득이가 있으니께' 하면서도 왠지 빈 곳이 생기는 마음은 청산댁으로서도 도시 알 수가 없는 일이었다.

허 주사 댁 머슴살이를 하던 남편에게 시집을 온 것이 열아홉 살 나던 해 겨울이었다. 남편은 열 살이나 손위였다. 신방이래야 전에 남편이 거처하던 행랑채에 붙은 조그만 방이었다. 벽지만 새로 바르고 세간이란 허 주사 댁에서 지어준 이불 한 채와 시집올 때 가져온 고리짝 한 채뿐이었다. 그 고리짝에는 무명 옷가지가 서너 벌 들어 있었다. 다른 세간살이는 굳이 필요가 없었다. 남편이 허 주사 댁에 그대로 머물러 머슴살이를 했고 그래서 그네도 부엌일을 도맡아야 했다.

쇠여물을 끓이는 방은 언제나 따뜻했다. 저녁 설거지를 마치고 방으로 돌아오면 남편은 담배를 피우며 기다리고 있곤 했다.

"워째 인자서 와. 싸게싸게 혀뿔고 얼렁 올 것이제."

퉁명스레 한마디 하고는 담뱃불을 끄고 그네의 손을 거머잡는 것이다.

"손이 얼음장이네. 일로 앉소. 일로."

이불을 걷고 아랫목에 앉히기가 무섭게 그 억센 팔로 허리를 감아 눕히고는 어미 닭이 병아리를 품듯 해버렸다. 그러고는 치맛말기를 마구 쥐어뜯는 것이다. 요 대신 치마를 깔긴 했지만 남편의 거친 숨소리를 세찬 바람 소리처럼 들으며 그녀는 엉덩이가 뜨거워 못 견디겠다는 말을 끝내 못하고 몸을 비틀어대기만 했다.

이마에 땀방울이 맺힌 남편은 배를 깔고 엎드려 담배를 피웠다.

"새경 모아논 것이 세 가마닌께 인자 고상도 다헌 심이여. 쪼끔만 참으면 되야. 초년 고상은 사서라도 헌다는 말 있잖은가벼. 우리도 아들딸 낳고 여렇타게 살아볼 날이 낼모레여. 자네도 몸 돌바감시롱 일혀. 쌔 빠지게 혀도 다 넘 존 일이니께."

그네는 쑥스러워 남편을 외면하고 누워, 가난한 이모 집에서 겨울에도 냉방에서 새우잠을 자던 일을 생각하고, 뼈가 휘도록 일을 해도 항상 배가 고팠던 일도 생각하고, 그러면서 백번 생각해도 시집은 잘 왔다는 생각을 하다가 남편의 이런 말에 취해 흥건히 잠에 빠지는 것이었다. 그네는 첫닭이 울고 이내 잠자리에서 일어나야 했다. 닭이 홰를 치고 그네가 이불을 벗어나면 남편은 잠 덜 깬 소리로 역정을 냈다.

"저런 달구새끼 좀 보소. 모가지럴 쳐죽이든지 대갱이럴 잉끄레뿌러야 내 속이 풀리겄네. 쪼끔 이따 나가소. 다 넘 존 일 시키는 것이니께."

한사코 치맛자락을 붙들고 늘어져서는 방바닥에 눕히고 마는 것이었다.

나무도 지피기 좋은 삭정이만을 해왔고, 불을 쉽게 붙이라고 관솔을 잘게 쪼개다가 살강 밑에 쌓아두기도 했다. 어떤 때 밥을 하다 말고 나무가 모자라 뒤란에서 그네가 손수 가져오다 맞부딪치면 남편은 불호령을 내렸다. 왜 남자 하는 일까지 고생을 사서 하느냐는 것이었다. 장가들기 전에 남편은 나무를 해와도 생솔가지만 쳐왔다는 것이다. 그네는 관솔은 고사하고 부엌에 나무를 들여다 준 일은 한 번도 없었다고 했다. 이런 말을 다른 여자들로부터 전해 들으며 그네는 귀밑이 달아올랐다.

남편은 쇠여물을 끓인 불 밑에 고구마를 넣었다가 그네가 일을 마치고 돌아오면 꺼내주기도 했다. 김이 무럭무럭 오르는 군고구마를 먹으며 그네는 괜히 가슴이 설레고 그래서 시집을 잘 왔다는 생각을 또 하고 그러다가 남편 몰래 귓불이 붉어지기도 했다.

일이 고된 나날이었다. 그러나 빨리 가는 세월이었다. 신혼이라서 그런지도 몰랐다.

2월이 다 가는 무렵 입덧이 일기 시작했다. 남편은 밤마다 먹고 싶은 것이 뭐냐고 지치지도 않고 물었다. 사실 밥맛은 싹 가시고 헛구역질만 솟으며 엉뚱한 것이 먹고 싶은 때가 많았다. 참외가 먹고 싶은가 하면, 시디신 것이 못 견디게 먹고 싶고, 메뚜기 볶은 것이 생각나는가 하면, 떫은 감을 으석으석 씹었으면 싶기도 했다. 그러나 그네는 말을 할 수가 없었다. 애기를 뱄다는 것이 창피하기도 했고 어쩐 일로 먹고 싶은 것이 이 한겨울에는 구경조차 못할 것들뿐이었다. 괜히 말을 했다가 남편 애만 태울까 봐 먹고 싶은 게 없다고만 했다.

그런데 남편은 어디서 구했는지 석류를 가져왔고 생전 처음 보는 오꼬시라는 과자도 손에 쥐여주었다. 그네는 그저 눈시울이 뜨거울 뿐이었다.

"많이 묵어라. 고라고 아들 하나만 쑥 빼라. 아들만 남사 오지기 좋겄냐."

남편은 입버릇처럼 이런 말을 했다. 그리고 이부자리 속에서도 그전처럼 우악스레 다루는 일이 없었다.

봄이 짙어지고 배가 불러지기 시작하면서 남편의 정성은 더 지극했다. 시집오기 전에는 보리가 날 때까지 나물죽이나 호박죽으로 근근이 살아온 그네였다. 그러나 시집오고 처음 맞는 봄에는 보릿고개라는 걸 모르고 지냈다. 꿈만 같은 일이었다. 허 주사네가 잘살기도 해서였지만 남편이 어찌나 걷어다 먹이는지 시장기를 느낄 여유가 없었다.

9월 초순에 몸을 풀었다. 아들이었다.

"웨메 내 사람아 고상혔네, 고상혔어. 요런 달뎅이 같은 아들을, 와 장허네, 장허고말고. 내 큰절 한번 받아보소."

벌렁벌렁 춤을 추던 남편은 넙죽 큰절을 하는 것이 아닌가.

"남정네가 무신 일이다요."

그네는 남편을 나무라면서도 연신 벙글거리고 있는 남편의 눈꼬리에 잡힌 잔주름에 눈길을 주고 있었다. 가시내를 낳았다면 얼마나 서운해 했을까 하는 생각을 하면서.

남편은 전보다 더 억척스레 일을 했다. 가난하고 못 배운 한을 자식한테서 풀어보겠다는 것이었다. 그리고 허 주사네 집에서 나가겠다고 했다. 남의집살아봤자 평생 그 꼴이고 결국 남 좋은 일 시키는 것이라 했다. 남편의 말을 전해 들은 허 주사는 노발대발하다가 끝내는 달래기 시작했다. 그래서 새경을 배로 받기로 하고 머물러 앉게 되었다. 그날 밤 술이 얼근하게 취해 돌아온 남편은 이런 말을 했다.

"우리도 인자 눈깜짝헐 새에 잘살게 될 것잉께 두고 봐. 사내대장부가 요대로 죽을 수야 있간디."

그네의 눈에는 얼마나 믿음직스러운 남편인지 몰랐다.

봉구도 무병하게 자랐다. 봉황이 서린 상이라 해서 허 주사가 지어준 아들의 이름이었다.

2년이 지났다. 한 번도 다투어본 일이 없이 지나간 세월이었다. 그동안에 장리를 놓고 새경을 받아 모은 쌀이 일곱 가마니가 되었다. 그네는 정신이 하나도 없었다. 남들은 왜놈들 등쌀에 더 못살겠다고 잔뼈가 굵은 고향을 등지는 판이었다. 더구나 아랫마을 김 서방네가 죽 끓일 것도 없어 사흘을 굶었다는 소문이 퍼지는가 하면, 어떤 여자는 애를 낳고 묽은 죽만 넘기다 보니 젖이 안 나와 애를 죽이고 말았다는 말이 전해지기도 했다. 이런 판국에 쌀이 일곱 가마니라니. 그네는 이 소문이 퍼질까 봐 쉬쉬했고 남편에게도 함구할 것을 몇 번씩이나 다짐했다. 그리고 주인집 일을 더 부지런히 했다. 뭐니뭐니 해도 다 허 주사 양반이 베풀어준 은덕이 아니고서야 감히 엄두도 못 낼 일이라 믿었기 때문이다. 더구나 왜놈 순사들까지도 굽실거릴 만큼 허 주사는 지체가 높고 세도가 큰 분이 아닌가.

봉구가 세 살 되던 해 봄이었다.

남편은 잠자리에서 며칠 후에 징용을 나가게 되었다는 말을 했다. 그 말을 듣는 순간 그네의 가슴은 덜컥 내려앉았다. 그러고는 소리 없이 울기 시작했다. 왠지 모르게 서럽고 주체할 수 없이 흐르는 눈물이었다.

"울지 말랑게. 2~3년 훗딱 댕겨오기만 허먼 저수지 밑 웃때기 닷마지기는 내 것잉께. 쌀 일곱 가마니 그런 것은 시답잖은 것이여."

남편은 그네를 껴안고 이런 알아들을 수 없는 말을 했다. 저수지 수문 양옆에 있는 논은 허 주사네 많은 논 중에서도 특히 손꼽히는 것이었다. 아무리 보잘것없는 모를 심어도 수확이 걸게 된다는 논이었다. 그만큼 물길이 좋고 기름진 논이었다. 그런 논 다섯 마지기가 징용만 갔다 오면 우리 것이 된다고 하니 그네로서는 무슨 영문인지 알 수가 없었다.

남편은 이틀 후에 젊은 사람들과 읍내 역에서 기차를 타고 떠났다.

"일은 꾀지게 눈치껏 혀. 다 넘 존 일 시키는 것이니께. 그라고 봉구 뒷수발도 잘허구."

그네는 연신 눈물만 훔치고 있었다. 그저 서럽고 기가 막힐 뿐이었다.

기적이 울리고 기차가 움직이기 시작했다.

"밤이먼 문단속 잘허고 자야 혀. 알겄어?"

남편은 지난밤부터 열 번도 더한 말을 또 하고 있었다. 그네는 고개를 끄덕이며,

"몸 성히 댕겨오씨요이."

겨우 이 말을 해놓고는 그만 울음을 터뜨려버렸다.

기차가 산굽이를 돌아갈 때까지 그네는 아랫배에 손을 얹고 그대로 서 있었다. 몇 번을 망설이다가 기어이 태기가 있다는 말을 못했고 남편은 그걸 모르고 떠나버린 것이다.

몇 날을 계속해서 울었다. 밥을 하면서도 울고 빨래를 하면서도 울었다. 일손이 잡히지 않았다. 밥이 타는가 하면 그릇을 놓쳐 깨기가 일쑤였다. 눈자위가 헐어 진물이 나고 앞이 침침하여 안 보였다.

그네는 마음을 다져 먹고 밤이 늦으면 장독대에 정화수를 떠놓고 남편의 무사를 빌기 시작했다.

곧 입덧이 시작되었다. 더욱 그리워지는 남편이었다. 부엌문을 붙들고 헛구역질을 하다가 간신히 숨을 돌린 그네는 먼 하늘을 바라보며 "봉구 아부지, 은제나 오실라요." 헛소리처럼 중얼거리는 것이다. 그런 그네의 눈에는 눈물이 그렁 괴어 있었다.

그네의 얼굴은 날로 파리해 갔다. 눈밑 광대뼈 부분에 기미가 두껍게 앉고 입술은 언제나 바싹 타 있었다. 몸살이 나도록 길게 느껴지는 입덧이었다.

입덧이 걷히면서 봄도 가고 여름이 왔다. 농사는 바빠지는데 그전처럼 일손에 신명이 붙지 않았다. 몸이 무거워지기 때문만은 아니었다.

자는 봉구에게 부채질을 해주며 은하수를 바라보고 누웠다가 깜빡 잠이 들었다. 꿈결에 아래가 뻐근하고 무거웠다. 가슴까지 답답했다. 번쩍 눈을 떴다. 꿈결이 아니었다. 벌떡 일어났다. 그러나 마음뿐이었다. 소리를 질렀다. 소용없었다. 큰 손이 입을 틀어막고 있었다.

"새댁, 기민있거라. 나나 나."

귀에 익은 목소리. 어둠 속에서도 알아볼 수 있는 허 주사의 얼굴이었다.

그네는 고개를 돌리며 흑 울음을 터뜨렸다.

—밤이먼 문단속 잘허고 자야 혀. 알겄어?

그네는 속입술을 깨물며 남편의 역력한 목소리를 듣고 있었다.

"새댁, 없던 일로 해둬라."

주섬주섬 옷을 입고 방문을 나서는 허 주사의 말이었다.

그네는 곧 감나무에 목을 맬 작정을 했다.

벌떡 일어났다. 엎드려 자고 있는 아들이 눈에 들어왔다. 그만 그네는 아들을 감싸 안고 섧게 울기 시작했다.

추석이 지나고 서리가 내려도 남편 소식은 알 길이 없었다. 더디 바뀌는 계절이었다.

12월에 해산을 했다. 계집아이였다. 어느 때 없이 남편이 그리워지는 날이기도 했다. 그러나 그네는 남편 생각이 떠오를 때마다 섬뜩섬뜩 놀랐다. 허 주사의 그날 밤 일이 찰거머리처럼 붙어다니기 때문이었다. 그 일을 잊어버리려고 무진 애도 써보았다. 허사였다. 어떤 때는 남편이 시퍼런 도끼를 들고 쫓아오는 꿈도 꾸고, 목을 졸리는 꿈에 시달리기도 한두 번이 아니었다. 남편이 당장이라도 돌아오면 어떻게 대하나 하는 생각에 빠지기 시작하면 그네는 곧 미쳐버릴 것만 같았다.

딸아이 이름은 눈 오는 겨울에 낳았다고 하여 설자라 했다. 허 주사가 지어준 이름이라 싫었지만 막상 그네로선 다른 이름으로 고칠 수도 없었다.

다음 해 여름, 마을에 홍역이 퍼졌다. 그네의 두 아이도 홍역을 앓기 시작했다. 아들은 눈을 딱 감고 아무것도 먹지 않았다. 몸이 불덩이같이 펄펄 끓었다. 눈에는 눈곱이 쇠똥처럼 덮였다. 물수건으로 닦아 떼어내도 눈을 뜨지 못했고 눈곱은 다시 끼었다. 딸도 젖을 물리기만 하면 토해 냈다. 그리고 숨이 자지러지도록 울기만 했다. 몸은 역시 불덩어리였다. 산토끼 다리를 과서 먹여도 소용이 없었다. 석류를 달여서 먹여도 더하기만 했다. 그네는 약을 구하러 쏘다녔다. 한약방에도 가보았다. "홍역은 죽어서도 한 번은 앓는 것잉께 그리 상심 마씨요." 이런 태평스런 말뿐 속이 확 틔는 약은 구할 수가 없었다. 곧 울음이 터질 것 같은 얼굴을 한 그네는 "봉구 아부지, 자석덜이 다 죽어가는디 금메 얼렁 좀 오씨요." 이런 말을 중얼거리며 질정 없이 이리저리 쏘다녔다.

나흘째 되던 날 밤, 딸이 있는 힘을 다해 울더니 팔다리를 쭉 뻗치며 그 길로 숨이 넘어가 버렸다. 그네는 미친 사람이었다. 애기를 들쳐업고 한약방으로 양의에게로 내달았다. 헛일이었다.

다음 날 점심때쯤에는 아들이 몸을 비비 꼬면서 괴상한 소리를 질렀다. 입이 비틀려 돌아가고 팔다리가 겁잡을 수 없이 떨렸다. 그네는 아들을 안고 병원으로 줄달음질을 쳤다. 그네의 낭자 머리는 헤풀어지고 한쪽은 맨발이었다.

풍기라 했다. 허 주사가 돈을 대서 입원을 시킬 수 있었다. 한 달이 가까워 퇴원을 했다. 예전의 아들이 아니었다. 왼쪽 팔다리가 표나게 굳어져 제대로 걷지를 못했다. 입도 왼쪽으로 돌아갔다. 그 입에서는 침이 질질 흐르고 있었다. 더욱이 기막힌 것은 왼쪽 눈이 완전히 감겨 버린 것이다. 열 때문에 눈동자가 곯아버렸다고 했다. 말도 제대로 못하고 혀 말려 들어가는 소리를 낼 뿐이었다. 마을에서 다른 두 아이도 죽어갔다. 시국이 험해서 여름 홍역이 퍼지고 애들까지 잡아간 것이라고 동네 사람들은 입을 모았다.

그네는 시름시름 앓다가 몸져눕고 말았다. 눈만 붙이면 사나운 꿈에 시달렸다. 꿈에 나타나는 남편은 언제나 눈을 부릅뜬 무서운 얼굴이었다. 어느 때는 아래를 찢기는 꿈을 꾸다 가까스로 깨어나기도 했다. "이년 내 자석 내라, 내 자석 내." 머리채를 끌려 담벼락에 짓찧여 피투성이가 되기도 했다. 그런 꿈에 시달리고 나면 머리는 방구석에 처박혀 있고 온몸에는 식은땀이 쭉 흘러 있곤 했다.

보름이 지나서 겨우 기동을 할 수 있었다. 몸이 반쪽이 되어버린 그네는 흡사 얼빠진 사람이었다. 전보다 기운도 줄어들었다. 전에는 한나절에 해치울 일을 하루 해가 다 가도록 해야 했다. 그래도 힘은 더 들었다. 이런 날이 계속되자 주인아주머니의 간섭과 꾸중이 시작되었다. 그네는 안간힘을 다했다. 마음과 달리 몸은 말을 듣지 않았다. 주인의 꾸중은 폭언으로 변해 갔다. 밥을 제대로 넘기지 못하는, 회복되지 않은 몸은 휘청이는 나뭇가지였다. 잎이 지기 시작하는 10월 중순, 그네는 쫓겨나야 했다. 그네는 손바닥이 닳도록 빌었다. 허 주사 부인은 독살스럽고 차가웠다.

"일도 못험서 두 입을 살리라고? 가당찮은 소리 허지도 마라. 나가그라. 썩 나가."

"애아부지 올 때꺼지만 살게 혀줏써요. 삼동인디 워디서 살 것이요."

"시끄럽다. 살았는지 죽었는지 누가 알 것이냐."

"고것이 무신 소리다요?"

"아 얼렁 나가뿌러."

그네는 등을 밀려 허 주사 집에서 쫓겨났다.

남편이 떠날 때만큼이나 서럽고 기가 막혔다. 당장 저녁부터 잠 잘 곳이 없었다. 이모 집, 말도 안된다. 자식까지 데리고 무슨 면목으로 거길 갈 수가 있을까. 아무리 생각해도 갈 만한 곳이 없었다. 남의집살이. 그러나 홀몸도 아니고 자식까지 딸려 있다. 그것도 성하지도 못한 자식이 아닌가.

그네는 무작정 읍내 쪽으로 걸었다. 그러면서 주인 아주머니의 말을 생각하고 있었다. 정말 남편이 죽어버렸다면. 죽어서 영영 안 돌아온다면. 남편을 따라 죽으리라 생각했다. 오히려 마음이 편안해지는 것 같았다. 그러나 남편의 소식을 알 때까지 살아야 될 일이 꿈만 같았다. 언뜻 쌀 일곱 가마니가 떠올랐다. 그러나 주인 아주머니의 시퍼런 서슬 앞에서 그네는 말도 꺼내보지 못하고 쫓겨난 것이다.

그네는 땅거미가 짙어오는 속에 남편이 떠난 산굽이를 바라보며 넋 빠진 사람처럼 언제까지나 서 있었다.

역 대합실에서 밤을 새웠다. 어제 점심때부터 곡기라곤 입에 대지 못한 아들은 밤새도록 보채다가 날이 밝자 기진해서 울지도 못했다. 아들을 서둘러 업고 대합실을 나섰다. 밥을 얻어먹여야 된다는 생각이었다.

이 집 대문 앞에서 서성이다 발길을 옮기고, 저 집 대문 고리를 잡고 망설이다가 그네는 돌아서곤 했다. 도무지 말이 나오질 않았다. "밥 한 술 보태줏씨요." 이 말은 목구멍에서 맴돌이질만 할 뿐 죽어라고 말이 되어지질 않았다. 그네가 읍네를 한바퀴 다 돌고 났을 때는 해가 중천에 걸려 있었다.

"지랄허고 자석 새끼 굶겨 죽이고 말랑갑다."

자신에게 욕을 하며 다음 집으로 발길을 돌리면서 마음을 다지는 것이었지만 막상 대문 앞에 서고 나면 허사였다.

저녁때 퀭한 눈으로 그네는 어느 식당 앞에 섰다. 고기 굽는 냄새가 이틀을 굶은 속을 뒤집고 있었다.

"여보시요, 밥 한 술 줏씨요."

안에서는 아무 기척이 없었다. 그네의 목소리가 너무 작았던 것이다.

"아, 저리 비켜나그라."

서너 사람이 식당으로 들어서며 그네를 밀쳤다. 그네는 비척비척 물러섰다. 안에시 무슨 서지가 어쩌고 하는 소리가 나더니 한 사내가 불쑥 얼굴을 내밀었다.

"밥 한술 보태줏씨요. 내 새끼가 다 죽어가요."

한달음에 쏟아놓은 그네의 또렷한 말이었다.

"워쩌? 재수대가리 읎이, 저리 안 가?"

사네가 획 밀쳐버렸다. 그네는 그대로 나동그라졌다. 정신이 아찔했다. 그네는 울컥 솟는 울음을 씹었다.

밤이 어둡기를 기다려 그네는 논으로 들어섰다. 잡히는 대로 벼이삭을 훑어 보자기에 넣었다. 그네의 머릿속에는 자식을 이대로 굶겨 죽일 수는 없다는 생각뿐이었다. 얼마를 그렇게 했는지 모른다. '누구냐' 하는 고함소리와 함께 누가 그네의 뒷덜미를 거칠게 휘어잡았다.

그네는 허 주사네 아들과 머슴에게 끌려가면서 얼마를 빌었는지 모른다. 제발 살려달라고, 죽지 못해 한 짓이었다고. 그러나 소용이 없었다.

"우리 조상 앞에도 안 올린 농새를 니년이 먼첨 처묵어? 요런 잡것이……."

허 주사 부인이 그네의 머리채를 잡아 흔들었다. 그네는 연신 잘못했다고, 한 번만 살려달라고 빌었다. 그러다가 아들을 업은 채 까무러치고 말았다.

눈을 떴을 때는 이틀 전까지 그네가 거처하던 방에 누워 있었다. 그네는 일어나려고 했지만 꼼짝할 수가 없었다.

"뉘 계시씨요. 참말로 면목 읎구만이라. 내 맘 같았음사 워디 집에꺼정 끌고 왔을랍디여. 잘사는 사람들이 워찌 배고픈 사람 속 알 것이요. 상심 마씨요. 봉구 아부지만 옴사 요런 설움받고 살랍디여. 즈그덜 잘사는 것도 다 우리 같은 사람 피 뽈아묵어서 그런 것 아니겠소. 허나 10년 세도 없고 3대 부자 없다는 말도 있으니께, 즈그덜이 가면 을매나 가겠소. 내 봉구 아부지 올 때꺼정 목구녕에 풀칠이라도 헐 자리를 구해 볼 팅께 너무 상심 마씨요."

머슴이 나간 다음에 그네는 흐느껴 울기만 했다.

다음 날 늦어서 그네는 머슴의 눈치에 따라 허 주사 집을 빠져나왔다. 그래서 머슴의 먼 친척이 하는 읍내 어느 식당의 부엌 물일을 맡게 되었다.

진종일 손을 물 속에 담그고 있어야 하는 일이었다. 그러나 두 입이 배가 고픈 걸 모르고 살게 된 것이 그네로선 더없는 다행이었다. 새벽같이 일어나서 온 하루를 잠시 앉을 짬도 없이 종종걸음을 치다가 자정이 가까워서야 잠자리에 들면 몸은 삶은 파나물이었다.

해가 바뀌고 8월이 되었다. 세상은 벌집을 쑤셔놓은 듯 난장판이 되었다. 해방이라 했다. 자유라고 했다. 식당에서도 싸움이 잦았다. 밥을 먹고 돈을 안 내고 갔다. 돈을 내라면 자유라고 했다. 그래서 싸움이 터지고 그릇이 깨졌다. 그네는 자유라는 것이 밥을 먹고도 돈을 안 내는 것이려니 했다.

누구는 일본 사람이 하던 정미소를 물려받아 떼부자가 됐고, 술배달꾼 누구는 양조장을 빼앗아 벼락부자가 되고, 망치잡이 아무개는 철공소를 다른 사람에게 팔아넘기려 하자 일본 주인에게 칼부림을 해선 제 것으로 만들었다는 갖가지 풍문이 나돌았다. 그러나 그네의 귀를 번쩍 띄게 한 것은 군인이나 노무자로 끌려간 사람들이 돌아오고 있다는 소문이었다. 그네는 잠을 이루지 못했다. 얼핏 잠이 들면 으레 남편이 보이곤 했다.

9월 중순이 넘어도 남편은 소식이 없었다. 여태까지 못 온 사람은 다 죽은 것이라는 풍문이 일기 시작했다. 그네는 애가 타서 견딜 수가 없었다. 일을 하면서도 식당의 손님들 말에 귀를 기울이는 버릇이 붙었다. 허 주사가 친일파로 몰려 학생들에게 두들겨맞았다는 말도 있었다. 논을 빼앗겼다는 이야기가 들리기도 했다. 우리 쌀 일곱 가마니는? 그네는 그만 왈칵 울어버리고 싶도록 조바심이 나고 가슴에는 숯이 탔다. 그러던 10월 초순 어느 날이었다.

"봉구야, 봉구야."

그릇을 닦던 손을 멈춘 그네는 설마 했다.

"봉구야. 워딨냐. 나다 나."

틀림없었다. 남편이었다.

"웨메!"

그네는 그릇을 내동댕이치며 부엌문을 박차고 나섰다.

식당 가운데 떡 버티고 선 사내. 틀림없는 남편이었다. 그네는 그 자리에 선 채 움직이질 못했다.

"을매나 고상을 혔냐."

와락 쓸어안는 남편의 품에 안기며 그네는 정신을 잃어버렸다.

그네는 눈을 떴다. 남편의 얼굴이 바로 눈앞에 있었다. 그때서야 그네는 울음을 터뜨렸다.

"그만 울어라, 그만. 을매나 고상을 혔냐."

남편은 그네의 등을 쓸고 쓸었다.

"금메 봉구가 말이요."

그네는 말끝을 맺지 못하고 겨우 잡은 울음을 다시 터뜨렸다.

"다 들어서 알었네. 다 지 팔자 소관이제 워디 자네 잘못인가. 자석이사 또 나면 되는 거니께 너무 걱정 마소."

이게 무슨 말인가. 그네는 자신의 귀를 의심했다.

"그 말 참말이요?"

"금메 자석이사 또 나면 된다니께. 인자 눈물 거두소."

남편은 웃고 있었다. 다시 울음이 복받쳐올랐다. 병신이 된 자식을 대할 때마다 가슴을 저미던 아픔이었다. 남편에 대한 그리움이 클수록 마음을 짓누르던 견딜 수 없는 죄책감이었다.

"그란디 허 주사놈이 자넬 쫓아냈담서? 그놈 여펜네가 머리끄댕일 끌고 댕김서 뚜들겨팼담서? 가세, 연놈을 당장 패죽이고 말 팅께."

남편의 얼굴은 무섭게 일그러져 있었다.

"그런 걸 워찌 다 아시요?"

"역전 앞에서 다 듣고 왔네. 싸게 채비혀."

그네가 데려온 아들을 남편은 물끄러미 내려다보고 있더니 번쩍 안 아올렸다.

"다 지 팔자 소관이니께."

병신인 아들을 안고 식당을 나서며 홀리듯 하는 남편의 말이었다.

허 주사 집으로 가면서 남편은 허 주사 내외를 죽이고 말겠다는 말을 되풀이했다.

"존 말로 헛씨요. 욱대기다가 무담씨 욕이나 보면 워쩔 것이요."

그네는 종종걸음을 치고 따라가며 이런 말을 했다.

"허 주사 지 놈이 뭔디 날 욕보여? 가당찮다. 왜놈이 있을 때나 허 주사제 지끔도 허 주사여? 고 후레아들놈이 내가 죽어뿔기를 바랬지만 요렇게 뻐젓이 살아왔다. 지 놈이 내가 온단 말을 들었으면 역전 앞까징언 마중을 나와야제, 요 자석 워디 보자."

예전에 한 번도 들어본 일이 없던 남편의 거친 말투였다. 그네는 불안하면서도 밥값을 내지 않고 나가버리는 자유라는 것이 남편에게도 있는 모양이구나 생각하며 마음을 달랬다.

남편은 허 주사네 대문을 발길로 걸어차고 들어갔다.

그네는 그만 가슴이 덜컥했다.

"어떤 놈이냐!"

마루에 앉아 있던 허 주사가 소리를 질렀다.

"나다!"

남편이 맞대고 소리를 질렀다. 그리고 남편은 아들을 그네에게 넘겨주고 나서 마당을 가로질러 뚜벅뚜벅 걸어갔다.

"이게 뉘기여? 복길이 아니라고?"

"워쩌? 복길이? 나가 니놈 새낀 줄 알어? 아가리 찢어놓기 전에 조심혀."

허 주사 앞에 버티고 선 남편의 호령이었다.

"웨메 니놈꺼정, 니놈꺼정……."

허 주사는 눈을 휘둥그레 뜨고 말을 잇지 못했다.

"니놈이라니, 요 쌔를 빼놀 자석아. 나가 지금도 느그 머슴인 줄 아냐? 지금이 워쩐 세상인지 알기나 혀?"

남편은 허 주사의 멱살을 틀어잡고 있는 것이 아닌가. 그네는 발을 동동 굴렀다. 무슨 날벼락을 맞으려고 허 주사에게 저런 짓을 하는지 정신이 하나도 없었다. 아무리 자유도 좋지만 너무 무섭게 변해 버린 남편이었다.

"내 마누래가 무슨 죄가 있드냐. 뼈빠지게 부려묵고, 그 여독으로 앓고 일어나 예전맹키로 기운 못쓴다고 쫓아내 뿌러? 요런 개자석 같으니, 고런 심뽀로 나가 칵 꼬드라져 죽길 바랬지야? 요렇크름 두눈 뻔허게 뜨고 살아왔다. 워떡헐래, 워떡혀?"

남편은 멱살을 잡아 추켜올리고 있던 허 주사를 사정없이 떠다밀어 버렸다.

"웨메 사람 잡네."

대문 쪽에서 울린 여자의 목소리였다. 허 주사 부인이 질린 얼굴로 엉거주춤 서 있었다.

"오냐, 니 잘 만났다."

남편은 눈을 부릅뜨고 마당으로 뛰어내렸다. 허 주사 부인이 외마디

소리를 지르며 마당에 나동그라진 것은 눈깜짝할 사이였다.

"나가 요렇크름 살아왔다. 워디 또 내 마누래 머리끄댕일 끌고 댕김서 패봐라. 내 눈앞에서 워디 또 혀보랑께."

머리채를 이리 끌고 저리 끌고, 발길로 마구 걷어차며 소리소리 지르는 남편은 흡사 성난 황소였다. 그네는 손바닥을 자꾸 말아쥐며 바들바들 떨기만 했다. 이런 모든 일을 입바르게 알려준 사람이 원망스럽기도 했다.

허 주사 부인이 게거품을 물고 네 활개를 뻗어버려서야 남편은 머리채를 놓았다.

"순사헌테 끌려가먼 워쩔라고 이러요 금메."

"순사? 하, 날 끌어갈 놈이 워딨어. 내 자유고 내 궐리여, 궐리."

궐리(권리)? 그네로선 모를 말이었다. 그네는 앙갚음하는 것이 신식 말로 궐리라고 하는 것이려니 했다.

"찬물 한 바가지 뒤집어씌워."

남편은 허 주사 부인을 턱으로 가리켰다. 그네는 부엌으로 내달았다.

"얼렁 논문서 내놔. 인자 닷 마지기는 내 것잉께."

그네는 허 주사 부인의 얼굴에 냉수를 뿌리면서도 남편의 말에 귀를 기울이고 있었다.

"아, 얼렁 못 내놓겄어?"

남편은 마루청을 치며 소리를 질렀다.

"미안허네만 논이 다 날아가 뿌렀네."

"뭐여? 요런 개자석이 인자 와서…… 에라 잡것."

남편은 윗저고리를 벗어젖혔다. 얼굴은 시뻘겋게 핏발이 돋아 있었다. 남편은 사방을 두리번거리더니 곧 뒤란으로 달려갔다.

정신을 돌린 허 주사 부인을 부축해서 막 마루에 앉힐 때였다. 시퍼렇게 날이 선 낫을 든 남편이 나타났다.

"요런 개자석, 니 죽고 나 죽자."

남편은 허 주사의 멱살을 잡고 낫을 치켜들었다.

그네는 남편을 막아섰다.

"위째 이러시요. 정신 채리씨요."

"기집년이 방정떨지 말어."

그네를 사정없이 밀쳐버렸다. 남편은 눈이 뒤집혀 있었다.

"느그 동상 모가지만 귀허고 내 목심은 똥 친 작대기드냐? 느그 동상 대신 전장터에 나가 죽을 고비를 골백번 넘김스롱 살아왔다. 근디 인자 와서 위쩌? 논을 못 주겠다고?"

"줌세, 준다니께."

허 주사는 손바닥을 싹싹 비벼댔다.

청산댁은 손자를 추슬러 업으며 몸을 으스스 떨었다. 그때 남편이 허 주사를 낫으로 죽여버렸다면 지금 생각해도 아슬아슬한 일이었다.

저수지 수문 밑 다섯 마지기 대신 철길 옆 세 마지기 논과 미륵골 밭 세 마지기를 받았다.

그리고 그동안 아홉 가마니로 불어난 새경 쌀로는 지금의 집을 장만했다.

"허 주사놈 모가질 비틀어뿌렀어야 허는디. 위쩔 것인가? 젊은 나가 참아야제. 허 주사는 그믐달이고 우린 초승달 아닌가. 안 그런가?"

"하먼이라. 우리도 인자 부자 아니요."

넓은 마당에 헛간이며 돼지우리까지 딸린 집으로 이사를 하던 날, 저녁 밥상머리에서 그네는 마냥 행복하기만 했다.

"한 사발 더 헛씨요."

막걸리를 남편에게 건네며 그네는 또 가슴이 섬뜩해졌다. 그 생각을 안 하려고 해도 이처럼 상상도 못했던 부자가 된 사실을 의식할 때마다 등골이 서늘해지는 것이다. 허 주사 동생 대신 징용을 나가다니. 살아 돌아왔으니 망정이지 죽어버리기라도 했으면. 논은 고사하고 뼈가 휘게 일을 해서 모은 새경 쌀도 찾지 못하고…… 그리고 병신 자식을 데리고 식당 부엌에서…… 생각이 여기에 이르면 정신이 아찔해지고 자신을 속인 남편이 더없이 원망스럽기도 했다.

그래서 남편이 돌아온 그날 밤 그네는 따지고 들었다.

"워째서 간다고 말이나 혔어얄 것 아니요."

"멋할라고. 그랬음사 갈 수나 있었간디?"

맞는 말이었다. 그네는 결코 보내지 않았을 것이다.

"금메 죽어뿌렀으면 워쩔 뻔혔습디여?"

"아무나 다 죽간디? 죽고 사는 건 다 운수 소관이여."

너무 당당한 남편의 말이었다.

어찌됐건 믿음직스럽고 장한 남편이었다. 잘살아 보려고 그렇게까지 한 남편의 넓은 뜻이 고맙고, 싸움터에서 또 고생은 얼마나 했을까 생각하면 자신이 겪은 고생은 하찮은 것이 되고, 남편이 하늘처럼 높아 보이기만 했다.

"워딜 그리 부산나케 가시요, 청산댁?"

"순돌이 아범 아니라고? 나 읍내 가요."

"또 만득이 핀지가 왔습디여?"

"라지요를 보낸다고 안 했소, 라지요."

"라지요는 무신 라지요?"

"상을 받은 거디 이 에미헌데 신사헌답디다."

"허, 상은 워쩐 상인디요?"

"금메 베트꽁을 둘이나 산 채로 잡아부렀다요. 긍께 상을 안 받을 수가 있겠소?"

"만득이가 장사여. 그라고 그 효심이 또 상 받었소."

"그까진 건 시답잖소. 제대를 허먼 서울로 이 에밀 모신답디다. 그때넌 이 지긋지긋헌 농새일 안 해도 쌀밥 묵고 신간 편케 살 것잉마."

"아니, 만득이 지가 무신 수로 서울서 살아?"

"워메 우리 만득이가 집 아들 순돌이 같을랍디여. 자동차 모는 기술이 있는디도 안 된답디여?"

청산댁은 그만 눈을 부라렸다.

"그라먼 또 몰라도. 하여튼지 청산댁은 아들 농새는 잘 지었응께……"

순돌이 아범은 허리춤에서 짧은 담뱃대를 꺼내며 풀이 죽은 목소리였다.

"워쨌거나 청산댁이 원망시런 사람이여."

"고것이 무신 소리다요?"

"아, 그때 눈 딱 감고 나랑 살아뿌렀으먼 그간 청산댁도 고상 안 허고 나도 요꼴이 안 되았을 것인디. 안 그요?"

순간 청산댁의 입술이 푸르르 떨렸다.

"고 베락맞을 주둥아리 그만 나불댓씨요. 팍 잉끄레뿔기 전에."

청산댁은 이렇게 쏟아놓고 부리나케 돌아섰다. 가슴에서 불화가 이글거렸다.

읍내로 들어서면서도 청산댁의 가슴은 좀체로 가라앉질 않았다.

한사코 잊어버리려고 애쓰던 기억이었다. 한때는 순돌이 아범을 대할 때마다 가슴이 울렁이고 아랫다리가 후들거리기 일쑤였다. 반면에 죽은 남편에게는 죄를 지었다는 생각에 속입술을 깨물었다. 그러면서 세월이 가고, 어느 때부턴가 까맣게 잊어버렸던 일을 순돌이 아범이 들춰낸 것이다.

만득이가 두 살 나던 해 6월 남편은 논에서 일을 하다 말고 전쟁터로 끌려 나갔다. 남편은 흙이 묻은 손으로 화물 열차에 떠밀려 들어가며 소리지르고 있었다.

"소 잘 간수허고, 만득이 병 안 들게 혀!"

남편은 문단속 잘하고 자라는 말은 하지 않았지만 징용을 끌려갈 때처럼 기차는 산굽이를 돌아갔고. 그네는 그때와 마찬가지로 넋잃은 사람처럼 언제까지나 그 자리에 서 있었다.

해질 무렵에야 논둑에서 눈만 껌벅이고 섰는 소를 끌고 오면서 그네는 중얼거리고 있었다.

"아무나 다 죽간디? 죽고 사는 것이야 다 운수 소관이여."

이장 어른의 말은 남편이 노무자로 나갔다고 했다. 이북 사람들이 쳐내려와 싸움이 한창이라는 것이었다.

찬바람이 일기 시작하자 낯 모를 객지 사람들이 몰려들기 시작했다. 피난민이라고 했다. 동네 사람들은 싸움터에서 멀리 떨어져서 피난을 가지 않는 것만도 다행이라고들 했다.

어수선한 인심, 힘쓸 남자들이 없는 농촌. 궁색한 속에 해가 바뀌고, 그네가 남편을 한줌의 재로 맞은 것은 그해 겨울이었다. 남편은 집을 떠난 지 1년 반이 가까워 재로 변해 온 것이었다. 그네 나이 스물일곱이었다.

전쟁은 다음 해에 끝났고, 남편의 3년상이 지나기 전에 누구의 입에선지 모르게 동네 사람들은 그네를 청산댁이라고 부르기 시작했다.

청산댁은 이를 앙다물었다. 울어서 돌아올 남편이 아니었고 전답을 두고 두 자식을 굶겨 죽일 수는 없었다.

남편이 남겨놓고 간 전답을 더 늘리지는 못할망정 묵혀둘 수는 없었다. 그렇다면 남편이 저승에서도 눈을 고이 감지 못하리라는 생각이 들었다.

청산댁은 등짐부터 익혔다. 키에 맞게 지겟다리를 잘라내고 작은 물건부터 지기 시작했다. 등받이가 등에 겉돌고 누가 뒤에서 잡아당기기라도 하듯 한사코 뒤로만 넘어가려고 했다. 그래서 뒤뚱뒤뚱 오리걸음이 될 수밖에 없었다. 무슨 짐이든 머리에 올려놓기만 하면 그걸 이고 진흙길이든 자갈길이든 활개를 칠 수 있었던 때와는 너무 달랐다. 그러나 더 많은 짐을 옮기려면 천생 지게를 당해 낼 게 없었다. 가을걷이 때 나락을 옮기는 데도 그렇고, 더구나 똥장군을 머리에 이고 거름을 낼 수는 없는 노릇이었다. 걸음걸이가 어지간히 잡히자 많은 짐을 지고 일어서는 연습을 해야 했다. 우선 많은 짐을 올려 새끼로 틀어 맨 다음 지게를 버티고 있는 지겟작대기를 얼른 빼면서 오른쪽 어깨로 받친다. 그리고 등을 등받이에 붙이면서 오른쪽 팔과 왼쪽 팔을 번갈아 빨리 꿰야 한다. 이때 지겟작대기도 따라서 양손으로 옮겨져야 하고 두 다리는 무릎이 반으로 꺾이면서 앞으로 밀리는 지게의 무게를 지탱해야 한다. 양쪽 어깨에 멜끈이 얹히기 무섭게 오른쪽 무릎은 땅에 닿아야 하고 왼쪽 다리는 ㄱ자로 꺾여 있어야 되며 동시에 왼쪽 손은 지겟막대기 윗부분을, 오른손은 그 아랫부분을 잡고 버텨야 한다. 그런 다음에 앞으로 밀리는 힘을 두 팔로 지겟막대기에 의지하며 일어서야 하는 것이다. 어느 정도 몸에 익을 때까지 몇 번을 뒤로 벌렁 나가넘어졌는지 모르며, 얼마나 지게 밑에 깔려서 버둥댔는지 모른다. 어쩌면 일어서기보다 더 힘들고 어려운 게 지게를 받칠 때인지도 모른다. 자칫하다가는 지겟다리가 땅에 닿기도 전에 벌렁 뒤로 넘어가거나 앞으로 쑤셔박히기 일쑤였다.

어느 날 청산댁은 똥을 가득 채운 장군에다 비료 포대까지 얹고 좁은 눈길을 뒤뚱이고 있었다. 아직 다 자라지 않은 풀포기가 연초록 윤기를 햇빛에 반짝이고 있었다. 그 풀색도 참 곱다 생각하는 순간 발이 미끄러지며 몸이 공중에 붕 떴다. 걷잡을 새 없이 물이 괸 아랫논으로 곤두박이고 말았다. 정신을 가다듬은 청산댁은 일어서려고 버둥거렸다. 그러나 꼼짝도 할 수가 없었다. 그도 그럴 것이 똥장군을 남자들처럼 그냥 올렸다면 아무데로나 굴러가 버렸겠지만 청산댁은 짐이 무거울 때면 아직도 걸음이 서툴러 뒤뚱거리다 보면 장군 속의 똥이 따라서 출렁이고, 그러면 걸음은 더 뒤뚱거려 넘어지기가 십상이어서 아예 새끼로 친친 동여매 버렸던 것이다.

한참을 버둥대던 청산댁은 그만 몸을 부려버렸다. 4월 초순의 화창한 날씨, 시린 기운이 아직도 남아 있는 물속에 온몸을 빠뜨린 채, 전신에 젖어드는 찬 기운 속에서 그네는 차라리 시원하고 느긋하고 푸근한 기분을 느끼고 있었다. 눈이 부시도록 맑고 푸른 하늘이었다. 오랜만에, 참으로 오랜만에 대하는 하늘이었다. 불현듯 떠오르는 얼굴이 있었다. 남편이었다. 그리고 시집가던 해 겨울, 엉덩이가 뜨거워도 말을 못하고 하체만 뒤틀던 일과 그럴수록 거칠어지던 남편의 세찬 숨소리와 남편의 억센 품 안과……. 그네는 눈을 지그시 감고 일어날 염은 내지도 않고 있었다. 그러고 보니 남편이 죽은 지도 2년이 넘었다. 그동안 한 번도 해보지 않은 엉뚱한 생각이었다.

"요게 뉘란가? 청산댁 아닌가벼."

때아닌 남자 목소리에 눈을 번쩍 떴다. 이장 집 머슴 성칠이었다. 청산댁은 다시 몸을 버둥대기 시작했다.

"허어 참, 고래 갖고 일어나질 성싶으요? 워디 봅시다."

성칠은 텀벙 물속으로 뛰어들었다.

"내빌라둣써요. 나 혼자 헐랑께!"

청산댁은 연신 버둥대며 다급하게 소리질렀다.

"와따 참말로……, 이 팔을 요리 허씨요, 요리 쪼끔만 꼬부리씨요."

성칠은 어느새 청산댁 어깨를 잡고, 한 손으로는 지게를 빼내고 있었다. 한쪽 팔이 지게에서 마저 빠지자 성칠은 청산댁의 가슴께를 안아 번쩍 일으켜 세웠다. 청산댁은 빠져나오려 했다. 그러나 성칠의 자라등 같은 두 손이 젖가슴을 억세게 누르고 있었다.

"웨메 잡것, 팅팅 불었네."

성칠의 이런 말을 들으며 청산댁은 그의 손등을 죽어라고 물어뜯었다. 성칠은 비명을 지르며 서너 걸음 물러났고 청산댁은 물 위에 떠 있는 지겟작대기를 재빨리 집어들었다.

"장개도 안 간 놈이 싸가지 읎이."

청산댁은 입술을 깨물며 부르르 떨었다. 물에 흠뻑 젖은 그네의 옷은 몸에 찰싹 달라붙어 아직도 젊은 몸매를 드러내고 있었다.

"장개만 가면 상수여? 참새가 작아도 알을 낳고 제비가 작아도 강남을 가는디. 남정네 나이 스물야닯이면 모지랜 건 뭐여. 고 팅팅 불은 젖통을 내빌라뒀다가 큰 병 날 것잉께, 풀어야 써, 풀어야."

성칠은 지게를 들어 논둑에 올려놓으며 능청을 떨고 있었다.

"아 얼렁 가뿌러, 오살허고."

청산댁은 지겟막대기를 휘둘렀다.

"피차 존 일인디. 워디 보드라고, 서른 과부가 혼자 살아지나. 청산댁, 오늘만 날이 아니니께 두고 보드라고."

무엇보다 어려운 게 쟁기질이었다. 종일 하고 나면 얼굴이 부어오르는 논갈이보다도, 삼베 속곳을 헤집고 드는 후끈후끈한 땅김과 줄기차게 퍼붓는 불볕 속에서 무명 밭을 매는 것도 쟁기질에 비하면 시장스러운 일이었다. 쟁기질도 물기가 약간 도는 논에서는 그렇게 어려운 일만이 아니었다. 그러나 무논을 갈거나 돌덩이 같은 밭을 갈 때는 농사 중에서 이보다 어려운 일이 또 있을까 싶었다. 더욱이 소를 제대로 부릴 줄을 모르던 처음에는 그렇게도 애가 타고 힘이 들었다. 특히 기운이 센 수놈은 미처 쟁기에 힘을 주기도 전에 걷기를 시작해 버리는 것이다. 그러면 돌덩이 같은 밭에는 쟁기 지나간 자국만 날 뿐 파이지를 않는 것이다.

수놈이 암놈보다 기운이 센 것은 당연한 일이겠지만 묘하게도 잔꾀를 부렸고 말도 잘 듣지를 않았다. 쟁기가 땅에 먹히지 않을 때면 고삐 줄을 세차게 낚아채며 '와아, 와아' 외쳐대지만 소는 아랑곳하지 않고 뚜벅뚜벅 걷기만 했다. 그래서는 건너편 밭둑에 다다라 풀을 뜯는 것이다. 그만 청산댁은 쟁기를 팽개치고 쫓아가며 소리를 질렀다.

"저 잡놈에 소새끼가 워째 요리 애간장을 태운당가!"

소는 여전히 풀만 뜯고 있었다. 청산댁은 약이 받쳐 고삐를 사정없이 낚아챘다.

"아 요 잡것아, 느그 쥔 아니라고 이러기여?"

소는 그 큰 눈만 껌벅이며 뜯은 풀만 우물거리고 있었다.

"정녕 요것도 숫놈이라고 날 시퍼보는갑구만? 환장허겠네웨."

청산댁은 그만 밭둑에 털썩 주저앉아 버렸다.

장딴지가 푹푹 빠지는 무논을 한 마지기 갈고 나면 다리는 솜뭉치였다. 더욱이 무논에서 한 골을 갈고 나서 줄을 바꾸는 일이 수월해지기까지는 상당한 시일이 걸려야 했다.

모내기에도 밭갈이에도 가을걷이에도 따로 놉을 사는 일이 없었다. 청산댁의 모내기에 사람들이 왔다면 그네가 그들의 모내기를 해줬거나 앞으로 해주기로 한 사람들이었다.

청산댁이 처음 지게를 섰을 때 동네 사람들은 혹시 미친 게 아니냐고 뒷소리를 했고, 쟁기를 무논에 넣었을 때 이 세상 남자 다 죽어야 되겠다고 입을 모았고, 옥수수 목을 꺾던 아이를 잡아서 때려 큰 싸움이 벌어진 뒤로는 앉은 자리에 풀도 안 날 땅벌 같은 여자라고 혀를 내둘렀다. 그러나 청산댁만은 보릿고개를 모르고 지낸다는 소문이 퍼지면서 그네가 어느 때 한 번 귀기울인 적이 없는 말들은 꼬리를 감추기 시작했다.

남편의 3년상을 치르고 난 다음 해 여름에는 그네의 생전에 당해 본 기억이 없는 가뭄이 밀어닥쳤다. 구름 한 조각 없는 하늘에 해가 이글거리는 나날이었다. 논에 물이 말랐다. 저수지 수문이 열렸다. 시루에 물 붓기였다. 밤마다 새벽마다 물싸움이 벌어졌다. 기우제를 지냈다. 애꿎은 돼지만 죽어갔다. 논바닥이 갈라지기 시작했다. 청산댁은 보고만 있을 수는 없었다. 옆논 주인과 합해 펌프 우물을 파기로 했다. 읍내에서 기술자가 들어왔다. 외상이면 소도 잡는 세상에 1년 농사를 눈뜨고 망칠 수는 없었다. 돈은 가을걷이하고 주기로 했다. 이틀 만에 펌프가 완성되고 흙탕물이 솟구쳤다. 그네는 벌렁벌렁 춤을 췄다. 하룻밤 하룻낮씩 번갈아 가며 물을 대기로 했다.

물 담은 대야 위에 판자쪽을 걸치고 그 위에 호롱불을 밝혔다. 무서워서라기보다는 모기를 쫓기 위함이었다. 갖가지 하루살이가 호롱불빛이 흐릴 지경으로 모여들어 뺑뺑이를 돌았다. 그리고 쉴새없이 대야 물에 떨어졌다.

청산댁은 벌써 몇 시간째 펌프질을 쉬지 않고 있었다.

"들어가네 들어가네 우리 논에 물 들어가네. 많이 묵고 많이 묵고 얼렁얼렁 커야 쓴다. 우리 봉구 우리 만득이 배곯으면 워쩔 거냐."

그네는 언제부턴가 이런 말을 펌프질에 맞춰 흥얼거리고 있었다.

"워어메—."

그네는 질겁을 하며 소릴 질렀다. 억센 팔이 허리를 끌어안았던 것이다.

"놀라지 말어, 청산댁. 나요 나."

"누구다요, 누구?"

그네의 다급한 목소리는 떨리고 있었다.

"나요 나. 성칠이랑께요."

"워메 잡것, 왜 이려?"

그네는 힘껏 몸을 내둘렀다. 그러나 꼼짝할 수가 없었다.

두어 번 버둥대다가 그네는 땅바닥에 쓰러지고, 소리를 지르려 했지만 입이 틀어막혀 있었다. 사생결단 다리를 내뻗고 팔을 휘저었다. 그러나 마음속에서뿐이었다. 그네의 허벅지 위에 올라탄 성칠은 한 손으로 입을 틀어막고 다른 손으론 두 손목을 몰아잡고는 숨가쁜 소리를 토했다.

"청산댁, 내 말 딱 한 번만 들어줏씨요, 한 번만. 사는 것이 뭔디 이래 쌓소."

성칠은 그네 손목을 잡았던 손을 풀었다. 그리고 그네의 아래를 더듬기 시작했다. 그네는 성칠의 더벅머리를 거머쥐었다. 그러고는 마구 잡아 흔들며 울먹이고 있었다.

"혼자 산다고 시퍼보고…… 니까징 것까지 날 시퍼보고……."

성칠의 손이 치마를 헤집고 불두덩에 닿자 그네는 이를 악물고 하체를 내뻗었다. 성칠은 장사였다. 어쩌면 펌프질에 그네가 너무 지쳐버렸는지도 몰랐다. 그네는 남편을, 히 주사를 한 수먹에 해치우던 남편을 떠올리고. 그때 그 낫으로 성칠이 이놈 등줄기를 찍어야 된다고 생각했고, 다음 순간 혼자라는 생각에 그네는 성칠의 머리칼을 다시 낚아채며 부르르 떨었다.

"와따 자그만치 뻗대랑께."

성칠의 거친 이 말과 동시에 그네의 낡은 삼베 속곳이 북 찢겼다. 그네는 사지에 맥이 탁 풀렸다.

흐린 호롱불 빛이 머무는 그 언저리의 어둠 속에서 두 몸이 뒤치락거렸다. 그리고 그네의 몸이 크게 꿈틀했다. 눈에서는 번갯불이 번쩍했고 성칠의 머리칼을 틀어잡았던 손은 풀어져 있었다.

"아들이고 딸이고 하나만 낳는 거여. 그라면 청산댁은 내 것잉께."

성칠은 그네의 귓가에 뜨거운 바람을 일으키며 연신 이런 말을 쏟아놓고 있었다. 가뭄 머금은 하늘에 빈틈없이 박힌 수천만 개의 별이 한꺼번에 그네에게로 쏟아져내리고 있었다.

성칠은 담배에 불을 붙였다.

"청산댁, 생각해봇씨요. 한번 죽어뿐 사람이 살아온답디여. 요렇크름 쌔 빠지게 고상허고 살아봤자 무신 소양이 있소. 이래도 한세상 저래도 한세상인디."

그네는 풀을 잡히는 대로 뜯으며 저편 어둠을 응시하고 있었다. 거기에 흙 묻은 손으로 노무자로 떠나던 남편의 모습이 있었다.

"청산댁도 항시 젊은 것이 아니고, 더 늙어불면 그만이니께……."

성칠은 펌프질을 두어 번 해보고는 돌아섰다.

그후로도 성칠은 틈만 있으면 징그러운 웃음을 지으며 달려들 기세였다. 그럴 때마다 그네는 잽싸게 낫을 빼들었다. 그 일이 있은 다음부터 그네는 들에 나오거나 밭에 갈 때는 항시 낫을 지니고 다녔다. 밤에도 머리맡에 낫을 놓고서야 잠이 들었다.

"호강시켜 준다니께로. 청산대액, 깊이 생각해보드라고."

성칠은 뒷걸음질을 치며 능글맞게 웃었고, 그네는 아무 대꾸도 없이 낫자루에 힘만 주었다.

성칠의 말대로 이래도 한세상 저래도 한세상이라면 남편이 물려준 전답을 일구고 남편이 남겨놓고 간 두 자식을 뒷바라지하며 살리라 했다. 그것이 더, 이래도 한세상 저래도 한세상을 살다 가는 보람이 있으리라 싶었다.

지붕에 새 옷을 입힐 때나 고구마를 캘 때나 기회만 있으면 성칠은 선심을 쓰려 들었다. 장터에서 만나면 순대국밥을 먹고 가라며 소매를 잡고 늘어지기도 했다. 그때마다 그네는 독 오른 뱀눈을 하며 몸을 사렸다. 그러던 성칠은 지쳤는지 이듬해 초겨울 장가를 들었다. 그날 뒷집 갈산댁이 서너 번 부르러 왔지만 그네는 몸이 아프다는 핑계로 끝내 가지 않고 말았다. 동네 대소 잔치에 빠진 일이 없는 그네였다. 그런데 거기는 갈 수가 없었다. 마음이 허전한 것도 서운한 것도 아니었다. 그렇다고 시원한 것은 더구나 아니었다. 종잡을 수 없는 마음으로 종일 서성이며 보냈다. 밤에는 베갯머리가 젖도록 남편 생각을 했다.

장가를 든 성칠은 점잔을 부렸고, 순돌이 아범이 된 그 후 언제부턴가 청산댁은 그와의 일을 까맣게 잊어버리고 있었던 것이다.

청산댁은 우체국으로 들어섰다.

"월남 갈 편지 우표 한 장 줏씨요."

청산댁은 기세 좋게 돈을 내밀었다.

"아, 안녕하세요? 또 편지가 왔던가요?"

"하먼이라. 근디 말이요, 라지요가 월남서 올라면 을매나 걸린다요?"

"라디오 말이지요? 비행기로 오면 아마 대엿새 걸리고 배로 오면 한 보름 걸릴 겁니다."

"비향기로 띄웠으먼 하매 당도헐 때가 되얀는디. 근디, 그런 귀헌 물건을 중도에서 도둑맞어 불먼 워쩔께라우?"

"그럴 리가 있나요, 라디오를 보낸다던가요?"

"금메 만득이가, 우리 만득이가 베트꽁을 둘이나 산 채로 잡아부러서

상을 탔드라요. 고 라지요를 이 에미 들으라고 보낸다잖컸소."

"그래요? 참 효자군요."

"금메 잘 키우지도 못헌 에미헌테 그렇크름 알뜰살뜰하게 해싼다요."

청산댁은 금세 콧날이 시큰해지는 것을 감추기라도 하듯 혀를 있는 대로 빼 우표에 침을 발라 봉투에 몇 번이고 눌러 붙였다.

"라지요 오면 잘 간수혔다 보내줏씨요이?"

당부를 하고 우체국을 나섰다.

청산댁은 극장으로 발길을 서둘렀다. 큰아들 봉구를 만나기 위해서였다.

봉구는 왼쪽 팔다리가 부자연스럽고 한쪽 눈마저 감겨버린 불구로 나이가 들자부터 한사코 밖으로 나가려고만 들었다. 나가서는 며칠씩 소식이 없어 애를 태운 적도 한두 번이 아니었다. 자꾸 왼쪽으로 돌아가기만 하는 입에서는 항시 침이 질질 흐르고, 말도 제대로 못하는 병신이기에 청산댁의 가슴은 더 아프고 마음은 안쓰러운 것인지도 몰랐다. 그래서 안 될 줄 번연히 알면서도 행여 하는 마음으로 학교를 넣었고 1주일이 못 되어 그만 보내라고 통고를 받고 얼마나 섧게 울었던가. 그리고 봉구를 놀려대는 아이들만 있으면 청산댁 눈에는 불이 켜졌고 잡히기만 하면 요절이 났다. 그러나 봉구를 데리고 사이 좋게 노는 아이들은 감자나 고구마 옥수수 등을 심심찮게 얻어먹었고, 때로는 그 달고 맛있는 왕눈깔사탕도 입에서 굴릴 수가 있었다.

봉구가 읍내 역전 극장 선전원이 된 지도 6년이 넘었다. 선전원이라야 보수가 있는 것도 아니었다. 제 입을 먹고 철따라 옷을 받아입는 것이 고작이었다. 청산댁이 힘겨워 내보낸 게 아니었다. 봉구가 그렇게 영화를 좋아한다고 했다. 극장 주인의 말로는 천연색 영화를 좋아하고 특히 엄앵란인가 누군가가 나오는 영화는 사족을 못쓴다고 했다. 한번은 제가 좋아하는 배우가 두들겨맞는 장면이 나오자 소리를 지르며 무대로 뛰어 올라가는 소동을 피우기도 했다는 것이다.

홀몸으로도 제대로 걷지를 못하는 불구에 앞뒤로 광고판을 메고, 한쪽으로 비틀려 돌아가는 침 흐르는 입과 눈마저 하나가 감겨진 그 얼굴로, 머리에는 색색으로 된 고깔 모자를 쓰고 꽹과리를 치며 비척비척 걸어가는 아들의 모습을 청산댁은 기를 쓰며 막으려 했다. 그러나 아들은 막무가내였다. 생각이 부족하기에 제가 좋아하는 일을 막으려면 목숨을 내거는지도 모를 일이었다.

새 영화가 들어올 때마다 봉구는 동네까지 왔다 갔고, 그때마다 집에 들러 청산댁에게 입장권 하나를 내밀곤 했다. 그때 봉구의 얼굴은 헤벌레 웃고 있었고 집을 나설 때는 더욱 기세 좋게 꽹과리를 두들겼다. 처음 얼마 동안은 멀어지는 꽹과리 소리를 들으며 청산댁의 가슴에는 비가 쏟아져내렸다. 동생 만득이가 장가를 들고부터는 입장권을 두 장씩 가지고 오는 것이었다.

청산댁은 오늘도 버릇처럼 극장엘 들렀다. 봉구는 매표구 앞에 기대서서 담배를 빨고 있다가 청산댁을 보자 헤벌레 웃었다.

"별일읎냐?"

"어엄니넌 무딘 일로……."

봉구는 혀 굳은 소리로 어떻게 왔느냐고 묻고 있었다. 청산댁은 지치지도 않고 만득이 얘길, 라디오가 뭔지 아느냐고 반문까지 해가며 자세히 들려주었다. 봉구는 얘길 들으며 헤벌레 웃고 있다가 어떤 대목에서는 손뼉을 치기도 했다.

봉구가 생각난 듯이 서둘러 들어갔다가 나와서 내미는 입장권 두 장을 받아쥐고 청산댁은 돌아섰다.

"어엄니 공 보랑게. 대대미 조게로."

재미가 좋으니 꼭 보라는 당부를 귓가로 흘리며, 저것도 짝을 맞춰줘야 할 텐데…… 생각하는 청산댁의 마음엔 그만 먹구름이 끼고 마는 것이다.

만득이가 국민학교를 들어가던 날 청산댁은 운동화를 사 신겼다. 운동화를 신은 건 동네에서 만득이뿐이었다. 큰아들 봉구에게서 못다 한 서러움을 만득이에게 풀리라 했다. 소풍 때도 계란이고 사탕이고 푸지게 싸서 보냈다. 그리고 선생에겐 담배 한 갑이라도 보내고서야 마음이 풀렸다. 운동회 날은 청산댁이 더없이 기쁜 날이기도 했다. 흰 줄을 넣은 검정 팬츠에 흰 셔츠를 입은 만득이가 운동 모자를 챙이 뒤로 가게 돌려쓰고 내달리는 것을 보노라면 청산댁은 정신이 하나도 없었다. 그렇게 야무지게 달리던 만득이가 두 팔을 번쩍 들고 1등이 되면 청산댁은 벌렁벌렁 춤을 췄다. 3학년 땐가는 1등으로 달리던 만득이가 그만 넘어지면서 또르르 굴러버리는 게 아닌가. 외마디소리를 지른 청산댁은 운동장으로 뛰어나가고 있었다. 그런데 이게 웬일인가 만득이는 어느새 일어나서 뛰고 있었다. 청산댁을 그 자리에 굳어진 채 손을 모아 잡고, 위메 위메 내 새끼야, 위메 내 새끼야, 조바심을 치다가 맨 앞에서 두 팔을 번쩍 드는 게 만득인 것을 알자 땅에 털퍽 주저앉고 말았다. 청산댁이 밑이 촉촉이 젖은 것을 알기는 무릎이 깨진 만득이가 공책 세 권을 타 가지고 온 다음이었다.

만득이 공부는 중간 정도였다. 등수가 어찌됐건 글씨를 쓰고 간판도 거침없이 읽어내는 것이 청산댁으로서는 그저 흐뭇하고 뿌듯했다.

만득이가 학년이 높아감에 따라 돈 쓰임새도 많아졌다. 청산댁은 더 부지런히 논밭을 뒤졌고 무엇이든 악착스레 아꼈다. 짚 한 올이라도, 조 한 톨이라도 소홀히 하지 않았다.

만득이가 5학년이던 겨울, 갈산댁네에 모여 길쌈을 하고 있었다. 청산댁은 오래전부터 참고 있던 오줌이 못 견딜 지경이 되어 일어섰다.

"워디 가시오."

"칙간에."

청산댁은 문을 박차고 나섰다. 마루를 내려서는데 곧 쏟아질 것 같았다. 신발을 찾아 신을 여유가 없었다. 아무거나 발에 걸리는 대로 신고 내달았다.

"존 일 헌다고 문이나 닫고 갈 것이제. 엔간히 급했구면그랴."

이런 말이 청산댁에겐 들리지 않았다. 한달음에 갈산댁 사립을 나섰다. 오줌이 찔끔하며 눈앞이 아찔했다. 청산댁은 멈칫 서며 아랫배를 움켜잡고 이빨을 뿌드득 갈았다. 그리고 내처 달렸다. 그러나 서너 걸음을 못 가 청산댁은 자기 집 담벼락을 붙든 채 몸을 부르르 떨었다.

오줌은 걷잡을 수 없이 쏟아지고 있었다. 오줌은 속옷을 적시며 다리를 타고 내려 버선에 번져서는 고무신을 넘치고 있었다. 찬바람이 몰아치는 속에서 청산댁은 알아들을 수 없는 신음을 하고 있었다.

만득이에게도 단단히 이르고 있었다. 오줌은 몰라도 똥만은 꼭 집에서 누도록 했다. 아까운 거름을 아무데나 버릴 수 없는 일이었다. 밭이나 논 귀퉁이에 귀떨어져 나간 항아리를 주워다가 묻어둔 것도 이 때문이었다. 일을 하다 오줌이 마려우면 집에까지 올 수가 없었다. 그렇다고 밭고랑에 눌 수도 없었다. 오줌이 삭지를 않아서 거름이 안 될 뿐만 아니라 생오줌이 닿고 나면 오히려 곡식이 타들어 갔다. 청산댁 집에 와서 누구나 마음대로 할 수 있는 일은 대소변을 보는 일뿐이었다.

만득이가 중학교에 당당히 합격하고, 그리도 멋지고 멋진 교복을 찾아 입던 날 청산댁은 생전 처음으로 사진이란 것을 찍었다. 사진을 찾던 날까지 청산댁은 마음을 졸였다. 필경 장님이 되었으리라는 걱정 때문이었다. 사진을 찍을 때 사진사가 하나, 두울, 셋 하는 순간 펑 소리와 함께 불이 번쩍했고, 청산댁은 깜짝 놀라 눈을 껌뻑했고 입까지 벌려버렸던 것이다. 사진사는 의사 사촌인지 말을 들어보지도 않고 무작정 괜찮다고만 했다. 끝에 '사' 자가 붙은 직업을 가진 사람들은 모두 제멋대로 하는 성싶었다. 그러고 보니 틀림없는 일이었다. 말도 함께 나오는 신식 영화가 있기 전에 꼭 한 번 본 일이 있는 활동사진을 설명하던 변사인가 변호사인가도 제멋대로였다. 배가 멀리 떠가는 장면인데, 옥희야 원수를 갚아주마, 고이 잠들어라. 엉뚱한 말을 주워섬기고 있었던 것이다. 그러나 청산댁이 받아든 사진은 눈이 감겨 있지도 않았고 입이 벌어져 있지도 않았다. 알다가도 모를 일이었다.

끝에 '사' 자가 붙은 직업을 가진 사람들은 예삿사람들은 아니로구나. 처음에 몇 마디 묻고 더는 말을 걸지도 못하게 원망스레 굴던 의사도 머리가 펄펄 끓던 아이를 밤새 낫게 했고, 실성한 것 같던 변사였지만 활동사진은 오지게 재미가 있었고, 코방귀를 뀌며 시건방지게 나대던 사진사도 사진을 이렇게 말끔하게 빼놓지 않았느냐. 청산댁은 사진이 든 봉투를 가슴께에 받쳐들고 걸으면서 우리 만득이도 '사' 자가 붙은 직업을 가졌으면 하는 생각을 하며 가슴이 울렁거렸다.

그런데, 그런데 오늘 온 편지에 우리 만득이가 운전사가 되어 이 에미를 서울로 모셔 호강시킨다 하지 않았던가. 우리 만득이도 예삿인물은 아니지. 아니고말고. 칠성님이 점지한 자식인데 어련하려고. 우리 만득이가 운전사가 되어 뻐스고 도라꾸고 달구지고 닥치는 대로 몰며 사방팔방 서울길을 제멋대로 휘젓고 다닐 텐데. 그때 만득이 옆자리에 앉아 있으면 호시가 얼마나 좋을까. 청산댁은 신바람이 나서 손자를 덩기덩기 어르며 동구로 들어서고 있었다.

만득이는 고등학교 진학을 그만두기로 했다. 형편의 탓도 있었지만 해가 바뀔 때마다 청산댁 혼자서 농사짓기가 힘에 부쳤고 더욱이 이만큼 가르쳤으면 못 배운 남편의 한도 풀렸겠지 싶었던 것이다. 만득이도 굳이 고등학교를 가려고 하지는 않았다. 어느 집 자식보다 착하게 농사에 마음을 쏟았다. 배냇송아지를 길러 3년 만에 소를 장만하기도 했다. 남편이 노무자로 나가며 간수 잘하라던 소를 난리통에 잃어버리고 여태껏 마련하지 못한 청산댁이었다. 그저 그런 아들이 믿음직스럽고 대견하긴만 했다.

만득이가 스무 살 차던 해 장가를 서둘렀다. 아들은 너무 이르다고 반대였지만 청산댁의 마음은 그런 게 아니었다. 어서 손자를 보고 싶었다. 그래야 고생하며 살아온 보람이 있을 것 같았다.

만득이가 장가가던 날 청산댁은 술을 마셨고 아리 아리랑 쓰리 쓰리랑 노래를 부르고 거기에 맞춰 춤이라는 것도 추었다. 그러다가 울었다. 남편 생각에 서러워 울었다. 혼자 살아온 게 기가 막혀 울었다. 자식을 장가보내는 행복에 울었다. 미리 작정하고 키웠던 돼지를 세 마리나 잡았다. 술도 음식도 모자람이 없이 마련했다.

만득이가 군대에 나가고 8개월이 지나 며느리는 몸을 풀었다. 아들 손자였다. 청산댁은 며느리를 한 달이나 누워 있게 했다. 만득이가 휴가를 나오기는 두 달 후였다. 휴가를 마치고 부대로 들어가서 이내 월남으로 떠난 것이다.

청산댁은 사립을 들어섰다.

"엄니, 워디 갔다 인자 오시요."

며느리가 부엌에서 나오며 맞았다.

"편지 부치고 안 오냐."

"편지 왔습디요?"

며느리는 애기를 받아 안으며 반색을 했다.

"아까 왔드라. 여깄다."

며느리는 편지를 받으며 금세 눈자위가 붉어졌다.

"엄니, 시장허실 틴디 진지 잡숫씨요."

시어머니 저녁밥상을 봐드리고 며느리는 아들에게 젖꼭지부터 물렸다. 그런 다음 시어머니 앞으로 온 남편의 편지를 꺼내들었다.

연신 저고리 끝을 눈으로 가져가는 며느리를 건너다보며 청산댁은 쯧쯧 혀를 찼다. 나이도 어린것이 시집이라고 와서 남편도 없이 고생을 한다, 생각하면서.

닷새가 지나 라디오가 도착했다. 목침만 한 그것을 얼싸안고 청산댁은 윗마을 박 선생에게로 달려갔다. 며느리가 틀 줄 안다고 했지만 청산댁은 도시 미덥지가 않았다.

"아서라 아서, 고장내킬라."

손자도 업지 않고 집을 나섰다. 며느리가 입을 삐죽이며 눈을 흘기는 것을 알 리 없는 청산댁이었다.

박 선생은 집에 없었다. 학교에서 아직 안 왔다고 했다.

"금방 올 것잉께 여기서 기둘리씨요."

"와따 태평시럽기도 허요. 나 핵교로 가볼라요."

청산댁은 학교로 줄달음질을 쳤다.

박 선생님이 나사(청산댁은 다이얼을 이렇게 불렀다)를 이리저리 틀자 삐삐 소리가 나더니 이어 노래가 흘러나왔다.

"참말로 요허요이. 요런 목침댕이만 헌 디서 워찌 사람 소리가 날께라우."

"세상이 좋아서 그렇지요."

박 선생의 대꾸였다. 오른쪽 나사를 틀면 다른 소리가 나오고, 왼쪽 나사를 틀면 소리가 크고 작아지고, 왼쪽 나사 밑에 있는 구멍은 혼자 들을 때 쓰는 것이고, 왼쪽 나사를 앞으로 돌려서 딱 소리가 나면 라디오가 꺼지고. 청산댁은 박 선생이 가르쳐준 대로 조심스럽게 해보고 나서도 집으로 돌아오며 몇 번이고 외웠다.

동네 사람들에게 라디오 구경을 시키는 데만 꼬박 사흘이 걸렸다. 보는 사람마다 부러워했고 하나같이 입을 모아 만득이의 효성을 칭찬하며 청산댁을 복인이라 받들었다. 그러면 청산댁은 왼쪽 나사를 돌리며 소리를 크게 작게 만드는가 하면, 의사 청진기 꼭지(리시버)를 둘러앉은 사람들의 귀에 잠깐씩 꽂아주기도 했다.

물론 며느리는 그 트랜지스터를 맘대로 만질 수 없었다.

청산댁은 며느리를 데리고 올벼 논으로 나갔다. 얼마 남지 않은 손자 돌떡 할 쌀을 마련하기 위해서였다. 쌀이 있긴 했지만 손자 돌잔치를 묵은 쌀로 차리고 싶지는 않았다.

서너 군데의 볏모가지를 훑어 깨물어보고 잘 여문 데를 골라 먼저 며느리에게 낫을 건넸다. 그리고 청산댁도 며느리 맞은편으로 들어섰다. 떡은 적어도 두 말은 해야 할 거다. 술은 소주보다 막걸리가 낫고. 술을 집에서 담그면 더 당할 게 없는데 밀주 단속이 심해서 틀렸지. 콩나물이야 한 항아리 집에서 길러서 쓰고. 스무 날 남았으니 자주 물을 주면 쓰기에 마침 좋을 테고. 아범이 있었으면 좀 좋으랴. 이런 생각을 하며 청산댁은 능숙한 솜씨로 벼 포기를 쳐나갔다.

청산댁은 며칠 남지 않은 손자 돌 채비에 일손이 바빴다. 콩나물도 통통하게 살이 오른 게 손가락 두 마디 정도 자라 있었다. 고사리며 취나물 등 산나물도 물에 담가두었고 삶아서 두 번 물을 갈았다.

돌떡은 종류가 많을수록 좋다니까 인절미며 백설기 절편은 물론 수수떡도 하고 약과도 만들 작정이었다.

정산댁은 마루에서 수수를 고르고 있었다. 옆에 놓인 트랜지스터에서는 재방송 연속극이 흘러나오고 있었다.

"청산댁 기시요?"

"누구다요?"

청산댁은 연속극에 귀를 기울인 채 고개를 돌렸다. 반장이 낯모를 사내를 데리고 마당을 가로질러 오고 있었다.

"마침 기셨구만이라."

"워쩐 일이요. 일로 앉으씨요."

청산댁은 마루를 대충 치웠다.

"괜찮으요. 근디, 읍사무소서 나온 양반이요."

반장은 낯선 사내를 가리켰다.

"저 실례합니다. 읍사무소에서 나왔습니다."

"세금 다 냈는디 읍사무소는 무신……."

"그게 아니고요, 저 천만득이 모친이 틀림없지요?"

"야, 그런디요?"

"저 다름이 아니라……."

사내는 서류를 넘기며 말을 주저하고 있었다.

"무신 일이다요? 아, 앉기나 허씨요."

"저 다름이 아니라…… 이걸 전하려고……."

사네는 한 발짝 다가서며 종이를 내밀었고, 반장은 굳은 얼굴로 외면을 하고 있었다.

"까막눈인디 뭔지 알겠소?"

"저 다름이 아니라…… 천만득이 전사 통지섭니다."

"……."

남편의 얼굴이 확 다가들었다. 만득이 얼굴이 뒤범벅이 되었다. 남편을 한줌의 재로 맞던 날, 싸우다 죽은 소식을 알리는 것이라는 설명을 듣고서야 정신을 잃었던 그 무시무시한 말, 전사 통지서.

"워쩌? 전사 통지서?"

청산댁은 벌떡 일어서는가 했더니 나무 둥치처럼 그대로 나가넘어졌다. 눈알이 허옇게 뒤집혀 있었다.

반장과 읍사무소 직원이 찬물을 끼얹고 수족을 주무르고 해서 한참만에 정신이 들었다. 청산댁은 소스라치게 놀라며 눈을 떴다. 그리고 벌떡 일어났다. 잠시 주춤하더니 곧 읍사무소 직원에게로 달려들었다.

"내 자석으을, 내 자석으을, 안 된다니께 안 되여. 워째 내 자석을……."

청산댁은 소리소리 지르며 읍사무소 직원에게 매달렸다. 그런 청산댁의 눈에는 파란 불이 켜져 있었다.

청산댁은 이빨을 뿌드득 갈더니 직원의 양복 깃을 틀어잡은 채 또 까무러쳤다.

청산댁 손에서 풀려나온 직원은 뺑소니를 쳤다.

다시 정신을 차린 청산댁은 소리를 지르며 읍내로 뻗은 길을 내달리고 있었다. 맨발인 채 뛰고 있는 청산댁의 낭자 머리는 헤풀어졌고 손에는 낫이 들려 있었다.

청산댁은 그 길로 실성을 해버렸다는 말이 삽시간에 동네에 퍼졌다. 청산댁은 돌아오지 않았고 밤새도록 며느리의 곡소리만 어둠에 번지고 있었다.

청산댁은 사흘 후에 차에 실려 돌아왔다. 그날 청산댁은 읍사무소에서 또 까무러쳤고, 그 길로 병원으로 옮겨졌던 것이다.

청산댁은 사색이 깃들여 있었다. 눈은 멍하니 허공을 더듬고 있었다.

청산댁을 보자 며느리는 다시 울음을 터뜨렸다. 청산댁은 표정 없는 얼굴로 며느리 품에서 손자를 옮겨 안았다.

"울지 말아라. 무신 소양이 있냐. 자석 땀새 이빨 앙물고 살어사쓴다.

방앗간에 가서 쌀 찧어오니라. 나는 솔잎 뜯으로 갈란다. 니 남편은 송편을 억씨게 좋아했니라."

청산댁의 목소리는 착 가라앉아 있었다.

그날 밤 늦도록 청산댁은 송편을 빚었다. 손자 돌잔치에 쓰려고 장만했던 쌀로 아들 장례에 쓸 송편을 온 정성을 다해 빚고 있었다. 모레 국군 묘지에서 장례식을 올리기 때문에 내일 떠나야 된다고 읍사무소에서 병원으로 알려왔던 것이다.

"전생에 무신 악헌 죄를 짓고 나서 요리 복 쪼가리도 읋는고. 한평생 살기가 요리도 험허고 기구헐 수가 있당가. 이 새끼 땀새 죽어뿔지도 못허고……"

잠이 든 손자의 볼을 쓰다듬는 청산댁의 두 볼에 눈물이 골을 파고 흘러내리고 있었다.

〈1972년〉

황 토

황토

1

눈은 사흘을 거푸 내리고 있었다.

그네는 흩날리는 눈발을 바라보다가 눈길을 거두었다. 보리차를 컵에 따르는데 전화벨이 울렸다.

"여보세요, 평화상회죠?"

송수화기를 들자마자 울리는 남자의 목소리였다.

"네, 평화상회예요."

그네는 손님을 대하는 습관대로 또렷한 음성으로 대꾸했다. 뒤이어 상스러울 만큼 큰 목소리가 성급하게 쏟아졌다.

"박동익의 보호자 되십니까?"

"네에……."

그네는 대답을 하며 빠르게 창밖의 눈발에 시선을 돌렸다. 그리고 코끝을 맵게 스치는 화약 냄새를 맡았다. 왼손으로 상품 진열대의 모서리를 잡고 있는 그네의 미간에는 아픔이 담긴 잔주름이 피어 있었다.

"여보세요……."

"여기 ××경찰섭니다."

수화기의 크고 컬컬한 목소리는 다급한 그네의 말을 밀어붙였다.

"박동익의 조난 사고를 알립니다. 보호자는 곧 본서로 출두하십쇼. ××경찰섭니다."

그네는 이제 화약 냄새를 맡는 게 아니라 폭음을 듣고 있었다. 그 컬컬하고 큰 목소리는 폭음으로 변해 그네의 귀청을 찢었다.

"여보세요. 여보세요!"

이미 전화는 끊긴 뒤였다.

새까만 하늘, 소용돌이치는 물결, 불그죽죽한 냄새, 불꽃, 먼지, 아우성……. 그네는 눈을 꼭 감은 채 귀를 막았다. 허물어져 내리는 어지러움이 전신을 긁어 팠다.

어떤 일의 불길한 예감을 앞세우고 화약 냄새는 퍼졌고, 불의의 사고나 예기치 못한 곤경에 빠질 때 그 진저리쳐지는 폭음은 일어났다. 혼자의 몸으로 아이들을 이끌고 전쟁을 치르면서 얻은 병이었다.

동익이놈—제 친구들 셋과 겨울 등반을 떠났다. 한두 번의 일이 아니었는데도 왠지 마음이 께끄름했다. 그네는 전에 없이 일행이 '네' 명이라는 것이 마음에 걸리기도 했다. 떠나고 이틀째 되는 날부터 눈은 내리기 시작했다. 아들 동익이는 그네의 께끄름한 마음은 아랑곳없이 눈이 내리지 않는 것을 불만스러워하며 집을 나섰다. 눈이 많이 와야 훈련이 효과적이라는 것이었다.

그네는 이마에 흘러내린 머리칼을 쓸어 올리며 더디게 일어섰다. 진열된 옷들이 흔들리고 겹쳐지고 했다. 급한 마음처럼 그렇게 거동을 서두를 수가 없다. 아직도 귀에서는 벌이 왱왱거리고 눈앞에서는 솔개가 맴을 돌았다.

그네는 진열대에 의지해 선 채 안쪽에 대고 식모 아이를 불렀다.

"빨리 문 닫아라."

"지금 몇 신디유. 아줌마 어디 아프셔유?"

"잔소리 말고 서둘러라."

그네는 짜증스럽게 쏘아붙였다.

식모 아이가 여섯 개의 양철문을 차례로 붙여 달고 쪽문으로 들어설 때까지 그네는 무슨 일부터 해야 좋을지 결정을 내리지 못하고 있었다. 경찰서부터 갈 것인가. 아니면 큰아들 태순이에게 먼저 알릴 것인가.

혼자 경찰서를 가는 것. 생각만으로도 오싹 소름이 끼치는 일이었다. 조난을 당하고 있다는 것인지, 조난에서 구해 냈다는 것인지, 구했으면 어디를 얼마나 다쳤는지. 전화 연락만으로는 아무것도 종잡을 수 없이 뒤엉키는 불안과 두려움 때문만이 아니었다. 그런 것에 앞서 경찰서 하면 으레 주재소, 순사, 아버지, 야마다가 범벅이 되어 머리를 치는 탓이었다. 그런 때면 그네는 어깨를 움츠려 조이며 무릎을 맞붙였다. 평생을 시달려온 공포였고 아픔이었다. 세월이 바뀌고 나이가 들면서 그 기억을 떼치려고 무진 애도 써보았지만 허사였다. 30년이 넘는 세월이 흘렀는데도 그 공포는 조금도 가시어지질 않았다. 무심코 길을 가다가도 파출소나 경찰서 앞을 지나치게 되면 소스라치게 놀라고는 했다. 호구조사를 나온 순경을 대하고도 가슴은 줄곧 방망이질이었다. 서투른 초행길이라도 교통순경에게 길을 물어본 적이 없었다.

아들의 일이 못 견디게 초조할수록 혼자 경찰서를 가야 된다는 공포감은 더했고, 혼자 경찰서를 갈 수 없는 두려움이 겹칠수록 아들이 흉악한 일을 당해 버린 것 같은 무서운 예감을 떼칠 수가 없었다.

그런데 그네의 가슴이 미어지는 것은 이런 때 선뜻 큰아들 태순이에게 연락을 할 수 없는 일이었다. 동익이의 일이 경우에는 더 말할 것도 없었다. 태순이는 제 동생 동익이를 미워하는 정도가 아니었다. 저주를 했다. 어렸을 때부터 동익이가 형이라 부르는 것을 한사코 듣기 싫어했다. 남들이 있는 자리에서 형이라 불렀다가 동익이는 태순이의 무작스런 주먹에 결딴이 났다. 태순이가 20여 년 동안 동생에게 줄기차게 가해 온 학대와 횡포는 당연히 어머니인 자신에 대한 멸시와 불신이라는 것을 그네는 너무나 잘 알고 있었다.

그렇다고 딸 세연이에게 알릴 수도 없는 일이었다. 세연이는 동생 동익이를 대하는 데 제 오빠와는 달랐다. 언제나 감싸고 다독거렸다. 셋다 어렸을 때의 일이었다. 태순이가 친구들과 수영을 가는데 동익이가 따라나섰다. 태순이가 데려갈 리가 만무였다. 동익이는 자꾸 추근거리다가 끝내 제 형의 발길에 차여 코피를 쏟았다. 그때 세연이는 제 오빠에게 무서운 기세로 덤벼들었다. 그러다가 사납게 휘두르는 태순이의 주먹에 얻어맞고 세연이도 코피를 흘렸다. 딸 세연이가 어렸을 때 동익이를 감싸고 돌았던 것은 제 오라비는 말할 것도 없고 그 누구에게나 손가락질당하고 구박을 받는 동익이를 불쌍히 여기는 계집애의 여린 마음 때문이었을 것이고, 철이 들면서부터는 어머니인 그네의 어찌할 수 없었던 처지를 여자의 입장에서 이해하기 때문이었는지도 모른다. 지금도 딸에게 연락을 하면 곧 뛰어나올 것이다. 그러나 아이들을 가르쳐야 하는 선생인 딸의 책임을 소홀하게 할 수가 없었다. 딸은 선생이 된 후로 3년 동안 아무리 몸이 아파도 결근은 고사하고 지각 한 번 한 일이 없었다.

그네는 전화 다이얼을 돌리기 시작했다. 큰아들 회사 번호였다.

잠깐만 기다리라는 여사무원의 말이 있은 다음 아들의 목소리가 들릴 때까지, 그 길지 않은 시간 동안 그네의 가슴은 쿵쿵 울렸다.

"어쩐 일이세요?"

언제나처럼 무뚝뚝한 아들의 음성이었다. 그네는 숨을 들이켰다.

"동익이가 말이다, 동익이가……."

그네는 그만 목이 메었다.

"그 자식, 또 일 저질렀어요?"

쩡 울려오는 아들의 화가 난 목소리였다. 아차, 그네는 전화 건 것이 후회스러웠지만 이제 어쩌는 도리가 없었다.

"글쎄 동익이가……."

"빨리 결론부터 말하세요. 지금 바빠요."

아들의 거친 말에 쫓기듯 그네는 한달음에 쏟아놓았다.

"동익이가 조난을 당했다는구나……."

"조난을 당해요? 거 멋지게 됐군요."

태순이는 콧방귀까지 뀌었다. 그네는 왈칵 울음이 솟구쳤다.

"……."

"피는 못 속여요. 인디안을 개 잡듯 한 그 야만인들의 피가 동해서 그 자식이 그따위예요."

큰아들 태순이는 태평스럽게 빈정거리고 있었다.

그네는 자신도 모르게 송수화기를 놓고 말았다.

이제 그네에겐 경찰서를 혼자 가야 하는 공포 같은 것은 깨끗이 없어지고 말았다. 갑자기 용기가 생긴 것은 아니다. 악이 받친 것이다. 아니 그 누구에게도 말 못할, 말한다 해도 소용없는 겹으로 쌓인 한의 피멍이 터진 것이었다.

큰아들 태순이에게 이처럼 막다른 골목으로 쫓긴 것이 처음은 아니었다.

두 동생의 코피를 터뜨려놓고 대문을 나서면서 태순이는 외쳐댔다.

"세연이 네가 동익이 저 새낄 그따위로 편들어주면 어떻게 되는 줄 알아? 너도 담에 그런 서방 얻어서 동익이 같은 애새낄 낳게 된단 말이야. 알아들었니?"

그때 마루로 뛰쳐나온 그네는 현기증을 가누느라 기둥을 붙들고 주저앉았던 것이다. 잠시 후 애써 눈을 뜬 흐린 시야에는 닛본또[日本刀]를 찬 야마다의 냉소가 서린 얼굴이 어른거렸다. 코피를 흘리는 두 자식을 붙안고 그네는 죽음을 생각했다. 그러나 자신은 혼자가 아니었다. 세 자식을 거느린 어머니였다.

태순이가 동익이를 구박하고 괴롭힐 때마다 그네로선 단 한 번 떳떳하게 나무랄 수가 없었다. 그것이 그네의 깊이를 헤아리기 어려운 슬픔이었다. 그런데 우연히 태순이의 일기장을 보게 된 다음부터 그네의 아픔은 뼈에 사무쳤다. 그리고 동생에게 난폭하게 굴 수밖에 없는 태순이를, 형에게 무조건 억울하게 당하기만 하던 동익이와 똑같이 가엾고 불쌍하게 감싸지 않을 수가 없었다.

중학교 2학년인 태순의 일기장에는 동익이를 동생으로 둔 자신이 남들에게 놀림을 당하는 분함과 손가락질을 당하는 수치심으로 가득 차 있었다. 그리고 어른들의 흉거리가 되는 어머니를 옹호할 수 없는 괴로움과 왜 하필이면 우리 어머니가 동익이 같은 애의 어머니가 되어야 했는지 울고 있었다.

태순이는 자기가 동생 동익이를 때리거나 구박할 때 어머니의 속이 상한다는 걸 알고 있었다. 그런데 동익이를 대하면 사나운 셰퍼드로 돌변하는 것이다. 그러면서 그런 식의 일기는 계속 쓰고 있었다. 그네는 그런 큰아들의 괴로움을 이해해야 했다.

철이 든 태순이가 그네의 면전에서 방금 같은 말을 한 일은 없었다.

—피는 못 속여요. 인디안을 개 잡듯 한 그 야만인들의 피가 동해서 그 자식이 그따위예요.

태순이의 빈정거리던 이 한마디는 얼음 조각의 파편이 되어 그네의 가슴팍이고 얼굴이고를 가리지 않고 박혀왔다.

그래서 어쩌라는 것이냐. 사흘씩이나 퍼부은 눈 때문에 조난을 당했다는데 어찌 그런 말이 나올까. 동익이가 죽기라도 바라고 있었단 말인가.

그네는 그 말을 듣는 순간 뺨이라도 호되게 얻어맞은 것 같은 모멸감에 휩싸였다. 그건 서른한 살의 아들 앞에 발가벗고 서 있는 듯한, 죽음보다 차라리 독한 치욕이었다.

다다미방 사방 벽에는 전신이 다 비치는 거울이 걸려 있었다. 열일곱 살의 점례는 발가숭이가 되어 다다미방을 개처럼 두 팔 두 무릎으로 기었다. 고개만 들면 발가벗은 자신의 꼴이 거울에 송두리째 드러나는 것이다. 아니, 미친개처럼 헐떡이는 야마다의 그 징그러운 알몸뚱이가……. 그래서 점례는 한사코 고개를 처박은 채 눈을 꼭 감고 기었다. 그러다가 야마다의 호령이 떨어지면 지체 없이 자세를 바꿔야 했다. 점례는 죽고 싶었다. 칵 죽고 싶었다. 거울 앞에 걸려 있는 긴 칼, 칼날에 머리카락을 올려놓고 입김으로 훅 불면 머리카락이 잘린다는 그 긴 칼에 모가지가 싹뚝 잘려 죽고 싶었다. 그러나, 그러나 혼자만이 죽고 마는 것이 아니었다.

피는 못 속인다고? 그럴지도 모른다. 그 짐승 같던 야마다의 피가 끈적끈적하게 살아 있기에 그다지도 몰인정한 것이 아니겠느냐. 그네의 어지러운 시야에는 언젠가처럼 또 야마다의 모습이 흔들리고 있었다.

조서를 꾸미는 순경은 사뭇 위압적이었다.

"박동익이가 아들입니까?"

"네."

"틀림없이 댁의 아들이란 말이죠?"

그네는 무례한 순경의 시선을 굳이 피하지 않았다.

"몇 번씩 같은 대답을 해야 하나요?"

그네는 순경의 눈을 똑바로 쏘아보며 반문했다. 20여 년 동안 받아온 그런 눈길을 상대가 순경이라 해서 개의할 그네는 아니었다. 무사히 구조되었으나 동상 때문에 입원 중이라는 아들 동익이를 어서 만나는 것만이 그네의 급선무였다.

동익이는 그네를 보자 울먹였다.

"어머니 죄송해요. 그렇지만 에베레스트는 반드시 정복하고 말겠어요."

동익이가 그네를 대하자마자 꺼낸 말이었다.

"그게 뭘 그리 대단하다고……, 몸은 좀 어떠냐?"

"별로 심한 편은 아녜요. 며칠만 있으면 깨끗이 낫게 돼요."

"이제 등산도 그만하렴. 그게 좀 위험한 짓이냐."

"위험하긴요. 퇴원하면 또 가야죠. 에베레스트를 정복할 때까지 계속하는 거예요. 그래서 나도 사람인 것을 꼭 보여주고 말겠어요."

그네는 아들의 파란 눈동자를 외면하고 말았다. 그런 그네의 가슴은 꽉 미어져오고 있었다. 누가 저더러 사람이 아니랬길래. 누구보다도 제 형에게 제일 먼저 보이고 싶겠지. 그네는 동익이의 손을 감싸 잡았다.

동익이는 고등학교에 들어가면서부터 등산을 시작했다. 언제나 말이 없고 우울한 동익이는 등산을 떠날 때만은 즐거운 표정이 되곤 했다. 모자를 푹 눌러쓰고 고개를 숙인 채 한사코 길가만 골라서 걷는 것이 동익이의 버릇이었다. 그러나 등산복 차림을 하고 나서면 한결 활달하게 길을 걸었다. 그런 것만으로도 그네는 동익이가 등산에 취미를 붙인 것을 다행으로 여겼다. 그런데 동익이는 언제부턴가 에베레스트를 정복하겠다는 꿈을 꾸기 시작했던 것이다. 처음에 그네는 등산에 미친 철없는 나이 탓이겠지 했다. 그러나 동익이의 그런 꿈은 허황된 것이 아니었다. 등산 전문 서적을 차곡차곡 모아들이기 시작했다. 그때도 그네는, 등산 가면 누구나 한 번은 오르고 싶어하는 봉우리라서 동익이도 그러는 것이겠지 했다. 그런데 대학에 진학하고 나서는 에베레스트 정복대를 조직한다며 열을 올리는 모양이었다. 뜻밖의 놀라운 사실이었다. 그러나 그네가 더욱 긴장한 것은 모집된 정복대원 전부가 아들 동익이와 같은 처지의 젊은이들이라는 점이었다. 그들은 세계에서 제일 높은 봉우리인 에베레스트를 정복해서 자기들을 멸시하고 천대한 모든 사람들에게 자기들도 사람이라는, 누구에게도 지지 않는 사람이라는 것을 증명하고야 말겠다더라는 것이다. 딸 세연이에게 그런 말을 전해 들은 그네는 속으로 얼마나 울었는지 모른다.

태순이와 동익이가 치고 박는 큰 싸움을 벌인 것도 그 때문이었다. 그 일을 어떻게 알았던지 태순이가 빈정거린 데서 싸움은 불이 붙었다.

"뭐 에베레스트를 정복하시겠다구? 사람임을 증명하려는 대계획이 시래지? 하아, 에베레스트를 정복하시면 그 꼴들이 변할 것 같은가? 에베레스트 산신령께서 아무 쪽이나 순종으로 만들어주겠다는 보증수표를 받기로 했다면 또 모르지."

대순이는 캭캭캭 웃어짖혔다.

"아구창 조심해!"

동익이의 외침이었다. 입술을 깨문 동익이는 파란 눈동자에 파란 불을 켰다.

"뭐 아구창! 이 자식이 건방지게……."

태순이의 발이 날아갔다. 그러나 비명을 지르며 방구석에 처박힌 것은 태순이었다.

눈을 부릅뜬 태순이는 튕기듯 일어서며 주먹을 내둘렀다.

둘이 뒤엉키는가 했더니 번쩍 들린 태순이가 다시 여지없이 방구석에 처박혔다. 태순이는 핏기 가신 창백한 얼굴로 마구 욕지거리를 하며 분을 못 참아 헐떡거렸다. 동익이는 입술을 깨문 채 버티고 서 있다가 태순이가 덤비면 사정없이 후려갈기거나 내질렀다.

그네는 완전히 무시당하고 있는 레슬링 심판 꼴이었다. 동익이의 팔을 붙들고 매달렸다가 서너 차례 나동그라지기만 했다.

딸이 있었으면 싸움이 이다지 험하게 되어가지는 않으리라 싶었다.

기어이 태순이가 눈을 뒤집고 늘어져서야 싸움은 끝이 났다.

"누가 이따위 꼴로 이 세상에 나오고 싶어 나온 줄 아니? 내 죄가 아니란 말이다, 이 병신아!"

동익이는 쓰러져 있는 태순이의 허벅지를 걷어차고 방을 나가버렸다.

그날 밤 동익이는 돌아오지 않았다. 아무 소식이 없는 채로 사흘이 지나갔다. 그네는 애꿎게 빈손만 말아쥐었다가 쥐어뜯다가 하며 종종걸음을 쳤다. 이틀이나 자리에 누워 한약을 달여 먹어야 했던 태순이는 소식이 없는 동익이에 대한 그네의 애끊는 걱정을 외면한 채 줄곧 시무룩한 표정으로 말이 없었다. 그네는 또 그런 태순이가 딱하고 마음에 걸렸다. 다른 때 같았으면 기분 내키는 대로 동익이를 몰아세우거나, 걱정하는 자신을 핀잔했을 것이다.

나흘째 되는 날 동익이는 제 누나의 손에 이끌려 돌아왔다. 용돈을 좀 달라고 학교로 전화를 걸어왔더란 것이다. 세연이는 약속한 다방에 나가 동익이를 구슬렀다. 동익이의 태도는 완강했다. 발 디딜 곳이라곤 없는 세상에서 죽어버려도 아쉬울 것 없는 목숨이라는 태도였다. 세연이는 울면서 타일렀다. 네 목숨은 네 것만이 아니라 최소한 반은 어머니 것이라고. 어머니가 지닌 한을 깊게 생각해본 일이 있느냐고, 어머니가 살아 계시는 동안만은 더 이상의 아픔을 드려서는 안 된다고, 집으로 돌아가길 애걸했다.

동익이가 돌아오고 난 다음 태순이의 태도는 보기에 딱할 지경으로 변했다. 싸움에 진 개가 꼬리를 축 늘어뜨려버리듯이 기가 꺾였다. 굳이 좋게 말한다면 동생에게 무관심해진 것이었다.

그네는 그런 큰아들의 돌변한 태도에서 또 다른 기억을 떠올렸다.

해방의 소식이 전해지자 야마다는 "빠가야로"를 외치며 벌떡 일어서다가 픽 쓰러졌다. 그리고 그날 저녁부터 밥을 먹지 못했다. 헬쑥한 얼굴로 쪼그리고 앉아 알아들을 수 없는 소리를 중얼거렸다. 날이 어두워지자 닛본또를 움켜잡고 문을 향해 앉아 밖에서 무슨 소리만 나면 화들짝 놀라곤 했다. 점례는 그런 야마다의 닛본또 잡은 손이 가늘게 떨리는 것을 보았다. 야마다는 그렇게 앉아서 꼬박 밤을 새웠다. 연 이틀 밤을 그러더니만 사흘째 되는 날 새벽에 점례가 잠이 깨어보니 야마다는 보이지 않았다. 야음을 타고 떠나버린 것이었다. 다다미방에는 닛본또가 아무렇게나 버려져 있었다.

그네는 어두워져서 병원을 떠났다.

버스에서 내린 그네는 문이 열린 상점에 불이 환히 밝혀져 있는 것을 보았다. 콧날이 찡해오면서 가슴에 고루 퍼지는 뜨거운 고마움을 뿌듯하게 느꼈다. 보나마나 딸 세연이가 한 일일 터였다. 어머니인 자기를 기다리고 동익이의 일이 걱정이 되어 저렇게 상점에 불을 밝히고 앉아 있는 것이리라. 세연이는 마음 쏨쏨이가 따뜻하고 자상했다. 그리고 행동거지에 허세가 없었다. 양품점의 물건을 하러 갈 때는 언제나 동행을 했다. 출근을 해서 퇴근까지 잠시의 짬도 없다는 선생 노릇을 하는 딸과 함께 물건을 하러 가려면 천상 토요일 오후나 일요일밖에 없었다. 그러나 선생은 거의 종일토록 서서 지내는 데다 계속 목청을 돋우어 말을 해야 하는 직업. 하루가 그렇고 1주일이 그렇고…… 서 있는 고역은 누구나 쉽사리 알 수 있는 것이지만 장사를 하면서 손님을 대하는 그네로선 말하는 것도 얼마나 힘이 드는 일인지 잘 알고 있었다. 그래서 그네는 모처럼의 토요일이니 일요일에 딸을 데리고 시장 바닥에 나가는 것을 죽자고 꺼렸다. 그러나 딸 세연이의 뜻을 꺾지는 못했다. 세연이는 물건값까지 척척 흥정을 하는 것이지만 더 중요한 일은 물건을 고르는 일이었다. 유행에 맞는 색깔이나 디자인, 그러면서도 유치하지 않고 한눈에 손님들의 호감을 끌 수 있으며 구매의 충동을 일으킬 수 있는 것으로 값이 싸면서도 품질을 보증할 수 있는 물건을 고르는 일은 세연이의 차지였다. 딸 세연이의 그런 안목이나 솜씨는 직접 장사를 하고 있는 그네가 당해 낼 도리가 없을 정도였다. 세연이는 여자 옷인 경우 아무리 마음에 드는 것이 있어도 두 벌 이상은 사지 않았다. 또 그렇게 산 물건을 결코 한꺼번에 진열하지 않았다. 그래서 재고가 나는 일이 거의 없고, 손님도 격이 높은 사람들인 반면에 자연스럽게 단골이 생기게 마련이었다. 세연이의 도움은 그것뿐이 아니었다. 집에 돌아와서도 틈만 있으면 상점에서 손님을 맞는 것이다. 선생님 체면에 무슨 짓이냐며 그네가 말렸지만 세연이는 그런 걸 개의치 않았다.

살았는지 죽었는지 알 수 없는 사람. 훤한 이마에 짙은 눈썹을 지닌 말수가 적은 사람이었다. 아무리 감추려고 해도 표가 나던, 아랫배에 그려진 과거의 흔적을 찾아내지 못한 그 사람은 자기의 신부가 처녀인 줄만 알고 첫딸을 가진 아버지가 되었다. 처녀 아닌 신부를 처녀로 믿어버린 그 남자는 두말할 것도 없이 총각이었다. 의심을 받는 진실의 억울함보다 믿음 앞에서 거짓을 비밀로 감추는 괴로움이 얼마나 아픈 것인지를 실감한 세월. 그 세월이 너무 짧게 끝나고 말아 그 사람의 믿음은 그대로 남고 그 믿음을 속인 아픔도 그대로 남아 20년의 세월이 흘러간 것이었다.

"엄마, 어떻게 된 거예요?"

그네가 문을 열자 딸이 쫓아 나왔다. 딸애의 눈자위가 빨갛게 되어 있었다.

"동상이 약간 걸렸더구나. 너무 염려 말아라."

146

"아휴……"

세연이는 두 손으로 가슴을 감싸며 의자에 주저앉았다.

"전 오빠 말을 듣고 지금쯤 눈더미 속에 묻혀 어떻게 된 줄 알았어요."

"오빤 어디 있니?"

"여기 있습니다. 좀 어때요?"

태순이가 안채에서 상점으로 통하는 문을 들어서는 중이었다.

"괜찮더라."

그네는 짧게 대꾸했다.

"그 얼빠진 자식, 인제 정신 좀 차리겠군."

태순이는 시큰둥한 표정으로 중얼거리며 세연이 옆 의자에 앉았다.

"태순이 너, 아까 그런 소릴랑 동익이 앞에선 꺼내지도 말아라."

그네는 정색을 하며 큰아들에게 일렀다.

"무슨 말인데요. 엄마?"

세연이가 눈치 빠르게 끼어들었다.

"참 어머니두……, 제 말이 뭐 틀렸나요? 그 자식이 에베레스트를 정복하겠다고 날뛰는 꼴은 거 권총 자루를 마구 휘둘러대며 서부를 휩쓸던 광기의 변형이라구요. 거 뭐 프론티어래나 개척 정신이라나……"

"오빠! 그게 무슨 말예요. 도대체 무슨 말을 하자는 거예요."

세연이의 차가운 목소리가 상점 안에 퍼졌다.

그네는 샛문을 지나 안채로 들어서고 있었다. 모르는 것이 약이라는 말을 생각하면서.

2

9월 중순으로 접어든 하늘은 깊게 푸르고 끝없이 넓어져 갔다. 개울물도 하늘을 닮아 시리도록 맑은 몸매를 길게 드리웠다.

그네들 셋은 개울에서 빨래를 하고 있었다.

"참 순심아, 요새 막 징용을 끌어간대며?"

"그런가 봐. 남자들만 죽어나는 세상이야."

"대체 어디로 끌어가는 거지?"

"점례 넌 그것도 몰라? 싸움터지 어디야. 왜놈들이 제 놈들 싸움터에 우리 장정들을 끌어다가 죽이자는 거지 뭐니."

복실이가 방망이로 빨랫돌을 탕 치기까지 하며 목청을 돋우었다.

"애 목소리 낮춰라, 누가 듣겠다."

점례의 겁먹은 목소리였다. 그네들은 동시에 일손을 멈추고 좌우를 빠르게 살폈다. 개울물 흘러가는 소리만 가늘게 돌돌 말리고 있었다.

"죽기밖에 더하겠니?"

복실이의 말이었고, 셋은 이내 시무룩한 표정으로 각기 일손을 놀렸다.

어디선지 들려오는 철 늦은 쓰르라미 소리가 바람결에 을씨년스러웠다.

"남자들도 불쌍치만 여자들도 딱하다."

순심이가 한숨 섞어 말했다.

"그건 무슨 말이니?"

점례는 순심이를 건너다보았다.

"생각해보렴. 남편을 징용에 빼앗긴 여잔 과부 신세가 되고, 우리 같은 처녀는 시집가긴 다 틀렸잖니."

순심이의 이런 한탄에 점례와 복실이는 킥킥대고 웃었다. 순심이도 따라서 웃었다.

"못난 남자들은 그렇게 당해서 싸다. 오죽 변변찮으면 나라를 빼앗길꼬."

복실이의 퉁명스러운 말이었다.

"누가 아니래. 인제 싸움터에 끌려가는 판까지 됐으니 여편네고 딸자식이고 다 빼앗기는 거지 뭐니."

그런 순심이의 말을 듣는 순간 점례는 오싹 소름이 끼쳤다. 왜놈들에게……. 끔찍한 일이었다.

"너희들 왜 그리 무서운 말들을 하니?"

짐례는 빨래를 주무르는 손에 힘이 없었다.

"무서워? 그래, 점례 너 같은 애들은 특히 조심해야 돼. 그 예쁜 얼굴을 지키는 주인이 없어봐라. 당장 매가 병아리를 채듯 휘이익……."

"얘 시끄러, 무서워 죽겠다."

점례는 손바닥으로 두 볼을 감쌌다. 순심이는 두 팔을 들어 매가 날아가는 시늉까지 해보였다.

"그런 얘긴 그만 하고 고구마나 먹고 쉬어서 하자."

복실이가 건네는 고구마를 받아들고 셋은 일손을 놓았다.

드러난 허벅지에 햇볕이 따스했다.

"……."

점례는 귀를 모았다. 자신의 이름을 부르는 소리가 들리는 것 같아서였다.

―점예야아, 점예야아…….

틀림없었다. 어머니의 목소리였다.

고구마 껍질을 벗기다 말고 점례는 후닥닥 일어섰다.

"점예야아―."

어머니가 둔덕을 넘어서고 있었다. 점례는 어머니를 향해 뛰었다. 무슨 일이 터진 것 같은 무서운 생각이 머리를 때렸다. 아바지가 나무에서 떨어진 것일까. 동생들이 무슨 말썽을 저질렀나. 할아버지라도 돌아가셨을까. 점례가 어머니를 맞대하고 서기까지 잠깐 사이에 스쳐간 염려들이었다.

"점예야, 점예야……."

얼굴이 땀으로 젖은 어머니는 말을 잇지 못하고 비틀거렸다. 어머니를 부축했다.

"무슨 일예요, 어머니."

"아버지가, 아버지가……."

어머니는 울음을 터뜨렸다.

"아버지가 어떻게 됐어요, 네?"

점례는 다리가 후들거렸다.

"끌려갔다. 주재소로 끌려갔어."

"예? 주재소요?"

점례는 머리를 감싸잡았다. 땅이 붕 떠오르고 앞산이 빙그르르 돌았다. 주재소, 순사, 가죽 장화, 닛본또…….

"왜 끌려갔어요?"

"무슨 일예요, 아주머니."

뒤따라 쫓아온 순심이와 복실이가 겁에 질려 답쳐 물었다.

"어서 가자, 어서. 지금쯤 아버지가 어찌됐을꼬."

점례는 어머니를 따라 뛰었다.

"점예야아―, 빨래통은 우리가 가지고 갈게에."

순심이와 복실이의 이런 말이 점례에게 들릴 리가 없었다.

한번 잡혀 들어가기만 하면 초주검이 되어 나온다는 주재소. 나와서도 골병 때문에 병신이 되거나 앓다가 죽고 만다는 그 무시무시한 곳, 참나무 몽둥이로 개 패듯 한다고 했다. 대꼬챙이로 손톱 밑을 뜬다고 했다. 고춧가루 물을 눈이며 코에 들이붓는다고 했다. 쇠가죽 조끼를 입힌다고 했다. 팔을 뒤로 돌려 엄지손가락 두 개만을 묶어 공중에 매단다고 했다. 인두를 달구어 등짝을 지진다고 했다. 아니, 손바닥 껍질을 벗겨 이글거리는 숯불을 올려놓는다고 했다. 그런 주재소에 아버지가 끌려갔단 말인가. 무슨 잘못을 했기에 그런 생지옥엘 잡혀갔을까. 배를 훔쳤을까, 사과를 훔쳤을까. 오늘 아침에도 어머니와 함께 예나 다름없이 과수원에 일을 나가지 않았던가. 치마를 거머잡고 뛰는 점례는 아무리 생각해도 아버지가 끌려갈 만한 이유를 찾을 수가 없었다.

"무슨 일인지 말이나 좀 해요."

"이 답답아, 아버지가 죽어가는 판에 말은 해서 뭘 해. 아버지부터 살려내야지."

숨을 헐떡이며 뛰고 있는 어머니는 허공을 와득 잡아뜯는 시늉을 했다. 주재소 정문에서 점례와 어머니는 제지를 당했다. 보초 순사는 총으로 앞을 가로막았다.

"저어……, 김삼수가……."

"뭐라고? 김삼수 그놈의 여편네란 말이지?"

순사는 눈을 딱 부라리며 다가들었다.

"주임님 좀 만나게 해주세요. 주임님을……."

"비켜! 네까짓 것들이 감히 주임님을 만나 뭘 하겠다는 거야."

순사는 총대로 어머니를 떠밀었다. 손을 모으고 애걸하던 어머니는 서너 발짝 밀리며 비틀거렸다. 점례는 어머니를 끌어안았다.

"김삼수놈은 마땅히 죽어야 돼. 조센징이 감히 황국 신민을 때려? 그러고도 살아남길 바란단 말이지? 요런 뻔뻔스런 것들아!"

순사는 핏발이 선 얼굴로 소리를 지르며 총대를 치켜들었다. 점례는 어머니를 막아섰다. 그러면서 가슴에서 돌더미 무너지는 소리를 들었다.

일본 사람을 때리다니! 이게 무슨 일인가. 이 시퍼런 서슬 아래서 일본 사람을 때리다니. 미쳤지, 아버지가 미쳤지. 닛본또 흔들리는 소리만 듣고도 개가 꼬리를 늘어뜨리고, 선잠 깨어 울던 아이도 순사 온다는 말에 덜컥 울음을 그치는 판국에 어쩌자고 일본 사람을 때렸단 말인가.

—김삼수놈은 마땅히 죽어야 돼.

점례는 진저리를 쳤다. 또 땅이 흔들리고 있었다.

"죽어도 좋으니까 한 번만, 딱 한 번만 주임님을 만나게 해주세요."

어머니는 또 순사 앞에서 손바닥을 싹싹 비볐다. 그런 어머니 옆에서 점례는 손가락을 깨물며 종종걸음을 쳤다.

"비키지 못해? 이 조센징!"

순사는 총자루로 어머니의 가슴팍을 통나무 치듯 해버렸다. 어머니는 벌렁 나가자빠졌다.

"어머니, 어머니 정신차려요."

점례는 어머니를 마구 흔들며 울부짖었다.

"웬 사람들이야?"

"옛, 주임님. 김삼수 처잡니다."

주임? 점례는 귀가 번쩍 뜨였다. 재빨리 고개를 돌린 점례의 눈앞에 굉장한 순사복을 입은 몸집 큰 사내가 서 있었다. 점례는 긴 칼을 찬 그 순사 앞으로 부리나케 기었다. 그리고 발 밑에 무릎을 꿇고 앉아 빌었다.

"주임님, 제 아버지를 살려주세요. 한번만 살려주세요, 주임님."

"주임 나리, 주임 나리. 우리 주인을 살려주십시오. 죽을 죄를 졌습니다, 살려만 주십시오."

머리가 헝클어진 어머니가 어느새 점례의 옆에 무릎을 꿇고 목이 타들었다.

주임은 미간에 주름을 잡은 험상궂은 얼굴로 점례를 뚫어지게 내려다보고 있었다. 점례는 모았던 두 손을 입에다 대고 그런 주임을 올려다보며 부들부들 떨었다.

"들여보내."

주임은 돌아섰다.

"옛!"

경례를 붙인 순사가 점례와 어머니를 향해 빠르게 손짓을 했다.

주임은 책상 위에 발을 꼬아 올리고 상체를 뒤로 젖혀서 눕듯이 앉아 있었다. 그 앞에 어머니와 점례는 두 손을 앞으로 모아 잡고 서서 벌벌 떨었다.

"김삼수 처자라고 했나?"

"예에, 주임 나리."

어머니가 허리를 굽히며 대답했다.

"김삼수놈은 살려둘 수 없어! 황국 신민을 때린 조센징이란 말야."

주임은 갑자기 소리를 꽥 지르더니 들고 있던 막대기로 책상을 내리쳤다. 점례는 흡 숨을 들이켠 채로 그대로 뻣뻣이 굳어졌다.

"주임 나리, 사실 그런 게 아니라 과수원 주인이……."

"시끄럿!"

주임은 또 고함을 지르며 책상을 내리쳤다.

그때였다.

—아이고, 아이고오 으으…….

어디선지 숨넘어가는 비명이 들려왔다.

아버지! 점례는 머리에 찡 전기가 통하며 눈앞이 캄캄해졌다. 모아 잡은 두 손을 으스러져라 비틀었다. 그러면서 쓰러져서는 안 된다고, 쓰러져서는 안 된다고 입술을 깨물었다.

"주임 나리, 주임 나리, 우리 주인을, 우리 주인을……."

어머니는 주임의 의자 밑에 꿇어앉아 손바닥으로 마룻장을 마구 문지르며 몸부림쳤다.

"가까이 오지 말고 저리 떨어져!"

어머니는 황급히 일어서 점례 옆으로 와 섰다.

—아이구야……, 아아…….

점례의 입 속에는 침만이 아닌 건건한 액체가 가득 차 있었다.

"애 이름이 뭐요?"

"예……나리, 점례라고 합니다."

"어찌 개명을 하지 않았소."

순간 점례는 입에 가득 고인 것을 꿀꺽 삼켰다.

"제 이름은 점례가 아니라 가네무라 레이꼽니다."

점례는 떨렸지만 또렷한 음성으로 대답했다.

"맞었어요. 이 에미가 무식해서 그만……."

"가네무라 레이꼬. 얼마나 예쁜 이름이야. 그 이름이라야 얼굴에 어울려."

점례는 자신에게로 쏟아지고 있는 주임의 눈길을 피할 수가 없었다.

—아이고오, 아아…….

점례는 눈을 질끈 감으며 입술을 깨물었다.

"나리, 주임 나리 제발……."

"시끄러! 묻는 말에 대답이나 해."

주임은 줄곧 성난 짐승처럼 거칠게 굴었다.

"레이꼬는 몇 살인가?"

"열일곱입니다, 나리."

"열일곱 살. 좋소, 그만 돌아가오."

주임은 책상에서 다리를 내리더니 솟구치듯 일어섰다.

"주임 나리, 우리 주인을……."

"잔말 말고 돌아가라면 돌아가. 내 명령을 안 들으면 어떻게 되는지 알지?"

주임은 들고 있던 막대기를 어머니 얼굴 앞에다 마구 대질렀다.

—아아……아이고, 아이고, 아이고…….

"빨리 나가, 빨리!"

비비틀리는 비명 소리와 주임의 고함에 떠밀리듯 어머니를 부축하고 나온 점례는 비로소 걷잡을 수 없이 흐르는 눈물을 손등으로 닦아냈다.

강호식이라는 사람이 찾아온 것은 밤이 이슥해서였다. 그 남자는 조선 사람으로 주재소에서 일하며 누구에게나 욕깨나 얻어먹는 사람이었다.

"우리 주인 어떻게 됐어요. 몸이나 성해요?"

저녁도 굶은 어머니는 강호식을 보자 그래도 생기가 도는 것 같았다.

"일본 사람 때리고 성하길 바라겠소?"

점례는 그만 획 돌아앉고 말았다. 보초 순사나 주임은 그렇다 치더라도 제까짓 놈이 뭔데 저런 소리를 예사로 지껄일까 싶었다.

"그럼 어찌됐어요? 시원하게 말 좀 해봐요."

"때리질 말았어야지. 물은 엎질러진 것 아니오?"

강호식은 궐련을 빼물었다.

"글쎄 그 과수원집 주인이……."

"그런 소리 백번 하면 무슨 소용이오. 죽어가는 사람 살리는 게 더 급한 일 아니겠소?"

"그래, 어떻게 하면 좋겠소. 사람 좀 살리시오."

"사람이 하는 일에 방법이야 없겠소. 나도 보고만 있기 딱해서 이렇게 온 거 아뇨."

"무슨 짓이라도 할 테니 제발 주인만 살려주시오."

"그런데……, 미륵댁……."

강호식은 점례를 눈짓으로 가리켰다.

"점례야, 너 건넌방으로 좀 가거라."

점례는 안방을 나왔다. 나와서도 기분이 언짢았다. 과수원집 주인이 도대체 어쨌단 말인가. 주임도 강호식도 어머니의 말을 막아버렸다. 그렇다고 정작 어머니가 말을 하는 것도 아니었다. 주재소에서 쫓겨나와 얼마 전까지 몇 차례 물었지만 그때마다 어머니는 애들은 알 필요가 없다며 대답을 피하곤 했다. 과수원에서 품팔이를 하고 있는 아버지가 아무 일도 없는 주인을 때렸을 리가 없었다. 어지간한 일에는 화를 내지 않고 웃어넘겨 버리는, 동네 사람들에게 무던한 사람으로 인심을 얻고 있는 아버지가 사람을, 그것도 일본 사람인 주인을 때렸다는 것이다. 과수원집 주인이 무슨 잘못을 저질렀으며, 어머니는 왜 숨기기만 하는 것일까. 아무리 이런 일 저런 일을 떠올려봐도 의문이 풀릴 만한 꼬투리는 잡히지 않았다. 그럴수록 궁금증은 더해지다가 그만 부아가 치밀었다.

안방 쪽에다 아무리 귀를 기울여도 들리는 소리는 없었다.

강호식이 안방에서 나온 것은 거의 자정이 가까워서였다.

"방법은 그것밖에 없으니 잘 생각해보시오."

강호식은 댓돌로 내려서며 말했고, 어머니는 팔짱을 낀 채 아무 대꾸가 없었다.

"미륵댁 마음에 달렸어요. 밤새 더 생각해봐요. 내일 아침에 다시 들를 테니까."

강호식은 대문을 나서며 다짐하듯 했다. 어머니는 여전히 말이 없었다. 어머니는 마루로 올라서며 꺼져라 한숨을 쉬었다.

"어떻게 됐어요?"

점례는 물으면서도 일이 꼬이고 있음을 예감하고 있었다.

"더 두고 봐야겠다. 어서 들어가 자거라."

미륵댁은 딸 점례의 등을 어루만졌다. 울컥 울음이 솟는 걸 감추려고 얼른 방문을 열었다.

미륵댁의 마음은 자루의 쌀을 진흙탕에 쏟아버린 것같이 낭패스럽고 난감할 뿐이었다. 솜방망이로 가슴을 찧어 죽고, 모랫바닥에 혀를 박아 죽는다는 것은 이런 원통한 경우를 이르는 말이라 싶었다. 이러지도 저러지도 못할 일을 어찌해야 좋을지 가슴에선 숯이 탔다. 차라리 일이 이렇게 될 줄 알았더라면……. 아무리 후회해도 돌이킬 수 없는 일이었다.

과수원집 주인이 그러리라고는 상상도 못했던 일이었다. 아직 혈색도 좋고 건강하긴 했지만 쉰네 살의 영감이……. 더구나 평소에 이렇다할 눈치를 보인 일도 없었다. 언제나 뒷짐을 지고 먼 산을 바라보며 느리게 걷는 주인이었다. 만날 때마다 인사를 해도 어느 때 한 번 받는 일이 없었다. 일본 사람이라서 두렵고 주인이라서 어려운 데다가 늘상 그렇게 거만스레 거드름을 피웠기 때문에 털끝만큼도 그런 것에 대해 관심이나 경계를 할 필요가 없었다.

마지막 손질이 다 끝난 과수원의 배나 사과는 매일매일 눈에 띄게 달라져 갔다. 사과는 윤기가 자르르 흐르는 매끈한 몸매를 햇볕에 드러내고 환하게 웃고 있었다. 변색한 종이 봉지를 벗어버린 배도 시원하게 바람을 타며 탐스럽게 살이 쪄 있었다. 이제 남은 일이라곤 잘 익은 사과나 배를 따내는 것뿐이었다. 그래서 과수원은 겨울만큼이나 조용하고 나무 사이를 흐르는 사람들의 그림자도 보이지 않았다.

점심을 먹고 남편은 제재소로 갔다. 과일 담을 궤짝 짤 나무를 보기 위해서였다. 그리고 미륵댁은 보릿짚이 쌓인 창고로 향했다. 배를 따내기 전에 보릿짚을 미리 간추려놔야 했던 것이다.

미륵댁은 열심히 일손을 놀렸다. 몇 마지기 안 되는 논일을 하는 사이사이에 과수원 일을 맡을 수 있는 것은 더없는 다행이었다. 과수원 일은 농사일에 비하면 우선 힘이 덜 들었다. 그리고 풋과일일망정 치마폭에 싸다가 애들을 먹일 수가 있었다. 하나 무엇보다 다행한 일은 현금으로 받는 품삯이었다. 그 품삯은 장리쌀을 낼 필요가 없이 농비農費로 요긴했고 가끔 애들의 색다른 옷도 사입힐 수도 있었다. 그래서 누구나 과수원에 품들기를 바랐다. 그런데 주인은 사람이 많이 필요할 때는 물론 요즘처럼 한가한 때에도 꼭 미륵댁 내외를 불러주었다. 미륵댁은 그런 주인이 고맙고 이렇게 되기까지에는 남달리 부지런하고 심덕이 고운 남편의 덕이거니 생각하며 과수원 일을 내 일처럼 꼼꼼히 열심으로 해냈다.

"쉬어서 하시오."

"……!"

부지런히 보릿짚을 추리던 미륵댁은 후딱 몸을 돌렸다. 주인이 서서 웃고 있었다.

"배를 따려면 아직도 멀었는데……. 이런, 얼굴에 비해 손이 너무 거칠구먼."

잠깐 사이였다. 주인이 마주앉으며 미륵댁의 손을 덥석 잡았다. 순간 미륵댁은 전신이 바짝 오므라드는 기분이었다. 손을 빼내려 했다. 그러나 오히려 몸이 딸려갔다.

"왜 이러세요, 누가 보면……."

미륵댁의 질린 목소리였다.

"우리뿐이야, 미륵댁하고 나하고."

주인은 미륵댁을 보릿짚에 떠다밀어 눕혔다. 미륵댁의 몸은 바람이 팽팽히 든 공이 튕기듯 했다. 그러나 덮쳐오는 큰 몸뚱어리에 그대로 눌리고 말았다.

"내 말 한 번만 들어. 너무 오래, 너무 오래 기다렸어."

주인은 씩씩거리며 쏟아놓고 있었다.

미륵댁은 이대로 죽는 것이려니 싶어 주인의 어깨를 떠받쳐올렸다. 그러나 주인은 남자였다. 주인의 상체가 기어이 미륵댁의 가슴을 짓눌렀다. 주인은 미륵댁의 맞붙은 허벅지 사이에 무릎을 끼워넣으려고 버둥거렸다. 미륵댁은 꼰 두 다리를 풀지 않으려고 이빨을 앙다물고 떨었다. 주인은 미륵댁의 두 팔을 몰아잡아 등 밑에 깍지를 끼어 꼼짝을 못하게 하고는 무릎을 들어 허벅지를 내리찍었다. 두 번, 세 번. 그때마다 미륵댁은 눈에서 불똥이 튀었지만 다리를 풀지 않으려고 부들부들 떨었다. 네 번, 다섯 번……. 무릎으로 허벅지를 내리찍힌 미륵댁의 다리는 풀어지고 말았다.

"내 말만 들어, 내 말만. 과수원 반을 떼줄 테니까."

그런 헉헉거리는 목소리를 들었을 때 미륵댁은 벌어진 두 다리 사이로 주인의 다리가 들어와 있음을 깨달았다. 그리고 불두덩에 닿는 것이 있었다. 손이었다. 두 팔을 등뒤로 몰아잡았던 주인의 손이 풀려 있었다. 미륵댁은 다시 온 힘을 다하여 주인의 어깨를 떠다밀기 시작했다. 왜놈이, 왜놈이, 누구 땅에 해먹는 과수원인데, 왜놈이, 반을 받으면 뭘해, 왜놈이, 왜놈이, 여보, 여보, 여보……. 미륵댁의 팔은 바들바들 떨리며 다시 꺾이고 있었다.

그때였다.

"주인 어른, 주인 어른?"

분명 남편의 목소리였다.

"사람 살려요. 사람 살려어—."

미륵댁은 있는 대로 소리를 질러놓고 몸을 부려버렸다.

흘러내린 바지를 추킬 사이도 없이 주인은 남편의 주먹에 결딴이 나기 시작했다. 내지르고 걷어차고 짓밟아 주인은 피투성이가 되어 나가뻗었다. 남편은 쇠스랑을 치켜들었다. 미륵댁이 한 발만 늦었더라도 남편은 내리찍고 말았을 것이다.

주인은 병원으로 실려갔고, 남편은 주재소로 끌려갔다.

미륵댁은 방바닥을 치며 통곡이라도 해야 했다. 그러나 시아버지를 모시는 몸이었다. 강호식, 그놈이 말한 것은 해결 방법이 아니었다. 왜놈보다 더 독한 놈이었다. 아무리 앞잡이 노릇을 하고 사는 놈이라고 어찌 그런 말을 뻔뻔스럽게 내뱉을 수가 있을 것인가. 차라리 이 모양이 될 줄 알았더라면 처음부터 순순히 주인의 요구에 따르고 말았을 것이다. 예정대로 제재소에 나무만 도착했더라도 일이 이렇게 번지지는 않았을 것이다. 아무리 후회하고 안타까워해도 진흙탕에 쏟아버린 쌀이었다.

어둠이 미처 걷히기도 전에 강호식이 사립을 들어섰다.

"어찌……, 밤새 잘 생각해보셨소?"

"……."

어머니는 먼 산만 바라본 채 말이 없었다.

"거 밤새도록 못할 고생을 하십디다. 빨리 결정을 내려야 되겠던데요."

강호식은 거드름을 피우며 곁눈질을 했다.

"돌아가요. 그 짓은 죽어도 못해요."

여전히 먼 산을 바라보고 있는 어머니의 목소리는 낮았지만 무얼 싹뚝 자르듯 하는 섬뜩한 기운이 서려 있었다.

"예에?"

강호식은 의외라는 표정이었다.

한참 동안 말이 없다가 강호식이 입을 열었다.

"주인이 그렇게 모진 고생을 하는……."

"듣기 싫어요, 글쎄."

어머니는 방으로 들어가 버렸다.

"알아서 하십시오. 난 그만 갑니다."

강호식은 방에다 대고 창가唱歌를 하듯 해놓고는 돌아섰다.

점례는 마당을 성큼성큼 걸어나가는 강호식을 바라보며 고개만 갸우뚱거렸다. 어젯밤에서 오늘 아침까지의 일은 분명 아버지가 풀려나올 문제에 대한 것인데, 강호식은 무엇을 잘 생각해보라고 했으며, 어머니가 못하겠다는 그 짓이란 도대체 무엇일까. 점례는 답답해서 견딜 수가 없었다.

어머니가 순사에게 주재소로 끌려간 것은 점심때가 거의 가까워서였다. 그리고 점례는 동생들에게 점심을 차려주다가 새로 나온 순사를 따라 집을 나서야 했다.

점례는 조그만 방에 떠밀려 들어갔다. 엉거주춤 서서 방 안을 두리번거리던 점례는 바늘에라도 찔린 것처럼 소스라쳤다.

―아아……, 아이고, 아이고…….

―나 죽어, 나 죽어, 아이고오…….

숨막히는 여자와 남자의 비명이었다. 저 으스러지는 것 같은 남자의 비명은 틀림없는 아버지고, 저 쥐어뜯는 것 같은 여자의 비명은 분명히 어머니였다. 비명은 계속되고 있었다. 점례는 미친 듯이 날뛰었다. 옷을 잡아뜯다가 뺑뺑이를 돌다가 팔딱팔딱 뛰다가 벽을 치고 문을 두들기며 울부짖었다. 문은 밖으로 잠겨 있었다.

―으아아……, 으흐흐흐…….

―아야야야……, 나 죽네에에…….

온몸이 땀으로 젖은 점례는 이미 제정신이 아니었다.

"조용히 해!"

드르륵 문이 열리며 한 사내가 들어섰다. 강호식이었다. 점례는 그에게 매달렸다.

"아저씨, 우리 아버지 어머닐 살려줘요. 제발 살려주세요."

"알았어. 살려줄 테니까 얌전하게 저리 앉아."

강호식은 점례의 팔을 뿌리치며 의자를 가리켰다.

강호식의 말을 들으며 점례는 얼굴을 손바닥에 묻고 떨면서 느껴 울었다. 계속 들려오는 아버지와 어머니의 비명 소리에 떨었고 강호식의 말 때문에 울었다. 어머니가 말하던 그 짓이 무엇인지 비로소 알게 된 점례는 혀라도 깨물어 죽고 싶었다.

"어떻게 하겠어? 빨리 대답해."

강호식이 물아세웠다. 점례는 죽어야 된다는 생각뿐이었다.

"저 소리가 안 들려? 빨리 대답하라니까."

어제 깨물어 채 아물지 않은 입술을 다시 깨물며 점례는 섧게 울었다. 기왕 죽어버릴 목숨이라면……. 점례는 얼굴을 손바닥에 묻은 그대로 울면서 고개를 끄덕였다.

"그렇게 하겠단 말이지?"

강호식이 다잡아 물었다. 점례의 심하게 들먹이는 어깨와 함께 고개가 끄덕여졌다.

"암 그래야지. 효녀가 따로 없는 거야."

강호식이 이런 말을 남기고 나갔다.

그리고 얼마가 지나 비명이 그쳤다. 점례는 벽을 박박 긁어내리며 애타게 울고 있었다.

그날 밤 목욕에 화장을 하고 기모노를 차려입은 점례는 주재소 주임 앞에 고개를 돌리고 앉아 있었다.

—……여편네고 딸자식이고 다 빼앗기는 거지 뭐니. 그 예쁜 얼굴을 지키는 주인이 없어봐라. 당장 매가 병아리를 채듯 휘이익…….

요 홑이불을 틀어잡고 파르르 떨고 있는 점례는 크게 크게 울리는 이런 소리를 듣고 있었다.

"어허, 햐, 햐……."

땀을 닦으며 주임 야마다는 연상 이런 소리를 하다가 쩝쩝 입맛을 다시기도 했다. 담배를 피우고 나서 야마다는 다시 점례 옆에 누웠다.

"눈뜨지그래."

야마다의 목소리는 어제와는 비교도 안 되게 부드러웠다. 그때까지 점례는 눈을 감은 채 그대로 누워 있었다.

"고갤 이쪽으로 돌리고 날 쳐다봐."

점례는 또 하라는 대로 했다.

"지금부터 내가 하는 말 똑똑히 들어. 앞으로 괜히 엉뚱한 짓 할 생각은 아예 말어. 네가 내 옆에 있어야 너희 부모가 무사하다는 걸 알아야해. 도망은 가나마나겠지만 거 조선 여자들이 뻔질나게 잘하는 목매다는 짓 같은 건 안 하는 게 좋아. 네가 그따위 짓을 하면 알지? 그러나 내 곁에 얌전히 붙어 있으면 너희 집 공출도 감해 주고 네 아버지 징용도 면하게 되는 게야. 그럼, 장인을 감히 징용에 보낼 수 있겠나. 알아 듣겠어? 에헤헤헤……, 자 일어나서 안마 좀 하려무나."

야마다는 다다미 바닥에 철썩 엎드렸다. 점례는 야마다의 몸뚱어리를 주물렀다. 야마다는 곧 코를 골았다.

마음대로 죽어버릴 수도 없게 된 목숨. 이렇게 정신없이 잠시 들었을 때 저 칼로 이놈 목을 치고 죽어버린다면……. 안 될 일이었다. 주재소 주임을 죽인……, 할아버지와 아버지와 어머니와 세 동생들이…….

어쩌지 못할 생각에 시달리며 흐느끼다가 날이 밝았다.

"내 허락 없이는 친정에 드나들지 말도록. 그리고 오늘부턴 눈물도 짜지 말어. 계집이 찍찍 짜면 남자가 하는 일에 재수가 없단 말야."

야마다가 집을 나서며 남긴 엄한 소리였다.

친정? 점례는 그 말이 어쩌면 그리도 서럽게 들리는지 몰랐다. 어차피 친정이 되어야 하는 집이었지만 이런 식으로 되리라고는 꿈에도 생각조차 못했다. 색동 예복에 연지를 찍고 혼례婚禮를 올린 다음 가마를 타고 떠나야 비로소 친정이 되는 것으로 알았다. 야마다의 말이 아니었어도 점례는 집에 발길을 안 할 작정이었다. 이유야 어찌됐건 왜놈의 첩이 되어 어떻게 길거리를 나다닐 수 있을까. 뭇 사람들의 보이지 않는 손가락질도 무서웠지만 순심이나 복실이를 어떻게 대하랴 싶었다.

아버지, 어머니는 어떻게 됐느냐고 물어보려 했지만 말이 나오질 않았다. 야마다의 엄한 표정 때문만이 아니었다.

점심때가 다 되어 강호식이 찾아왔다.

"아, 안녕하십니까요, 부인."

강호식은 점례 앞에 허리를 굽혀 절을 했다. 점례는 외면을 해버렸다.

"방금 부모님을 댁에 모셔다 드리고 오는 길입죠."

"……"

"두 분 다 건강하십니다요. 그리고 주임님께서 명의에게 시켜 보약도 한 제씩 지었다구요."

점례의 볼에는 눈물이 흘러내렸다.

"얼마나 잘하신 일입니까. 부모님께 효도했겠다, 머리 싸매고 대들어도 어림없는 귀한 자리에서 호강하시게 됐겠다, 좀 좋으십니까?"

"주임이 그런 말까지 전하라던가요?"

"아, 아, 아니올씨다."

"그럼 돌아가세요!"

"예, 예, 앞으로 잘 부탁드립니다."

허겁지겁 대문을 나서는 강호식의 뒤에다 점례는 침을 뱉었다.

오후에 강호식이 커다란 짐짝 두 개를 들여놓고 달아나듯 했다.

집에 돌아온 야마다는 그 짐을 손수 풀었다. 네 개의 거울이었다. 그 거울을 사방 벽에 하나씩 걸었다. 전신이 다 비치는 큰 거울이었다. 그날 밤부터 점례는 그 네 개의 거울 앞에서 알몸뚱이가 되었다. 점례로서는 전후좌우에 송두리째 드러나는 자신의 알몸뚱이를 감출 길이 없었다.

야마다는 매일 밤 괴상망측한 짓을 시키며 괴롭혔다. 며칠이 걸려서라도 한 가지 몸짓을 제 마음에 맞게 만들어놓고야 말았다. 점례가 둔한 몸짓을 하면 고함을 지르거나 욕을 퍼부었다. 그래도 제 뜻대로 안 되면 손찌검까지 해댔다.

"쫓겨가고 싶어?"

그럼 점례는 기가 꺾이고 말았다. 그 말은 곧 "네 부모를 다시 집어넣어야 알겠어?" 하는 말이었다. 그래서 점례는 야마다의 눈에 드는 몸짓을 지어 보이려고 애를 썼다.

그 견딜 수 없는 수치심을……, 점례는 죽고 싶었다. 앞뒤 볼 것 없이 죽고 싶었다. 벽에 걸려 있는 긴 칼, 칼날에 머리카락을 올려놓고 입김으로 훅 불면 머리카락이 잘린다는 그 긴 칼에 모가지가 싹둑 잘려 죽고 싶었다. 그러나, 그러나 혼자만이 죽고 마는 것이 아니었다.

말로만 듣던 호랑이가 저럴까 싶도록 야마다는 무서웠다. 밤이 오는 것이 무서웠다.

그러면서 12월이 되었다. 임신이 확실해졌다. 그 사실을 알게 된 야마다는 입꼬리가 양쪽으로 처지면서 떨떠름한 표정이 되었다. 차츰 그런 사나운 짓을 시키지 않았다. 그것만으로 점례는 임신한 것이 차라리 잘되었다 싶었다. 그리고 배가 불러갈수록 야마다는 집에 들어오지 않는 날이 잦아졌다. 점례는 정말 살 것 같았다. 애를 낳지 말고 언제까지나 뱃속에 잡아둘 수 있으면 얼마나 좋으랴 싶었다.

할아버지가 돌아가신 것이 12월 중순이었다.

"할아버지 장례에 다녀와."

어느 날 아침 야마다는 방을 나서며 불쑥 말했다.

"네에? 할아버지가 돌아가셨어요?"

"해지기 전에 돌아와야 해."

야마다는 방을 나가버렸다.

할아버지가……. 주저앉은 점례의 옆에 은전 몇 푼이 뒹굴고 있었다.

할아버지는 화병으로 돌아가신 것이다. 혼자서는 걷지도 못하게 되어 돌아온 아들이 자리에 눕고 손녀딸이 그런 신세가 되어버리자 몇 날 며칠을 계속해서 술만 마시다가 시름시름 앓기 시작했다.

아버지가 줄곧 앓다가 자리에서 일어난 것이 한 달 남짓 된다고 했다. 어머니의 그런 말이 아니더라도 아버지의 핏기 없는 얼굴이나 왜소해진 몸은 한눈에 병기病氣를 느끼게 했다.

"풀려나온 길로 주임이 지어준 한약을 달여 먹었더라면 저 지경이 되진 않았을 게다. 방정맞게 강호식이란 놈이 약봉지를 내두르며 주임이 특별히 지어준 거라고 들까불지 않았겠니. 애비 성미도 어지간하지. 모르는 체 먹어둘 일이지. 글쎄 기다시피 해서 그걸 기어코 똥통에다 처넣었지 뭐냐. 어쨌든 강호식이란 놈이 원수다."

어머니는 눈물을 찔끔거렸다. 점례는 아무 말도 하지 않았다. 할 말이 없었던 것이다.

"그래, 몸이나 성하냐?"

아버지가 힘들게 한 말이었다. 아버지의 눈자위가 붉어지는 것을 보았다. 점례는 그만 울음이 복받쳐올랐다.

동네 사람들은 약속이나 한 것처럼 누구 하나 점례에게 말을 건네는 사람이 없었다. 그저 눈인사를 할 뿐이었다.

"점례야……."

"순심아……."

이렇게 이름만 부르고 손을 맞잡은 채 눈물만 글썽였고,

"복실아……."

"점례야……."

서로 눈물을 삼키느라 목이 메었다.

해가 뉘엿뉘엿해서 집을 나섰다. 동네 사람들이 말없는 전송을 해주었다.

인사를 받는 아버지의 입술은 깨물려 있었다. 그리고 두 눈은 술에 취했을 때처럼 그렇게 충혈이 선했다.

점례가 큰길에서 인력거를 탈 때까지 아버지는 사람들과 함께 문 앞에 서 있었는데, 무슨 허깨비를 보는 것 같은 모습이었다.

인력거에까지 따라나온 사람은 어머니와 순심이, 복실이였다.

"설에나 올까 모르겠다?"

어머니의 말이었고, 순심이와 복실이는 가슴께에 들어올린 손을 보일 듯 말 듯 흔들다가 옷고름을 눈으로 가져갔다.

인력거가 움직이기 시작하자 점례는 상복喪服의 옷고름을 물어뜯으며 느껴 울기 시작했다.

야마다가 던져놓은 돈을 가져오긴 했지만 내놓지 못했다. 그렇다고 속이 빈 소라 껍질만 같이 느껴지는 아버지의 치료비로도 드리지 못한 채 도로 가지고 가는 것이었다. 임신했다는 말을 기어이 하지 못하고 돌아가는 것처럼 점례는 그런 자신의 신세가 새삼스럽게 서럽고 기가 막혔던 것이다.

점례는 설에 집엘 가지 않았다. 배가 눈에 띌 만큼 표가 나는 것은 아니었다. 그러나 몸가짐이나 놀림이 홀몸 같지가 않은데 아무리 숨긴다

해도 감출 수는 없을 것이었다. 아버지는 몰라도 어머니나 다른 아주머니들의 눈을 속이기란 거의 불가능한 일이라 싶었다. 그렇게 되면 동네 사람들의 입도 입이지만 아버지가……. 기다시피 해서 기어코 약봉지를 똥통에 처넣었다던 어머니의 말과, 그날의 아버지 모습이 아른거려 점례는 결국 집에 가는 것을 작파하고 말았다.

친정에 다녀오라며 야마다가 선사 들어온 물건 중에서 되는 대로 집어준 정종 두 병과 인삼 한 상자를 방구석에 몰아놓고 점례는 하루 종일 눈물에 젖어 있었다.

봄이 되었다. 점례에겐 나날이 징역살이였다. 치마를 입어도 표가 나게 배는 불러졌다. 한 가지 행동을 하다가 다른 동작으로 바꾸려 할 때는 하던 동작을 일단 멈춘 다음 시작해야 할 만큼 몸도 무거워졌다. 야마다의 간섭이 아니었어도 점례는 친정은 말할 것도 없고 문밖 출입을 할 생각은 아예 없었다. 무슨 낯으로 아는 사람들을 대하랴 싶었다. 야마다의 애를 가졌다는 것이 새삼스러운 소문으로 퍼질 것이 두려웠고 입을 모아 수군거릴 흉거리가 되는 것이 싫었다. 더구나 그런 몸으로 부모님을 대했을 때의 면구스러움이나 친구들을 만나서 창피스러울 것을 생각하면 야마다와는 상관없이 문밖 출입을 할 용기가 생기지 않았다. 그러면서도 날마다가 지겹고 답답했다. 봄이 되면 해마다 배가 고팠다. 그러나 나물을 캐는 재미가 있었다. 죽일망정 한 사발씩 먹고 나면 오순도순한 밤이 있었다. 숨막히게 아롱거리는 아지랑이를 바라보며 헤픈 이야기로 푸지게 웃던 친구가 있었다. 죽을 먹지 않아도 되는 생활인데도 배가 부른 줄을 몰랐다. 힘든 일을 안 하는 몸인데도 편한 줄을 몰랐다.

그런 지루한 나날을 보내고 있는 어느 날 복실이가 찾아왔다. 뜻밖이었다. 복실이가 반가우면서도 무서웠다. 점례는 앉은 채로 복실이를 맞으며 치마폭을 될 수 있는 대로 부풀게 해보이느라 신경을 썼다.

복실이는 세상 인심이 말이 아니라 했다. 남자라고 생긴 것은 모조리 징용을 끌어간다는 것이었다. 공출이 어찌나 심한지 견딜 방도가 없다고 했다. 공출도 한두 가지가 아니라는 것이었다. 집집마다 놋그릇은 단 하나도 남기지 않고 빼앗겼다는 것이다. 새끼줄을 짜서 바쳐야 하고, 마당이나 논둑 같은 손바닥만 한 땅도 놀리지 말고 피마자를 심어야 한다고 했다. 이제 캘 나물도 없고 소나무 껍질을 벗기는 형편이라는 것이었다.

"그래도 네 덕에 너희 집은 무사해."

복실이는 한숨을 내쉬며 이런 말로 일단 말을 끊었다.

점례로선 모두 처음 듣는 소식이었다. 그렇다고 놀라는 기색을 보일 수가 없었다. 그런 바깥 사정을 모르고 산다는 것을 복실이에게 보이는 것이 욕되게 느껴졌다. 그리고 그런 일 모두가 야마다가 저지른 잘못으로 여겨지면서 복실이의 말은 어쩌면 자신을 책망하는 것처럼 들리기도 해서였다.

"……실은 한 가지 어려운 부탁이 있어서 왔는데 말이지……."

복실이는 몹시 말을 망설였다.

"무슨 일인데, 어서 말해봐."

점례는 이미 눈치는 채고 있었다. 아무 일도 없이 이처럼 갑자기 찾아올 복실이가 아니었다.

"글쎄……, 네가 어떻게 생각할지 몰라서……."

"괜찮아. 기왕 온 건데 뭘."

점례는 기분이 언짢았다. 야마다의 힘을 빌려야 될 부탁일 것은 너무니 뻔한 일이있다.

"저어……, 우리 외삼촌이 징용을 나가야 되나 봐. 좀 어떻게 안 되겠니?"

복실이의 얼굴은 그전에 한 번도 본 기억이 없는 비굴을 가득 담고
있었다. 점례는 그런 복실이가 싫었다. 아무리 어려운 부탁을 하더라도
그전처럼 명랑한 표정이면 얼마나 좋으랴 싶었다.

"외삼촌이 없으면 외가는 당장 살아갈 길이 막막해져. 늙은 외할머니
가 혼자서 살 방도가 없고 그렇다고 우리 집에서 도와줄 형편도 못 되
고……."

복실이는 그런 구구한 말을 늘어놓으며 눈물을 짜기까지 했다.

"알았어, 내가 말해볼게. 어서 가봐. 괜히 야마다 만났다가는 될 일도
틀어지니까."

복실이는 쫓기듯 자리를 일어섰다.

점례는 여전히 앉아서 복실이를 배웅했다. 거만해졌다는 오해를 받
을까 걱정도 되고 미안한 생각도 컸지만 어쩔 도리가 없었다.

점례는 야마다에게 그 부탁을 하지 않았다. 다만 강호식을 불러 복실
이 외삼촌이 징용 나가는 날을 미리 알려달라고만 일렀다.

며칠이 지나서 강호식은 무슨 희소식이나 전하는 것처럼 다음 날이
복실이 외삼촌 떠나는 날인 것을 알려왔다. 점례는 성의껏 마련한 점심
과 누룽지 말린 것을 싸서 심부름하는 아이에게 보냈다. 그 보퉁이에는
약간의 돈도 넣었다.

심부름을 다녀온 아이로부터 복실이가 줄곧 울더라는 말을 전해 들
으며 점례는 더없이 괴롭고 쓸쓸했다.

강호식이 가끔 전하는 말로는 건강을 회복한 아버지가 그전처럼 농
사일을 하신다는 것이었다. 과수원집 주인이 두 마지기 논문서를 아버
지에게 보냈다는 말도 들었다. 그런데 아버지는 그 논문서를 불살라 버
렸다고 했다.

점례가 몸을 푼 것은 8월 초순이었다. 아들이었다.

"레이꼬는 얼굴이 예쁘니까 모든 일도 다 예쁘게만 한단 말야. 내 그럴 줄 알고 미리 사내 이름을 지어두었지. 마사오, 어때? 야마다 마사오. 허허허…… 수고했어, 수고했어."

아마다는 처음 임신을 알았을 때와는 달리 무척이나 흡족해했다.

점례가 아버지의 중태 소식을 들은 것은 세이레가 지나서였다. 일하는 아이가 시장엘 나갔다가 들은 말을 전해 주었다.

"어디가 어떻게 아프시다던? 좀 차근차근히 말해봐!"

점례는 애가 타서 소리질렀다.

"나도 그것밖엔 몰라요. 얼굴도 모르는 사람이 한마디 하고는 가버렸다니까요."

"병이 심해 똥오줌도 받아낸다고 말이냐?"

"네에."

"당장 가서 강씨 불러와! 강호식이 말이다."

점례는 발작하듯 소리를 질러놓고는 방바닥에 쓰러져 흐느꼈다. 보나마나 지난해에 당한 고초가 도져서 병이 된 것일 것이었다.

"뭐……, 풍이라던가요."

강호식은 어물거렸다.

"왜 여태 알리지 않았어요. 왜 숨겼느냔 말예요."

점례의 목소리는 사정없이 강호식의 낯짝을 할퀴고 있었다.

"주임님께서……, 야마다 주임님께서 부인 몸 상하신다고……."

"듣기 싫어요! 빨리 말해봐요, 빨리."

점례가 아이를 낳던 날이다. 아들이라는 소식을 야마다에게 전한 강호식은 주임의 방을 물러나오며 마음이 들떠 있었다. 강호식의 겨드랑이가 근질거리는 기분은 결코 괜히 생긴 것이 아니다. 아들이라는 말을 하자 야마다는 예상외로 기뻐하며 좀체로 듣기 어려운 그 너털웃음을 웃어젖혔다. 자신이 전한 소식으로 주임이 저리도 만족해하다니. 골치를 박박 썩이던 독립운동가를 체포하는 데 결정적 단서를 제공했을 때만큼 주임은 통쾌한 기분이었다. 강호식은 들뜨지 않을 수 없었다. 그 들떠오르는 기분을 어떻게 하지 않고서는 견딜 수가 없었다. 술을 한잔할까. 딱히 마음이 내키지 않았다. 춘매를 찾아갈까. 시원찮았다: 옳지! 거길 가자. 강호식은 한달음에 점례네 집을 향해 뛰었다. 집에는 아이들뿐 어른들은 논에 나가고 없었다. 논으로 달렸다. 점례 아버지는 사람들과 논을 매고 있었다.

"아들이오, 아들!"

강호식은 점례 아버지를 불러놓고 이렇게 외쳤다.

"무슨 소리요?"

점례 아버지의 의아스런 표정의 대꾸였다.

"아, 아들을 낳았단 말이오. 딸이 손자를 낳았다니까요."

"뭐, 뭐라고?"

점례 아버지는 호미를 든 손으로 이마를 짚는가 했더니 비틀하면서 쓰러졌다. 점례 아버지의 머리가 논바닥에 박히기 직전 옆 사람들인 가까스로 붙들어 잡았다.

그 길로 집으로 옮겨졌지만 깨어난 점례 아버지의 몸 왼쪽 부분은 마비 현상을 일으켰다. 중풍이었다.

"나가요, 나가. 주임이 시키지도 않은 짓을 왜 했느냔 말예요. 주임에게 일러 당신도 반쪽을 못 쓰는 병신을 만들고 말 테니 두고 봐요. 보기 싫어요, 나가요!"

점례는 울부짖었다.

방정맞은 강호식이 쥐어뜯고 싶도록 미웠다. 그 말만 하지 않았더라도……, 안타까움이 헝클어진 실패가 되었다. 임신을 알리지 않으려고 그다지 애쓴 자신의 노력이 너무 허망하게 깨져버린 것이 원통했다.

그러나 생각해보면 자신의 그런 노력이 언제까지나 비밀로 지켜질 수는 없는 일이었다. 강호식이 말을 전하지 않았더라도 소문은 퍼지게 마련인 것이다. 애는 뱃속에 들어 있는 것이 아니고 세상에 나와 있었다. 언젠가 소식이 전해지면 아버지는 그때 또 그런 몹쓸 병을 얻게 되었을지 모른다. 강호식의 죄만이 아니었다. 그렇지만 그렇게 갑자기가 아니고 서서히, 그것도 강호식이 아닌 풍문으로 소식을 들었더라면 그런 중병에 걸릴 만큼 놀라지는 않았을지도 모른다.

점례는 끝내 강호식의 미운 소행을 야마다에게 이르지 못했다. 왜놈 앞잡이 노릇을 하며 같은 조선 사람을 못살게 구는 강호식이었지만 차마 왜놈의 손에 넘겨 죽어가기를 바랄 수는 없었다. 더군다나 딸이 왜놈 애를 낳았다는 소식에 충격을 받아 아버지가 그 지경이 되었다는 말을 들으면 야마다는 뭐라고 할 것인가. 점례는 그것이 염려스러워서도 입을 다물고 말았다.

점례는 아버지의 병문안도 가지 못했다. 자신을 대하고 나서 아버지의 병세가 더 악화되어 버릴 것 같은 예감에 사로잡혀 있었기 때문이다.

점례는 부지런히 돈을 모았다. 그것을 장날이면 일하는 아이를 시켜 어머니에게 전했다. 애에게 돈을 줘서 내보낸 다음 돌아오기까지 점례의 가슴은 방망이질이 그치지 않았다. 그러나 애가 전하는 말은 언제나 마찬가지였다. 약을 써도 아버지의 병세는 차도가 없는 모양이었다. 몸살이 나도록 안타까웠다. 마음 같아서는 당장 달려가 얼마나 심한지 두 눈으로 보아야 속이 후련할 것 같았다.

점례는 매일 새벽마다 장독대에 샘물을 떠놓고 손을 모았다.

10월로 접어들면서 야마다의 그 흉악한 짓은 다시 시작되었다. 거역할 수 없는 그 짓을 하면서 점례는 어서 또 임신을 해버리기를 바랐다.

섣달이었다. 눈을 뒤집어쓴 동생이 들이닥쳤다. 아버지가 위독하다는 것이었다.

점례는 눈이 퍼붓는 길을 성난 말처럼 뛰었다.

아버지의 몰골은 생각보다 심하게 상해 있었다. 점례는 움켜잡은 이불 깃을 쥐어짜며 느껴 울었다.

움푹 파인 눈꺼풀이 가늘게 떨리다가 아버지는 더디게 눈을 떴다.

"아부지……."

점례는 기어코 울음을 터뜨렸다.

"누구……, 점예……?"

아버지의 음성은 들릴 듯 말 듯했다

"그래, 몸이나 성하냐……."

아버지는 이불 속에서 힘겹게 손을 빼냈다. 뼈마디가 드러난 아버지의 손은 허공을 더듬었다. 점례는 아버지의 그 여윈 손을 덥석 감싸잡았다.

아버지는 다시 눈을 감고 아무 말이 없었다. 움푹 들어간 눈, 그 눈꼬리에서 흐르는 눈물은 관자놀이께를 적시며 헤성한 머리카락 속으로 번져들었다.

점례는 도무지 믿어지지가 않았다. 그 건장하던 아버지가 어쩌면 이렇게 변할 수 있을까 싶었다. 1년 몇 개월에 지나지 않은 세월이 새삼 끔찍하게 다가들었다.

"점예야……."

아버지의 잠겨드는 목소리에 점례는 울음을 추슬렀다. 아버지의 생기 잃은 눈길은 점례를 더듬고 있었다.

"애를 낳았다지? 야, 야마다의 애를……. 딱한 일이다. 다, 다 이 애

174

비의 죄나라. 호의호식시켜 키우지는 못했어도 귀하게 키운 자식이었는데……. 구색 맞춰 실한 사내한테 시집을 보내려 했었는데……. 기어코 왜놈 손에…… 왜놈 손에……. 아들이면 뭘 하고 딸이면 뭘 하겠니. 피 다른 자식은…… 피가 다른 자식은…… 아들이고…… 딸이고…… 백이고…… 천이고…… 다, 다 소용없어. 애비가, 이 애비가 못나서 당한 일인데도…… 한이 되어…… 한이 되어…… 어디 제대로…… 눈이나 감겠니.”

아버지는 숨을 몰아쉬었다. 눈물이 연이어 흘렀다.

“그만 도, 돌아가거라. 야, 야마다가……, 야마다가……, 어서…….”

아버지는 점례에게 잡힌 손을 빼냈다.

“괜찮아요, 아버지.”

“가거라……, 그만…… 가야 해. 내 맘이……, 그래야 내 맘이…….”

아버지는 힘들게 팔을 들어 저었다.

점례는 눈이 내리는 길을 질정 없이 걸었다. 봇물로 터지는 서러움을 감당할 수 없어 울면서 눈길을 휘청였다.

아버지는 그날 밤을 넘기지 못하고 운명해 버린 것이다.

유언이 되어버린 아버지의 그 말은 수시로 점례의 귀에 맴돌았다. 아기에게 젖을 물리고 있을 때, 야마다에게 그 짓을 당하는 밤이면 그 숨가쁜 아버지의 말은 점례를 회초리질했다. 그러나 점례는 아기에 젖을 물릴 수밖에 없었고 야마다의 명령을 거역할 수가 없었다. 그럴수록 점례의 가슴에는 회초리질당한 피멍이 늘어갔다.

해방의 소식이 전해진 것은 아들의 돌이 지나고 1주일이 못 되어서였다.

떨리는 손으로 닛본또를 움켜잡고 쪼그려앉은 채 연 이틀 밤을 뜬눈으로 새운 야마다가 사흘째 되는 날 밤에 말 한마디 없이 자취를 감춰버린 휑한 집에서 점례는 애를 안고 넋이 나가 있었다.

점심때가 가까워 어머니가 찾아왔다. 어머니는 거침없이 대문을 밀치고 들어섰다.

"어쩐 일이세요?"

"이놈 간밤에 달아났지?"

"네에?"

"내 다 알고 왔다. 듣던 대로 집 한번 좋구나."

어머니는 휘익 집을 둘러보더니 마루로 성큼 올라섰다.

"그건 어떻게 알았어요?"

"온 읍내에 소문이 쫙 퍼졌다. 제 놈들이 저지른 죄가 있으니까 야밤 중에 뺑소니를 친 게 아니냐. 보복이 무서워 제 놈들끼리 모두 한군데로 모였다더구나."

"……."

그래서 닛본또는 버리고 가면서 권총은 가지고 갔을까.

"똥줄이 타도 예사로 탄 건 아니로구나. 얼마나 급했으면 제 새끼까지 버리고 갔을꼬. 벼락맞을 놈들!"

점례는 그때서야 닛본또만이 아닌, 자신이 안고 있는 아기도 버려진 것임을 의식했다.

"너 정신 바짝 차리고 집 지켜라. 남은 것이라곤 이 집 한 채뿐이다. 밖에서는 벌써 난리가 났다."

"무슨……?"

"아, 서로 왜놈들 걸 차지하느라고 눈들이 뒤집혔어. 그러니 너도 이 집 잘 지키란 말이다. 이런 시국에 한밑천 못 잡으면 그런 설움 받고 고생하며 산 보람이 어디 있니."

"……."

점례는 어머니를 멍하니 건너다보다가 눈길을 돌렸다. 왠지 어머니의 말이 서운하면서 가슴에 서늘한 기운이 돌았다.

칭얼거리는 애에게 젖을 물리며 점례는 자신의 나이가 열아홉이라는 엉뚱한 생각을 하고 있었다.

야마다의 옷이며 소지품들을 대충 정리했다. 그것들을 한쪽 벽장에다 모았다.

"그걸 없애버리잖구 왜 거기다 도로 집어넣니?"

옆에서 보고 있던 어머니의 참견이었다.

"없애긴 없애야겠는데 걱정이에요. 어떻게 해야 될지……."

"어떻게 하긴 뭘 어떻게 해. 태워버리든지 묻어버리든지 하면 되지."

"네에?"

"아니, 왜 그렇게 놀래냐?"

어머니는 의아한 표정이었다.

"죽지도 않은 사람 옷을 어떻게 태우고 묻고 한단 말예요."

"뭐라구? 너 지긋지긋하지도 않어? 야마다 그놈이 진절머리가 나지 않느냔 말이다."

"이건 염려 마세요. 내가 알아서 하겠어요. 그 사람이 일본으로 돌아가고 나서도 얼마든지 태우거나 묻거나 할 수 있는 일이니까요."

점례는 벽장문을 소리가 나게 닫아버렸다. 그러면서 얄궂은 자신의 마음을 알 수가 없었다.

옷이나 소지품을 태우거나 묻어버리면 야마다가 어떤 변을 당하거나 무슨 사고가 일어날 것만 같은 무서운 생각이 엄습했던 것이다. 어머니가 어처구니없어 하는 것 이상으로 지긋지긋하고 진절머리가 나는 사람이 야마다였다. 그런데도 그가 무사하지 못할까 봐 옷이며 소지품을 태우지도 묻지도 못하는 마음은 무엇일까.

장날 점례는 오랜만에 집을 나섰다. 마음놓고 2년 만에 나와보는 길거리였다. 장터는 예전에 없이 들뜨고 술렁거렸다. 오랜만에 나온 탓도 있겠지만 역시 해방이 가져다준 해방의 기분이 그런 장터를 꾸미고 있는 게 분명했다.

점례는 포목점 앞에서 걸음을 멈추었다. 옷감을 매만지고 있는 여자는 복실이가 틀림없었다.

"얘 복실아!"

점례는 복실이의 손을 덥석 잡았다.

"흥, 난 또 누구라고. 더럽다, 이 손 봐!"

복실이는 홱 손을 뿌리쳤다.

"아니……."

"어디 또 한 번 뻐겨보시지? 언제부터 제까짓 게 그리 귀한 몸이 돼서 사람을 앉아서 맞고, 앉아서 보내? 왜놈 첩질이 그렇게도 당당한 세도던? 섭섭해서 인제 어떻게 사시지? 바로 첩질한 뻔뻔스런 낯짝이래서 창피한 줄도 모르고 나돌아다니는 게지? 퉤, 퉤, 에이 더럽다, 더러워."

어느 틈에 빙 둘러선 사람들의 사이를 헤집고 나온 점례는 마구 뛰기 시작했다.

그후로 점례는 다시 집 안에만 틀어박혀 있었다.

10월이 다 저물어가는 어느 날 어머니에게 징용 나갔던 복실이의 외삼촌이 돌아왔다는 말을 듣고 점례는 얼마나 고마웠는지 모른다. 만약에 죽어서 돌아오지 않았다면……. 생각만으로도 눈앞이 캄캄해지는 아슬아슬한 고통의 무게만큼 살아 돌아온 것이 다행스럽고 고마워 자신도 모르게 안도의 한숨이 터져나왔다.

동짓달, 복실이가 시집가는 날에도 점례는 가볼 수가 없었다.

3

아버지의 소상 날에도 지난해처럼 진종일 눈이 내렸다.

그동안 순심이마저 시집을 갔다.

어머니의 한숨 소리는 날로 더 커져갔다. 점례는 그때마다 마음이 언짢았지만 못 들은 체할 수밖에 없었다. 날로 늘어가는 아들의 재롱도 귀여운 줄을 몰랐다. 오히려 아들의 재롱이 어머니의 한숨을 자아내게 한다는 것이 점례로선 견디기 어려웠다. 물론 어머니의 꺼져내리는 한숨이 자신을 위한 것인 줄 알지만 점례에겐 더없이 짐스럽고 답답한 일일 뿐이었다. 이제 어떻게 하라는 것인가. 어떻게 해야만 좋은가. 아무리 생각해보아야 막연할 뿐인 점례에게 어머니는 한숨으로 말을 대신하고 있었다. 어머니의 한숨이 뜻하는 바를 잘 알고 있었지만 그에 대해 점례 자신이 어떻게 해야 좋을지 막연한 것처럼 어머니도 마찬가지인 게 분명했다. 짐스럽고 답답하긴 했지만 어머니 입에서 말이 나오지 않는 것이 우선은 다행이었다. 한숨 소리는 못 들은 체하면 그만이지만 막상 말이 나오게 되면 피할 도리가 없는 일이었다. 그러는 속에서 보낸 겨울이었다.

점례는 첫물 쑥이라도 뜯을 생각으로 아들을 업고 집을 나섰다. 어느결에 들에는 푸릇푸릇 싹이 돋고 산에는 생기가 완연했다.

점례는 쑥을 뜯다가 넋 놓고 먼 산을 바라보는가 하면 한자리에서 일어서면 한정도 없이 걸었다.

돌 위에 앉아 젖을 물리고 있던 점례는 귀를 기울였다.

멀게 멀게 들려오는 울음 소리.

—푸풀꾹 풀꾹, 풀꾹 풀꾹…….

소쩍새가 울고 있었다. 임을 찾아 이 산 저 산을 헤매며 목메어 울다가 피를 토하고 그 피를 되마셔 목을 축이며 다시 울고 한다는 소쩍새.

"참 청승맞게도 운다."

점례는 아들을 꼭 끌어안았다. 서러움도 슬픔도 아닌 감정이 밀려들며 콧등이 시큰해졌다.

품에서 잠이 든 아들을 업고 점례는 소쩍새 울음에 쫓기기라도 하듯 집으로 부지런히 발길을 놀렸다.

대문을 들어서던 점례는 멈칫했다. 댓돌 위에 눈에 선 신발이 놓여 있었다.

조심스레 마루로 올라서는데 방에서 먼저 어머니의 목소리가 흘러나왔다.

"점예냐?"

"네."

"이리 들어오너라. 이모 오셨다."

이모? 제자리에 못이 박힌 점례는 눈을 꼭 감은 채 아기를 받친 깍지 낀 손에 힘을 주었다. 이상하게도 애가 엎드려 자고 있는 등 어디에 틈이 있어서 그리도 서늘한 바람이 등줄기를 타고 흐르는 것일까, 점례는 으스스 몸을 떨었다.

"애는 자는구나."

점례는 어머니에게 애를 내려주고 돌아서서 옷매무새를 고쳤다. 그리고 이모에게 절을 했다.

"그래, 얼마나 고생스러우냐."

"……."

점례는 고개를 숙이고 있었다. 고개를 들면 곧 울음이 쏟아질 것만 같았다.

"이놈이구먼? 듣던 대로 인물은 훤출하네. 지 애미 잘났겠다, 애비도 천골은 아니었으니…….”

“그런들 무슨 소용이 있어요, 글쎄.”

“누가 아니래나. 그럴수록 더 가슴만 아프지. 쯧쯧…….”

“그러니 제 속이 하루 이틀 타야죠.”

어머니는 하루 이틀 쉰 게 아닌 한숨을 또 꺼져라 쉬었다.

“자식 둔 부모 속이 이런 때 오죽하겠는가. 두말이 필요 없지.”

이모도 따라서 한숨을 쉬었다.

매—, 이모가 언뜻 병아리를 채가는 매로 둔갑을 하는 것 같았다. 순간 점례는 아들을 와락 끌어안고 싶은 충동을 가까스로 누르고 있었다.

“점례야, 부엌에 좀 나가봐라. 이모 시장하시겠다.”

점례는 쫓기듯 방을 나왔다. 참았던 울음이 터졌다.

솥에서는 닭죽이 끓고 있었다.

어머니와는 거의 열 살 차이가 나는 이모. 이모는 맏이기도 해서였지만 외가 쪽에서 제일 무서운 사람이었다. 세 외삼촌들도 큰이모 앞에서는 함부로 하지 못했다. 그만큼 이모는 잘살기도 했다. 3백여 리 떨어진 ㅂ시에서도 알아주는 부자였다. 소학교에 들어갔던 해 여름방학에 놀러 간 일이 있었다. 그때 논이 얼마나 많으냐고 묻자 이모는 네가 하루 종일 밟아도 다 못 밟을 만큼 많다고 했다. 그때 아리송하기만 했던 이모의 말이 좀더 확실하게 이해된 것은 구구단을 외우고 곱셈 나눗셈을 익히면서였다.

점례는 상을 보면서 몇 번씩이나 행주질을 했다. 눈물이 자꾸 떨어졌던 것이다.

아버지의 장례에도 오지 않은 이모였다. 이모부의 말로는 아파서 못 온 것이라 했다. 그 말이 정말인지는 모르지만 어지간한 나들이에는 꼭 꼭 인력거를 탄다는 이모가 아버지의 장례에 오지 않았다고 해서 누구

하나 탓하는 사람은 없었다. 그런 이모가 갑작스럽게 온 것이다. 점례는 커다란 바위에 짓눌리기나 한 것처럼 답답하고, 우악스런 손아귀에 목을 졸리는 것처럼 숨이 차오는 것이었다.

이모는 식사를 마칠 때까지 별다른 말이 없었다. 설거지를 마치고 안방으로 불려갔다.

"거 앉거라. 애 젖은 먹였냐?"

"네……."

이모 앞에서 점례는 주눅부터 들었다.

"돌 지난 아이 젖 자꾸 먹이는 것도 안 좋다. 에미 몸만 휘지고 살로 가지도 않고. 인제 밥살이 올라야 하니라."

"……?"

점례는 고개를 들었다가 이내 떨구었다. 이모의 엄한 눈길이 내려다보고 일었다. 이모의 그 말이 예사로운 것일 텐데도 점례에겐 왠지 무섭게만 들렸다.

"점례 너 몇 살이랬지?"

"스물입니다."

"그렇댔지. 참 좋은 나이다."

이모는 푹 한숨을 쉬고는,

"헌데 애석한 일이로구나."

갑자기 탄식을 하듯 했다.

왼쪽 무릎은 꿇고 오른쪽은 꺾어 세워 가슴께에 붙여 두 손바닥을 무릎 위에 포갠 점례는 고개를 숙이고 앉아 있었다.

"애비가 생각킬 때가 있더냐?"

점례는 속입술을 꼬옥 깨물었다. 애비, 야마다. 그 사람이 생각날 때는 없었다. 생각하고 싶은 사람도 아니었다. 이렇게 묻는 경우 생각이 떠오른다 해도 지긋지긋한 기억뿐이었다. 이모의 말은 그리울 때가 있느냐는 뜻이리라. 없다. 그러나 어떻게 대답을 해야 좋단 말인가.

"어른 말씀에 대답을 해얄 것 아니냐."

어머니가 나무랐다.

"자넨 가만있게. 그런데 점례야, 애비하고는 달리 애는 귀엽지?"

"……."

점례는 분명 대답을 했다. 그런데 "네" 소리는 목에 꽉 걸려선 입 밖으로 나오지 않았다.

"어떠냐, 그렇지?"

점례는 빠르게 고개를 끄덕였다. 이모와 어머니가 마주 보고 고개를 젓는 것을 점례는 보지 못했다. 그리고 뒤이어 어머니가 이모에게 하는 눈짓도.

"점례야, 너 앞으로 어떻게 살 작정이냐?"

"……."

점례는 웅크린 몸이 차츰 굳어지는 것을 느꼈다. 묻는 말마다 대답을 할 수가 없을 뿐만 아니라 가슴을 짓눌러오는 압박감을 지닌 물음들이었다.

"네 속 답답한 걸 왜 모르겠냐. 처음부터 네가 무슨 죄가 있었니. 내가 이제부터 하는 말 잘 들어라."

이모는 목청을 다듬었다.

점례는 올 것이 왔구나 싶었다. 여태껏 못 들은 체 피해 왔던 어머니의 한숨 소리가 드디어 피할 도리가 없는 말로 바뀌고 있는 참이었다. 그것도 이모의 입을 통해서 말이다.

"네 나이 이제 겨우 스물이다. 앞길이 구만리 같은 나이에 애비 없는 자식을 데리고 혼자 산다는 것이 말처럼 쉬운 일은 아니다. 네가 이 지경이 된 것을 다시 들춘들 무슨 소용이 있겠니. 네 잘못도 부모 잘못도 아닌 일이었으니까. 본래 여자란 일부종사하는 것이다. 그것이 여자의 길이고 여자가 지켜야 하는 도리다. 그렇지만 그것도 경우가 따로 있다. 연분에 맞춰 하늘이 맺어준 짝을 찾아 백년가약 혼례를 올렸을 때는 하루를 살아도 남편이요, 이틀을 살다 혼자가 돼도 일부종사해야지. 그런데 너처럼 억지 춘향이가 된 데다가 핏덩이나 다름없는 자식 하나 덜렁 남겨놓고 달아나버렸으니 이 일을 어쩌면 좋으냐. 그것도 애비가 조선 사람이라면 또 모르겠다. 바다 건너 달아나버린 왜놈이니 어느 세월에 다시 만날 것이며, 평생 저 자식 키워본들 무슨 영화가 있겠니. 처자식 거느리고 바다 건너에서 희희낙락거리며 사는 놈을 바라고 평생을 혼자 살아본들 열녀 칭송을 받겠니, 그 누가 열부라고 표창인들 하겠니. 아는 사람이면 누구한테나 손가락질당하기 십상이고 업신여김받기 꼭 알맞을 일이다."

이모는 말을 끊었다.

"나 물 좀 주게나."

어머니가 재빨리 부엌으로 나갔다.

전혀 생각하지 않은 문제는 아니지만 막상 앞으로 어떻게 살아갈 것인가를 떠올리다 보면 겁부터 앞서서 점례는 의식적으로 피해 왔던 것인지도 모른다.

목을 축인 이모는 다시 입을 열었다.

"그럼, 어느 남들을 위해 사느냐고 할지도 모르겠구나. 구더기 무서워 장 못 담글 리 없으니까 남들 눈은 개의치 않는다고 치자. 너도 뻔히 알다시피 네 에미가 혼자 아니냐. 에미야 나이도 나이고 어린 자식들이 있으니 어차피 혼자 살아야지. 그런 것이 아니더래도 네 에미야말로 일부종사해야지. 그런데 이것 봐라. 과부가 된 에미 밑에 애비 없는 자식을 가진 딸이 산다? 이게 무슨 꼴이냐. 한 처마 밑에 두 모녀 과부가 산다고 생각해봐라. 그 집안 꼴이 뭐가 되겠는가. 시어머니 며느리 2대 과부는 한 처마 밑에 살아도 오히려 떳떳하지만 친정에미와 딸이 과부 꼴로 한집안에 사는 법은 이 세상에 없느니라. 일부종사, 수절을 지키려면 시집에서 하는 일이지 친정에서 하는 일은 아니다. 그리고 딸자식 가진 에미가 과년한 딸을 흡족하게 해서 시집을 보내보지 못하는 것처럼 한스러운 일도 없다. 이 꼴이 된 점예 네 속도 기가 막히겠지만 에미의 가슴에 맺힌 한도 눈을 감기 전까지는 풀리지 않을 것이다. 그런데 그런 에미 곁에서 소박을 당한 것도 아니고 사별을 한 것도 아닌 과부 꼴로 시들어간다면 에미가 어떻게 살겠니. 아마 한이 겹쳐 말라비틀어져 죽을 것이다."

이모는 또 물을 벌컥벌컥 들이켰다.

점례는 곧 쓰러질 것만 같았다.

"그러니……, 아직 늦지는 않았다. 정식으로 시집을 가도록 해라."

이미 예상했고 각오했던 말이었다. 그런데도 가슴이 쿵 내려앉았다.

"일본 사람하고 정식으로 결혼을 한 것이라면 내가 또 이러지도 않는다."

점례는 진땀을 흘리고 있었다.

"애는 어머니에게 맡기면 된다. 동생들 키우는 김에 키우면 되는 일이니까."

그럼……, 점례는 부들부들 떨고 있었다.

"세상일은 마음먹기에 달렸다."

점례는 정신이 아물아물해지고 있었다.

"나이 먹고 잘살게 되면 다 잊어버리게 마련인 것이 사람 일이니라."

"……."

"……."

이모는 계속 말을 했지만 점례에게는 아무 소리도 들리지 않았다.

밤이 늦어서야 자기 방으로 건너온 점례는 잠든 아들 옆에 푹 꼬꾸라졌다.

"밤새 잘 생각해봐라."

"생각할 거나 뭐 있나요. 그대로 결정 내린 일인걸요."

이모와 어머니의 이런 말이 뒤섞이고 있었다.

아가는 숨소리도 고르게 자고 있었다. 아가의 손을 가만히 감싸 잡았다. 따스한 체온이 물줄기마냥 손을 타고 올라 전신으로 퍼지는 것을 점례는 아련히 느꼈다.

이런 자식을 버려두고, 안 될 말이다. 이 어린것이 무슨 죄가 있다고, 안 될 말이다. 그러나 이모는 한사코 일부종사할 자격이 없다고 했다. 애초에 일부종사 같은 것은 생각해본 일조차 없었다. 결국 이모의 말은 혼자 살 자격조차 없다는 뜻이었다. 이모가 원망스러웠다. 아니 무서웠다. 아버지가 그렇게 억울하게 당하고 자신이 그런 신세가 될 때에는 말 한마디 없던 이모가 이제 와서 어쩌자고 이러는가 말이다. 그런 이모가 야마다 못지않게 무섭고 징그러웠다.

수절을 하려면 시집에서 하는 것이지 친정에서 하는 것이 아니라 했다. 틀림없는 말이다. 그러니 어쩌란 말인가. 시집으로 가든지 그렇지 않으면 시집을 가라는 말이다. 야마다를 찾아 일본으로 갈 수 없는 것을 번연히 알면서 이모는 그렇게 몰아세웠다. 시집을 갈 수밖에 없는 막다른 골목이었다. 그러나 또 하나 방법은 있었다. 아들을 데리고 집을 떠나는 것이다. 친정어머니와 딸이 과부 꼴로 한집안에 사는 법은 이 세상에 없다니까 자신이 아들을 데리고 집을 떠나면 될 것이다. 식모살이를 하든 유모살이를 하든 두 목숨이 굶지만 않으면 될 일이었다. 그러나……, 젖먹이가 딸린 여자에게 누가 식모살이인들 제대로 시켜

줄까. 죽기를 작정하고 나서면 두 입이 굶지는 않는다 하더라도 커가는 자식의 뒷바라지는 어찌할 것인가. 가르치지 못하는 부모 꼴은 뭐며 배우지 못한 사내가 사람 구실인들 제대로 할 수 있을 것인가.

점례는 흐르는 눈물을 걷잡지 못했다.

아들을 어머니에게 맡기고 시집을 간다. 그래서 어쩌자는 것인가. 처녀로 속이자는 말이 아닌가. 그럼 아들과는 생이별을 하는 것이다. 평생을 속여야 될 것이니 호적은 어디다 올릴 것인가. 어쩔 수 없이 막내 동생 뒤에 붙게 될 것이다. 그럼 성姓은 김가가 되고 아들이 동생으로 둔갑하게 된다. 못할 짓이다. 시집을 가서 무슨 영화를 보자고 그런 모진 짓을 하라는 것인가. 처녀로 속여 시집을 가서 평생을 가슴 조이고, 자식과는 생이별을 하여 한을 심는다. 거기다가 자식을 동생으로 만들어야 하는 천륜을 그르치는 짓까지 해가며 이중 삼중의 죄를 짓느니 차라리 시작부터 그랬듯 돈 많은 사람의 첩이 되어버리는 것이 오히려 떳떳할 것만 같았다. 그러나 그게 어디 사람이 할 짓이며 그렇게 살아서 무엇한단 말인가. 차라리 죽어버리자. 저것을 끌어안고 죽어버리자. 애초에 잘못된 팔자였으니 죽어버리면 깨끗할 게 아닌가. 그럼 저 어린것은 애비 없는 자식으로 괄시를 안 받을 것이고, 식모 아들로 천덕꾸러기가 안 될 것이고, 평생 에미 떨어져 살며 에미와 형제가 안 돼도 되는 것이 아닌가.

점례는 와락 아들을 끌어안았다. 그리고 가슴에 꼭꼭 감싸서 다독거렸다. 곤하게 자는 얼굴을 물끄러미 내려다보고 있는 점례의 마음에는 죽어버리자던 생각이 차츰차츰 가셔지고 있었다. 그리고 그 빈 자리에 새로운 생각이, 혼자 살 수 있을 것 같은, 아들만 이렇게 곁에 있으면 혼자 살 수 있다는 생각이 용기로 변하면서 가슴을 채워왔다. 그건 여태껏 가져보지 못한 확신이었고 새로운 힘이었다. 야마다가 버리고 간 것이 아니라 자기에게 주고 간 것이라는 생각까지 들었다.

　아들을 꼭 끌어안은 점례는 누가 뭐라 해도, 어떠한 일이 있어도 이 자식을 데리고 혼자 살 수 있다고, 살겠다고 마음을 다졌다.

　애 옆에 엎드려 깜빡 잠이 든 모양이었다.

　"점예야, 점예야, 그만 일어나거라."

　어머니가 옆에서 깨우고 있었다. 놀라 일어난 점례는 저고리 섶을 여미고 머리칼을 쓸어올렸다.

　"어서 세수하고 채비해라."

　"네에?"

　"어젯밤에 이모가 할 얘기는 다 했잖았니. 어서 일어나거라."

　어머니의 목소리는 어느 때 없이 싸늘했다.

　"허지만 어머니……"

　"글쎄 여러 말이 필요 없다니까 그러는구나. 늦는다, 서둘러라."

　점례는 어머니가 소매를 끄는 대로 따라 일어섰다.

　"날 더 밝기 전에 떠나야 된다. 이모는 일어나신 지 오래되었다."

　등을 떠밀려 방을 나서는 점례는 모든 것이 와르르와르르 무너져 내리는 절망을 느꼈다.

　먼동이 터오고 있었다.

　부엌문을 붙들고 선 점례는 심한 어지러움에 시달리며 차라리 죽어버려야 한다고, 기어이 혼자 살아야 한다고, 시집을 가느니 첩질이 더 낫다고, 어떤 일이 있어도 혼자 살아야 한다고, 이럴 바에는 죽어야 한다고…… 뒤죽박죽되는 질정 없는 생각에 휘말리고 있었다.

　"애 점예야, 뭘 하고 있는 거냐."

　어머니가 어깨를 잡아 흔들었다.

　"어머니……"

점례의 눈에서는 주르르 눈물이 흘러내렸다. 나 혼자 살겠어요. 혼자 살 수 있어요. 이 말은 입 밖으로 나오지 않았다.

"너 여태 세수도 안 했구나! 안 되겠다. 세수고 뭐고 그만둬라."

점례는 어머니에게 손목을 붙들려 안방으로 끌려 들어갔다. 이모는 떠날 채비를 다 갖추고 있었다.

"애가 원 고집 부릴 게 따로 있지. 다 누굴 위해서 어른들이 이 고생인데 고집이냐, 고집이."

어머니의 역정이었다.

"너무 야단하지 말게. 점예야, 네 맘도 내 다 안다. 허나 세상살이란 살아본 어른들 말을 들어야 실수가 없는 법이다. 네가 정 시집을 안 가겠다고 고집하고 혼자 살 결심이 단단하다면 나도 굳이 말릴 생각은 없다. 내 기왕 이렇게 온 길이니까 그 일과는 상관없이 우리 집에 놀러라도 가자. 요즘 네 맘도 시끄러울 게고 나도 혼자 가기는 심심하니 바람이나 쐴 겸 같이 가자꾸나. 애도 이제 밥 먹을 수 있겠다, 며칠 쉬었다가 오렴. 이런 때일수록 집에만 박혀 있으면 더 사람만 상하느니라. 갈 길이 멀다, 어서 서둘러라."

점례는 곧 미칠 것만 같았다.

어머니와 이모가 야속하고, 말 한마디 제대로 못하는 자신이 야속했다. 어젯밤에 그렇게 굳게 결심했던 마음이 어찌된 영문으로 어머니와 이모 앞에서는 산산조각이 나고 마는 것이었다.

점례는 될 수 있는 대로 천천히 옷을 갈아입었다. 그러면서 아들이 잠이 깨기를 바랐다. 마지막 젖을 물려보고 떠나고 싶었다.

"아무거나 입고 나오너라. 며칠 댕겨올 건데 뭘."

이모는 벌써 마루에 나와 있었다. 이제 이모는 야마다보다 더 무서운 사람이었다. 며칠이 아니라 평생이고, 이 길로 집을 떠나고 말면 아들과는 영영 이별인 것이 분명했다. 도대체 어른이란 무엇인가. 어른이란 사람들은 어떻게 생겨먹었길래 이다지 사람을 괴롭히는 것인가. 엉엉 울어버리고 싶은, 고래고래 소리를 질러버리고 싶은, 가슴을 와득와득 쥐어뜯고 싶은 거친 감정이 회오리치고 있었다.

"인제 그만 가자. 너무 늦었다."

점례는 아들의 볼에 자신의 볼을 댔다. 딱 한 번, 마지막으로 젖을 배불리 먹이고 싶었다. 그러나 자는 것을 깨울 수는 없었다. 볼을 뗐다. 아들의 얼굴에 뚝 떨어지는 것이 있었다. 눈물이었다. 점례는 얼굴을 멀리하고 손을 뻗쳐 조심스레 그 눈물을 닦아냈다.

"점예야!"

벌컥 문이 열렸다. 소스라쳐 벌떡 일어난 점례는 흑 울음을 터뜨리며 방을 뛰쳐나갔다.

한숨으로 보내는 지루한 나날이었다. 이모는 새 옷을 해준다 곡마단 구경을 시켜준다 이름난 절에 데려간다 수선을 피웠지만 어느 것 하나 마음에 차는 것 없이 귀찮기만 했다.

밤마다 아들이 꿈에 보였다. 마루에서 굴러 떨어지는 꿈이었다. 끓는 밥솥에 곤두박이는 꿈이기도 했다. 동생이 업고 까불리다가 허리가 벌떡 넘어가는 꿈도 있었다. 병이 들어 숨이 넘어가는가 하면 개에게 물리거나 뱀에 친친 감겨 있기도 했다.

밥맛을 잃고 시들거렸지만 때마다 젖은 부풀어올랐다. 남의 눈을 피해 젖을 주무르는 점례는 또 눈물이 글썽거렸다.

달포가 넘어도 이모는 가라는 말을 하지 않았다. 그렇다고 점례는 돌아가겠다는 말을 꺼내지도 못했다.

그날도 점례는 술상을 차렸다. 밥이나 빨래, 설거지 등 힘들고 거친 일은 하지 않았다. 그러나 반찬을 만들거나 술상을 보는 일은 점례의 차지였다. 무슨 이유에선지 이모는 그런 일은 꼭 점례를 시켰다.

"술상 다 됐어요."

"그래 수고했다. 그걸 사랑에 좀 내다 드려라."

으레 그런 순서였다. 하루에 한 번쯤 차리는 술상을 사랑에 내는 데까지가 점례가 하는 일이었다.

"몇 분이나 계시던?"

"이모부하고 못 보던 젊은 사람, 두 분예요."

"자, 내 다리 좀 주물러라."

며칠이 지났다. 저녁상을 보아가지고 사랑으로 나갔다.

방문을 들어서던 점례는 황급히 눈길을 돌렸다. 며칠 전에 본 그 젊은 남자였다. 방문을 들어서자마자 정면으로 눈길이 맞부딪친 것이다. 이모부 앞에 상을 놓을 때까지 점례는 그 남자의 눈길을 따갑게 느꼈다. 상을 놓고 물러서는 점례는 귓불이 화끈거리는 것을 붉디붉은 색으로 느껴야 했다.

"곧 숭능 드려라."

"……."

대답은 나오지 않고 입만 시늉을 했다. 그때까지도 남자의 눈길은 줄곧 쏟아지고 있었다.

마당을 건너지르며 숨을 몰아쉰 점례는 그때서야 자신의 가슴이 심하게 뛰고 있음을 깨달았다. 점례는 흘러내리지도 않은 머리칼을 쓸어 올렸고, 아무것도 묻지 않은 얼굴을 몇 번이고 문질렀다. 아직까지도 그 남자의 눈길이 얼굴에 묻어 있기라도 한 것처럼. 참 이상한 남자도 다 있다 싶었다.

점례는 이모에게 상을 내다 드렸다는, 으레 하게 되어 있는 말을 하지 않고 바로 부엌으로 들어갔다. 매사에 눈치 빠르고 빈틈없는 이모에게 영락없이 들킬 것만 같았던 것이다.

점례는 부지깽이로 부엌 바닥을 후벼파고 있었다. 아무래도 숭늉을 내갈 일이 걱정이었다. 또 그렇게 쳐다보면 어떻게 하나. 생각만 해도 숨이 차왔다. 무슨 남자가 여자를 그렇게 버르장머리 없게 끝도 없이 쳐다보는 것이며, 어찌된 눈길이 그토록 따가운지 모를 일이었다. 또 그런 눈길을 받아야 된다고 생각하자 점례는 그만 부아까지 치밀었다. 그래서 마구 부엌 바닥을 후벼 팠다.

"무신 속이 고렇게 탄데유? 식기 전에 물 올려유."

"속은 무슨 속이 타? 괜히 참견 말어."

점례는 갈포댁에게 쏘아붙이고 부엌을 나섰다.

방문을 열기도 전에 숨이 차올랐다. 한껏 숨을 들이마시고 눈을 내리깐 채 방문을 열었다.

남자는 마찬가지였다. 두 개의 숭늉 그릇을 올린 쟁반을 조심스레 놓고 일어서려는 참이었다.

"하나는 날 주고, 하나는 손님 앞에 놓아드려라."

이모부가 일렀다. 전에 없었던 일이다. 시키는 대로 했다. 그 남자 앞의 국그릇을 들어내고 숭늉 사발을 놓으며 점례는 자신 손이 떨리는 것을 의식했다.

점례는 발을 구르며 마당을 건넜다. 이모부는 또 무슨 주책이람. 세상에 그리도 상스럽고 뻔뻔스런 남자가 어디 있어. 제 계집도 아니고 술집 기생도 아닌데 어쩌자고 그따위로 사람을 뚫어지게 쳐다볼 수가 있담.

"속이 더 타지유? 숯 되기 전에 찬물 한 사발 허시겠지유?"

부엌으로 들어서는데 갈포댁이 능글맞게 웃으며 반죽을 했다.

"갈포댁은 아까부터 자꾸 무슨 소리야? 속은 무슨 속이 탄다는 거유?"

"그래야지유. 좋고 존 일로 타는 속인디 찬물로 꺼질 리가 없지유."

갈포댁은 헤헤거리며 웃었다.

아차, 그랬었구나. 순식간에 점례는 귓불이, 얼굴이, 목덜미가 화끈거리고 숨이 가빠오며 가슴에선 쿵쿵 물레방아가 돌았다. 그렇게 생각하니 모든 것이 예사로 일어난 일이 아니었다. 갈포댁까지 알고 있는 일을 자신만 몰랐던 것이다.

저녁을 마치고 나서 이모가 불렀다.

"요즘에 얼굴이 좀 나아졌구나. 내 어깨 좀 주물러다구."

점례는 이모의 등뒤로 돌아가 무릎을 꺾어 세웠다.

이모는 언제나 이런 식이었다. 무슨 말을 하려면 딴전을 피워 뜸을 들이는 버릇이 있었다. 이모와 말을 할 때는 정신을 바짝 차려도 어느 틈엔지 이쪽이 뜸이 들어버려 말려들곤 했다. 그러나 오늘만은 들일 필요가 없는데 이모는 괜한 수고를 시작하고 있는 셈이었다.

"점예는 요새도 혼자 살겠다는 결심인가?"

"……."

무척 시건방진 남자였다. 건달도 상건달일 것이었다. 그렇지 않고서야…….

"이렇게 사는 게 이젠 답답하지?"

"……."

자신만만해서 그럴까. 그 매섭던 눈초리가 건달은 아니었는데. 무엇이 그리도 자신만만할까.

"나이 찬 여자가 답답함을 면하려면 천상 한 가지 방법밖에 없느니라."

이모가 정한 남자. 건달이면 어쩌고 자신만만하면 뭘 할까.

"시집을 가야지. 시집을 가면 잔근심 다 가시고 깨가 열리느니. 옳지,

그 옆에, 거기 좀 꼭꼭 주물러라."

"……."

"오늘 사랑에 오신 손님은 누구였지? 아는 사람이던?"

점례는 마른침을 삼켰다. 뜸을 다 들인 것이다. 이제 대답을 피할 도리는 없었다. 피할 필요도 없었다.

"며칠 전에 왔던 그 젊은 사람이었어요."

"그래? 한 번 보고 나서 얼굴을 알아보겠던? 연분은 연분이로구나. 그러기가 어려운데 천생연분이야."

이모는 이렇게 휘감아들었다. 점례는 그만 얼떨떨해졌다. 술상을 들여다 놓으며 아무런 관심 없이 얼핏 보았을 뿐인 남자를 다음번에 알아볼 수 있는 것은 정말 연분 때문인가? 정말 그런가? 정말 그런가? 연분? 천생연분?

"그 남자 생김새가 어떻더냐? 내 눈엔 미남이던데 어디 당사자인 점예 얘기 좀 들어보자."

"……."

할말이 있을 리가 없었다. 이모의 눈에 미남이면 미남인 것이다.

"사람 하나 똑똑하지, 머잖아 크게 될 사람이다. 눈에 총기가 들었어. 그 눈이 보배야."

점례는 지그시 눈을 감았다. 그럼 그 매섭던 눈초리는 시건방지거나 뻔뻔스러운 탓이 아니었던가……?

"이모부가 그러는데 그 사람이 네가 맘에 든다더구나. 얼마나 다행이냐. 아니, 그 눈이 여자도 고를 줄 아는 게지. 우리 점예라고 어디 나무랄 데 있나. 오냐, 오냐, 그만 주무르고 이리 와 앉아라."

그러지 않아도 점례는 더 이상 주무를 수가 없었다. 나무랄 데가 없다니, 점례는 팔다리의 힘이 쑥 빠졌던 것이다. 엄연히 애엄마였다. 3백

리 밖에는 멀쩡하게 아들이 살아 있다. 이보다 더 큰 나무랄 데가 또 어디 있을까.

남자 나이 스물넷. 성은 박씨라 했다. 흠이 있다면 양친이 없는 점이라는 것이었다.

박항구의 아버지는 독립투사였다. 그래서 그의 어머니는 잠시도 편할 날이 없이 순사들에게 시달렸다. 항시 순사들의 감시를 받았고 어떤 때는 끌려가기도 했다. 풀려나와서도 그의 어머니는 입을 여는 일이 없었다. 그러나 가끔 심한 고초를 당한 눈치가 보일 때도 있었다. 박항구의 아버지가 이모부와 절친한 사이였기 때문에 한참 동안은 이모부도 꽤나 의심을 사기도 했다. 그래서 이모부는 주재소 주임을 비롯하여 높은 자리에 있는 일본 사람들에게 더욱 접근하지 않을 수 없었다. 명절이면 잊지 않고 고루 선물을 보냈고, 평소에도 그들이 하는 일에 누구보다 먼저 기부금을 내는 등 협조를 했다.

그래서 이모부에 대한 신임은 각별한 것이 되었고, 박항구 어머니가 이모네에서 이런저런 일을 도와가며 살아가는 것도 덮어질 수 있었다. 그보다 더 중요한 문제는 박항구의 학비가 이모부에게서 나가는 데도 묵인되고 있었다는 것이다. 그런데 해방 서너 해 전이었다. 박항구의 아버지가 특수 사명을 띠고 만주에서 압록강을 건너 잠입하여 서울로 향하다가 평양 근방에서 체포되었다는 사실이 ㅂ시까지 전해졌다. 이 사실이 소문으로 퍼지기 전에 이미 그의 어머니는 붙들려갔다. 그리고 이모부까지 불려가서 여러 가지 조사를 받았다. 사전事前에 무슨 연락이 있었나를 캐려는 것이었다. 이모부는 무사히 돌아왔지만 그의 어머니 소식은 묘연했다. 그런 데다 박항구는 퇴학을 당했다. 중학교 2학년이었다. 사건이 사건이었던 만큼 이모부로서도 그의 어머니 행방을 알아볼 방법이 없었고, 박항구의 퇴학 처분에도 이렇다 할 말 한마디 못하고 말았다. 들리는 소문으로는 그의 아버지가 총살을 당했다고 했다. 그의 어머니는 고문에 못 이겨 죽었다고 했다. 그러나 그런 사실을 확인할 길도 없는 채 박항구가 다시 학교를 다닐 기회는 오지 않았다. 주재소에서는 그에게 학교에 다시 다닐 기회를 주지 않음은 물론 그 동네를 벗어나서는 안 된다는 금족령을 내렸던 것이다. 그 금족령은 해방이 되는 날 비로소 풀리게 된 것이다. 해방이 되던 해에 스물셋이던 박항구는 왜놈을 잡아죽인다고 칼을 들고 눈에 불을 켜가지고 나돌았다. 박항구는 혼자가 아니었다. 대여섯 명이 뭉쳐서 매일 거처를 옮긴다고 했다. 학교 교장이, 서너 명의 순사가, 고리대금업자가 대창에 찔리고 칼을 맞는 불상사가 거의 매일 밤 일어났다. 그런 사람들이 당하는 피해를 모두 박항구의 소행으로 단정할 수도 없지만 아니라고 부인할 수도 없었다. 어찌됐든 일본 사람들이 물러가고 박항구가 다시 동네에 모습을 나타냈을 때 사람들은 그를 두려워하고 우러러보게 되었던 것만은 사실이었다. 그 후 박항구는 이모부가 공짜로 얻다시피 일본 사람에게 사들인 철공장에 몸을 담고 있었다.

"흠이라면 양친이 없는 것 하나다. 그것이 서로 외로운 처지에 의지하며 사는 데는 더 나을지도 모른다."

이모는 처음에 했던 말을 되풀이했다. 양친이 없는 게 흠이라면 자식을 가진 것은 어찌될 것인가. 외로운 처지에 의지고 뭐고 구구한 말 다 필요 없이 왜놈들에게 이런 앙갚음을 했다는 사실이 점례로선 더없이 통쾌하고 참으로 오랜만에 가슴이 확 풀리는 시원함을 맛보았다. 그리고 그 매섭던 눈초리가 무엇을 말하는지 어렴풋이 알 것 같기도 했다.

밤에 점례는 야마다를 보았다. 처음 있는 일이었다. 자신도 야마다도 알몸뚱이였다. 험상궂게 일그러진 얼굴의 야마다는 사생결단 목을 조르며 덤벼들었다. 숨이 막혀 허우적거리다가 뭔가 손에 잡히는 것이 있

196

었다. 그걸로 야마다를 내리쳤다. 그런데, 방바닥에 나동그라진 야마다의 목에서는 시뻘건 피가 콸콸 쏟아졌다. 자신의 손에 들린 것은 닛본도였는데, 그 닛본도에서도 피가 거세게 흘러내렸다. 그 시뻘건 피는 방에 홍건히 고여 번져나갔다. 피에 발을 적시지 않으려고 이리저리 뛰었다. 그러나 피는 무슨 살아 있는 물건처럼 빨리 움직여 방금 자신이 서 있던 자리를 덮어버리고 또 쫓아오곤 했다. 결국 방구석에 몰리게 되었다. 점례는 마구 소리를 질렀다. 그런데 몰려오던 피가 몇 바퀴 맴돌더니 반대 방향으로 휩쓸리기 시작했다. 고개를 들었다. 저기 문앞에 서 있는 남자. 불길이 뿜어져 나오는 박항구의 눈으로 피는 거침없이 빨려 들어가고 있었던 것이다.

새벽녘에는 아들을 보았다. 아들은 허덕이며 자신의 젖가슴을 헤집고 들었다. 그러나 아들은 젖을 빨 수가 없었다. 커다란 손이 젖을 막고 있었다. 도대체 누구의 것인지도 모를 커다란 손을 떼어내려고 있는 힘을 다했지만 꼼짝도 하지 않았다. 꼬집고 비틀어도 소용이 없었다. 발악을 하며 울던 아들은 파랗게 까무러쳤다. 그러나 끝내 손은 떨어지지 않았다.

다음 날부터 이모는 결혼식 준비를 서둘렀다. 이불을 짓는다, 베개를 만든다 분주하게 돌아갔다. 신랑 바지저고리에서부터 점례의 버선이며 밥그릇 덮개를 만드는 데까지 세심한 신경을 쓰는 이모는 마냥 신명이 나는 모양이었다. 날이 갈수록 마음이 수수로워지기만 하는 점례는 이모의 이런 정성 앞에서 표를 내지 못했다. 그래서 따라 웃고, 밝은 표정도 지어 보였다.

한 달 남짓 남았던 결혼 날짜가 며칠 앞으로 다가들었다. 새살림을 차리는 데 필요한 것들도 모두 나런되어 한 방에 가득 쌓였다. 이모는 이것저것 손가락을 꼽아보다가 시룻밑이 빠졌다고 챙겨 넣는가 하면 참빗은 이가 잘 빠지니까 하나 더 있어야 되겠다며 보충을 시키는 등 끝마무리를 해나갔다.

그런 어느 날 밤에 이모는 점례를 불러 앉혔다.

"미리 알아둘 일이 있다. 네 신상 문젠데 말이다. 아버지는 징용에 나가 돌아가시고 어머니는 병으로 죽은 것으로 해둬라. 그 뒤 3형제가 고모 집에서 살았는데 고모네 살림이 시집까지 보낼 형편이 못 돼 내가 맡은 것이라고 하면 된다. 박 서방도 그렇게 알고 있으니까. 그리고……."

고향도 5~6백 리 밖으로 바뀌었다. 이모는 아들에 대해서는 한마디도 하지 않았다. 그건 말할 필요조차 없는 문제로 취급해 버리는 눈치였다.

전날 밤 점례는 목욕을 했다. 목욕을 하다가 여태껏 생각해보지 않은 새로운 걱정에 부딪혔다. 그것은 걱정이라기보다는 무서움이거나 두려움이었다. 사실 그 무서움과 두려움은 이미 오래 전부터 마음속 깊이 도사리고 있었다. 그런데 이렇게 분명히, 자신의 몸뚱어리에 처녀가 아니라는 표식이 찍혀져 있음을 의식하는 순간 그 무서움과 두려움은 전신을 포박해 왔다. 아무리 물을 끼얹고 수건으로 문질러대도 그 흔적은 없어질 줄을 몰랐다. 그것은 때가 아니었다. 껍질을 벗기기 전에는 없어지지 않을 몸뚱이의 일부였다. 배꼽을 중심으로 상하 좌우로 흘러내리며 죽죽 그어진 줄. 처녀는 가지고 싶어도 가질 수 없는 그 흔적은 얼핏 보아서는 표가 나지 않았다. 그러나 점례의 눈에는 운동회 날 운동장에 친 횟가루의 흰 줄로 보이다가, 숲이 울창한 산굽이로 돌아가는 신작로로 보이다가 하는 것이었다. 그리고 애가 1년 이상 빨아댄 새끼손가락 마디만 한 젖꼭지는 아무리 눌러도 다시 튀어나올 뿐이었다. 언제는 나오지 않아 일하는 애까지 불러 빨아내게 했던 것인데 이제 보니

거무튀튀한 색깔의 젖꼭지는 너무나 커 보였다. 튼 자국이 횟가루 흰 줄로 신작로로 보이고, 젖꼭지가 무슨 혹처럼 크게 느껴질수록 그 매섭던 박항구의 눈초리가 두려워졌다.

정신없이 치른 결혼식이었다. 어떻게 마루에서 마당으로 내려섰는지, 절은 어떻게 했는지 기억이 없었다. 사진을 찍을 때 많은 사람들이 제각기 떠들었지만 귀에 남은 말은 신부가 신랑보다 훨씬 낫다는 것과, 신부가 꼭 달빛 받은 박꽃처럼 예쁘다는 것뿐이었다. 사진을 어찌나 오래 찍는지 오줌이 마려워 애를 쓴 일이 뒤늦게 떠오른 기억의 하나이기도 했다.

신방 구경을 하겠다고 문밖에서 소란을 피우는 사람들을 이모가 쫓고 호롱불을 끈 것은 자정이 가까워서였다.

"피곤할 텐데 그만 잡시다."

박항구, 아니 남편이 처음 한 말이었다. 처음 듣는 그 목소리는 매서운 눈초리와는 달리 퍽 굵직하게 들렸다.

박항구는 옷을 벗고 잠자리로 드는 눈치였다. 어둠이 가득 찬 방, 점례는 쿵쿵 울리는 심장의 고동 소리를 아프게 듣고 있었다. 그 고동 소리가 어둠을 밀치고 박항구에게까지 울려 그가 모든 것을 알아차릴 것만 같았다. 아니면, 그 매서운 눈초리가 지금 어둠을 꿰뚫어보고 있을지도 모른다는 겁을 떼칠 수가 없었다.

"그만 잡시다."

박항구는 하품까지 했다. 점례는 이모가 일러준 대로 옷을 갈아입고 어둠 속을 더듬어 기었다.

"자 여기요, 여기."

박항구의 팔이 허리께에 걸쳐지더니 이어 억세게 끌어당겼다. 몸이 요 위에 눕혀지기가 무섭게 남자의 팔다리가 전신을 휘감았다.

넓은 들판을 마구 내달리는 한 마리의 말이었다. 씩씩 코를 불며 뒷다리로 힘껏 땅을 차고 앞다리로 하늘을 휘잡는 말, 그게 박항구였다. 점례는 굳어지는 아픈 몸뚱어리를 비꼬았다.

점례는 돌아누워 있었다. 땀을 닦은 박항구는 시원하게 숨을 토해 내더니 벌렁 누웠다. 그리고 등뒤로부터 젖가슴을 덮쳐왔다. 순간 점례는 눈에서 불똥이 튀는 걸 느꼈다. 그리고 등골에 서릿발이 섰다.

"아유……."

손아귀에 가득 하나가 되고도 넘치는 젖을 받쳐 잡은 박항구는 이런 신음 같은 소리를 토했다. 그리고 가슴이 점례의 등에 붙도록 끌어안았다.

"우린 잘살겠군. 이렇게 젖이 탐스럽게 크니……. 어머니가 입버릇처럼 말씀하셨지. 여자가 젖이 커야 집안이 잘되고 애를 키우는 데도 속을 안 썩인다구."

박항구는 굵은 목소리로 중얼거리듯 속삭였다. 그러면서 젖가슴을 차근차근 더듬어 쓸었다. 그런데……, 점례의 몸은 오그라붙고 있었다. 손이 차츰차츰 젖꼭지 부분으로 가까워왔다.

"어……?"

점례는 숨을 들이켠 채로 굳어졌다.

"햐아, 이건 정말 기분 좋다. 이 젖꼭지가, 아주 제대로 돼 있잖아, 이 젖꼭지가."

들뜬 음성의 박항구는 다시 젖가슴을 받쳐 으스러지게 안고 나서 젖꼭지를 매만졌다.

"백에 서너 사람쯤 이런 젖꼭지를 가진 처녀가 있는데 그런 처녀를 구하는 건 천복이라고 어머니는 말씀하셨지. 젖을 미리 보고 데려올 수 없는 일이니까 천복이라고 할 수도 있었겠지. 어머니가 천복이니 뭐니 한 건 고모 때문이었어. 고모는 애를 낳고도 젖꼭지가 나오지 않아 별

별 수를 다 쓰다가 젖몸살로 죽어버린 거야. 그때 내 나이 일곱 살인가 그랬는데, 매일 고모 젖꼭지를 빨아내느라 죽을 고생을 했었지. 혓바늘이 돋아 밥을 못 먹을 지경이었으니까. 그런데 내게 바로 천복이 오지 않았나 말야. 내 눈이 보통 눈은 아니거든, 모두 잘살 징조야."

박항구는 또 숨이 막히도록 끌어안았다. 끌어안긴 채로 점례는 온몸이 무너지는 것을, 헐어빠진 초가집의 기둥 하나를 빼냈을 때 와르르 무너지며 지붕까지 폭싹 내려앉고 말면 순식간에 집은 형체도 찾아볼 수 없는 것처럼 그렇게 온몸이 허물어지는 착각에 몰리고 있었다.

얼마를 더 젖가슴을 매만지던 박항구는 코를 골았다. 점례는 그 코 고는 소리를 등 뒤로 들으며 베갯잇을 적셨다. 웬일인지 모르게 박항구의 코 고는 소리는 자꾸만 눈물이 흐르게 했다.

다음 날로 이모네가 마련해준 집으로 새살림을 났다.

남편은 별로 말이 없는 편이었다. 그러다가도 가끔 첫날밤에 했던 것처럼 혼자말을 하는 버릇이 있었다. 대개 그런 때의 남편은 기분이 무척 좋아 보였다.

남편은 점례더러 될 수 있는 대로 이모 집에 가지 말라고 일렀다. 내가 벌어 내가 먹는 것이 올바른 생활태도라는 것이었다. 그런 남편이 미더웠다.

남편은 담배는 피웠지만 술은 거의 입에 대지 않았다. 담배도 이틀에 한 갑을 피우는 정도였다. 일찍 직장에서 돌아온 남편은 책을 읽으면서 시간을 보냈다. 점례는 그런 남편을 보며 이모의 말을 떠올리곤 했다. 사람 하나 똑똑하지, 머잖아 크게 될 사람이다.

세 달이 다 차 가는 7월에 태기가 보였다. 태기를 느끼자 부쩍 아들이 보고 싶어졌다. 아들 생각이 나기 시작하면 곧 미칠 것만 같았다. 다 팽개치고 그대로 쫓아가고 싶은 충동에 사로잡혔다. 엉뚱하게 토담돌 사이의 흙을 찍어 먹고 싶은가 하면, 갑작스럽게 얼음을 와삭와삭 깨물고 싶은 그런 태기의 증세가 그리도 아들을 보고 싶게 하는지도 모를 일이 었다. 그럴 때면 점례는 일손을 부지런히 놀렸다. 채전菜田에 호미질도 하다가, 헌 옷가지를 꿰매다가, 놋그릇을 닦다가 했다. 그래야 다소라 도 그 생각을 떼칠 수가 있었다.

임신 소식을 들은 남편은 빙그레 웃었다. 그리고 그날부터 표나게 부 지런해졌다. 부엌으로 밥상을 가지러 나오는가 하면 숭늉을 떠다 먹겠 다며 밥그릇을 들고 일어서기도 했다. 제발 그러지 말래도 빙긋이 웃으 며 부득부득 말을 듣지 않았다. 점례는 쑥스러우면서도 그런 남편이 고 마웠다.

마루를 오르내릴 때 조심하라고 일렀다. 높은 데 있는 물건을 내리려 고 뒤꿈치를 들어 발부리로만 서는 일이 없도록 하라고도 했다. 물동이 를 이지 못하게 하려고 아침 일찍 일어나 물을 길어왔다. 동네 망신이 니 그만두라고 말렸으나 소용이 없었다.

이모 집에 가지 말라는 말이 취소되었다. 의심나는 것이 있으면 자주 이모에게 묻고 맛있는 것도 얻어먹으라는 것이었다.

—나이 찬 여자가 답답함을 면하려면 천상 한 가지 방법밖에 없느니 라. 시집을 가야지. 시집을 가면 잔근심 다 가시고 깨가 열리느니.

언뜻언뜻 떠오르는 이모의 말이었다.

배가 불러질수록 남편의 위함은 극진했다.

"이러다가 딸이나 낳게 되면 어떻게 하려고……."

너무 고마우면서도 미안한 나머지 점례가 어물거리는 말이었다.

"아무 상관없어. 딸도 엄연한 사람인데. 당신을 닮으면 좀 예쁠까."

남편은 진정 딸이라도 아쉬울 게 없다는 표정이고 어조였다.

기다릴 사이도 없이 감이 익었고, 벌써—하다 보니 아지랑이가 피어

올랐다.

5월 초순에 몸을 풀었다. 안심이라도 했다는 듯 딸이었다. 점례는 미안했지만 남편은 전혀 그런 기색 없이 그저 벙글거렸다.

딸의 이름을 세연이라 붙였다. 남편이 수십 개의 이름을 지어놓고 며칠을 끙끙대다가 골라낸 이름이었다.

남편은 무엇보다도 젖이 많은 것을 기뻐했다. 그리고 젖꼭지가 말썽을 부리지 않아 이틀째 되는 날부터 애가 맘대로 젖을 빨 수 있는 것을 복으로 여겼다.

젖살이 포동포동하게 오르면서 얼굴 윤곽이 분명해지기 시작하자 남편은 딸을 더 귀여워했다. 어떤 때는 눈을 가만히 들여다보고 앉았다가 중얼거렸다.

"참 곱기도 하다. 하얗다 못해 파랗구나. 그 눈이 진짜 사람의 눈이다. 죄짓지 않은 눈이야. 눈에 핏발이 서면서부터 인두겁을 쓰게 되는 거지. 네 눈에 이 시끄러운 시국時局이 부끄럽구나."

남편의 말은 잘 알아들을 수가 없었다. 애 눈을 바라보다가도 시국 이야기가 튀어나오는 것이었다.

얼마 전 서울에서 일제 때 독립운동을 했던 열렬한 애국자가 총에 맞아 죽었다는 소문이 퍼졌다. 그 소문은 흡사 거칠게 부는 바람 같았다. 남자들은 말할 것도 없고 여자들까지 우물이나 골목 어귀에서 그 일에 대해 입을 모았다. 점례로선 들어본 일도 없는 사람의 이름이었다. 그런 일이 있었나 보다 정도였지 별 흥미도 관심도 없었다. 그날 저녁 남편은 늦게 돌아왔었다. 술이 어찌나 취했는지 사람을 알아보지도 못하고 제대로 걷지도 못했다. 그런 남편은 연방 알아들을 수 없는 말을 중얼거렸다. 마루에 걸터앉아 얼마를 그러던 남편은 웩웩 토하기 시작했다. 그러고는 종잡을 수 없는 소리를 질렀다.

"개만도 못한 늙은이. 제까짓 것이 뭔데 감히. 왜 그래 왜, 왜 죽이는 거냐구. 어디 두고 봐라, 두고 봐라, 두고 보라니까!"

처음 보는 남편이었다. 술이 이다지 취한 것도, 상스러운 소리를 지르는 것도 처음이었다. 낮에 들은 소문이 남편을 술 마시게 했고, 남편은 그 일로 화가 났다는 것을 대강 알 수는 있었다. 그리고 남편이 이러는 것은 총맞아 죽었다는 사람이 자기 아버지처럼 독립 투사였기 때문인 모양이라고 생각되자 남편이 가엾고 딱하게 여겨졌다.

그후로 남편은 침울한 기색이었고 아무 일에나 시국 타령이 따랐다. 점례로선 잘 알 수가 없는 노릇이었지만 시국이 시끄럽긴 시끄러운 모양이었다.

세연이는 무병하게 컸다. 커갈수록 남편에게 미안하리만큼 자신을 닮아갔다.

남편의 생활은 한결같았다. 매일 공장엘 나갔다가 일찍 돌아와서는 책을 들여다보곤 했다.

그런 봄날 개울물 흐르듯 하는 생활 속에서 새 나라를 세울 주인을 뽑는다는 투표라는 것도 했다. 점례에겐 그것처럼 싱거운 것도 없었다. 종이 쪽지에 붓 뚜껑으로 동그라미 하나를 찍기 위해 그리도 모두 소란을 피우고 야단법석을 했을까 싶었다. 어떤 때 남자들이 하는 일이란 애들 소꿉장난만도 못한 일이 있는 것 같았다. 그리고 보면 역시 남편이 남자다 싶었다. 모두 몇 날 며칠씩 들떠서 법석을 피우는데도 남편은 아무렇지도 않았다. 오히려 평소보다 더 말이 없었다. 점례는 그런 점잖은 남편이 못내 좋았다.

그런데 점례가 깜짝 놀랄 사건이 벌어졌다. 남의 땅을 마구 빼앗아 소작인들에게 넘겨주는 일이었다. 농지 개혁이라 불렀다.

이모네는 그야말로 하루아침에 재산 거의를 잃어버리게 되었다. 이모의 몸부림은 옆에서 보기가 딱할 지경이었다. 그러나 이모부로서도 어쩔 도리가 없는 모양이었다. 그저 매일 사랑에서 술만 들이켰다.

이모부가 어찌지 못하는 일을 남편이라고 뾰족한 수가 있을 리 없었다. 그러나 그런 딱한 처지에 놓였을 때 빈말이라도 한마디 안 하는 남편이 점례로선 섭섭했다.

어느 날 저녁상을 물리고 난 점례는 그 일을 입에 올렸다.

"이모네가 저렇게 됐으니 어쩌면 좋지요?"

남편은 천장을 바라보며 담배만 빨았다. 점례는 그만 무색해졌다. 남편의 심중을 알 수가 없었던 것이다.

"당신은 염려 안 해도 돼. 아직도 너무 부자니까."

한참 만에 남편은 퉁명스럽게 말했다.

"네에……?"

점례는 어이가 없었다. 흡사 뱃속이 시원하다는 말투가 아닌가.

"이 정도 가지고는 아직 멀었어."

남편은 담배를 잉끄려 껐다.

"자꾸 무슨 말씀을 하시는 거예요?"

"왜, 내가 미친놈처럼 보이나? 내 말이 미친 소리처럼 들려?"

점례는 고개를 돌렸다. 정색을 한 남편의 얼굴, 거기저 쏟아지는 매서운 눈초리를 그대로 받아낼 수가 없었다.

"당신네 이모가 아니라고 쳐놓고 냉정히 생각해봐. 어떻게 해서 된 부잔가 말야, 가난한 사람들을 마구잡이로 부려서 된 부자였어. 죽어라 일을 해서 주인에게 바치고 나면 뭐가 남았지? 자식들은 늘어나지, 소작은 조금이라도 더 얻어야지, 그럴수록 주인은 날로 부자가 되고 소작인은 뼈만 남고……. 어쩌자는 거야. 다 같은 사람이 하나는 주인이고 한쪽은 종이고, 이게 되겠어? 무슨 말인지 알아들어? 더 긴 얘기 해봤자 필요 없으니까 그만해두지."

들고 보니 남편의 말은 맞는 말이었다. 그러나……, 점례로선 이모네가 그렇게 된 것에 대해 남편처럼 냉정해질 수는 없었다. 남편은 남자니까 그럴 수 있으려니 생각했다.

딸 세연이의 돌잔치는 남편의 의견을 따라 간소하게 차렸다. 몇몇 가까운 사람을 불러 저녁을 먹는 정도로 넘겼다.

이모를 통해 아들의 소식을 가끔 들었다. 언제나 잘 크고 있다는 소식이었다. 항시 마음 한구석이 빈 것 같고 아무리 기쁜 일에도 흡족하게 젖어들지 못하는 것은 다 3백 리 밖에 떼어둔 아들 때문이었다.

공장에서 남편의 자리가 높아졌다. 이모네의 철공장은 썩 잘되어가는 모양이었다. 남편은 이렇다 할 말을 하지 않았지만 많은 땅을 잃어버리고 실의에 빠졌던 이모 내외가 옛날의 건강을 되찾게 된 것은 철공장이 잘되어가기 때문인 것 같았다.

남편은 많이 바쁜 모양이었다. 늦게 돌아오는 날이 잦아졌다. 어떤 때는 서너 명씩을 집으로 데려와 밤이 늦도록 이야기를 하다가 헤어지기도 했다. 그럴 때면 간단한 술상을 차리기도 했지만 그들이 무엇 때문에 모이는지 점례로선 알 길이 없었다. 남자들이 하는 일을 굳이 알려고도 하지 않았다.

딸 세연이의 돌이 지나 5개월쯤 되어 두 번째의 태기가 비쳤다.

남편은 첫애 때와 마찬가지로 반가워했다. 그리고 그때 했던 것처럼 여러 가지 조심할 것들을 일일이 다시 일러주었다. 딸애는 제 아빠에게 자주 업혀서 나들이도 했다.

남편의 여전한 정성과 따뜻한 눈길을 받으며 이번에는 아들 낳기를 소원했다.

크지는 않았지만 가지가지 꽃이 핀 화단 같은 생활이었다.

다음해 7월 출산을 했다. 그런데 이번에도 딸이었다. 점례는 야속한 생각뿐이었다.

"어떻게 하면 좋아요."

점례는 남편을 대하자 눈물부터 앞섰다.

"거 무슨 소리야, 이번엔 나를 좀 많이 닮았으면 좋겠구먼. 울긴 왜 울어. 고생했어, 참 고생했어."

남편은 두 손을 모아 자신의 손을 힘껏 감싸 잡아주었다.

그 8월에는 점례는 시장에 나가 옷 한 벌을 샀다. 지나가는 그 나이 또래의 사내아이를 붙들어세워 몇 번씩 대어보고 눈겨냥을 해보고 했다. 그러면서 점례의 눈앞은 자꾸만 흐려졌다. 아들의 옷이었다. 이번 으로 세 번째. 그때마다 옷의 크기는 커졌다. 생일에 늦지 않게 부쳐야 했다. 옷을 사는 대로 우체국으로 갔다.

겨울이 되면서 남편은 친구들을 집에 데려오는 횟수가 부쩍 늘어났 다. 그렇다고 점례 자신이 별반 신경 쓸 일은 없었다. 대개 저녁들을 먹 은 다음이었고, 술상을 차리는 일은 가끔 있는 일이었다. 특히 점례가 그들을 점잖게 여기고 있는 것은 대부분의 남자들이 셋 이상 모이면 술 타령이나 노름을 하게 마련인데 그들은 그렇지가 않았다. 모여앉아 이 야기를 주고받는 것이 고작이었다.

딸 세연이의 세 번째 생일이 지나고 한 달. 짙어지는 녹음과 함께 더 위가 시작되는 6월 하순 무렵이었다. 온 시내가 발칵 뒤집혔다. 난리가 났다는 것이다. 이북 사람들이 쳐내려온다고 했다.

그런데 점례는 진짜 난리를 당하고 있었다. 남편이 사흘째 소식이 없었다. 공장으로 가보았다. 이모네로, 집을 아는 가까운 친구네로 뛰 었지만 허사였다. 소식을 아는 사람은 아무도 없었다.

점례는 매일 밤을 앉아서 새웠다. 벽에 기댄 채 잠이 들었다가 조그만 소리에도 번쩍 눈을 뜨곤 했다. 하루가 다르게 난리 소식은 급해져 갔다. 피난을 서두르는 사람들이 늘어갔다. 점례는 두 어린것들을 안고 속이 파삭파삭 탔다. 하루에도 몇 번씩을 이모네로, 다시 집으로 종종 걸음을 쳤다. 필경 무슨 변을 당한 것이었다. 평소의 남편으로 보아 있을 수 없는 일이었다. 더구나 난리통에 말 한마디 없이 열흘이 가깝도록 집을 비울 남편이 아니었다.

인민군을 앞세우고 남편이 나타난 것은 집을 나간 지 열여드레쨌나 그랬다.

이모나 이모부 그리고 많은 주변 사람들이 놀란 것은 말할 것도 없지만 점례의 놀라움은 도저히 형용할 수가 없었다.

온 시내가 인민군의 차지가 되어버린 ㅂ시의 인민위원회 부위원장이 바로 남편이었던 것이다. 반가움을 표하지도 못하고 점례는 남편이 아닌 부위원장 박항구를 공포 속에서 맞아들여야 했다. 점례가 더욱 놀란 것은 그전에 집에 자주 왔던 낯익은 얼굴들이 모두 빨간 완장을 찬 인민위원회 간부들이었던 것이다.

그러면……, 머리를 치고 지나가는 생각이 있었다. 그러나 너무나 늦은 깨달음이었다. 밤늦게까지 모여 앉아 무엇을 했던가 굳이 따질 필요는 없었다.

사람들이 잡혀갔다. 점례는 갑자기 변한 세상이 무서울 뿐이었다.

이모부도 잡혀갔다. 다른 사람들과는 달리 다음 날로 곧 풀려나왔다. 그것이 남편의 덕이었지만, 재산은 모두 몰수당했다고 했다.

"피는 못 속여. 애비의 피를 그대로 받은 거지. 허나 애비야 조국 광복을 위해 싸우다가 떳떳이 죽었지만 저놈은 반대로 나라를 망치는 선봉장이 되어 저 꼴로 날뛰니, 그 피는 그 편데 잘못 풀린 거지. 뭐 노동자. 농민의 해방? 너나없이 고루고루 잘사는 지상천국을 건설하는 공산주의? 가당찮다, 녀석."

　이모부는 마른 입술에 침을 발라가며 이런 말로 분을 터뜨렸다.

　그럼……, 점례는 또 아뜩한 현기증에 몰렸다. 고루고루 잘살아? 그
럼 남편은 그때 이미 딴 생각을 품고 있었던 것인가. 그 정색을 한 얼굴
과 매섭던 눈초리……, 농지 개혁을 당한 이모네가 아직도 부자라며 속
시원해하던 말투. 점례는 얼굴을 감싸고 말았다. 자신은 남편을 너무
몰랐을 뿐만 아니라 세상도 너무 모르고 살았다는 깨달음이 뒤늦게 왔
던 것이다.

　남편은 자신더러 여성동맹에 나와 일을 하라고 했다. 점례는 남편에
게 통사정을 했다. 아직 돌도 안 된 애를 두고 어떻게 그런 힘든 일을
하겠느냐고. 당신이 하는 일이 훌륭한 일인 줄 잘 아는데, 일을 마음놓
고 하려면 집에서 애들을 잘 키워야 할 게 아니냐고. 애들이라도 아파 집
안에 우환이 생기면 오히려 당신이 하는 일에 방해가 되지 않겠느냐고.
그리고 나처럼 배우지 못한 무식한 것이 무엇을 알겠느냐고. 그러니 한
사람이라도 더 다른 사람을 모아들이는 게 좋지 않겠느냐며 점례는 어
렵게 말을 이었다.

　남편은 고개를 끄덕였다.

　점례는 잡혀간 사람들의 가족을 대하기가 괴로웠다. 남편의 말로는
그 사람들이 인민을 못살게 군 반동들이라고 했다. 그 말은 틀리지 않
았지만 자신은 마음이 편할 수 없었다. 자신은 아무래도 남편의 생각을
따라갈 수 없게 세상을 보는 눈이 어두웠던 것이다. 한 가지 위안이 있
다면 그동안 없이 산 많은 사람들이 남편네 사람들이 하는 일을 편들고
좋아한다는 사실이었다.

　세상이 달라진 것만큼이나 이모네의 집안에도 변화가 생겼다. 이모
네 식구들은 보기에 민망할 정도로 모두가 기죽어 있었고, 집안에는 찬

바람이 돌았다. 이모부나 이모는 내놓고 불평을 하지는 못했지만 남편에게 큰 원망을 품고 있는 것이 분명했다. 점례는 남편과 이모네 사이에서 어떻게 해야 좋을지 몰라 날마다 안절부절못했다. 남편네가 하는 일들을 보면 남편네가 옳은 것 같았고, 이모네를 생각하면 이모네가 또 딱하기 그지없었던 것이다. 점례는 그 틈바구니에 끼어 이러지도 저러지도 못할 처지였다. 그 곤혹스럽고 곤궁한 입장에서 벗어나는 길은 이모네에 발걸음을 하지 않는 것뿐이었다. 그러나 그렇게 한다고 마음이 편한 것은 아니었다. 자신의 그런 괴로움을 아는지 모르는지 남편의 태도는 완강하고 분명했다.

"이모부나 이모는 날 배은망덕한 놈이라고 생각하고 있을 거요. 하지만 그분들이 가난한 사람들 괴롭히며 한평생 살아온 걸 생각하면 그나마 살아 있다는 걸 고마워해얄 것이오. 나는 그동안 철공장에서 일한 대가로 먹고 살았지만 그냥 아무 일도 안 하고 놀면서 월급이나 받아먹은 못난 짓을 하지 않았소. 그러니까 은혜를 입은 일이 아무것도 없다 그 말이오. 그런데도 이모부나 이모는 그렇게 생각하지 않을 거요. 그게 다 배부르게 먹고 살아온 사람들이 가지고 있는 뻔뻔스러운 생각이오. 그런 생각 하루빨리 고쳐먹지 않으면 그분들은 결국 새 세상에서 살아갈 가망이 없는 사람들이오."

점례는 남편의 범접하기 어려운 말에 아무런 대꾸도 할 수가 없었다. 모두가 고루 잘살게 되는 세상을 만든다는 것을 하등 반대할 이유가 없었던 것이다. 그러나 하루아침에 재산을 다 빼앗겨버린 이모네의 심정을 이해하지 않을 수도 없었던 것이다. 속마음이야 남편네가 하는 일에 기울어져 있었지만 이모네에게 그런 내색을 할 수가 없었다. 다만 놀라운 것은 이모네 같은 사람들도 꼼짝을 못 하게 만들어버릴 수 있는 세상도 있다는 것을 실제로 겪고 있는 점이었다.

점례는 세상 돌아가는 것에 전에 없던 관심을 쓰기 시작했다. 세상의 변화가 너무 희한하기도 했고, 남편이 직접 관계되는 일이라서 더 마음이 쓰이기도 했던 것이다.

점례는 세상이 확연하게 달라졌다는 것을 알 수 있었다. 그러나 왜 세상이 달라져야 하고, 어떻게 해서 달라질 수 있는 것인지는 마음 시원하게 알 도리가 없었다. 남편에게 자세하게 묻고, 듣고 싶어도 남편은 날마다 일에 쫓기며 집에도 들어오지 않는 날이 많았다. 이웃의 여자들도 대개 자신과 비슷비슷한 처지들이어서 점례는 자기만 무식한 것이 아니라는 점에 안심을 하면서도 계속 풀 길이 없는 의문으로 마음은 답답했던 것이다. 물론 민청원들이나 여맹원들이 동네로 돌아다니며 선무 공작이라는 것을 했다. 강연도 하고, 노래도 가르치고, 연극도 했다. 그러나 그 강연이라는 것이 어찌나 어려운 말을 많이 쓰는지 잘 알아들을 수가 없었다. 그리고, 강연을 듣고 오히려 큰 의문만 갖게 되었다. 처음 전쟁이 터졌을 때는 경찰이나 관공서원들이 이북에서 쳐내려와 전쟁이 벌어진 것이라고 했는데, 이제는 정반대로 이남에서 쳐올라와 전쟁을 시작했기 때문에 이북에서 막아내다 보니 큰 전쟁이 벌어졌다는 것이었다. 그 정반대의 말이 어느쪽이 옳은 것인지 알 수 없는 채로 머리만 혼란스러워졌다.

세 달이 저물어가는 어느 날 밤이었다. 남편이 불쑥 나타났다. 며칠 만에 들어온 남편이었다.

"나 냉수 좀 줘, 냉수."

들어서자마자 물부터 찾았다. 단숨에 물 한 대접을 마셔댔다. 몹시 다급해 보이는 것이 무엇에 쫓기는 사람 같았다.

"저 방에 있는 서류 뭉치들 끌어내."

"……?"

"어서 마당으로 끌어내라니까."

점례는 시키는 대로 했다.

서류를 마루로 다 내다 놓고 보니 남편은 마당 가운데다 짚을 서너 단 포개놓고 팔을 허리에 꺾어올린 채 얼굴을 하늘로 쳐들고 있었다.

"빨리 이 위에 갖다 올려."

점례는 또 시키는 대로 했다. 남편은 짚더미에 성냥을 그어댔다. 곧 불길이 올랐다.

"들어가지."

남편은 앞서 걸음을 옮겼다.

"무슨 일이 있어요?"

남편을 따라 앉으며 점례는 물었다. 분명해진 것이지만 묻지 않을 수가 없었다.

"망할 자식들······."

남편은 담배에 불을 붙였다.

"꼭 다시 돌아오고 말 테다."

남편은 뿌드득 이빨을 갈았다.

"어디로 가시는데요?"

"걱정 말어 , 잠시야."

"이애들은 그럼······."

"다시 돌아오고 만다니까."

남편의 낮은 목소리에는 냉기가 서려 있었다.

"대체 어떻게 되는 일예요."

"개새끼들······."

남편은 연기를 내뿜고는 또 이빨을 갈았다.

"누구든지 뭘 물으면 모른다고만 해."

"가지 마세요. 이애들은……."

"그러니까 곧 온대잖아."

"그래도 혹시……."

"잔소리 말어!"

남편은 버럭 화를 냈다. 그러나 점례는 그대로 물러설 수가 없었다.

"잘못은 빌면 되잖아요."

"닥쳐! 그따위 미친 소리를 누구 앞에서 함부로 지껄여."

남편은 담배를 재떨이에 확 비비며 눈을 부라렸다. 불을 뿜고 있는 눈. 점례는 그만 고개를 떨구었다.

남편은 벌떡 일어섰다. 방문을 열었다가 다시 닫았다. 그리고 자는 두 아이를 물끄러미 내려다보다가 돌아섰다.

"그동안 애들 잘 키우고……."

남편은 방을 나섰다. 점례는 남편의 눈이 젖어 있는 것을 보았고 목소리가 메어 있는 것을 알았다.

"오늘 밤으로 이모 집으로 옳기도록 해. 옮긴 걸 당분간 아무도 모르는 게 좋아."

남편은 구두 끈을 매며 말했다.

"저게 다 타면 재는 변소에 쓸어넣어 버려."

마당을 건너지르다 말고 불붙고 있는 서류들을 멍하니 바라보며 말했다.

"꼭 돌아오고 말 테니까 그동안 애들 잘 키워."

다짐하듯 이 말을 남긴 남편은 어둠 속으로 총총히 사라져갔다.

"여보……."

점례는 주저앉고 말았다. 대문을 붙든 손이 주르르 미끄러져 내렸다. 자는 두 아이를 업고 안고 이모 집 대문을 두드린 건 밤이 깊어서였다.

이모부는 노골적으로 꺼리는 눈치를 했다.

"흥, 꼴좋게 됐구나. 그따위로 하늘 높은 줄 모르고 떵떵거리던 놈도 달아날 때는 별수없구나. 제 처자식 버리고 도망갈 꼬락서니에 뭐 인민 해방을 해? 덜떨어진 자식같으니라구. 그래, 제 놈 좋을 때는 부위원장 이고 도망치면서는 처자식을 나한테 떠맡겨? 인민위원회 부위원장 처 자식 숨겨줬다가 큰 복 받을 것이다. 암, 큰 복 받고말고."

이모는 한숨만 쉬며 아무 말이 없었다.

"참 세상에 모를 게 사람 속이니라. 박 서방이 그런 사람인 줄 누가 알았겠니. 똑똑한 사람 하나 버렸지. 참 네 팔자도 기구하고 험하구나. 원, 얼굴값을 하느라고 그러는지 모르겠다."

이모부가 사랑으로 건너가 버린 다음 이모가 한 탄식이었다.

날이 밝기 전에 점례는 애들을 데리고 다락으로 올라갔다.

이틀 후에 국군이 ㅂ시를 점령했다는 소식을 점례는 다락 속에서 들 었다.

4

"이거 야단났구나. 인민위원회에서 일하던 사람들은 말할 것도 없고 그 가족들까지 전부 잡아들인다는구나."

이모의 겁먹은 목소리였다.

"……."

점례는 애에게 젖을 물렸다.

"이 일을 어쩌면 좋을까. 못된 사람, 어쩌자고 글쎄……."

"……."

214

점례는 할말이 없었다. 미안하다거나 죄송하다고 해서 될 말이 아니었다. 마음으로는 분명 미안하고 죄송했다. 그러나 그것이 말로 되어 나오면 말이 안 되는 야릇한 처지에 놓여 있는 자신을 발견했다.

"머잖아 이리 밀어닥칠 텐데 이 일을 글쎄……."

점례는 이모의 겁을 덜어줄 수 있는 그 어떤 말이고 하려고 했다. 그런데 그 말을 못하게 하는 목소리가 있었다.

―오늘 밤으로 이모 집으로 옮기도록 해. 옮긴 걸 당분간 아무도 모르는 게 좋아.

"집안이 망하려니까 참 우습게 망하는구나. 아휴 속 터져."

점례는 이모를 향해 정색을 했다.

"잡으러 오기 전에 제 발로 걸어나가겠어요."

"뭐? 그게 무슨 소리냐?"

"내겐 아무 죄도 없어요. 난 아무것도 모르잖아요."

"아니, 잘잘못이 무슨 소용이고, 죄가 있고 없고가 말이 될 줄 아니? 지금은 난리통이란 말이다, 난리통."

이모는 기가 막힌다는 표정이었다.

"설마 죽이기야 할라구요."

점례는 믿었다. 아무 죄도 없는 자기를, 아무것도 모르는 자기를 죽일 리는 없다는 생각이었다.

"속 편한 소리만 하는구나. 아, 설마 박 서방이 그렇게 사람을 죽이리라고 생각이나 했었니?"

"……."

그래서 나도 죽고 만다는 것인가. 나를 죽일 것이란 말인가. 점례의 가슴에는 뜨거운 멍울이 치받쳐올랐다.

"나도 모르겠다. 늘그막에 팔자가 기구헐레니깐 원……."

이모는 자리를 떨치고 일어섰다.

점례는 허허벌판에 내다 버려진 기분이었다. 여태껏 느껴보지 못했던 외로움이었다. 혼자뿐이라는 생각이 이처럼 절박하게 몰린 때는 없었다. 혼자가 아니라고, 애들이 있지 않느냐고 생각을 고쳐먹으려 했다. 그러나 어린것들을 의식하자 오히려 혼자라는 생각은 더 짙게 전신을 휘감아왔다. 주재소의 조그만 방에 갇혀 강호식에게 대답을 강요당할 때도 이렇지는 않았다. 그때는 비록 고통을 당하는 비명이었을망정 분명 아버지, 어머니가 곁에 있었다. 아버지가 돌아가신 눈 내리는 장지에서도 이렇게 막막하지는 않았다. 이모마저……, 그래서 생긴 감정만은 아니었다. 남편이 없는 것이다. 그래서 사방은 텅 비어버린 것이다. 자상한 남편이었다. 말수가 적으면서도 무뚝뚝하지 않았다. 어지간한 잘못은 덮어버렸고, 속을 상하게 해준 일이 없었다. 빨리 흘러간 4년이었다. 공산주의라는 것이 무엇이길래 그런 남편을 자신의 곁에서 데려갈 수 있을까. 공산주의 혁명이라는 것이 얼마나 중하기에 남편은 자신과 애들을 남겨둔 채 거기에 끌려가고 말았을까. 남편은 너무나 크고 단단한 바람벽이었다. 야마다보다 더 큰 권세를 가진 듯싶었던 인민위원회 부위원장이 아니라 두 번째의 딸을 낳았을 때도 그저 벙글거리며 자신의 손을 힘껏 잡아주던 그 남편이 이제 곁에 없다는 사실은 도무지 믿어지지 않았다.

해질 무렵이었다. 밖에서 떠드는 소리가 들렸다. 점례는 애를 꼭 끌어안으며 귀를 모았다.

"누굴 바지저고리로 아시나?"

남자의 쨍쨍한 목소리였다.

"천만의 말씀입니다요. 정말이에요."

두 손을 모아잡고 굽실거리는 모습이 눈에 보이는 듯싶은 이모의 음성이었다.

"정보 입수를 하고 왔단 말이오."

"아니에요, 정말이라니까요."

"정 이러시겠소? 수색을 벌여 나오면 은닉죄로 아주머니도 체포하겠소!"

"아니, 아니……."

점례는 애를 안고 벌떡 일어섰다. 이모의 "아니, 아니……" 하는 겁에 질린 다급한 목소리를 점례는 "빨리 나와라, 빨리, 빨리……"로 듣고 있었다.

"샅샅이 뒤져!"

점례가 방으로 내려서는데 쩽하게 울린 소리였다.

점례는 숨을 걷잡으며 방문을 힘껏 밀었다. 총을 들고 마루로 뛰어오르는 서너 명의 군인과 맞부딪쳤다. 군인들이 주춤 물러서며 총을 들이댔다.

"나요. 인민위원회……."

점례는 더 이상 말을 잇지 못하고 눈을 감아버렸다.

"점예야, 점예야……."

이모는 허겁지겁 마루로 기어오르다가 제지를 당했다. 딸 세연이가 마구 울기 시작했다.

"애는 떼놔!"

권총을 찬 군인이 소리쳤다.

"아직 젖이 안 떨어졌어요."

핏기 없이 하얀 얼굴의 점례는 또렷한 목소리로 말했다. 그러고 나서 아기를 업었다.

"이모. 세연이를……."

군인들에게 둘러싸여 점례는 돌아섰다.

"엄마야아…… 엄마야아."

세연이는 숨이 간드러지고 있었다.

점례는 걸음을 빨리 했다. 딸의 울음소리는 언제까지고 따라왔다.

점례는 이모 집에 몸을 숨긴 지 나흘째 되는 날 어스름을 밟으며 애를 업은 채 철책문으로 떠밀려 들어갔다.

세 평 남짓한 방에는 사람들이 빼곡히 들어차 있었다. 모두 여자들이었다. 점례는 그 여자들을 멍하니 바라보고 서 있었다. 이 많은 사람들이 다 자신과 같은 죄를 짓고 잡혀온 것일까 생각하니 다소 안심이 되기도 하고 답답하기도 했다.

"서 있지 말고 이리 앉아요. 아니, 이게 누구야?"

눈이 마주친 여자. 점례는 기억이 없었다.

"일루 앉아요, 어서."

여자는 점례의 팔을 잡아끌었다. 점례는 애를 추슬러 앞으로 돌려 안고 주저앉았다.

"부위원장 동무는 어떻게 됐어요?"

여자가 낮은 소리로 물은 말이었다. 점례는 흠칫 당황했다. 그러면서 주위의 눈초리들이 자신에게 쏠리는 것을 느꼈다.

"……."

누군든지 뭘 물으면 모른다고만 해. 남편의 말이었다. 점례는 고개를 숙여버렸다.

"이봐요, 부위원장 동문 어떻게 됐냐니까요."

"……."

점례는 고개만 저었다.

"모른단 말이우?"

218

점례는 칭얼거리는 딸을 얼렀다.

"걱정이 돼서 그래요. 어떻게 됐어요?"

여자가 여전히 낮게 속삭였다. 점례는 더 이상 입을 닫고만 있을 수가 없었다. 그 여자의 물음이 너무 지성스럽고 간곡했던 것이다.

"어디로 떠나신다고 했어요."

점례는 간신히 그러나 주저하며 입을 뗐다.

"어디로요?"

여자가 바싹 다가앉았다.

"그건 모르겠어요. 말 안 했어요."

점례는 고개를 저었다.

"아이고 야속해라. 우리도 데려갔어야지."

다른 여자가 낮은 탄식을 토해 냈다.

"글쎄 말이야. 우린 이 꼴이 되고 말았잖아. 우린 이제 어떡하문 좋아 그래."

또다른 여자가 목소리도 얼굴도 울상이 되었다.

"형편이 너무 급해서 어쩔 도리가 없었을 거요."

처음의 여자가 한숨을 섞어 말했다.

"아무리 급해도 그렇지요, 우리를 두고 가면 요런 꼴 당할 줄 알았을 거 아녜요."

세 번째 여자가 더 울상이 되고 있었다.

"그러게 말야. 동지야 좋을 때만 동지가 아니잖아."

두 번째 여자의 목소리가 약간 커졌다.

"쓸데없는 불평들 그만 해요. 부위원장 동지든 다른 간부들이든 우릴 일부러 버리고 도망간 건 아니잖아요. 형편이 얼마나 어려웠으면 그랬겠어요. 우린 이제 와서 누굴 원망할 게 아니라 앞으로 어떻게 살아날 것인가를 생각해야 해요. 누굴 원망한다고 철창문이 열리는 게 아니니까 무슨 수를 쓰든 살아날 궁리들이나 해요. 그것이 바로 우리한테 맡겨진 투쟁이란 걸 잊지 말아요."

첫 번째 여자의 낮으면서도 야무진 말이었다. 그 말에 두 여자는 그만 입을 닫고 말았다.

점례는 그 여자들에게 면목 없고 미안한 생각으로 고개를 떨구었다.

점례는 자꾸 깊은 절망으로 빠져 들어갔다. 한쪽은 철책으로 나머지는 높은 벽으로 둘러쳐진 이 비좁은 방을 벗어날 수 없는 것처럼 엄습해 오는 절망감을 헤어날 수가 없었다. 그 절망의 막다른 골목에는 죽음이 있었다. 죽는다는 것, 그것이 그렇게 두렵지는 않았다. 몇 년 전에 야마다의 닛본또를 배에 대고 엎어져 죽어버릴 수 있었던 목숨이었다. 다만 산다는 것이 너무 허망했다. 남편이 했던 일은 무엇이며 지금 이렇게 자신이 갇혀 있는 것은 또 무엇일까 싶었다.

남편이 공산주의에 미쳤다면 이 사람들은 그 반대일 테니까 무엇에 미친 것일까. 서로 잡아가고 잡혀가고, 죽이고 죽는 것이다. 왜놈들하고 싸우는 것이라면 또 모른다. 뻔히 아는 한 나라 사람끼리 이게 무엇을 하는 짓들일까. 이래서 어쩌자는 것일까. 어차피 한 번 낳아 한 번 죽는 목숨인데 이러고들 살아야 하는가. 한평생 사는 것이 아무것도 아닌데 첫딸 세연이를 낳고 둘째 딸 세진이를 낳았을 때처럼 그렇게 사는 것이 얼마나 좋을까. 부지런히 벌어서 자식들을 키우고 알뜰히 모아서 시집 장가 보내 사이좋게 사는 것 보며 손자 얻어 늘그막 재미로 삼다가 죽으면 그것처럼 흡족하게 사는 일생이 또 있을까.

점례로선 모를 것이 너무 많았다. 그저 산다는 것이 허망할 뿐이었다.

아침에 주먹밥을 받았다. 밥맛이 있을 리가 없었다. 그러나 점례는 그 보리가 태반인 밥을 다 먹었다. 애를 위해서였다.

220

다른 사람들과 마찬가지로 점례도 취조실로 끌려갔다.

취조실은 교실 반만 한 큰 방이었는데 문을 들어서면 맞은편에 네 사람이 네 개의 책상에 나란히 앉아 있었다. 그 맞은편, 방 중앙에 나무 의자 하나가 덩그러니 놓여 있었다.

"빨리 앉아!"

어물거릴 여유가 없었다. 점례의 마음은 이미 죄인이었다. 그래서 기가 푹 꺾인 채로 행동거지는 눈치 빠르게 했다.

"박항구가 남편인가?"

"네에."

빠르게 대답하는 점례의 머릿속에는 저 사람의 성질을 거슬러서는 안 된다는 생각뿐이었다.

"박항구, 지금 어디 숨어 있나?"

"모릅니다."

"뭘 몰라! 순순히 안 대면 어떻게 되는지 알지?"

군인은 갑자기 소리를 꽥 질렀다. 그 바람에 놀라 애가 울음을 터뜨렸다.

"빨리 달래시오. 그리고 솔직하게 말해요. 그래야 화를 면합니다."

그 옆의 군인이 타이르듯 말했다. 그러나 그 목소리에도 마찬가지로 냉기는 흘렀다. 양쪽 끝에 앉은 두 군인은 뭔가를 열심히 적고 있었다. 얼러도 딸애는 울음을 그치지 않았다. 점례는 어쩔 수 없이 약간 몸을 틀어 젖을 물렸다.

"어디에 숨었어?"

"그건 정말 모릅니다."

"잔소리 말이!"

또 애가 깜짝 놀라더니 젖꼭지를 빼내고 울었다. 점례는 다시 젖꼭지를 틀어넣다시피 했다. 그리고 애가 고개를 못 놀리도록 꼭 끌어안아서 얼렀다.

"밤에 잠깐 들렀다가 가버렸어요. 전 아무것도 모릅니다."

"뭐? 그때가 언제야."

"나흘 전예요."

"나흘 전? 그럼……, 요런 쥐새끼 같은 놈."

"어디로 간다고 했었나?"

두 번째 군인이 물었다.

"그런 말 없었어요. 아무 말도 없었어요."

"시끄러! 그따위 수작에 속을 줄 알아? 어디로 간댔는지 불어!"

점례는 재빨리 애 귀를 막으며 더 꼭 끌어안았다.

"그날 밤 지령을 받았지? 접선되고 있는 게 분명하단 말야. 빨리 대."

지령? 접선? 모를 말이었다.

"무슨 말인지 잘 모르겠어요."

"뭐라고? 부위원장 여편네가 지령을 모르고 접선을 몰라? 어디서 그 따위 개수작을 부려 ……."

첫 번째 군인은 막대로 책상을 후려쳤다. 아무리 애를 끌어안았지만 소용이 없었다.

"모릅니다, 정말 모릅니다."

연신 애를 어르며 속이 타는 점례의 볼에는 눈물이 줄을 잇고 있었다.

"왜 그럼 그자가 집엔 들렀냔 말야. 그리고 왜 당신은 숨었어. 왜, 왜? 수행할 비밀 지령이 있으니까 숨은 게 아닌가 말야. 맡은 공작 임 무가 뭐야? 정 못 대겠나!"

첫 번째 군인은 벌떡 일어섰다. 점례는 숨이 막혔다. 비밀 지령? 공작 임무?

"쉬운 말로, 좀 쉬운 말로 해주세요."

"닥쳐! 정 맛을 봐야 불겠어?"

일어선 군인은 또 책상을 내리쳤다. 애가 자지러지게 울어댔다.

"앉게, 앉아서 천천히 물어."

두 번째 군인 만류했다.

"똑똑히 들어. 우린 다 안다. 솔직하게 말하면 무사히 풀려나지만 거짓말을 하면 용서가 없다. 다시 물을 테니까 똑바로 대답해."

두 번째 군인이 차근차근 말했다.

"남편은 그날 밤 뭘 했나."

서류 뭉치를 태웠다는 말을 해야 하나. 점례는 잠시 망설였다.

"애들을 보고 갔습니다."

"또오?"

두 번째 군인은 입가에 엷은 웃음을 띤 채 빤히 쳐다보고 있었다. 냉기가 흐르는 낮은 음성과 입가의 웃음과 날카로운 눈초리가 점례의 숨통을 조여왔다. 점례는 무슨 말이든지 해야 한다는 두려움에 쫓기고 있었다.

"기다리라고 했습니다."

"어떻게 하겠다고?"

"곧 돌아오겠다고요."

"돌아오리라고 믿나?"

"……"

점례는 고개를 떨어뜨렸다. 남편의 얼굴이 확 떠올랐다. 세연이를 어르며 웃던 얼굴이었다.

"고개 들어. 남편이 돌아오면 어떻게 하겠나. 우리에게 알려주겠나?"

남편은, 이 사람들은, 나를……

"대답해!"

점례는 흑 울음을 터뜨렸다.

"대답하라니까!"

여전히 냉기가 흐르는 낮은 목소리는 엄동의 바람처럼 점례의 전신을 휘감아들었다. 차라리 첫 번째 군인처럼 꽥꽥 소리를 지르는 것이 더 나을 것 같았다.

"대답하란 말야."

"아마, 아마 못 올 거예요."

목이 메어 침을 삼켜가며 간신히 한 말이었다.

"대답을 피하지 말어, 알릴 거야 안 알릴 거야."

"……"

점례는 다시 고개를 떨어뜨렸다.

"안 알리겠단 말이지?"

"고개 들어!"

넓은 방이 쩌렁 울렸다. 점례는 얼결에 고개를 들었다. 두 번째 군인은 무섭게 노려보고 있었다.

"빨갱이는 어떻게 되는지 알지? 더 이상 묻지 않는다. 일어서!"

다시 낮아진 목소리는 끈적끈적했다.

"난, 아무것도 모릅니다. 정말예요. 애아빨 죽이지 않겠다고 약속해주세요. 그럼 알려드릴게요, 죽으면 애들이 어떻게 됩니까. 약속하면 꼭 알려드릴게요. 오자마자 알려드릴게요."

점례는 책상 앞에 무릎을 꿇었다.

"다음 차례."

두 군인에게 팔을 붙들려 문 쪽으로 걸음을 옮기는 점례의 어지러운 눈앞에는 아들과 세연이의 얼굴이 부위원장 제복을 입은 남편의 얼굴에 겹쳐지고 있었다.

문을 밀려나온 점례는 기다리고 있던 다른 군인에게 넘겨졌다.

"어찌 영 쑥맥인데?"

두 번째 군인이 고개를 갸우뚱했다.

"다 위장술입니다. 하나같이 철저하니까요."

첫 번째 군인이었다.

"글쎄……, 하여튼 더 조사는 해야지. 이거 봐, 다음부턴 그애나 떼놓고 데려오도록."

두 번째 군인의 말에 양쪽 끝에 앉은 두 군인이 동시에 대답을 했다.

감방으로 돌아온 점례는 쓰러지듯 했다. 불볕 아래서 진종일 밭일을 했을 때처럼 전신은 늘어처졌다. 점례는 언제까지나 멍한 눈길을 맞은 편 벽에 박고 있었다.

밤중이 되어 비로소 지령이니 접선이니 공작 임무 등의 말이 무슨 뜻인지 알게 된 점례는 몸을 바짝 움츠렸다. 결국 자신은 남편과 똑같은 일을 한 것으로 의심을 받고 있는 것이었다. 너무 당연한 의심인지도 모를 일이었다. 다만 그 의심을 풀어줄 수 없는 것이 점례로선 안타까울 뿐이었다. 자신의 말을 모두 거짓말로 취급해 버리는 데는 가슴을 쪼개 보여줄 수 없는 한 그 어떤 말도 거짓말에 지나지 않을 것이다. 많은 말을 할수록 오히려 상대방의 의심은 더 커갈 수도 있는 일이었다. 의심을 받는 일이 이다지 괴롭고 아픈 것임을 뒤늦게 깨닫게 된 점례는 자신의 신세가 앞으로 어떻게 될지, 다시 허허벌판에 내다 버려진 것 같은 막막함에 휩싸였다.

다음 날도 두 차례 심문을 받았다. 전날과 거의 비슷한 물음이었고 점례의 대답도 마찬가지였다. 달라진 것이 있다면 취조관들의 언성이 더 높아졌고 그에 따라 점례는 더 많이 울었다.

주먹밥은 끼니를 거르지 않고 나왔지만 점례는 반도 제대로 먹지 못했다. 애를 위해 다 먹으려고 매끼 기를 썼지만 끝내는 구역질이 솟고 말았다. 그때 더 먹으려 했다가는 애서 삼킨 것까지 토하게 될 것 같았다. 그렇게 먹은 밥이 소화가 될 리 없었다. 젖이 부쩍 줄어들었다. 애는 양쪽 젖꼭지를 번갈아 가며 빨다가 울었고 다시 가슴을 헤집고 들며 보챘다.

사흘째 되는 날 오후에 점례는 다른 여자들과 함께 트럭에 실렸다. 너나없이 파리해진 얼굴, 퀭한 눈들을 제각기 불안하게 굴리고 있었다. 차가 움직이기 시작하자 두셋씩 짝을 지어 수군거렸다. 부대가 이동하는 것이다. 죄가 중한 사람만 골라 딴 곳으로 옮기는 것이다. 그런 겁에 들뜬 말들이 점례의 귀에는 들어오지 않았다. 딸애가 새벽에 설사를 했다. 두어 시간 걸러 한 차례씩 묽은 물만 쏟았다. 네댓 차례 그러더니만 이제 울지도 못했다. 병든 병아리처럼 자꾸만 눈을 내려감는 것이다. 입술은 메말라 있었다. 잘 나지도 않는 젖이었지만 그것마저 빨려고 하지 않았다. 몸이 불덩이였다. 점례는 설사 똥물이 배어 악취가 풍기는 치마만을 걸쳤을 뿐 알몸이었다. 속곳은 이미 설사를 받아내느라고 찢어서 기저귀로 썼던 것이다. 이것이 이러다가……, 벌써 한 귀퉁이를 찢어서 기저귀로 쓰기 시작한 홑포대기로 열에 들뜬 딸애의 몸을 감싸 안고 차에 흔들리는 점례는 어디로 가는지 어떻게 될 것인지 신경 쓸 여유가 없었다.

차에서 내렸을 때는 밤이었다. 곧 그전과 비슷한 방에 갇혔다.

사람들은 거의 앉자마자 쓰러져 잠이 들었다. 점례는 징징 울고 있었다. 딸애가 또 한차례 설사를 했다. 사타구니는 벌겋게 짓물렀다. 숨만 할딱거릴 뿐 이제 제대로 울지도 못했다. 젖꼭지를 물렸지만 뱉어내지도 못했다. 젖꼭지를 타고 들어오는 뜨거운 기운이 차츰차츰 전신으로 퍼지는 것을 느끼며 점례는 복받치는 울음을 씹고 또 씹었다.

뜬눈으로 밤을 지샜다. 딸애는 목에 가래까지 끓으며 숨을 할딱거렸다. 눈을 꼭 감은 채였다. 나올 것도 없는지 밤 사이에는 설사도 하지 않았다.

점례는 아침 일찍 불려 나갔다.

세 사람이 앉아 있었다. 못 보던 얼굴들이었다. 그중 한 사람은 말로만 듣던 코가 크고 눈이 움푹 들어간 노란 곱슬머리의 서양 사람이었다.

"박항구 아내인가?"

이런 말로 시작된 심문은 그전과 거의 같았다. 그 군인은 물을 때마다 무슨 서류를 뒤적거렸다.

"당신은 그때 당시 무슨 일을 맡아 했소?"

"그냥…… 집에 있었습니다."

"자, 시간이 없으니 믿을 수 있는 말만 하시오. 무슨 일을 했었소?"

"정말…… 애들만 키웠습니다."

점례는 이제 산다는 것이 귀찮았다. 서로가 못할 일이었다.

"말이 되나. 어린 딸이 그렇게 맹활약을 했는데 어른이 아무 일도 하지 않았다면 믿어지겠나?"

점례는 소스라쳤다. 그걸 어떻게 알았을까! 큰딸 세연이가 네 살 나이에 어울리지 않게 노래를 야무지게 잘해 여러 마을로 돌며 노래했던 것을 가리키는 것이었다. 그 사실을 알았다면……!

"그 일을 아셨다면 제가 어떻게 살았는지도……."

"바로 그거야. 앞에 나서지 않고 뒤에서 수행한 임무. 그것이 뭐냐고 묻는 거 아냐!"

"……."

아……, 점례는 또 할 말을 잃어버렸다. 집에 있었던 것까지는 알고

있다는 것이다. 그 다음, 인민위원회 부위원장의 아내로서 일을 했느냐
고 다잡고 있는 것이다.

"남편을 도와 뒤에서 한 일이 뭐야!"

언성이 높아졌다. 점례는 흡사 바보처럼 고개만 저었다.

"그전에 남편이 불온 사상을 가진 것을 알았지?"

점례는 고개를 저었다.

"밤이면 가까운 사람들이 모이곤 했잖느냔 말야!"

점례는 가슴이 섬뜩했다. 고개를 끄덕였다. 며칠 전에는 묻지 않던
말들이었다.

"당신이 결백했다면 왜 그때 경찰에 알리지 않았지?"

점례는 고개를 저었다. 시야가 흐려지기 시작했다.

"잔소리 말어. 그것도 말이라고 해? 눈치도 채지 못했다는 게 말이
돼?"

점례는 울고 있었다. 그러면서 고개를 저었다.

"그럼, 난리가 나자 20여 일 이상 집을 비웠을 때는 왜 또 경찰에 알
리지 않았나?"

점례는 울었다.

"뭐라고? 당신은 바보야? 천치냔 말야!"

주먹으로 마구 책상을 내리쳤다. 점례는 흠칫 놀랐다. 그리고 애를
추슬렀다. 설사를 한 것이다.

"끝까지 거짓말을 하겠어? 똑바로 대지 않으면 정말······."

점례에게는 아무 소리도 들리지 않았다. 이러다가 애를 죽이고 말 것
이라는 생각뿐이었다. 서둘러 포대기를 헤쳤다.

"애가 아프오?"

점례는 고개를 번쩍 들었다. 그리고 크게 크게 고개를 끄덕였다.

네 개의 눈동자가 자신을 지키고 있음을 점례는 흐린 시야를 통해서 의식했다. 손등으로 눈물을 닦아냈다. 그 네 개의 눈동자, 두 개는 검고 두 개는 푸른 눈동자 중에서 특히 푸른 눈동자가 자신을 똑바로 겨냥하고 있음을 느낀 점례는 고개를 떨구었다.

　여태껏 의자에 몸을 부린 채 담배만 빨고 있던 서양 군인은 이제 반대로 책상 쪽으로 몸을 바싹 붙이고 있었다. 서양 군인은 심문을 하던 군인에게 뭐라고 말을 건넸다. 그러자 그 군인이 점례에게 물었다.

　"어떻게 아파요?"

　"열이 나고 설사를 심하게 합니다."

　점례의 목소리는 어느 때 없이 또렷했다.

　"며칠이나 됐지요?"

　"사흘째예요."

　점례는 하루를 더해 대답하는 자신을 의식하고 있었다. 파란 눈의 군인은 깜짝 놀라는 표정이었다.

　"이 사람이 애를 좀 보자고 하는데, 어떻습니까?"

　점례는 또 크게 고개를 끄덕였다. 그러자 파란 눈의 군인은 심문하던 군인의 말을 듣지도 않고 일어서서 점례 쪽으로 뚜벅뚜벅 걸어왔다.

　딸애의 이마에 손을 대보고 볼을 만져보며 뭐라고 중얼거렸다. 그러더니 이내 돌아서서 심문하던 군인에게 큰소리로 무슨 말인가를 하기 시작했다.

　"이 사람이 부대 병원에서 애를 치료해 주겠답니다. 맡기시겠어요?"

　다가온 취조관의 말이었다. 점례에겐 그 말이 너무나 멀게 들렸다. 그러나 고개는 더 크게 끄덕였다

　"애를 맡기시오."

　점례는 여태껏 뭔가를 적고 있던 군인에게 애를 넘겼다.

파란 눈의 군인이 점례를 빤히 들여다보듯 하며 말을 했다. 그 얼굴은 웃고 있었다. 점례는 그 말을 알아들을 수가 없었다.

"아무 염려하지 말랍니다."

취조관이 말해주었다.

"고맙습니다, 고맙습니다."

점례는 방을 나서기까지 취조관과 파란 눈의 군인에게 있는 대로 허리를 굽혀 몇 번이고 절을 했다.

점례가 자신이나 애에게서 나는 냄새로 파란 눈의 군인을 언짢게 해주었을지도 모른다는 미안한 생각과 함께 수치심을 느낀 것은 감방에 돌아와서였다.

딸애가 살아날 수 있다는 기대 앞에서 며칠 동안 겪은 고통은 하찮은 것으로 잊혀져버렸다. 눕자마자 깊은 잠 속으로 빠져 들어갔다.

다음 날 오전이 다 가도록 취조실에서는 아무 소식이 없었다. 점례는 그것이 오히려 불안했다.

점례가 취조실로 불려간 것은 오후 늦어서였다. 사람들은 어제 그대로였다.

"당신은 며칠간 계속된 수차의 심문을 통해 공산주의를 알지 못하며, 그 활동을 한 일도 없고, 도주한 남편에게서 받은 그 어떤 지령도 없을 뿐만 아니라 남편의 행방을 전혀 모른다고 했는데, 이 모두가 틀림없는 사실임을 자신할 수 있는가?"

취조관의 다부진 물음이었다.

"네."

점례의 대답도 분명했다.

"이상의 사실 중 단 한 가지만이라도 허위일 때는 그 어떤 처벌이라도 감수할 자신이 있는가!"

"네!"

"앞으로도 수사를 계속하겠지만, 지금까지의 수사를 통하여 일체의 혐의가 없음을 인정하여 오늘로 석방한다."

"……!"

점례는 긴 숨을 내쉬며 눈을 꼬옥 내려감았다.

"여기에 지장을 찍으시오."

취조관이 시키는 대로 했다.

"당신의 신원보증을 설 사람이 있소?"

"이모부가 있어요."

쉽게 나온 말이었다.

"여긴 ㅂ시가 아니오."

그랬던가. 금방 표정이 일그러진 점례는 손가락을 입에 물었다. 그때 파란 눈의 군인과 눈이 마주쳤다. 점례는 얼른 고개를 숙여버렸다. 점례는 손가락을 아픈 줄도 모르고 깨물어댔다. 아무리 생각해봐도 이모부 외에는 ㅂ시에서 4백여 리나 떨어진 ㅈ시에 자신의 신원보증을 서줄 사람이라곤 없었다.

"됐어요. 이 사람이 신원보증을 서겠답니다."

"네에……?"

취조관은 옆의 파란 눈의 군인을 가리켰다. 그 군인은 점례를 바라보며 조용히 웃고 있었다. 점례는 얼른 눈길을 돌렸다. 어찌된 영문인지 모를 일이었다.

"나가면 거처가 있습니까?"

점례는 고개를 저었다.

"다시 부를 때까지 돌아가시오."

감방으로 되돌아온 점례는 곧 날아갈 것처럼 마음이 가벼웠다. 자신이 아무 죄도 없다는 것이 밝혀진 것만으로 그저 기쁘고 좋았다. 어째서 그 파란 눈의 군인이 자신의 신원보증을 섰으며, 생전에 단 한 번 본일이 없는 외국 사람이 어찌 신원보증을 설 수가 있는 것인지, 점례로선 미처 이런 것을 따질 겨를이 없었다. 거처가 있다 하더라도 애를 맡긴 이상 나갈 수도 없는 일이었다. 점례는 애를 찾을 때까지 이 방에서 열흘이고 한 달이고 기다리리라고 마음먹었다.

두어 시간 후에 점례는 다시 그 방으로 불려갔다.

"자, 이 종이를 가지고 나가시오."

취조관이 내미는 종이를 받아들었다.

"……."

"그 종이 잃어버리지 마시고, 어서 나가보세요."

점례는 얼떨결에 그 방을 나왔다. 이 종이로 어떻게 하란 말인가. 점례는 막연하기만 했다.

"김점례 씨죠?"

점례는 놀라 돌아섰다. 한 남자가 서 있었다. 군인이 아니었다.

"예에……."

점례는 뒤로 물러서며 몸을 사렸다.

"저는 프랜더스 대위 통역입니다. 프랜더스 대위 아시죠?"

점례는 고개를 저었다.

"아주머니 애를 입원시킨 그 미군 이름이 바로 프랜더습니다."

프랜더스— 점례는 속으로 뇌어보며 다소 마음이 놓였다.

"아주머니, 거처가 마땅찮다죠?"

"……?"

"이상하게 생각진 마십시오. 애가 퇴원할 때까진 댁으로 돌아가실 수 없는 형편 아닙니까. 어떻습니까, 그동안이라도 돈벌이를 하시는 게?"

"무슨……?"

점례는 순간적으로 마음에 동요가 일어났다.

"저어…… 미군 장교 숙소에 일자리가 비어 있어서요."

"미군 장교 숙소요……?"

"네에…… 왜 맘이 안 내키세요?"

"전 말도 모르고……."

"아, 난 또 뭐라구요. 말이 안 통해도 상관없어요. 청소하고 옷 빠는 일이 전부니까요. 아주머니가 아니더래도 사람은 구해야 하고, 누구든 말이 안 통하기는 마찬가지거든요."

"그럼 잠자리는……."

"부대 가까운 곳에 방 하날 세 얻으면 되는 거죠. 일이야 출퇴근을 하면서 낮에만 하는 거니까요."

"그런데 방 얻을……."

"아, 그건 염려 마세요. 아주머니만 결정하시면 프랜더스가 며칠분 돈을 미리 주기로 했습니다."

점례는 어리둥절했다. 일이 너무 쉽게 풀리고 있었다. 누에고치에서 실이 풀리듯 통역은 자신의 염려를 척척 해결해 버리는 것이 점례로선 오히려 불안한 생각마저 들었다.

"어떻습니까?"

점례는 고개를 끄덕였다.

통역은 앞장서서 부대 주변의 집들을 찾아다녀 방 하나를 구했다. 방세를 치르고 난 통역은 얼마간의 돈을 내밀었다.

"이 무슨 돈을 …?"

"염려 말고 받으세요. 이 돈도 앞으로 1주일간의 품삯에 다 들어 있는 겁니다. 우선 옷이라도 사 입으세요."

점례는 그만 얼굴이 화끈 달아올랐다. 그때서야 자신이 속옷을 입지 않고 이틀 동안이나 지내온 것을 상기했다. 그 사실을 들킨 것만 같았다.

"내일부터 일을 시작하게 될 겁니다. 내일 다시 들르죠."

통역은 바삐 돌아갔다.

1주일, 1주일……, 그럼 애가 앞으로 1주일이간 걸려야 낫게 된다는 말인가. 어디가 어떻게 아픈 것일까. 설마 그런 뜻은 아니겠지. 설사를 했을 뿐인데. 점례는 스스로를 위안하면서도 불안을 떼칠 수가 없었다. 그걸 물어보지 않은 게 몇 번이고 후회스러웠다.

점례는 몇 개의 상점을 뒤져서 겨우 속곳을 하나 샀다. 전쟁통은 역시 전쟁통이었다. 밤에 주인집 사람들의 눈을 피해 치마저고리를 빨았다. 감방에서 보낸 며칠 동안 땀이 배고 때가 전 옷은 말이 아니었다.

다음 날 아침 점례는 통역을 따라 부대로 들어갔다. 오가는 사람이 거의 코 큰 사람들이었다.

"집 잘 봐줘요. 내일부턴 아주머니 혼자 나와야 하니까요."

통역은 어느 건물 앞에 멈춰서며 일러주었다.

"여기가 프랜더스 방입니다. 청소를 하고 저기 있는 옷을 빨아 말린 다음 6시에 나가면 됩니다. 그리고 참, 점심은 오후 1시부터 저기 저 앞에 보이는 건물에 가서 잡수시구요."

통역은 청소 도구가 있는 곳이며 청소할 곳 등을 꼼꼼하게 알려주었다.

"저어……."

점례는 나가려는 통역을 조심스레 불렀다.

"저어…… 애는 좀 어떤지……."

"뭐 별로 염려 마십시오. 곧 낫게 될 겁니다."

"죄송하지만 좀 자세히 알아다……."

"예, 염려 마세요. 알아다 드리죠."

통역이 나가자 점례는 곧 일손을 서둘렀다. 아무려나 살붙게 대해 주는 통역이 고마웠다.

해가 설핏해서 통역은 프랜더스와 함께 들어섰다. 프랜더스는 점례를 보자 환하게 웃으며 뭐라고 말을 건넸다.

"일이 힘들지 않느냐고 합니다."

통역의 말에 점례는 고개를 저었다.

"애가 좀 어떤지⋯⋯."

점례의 말이 끝나기도 전에 통역은 프랜더스에게 말을 옮겼다. 프랜더스는 다시 환하게 웃으며 큰소리로 말했다.

"많이 좋아졌으니 걱정하지 말랍니다."

점례는 벌써 프랜더스에게 머리를 조아리고 있었다. 통역의 말이 아니더라도 프랜더스의 표정이나 몸짓으로 말뜻을 대충 알아차렸던 것이다.

점례는 곧 부대를 나섰다.

잠자리가 무거운 방이었다. 이모 집에 떼어놓은 세연이, 헤어진 지어느덧 5년이 지난 아들, 홀로 병원에서 앓고 있는 세진이, 그리고 더 많은 질정 없는 생각들에 시달리다가 잠이 들었다.

하루 만인데도 다음 날은 일손이 한결 익숙해졌다. 점심때가 되기 전에 빨래나 청소를 다 마치고 오후에는 마른 빨래를 골라 다리미질을 했다.

그날도 프랜더스는 통역과 함께 늦게 돌아왔다. 그는 들어서자마자 큰소리로 말을 했다.

"애가 많이 나아졌답니다."

"⋯⋯."

점례는 깊수이 고개를 수였다.

"일이 힘드냐고 묻습니다."

점례는 고개를 저으려다가 얼른 외면을 했다. 프랜더스의 파란 눈길이 자신을 들여다보듯 하고 있었던 것이다.

"그만 나가 쉬시죠."

아침과 마찬가지로 점례는 치맛말기에 집어넣었던 종이 쪽지를 보이고서야 부대 정문을 통과했다.

점례는 빨래와 청소를 다 마치고 나서 목욕을 했다. 그 샤워라는 것에서 쏟아지는 따끈한 물에 온몸을 적시며 때를 밀었다. 빨래나 청소를 하는 동안에 났던 땀을 씻어내는 시원함은 집을 떠난 후로 그렇게 겹겹이 쌓였던 초조와 불안, 공포와 근심을 한꺼번에 씻어가는 것 같았다.

프랜더스는 그날도 늦게 돌아와서 딸 세진이의 안부를 전해 주었다.

엿새째 되는 날이었다. 청소까지 다 마친 점례는 옷을 훌훌 벗고 목욕탕으로 들어갔다. 따끈한 물이 쏟아지는 속에 몸을 내맡기고 있으면 오전 내내 일에 시달린 몸이 나른하게 풀려내렸다. 온몸에 따끈한 물줄기를 맞으며 눈을 꼬옥 감고 서 있으면 어디론가 끝없이 잠겨 들어가는 아련한 기분에 빠져드는 것이다. 그 푸근하고 감싸인 것 같은 기분에 젖어들다가 언뜻 떠오르는 얼굴이 있었다. 남편이었다. 점례는 소스라쳐 놀라 눈을 번쩍 떴다. 남편은 없었다. 여전히 따끈한 물줄기만 쏟아지고 있었다. 점례는 볼을 감쌌다. 가슴이 두근거리고 얼굴이 달아올랐다. 누구에게 들킨 것 같은 쑥스러움이 온몸에 부딪는 물줄기처럼 전신에 퍼져나갔다. 남편은 언제나 젖가슴을 꼭 감싸안은 채 잠이 들곤 했다. 그런 남편의 품에 안겨 점례는 더없이 푸근하고 따스한 기분에 젖어 가물가물 잠이 들곤 했었다. 그런데 이상한 것은 그런 생각이 갑작스레 떠오른 것이 쑥스러우면서도 싫지는 않았다.

점례는 젖가슴에 부딪히는 물줄기를 맞으며 고개를 뒤로 젖혀 눈을 꼭 감고 있었다. 그런 점례는 화장실의 문이 열리는 것을 느끼지 못했다.

"……!"

등에 찬 기운을 느낀 점례는 홱 돌아섰다.

"아!"

점례는 순간적으로 두 팔을 엇갈리게 포개 젖가슴을 가렸다. 그리고 두 무릎을 꼭 붙임과 동시에 몸을 조그맣게 웅크리고 뒷걸음질을 쳤다. 그러나 서너 발짝도 옮기지 못했다. 뒤에는 벽이었다.

거기 정면, 들이마신 숨을 그대로 멈춰버린 듯한 표정으로 서 있는 커다란 남자. 프랜더스였다.

물줄기가 바닥에 부딪히는 소리가 유독 크게 퍼지고 있었다. 그러나 그건 잠시였다. 피어오른 김이 가득한 저쪽 프랜더스의 눈이 야릇하게 빛나는가 하자 점례는 가슴팍을 눌러오는 또 하나의 벽에 부딪혀야 했다. 그 벽도 등뒤의 벽이나 마찬가지였다.

뿌득뿌득 이빨을 갈다가 더는 못 견뎌 벌려버린 입을 다물지도 못한 채 아물거리는 흐린 의식 속에서 점례는 소리를 질러서는 안 된다고 정신을 다잡고 있었다. 소리를 질러도 아무 소용이 없을지도 모른다. 만약 이 위기를 모면하면……. 그러나 그때처럼, 그때처럼 자신은 혼자가 아니었다.

점례는 울음을 깨물며 채 마르지도 않은 프랜더스의 옷을 걷어다가 다리미질을 했다. 다리미질이 끝나자 프랜더스는 서둘러 계급장을 옮겨 달았다. 옷을 갈아입은 프랜더스는 점례의 등을 다독거리며 알아들을 수 없는 말을 남기고 나갔다. 점례는 언제까지고 그 자리에 멍청하게 서 있었다. 그런 점례의 볼에는 눈물이 골을 팠다.

어지럽게 흩어지고 구겨진 침대보를 다시 빨기 위해 걷어가지고 일어서던 점례는 우뚝 멈추었다. 맞은편 책상 위에 놓인 사진. 거기에 점례의 시선이 박혔다. 가운데 한 여자와 양쪽에 두 아이가 앉아 있는 사진. 그 사진은 차츰차츰 커지고 있었다. 점례는 그만 눈을 가렸다.

다음 날부터 프랜더스는 점심 무렵이면 혼자 들르기 시작했다.

점례가 미칠 일은 그날부터 통역이 오지 않는 것이다. 통역이 왜 안 오느냐고 물을 수도 없고, 오게 해달라고 할 수도 없었다. 그런 말을 할 수 있다면 아예 애가 어떻게 되었느냐고 직접 물으면 될 일이었다. 그다지 답답하고 애가 타는 일도 없었다.

열하루째 되는 날이었다. 빨래를 하고 있는데 통역이 뛰어들어 왔다.

"아주머니, 일 그만두고 빨리 일어나세요, 빨리."

"네에?"

점례는 튕기듯 일어섰다. 딸 세진이가……, 순식간에 스쳐간 생각이었다.

"혹시 애가……?"

"예, 이상하답니다. 빨리 가십시다."

어느새 점례는 문을 뛰쳐나가고 있었다.

딸 세진이는 죽어버린 것 같았다. 축 늘어져버린 조그만 몸, 유독 커 보이는 머리가 내던져진 듯 무겁게 침대에 놓여 있었다. 점례는 언젠가 텃밭에 죽어자빠진 개를 떠올렸다. 그러면서 눈을 질끈 감으며 머리를 흔들었다.

"아가……."

점례는 쓰러지며 딸을 덥석 안았다.

"아주머니. 이러시면 안 됩니다. 어서 의사가 하는 말을 들으세요."

점례는 어깨를 붙들려 일으켜 세워졌다. 프랜더스였다.

의사는 얼굴을 찡그려가며 말을 했고, 통역은 말을 옮기기에 바빴다. 프랜더스는 의사와 통역 사이에 서서 연상 불안한 눈길을 굴렸다.

처음엔 이질 증세였다는 것이다. 계속 상태가 좋아지다가 며칠 전부터 갑자기 악화되기 시작했다. 토하는 증세가 나타나더니 이어 항문에서 피가 흘렀다. 그건 항문이 헐어서 나오는 것이 아니라 장출혈腸出血이었다. 온갖 수단을 써봐도 날로 악화되기만 했다. 먹는 것이 없어서 체력 소모가 심해 병세는 더욱 위급해진 것이다. 최후의 방법으로 수술이 있긴 했지만 너무 어려 실패의 확률이 커서 다른 방법으로 최선을 다했지만 병세는 차도가 없었다.

"그런데, 저어 아주머니……."

통역은 난처한 표정으로 머뭇거렸다.

"……!"

점례의 머리에 상여 냄새가 스쳐갔다. 가망이 없어? 세진이가, 우리 세진이가 죽어?

"저녁을 넘길 가망이 없다는군요."

빠른 통역의 말이 돌멩이가 되어 머리를 후려갈겼다. 점례는 딸 세진이가 누워 있는 침대가 핑그르르 돈다고 느꼈다. 그러고는 기억이 없었다.

정신을 차렸을 때는 침대에 누워 있었다. 흐린 시야에 세 개의 얼굴이 흔들렸다. 점례는 몸을 일으키다가 다시 눕고 말았다. 프랜더스의 큰 손이 어깨를 눌러왔다. 그런 프랜더스는 고개를 가로젓고 있었다.

눈앞이 맑아져서야 일어난 점례는 딸의 침대에 매달렸다. 거미줄보다 더 가느다란 숨결. 꼭 감겨버린 눈과 가랑잎처럼 말라버린 입술. 점례의 맞문 이빨이 녹아내렸다. 움켜잡은 침대 쇠다리가 으스러졌다. 소리 낼 수 없는 울음은 피가 되어, 가시 돋친 진한 피가 되어 삼킬수록 목을 찢었다. 얼마를 그렇게 침대에 매달려 있었는지 모른다.

딸애가 괴상한 소리를 지르며 손발을 내저었다.

"아가, 세진아!"

점례는 눈을 부릅뜨며 일어섰다. 그리고 딸을 안으려다가 재빨리 달려든 의사에게 팔을 붙들렸다. 의사는 점례를 프랜더스에게 넘기고 아이의 손목을 조심스럽게 받쳐잡았다.

어린것은 목을 늘여 입을 딱딱 벌리는가 했더니 허리가 들먹하며 두 발로 허공을 찼다. 그리고 여태껏 감았던 눈을 홉떴다.

"아가, 세진아! 세진아, 세진아!"

점례는 미치고 있었다. 그러나 프랜더스와 통역에게 붙들려 침대로 접근할 수가 없었다.

어린것의 사지가 바르르 떨렸다. 그리고 오그라드는 듯하다가 쭉 뻗쳐지더니 이내 풀려버렸다. 동시에 천장을 향해 들려 있던 턱이 떨어지며 머리가 픽 침대에 묻히듯 해버렸다.

의사가 돌아섰다.

"숨을 거두었답니다."

이미 점례의 귀에는 이런 통역의 말이 들리지 않았다.

"세진아! 세진아!"

이제 통역이나 프랜더스의 힘이 당해 낼 도리가 없었다. 침대로 내달은 점례는 딸을 덮치듯 했다.

"세진아, 이게…… 이게…… 세진아……."

침대 시트가 찢겨졌다. 손아귀에 머리카락이 뽑혀났다. 그러나 어린 딸의 시신에는 눈물 한 방울 떨어뜨리지 않았다. 몸부림을 치며 울던 점례는 기어이 쓰러지고 말았다.

점례가 프랜더스와 통역에게 이끌려 흰 광목으로 몇 겹을 싼 딸애의 시신을 안고 병원을 나선 것은 해가 뉘엿뉘엿해서였다.

부대 밖의 뒷산 중턱 양지를 골라 통역과 운전사가 구덩이를 팠다. 점례는 될 수 있는 대로 깊이 파달라고 당부를 했다.

항아리를 눕혀 딸의 시신을 넣으며 점례는 다시 쏟아지는 울음을 주체하지 못했다.

항아리가 실히 한 길이 넘는 구덩이에 내려졌다. 점례는 흙을 긁어대며 통곡했다. 그러다가 손아귀에 든 흙을 항아리 위에 뿌렸다. 그러자 기다리고 있던 통역과 운전사가 흙을 퍼넣기 시작했다.

흙이 구덩이를 다 채워 파내기 전의 높이가 될 때까지 점례는 세 번이나 삽질을 멈추게 했다. 그리고 그때마다 흙을 꼭꼭 밟아 다졌다. 아무리 깊게 팠어도 다지지 않으면 소용이 없었다. 여우라는 놈은……, 여우라는 놈은……. 점례는 전신의 힘을 발에 모아 힘껏 흙을 다졌다.

다지고 다져져 조그만 봉분을 만들었다. 그리고 큰 돌을 들어오게 하여 빈틈이 없도록 차곡차곡 쌓았다.

사방은 어둑어둑해지고 있었다. 10월 하순의 서늘한 바람결이 옷깃을 헤집고 들었다. 텅 비어버린 점례의 가슴엔 그 서늘한 바람만이 가득했다. 무엇을 어떻게 해야 될지 아무런 생각이 떠오르질 않았다. 또다시 허허벌판에 내다 버려진 기분이었다. 그대로 주저앉아 버리고 싶은 막막함이고 외로움이었다.

"그만 내려가실까요."

통역의 말에 따라 점례는 그저 발을 내디뎠다. 다리가 휘청거렸다. 누군가가 어깨를 감싸며 부축했다. 프랜더스였다. 순간 점례는 그가 구덩이만큼 징그러웠다. 뿌리쳐야 된다고 생각했다. 그러나 그 생각조차가 귀찮았다.

지프에서 내리고 차는 곧 떠났다. 그때서야 점례는 장교 숙소 앞에 서 있는 자신을 발견했다. 프랜더스가 허리를 감싸잡으며 발을 떼어놓았다. 점례도 따라서 걸었다. 그러면서 내일은 떠나야 한다고, 집으로 돌아가야 된다고 마음의 갈피를 간추렸다.

점례는 나무토막이었다. 감은 점례의 눈에는 그날 밤 남편의 얼굴이 너무나 선하게 떠올라선 사라질 줄을 몰랐다. 방문을 열었다가 다시 닫고 자는 두 아이를 물끄러미 내려다보다가 돌아섰던 남편. "그동안 애들 잘 키우고." 너무 쟁쟁하게 들리는 목소리였다. 남편의 눈은 젖어 있었고 목소리는 메어 있었다. 결국 애는 죽었다. 누구의 잘못인가. 남편이 인민위원회 부위원장만…… 아니 이모에게 떼놓고 와야 하는 것인데……. 부질없는 생각이었다. 모든 잘못은 자신에게 있었다. 아무리 형편이 급박했더라도 에미로서……, 그 죄의식이 남편의 모습을 자꾸만 선명하게 만들었다. 누가 뭐라든 자신에겐 자상하고 정이 두텁던 남편이었다. 그뿐이다. 그것으로 흡족했고 더 바랄 것이 없었다. 그 사람의 당부를 지키지 못한 죄스러움이 자식을 잃은 슬픔의 무게와 함께 전신을 옥죄어 오는 것이다. 그런데……, 털투성이의 이 사람은 ……. 빚을 갚는 것이다. 오늘 밤으로 갚을 건 다 갚고 내일이면 기필코 떠날 것을 다시 다짐했다.

프랜더스는 곧 잠이 들었다.

점례는 웅크리고 돌아누워 헤아릴 수 없는 많은 생각에 시달리며 밤을 밝혔다.

통역은 아침 일찍 나타났다.

점례는 대충 머리 손질을 하고 나섰다.

"그동안 폐가 많았습니다. 그럼……."

"아니 아주머니, 어쩌시게요?"

통역은 의외로 당황하는 기색이었다.

"이젠 집으로 가야죠."

점례는 나직하게 말하고 문 쪽으로 돌아섰다.

"아주머니, 잠깐만 기다리세요"

통역은 점례의 팔을 붙들어 의자에 앉혔다. 그리고 서둘러 방으로 들어갔다. 잠시 후에 프랜더스의 고함 소리가 들렸다. 잠옷을 펄럭이며 쫓아나온 프랜더스는 통역과 점례에게 번갈아 가며 소리를 질러댔다. 점례는 고개를 벽 쪽으로 돌려버렸다. 발목에 커다란 쇳덩어리가 매달린 것 같은 무게를 벗어날 수가 없었다.

"아주머니, 제 말을 잘 들으십시오."

한참 만에 통역이 옆자리에 앉으며 조심스럽게 입을 열었다.

"저어, 프랜더스의 말로는 말입니다. 신원보증인의 곁을 마음대로 떠나서는 안 된다는 겁니다. 신원보증을 설 때 석방된 다음에라도 그 사람의 모든 행동을 책임지기로 되어 있다는군요."

"……."

지령, 접선, 공작 임무, 순식간에 머리를 치고 지나간 말들이었다.

"그리고 지금은 전쟁 중이 아닙니까. 이대로 집으로 돌아갔다가는 무슨 보복을 당하게 될지도 모른다는 겁니다. 남편이 부위원장을 지낸 이상 안심할 수가 없다는 건데, 틀린 말은 아니지요."

"……."

밤마다 골목을 울리던 저벅거리는 구둣발 소리와 어둠을 찢던 총소리와 날카로운 비명이 뒤엉켜 들리고 있었다.

"아주머니도 눈치로 아셨겠지만, 사실 아주머닐 살려낸 건 프랜더스였거든요."

"……."

파란 눈동자, 자신을 겨냥하고 있던 파란 눈동자. 서슴지 않고 딸 세진이를 입원시켜 주었던 파란 눈의 사람.

"그리고 말입니다. 실은 프랜더스가 아주머닐……."

"……."

신원보증을 섰다. 그리고 일자리까지 마련했다.

"생각해보세요. 이런 전쟁 중에 혼자서 어떻게 하시겠습니까."

"……"

논밭이라고는 단 한 뙈기도 없었다. 있다는 게 마당 가의 텃밭이 고 작이었다. 남편은 논밭 갖는 것을 한사코 반대를 했다. 논밭은 농민의 것이지 공장 노동자의 것은 아니라는 말이었다.

"큰딸을 오늘 중으로 데려오기로 하는 게 어떨까요. 하여튼 경솔하게 결정할 문제는 아닐 듯합니다."

"……"

요구대로 정문 통과증을 통역에게 건넸고, 통역은 그걸 프랜더스에게 주었으며, 프랜더스는 받자마자 갈가리 찢어버렸다.

프랜더스와 통역이 나간 다음에는 점례는 움직일 줄을 몰랐다.

딸 세연이가 통역에게 손목을 잡혀 불쑥 나타난 것은 점심때가 약간 지나서였다. 그때까지 점례는 청소도 하지 않고 있었다.

딸을 대하자 왈칵 설움이 복받쳐올라 제대로 이름도 부를 수가 없었다. 점례는 딸을 껴안고 느껴울기만 했다.

―참 네 팔자도 기구하고 험하구나. 원, 얼굴값을 하느라고 그러는지 모르겠다.

남편이 떠난 날 밤 이모가 했던 말이었다. 낯 모르는 통역에게 손녀를 딸려보내며 어떤 심정이었을까. 만약 통역이 모든 것을 사실대로 말했다면 이모는 뭐라고 했을까. 또 얼굴값을 하느라고 팔자가 기구하다고 했을 것인가.

사실 신원보증인이 없으면 또 잡혀 들어가게 될지도 모른다. 그때는 큰딸을 잃게 될지도 모를 일이었다. 그건 생각만으로도 끔찍한 일이었다. 설사 망상에 지나지 않는다 하더라도 다시 잡혀 들어간다는 것은 등줄기에 서릿바람을 일으켰다. 보복을 당할지도 모른다는 말도 전혀 터무니없는 말은 아니었다. 이모부는 그만두고라도 막판에 가선 이모까지 꺼리는 눈치가 아니었던가. 죄진 건 없으니 보복이 두렵지는 않았다. 그러나 사람의 마음을 누가 알 것인가. 남편이나 인민위원회 사람들의 그때 기세로 보아 생사람 잡지 않았으리라고 장담할 수가 없는 일이었다. 아무리 백에 백 가지가 다 정당했다고 한들 앙심을 품지 말라는 법은 없을 터였다. 그래서 남편은 떠나며 이모 집으로 옮기게 했고, 옮긴 것조차 당분간 아무도 모르는 게 좋다는 말을 했을까. 생각이 여에 이르자 그만 오싹 소름이 끼쳤다. 남편이 그 어떤 잘못을 저질렀어도 자신이 대신 죽을 수는 없었다. 아니 혼자라면 죽어도 그만이었다. 공산당이 아닌 남편, 부위원장이 아닌 남편을 위하여 얼마든지 죽을 수도 있었다. 그러나 자신은 혼자가 아니었다. 두 아이의 어머니였다. 결국, 다시 잡혀 들어가지 않는다 하더라도 어느 날 방 누구의 칼이나 낫에 찔려 죽을지도 모를 곳으로 무작정 돌아갈 수도 없었다. 그렇다고 프랜더스의 곁에서……. 그것도 못할 짓이었다. 아무 곳에도 설 자리라곤 없다. 등을 기댈 만한 바람벽 하나 없는 허허벌판이었다.

다음 날로 셋방을 옮겼다. 새로 얻은 집은 방이 두 개로, 안채와는 따로 떨어져 있었다. 방 하나는 딸 세연이의 몫이었다.

그날부터 부대에는 나가지 않았다. 새 사람을 두었다고 했다.

프랜더스는 매일 한 번씩 들렀다. 토요일이나 일요일 저녁에는 자고 가기도 했다. 그런 밤이면 세연이는 옆방으로 쫓겨갔다.

달포가 되어가는 어느 날이었다. 그날도 프랜더스는 점심때 무렵에 들렀다. 그는 앉기가 바쁘게 단추부터 끌렀다. 점례는 두 겹으로 만든 커튼을 쳤다. 벌건 대낮에……. 아무리 문을 잠갔지만 벌컥 열려버릴 것 같은 불안은 매번 마찬가지였다. 두 겹으로 만든 커튼도 낮을 가릴 수는 없었다. 대낮의 프랜더스는 너무 싫은 사람이었다.

프랜더스의 거친 숨결이 흡사 엄동의 바람 소리처럼 귓전을 스치고 있었다.

"느네 엄만 양갈보야!"

"뭐라구? 양갈보가 뭔데? 뭔데?"

점례는 귀를 모았다. 문밖에서 들리는 듯싶은 세연이의 목소리였다.

"야 저런 병신 봐라. 코쟁이하구 빨가벗구 어쩌고 어쩌고 하니까 양갈보지."

순간 점례는 벌떡 일어나려고 했다. 그러나 생각뿐이었다. 시뻘겋게 달아오른 프랜더스의 얼굴이 방 전체의 공간을 채우고 있었다.

"양갈보 딸도 양갈보야!"

"그래, 그래. 더럽다. 쟤하곤 놀지 말어."

점례는 주먹을 으스러져라 말아 쥐었다.

프랜더스가 돌아가고 세연이를 찾았지만 보이지 않았다. 골목을 샅샅이 뒤졌다. 변소를 보았고 부엌도 살폈다. 보았다는 아이들도 없었다. 행여나 싶어 방문을 열었다. 세연이는 방구석에 벽을 향해 웅크리고 누워 잠이 들어 있었다.

프랜더스는 올 때마다 빈손이 아니었다. 당장 생활에 필요한 것은 집을 옮기면서 거의 마련했다. 그런데 수시로 옷이나 버터 비누 등속을 가져왔다. 어떤 때는 껌 한 상자를 덜렁 들고 오기도 했다.

점례로선 그런 것들이 달갑지가 않았다. 버터나 치즈는 닝닝해서 먹을 수가 없었다. 담요도 서너 장이 넘었지만 무슨 소용이랴 싶었다. 뭐니뭐니 해도 온돌방에서 겨울을 나려면 두툼한 솜이불을 당할 게 없었다. 그건 그만두고라도 옷을 보면 그만 역정이 솟았다. 열 벌이 넘는 옷이 하나도 쓸모가 없었다. 그 색깔이 혼란스럽기도 했지만 옷 모양새는 더욱 가관이었다. 밑을 터버린 쌀자루에다 소매를 달아둔 것 같은 망측스런 꼴을 하고 있었다. 그것도 길이나 길면 또 모른다. 장딴지가 다 나오는 그 방정맞은 것을 옷이라고 입을 수가 없었다. 그런 옷 백 벌이면 뭘 하고 천 벌이면 어디에다 쓸 것인가. 과자만 해도 그렇다. 처음에는 세연이가 억척스럽게 먹어대더니만 며칠이 지나고부터는 구미를 잃어버렸다. 껌도 단물만 빨아먹고는 뱉어버렸다. 그런데도 프랜더스는 지치지 않고 가져오는 것이었다. 방구석에 쌓이느니 껌이요 과자였다. 그러나 주인집 아이들이나 세연이와 가까운 애들을 찾아 나눠주지도 못했다. 주고도 좋은 소리 못 들을 건 뻔한 노릇이었다.

점례가 답답한 건 프랜더스가 이렇듯 다람쥐 알밤 물어 나르듯 하면서 정작 돈은 한푼도 내놓지 않는 것이었다. 쌀까지 통역이 팔아왔다. 프랜더스는 속도 모르는 손짓발짓 해가며 자기가 가져다 준 옷을 입으라고 권하기도 했다.

어느 날 점례는 하도 답답하다 못해 옷 몇 벌을 싸들고 집을 나섰다. 몇 군데 상점 앞에서 머뭇거리기만 하다가 지나치곤 했다. 도무지 발걸음이 내키질 않았다.

점례는 또 한 상점에서 머뭇거렸다.

"어서 오세요, 뭘 찾으세요?"

점례는 주춤 물러섰다. 여자는 어느새 문 앞까지 나와 생긋 웃고 있었다. 바로 그 여자가 자신이 싸들고 있는 그 방정맞은 쌀자루 옷을 입고 있었다. 점례의 마음은 금방 환해졌다.

"저어…… 물건을 사려는 게 아니라……."

점례는 껴안은 보퉁이를 추슬렀다.

"아, 뭐 파실 물건이 있으세요?"

"예에……."

점례는 고개까지 끄덕였다. 자신의 속을 빨리 알아차려 준 것이 고맙기까지 했다.

"무슨 물건인데요? 우린 저 부대에서 나온 물건이 아니면 필요가 없는데."

여자는 저 부대라는 말을 하면서 손가락을 콧등에서부터 시작해서 둥그렇게 그려 보여서는 코밑에다 갖다 댔다.

"맞아요. 거기서 나온 물건예요."

점례는 이제 얼굴까지 환해졌다.

"그으래요오?"

여자는 새삼스러운 눈으로 점례의 위아래를 훑어보다가 보퉁이에 눈길이 멎었다. 그러더니 호들갑스럽게 대들었다.

"아유 내 정신 좀 봐. 어서 들어오세요, 어서. 이런 귀한 손님을 글쎄."

점례는 안기다시피 해서 상점으로 들어갔다.

여자는 옷가지들을 하나씩 들어 대보고 맞춰보고 한동안 수선을 피웠다. 그러다가 갑자기 생각난 듯이 얼마를 받겠느냐고 물었다. 점례는 알아서 달라고 했다. 팔 사람이 받을 금을 말해얄 게 아니냐고 했다. 알아서 달라고만 했다.

"그런데 아주머니, 아주머니가 미군하고 사세요?"

여자는 값은 정하지 않고 엉뚱한 말을 물었다.

"예."

점례는 기분이 언짢았다.

"계급이 뭔데요?"

"케프틴이랍디다. 어서 값이나 정해요."

"어머, 그럼 대위 아녜요?"

여자는 깜짝 놀랄 지경으로 소리를 지르며 점례의 손을 덥석 잡았다. 그리고 바싹 다가앉았다.

"아주머니, 앞으로 잘 좀 사귑시다. 앞으로 단골을 삼는 뜻에서 오늘

옷값을 톡톡히 드릴게요."

옷값을 받아든 점례는 정신이 아리송했다. 생각하지도 못했던, 너무나 많은 돈이었다.

여자는 옷 말고도 아무거나 가져오라고 했다. 거기서 나오는 것이면 뭐든지 산다는 것이었다. 여자는 문밖까지 따라나오면서 다른 상점에 가서는 안 된다고 다짐을 했다.

치마저고리 두 벌하고 겨울 속곳을 장만하고서도 돈은 반이 더 남았다. 집으로 돌아오는 점례는 자꾸만 가슴이 울렁거렸다. 그리고 뭔가 뿌듯한 것이 가슴에 꽉 차오는 기분이었다.

점례는 밤이 늦도록 잠자리에 들지 못했다. 프랜더스와 야마다와…… 소식을 모르는 남편과 두 아이의 어머니인 자신과……. 그동안 소홀하게 간수했던 옷이며 담요 등을 차곡차곡 접어두고 잠자리에 들었다.

다음 날부터 점례는 거침없이 여러 상점을 드나들었다. 차츰 종류별로 물건값을 알게 되었고, 많이 찾는 물건이 무엇인지도 구분하기에 이르렀다. 그래서 물건에 따라 상점을 골라서 넘기는 요령도 익히게 되었다.

담배가 필요하면 한 개비를 구해다가 프랜더스에게 내보이면 그만이었다. 프랜더스 앞에서는 낭자 머리를 풀어내리고 쌀자루 옷을 입는 것도 잊지 않았다. 프랜더스는 허리까지 치렁거리는 점례의 머리를 쓰다듬으며 "비유리풀"이라고 벙글거렸다. 그때 옷을 가리키며 코앞에다 손가락을 두 개고 세 개고 펴보이면 프랜더스는 무조건 "오케이, 오케이"를 기분 좋게 연발했다.

잠자리에서도 나무토막이 아니었다.

점례는 돈을 한푼도 소홀히 하지 않았다.

해가 바뀌고 1월에 부대 이동이 실시되었다. 그동안 인민군을 압록강까지 밀어올렸다는 소식이 들리기도 했다.

프랜더스를 따라 도道를 하나 넘어 ㅊ시로 이사를 했다. 그때 점례는 완연한 태기를 느끼기 시작했다. 점례는 겁부터 났다. 어떤 애를 낳게 될 것인가. 아들이 그러했듯 자신과 프랜더스를 반반씩 닮은 애를 낳게 된다면 도무지 어떻게 생겼을 것인가. 애를 낳게 되면 어떻게 할 것인가. 혼자 삭이기에는 너무 큰 시름이었다.

생각다 못해 프랜더스에게 알리기로 했다. 점례는 응애, 응애 애우는 소리를 낸 다음 배를 가리키며 둥그렇게 손짓을 해보였다. 프랜더스는 금방 알아들었다. 그는 눈을 크게 떠서 환하게 웃으며 뭐라고 물었다. 점례는 고개를 끄덕였다. 표정으로 보아 정말이냐고 묻고 있었다.

"굿, 굿."

점례의 배에 귀를 갖다 댄 프랜더스는 연상 이런 소리를 했다. 프랜더스가 기뻐하는 것과는 반대로 점례의 심중은 착잡하기만 했다. 언젠가 본 기억이 있는, 두 아이를 양 옆에 앉힌 여자의 사진이 다시 확대되어 왔다.

프랜더스는 더 정성스럽게 해주었다.

점례는 마루에서 몇 차례나 뛰어내렸다. 그럴 때마다 아랫배가 뒤트는 듯이 아팠다. 그러나 하혈은 없었다. 세연이를 임신했을 때 남편이 주의시켰던 점들을 생각해가며 꼭 그 반대로만 했다. 그러나 소용이 없었다. 입덧은 본격적으로 시작되었다.

배가 불러지기 시작해서도 기둥을 붙들고 배를 힘껏 부딪치곤 했다. 숨이 컥컥 막히는 아픔만 전신을 오그라들게 할 뿐이었다. 그리고 그런 통증 속에서 뱃속의 생명이 아파하는 몸부림을 느껴야 하는 고통은 점례의 애간장을 찢었다. 차마 못할 짓이었다. 뱃속의 핏덩이가 무슨 죄가 있다고. 점례는 마음을 고쳐먹었다. 몸간수를 조심스럽게 하고 때에 맞춰 먹는 것도 잊지 않았다. 그동안 온갖 학대를 받아가면서도 끈질기게 커온 것도 다 운명이라 여길 수밖에 없었다. 더 열심히 물건을 돈으로 바꾸었다.

7월에 프랜더스가 전속이 되었다. 집과는 차츰 멀어지고 있었다.

싸움은 계속 밀다가 밀리다가 한다는 소식이었다.

9월 하순에 해산을 했다. 아들이었다. 프랜더스는 아들의 이름을 로버트라고 지었다.

프랜더스는 아들을 무척 귀여워했다. 애는 이상하리만큼 프랜더스를 닮아 있었다. 머리 색깔이 약간 다를 뿐 얼굴 윤곽부터 눈, 코, 입, 그대로가 프랜더스였다. 생김새가 그런데도 자식이긴 매일반이었다. 가슴에 품고 젖을 빨리면 예전에 느꼈던 그런 푸근하고 아늑한 기분에 젖어들 수 있었다.

12월 중순이 가까워 프랜더스는 전방 지역으로 출장을 떠났다. 1주일 예정이었다. 그런데 열흘, 보름이 지나도 프랜더스는 돌아오지 않았다. 싸움이 한창인 전방에서 무슨 사고라도 난 것이 아닐까. 별 걱정이 다 되었다. 애를 낳은 다음부터는 프랜더스에게도 그전과는 다른 정이 쏠리는 것은 어쩔 수 없었다.

20여 일이 지났다. 아무래도 이상했다. 수소문을 했다. 프랜더스는 전방 출장을 간 것이 아니었다. 본국으로, 태평양을 건너가 버린 것이었다.

너무 허망하게 떠나버린 사람이었다. 점례는 눈이 파란 어린것을 안고 그저 쓸쓸하게 웃었다. 원망이 필요가 없었다. 처음부터 가기로 작정된 사람이었다. 슬플 이유도 없었다.

출장을 떠나기 전날 엄청나게 많은 물건을 지프에 실어왔던 것이 결국은 훌륭한 작별 인사였던 것이다. 아직 그 물건들을 종류별로 간추리지 못한 점례는 우선 애부터 재웠다. 그리고 하나씩 물건을 골라나갔다. 그러면서 프랜더스와의 1년 반 가까운 세월도 정리하고 있었다.

오랜만에 점례는 이런저런 것을 곰곰이 생각해볼 시간에 싸였다. 이제 자신은 세 아이의 어머니였다. 그 자식들이 아버지가 각기 다르다는 것이 하등 문젯거리는 아니었다. 팔자가 기구하다거나 신세가 박복하다는 타령 같은 것도 생기지 않았다. 세 자식을 거느린 자신은 혼자라는 생각 때문이었다. 그러나 그 생각도 허허벌판에 내다 버려진 그런 기분에 빠지게 하지 않았다. 세 자식의 바람벽이 되어야 하는 자기가 혼자라는 깨달음이었다. 그건 미처 느끼지 못했던 책임감이었다. 결국 앞으로 어떻게 살아갈 것인가 하는 문제 앞에서 다른 것들은 하찮은 감상에 지나지 않았다.

우선 집으로 돌아갈까. 이내 고개를 저었다. 아직 전쟁 중이었다. 프랜더스가 홀홀 떠나버린 것은 이제 신원보증인이 필요하지 않다는 뜻일 수도 있었다. 설령 다시 붙들려가지 않거나 보복을 당하지 않는다 해도 굳이 돌아갈 것까지는 없는 집이었다. 남편이 없는 집은 어차피 혼자이게 마련이었고, 타향일 수밖에 없었다. 여기나 거기나 타향일 바에는 집으로 돌아가 구면인 사람들에게 새롭게 손가락질을 당하고 싶지는 않았다. 이런 경우에 아는 얼굴들은 번거로운 대상에 지나지 않았다.

그동안 열심히 모은 돈은 꽤 많았다. 자신이 혼자라는 것을 느끼면서도 외롭거나 서러워지기에 앞서 어떻게 해서라도 살아갈 길을 마련하려고 마음이 단단해지는 것도 어쩌면 그 돈이 있기 때문인지도 몰랐다. 난리 중이라서 물가는 비싸고 돈은 헤펐다. 돈을 그대로 들고 앉아서 축낼 수는 없었다. 그 돈을 밑천으로 돈을 모아야 하는 것이다. 여러모로 궁리를 해봐도 돈으로 돈을 벌 묘안은 떠오르지 않았다.

머리가 아파 찬바람을 쏘일 겸 변소를 갔다. 소변을 보고 방으로 들어서던 점례는 아―, 저절로 낮은 탄성을 터뜨렸다. 방 윗목에 가득 쌓인 갖가지 물건을 보는 순간 번뜩 떠오른 생각이었다. 장사를 하는 것이다. 저 물건들을 상점에 팔아넘기지 말고 손수 상점을 차리는 것이다. 저런 것을 취급하는 장사라면 그래도 꽤 자세히 알고 있는 터였다.

며칠 동안 돌아다니며 의심 나는 것들을 알아보았다. 떼돈은 벌리지 않지만 수중의 돈을 축내지 않아도 될 만큼은 벌이가 될 듯싶었다.

집세를 빼서 방이 딸린 조그만 가게를 얻었다. 널찍한 가게가 없는 것도 아니었지만 될 수 있는 대로 수중의 돈을 헐지 않으려고 했다. 그리고 괜히 가게만 크면 그에 따라 물건도 많이 진열해야 하고 그럼 돈이 그만큼 들어가게 마련이었다. 물론 물건의 가짓수가 많으면 손님도 많을 것이었다. 그러나 이 장사가 끼니때마다 먹는 밥처럼 모든 사람에게 필요한 것이 아니었다. 더욱이 싸움터와는 멀리 떨어져 있다고는 해도 전쟁 중이었다. 그러고 보면 손님이란 돈푼이나 있는 사람들과 그런 옷들로 치장을 하고 나서서 그날 벌어 그날 먹어야 하는 여자들이 대부분이었다. 그러니 물건만 잡다하게 많아도 실속이 없었다. 손길이 자주 닿는 물건을 알차게 마련해두는 편이 한결 나았다. 그리고 더 중요한 것은 손님이 찾는 물건을 그때그때 대줄 수 있는 길을 터놓는 것이었다.

장사는 심심찮았다. 팔면 단돈 얼마라도 남았지 밑지는 물건은 없었다. 그리고 걱정했던 물건 구하는 길도 의외로 쉽게 트였다. 그건 의외라기보다는 어쩌면 당연한 일인지도 몰랐다. 자신이 프랜더스와 살던 때처럼 살림을 차리고 있는 여자들의 손을 통해서 대부분의 물건은 상점으로 나오고 있었다. 그 여자들은 점례가 업은 애를 보는 순간 태도가 달라지곤 했다. 으레 그쪽에서 어떻게 된 일이냐며 몸이 달아 했다. 그림 점례는 자신이 겪은 이야기를 할 수밖에 없었다. 이야기를 다 듣고 난 여자들은 하나같이 수심이 가득한 얼굴로 눈이 빨개져 있고는 했다. 그리고는 서로 돕고 살자며 울먹였다. 그렇게 해서 알게 된 여자 중에는 자신보다 나이가 많아 뵈는 축도 한둘 있었지만 약속이나 한 것처럼 모두 자신을 언니라고 불렀다.

점례는 그들에게 다른 상점들보다 다소 얼마라도 더 돈을 치러주려고 물건을 사들일 때마다 신경을 썼다.

부지런히 쏘다니고 열심히 일했다. 어떤 일이 있어도 손님과 약속을 어기지 않았고 철저히 신용을 지켰다. 달이 바뀔수록 상점은 윤기가 돌았다.

아들의 돌이 되었다. 상을 차리긴 했지만 막상 와야 할 사람은 없었다. 자신을 언니라고 불러주는 여자들을 청해서 상을 벌였다. 누군가가 가져온 양주를 서너 잔씩 마시고는 〈황성 옛터〉고 〈목포의 눈물〉이고를 불러대다가 서로 부둥켜안고 울음 바다가 되어버렸다.

해가 바뀌고 7월. 전쟁이 끝났다고 했다. 그런데 나라는 두 동강이가 난 채 끝난 전쟁이었다.

전쟁은 끝났지만 점례는 남들과는 달리 끝없는 수렁으로 빠져 들어가는 좌절감에서 헤어날 수가 없었다. 꼭 돌아오리라고 믿었던 남편은 아니었다. 그러나 단념하지도 않은 기다림이었다. 주체할 수 없이 허탈감 속에서 38선이 가로막혀 못 가는 천 리……, 그런 유행가를 들으며 눈물을 흘렸고, 그러면서 시름을 씻어낼 수밖에 없었다.

점례는 더 마음을 가다듬었다. 이젠 더 기댈 수 없는 혼자였다. 막연하게나마 마음을 의지할 곳은 아무데도 없었다.

점례는 며칠간 가게를 닫기로 했다. 세연이와 아들을 주인집에 맡겼다. 집을 거쳐 고향 어머니에게 다녀올 계획이었다. 길이 멀기도 했지만 이모나 어머니에게 아들 로버트를 보이고 싶지 않았다.

2년 반 만에 만난 이모는 울기부터 했다. 세연이를 빼앗기다시피 해버린 뒤로 꼭 죽어버린 줄만 알았다며 그동안의 무소식을 나무랐다. 이모는 여러 가지를 물었지만 점례는 건성으로 대꾸했다. 다음 날 일찍 고향으로 떠나며 돌아올 때까지 집을 처분해 달라고 당부했다. 어차피 헐값으로라도 팔아버려야 할 집이었다.

두 살 때 헤어져서 8년 만에 대하는 아들. 난리가 났던 해 1년을 쉬어서 국민학교 3학년이 되어 있는 열 살짜리 아들은 전혀 알아볼 수가 없었다. 어머니는 파삭 늙어 있었다. 점례는 어머니를 대하자 비로소 눈물이 쏟아졌다. 바로 손아래 남동생이 전쟁에 나가 죽은 사실은 뜻밖이었다. 밤이 깊도록 지내온 이야기를 하면서도 프랜더스는 입에 올리지 않았다.

나흘을 묵고 아들을 데리고 고향을 뒤로했다. 아들의 가슴에 붙은 '김태순'이란 명찰은 떼고서였다.

예정보다 이틀을 더 묵은 것은 가게를 장만한 일 때문이었다. 어머니에게 논 두 마지기 정도를 마련해드리려고 돈을 가지고 왔었다. 그런데 와서 보니 남동생이 죽고 없었다. 농사지을 사람이 없어 있는 논도 팔아서 다른 일로 호구책을 마련하지 않을 수 없는 형편이었다. 그래서 있던 논은 머슴을 부리기로 하고 자신이 가져간 돈으로는 식품 잡화상을 차렸다. 그리고 떠나기 전날 밤에는 장사하는 요령을 어머니에게 낱낱이 일깨워드렸다.

이모네를 거쳐 이레 만에 집으로 돌아왔다. 그동안 아들 태순이에게는 이해가 될 만큼 여러 가지 말을 많이 했다. 자신이 어머니라는 것과, 왜 할머니 밑에서 살아야 했는지, 모두가 얼버무려진 거짓말이었다. 그런데 녀석은 가만히 귀를 기울이고 있다가 자신이 미처 생각하지도 못했던 것을 불쑥불쑥 물었다. 그때마다 점례는 당황해서 이해가 되도록 이야기를 짜맞추느라 진땀을 흘렸다. 녀석이 자신을 서슴없이 어머니라 부르게 되기까지는 한 달 이상이 걸렸다.

전쟁 뒷수습의 일환으로 시청에서는 가호적을 만들었다. 난리통에 분실된 서류 때문이기도 했지만 무엇보다도 월남한 사람들을 위해 취해진 조처였다. 점례도 시기를 놓치지 않고 가호적 신고를 했다. 당연히 호주는 남편 박항구였다. 그러니 피난 중에 행방불명되었다는 신고에 따라 사망자로 취급되었다. 큰아들은 신노스께나 김태순이 아니라 박태순이가 되었다. 딸은 그대로 박세연이었고, 작은아들은 로버트에서 박동익으로 호적이 올랐다. 이때 점례는 자신의 나이가 스물일곱인 것을 새삼스럽게 깨달았다. 까맣게 잊어버리고 있었던 나이였다.

점례는 온 힘을 다 바쳐 상점을 꾸려나갔다. 세 자식을 키우는 것만이 평생 자신이 할 일이라 여기고 몸이 녹아내리도록 부지런히 일을 했다.

커갈수록 동익이를 못살게 구는 태순이가 마음을 아프게 했지만 그 대신 세연이가 동익이를 살붙게 감싸고 도는 것으로 그 아픔을 달랠 수밖에 없었다. 그리고 점례가 다소나마 시름을 덜고 고생을 잊을 수 있었던 것은 셋이 모두 공부를 곧잘 해냈던 것이다.

태순이가 고등학교 3학년이 되던 해에 점례는 혼자 고민에 빠졌다. 태순이는 서울의 대학에 진학을 작정하고 있었다. 장한 일이었다. 기왕 대학을 다니려면 서울에 있는 이름난 대학에 들어가 공부를 해서 훌륭한 사람이 되기를 바라는 것은 점례의 마음이 더했다. 그런데 태순이뿐만이 아니라 세연이나 동익이도 대학엘 보내야 할 것이었다. 끝까지 뒷바라지를 해주고 싶었다. 그것만이 유일한 보람이었다. 지금의 형편이라면 태순이 하나쯤 서울에 유학을 시키기는 문제가 아니다. 그러나 세연이와 동익이가 대학에 다니게 되면 그리 간단한 일이 아니었다. 학비며 생활비 등 두 집 살림을 꾸려갈 수 있을까가 의문이었다. 힘을 더는 길은 하나, 서울로 이사를 가는 방법이었다. 그러나 막상 단안을 내릴 수가 없었다. 이미 터가 잡힌 장사였다. 그런데 낯선 서울 땅에서……. 용기가 나지 않았다. 몇 개월을 같은 생각으로 쳇바퀴만 돌리다가 여름이 지났다. 태순이는 머리를 싸매고 공부에 열을 올렸다. 초조하게 날을 보내다가 결정을 내렸다. 서울로 이사를 가기로 한 것이다. 한 번, 두 번, 차츰 서울이 익숙해졌다. 열 차례 가까이 서울 왕래를 한 다음에 태순이가 대학 시험을 치르기 3개월 전에 이사를 했다.

5

동익이는 퇴원을 하는 날로 등산 채비를 서둘렀다. 눈이 녹기 전에 다시 그 산을 정복한다는 것이었다. 그네가 만류하고 제 누나가 타이르고 했지만 소용이 없었다. 오히려 그럴수록 동익이의 기세는 더해지는 것 같았다.

"거 내버려둬요. 저 자식은 기어이 에베레스트 얼음덩이에 처박혀 죽고 말 테니까. 그래서 몇천 년 후에 화석으로 발굴되어 인류사 연구에 새로운 자료로 쓰이게 될 거야. 언젠가 이 지구상에 이런 인종도 살아 있었나이다 하고 증언을 해야 인간 별종의 산 보람이 있을 테니까 말씀이야."

"오빠!"

"뭐라고? 저 개애새끼!"

태순이의 말이 끝나기 무섭게 세연이의 찢어지는 목소리와 동익이의 고함이 터졌다. 그리고 등산용 도끼가 태순이를 아슬아슬하게 피해 뒷벽을 부딪쳐 방바닥에 떨어진 것도 거의 같은 순간이었다.

"죽여! 꼼짝 말어."

눈에 불을 켠 동익이가 쫓고 태순이는 방을 뛰쳐나가고 있었다. 세연이가 동익이의 한쪽 다리를 붙들며 나동그라졌다.

"동익아, 엄마 앞에서 이게 뭐니. 엄마 혼자서, 우릴 키운 엄마 앞에서 이게 뭐니, 이게 뭐니!"

동익이의 다리를 붙든 채 질질 끌리며 세연이는 울부짖고 있었다.

동익이는 털썩 주저앉았다.

"동익이 넌 바보야. 왜 형의 그런 악취미 재료로 쓰이려는 거니. 탓을 하지 말란 말야. 넌 너대로 세계가 따로 있잖니, 형이 아무리 그러더라도 엄마와 내가 있잖아. 형이 뭐라든 제발 탓하지 말래니까. 무시해 버리란 말야."

딸의 울음 섞인 말을 들으며 그네는 멍청히 천장 구석에 눈을 박고 있었다.

태순이는 그날 밤 돌아오지 않았다.

동익이는 아침 일찍 등산을 떠나버렸다.

행여나 행여나 기다렸지만 태순이에게서는 하루 종일 전화가 없었다. 그렇다고 회사로 전화를 걸 수도 없었다. 태순이는 직장으로 전화를 거는 것을 몹시 꺼렸다.

8시나 9시면 닫아버릴 가게문을 계속 열어놓았다. 11시가 넘고, 설마 늦어지는 거겠지 했는데 12시 통금이 되어버렸다.

"엄마, 들어가십시다."

그때까지 옆에 앉아 있던 세연이가 몸을 일으켰다. 그네는 딸의 목소리가 싸늘하다고 느꼈다.

"엄마, 속상해하지 마세요. 아직 화가 덜 풀렸나 봐요."

딸은 어깨를 주물러주며 위로를 했다.

"그래, 어서 자거라. 내일도 일찍 나가야 되잖니."

그네는 팔을 뒤로 넘겨 어깨 위로 올려진 딸의 손을 꼭 잡았다. 그런 그네의 눈앞에는 아이들에게 따돌림을 당하고서 방구석에 웅크리고 잠이 든 그 옛날 세연이의 모습이 어른거렸다.

다음 날도 오전이 다 가도록 전화는 없었다. 그네는 애가 켜서 더 견딜 수가 없어 회사로 전화를 걸었다.

"아, 여보세요."

태순이의 목소리였다. 그네는 목소리만으로 반가웠다.

"나다, 에미다."

"어쩐 일이세요."

이런 답답한 녀석. 몰라서 이런 말을 하는 건가.

"어찌, 몸이나 성하냐?"

"예에."

더 이상 말이 없다. 이런 녀석, 헛말이래도 인사 한마디는 해야지.

"이제 그만 집에 들어와야지."

"글쎄요. 그건 그렇고, 나 결혼하기로 했어요."

"뭐라고……."

그네는 가슴이 철렁했다.

"나 결혼하기로 했다구요."

못 들은 줄 아는 모양이었다. 태순이는 또박또박 다시 말을 했다. 그네는 마른침을 삼켰다. 그리고 아들이 옆에 있기라도 한 듯 억지로 웃음을 지어 보였다.

"암, 결혼은 해야지. 벌써 네 나이가 몇이냐. 오늘 밤엔 들어오려무나. 기다리겠다."

"예, 알겠어요."

찰칵 전화가 끊겼다. 그네는 한참 동안이나 송수화기를 그대로 들고

서 있었다.

태순이는 8시쯤에 들어왔다. 세연이는 태순이가 자리를 잡고 앉자마자 쏘아댔다.

"도대체 오빠 뭐예요?"

"뭐가?"

"결혼을 하는 건 좋아요. 당연히 해야죠. 그러나 방법이 문제예요."

"뭘 안다고 넌 그러니?"

"도대체 뭐예요. 한번쯤 상의를 해야 할 게 아녜요. 어머니는 허수아빈가요? 어머니를 뭘로 취급하는 거예요?"

"너 왜 흥분하니? 그래서 상의를 드리는 게 아니냐."

"상의를 드려요? 오빠 대학까지 나왔으면서 상의를 그렇게 배웠나요? 이건 상의가 아니라 통고예요. 상대방을 묵살해 버린 일방적 통고란 말예요."

"잔소리 말어. 누가 선생 아니랠까 봐서 그렇게 따지고 덤비냐?"

"그럼 뭐예요. 지금 엄마한테 상의를 드려 엄마가 반대하면 결혼을 취소할 수 있나요? 만일 그렇다면 내가 말을 잘못한 거죠."

"글쎄 잔소리 말어."

"잔소리가 아녜요. 괜히 억누르려고만 말고 분명히 말하세요."

"글쎄 넌 나서지 말란 말야."

"나서는 게 아니라 며느리를 얻는 데 부모의 의견을 무시할 수 없다는 원칙론을 말하는 것뿐예요."

"그따위 원칙론이 무슨 필요가 있어. 결혼은 당사자 둘이서 하는 것이지 부모나 형제 간하고 하는 게 아니란 말야."

"그러니까 일방적 통고지 뭐예요!"

세연이가 쨍 하게 소리를 질렀다.

260

"닥치지 못해?"

태순이가 맞서서 악을 썼다.

"얘들아, 그만둬라. 세연아, 손윗사람 일에 그러는 게 아니다. 넌 잠자코 있거라."

그네의 만류에 세연이는 울음을 터뜨리며 방을 뛰쳐나갔다.

"네 나이 벌써 서른이 아니냐. 네가 어련히 알아서 골랐을라구. 아무 생각 말고 결혼을 하도록 해라."

이렇게 말하는 그네의 가슴은 휑 뚫린 채로 설한풍이 몰아치고 있었다. 그네는 감았던 눈을 떴다. 그 말을 마저 해버리기 위해서였다.

"결혼을 하더라도 아예 내 걱정 같은 건 할 필요 없다. 따로 나가서 살도록 해."

"그런데 그게……."

"그리고 내 힘으로는 결혼 비용을 백만 원밖에 대줄 수가 없구나."

"그럼……?"

"네가 제댈 한 후로 직장 생활을 한 게 5년째다. 그동안 한 달도 월급을 내놓지 않았으니까 신혼 살림 낼 정도의 돈은 모았을 게 아니냐. 밥은 계속 내가 먹여준 거구. 더 보태주고 싶지만 앞으로 세 식구가 살아야 될 것이고 동익이가 대학을 마치려면 아직도 멀었잖니. 허고, 나도 이젠 늙었다."

"그렇지만 어머니……"

"내 할말은 다 했다. 그만 건너가 봐라."

그네의 음성은 단호했다. 방바닥을 응시하고 있는 그네는 옆 볼에 아들의 시선을 따갑게 느꼈다.

아늘은 바람을 일으키듯 거칠게 일어나서 방을 나갔다.

그네는 이것저것 자꾸만 엉켜드는 생각을 떼치려고 애를 썼다. 아무것도 생각하고 싶지가 않았다. 더 이상 괴롭고 싶지가 않은 것이다. 이젠 괴로움을 견딜 기력조차 없었다.

이틀이 지난 오후였다.

"동익인 아직 안 왔죠?"

딸이 가게로 들어서며 물었다.

"이제 오는구나. 춥지? 이리 앉아라. 동익인 왜?"

"참 기가 막혀서. 이것 좀 읽어보세요."

세연이는 가방에서 신문을 꺼내 내밀었다.

"왜? 또 사고냐?"

"아녜요. 동익이가 아주 커다란 감투를 썼더군요. 참 기가 막혀서."

세연이는 몹시 언짢은 표정이었다.

"감투를 써……?"

그네는 신문을 펼쳤다. 신문 한복판에 빨간 색연필로 그어진 네모. 그 속에 웃고 있는 프랜더스가……, 아니 동익이가 있었다.

자활을 목적으로 뭉친 한국 혼혈아 클럽.

첫눈에 들어오는 큼직한 글씨의 제목이었다.

사회의 냉대에 도전하는 6·25의 산 비극.

인간 파편임을 자처하는 혼혈아들의 인간 선언.

이것이 기사 중간에 박힌 소제목이었다.

자활과 함께 인간 선언으로 사회의 냉대에 과감히 도전을 시도한 한국 혼혈아 클럽 회장 박동익. 사진 밑에 적힌 반듯반듯한 글씨였다.

그네는 여기까지 읽고는 숨을 몰아쉬며 눈을 감았다. 어지러워 더 이상 읽을 수가 없었다.

"이 자식도 틀려먹었어요. 하라는 공부는 안 하고 악착같이 비뚤어지기만 한단 말예요. 참 아니꼽게, 자활은 무슨 얼어죽을 자활예요, 어지간히 헐벗고 굶주린 것 같잖아요. 누가 저더러 사람이 아니랬나? 인간 파편을 자처하는 건 뭐고 인간 선언은 또 뭐 말라빠진 수작이야. 사람 아닌 것이 선언만 한다고 사람이 되나? 바보 같은 자식. 떳떳한 사람 노릇을 하고 싶으면 공부를 열심히 해얄 것 아냐. 엄마는 헛고생하시는 거예요. 다 틀렸어요. 엄마만 억울해요."

세연이는 신문을 박박 찢어서 팽개치고 안채로 들어갔다. 그네 앞에서 이처럼 말을 함부로 한 일이 없었던 딸이다. 더구나 동익이를 놓고 그다지 화를 내거나 욕설을 하지도 않았다.

그네는 가게문을 일찍 닫았다. 저녁도 먹는 둥 마는 둥하고 자리에 들었다. 잠은 멀기만 했다.

내일 모레가 쉰 고개다. 험악하게 살아온 세월이었다. 남은 것이라곤 세 자식뿐이었다. 뒷바라지를 하느라고 뼈가 녹아내리도록 한시를 편안하게 쉬지 못하고 살아왔다. 그 자식들이 잘되는 것만이 소원이었고, 잘되는 것으로 온갖 고생, 쓰라린 기억들도 다 보람으로 바뀔 수 있었다. 그런데 바람 같지가 않았다. 하나로 돌돌 뭉쳐져서 의지가 되고 힘이 되어 살기를 바랐다. 그런데 자꾸만 흩어지고 있었다. 버그러지고 있었다. 이런 꼴이 되자고 그다지 모질게 견디며 살아온 것은 아니었다. 애비가 각기 다른 세 자식. 그런 자식을 거느린 에미로서의 아픔을 씻기 위해서라도 그네는 뒷바라지에 모든 생활을 바칠 수밖에 없었다.

생각힐수록 사신의 신세가 한스러웠다. 그네의 옆 볼을 타고 내린 눈물은 베갯잇을 적셨다.

돌이켜보면 50 평생 동안 사람답게 살아본 기억이라곤 세연이와 세진이를 낳아 기르던 3년 남짓한 세월뿐이었다. 아무려나 야속하고 원망스러운 사람은 남편이었다. 열 자식이 무슨 소용이 있는가. 여자에겐 남편이 하늘이고 법이고 길인 것이다. 자식들도 그 하늘의 빛을 닮아 사람이 되고, 그 법을 지키며 성인이 되고, 그 길을 따라 또 하나 남편이나 아내가 되는 것이 아니던가. 자신은 하늘도 법도 길도 잃어버린 채 20년을 넘게 살아오며 힘이 닿는 데까지 하늘을 열고, 법을 만들고, 길을 닦으려 고심하지 않았던가. 그러나 한갓 물거품에 지나지 않는 결과가 되고 만 것이다.

세 자식을 이끌고 살아가기 위한 돈벌이도 힘에 겨웠지만 젊은 나이에 생과부로 견디는 일도 예사 고역은 아니었다. 전쟁 다음이라서 그런지 젊은 과부도 많았으나 그에 못지않게 홀아비도 굴러다니는 돌멩이만큼 흔했다. 전쟁 중에 폭격을 당하거나 병으로 아내를 잃은 사람도 적잖았지만 급한 피난을 하느라 단신 월남한 이북 남자들이 대부분이었다. 그 홀아비들은 휴전으로 오도 가도 못하게 된 채 해가 바뀌어가면서 새장가를 들기 시작했다.

ㅊ시에서 잡화 도매상을 하던 장씨도 고향이 평양이었다. 해가 바뀌자 장씨의 태도는 달라졌다. 사람을 사이에 놓아 노골적으로 나오기 시작한 것이다. 그네는 마음을 다잡았다. 그동안 장씨네에서 물건을 해오며 이미 눈치를 채고 있었다. 자신을 대하는 눈빛이나 웃음만이 아니더라도 장씨는 다른 상점에 주지 않는 색다른 물건을 건넸고, 값도 크게 표가 나지 않을 만큼 깎아주곤 했다. 그네는 그런 것들이 무엇을 뜻하는지 잘 알면서도 그럴수록 냉정하게, 모르는 체 묵살을 해버렸다. 대개의 잡화상이 손해를 보거나 망하게 되는 것은 외상도 외상이지만 재고품이 절대적 영향을 미쳤다. 그네는 재고품에 신경을 써서 물건을 할 때 신중을 기했지만 철이 바뀌거나 유행이 지나면 재고품은 나게 마련이었다. 그런데 장씨는 그 재고품 처리까지 선심을 썼다. 그네는 완강히 거절을 했으나 장씨가 집에까지 찾아오는 데는 더 버틸 재간이 없었다. 그네는 장씨의 그런 호의나 친절이 남들에게 알려질까 봐 두려웠

다. 그네는 자신이 남과 다른 과부임을 잘 알고 있었다. 동익이 때문이었다. 가뜩이나 남들의 입에 오르내리기 쉬운 처지에 장씨와의 관계가 표면화되면 말이 말을 낳는 세상에서 어떻게 취급될 것인지 가슴이 서늘해지는 일이었다.

중매쟁이 할멈은 낯도 두꺼웠다. 그네가 아무리 쌀쌀하고 불친절하게 대해도 헤헤거리며 매일 드나들었다. 그리고 장씨도 어지간했다. 그네가 머리를 짜내서 그럴듯한 이유로 거절을 하면 다음 날로 중매쟁이 할멈이 와서 아무 염려 말아더라, 그런 것이 무슨 상관이라더냐 해버리면 그네는 또 짜증을 부리며 거절할 이유를 찾느라 끙끙대곤 했다. 그네의 마지막 거절 이유인 세 아이들, 특히 동익이의 문제까지, 다 친자식으로 거느릴 각오가 되어 있다는 장씨의 전갈을 받고 그네는 전신에 맥이 풀려버렸다. 더 이상 거절의 이유가 없었다. 방법은 단 하나, 장씨의 도매상을 이용하지 않는 일이었다. 그러나 그것도 큰일인 것이 한번 물건을 하려면 3백여 리나 더 가야 했다. 고생도 고생이지만 차비나 식비가 이익금을 갉아먹는 가당찮은 일이 생기는 것이다. 이러지도 저러지도 못하고 그네는 짜증만 부렸다. 그네가 더 안타깝게 발을 구른 것은 장씨와 자신이 곧 결혼을 할 거라는 소문이 파다하게 퍼진 때문이었다.

장씨는 서른아홉. 두 자식을 두고 온 아버지였다. 그런 사람이 새장가를 들겠다는 것이다. 그럼 장씨는 자기 살아생전에 통일이 안 된다고 단념해 버린 것일까. 아니면 홀아비로 더 이상 살 수 없는 남자로서의 단순한 계산일까. 새장가를 들어 살다가 통일이 되면 어떻게 할 것인가. 지금쯤 남편도 이북에서 장씨처럼 새장가를 가려고 서두르고 있을까. 아니, 이미 결혼을 해버렸다면……. 남편이 새장가를 갔다고 해도 어쩌지 못할 일이었다. 남편이 살아서 인민위원회 부위원장이 아닌 결혼 당시의 그런 남편으로 돌아온다 해도 얼굴을 들고 대할 처지가 못

되었다. 자신은 이미 달라져 있었다.

장씨는 남편과는 반대로 공산주의가 싫어 죽을 고비를 서너 차례 넘기며 허벅지에 총까지 맞아가며 월남을 했다는 것이다. 그렇다면 그 사람의 부인은 또 무사했을까. 그네는 장씨 부인이 꼭 자신과 같은 신세가 되었으리라는 생각을 떼칠 수가 없었다. 얼굴도 모르는 그 여자의 끝도 한도 없이 목 늘어지는 기다림을 꺾을 권리는 없었다.

만약 통일이 되어 남편을 먼발치에서나마 바로 바라보기 위해서만이 아니라 그네는 더 이상 자신의 배에 또다른 성씨의 애가 크기를 결코 바라지 않았다. 사람 한평생 사는 것이 왜 그다지 야단스러울까 싶었다. 어떤 것이 옳고 어떤 것이 그르다고 죽이고 죽고 해야 하는가. 그네는 부위원장인 남편도 인민위원회 사람들도 싫고, 자신을 심문하던 취조관들도 싫었다. 그저 세연이나 세진이를 낳고 살던 그 3년의 세월처럼 서로 말이 통하는 사람끼리 평생토록 사는 것밖에 더 좋은 것이 무엇이랴 싶었다. 그러나 다 부질없는 생각이었다. 남편은 종무소식인 채 자신은 숨길 수 없는 과부였다.

그네는 결국 장씨를 피해 인접한 도시로 이사를 했던 것이다.

그네는 눈물을 훔치고는 이불을 걷고 일어났다. 불을 켜고 동익이 방으로 건너갔다. 책꽂이의 노트를 한 권씩 빼서 펴보았다. 아무것도 쓰여 있지 않은 노트를 골라냈다. 서랍에서 볼펜도 하나 집어들었다.

다시 방으로 돌아와 배를 깔고 엎드렸다. 그리고 노트를 펼쳤다. 볼펜 끝을 노트 첫 줄에다 댔다. 볼펜이 가늘게 떨렸다. 긴장을 한 탓만이 아니었다. 해가 바뀔수록 기력이 표나게 달라졌다. 신문은 서너 줄도 못 읽어 눈앞이 침침해지곤 했다.

세연이 일거라

큼직한 글씨로 이렇게 썼다. 그리고 숨을 들이마셨다. 무슨 말부터 써야 좋을지 종잡을 수가 없었다. 얼마를 망설이다가 이 글이 유서를 대신해야 된다는 것에 생각이 머물렀다.

내가 남긴 재산 중에서 세연이 네가 법에 있는 장남 몫을 차지하고,
태순이하고 동익이는 시집간 큰딸·작은딸한테 가는 것만 주면 된다.

어미 김점례

이렇게 또박또박 쓰고 나니 한결 마음이 후련해졌다.

그네는 그 다음 줄부터는 자신이 살아온 평생의 이야기를 차근차근 쓰기로 했다. 하루에 한 줄이건 두 줄이건 써서 다 쓰도록까지 5년이 걸리든 10년이 걸리든 계속 써나가리라 했다. 쓰다가 다 끝내지 못하고 죽어도 상관없었다. 쓰는 데까지 써서 자신이 살아온 내력을 자신이 죽은 다음에 딸에게만 알리려는 것이었다. 행여 그때 통일이 되어 남편이 딸 세연이를 찾아 자신이 쓴 글을 읽게 된다면 그 이상 더 바랄 것이 없을 것 같았다.

이 생각을 하자 그만 가슴이 두근거리기 시작했다. 그네는 베개를 바짝 가슴에 붙이며 노트를 끌어당겼다. 그리고 볼펜을 집어 들어 손가락에 힘을 주었다.

〈1974년〉

빙하기

빙하기

"신 다악소, 구두 다악소."

건성으로 외치다가 또 몸을 으스스 떨었다.

길수는 배가 고프다. 그리고 춥다. 배가 고프니까 추운 것인지 추우니까 배가 고픈 것인지 모르겠다. 두 가지 다. 꼰대 메기가 가진 트랜지스터에서 오늘의 날씨는 영하 3도라고 했었다. 갑자기 추워진 날씨다. 어제도 춥기는 했지만 영하는 아니었다. 그런데 옷은 어제 입은 그대로다. 11월에 들어서면서 꼰대 마누라 족제비가 배급한 낡은 남방셔츠와 무릎을 때운 코르덴 바지였다. 그 옷들은 해지고 낡은 데다 몸에 맞지 않아 헐렁헐렁했다. 그러나 별수가 없다. 여름 내내 입은 나일론 티셔츠와 반바지에 비하면 그것만이라도 꿀떡이었다. 그 옷으로 어제까지는 견딜 만했다. 그런데 오늘은 영 개판이다. 헌 옷일망정 몸에 맞기나 했으면 좋겠다. 통이 커서 헐렁헐렁한 셔츠 소매와 앞섶, 바짓가랑이 밑으로 영하 3도의 바람이 제멋대로 들락날락했다. 옷을 입으나 마나다. 꼭 지하도 속에 발가벗고 서 있는 기분이었다.

몸을 잔뜩 8그려박아도 소용이 없다. 그런 데다 오늘 아침에도 밥은 역시 딱 한 공기씩이었다. 그것도 그릇 높이로 싹 깎아버려 보리 한 알 위로 솟지 않은 한 공기였다. 반찬은 김치. 그 김치는 언제나 시퍼렇게 살아 올라오는 폼으로, 너희들이 날 먹겠어? 어디 먹을 테면 먹어봐 하며 용용이를 치고 있었다. 그러나 그따위 용용이쯤 새발의 피였다. 많이만 있으면 좋겠는데 그것도 기껏 한 접시였다. 길수는 언제나 밥이 모자랐다. 모자라는 정도가 아니라 병아리 눈물이었다. 길수뿐만이 아니었다. 짱구, 똥파리, 빈대떡, 빌빌이, 모두 마찬가지였다.

언젠가는 그 한 공기의 밥을 어떻게 하면 좀 더 배가 부르게 먹을 수 있을까 하는 의견이 나왔다. 그들 다섯은 하나같이 눈을 똑바로 뜨고 침을 삼켜가며 제 나름대로의 생각을 털어놓았다.

"밥을 오래오래 꼭꼭 씹어먹으면 배가 불러."

똥파리 경남이의 말이었다.

"웃기네. 그냥 씹지 말고 막 넘겨야 돼."

짱구 찬호가 툭 튀어나온 이마에 주름을 잡으며 맞섰다.

"그래, 씹지 말고 막 넘겨야 돼."

빌빌이 남철이었다.

"다 틀렸어! 한 공기를 더 먹으면 돼."

빈대떡 봉만이의 화가 난 음성이었다.

"저런 쪼오다, 그따위 걸 말이라고 해?"

"저 벼엉신, 빈대떡 납작 대가리가 별수있니?"

"뒈져라, 뒈져."

셋은 한꺼번에 욕을 퍼댔다.

"요런 병신 새끼들아! 꼭꼭 씹어먹으나 그냥 처넣으나 한 공기는 똑같은 한 공긴데 뭐가 더 배가 부르고 안 부르고 가 있니? 밤새도록 우김질 해봐라, 이 그지 새끼들아!"

빈대떡은 이렇게 대질러놓고는 때에 전 이불을 뒤집어서 버렸던 것이다. 그래서 모두는 시들해져 버렸다.

빈대떡의 말은 맞는 말이었다. 그러나 길수는 똥파리 경남이의 편이었다. 배가 부르고 안 부르고가 문제가 아니었다. 어떻게 먹으나 배는 차지 않을 양이었다. 밥이 공기에서 줄어드는 게 아까웠다. 그래서 입안에서 풀이 되도록 꼭꼭 씹어서 넘겼다. 꼭꼭 씹다 보면 달차근한 맛이 입에 가득 고이는 게 넘기기가 아쉬웠다.

이렇게 춥고 배가 고플 때 고구마라도 한 개 먹었으면…… 길수의 이빨 사이사이에서는 금방 군침이 스며나왔다. 동시에 눈앞에는 김이 무럭무럭 오르는 주먹만 한 고구마가 어른거리고 콧속에는 그 회가 동하는 고구마 냄새가 물씬거렸다.

그 뜨끈뜨끈한 밤고구마를 한입 가득 베 물어 입을 딱 벌린 채 김을 훅훅 뿜어내 가며 식혀 먹는 맛이란…… 그런 때 뜨거움을 못 견뎌 턱은 턱대로 떨리고 혀는 혀대로 춤을 추었지.

엄마는 고구마 삶는 솜씨가 그만이었다. 학교에서 돌아오기 전에 고구마를 삶았을 때는 놋그릇에 담아 아랫목 이불 속에 묻었다가 내주곤 했다. 고구마는 뜨거워야 제 맛이 난다는 것이었다. 엄마의 말은 사실이었다. 식어버린 고구마맛은 뜸이 안 든 밥맛이나 다를 게 없었다.

그러나 그 꿀맛이던 뜨끈뜨끈한 밤고구마를 먹지 못하게 된 것은 아버지가 돌아가시고 나서부터였다. 그리고 학교도 4학년에서 그만두었다. 그뿐만 아니라 어머니와 헤어져야 했다.

아버지는 시멘트 일을 하는 미장이였다. 두 동생들과 길수는 추석이나 설에는 새 옷을 얻어입을 수 있을 만큼 아버지의 벌이는 괜찮았다. 길수가 4학년이던 5월 아버지는 뜻밖의 사고를 당했다. 새로 짓는 건물의 4층에서 떨어진 것이다. 아버지는 병원에서 보름 가까이 앓다가 돌아가셨다. 회사에서 치료비를 대주긴 했지만 아버지가 돌아가신 다음에 집이 남의 손에 넘어갔다. 어머니는 회사에 몇 차례 찾아갔지만 더 돈을 받아오지는 못했다. 돈 있는 놈들이 더 지독하게 구는 세상이라고 통곡을 하고 난 다음부터 엄마는 더 회사에 찾아가지 않았다. 엄마는 남의 집 품팔이를 했다. 그러나 점심을 굶기 시작했다. 길수는 남의 집 감나무 밑에 떨어진 풋감을 주우러 다녔다.

그해 8월, 서울서 돈벌이를 한다는 동네 청년을 따라 엄마와 헤어졌다. 서울에 가서 기술을 배우고 한 입이라도 더 줄여야 엄마가 힘이 덜 들 것이기 때문이다.

"열한 살짜리를…… 무슨 팔자가 기구해서…… 길수야, 길수야……."
엄마는 눈물을 주체하지 못하고 울었다.

청년이 데려다 준 곳이 지금의 꼰대 메기네 집. 배우는 기술이라는 게 구두 낚기(구두 모아들이는 일)였다.

그동안 설이 두 번이나 지나갔다. 꼰대가 불러준 대로 쓴 편지를 딱 네 번 보냈을 뿐이다.

"야 갈비! 왜 그렇게 멍청히 서 있니? 어디 아파?"
"응? 아냐, 아냐."
길수는 황급히 벽에서 등을 뗐다.
"너 울었구나? 누구한테 터졌니?"
똥파리가 바싹 다가들며 빤히 쳐다보았다.
"아냐, 아무것두……."
길수는 검정 고무 슬리퍼를 겨드랑에 끼며 손등으로 눈을 쓱쓱 문질렀다.

"갈비 너 말야, 누가 뭐라든 아니꼬워 생각 말고 싹싹 빌어. 이 세상에 우리보다 힘 약한 놈이 어디 있니? 참는 거야, 아무리 아더메치라도 참는 거야. 너 많이 낚았니? 빨리 뛰어, 이러고 섰으면 더 춥다."

똥파리가 어깨를 두드려주고 휑하니 찬바람 속을 달려갔다. 똥파리

의 또다른 별명은 살살이다. 길수 자기보다는 두 살이 많은 열다섯이
다. 그는 고아라고 했다. 열 살 때부터 이 구두닦기를 했다는 것이다.
그래서 그런지 그는 퍽 어른스러웠다. 별명대로 누구에게나 살살 비위
를 잘 맞췄고 무슨 일에든 빌기부터 먼저 했다.

  똥파리가 맘보 빌딩으로 뛰어들어가는 것을 보고 길수는 마음이 급해
졌다. 이러고 있을 때가 아니다. 점심때가 가까워오는데 겨우 19켤레밖
에 닦지를 못했다. 40켤레는 못 되더라도 점심때까지는 적어도 35켤레
는 닦아야 한다. 지금쯤 두 운전사(닦아온 구두를 닦기만 하는 사람) 사이에
놓인 종이에는 '正' 자가 여섯 개는 만들어져 있어야 한다. 그래야 얼마
안 남은 점심때까지 마저 다섯 켤레를 채우면 하루의 책임량인 70켤레
의 반 35켤레가 되는 것이다. 그런데 이제 겨우 19켤레, '正' 자는 네 개
가 채 못 되는 것이다.

  길수는 맘보 빌딩을 지나 장안 빌딩으로 들어섰다. 맘보 빌딩은 지금
똥파리가 설치고 있을 것이기 때문이다.

  "어서 오세……애, 나가! 재수 없게."

  손님인 줄 알고 얼씨구나 돌아서던 마담이 눈꼬리를 치세우며 쏘아
댔다. 난로를 피워 훈훈한 기운과는 반대로 싸늘한 목소리였다.

  '재수 없는 것 좋아하시네.'

  길수는 못 들은 체 마담을 피해 의자 사이로 들어섰다.

  "애, 내 말 안 들려? 썩 못 나가니?"

  어깨를 획 낚아챘다. 길수는 비틀하다가 돌아섰다. 마담의 독 오른
눈이 잔뜩 노려보고 있다. 길수는 그만 고개를 떨구었다. 이런 때 똥파
리는 살살거리며 웃거나 대뜸 두 손바닥을 싹싹 비벼대며 한 번만 봐달
라고 할 것이다. 그러나 길수는 그게 싫었다. 그렇게 해야 된다고 생각
하면서도 막상 되지가 않았다. 이 강 마담 앞에서는 더욱 그랬다. 이 여

자는 다른 다방 마담들보다 유별난 데가 있었다. 이상하게도 그들을 못 잡아먹어 앙탈이었다. 그래서 그들에게 강 마담은 독사로 불렸다. 꼰대 메기조차도 이 강 마담만큼은 어쩌지 못하는 모양이었다. 그들이 비너스 다방 출입을 좀 수월하게 만들어달라고 하면 꼰대는 금방 오만상을 찌푸렸다.

"그 쌍년! 제 년도 낯짝 팔아먹는 주제에…… 정말 그년 낯짝을 싹 후벼놓고 말까 부다."

꼰대는 그 큰 메기 아가리를 씰룩이는 것이다. 그러나 강 마담의 낯짝은 언제나 반반한 채 윤정희 닮은 웃음을 손님들 앞에서 뿌리다가는 그들만 보면 금세 독 오른 뱀 대가리가 되는 것이다. 그래서 그들은 꼰대의 당수 2단도 말짱 헛것이라고 히히덕거렸다. 빈대떡의 말로는 강 마담 앞에서 꼰대는 영 헬렐레더라는 것이다. 언젠가 꼰대가 비너스에 들어가는 걸 보고 뒤를 따랐다는 것이다. 오늘이야말로 강 마담의 반반한 쌍판이 당수 2단의 주먹에 으스러지는구나 생각하며. 그런데 다방에 들어간 꼰대는 마담을 후려까기는커녕 꾸벅꾸벅 절을 하는 게 아닌가. 빈대떡이 더 놀란 것은 그런 꼰대를 마담은 본 체도 안 한 것이었다. 그래서 그들은 누구나 비너스 다방에 가기를 꺼려했다. 그러면서 그들이 하는 불평은, 다른 다방들은 마담이 그리 자주 바뀌는데 강 마담 저년은 비너스 귀신이 될 작정인 모양이라는 것이 고작이었다.

"어서 나가!"

마담은 등을 밀어댔다. 그때였다.

"야 구두, 이리 와."

길수는 고개를 번쩍 들었다. 저쪽 구석에서 손짓을 하고 있었다.

길수는 후딱 고개를 돌려 마담을 치켜보았다. 마담은 여전히 독 오른 눈이었다.

'약 오르지, 요년아. 요건 몰랐지?'

마음 같아서는 있는 대로 혓바닥을 빼서 용용이를 쳐주고 싶었지만 차마 그럴 수는 없었다.

"닦아오너라. 빨리 닦지?"

"예예, 그럼요."

"잘 닦아야 해."

"염려 마세요. 때 빼고 멕기까지 올려요."

길수는 신바람 나게 대꾸하며 손을 빠르게 놀려 벗은 구두를 꺼내고 발 밑에 슬리퍼를 놓았다.

"잘못 닦으면 돈 안 준다!"

"염려 마시라니까요."

'지지한 공갈치시네. 30원짜리 구두 한번 닦으면서.'

"자, 내 것도 닦아라."

맞은편 사람이 발을 내밀었다. 길수의 손은 거침없이 그 남자의 구두에 닿았다. 그건 흡사 강한 자석에 쇠붙이가 끌리는 것과 같았다. 길수는 이미 배고픈 것을 까맣게 잊고 있었다. 곧 날아갈 것 같은 기분이었다. 한 켤레도 아니고 두 켤레다. 땡을 잡은 것이다.

신이 나서 의자 사이를 빠져나오는데,

"왔니? 두 켤레나 맡았구나."

미스 김 누나가 조용히 웃고 서 있었다.

"안녕하세요?"

길수는 고개를 끄떡해 보였다. 미스 김 누나가 옆으로 비켜섰다.

"춥겠다."

길수는 이 발을 뒤로 들며 문을 밀치고 밖으로 나섰다.

미스 김 누나는 슬픈 얼굴이었다. 길수가 뱀 대가리 강 마담이 싫으면서도 그래도 비너스 다방에 들르는 것은 이 미스 김 누나가 있어서다. 막상 미스 김 누나가 없어져버려도 일거리를 낚기 위해서는 강 마담의 눈총을 받으며 드나들 수밖에 없기도 했다. 그런데 미스 김 누나가 있기에 한결 발길이 수월해지고 어딘지 든든한 기분이 들었다. 다른 아이들 말하는 걸 들으면 그렇지도 않은 모양인데 자신에겐 싫은 소리한번 한 일이 없었다. 강 마담이 설칠 때를 빼놓고는 다른 레지들이 쫓아내려 들면,

"애, 내버려둬라. 좀 힘들겠니?"

이런 말로 자신의 편을 들어주었다. 그 말이 얼마나 고마운지 길수는 미스 김 누나의 치마를 붙들고 왈칵 울어버리고 싶었다. 그러나 미니스커트를 입은 미스 김 누나의 다리는 너무 깨끗했고 자신의 옷이며 손은 너무 더러웠다.

길수는 그 누구에게도 미스 김 누나가 자기에게 잘해준다는 내색을 하지 않았다. 그리고 어느 때라고 한 번 미스 김을 '누나'라고 불러본 일은 물론 없었다.

언제라도 미스 김 누나의 구두를 반짝반짝 광이 나게 닦아주었으면 싶었다. 그러나 그건 마음뿐이었다. 구두를 한 번 공짜로 닦아주고 나면……, 계산부터 앞서기 때문이다.

"여기 두 마리요."

길수는 구두를 내밀며 외쳤다.

"갈비냐? 아니, 이 새끼 왜 이 모양이야? 너 지금 몇 신 줄이나 알아? 점심 시간이 한 시간밖에 안 남았어, 요런 쪼다야. 너 날도 추운데 밥까지 굶을 작정이냐? 야 임마, ×나게 비벼, ×나게."

고고인가 꽈배기 양춤인가를 기차게 잘 춘다는 운전사 아랑드롱이 연필과 종이를 들고 앉아 소리를 질렀다. 그는 유명한 배우가 되겠다고

떠들며 말끝마다 "이 코래아의 아랑드롱이……" 어쩌고 씨부려대는 허풍쟁이다. 그러나 구두 하나만은 정말 놀랍게 잘 닦았다. 멕기를 올리느라 한창 열이 오를 때는 입에서는 연상 푸푸 소리가 나고, 그때마다 구두 코에는 침이 이슬방울처럼 떨어져내리고, 헝겊을 질끈 감아돌린 손가락은 어찌나 빨리 움직이는지 제대로 보이지 않았다. 아무리 더러운 구두도 그의 손만 닿으면 번들번들 윤이 올랐다. 그리고 어떤 구두고 한 켤레를 닦는 데 5분이 넘지 않았다. 그는 열 살 때부턴가 구두를 닦았다고 했다. 그는 지금 열아홉 살이었다.

"야, 갈비! 빨리 쑤셔. 똥파리와 빈대떡은 벌써 40 고개를 넘었어."

아랑드롱이 눈을 부라렸다. 길수는 연탄불 옆으로 더 바싹 다가앉았다. 그러면서 이 불에 오징어 다리나 하나 구워 먹었으면 싶었다.

"너 정말 밥 굶을래? 이게 쥐약을 처먹었나, 빨리 안 일어서?"

길수는 마지못해 일어섰다.

'씨이파알놈 지랄하네. 밥을 굶어도 내가 굶지 누가 제 놈더러 달랬나? 제 놈 손에 들어갈 쇳가루가 적어지니까 저 지랄이지.'

길수는 이렇게 욕을 퍼대며 장안 빌딩 사무실을 쑤셔보기로 했다.

자꾸만 으슬으슬 추운 게 영 발동이 걸리질 않았다. 이제 겨우 21켤레. 70켤레의 반이면 35켤레. 앞으로 한 시간 동안에 14켤레를 닦아야 한다. 그것도 방금처럼 재수 좋게 땡을 네댓 탕만 잡으면 어려운 일도 아니었다. 땡을 잡으려면 사무실보다는 아무래도 다방이 나았다. 더욱이 오늘처럼 갑자기 추워진 날은 다방에 손님이 끓게 마련이고 몸을 녹이기에도 안성맞춤이었다. 그러나 길수는 우선 장안 빌딩부터 쑤셔볼 작정이었다. 다른 네 놈도 그런 생각에 다방을 들쑤시고 다닐지 모른다. 그림 사무실은 비게 마련이었다.

그런데 똥파리와 빈대떡은 어찌된 일인가. 벌써 40마리를 넘어 닦았다니. 길수는 어깨가 자꾸 무거워왔다.

　그들 다섯 명이 구두를 거둬들일 수 있는 땅(범위)은 맘보 빌딩과 장안 빌딩 두 개였다. 그 두 개의 빌딩에는 각기 두 개씩의 다방이 지하와 1층에 자리잡고 있다. 그리고 맘보 빌딩 1층에는 화식和食집과 경양식 집이 하나씩이었다. 장안 빌딩 1층 다방 옆에는 제과점과 분식 센터가 있다. 그리고 두 빌딩이 똑같이 2층에서부터는 사무실이다. 그런데 맘보 빌딩의 화식집과 경양식집은 있으나마나다. 지배인도 지배인이었지만 꼰대가 그 두 곳의 출입을 못하게 했다. 꼰대가 그러는 것은 그 두 곳의 주인이 바로 맘보 빌딩의 주인이었던 것이다. 그들이 재미를 보는 낚시터는 주로 네 개의 다방과 맘보 빌딩이었다. 맘보 빌딩은 10층인 데다가 둘레도 어찌나 큰지 한 층에 수십 개의 방이 있는 건물이었다. 그래서 장안 빌딩에 비해 다섯 배 이상 일거리가 많았다. 그 대신 10층까지 오르내리기란 보통 힘드는 일이 아니었다. 물론 엘리베이터가 있다. 그것도 자그마치 15명씩이나 타는 넓고 좋은 것이다. 그러나 그걸 탈 수는 없었다. 꼰대의 엄명이었다. 아침에 한차례 10층까지 오르내리고 나면 배가 푹 꺼지고 만다. 그러나 하루에 70켤레를 거두어들이려면 못해도 너댓 번은 맘보 빌딩 꼭대기까지 오르지 않을 수가 없었다. 그들 다섯 명은 매일 이 두 개의 빌딩을 상대로 70켤레씩의 구두를 낚기 위해 헐떡이며 계단을 오르고 조심스레 사무실 문을 밀치고 하는 것이다. 물론 그들 다섯 명 외에 다른 녀석들이 이 두 개의 빌딩에 얼씬거릴 수는 없었다. 그리고 그들도 장안 빌딩 옆의 승리 빌딩이나 맘보 빌딩 왼쪽으로 선 반도 빌딩에 아예 발길을 할 생각도 하지 않았다. 그건 엘리베이터를 타지 못하게 하는 것보다 몇 갑절 무서운 꼰대 메기의 명령이었다.

　장안 빌딩 1층의 제과점과 분식 센터는 현관에 다다르기 전에 있었다. 길수는 그 앞에서 잠시 망설이다가 그대로 지나치고 말았다. 제과점이나 분식 센터에는 별 일거리도 없는 데다 항시 뱃속을 뒤집어놓는 것이다. 제과점의 곰보빵·핫도그가 그랬고, 분식 센터의 냄비국수·고기만두가 환장을 하게 만들었다. 그리고 눈에 거슬리는 것은 그 두 곳 손님 중의 상당수를 차지하는 학생들이었다. 길수는 그런 곳에서 제 나이 또래의 학생들을 대하는 것이 무엇보다도 싫었다. 슬퍼지고 외로워지고 창피하고 화나고……, 순식간에 몰려드는 그 기분은 무어라 형용할 수가 없었다. 그런 기분은 날이 가고 해가 바뀌어도 조금도 덜해지지가 않았다. 그런 기분은 언제부턴가 길수의 마음에 자리 잡기 시작한 그 결심을 더 굳혀줄 뿐이었다. 다음에 어른이 되어서 누가 더 잘사는가 보자. 너희들이 핫도그고 고기만두를 사먹을 때 나는 그 돈을 모은다. 너희들이 쓰는 돈은 부모가 준 돈이지만 나는 내가 벌어서 모은 돈이다. 두고 보자, 누가 더 잘사는가. 이렇게 마음을 다지고 나면 슬픔도 창피스러움도 배고픔도 어디론지 사라지고 손바닥은 으레 왼편 가슴께를 누르고 있었다. 손바닥에는 녹두색 저금통장의 빳빳한 감촉이 뿌듯하게 전해지는 것이었다.

장안 빌딩으로 들어선 길수는 곧장 2층으로 뛰어올랐다. 조심스럽게 사무실 문을 하나씩 밀쳤다. 계속 허탕이었다. 다방에서도 그렇지만 사무실 출입을 할 때는 눈치 빠르게 설쳐야 했다. 손님과 이야기 중인가 아닌가. 그것도 기분 좋은 이야기인가 힘든 이야기인가. 높은 사람이 호통을 친 다음인가 아닌가. 그런 것들을 재빨리 알아치리고 덤벼야지 멋모르고 설치다가는 재수 없게 엉덩이를 차이거나 머리를 쥐어박히기가 십상이었다. 사무실에서는 목소리도 한층 낮춰야 한다. 그리고 "신다악소, 구두 다악소"가 아니라 "안녕하세요, 아저씨? 구두 닦으세요"로 바꾸어야 된다. 그러고 보면 다방에서도 눈치가 빨라야 되는 건 마찬가지다. 남자 둘이서 오만상을 찌푸려가며 이야기하거나, 손짓을 해가며 열을 올리고 있는 경우에는 보나마나다. 젊은 남녀가 나란히 붙어 앉아 있을 때는 찰거머리 전법을 쓰면 대개 성공이다. 그 다음으로 좋은 것이 혼자 앉아 있는 사람. 그때도 눈치없이 덤비다가는 재수 옴 붙었다. 상대방을 너무 기다리다 기분이 나빠진 것 같으면 가까이 안 가는 것이 상책이었다.

3층으로 올라갔다. 세 번째 사무실 문을 가만히 밀었다.

"애!"

길수는 들은 척도 안 했다. 여자 목소리기 때문이다. 재수 없게 또 쫓아내려는 개수작이다.

"애, 구두! 이것 좀 보라니까."

"……?"

길수는 얼른 돌아섰다. 낯익은 여사무원의 표정은 다른 날과는 달랐다.

"구두 닦으시게요?"

어느새 길수는 여사무원 옆으로 다가서 있었다.

"그래. 이건 얼마니?"

여사무원이 책상 밑에서 발을 빼내며 물었다. 무릎까지 차오르는 부츠였다. 이게 웬 떡이냐.

"60원인데요."

"60원? 너무 비싸다 애. 50원만 하자."

'요런 얌생이, 만 원짜리 구두는 해신으면서. 10원 깎아 뽀빠이 사처먹을래나.'

"딴 데서는 80원씩 받아요. 우린 단골이니까 그렇죠."

아쭈 공갈이다. 이런 메뉴쯤은 얼마든지 준비하고 있다.

"알았어, 잘 닦아오기나 해."

대개 여기서 끝나게 마련이다. 그렇지 않고 굳이 깎으려 들면 그때부터는 창피 주기 작전으로 바뀐다. "그까짓 10원 아껴 뭐하시게요." "그까짓 10원 거저라도 주겠네요." 이런 식으로 시작하면 안 넘어가는 경우는 없었다. 역시 메기의 가르침은 효과가 좋았다.

사무실을 나온 길수는 부츠를 양쪽 손에 하나씩 들고 벌렁벌렁 춤을 추듯 했다. 이것 한 켤레로 남자 구두 두 켤레를 낚은 벌이를 한 것이다. 추워진 날씨 덕을 본 셈이었다.

길수는 4층은 올라갈 생각도 하지 않고 계단을 다람쥐처럼 뛰어내렸다.

"아쭈, 갈비 끝발 오르는데?"

아랑드롱이 부츠를 받아들며 헤벌레 웃었다.

길수는 손등으로 코를 쓱 문지르며 제 이름 밑에 작대기 두 개가 그어지는 것을 확인하고 이미 닦아진 비너스에서 낚아온 구두를 집어들었다.

닦은 구두를 가지고 다방에 들어설 때처럼 당당할 때도 없었다. 그러나 그 당당한 기분 한구석에는 이 길로 일거리가 또 하나 생겼으면 하는 바람이 간절하게 도사리고 있었다.

"아저씨, 구두 가져왔어요."

구두를 각기 발 밑에 놓아주었다. 아까 가져갈 때 한 사람 것만은 유심히 보아둔 것이다. 구두를 뒤바꿔 놓았다가 괜히 기분을 상해 줘서 좋을 것은 아무것도 없는 일이었다.

"자, 수고했다."

"……?"

손바닥에는 동전이 하나 덜렁 놓였다. 다시 확인을 했다. 분명히 50원짜리였다.

"아저씨, 이거 50원인데요?"

길수는 조심스럽게 말했다. 10원을 더 받아야 하는 것이다.

"뭐? 그러면 됐잖아."

"아녜요. 10원 더 주셔야죠. 한 켤레에 30원씩, 60원이에요."

"아 시끄러, 시끄러."

남자는 팔을 뻗쳐 밀쳐냈다. 길수는 두어 걸음 비척비척 뒤로 떠밀렸다. 나무토막 같은 팔이었다.

그러나 이대로 물러갈 수는 없다. 10원을 받아야 하는 것이다. 길수는 다가섰다.

"아저씨, 10원 더 주셔야죠."

길수의 목소리는 약간 뜨거웠다.

"아 구찮게시리. 잔돈이 그것밖에 없다니까 짜식이."

남자는 거들떠보지도 않고 팔을 뒤로 휘저었다. 길수는 얼른 옆으로 피해 섰다. 이건 순 도둑놈 심보다. 잔돈이 없다고 맘대로 10원을 떼먹을 작정인 것이다. 10원을 떼일 수는 없는 일이다. 이 추운 날 헛일을 한 셈이다. 아니 10원이면 헛일을 한 손해뿐만이 아니라 2원의 생돈을 물어야 될 판이다. 안 된다. 10원은 꼭 받아야 된다.

"근데 백만 원밖에 못 벌었단 말씀야. 조금만 기다렸으면 50만 원 한 장은 거뜬히 더 남는 건데……."

그 남자는 상대편에게 열심히 떠들고 있었다.

"아저씨, 잔돈 바꿔다 드릴게요."

"이 짜식이 정말! 너 꼭 구찮게 굴래?"

남자는 눈을 부라리며 버럭 소리를 질렀다. 길수는 마음을 다잡았다. 이젠 공격밖에 없는 것이다. 더 이상 얌전해서는 안 된다. 창피를 주는 것이다.

"그럼 뭐예요, 왜 10원을 떼먹으려고 그래요!"

맞대고 소리를 질렀다. 그때였다.

"이 쌔끼 건방지게, 어디서 그따위 말버릇이야!"

눈에서 불이 번쩍했다. 정신이 아찔했다. 뺨을 얻어맞은 것이다. 더 덤빌 필요가 없다. 겁을 주는 것이다. 길수는 얼굴을 감싼 채 바닥에 나동그라지며 비명을 질렀다.

"아이고 아이고, 아이고 귀야, 아이고 나 죽네……."

다방은 수라장이 되었다.

"아이 얘가 왜 이래. 얘, 얘……."

강 마담의 겁이 나면서도 앙칼진 목소리였다.

"마담은 뭘 하는 거야. 이거 빨리 끌어내라구, 재수 없게!"

그 남자의 거친 목소리였다.

레지 두 명이 달려들어 일으켜세우려 했다. 길수는 버둥거리며 혹시나 해서 눈을 빠끔 떠보았다. 그런데 이게 어찌된 일인가. 길수는 벌떡 일어났다. 그 남자가 자리에 없었다. 문쪽으로 몸을 돌렸다. 카운터에 돈을 치르고 나가는 참이었다. 길수의 눈에는 불이 켜졌다.

"내 돈 10원 내, 이 도둑놈아, 내 돈 10원 내!"

길수는 울부짖으며 의자에 부딪히고 비틀거리며 문 쪽으로 뛰었다. 10원을 떼이는 것이다. 얻어맞기까지 했다. 그 억울함과 분함이 주체할 수 없는 설움으로 바뀌면서 울음이 터졌다.

문을 박차고 나섰다. 그때 누가 어깨를 낚아챘다.

"얘!"

길수는 멈칫 섰다. 미스 김 누나였다.

"가지 마. 또 얻어맞는다. 자, 이거……."

미스 김 누나의 두 손가락 끝에는 10원짜리 동전이 매달려 있었다. 길수는 그만 울컥 울음이 터져올랐다.

"싫어요. 꼭 받고 말겠어요."

길수는 미친 듯이 계단을 뛰어올랐다.

찬바람이 가득 찬 냉랭한 거리에 그 남자의 모습은 찾을 수가 없었다. 자꾸만 흐르는 눈물을 소매 끝으로 닦아내는 길수의 흐린 시야에는 엄마와 두 동생들의 얼굴이 겹치고 있었다. 그리고 50원을 내놓았을 때 운전사 아랑드롱이 퍼댈 욕설이 두려웠다.

길수는 건물의 벽에 등을 대고 무너지듯 주저앉아버렸다. 귀찮았다. 모든 것이 귀찮았다. 주먹을 폈다. 50원짜리 동전이 덩그렇게 놓였다. 돈, 돈, 돈…… 돈을 벌어야 한다. 이렇게 춥고 배가 고픈 것을 면하려면 돈을 벌어야 한다. 엄마와 두 동생과 함께 살려면 어서 돈을 벌어야 한다. 돈이 없어서 엄마와 헤어졌고 돈을 벌려고 이 고생이다. 돈이 최고다. 꼰대의 입버릇처럼 돈은 뛰는 호랑이 눈썹도 뽑고, 아무리 죄 많이 진 놈이라도 천당엘 보내주는 것임에 틀림없다. 돈이면 안 되는 것이 없으니 말이다. 그런데 10원을 떼였다. 그리고 얻어맞기까지 했다. 억울하다. 분하다. 그러나 어쩔 수가 없다. 돈이 없으니까 당하는 일이다. 그래서 더 서럽고 슬프다.

동전이 놓인 손바닥을 물끄러미 내려다보고 있는 길수의 눈에서 뚝뚝 눈물이 떨어져내렸다.

구두 한 켤레를 닦으면 4원을 먹는다. 나머지 26원에서 운전사들이 10원을 먹고 16원은 꼰대의 차지다. 그런데 하루의 책임량이 70켤레다. 일요일도 없이 뛰니까 한 달이면 대략 2천 백 켤레 정도가 된다. 그럼 줄잡아 한 달 수입이 8천 4백 원이 되는 셈이다. 그러나 그것이 그대로 수중에 들어오는 것이 아니다. 하숙비와 밥값을 떼야 한다. 4천 원이다. 그럼 수입은 4천 4백 원이 된다. 이것은 매일 70켤레씩을 닦았을 경우의 계산이다. '正' 자 14개에서 단 한 획만 빠지는 날에는 16원씩이 날아간다. 매일 한 획씩을 채우지 못하면 한 달에 480원이 없어진다. 매일 '正' 자를 12개밖에 못 올리면 도로 아미타불, 한 달 내내 뛴 것이 말짱 헛것이 되고 만다. '正' 자 12개에서 한 획만 빠지면……, 생각만으로도 소름이 끼치는 일이다. 그때부터는 한끼의 밥을 굶어야 한다. 싹 깎아버린 한 공기의 밥. 그것마저 굶는다는 것은 곧 죽는 것이다. 그러나 그 굶는 것도 마음대로 하는 일이 아니다. 2천 원이 될 때까지만인 것이다. 4천 원 중 나머지 2천 원은 방값이기 때문이다. 그러니까 낚시꾼인 자신들이 책임량 70마리씩을 낚지 못해도 꼰대는 아무런 손해가 없었다. 그런데 책임량 이상을 낚았을 때는 한 마리당 4원씩의 이익이 4천 4백 원에 더해질 뿐이다. 물론 뜨내기 손님은 아무리 많아도 소용이 없다. 두 운전사, 아랑드롱과 개똥이 4원까지 합쳐서 개구리 파리 감추듯 해버리는 것이다.

그러니 방금 낚은 두 켤레는 이만저만 손해가 아니다. 10원을 떼어버렸으니 낚으나마나가 아니라 부츠를 낚아 벌게 된 8원에서 오히려 2원을 까먹고 들어가게 된 것이다. 거기다가 얻어맞기까지 했다.

'쌍놈에 새끼, 가다 차에 깔려 뒈져라. 염병을 앓다가 피똥을 싸고 뒈져라.'

무슨 욕을 해도 억울함과 분함은 가시질 않는다. 길수는 일어섰다. 언제까지나 이러고 앉아 있을 수는 없었다.

─가지 마. 또 얻어맞는다. 자, 이거…….

미스 김 누나의 두 손가락 끝에 매달린 동전이 떠오른다. 안 받기 잘한 것이다. 구두도 한 번 공짜로 닦아주지 못하고 있는 터였다. 한 번 공짜로 닦아주려면 26원이 없어진다. 그럼 여섯 켤레 반을 낚아야 한다. 밥으로 치면 한 공기 반이 넘는 액수다. 그래서 마음뿐이었다. 미스 김 누나가 고맙고 오늘따라 헤어지던 날의 엄마 같은 생각이 얼핏 들기도 했다.

길수는 걸음을 멈추고 눈물을 닦아냈다. 병신 취급을 당하고 싶지는 않았다.

"이게 뭐야, 갈비!"

돈을 받자마자 아랑드롱이 외쳤다.

"놓쳐버렸는데 아무리 찾아도 있어야지."

닦아놓은 부츠를 집어드는 체하며 고개를 숙이고 어물거렸다.

"요런 퍼엉신 헬렐레 같은 새끼야! 너 같은 새끼 일찌감치 나가뻗어야 해. 사람 새끼 되긴 어차피 조졌단 말야. 쪼다 같은 새끼, 10원이랬지?"

길수는 아랑드롱이 연필과 종이를 집어드는 걸 곁눈질로 보며 부츠를 들고 일어섰다.

"요런 쪼다야, 요번엔 아주 다 잃어버리고 와라 응?"

아랑드롱은 뒤에서 꽈배기를 틀어댔다.

"개새끼, 사람 되긴 틀린 것 좋아하시네. 그래도 제까짓 새끼처럼 되지도 않을 딴따라가 되려고 미친 지랄은 안 해."

길수는 화가 난 목소리로 중얼거리며 걷고 있었다. 그런 길수의 오른쪽 손바닥은 왼쪽 가슴께를 꼭 누르고 있었다.

길수는 나폴레옹 같은 용감한 장군이 되고 싶었다. 2학년 때까지 그랬다. 3학년이 되어서 달걀을 품은 에디슨의 이야기를 읽고는 에디슨 같은 훌륭한 과학자가 되리라 했다. 4학년에 올라가서는 슈바이처 박사처럼 남들을 돕는 사람이 되기로 결심했다. 그러나 낚시꾼 노릇을 시작하면서부터 길수는 나폴레옹도 에디슨도 슈바이처도 까맣게 잊어버렸다. 처음에 이 일을 시작하고는 하루에 두 끼까지 굶은 날이 있었다. 두 끼를 굶고 나니 창피할 것이 없었다. 구두가, 구두가 모두 한 공기의 밥으로 보였다. 눈앞이 흐릿해지고 어질어질한 머리를 감싸잡으며 휘청거리는 다리로 미친 것처럼 뛰었다. 기운이 없어 자꾸 기어 들어가는 목소리를 애써 크게 내어 "아저씨, 구두 닦아요"를 외치듯 하며. 그래서 밥을 굶게 되는 것은 면했지만 돈을 모을 수는 없었다. 넉 달째 되는 11월에 처음으로 7백 원을 벌었다. 그렇게 기쁠 수가 없었다. 그 7백 원을 꼭꼭 접어 속주머니에 넣고는 하루에도 몇 번씩 만져보았다. 변소에 가서 남몰래 세어보기도 수십번을 했다. 잠을 잘 때는 주머니가 방바닥에 닿도록 옆으로 누워 잤다. 12월에는 1,020원을 벌었다. 곧이어 설이 다가왔다. 꼰대는 편지를 받아쓰게 했다. 몸 편안히 잘 있다는 내용이었다. 그리고 그동안 모은 돈으로 집에 보내고 싶은 것이 있으면 사라고 했다. 그래서 고아인 똥파리와 빈대떡을 뺀 그들 셋은 꼰대 마누라를 따라 남대문시장엘 갔다. 길수는 노점 싸구려판에서 엄마 고무신과 두 동생의 양말 한 켤레씩을 샀다. 그것을 꽁꽁 묶어 꼰대가 주소를 썼다. 그리고 다음 날 꼰대를 따라 우체국에 가서 부쳤다. 모두 640원이 들었다. 설이 지나고 열흘쯤 되어 앓아눕고 말았다. 머리가 짝짝 갈라지는 것처럼 아프고 온몸이 바늘로 쑤시는 것처럼 비비틀렸다. 그리고 맛있던 밥도 단 한 숟가락을 떠넣을 수가 없었다. 그러나 길수는 이빨을 앙다물었다. 이틀을 앓았다. 더 심해지기만 했다. 꼰대는 눈을 부라리며 소리를 질렀다. 정 약을 안 사다 먹겠다면 내다 버리고 말겠다고 얼렀다. 길수는 하는 수 없이 속주머니에서 돈을 꺼내주었다. 이틀을 더 앓고 일어났을 때는 그 아꼈던 돈은 약값으로 다 날아가고 한푼도 없었다. 그렇게 애석하고 아까울 수가 없었다. 그래도 천만다행한 것은 일을 못한 나흘 동안을 계산에 넣지 않은 것이었다. 그때처럼 꼰대가 감사하고 고마운 때는 없었다. 길수는 매달 버는 돈을 꼬박꼬박 저금했다. 그러나 그 돈도 계산처럼 그렇게 불어나지를 않았다. 이발도 해야 했고 신발도 사 신어야 했다. 더구나 겨울이 닥치면 아무리 싸구려 내의일망정 껴입어야 했고 면장갑이라도 끼지 않고서는 배겨낼 도리가 없었다. 길수는 겨울이 싫었다. 그동안 모은 돈이 34,720원. 길수는 기술자가 될 결심이었다. 아버지처럼 떨어져 죽어야 하는 기술이 아니라 안전하면서도 돈벌이가 잘되는 고급 기술을 배울 작정이었다. 그러려면 기술 학교나 기술 학원을 다녀야 된다고 했다. 그때까지 돈을 벌 생각이었다. 고급 기술자가 되어 돈을 벌고 그 돈으로 배가 터지게 먹고, 겨울에도 땀이 나도록 두껍게 옷을 입고, 엄마와 동생들과 함께 살고, 텔레비전도 사고, 집도 사고, 구두도 닦이고, 그때는 정해진 값의 몇 곱절씩 주고…… 그런 꿈을 꾸다 보면 한 공기의 밥이 양에 차지 않는다고 똥파리처럼 20원을 내고 한 공기를 더 먹을 생각은 아예 나지 않았다. 춥고 배가 고프고 일이 힘들 때면 길수는 맘보 빌딩을 우러러보았다. 고개를 한참 뒤로 젖혀서야 꼭대기가 보이는 맘보 빌딩. 그 주인은 자가용을 두 대나 가진 무지무지한 부자였다. 그런데 그 주인도 젊었을 때는 많은 고생을 했다고 들었다. 길수는 자기도 고생을 견디며 열심히 일하고 착실하게 돈을 모으면 그렇게 될 수 있다는 생각이 언제부턴가 마음 깊이 자리 잡기 시작했다. 맘보 빌딩을 우러르고 서 있는 길수의 손은 으레 왼쪽 가슴께를 누르고 있었다. 그러면서 길수는 생각했다. 나는 지금 저 높은 맘보 빌딩의 벽에 매달려 있다. 어떻게 해서라도 저 벽을 기어올라야 한다. 손톱이 다 닳아지고 피가 흐르고 미끄러지고 그래서 무릎을 깨고 또 피를 흘려도 기어이 꼭대기까지 기어 올라가야 한다. 그때는 나도 저런 빌딩을 가진 돈 많은 주인이 될 것이다. 통장에 돈이 조금씩 늘어날 때마다 그만큼 빌딩의 벽을 기어오르는 것이라고 생각했다.

그래서 길수가 우선 바라는 것은 운전사가 되는 일이었다. 그럼 구두

낚느라고 애를 쓰지 않아도 된다. 더구나 벌이는 배 이상이 아닌가. 그러나 그걸 바라는 것은 당장 자가용을 타는 부자가 되기를 바라는 것만큼이나 허황된 꿈이었다. 지금의 아랑드롱이나 개똥이가 언제 그만둘지 막연한 것이다. 그럴 리도 없겠지만 만약 둘이 한꺼번에 그만둔다 하더라도 자신의 차례는 멀기만 했다. 짱구, 똥파리, 빈대떡의 순서로 자신의 뒤에는 빌빌이가 있을 뿐이다. 짱구의 말마따나 "하나님 아바지시여 벼락을 치시려거든 돈벼락이나 쳐주십시오" 하는 기도나 드리는 것이 더 그럴듯한 일인지도 몰랐다.

"구두 가져왔어요."

여사무원은 부츠를 받아들어 여기저기 살폈다. 길수의 눈길은 이미 남자들의 구두에서 구두로 옮아가고 있었다.

"이것도 닦은 거라고 닦았니?"

길수는 못 들은 체했다. 대꾸할 필요조차 없는, 여자들이 으레 하는 시큰둥한 시비였다. 지금 길수로서는 남자들의 구두가 전부 콜드 마사지를 해버린 것이 아쉬울 뿐이었다.

"자, 돈!"

동전이 책상 위에 부딪는 소리를 듣고 눈길을 돌렸다. 내려오는 길에 사무실과 다방을 뒤져 낚은 두 마리와 부츠 닦은 돈 60원을 내밀었다.

"어디 보자아, 오늘 갈비가 19마리에서 두 마리를 더 낚았는데 10원을 잃어잡수셨으니까 두 마리는 죽어서 도로 19마리고, 그 다음에 대구 한 마리를 낚았으니 두 마리 폭인데 빚 2원을 빼니까 한 마리 반에 가설랑은에, 또 두 마리를 낚아왔으니 한 마리 반에 두 마리면 세 마리 반이 되고, 19마리에 세 마리 반을 보태니까두루 22마리 반이로구나. 어때, 맞지?"

아랑드롱의 말에 길수는 고개만 끄덕였다.

"이걸로 오전 시마이다. 가서 점심진지 잡수시지, 갈비 씨."

아랑드롱이 몸을 털고 일어섰다.

22마리 반. 30마리까지는 아직도 일곱 마리 반을 낚아야 된다.

"난 그만둘래. 아줌마한테 말해줘."

길수의 목소리에는 힘이 하나도 없었다.

"굶겠단 말이냐?"

길수는 고개만 끄덕이고 돌아섰다.

"잘 생각했어. ×나게 뛰어, ×나게."

아랑드롱은 또 꽈배기를 꼬고 있었다. 길수는 맘보 빌딩 쪽으로 걸음을 옮겼다. 점심을 굶는 것으로 수입금이 줄어드는 것을 때우려는 생각이었지만 남들이 점심을 먹으러 간 사이에 나머지 일곱 마리 반을 낚을 심산이기도 했다.

"야, 구두!"

길수는 얼른 돌아섰다.

"혹시 여기 어디서 짐꾼 좀 빨리 불러올 수 있니?"

길수는 그만 맥이 풀렸다. 그 남자의 옆에는 책 뭉치가 쌓여 있었다. 길수는 혹시나 해서 물었다.

"이걸 옮기시게요? 어디로 옮기는데요?"

"저 6층으로."

남자는 고개를 뒤로 젖혀 높은 현관 천장을 가리켰다. 길수의 마음은 금방 환하게 밝아졌다.

"아저씨, 이걸 내가 옮겨도 되죠? 그렇죠?"

"네가……?"

남자는 길수의 위아래를 훑어보았다. 길수는 그만 몸이 달았다.

"아저씨, 문제없어요. 이래봬도 통갈비란 말예요."

"통갈비? 너 정말 자신 있니?"

"염려 마시라니까요. 돈만 많이 주세요."

"그래, 그럼 옮겨봐라. 운임은 얼마나 주랴. 5백 원이면 되지?"

"예에?"

순간 길수는 머리가 띵했다.

"왜, 적단 말이냐?"

"아녜요, 아저씨. 이걸 6층 어디로 옮겨요?"

길수는 서둘러 책 뭉치를 집어들며 물었다.

"만세개발 알지? 그래, 거기로 옮기면 돼."

길수는 펄쩍펄쩍 뛰고 싶었다. 이런 노다지가 또 어디 있으랴. 백 원만 받아도 어디냐 싶었던 것이다. 점심 굶기를 잘했다고, 이런 횡재를 하려고 오전 일거리가 그 모양이었던 것이라고 생각하는 길수의 전신에선 불끈불끈 힘이 솟았다.

책은 30권씩이 한 뭉치로 되어 있었는데, 모두 16뭉치였다. 네 뭉치로 포개어 등에 업어보니 힘에 부쳤다. 세 뭉치씩 나르면 많아야 여섯 번만 오르내리면 된다.

5백 원이 몽땅 내 것이 된다. 구두 한 켤레에 4원씩인데 몇 켤레를 닦아야 될 돈인가. 책 세 뭉치를 업고 숨을 씩씩거리며 계단을 오르고 있는 길수는 도무지 계산을 해낼 수가 없었다. 책은 계단을 오를수록 무거워졌다. 곧 뛸 것만 같은 마음과는 달랐다. 5층에서 주저앉아버리고 싶은 것을 이를 악물며 참아 가까스로 6층까지 올라갔다. 책을 내려놓고 나니 다리가 휘청거리며 헛디뎌졌다. 두 뭉치씩만 나르기로 했다. 그럼 여덟 번을 오르내려야 했다. 애들이 점심을 먹고 니오기 전에 다 끝내야 하는데…… 마음이 조급해진 길수는 곧 넘어질 듯이 급히 계단을 뛰어내렸다.

세 번째, 네 번째…… 허벅지가 팍팍한 솜뭉치였다. 눈앞에서 자꾸 빨강 파랑 불똥들이 엇갈렸다. 가슴에선 불덩이가 이글거렸다.

여섯 번째로 계단을 오르다가 똥파리를 만났다. 길수는 가슴이 섬뜩했다.

"너 돈벌이 한번 삼삼하게 잘하는구나. 야, 혼자만 재미 보지 말고 나도 좀 끼어보자."

대뜸 똥파리가 내뱉은 말이었다. 길수는 잠시 망설였다. 그러나 그럴 수는 없는 노릇이었다. 언제 또 걸릴지 모르는 이런 횡재의 기회를 나눠 먹어야 할 하등의 이유가 없었다. 똥파리 제 놈도 밥을 한 공기씩 더 사먹을 때도 빈말이라도 먹어보라는 한마디 하지 않았다.

"남이 찍은 일에 간섭하지 말어."

길수는 싸늘하게 말했다.

"그래? 알았어, 잘해 봐."

똥파리는 횡 계단을 뛰어 올라갔다.

일곱 번째로 4층의 계단을 오르고 있는 길수의 다리는 바들바들 떨리고 있었다.

"요런 덜떨어진 새끼야!"

이런 고함소리와 함께 길수는 책 뭉치를 떨어뜨리며 픽 쓰러졌다. 책 뭉치는 두어 번 계단을 굴러내리다가 와르르 쏟아지며 책들이 사방으로 흩어졌다. 계단 모서리에 정강이를 사정없이 박은 길수는 꼼짝을 못하고 있었다.

"빨리 일어나지 못해!"

길수는 뒷덜미를 틀어잡혀 일으켜졌다. 길수는 그때서야 그 사람이 꼰대라는 것을 알았다. 순간 등골이 오싹해지며 똥파리의 얼굴이 획 지나갔다.

"요런 쥐새끼 같은 놈아, 누구 허락 받고 이따위 짓 해, 엉? 왜 딴 짓해, 왜!"

"아저씨, 잘못……."

길수는 말을 맺지 못하고 나둥그러졌다, 꼰대가 후려친 것이다.

"아저씨, 아저씨, 잘못했어요."

길수는 후닥닥 일어나서 손바닥을 맞비볐다.

"아가리 나불대지 말어. 요런 쥐새끼 같은 놈아!"

길수는 또 핑 돌 듯 하다가 푹 고꾸라졌다. 그리고 목덜미를 잡혀 계단을 끌려 내려갔다. 길수는 끌려가면서 "아저씨 잘못했어요"를 숨이 닿도록 되풀이하고 있었다.

"일할 시간에 딴짓 하는 못된 버르장머리를 단단히 뜯어고쳐. 딴 놈들 물들지 않게 시범조로 손 좀 봐주란 말야."

꼰대는 길수를 아랑드롱에게 떠다밀었다.

"네 놈 이익만 위해 그따위 얌체짓 하는 버르장머리를 싹 뜯어고쳐주지."

아랑드롱이 벌떡 일어섰다. 길수는 정신없이 빌기만 했다.

"자, 가보실까."

아랑드롱이 길수의 팔을 낚아챘다. 길수는 끌려가서는 안 된다는 생각밖에 없었다. 그대로 주저앉으며 두 다리를 내뻗었다.

"이게, 이게, 요런 쌍……."

길수는 숨이 컥 막혔다. 허벅지를 짓밟힌 것이다.

길수는 끌려가지 않으려고 발버둥을 쳤다. 그러나 아랑드롱의 기운을 당할 수가 없었다. 질질 끌려가던 김수의 뉴에 잡히는 것이 있었다. 세워둔 자가용차였다. 벌떡 일어난 길수는 그 꽁무니를 붙들고 매달렸다. 그러나 손잡이라곤 아무 데도 없는 트렁크에 제아무리 손바닥을 찰싹 붙였다고 해도 끌어당기는 아랑드롱의 힘을 이겨낼 도리는 없었다. 거미 다리처럼 꺾어세워진 열 개의 손가락은 바들바들 떨리며 뒤로 밀려나고 있었다.

"이런 망할 새끼, 죽어라고 닦아논 차를……."

어디선가 달려온 자가용 운전사가 길수의 옆구리를 내질렀다. 길수는 몸이 축 늘어졌다. 따라서 열 개의 손가락이 주르르 미끄러지 듯 하며 검은 윤기가 번들거리는 차체에는 꾸불꾸불한 열 개의 줄이 그어져 내렸다.

"야, 아랑드롱! 그 자식 내버려둬. 오늘부터 아주 잘라버려야겠다!"

옆구리를 감싸잡고 나둥그러진 길수는 이런 말을 바람결처럼 들었다. 뭐, 뭐라고……, 길수는 그 높은 맘보 빌딩의 벽에서 굴러떨어지는 착각에 휘몰리며 가물가물 정신을 잃어가고 있었다.

운전사의 서너 차례 걸레질로 손자국이 말끔히 가셔버린 검은 윤기나는 차체에는 맘보 빌딩의 우람한 모습이 담겨져 있었다.

〈1974년〉

인형극

인형극

나는 오늘 돈을 벌었어요. 무지무지하게 많은 돈이에요. 얼마냐구요? 3, 3천 원이라구요. 수염이 긴 임금님이 그려진 빠다라시 5백 원짜리 여섯 장을 내가 벌었다구요. 얼마나 쎈(신)나는지 모르죠? 깡충깡충 뛰고 싶고 목이 터져라 소릴 지르고 싶어요. 빠다라시 5백 원짜리를 양쪽 손에 세 장씩 쫙 펴 쥐고 흔들면서 말예요. 그치만 그럴 순 없어요. 그러다가 날치기라도 당해 버림 어떡하게요. 그리고 야코가 죽어 있는 창호 때문에도 참아야 해요. 창호 자식은 나하고 똑같은 일을 하고서도 5백 원밖에 못 벌었거든요. 자식, 김 팍 샜지 뭐예요. 오늘 아침에도 뻥뻥 공갈을 시켰거든요. 지가 틀림없이 3천 원을 벌 거라구요. 제비를 뽑아봐야 알지 네까짓 게 뭔데 큰소리냐고, 나도 기죽을 순 없었어요. 그런데 자식은 나를 기가 팍 죽게 만들어버렸어요.

"난 어젯밤에 돈을 수백 장 줍는 꿈을 꿨다. 어쩔래. 이래도 아니니?"

창호는 으스댔어요. 나는 겁이 났어요. 제비뽑기가 허탕이면 어쩌나 싶어서요. 억울했어요. 왜 나는 그런 꿈을 못 꾸었는지 말예요. 알고 보니 창호는 정말 공갈쟁이였어요. 꿈 이야기도 공갈이었을 거예요. 창호는 보통 때도 거짓뻥렁을 잘 시켰서요. 즈네 삼촌이 공군 비행사라고 뻐기기도 하고 이모부가 사장이라고 폼을 잡기도 했어요. 그런데 한 번

도 본 일은 없어요. 즈네 아빠 리야카 채소 장순데……. 창호 말을 믿는
아이들은 없었어요. 꿈 이야기가 정말이라면 누나 말이 맞아요. 꿈에서
의 일은 낮에 반대로 나타난다고 했거든요. 누나의 이 말이 왜 이제야
생각이 나는지 모르겠어요.

　엄마한테 이 돈을 주면 엄마는 날 얼마나 이뻐할까요. 잘은 모르지만
적어도 50원은 줄 거예요. 백 원을 줄지도 모르죠. 그러나 난 50원만 받
을래요. 백 원을 다 까먹으면 어떡하게요. 아빠가 알면 다리 부러질 일
예요. 10원짜리 엿 하나를 팔면 2원 남는다고, 돈을 아껴 쓰라고 아빠는
항상 울상이거든요. 50원을 받아서 난 껌 한 통을 살래요. 여섯 개짜리
루요. 그래서 한 개를 네 동강이 내서 두고두고 씹을래요. 나머지 20원
으론 만화 가게를 가야죠. 피, 웃기지 마세요. 만화는 글씨를 알아야만
보나요, 뭐. 그림만 봐도 무슨 뜻인지 다 안다구요. 나두 다음 달부터
학교에 입학한다구요. 지금도 내 이름, 아빠 이름 다 쓸 줄 알구 천까지
거뜬하게 외울 수도 있어요. 그뿐인 줄 아세요? 쓸 줄은 모르지만 보아
서 알 수 있는 글자도 많다구요. 참, 피, 온, 스, 카, 웃. 수, 사, 반, 장.
쇼, 쇼, 쇼. 맞아요, 테레비 프로예요. 어디긴요, 만화 가게에서 보죠.
10원을 내면 이런 신나는 프로를 볼 수 있고 만화도 두세 권은 덤으로
보여주거든요. 뽀빠이도 먹고 싶고 호빵도 군침이 돌지만 참을 수밖에
없어요.

　내 욕심 같아서는 이 빠다라시 5백 원짜리를 사진틀에 가득 차게 끼
워두고 싶어요. 사진을 다 빼버리고 말예요. 사진틀의 사진들은 참 보
기 흉해요. 엄마 아빠 결혼 사진, 형, 누나, 그리고 내 돌 사진 같은 것
이 끼워 있는데, 모두 뻔디기 삶은 물처럼 누리꾸리하게 변해 있어요.
그 사진들을 다 빼버리고 이 빠다라시 5백 원짜리를 쭉 끼워서 걸어두
면 얼마나 근사하겠어요. 앉아서도 보고 누워서도 보고, 참 앗싸한 기

분일 것 같아요. 아빠도 이런 빠다라시 5백 원짜리는 벌어보지 못했단 말예요. 아빠의 국방색 돈주머니에서 쏟아지는 것은 거의 동전입니다. 요란한 소리를 내며 쏟아지긴 하지만 실속은 없어요. 흰색 동전은 별로 없고 노란 동전이 거반이거든요. 하루에 한 장쯤 5백 원짜리가 있긴 해도 모두 걸레예요. 아빠의 밥상 옆에서 그 돈은 엄마가 셉니다. 종이돈부터 추리고 그 다음 흰 동전과 노란 동전을 고르지요. 난 손도 못 댄답니다. 아빠 말로는 애들이 돈을 가까이하면 못쓴다고 그러지만 진짜는 내가 하나라도 슬쩍할까 봐 그러는 것 같아요. 아빠가 하루 벌어오는 돈은 3천 원이 약간 넘기도 하고 조금 모자라기도 해요. 그런데 그 돈이 다 번 것은 아니래나 봐요. 본전을 빼고 나면 이익은 얼마 없대요.

"이 지경으로 쥐꼬리만큼씩 벌어서 입에 풀칠을 하고 나면 도로 그 꼴, 도로 그 꼴, 다람쥐 쳇바퀴 돌기지. 헛참, 망할 놈의 신세."

엄마가 돈 계산을 끝내고 액수를 말하면 아빤 매일 똑같은 말을 화가 난 목소리로 하고 상을 밀쳐버려요. 나는 아직 산수 공부를 배우지 않아 아빠가 하루 엿을 팔아 남기는 이익이 얼마인지는 몰라요.

"가서 잘 돌려라. 잘만 하면 아빠 엿새 벌이를 하는 셈이다."

엄마는 아침에 크림까지 발라주며 이런 말을 했어요. 사실 나는 창호의 꿈 이야기를 듣기 전, 이때부터 겁이 나기 시작했어요. 제비를 잘못 뽑으면 어쩌나 하고 말예요. 그렇게 되면 엄마한테 마구 두들겨 맞을 것만 같은 생각이 들었어요. 나에게 발라준 크림은 쉐타 짜는 공장에 다니는 누나가 엄마 생일날 사다 준 거예요. 그런데 엄마는 그걸 다 헐어빠진 장롱 깊숙이 넣어두곤 한 번도 바른 일이 없었어요. 매일 집에서 봉투를 만드는 엄마는 다른 애들 엄마처럼 차려입고 어디 가는 일이 없거든요.

"저 새끼, 남 꼬봉 노릇 하러 가면서 크림은 발라 뭘 해."

자는 것처럼 엎드려 있던 형이 벌떡 일어나며 한 말이었어요. 그러잖아도 삐꺽거리는 방문을 형은 거칠게 닫고 나가버렸어요.

"저, 저것이…… 아휴 이놈의 팔자도……."

엄마는 형의 뒤를 쫓아 나가려다 그만두었지요. 형이 화가 났을 때 엄마는 거의 이런답니다. 형은 아빠 앞에서는 꼼짝을 못하지만 엄마한테는 지금처럼 자주 화를 내요. 내가 이번에 1학년이 되면 형은 5학년이 돼요. 형은 공부를 잘하는 편인가 봐요. 아는 게 많아요. 학교를 다녔으면 중학교 2학년인 누나도 형에게는 쩔쩔매거든요.

나는 크림만 바른 게 아닙니다. 엄마가 세수까지 시켜주었어요. 기분이 얼마나 새콤했는지 모른답니다. 그걸 형이 몰라서 더 으쓱했죠. 그전에 엄마가 세수를 시켜준 일은 한 번도 없었어요. 손발 안 씻는다고 야단맞고 더럽게 씻었다고 머리를 쥐어박히곤 했었지요. 정말이지 엄마는 나보다 형을 더 이뻐했어요. 감자를 삶아도 큰 걸 골라 형을 주었고 끼니때마다 내 밥그릇에 보리가 더 많아요. 형은 성적표를 가지고 올 때마다 칭찬을 받지만 난 언제나 꾸중을 더 많이 들었어요. 옷을 더럽힌다, 신발을 험하게 신는다, 코를 흘린다, 엄만 나만 보면 기분 잡치게 만들었어요. 그런데 이틀 전부터 달라졌지요. 그 아줌마가 다녀간 다음부터랍니다.

"그 아줌마가 시키는 대로 잘해야 한다."

엄마는 옷을 털어주며 다정스러운 목소리로 주의를 주었어요.

"엄마, 걱정하지 말어. 아주 잘할게."

"그래, 우리 영찬이 똑똑하지. 큰길 양복점 옆이다. 너 그 아줌마 얼굴 알지? 그래, 차 조심하고……."

내가 골목을 돌아서면서 보니까 그때까지 엄마는 찌그러진 판자 대문을 붙잡고 서 있었어요.

구멍가게 앞에서 먼저 나와 기다리고 있는 창호와 만났지요. 창호도 다른 날과는 달리 얼굴도 깨끗하고 옷도 새것은 아니었지만 그럴 듯했어요.

"아쭈, 멋부렸구나? 이러느라고 늦었지? 그치만 넌 별수없이 꽝이야. 허탕이란 말야. 허탕."

창호는 날 보자마자 재수 옴 붙은 소리를 지껄여 기분 잡치게 만들려고 했어요.

"웃기시네. 그따위 소리 아무리 해도 넌 미련한 두꺼비라구. 미련한 두꺼비가 제비뽑기를 다 해? 보나마나라구."

난 이렇게 맞섰지요. 창호는 금방 화가 나서 툭 튀어나온 눈을 디룩거리며 양쪽으로 퍼진 볼에 바람을 잔뜩 넣지 않겠어요. 이럴 때 창호는 영락없이 두꺼비예요. 나는 창호 약올려 준 게 깨소금 맛이라서 뺑뺑이를 치며 웃어줬어요. 우린 만나기만 하면 욕하고 약올리며 으르렁대요. 무슨 일에나 서로 지지 않으려고 다투는 사이예요. 그런데 오늘은 더해요. 뜀박질을 하려고 금에 발을 대고 서 있을 때나, 팔씨름을 하려고 손을 맞잡았을 때 나는 지지 않으려고 입술을 깨물어요. 나는 지금 그런 때보다 더 가슴이 뛰어요. 아마 창호도 마찬가질 거예요. 그렇잖음 왜 저렇게 화를 냅니까. 두꺼비란 별명은 이름만큼이나 자주 부르는걸요. 자식은 나보다 돈을 더 많이 벌겠다고 단단히 벼른 모양이에요.

약이 받친 창호 자식은 숨을 씩씩 불며 걷다가 불쑥 꿈 이야길 해버렸던 거예요. 그래서 나는 그만 기가 팍 죽어버렸지 뭐예요. 큰길 양복점 앞까지 가면서 자식을 꼼짝못하게 할말을 아무리 생각해봤지만 없었어요.

창호 자식 약올려 준 게 잘못이었다는 생각이 들었지만 어쩔 수 없는 일이었어요.

"애들아, 여기다, 여기."

그저께 집에 왔던 아주머니가 우릴 먼저 알아보고 차에서 내리며 소리쳤어요.

"자, 어서 타거라, 바쁘다."

나와 창호는 새까만 세단 안으로 떠밀려 들어갔어요. 나는 그만 깜짝 놀랐어요. 차 안이 어찌나 넓은지, 우리 집 안방보다 더 넓은 것 같았어요. 그뿐이 아니에요. 자리엔 말예요, 거 있잖아요. 털이 난…… 거 뭐라더라…… 보들보들한 빠알간 털로 덮여 있었어요. 나는 그 털이 망가질까 봐, 내 옷에서 뭐가 묻을까 봐 엉덩이를 자리 끝에 겨우 걸치고 두 손으론 무릎을 꽈악 잡았어요. 그러곤 앞만 똑바로 쳐다보고 있었어요. 몸이 굳어져서 고개를 돌릴 수가 있어야지요.

차가 스르르 움직이기 시작했어요. 나는 또 기절을 할 뻔했어요. 갑자기 등 뒤에서 노래가 터져나오지 않겠어요. 그것도 한쪽에서만 나는 게 아니었어요. 왼쪽에서 나는 것 같기도 하고 오른쪽에서 나는 것 같기도 하고 그러다가 가운데서 나는 것 같기도 해서 영 종잡을 수가 없었어요. 난 택시를 딱 한 번 탄 일이 있어요. 작년이에요. 놀다가 보니 점심때가 지났어요. 맛대가리 없는 밀가루 죽이라도 한 그릇 먹으려고 집엘 들어갔어요. 방에서 이상한 소리가 나요. 방문을 열어보니 봉투 만든 종이가 흩어진 위에 엄마가 쓰러져 있잖겠어요. 말도 제대로 못하고 내가 누군지도 모르나 봐요. 나는 방을 뛰쳐나와 옆집으로 달려갔어요. 마구 울면서 말예요. 옆집 아줌마와 함께 엄마를 병원으로 옮겼어요. 급체를 했었대나 봐요. 그때 난 택시를 타보았는데 택시는 이 차에 대면 새발의 피예요. 2층집하고 판잣집 꼴이에요. 그때 엄마는 뒷자리에 누워서 병원까지 갔는데 문을 닫느라고 억지로 다리를 구부려야 했어요. 그런데 이 차는 다리를 쭉 뻗고 누워도 남을 것 같은걸요.

나는 이마를 앞자리 등받이에 쾅 부딪히곤 바닥으로 털썩 주저앉고
말았어요. 차가 신호등에 걸려 갑자기 정거를 한 때문입니다.

"아니 애, 다치지 않았니?"

아주머니가 내 어깨를 붙들며 물었어요. 머리가 멍멍하고 정신이 얼
떨떨했어요. 그치만 빠르게 대답했어요.

"괜찮아요. 아무렇지도 않아요."

나는 손을 짚고 일어나려다가 얼른 내 발 옆의 바닥을 가렸어요.

"애, 어서 일어나거라."

아주머니가 겨드랑이를 잡아주었어요. 훅 풍겨 오는 냄새. 매운 것
도, 향긋한 것도, 달차근한 것도 아닌 냄새. 그건 엄마한테서 맡을 수
없는 냄새였어요. 엄마한테서는 김치 냄새, 설거지 냄새, 건건한 냄새,
찝찔한 냄새가 납니다. 어디서 맡아본 냄샌데……, 그렇지. 아까 바른
크림 냄새였어요. 그런데 그것보다 몇 배 진한 냄새였습니다. 나는 재
빨리 아주머니를 피했어요. 엄마 말이 생각났거든요.

"목욕이라도 하고 갔음 좋을걸. 값이 좀 비싸야지. 집에서 잘못 씻다
감기 들면 약값이 더 무섭고, 낮이나 깨끗이 씻자. 냄새 풍겨 비위 상하
게 하지 말구."

그러면서 엄마는 비누질을 두 번이나 해서 얼굴을 씻겨주었어요. 머
리는 어제 깎았구요. 난 엄마가 왜 크림을 발라주었는지 알았어요.

나는 곁눈질로 아주머니 눈치를 살폈습니다. 얼굴을 만지는 체하면
서 손가락에 침을 발라두었거든요. 아까 넘어져서 일어나려 할 때 나는
바닥을 보았어요. 바둑 무늬가 새겨진 흰 고무판은 너무 깨끗했어요.
신발을 신고 밟기에는 아까울 만큼 말예요. 차 안이 우리 집 안방보다
크다고 했시만 바닥은 정말 우리 집 방바닥보다 훨씬 깨끗해요. 우리
집 방바닥은 벽이나 똑같이 부대 종이로 때운 데가 많아요. 그리고 봉

투 만드는 풀이 말라붙고 해서 언제나 지저분하거든요. 그 깨끗한 고무 바닥에 흙이 묻어 있지 않겠어요. 내 신발에서 묻은 거예요.

"미스터 박, 김 국장 댁 앞에 잠깐 세워."

아주머니가 운전사에게 말하는 틈을 타 나는 재빨리 고무판에 묻은 흙을 닦아냈어요. 그러고 나니 마음이 시원해졌어요. 나는 휴우 숨을 내쉬었어요.

차가 골목으로 접어들어 커다란 철대문 집 앞에서 정거했어요. 운전 사가 빵빵 소리를 내자 곧 문이 약간 열렸어요. 참 이상해요. 철대문 밑 이 창살로 되어 있어 안쪽 시멘트 바닥이 들여다보여요. 거기에 사람의 발도 보이지 않았는데 그 무거워 보이는 철대문이 빙긋 열렸거든요. 조 금 있다가 땅에 끌리는 긴 치마를 입은 아주머니가 나왔어요.

"애야, 넌 여기서 내려라."

아주머니가 창호더러 말했어요. 운전사가 창호 옆의 문을 열어주고 창호는 철대문 집 아주머니에게 팔을 잡혀 내렸어요. 그때서야 난 창호 를 바로 보았는데 두꺼비 얼굴을 하고 있었어요. 그 두꺼비 얼굴은 화 가 나서가 아니라 겁이 날 때의 얼굴이었어요.

"이렇게 수고를 하셨으니 어쩌죠. 영감도 주책이지, 오늘따라 회의는 무슨 회인지 몰라."

철대문 집 아주머니가 신나게 말했어요.

"그게 어디 국장님 잘못인가요? 그애 훈련 단단히 시키고, 시간 늦지 말아요."

"이앤 어쩐지 덜 똑똑해 뵌다. 그렇죠?"

"그럴 리가 있어요? 그럼 이따 학교에서 만나요."

아주머니가 말을 마치는 것과 함께 차 문이 탕 닫겼어요. 차가 움직 일 때 다시 보니까 창호는 이제 왕두꺼비 얼굴을 하고 있었어요.

차가 다시 정거한 곳은 아까보다 더 큰 철대문 집 앞에서였어요. 나는 아주머니의 뒤를 따라 그 집으로 들어갔어요. 대문을 들어서자마자 개들이 쾅쾅 컹컹 왕왕 짖어댔어요. 나는 그만 그 자리에 얼어붙어 꼼짝을 할 수가 없었어요. 그렇게 큰 개 짖는 소리는 들어보지 못했거든요. 우리 집에서는 아무리 작은 개라도 기른 일이 없어요. 사람 먹을 것도 없는데 미쳤다고 개를 키우느냐고 언젠가 엄마가 말한 적이 있었어요. 우리 집만이 아니라 우리 동네에서 개를 기르는 집은 한 집도 없어요. 작년 여름에 갈색 개가 한 마리 동네에 나타났어요. 개는 순하디순했어요. 우리들이 돌을 던지고 막대기로 때리고 해도 왕왕 몇 번씩 짖기만 하고는 그만이었거든요. 그 개는 그날 밤에 죽었더랬어요. 어른들이 잡아서 보신탕이래나 왕왕탕을 해 먹어버렸대요.

"물지 못하니까 빨리 들어가."

누가 등을 밀었어요. 뒤따라 들어온 운전사였어요. 차도 기막히게 좋았지만 운전사가 양복을 쪽 빼입은 신사인 것도 처음 보았어요. 개들은 쇠줄로 묶여 있었어요. 그러나 쇠줄을 뚝 끊고 달려와 콱 물어버릴 것 같은 무서움을 떼칠 수가 없었어요. 창경원에서 본 호랑이만큼 큰 개 두 마리가 마당 양쪽 끝에서 맞바라보고 이리저리 뛰면서 짖어대는걸요. 그러니까 현관 앞에 있는 발바리까지 덩달아서 왕왕거려요.

"미스터 박, 뭘 하는 거야. 시끄러 살 수가 없네."

아주머니가 획 돌아서더니 운전사에게 쏘아붙였어요. 운전사가 개들 이름을 부르며 손짓을 하자 곧 조용해졌어요.

나는 완전히 기가 죽고 말았어요. 숨도 제대로 쉴 수가 없고 걸음도 맘먹는 대로 걸어지질 않았어요. 어깨가 움츠러들며 내 몸이 자꾸만 자꾸만 줄이드는 것 같았습니다. 이렇게 무지막지하게 큰 집에 들어와 보기는 생전 처음이었거든요. 무지무지하게 으리으리하고 번쩍번쩍하는 게…… 기막히게 좋아서 말로 다 할 수가 없어요. 얼굴이 비칠 만큼 번질번질 윤이 나는 마루방은 우리 집 마당보다 배는 더 될 거예요. 그뿐인 줄 아세요. 꼭 지붕처럼 뾰족하게 생기 높은 천장에는 수백 개의 구슬이 달린 전등이 길게 매달려 있구요. 구부러진 엿처럼 생긴 의자는 어쩌면 그렇게 큰지 몰라요. 그 검은색의 길고 큰 의자 가운데 한 아이가 커다란 책을 보고 앉아 있었어요. 김새게 왜 오줌이 자꾸 마려운지 모르겠어요.

"얘, 일루 와 앉아라."

아주머니가 방에서 나오며 말했어요. 나는 그때까지 마루 구석 벽에 기대서서 꼼짝을 못하고 있었거든요.

"낙준아, 책 그만 보구. 쟤가 네 일을 도와줄 영찬이란다. 인사해야지."

아주머니 말에 책을 보던 애가 나를 빤히 건너다보았어요. 나는 웃으려고 했지만 웃음이 나오질 않았어요.

"앉아, 여기."

낙준이란 아이는 턱으로 자기가 앉은 맞은편 의자를 가리키고는 다시 책으로 얼굴을 돌려버렸습니다. 울긋불긋한 쉐타를 입은 머리카락이 긴 낙준이는 나보다 훨씬 커 보였어요.

"이리 와 앉거라. 어서 연습해야지 시간 없다."

아주머니 말에 나는 조심조심 걸어가 의자 끝에 앉았어요. 자동차에서처럼 엉덩이 끝만 걸치고요.

"자아, 지금부터 내가 시키는 대로 따라서 해. 잊어버리면 안 되니까 꼭 외워두어야 한다. 알겠니?"

나는 침을 꿀꺽 삼키며 고개를 끄덕였어요.

"네 아버지 직업이 뭐지? 예, 우리 아버진 태양무역 사장입니다."

"예, 우리 아버진 태양무역 사장입니다."

"얘, 얘, 어깨를 펴고 똑똑한 목소리로 말해야지 그게 뭐니. 다시 해봐."

"예, 우리 아버진 태양무역 사장입니다."

"그래, 됐어. 너의 특기는 뭐지? 예, 저의 특기는 피아노입니다."

"예, 저의 특, 특⋯⋯."

"야 임마, 특기야 특기!"

낙준이가 소리쳤습니다. 나는 얼굴이 뜨겁도록 창피했습니다. 특기, 특기가 무슨 말인지 알 수가 없습니다. 특기가 왜 피아노인지 모르겠습니다. '저는 특제 피아노를 가지고 있습니다.' 이 말과는 영 딴판이구요. 난 '특제'란 말은 잘 압니다. 누나가 쉐타 짜는 얘길 할 때면 곧잘 나오는 말이거든요. 나는 눈을 내리깔았습니다. 낙준이가 날 깔보는 웃음을 웃고 있었기 때문입니다.

"다시 해봐. 너의 특기는 뭐지?"

"예, 저의 특기는 피아노입니다."

"어디까지 공부했지? 예, 체르니를 다 마쳤습니다."

"예, 체, 체⋯⋯."

나는 죽을힘을 다해서 아주머니의 말을 외우려고 했지만 이 대목에서 또 막히고 말았어요.

"저런 쪼오다. 체르니도 몰라, 체르니?"

낙준이가 또 화가 난 목소리로 소리 질렀습니다. 나도 화가 났습니다. 그러나 화를 낼 수는 없었어요. 왜 그런지는 잘 모릅니다. 체르니를 외울 때까지 네 번이나 되풀이했지요. '어디까지 공부했지?' 나 '무엇을 치고 있지?'는 똑같은 말이라고 아주머니는 다짐을 주었어요.

"너의 장래 희망은 뭐지? 예, 의사입니다."

"예, 의사입니다."

여기까지를 처음부터 다섯 번인가 연습했답니다. 연습을 마치고 나니 목이 말라 견딜 수가 없었어요. 그러나 물을 좀 달라는 말은 하지 않았습니다. 또 낙준이 새끼가 아니꼽게 지랄을 할까 봐서였어요. 낙준이 엄마 말로는 제비를 뽑기 전에 면접이 있을지도 모르니까 미리 준비를 해야 된다는 것이었어요.

"자, 이제 우리 낙준이 차례다. 한번 연습해 보자."

"아, 엄만 시시하게. 벌써 몇 번째예요. 다 안단 말예요."

"건방지게 굴지 말어!"

아주머니는 꽥 소리를 질렀어요. 나만 깜짝 놀랐지 낙준이 새긴 씽씽해요.

"아버지 직업이 뭐지?"

"예, 우리 아버지는 검사입니다."

"너의 특기는 뭐지?"

"예, 저의 특기는 피아노입니다."

"무엇을 치고 있지?"

"예, 쇼팽을 시작했습니다."

"너의 장래 희망은 뭐지?"

"외교관입니다."

낙준이는 술술 잘도 대답을 했습니다. 나는 아주머니의 물음에 따라 속으로 대답을 해나가다가 낙준이 것하고 헛갈려 생각해내느라 끙끙댔어요.

아주머니는 콧노래를 흥얼거리며 방으로 들어갔어요. 나는 멍하니 창밖을 내다보고 있었습니다. 자꾸만 슬픈 생각이 들었어요. 그리고 아빠 생각이 났어요. 어디선가 "깨엿 사려, 찹쌀엿요" 하는 아빠의 쉰 목소리가 들리는 것만 같구요. 엄마 생각도 났어요. 아이고 이놈의 팔자, 그 다음에 빼놓지 않는 휴우 하는 한숨 소리도 들려요. 창호도 지금쯤

나처럼 고생을 하고 나서 즈네 엄마, 아빠를 생각할 것만 같았어요. 창호가 보고 싶습니다. 창호가 옆에 있으면 슬픈 생각이 안 들 것 같거든요.

아주머니는 옷을 한아름 안고 나왔어요.

"예, 이 옷 좀 입어보자."

아주머니는 옷을 내려놓고 나를 끌어당겼어요.

"엄만 뭐야? 그런 거지 같은 새끼한테 내 옷을 입히면 어떡해."

뭐 거지 같은 새끼? 나는 이빨을 앙다물었어요. 저 새끼, 돌로 골통을 까버릴까 부다. 너보다 몸집은 작아도 니깐 새끼 하나쯤 코필 터쳐놓기는 식은 죽 먹기다. 우리 동네에서 날 이길 놈은 하나도 없어. 그래서 내 별명이 쌩깡이다. 이 새끼야. 나는 당장 쫓아가 낙준이 새끼 주둥아리를 찢어놔야 분이 풀릴 것 같아서 뚫어지게 노려보고 있었어요.

"낙준이 너 그런 말 하면 못써."

아주머니는 낙준이를 나무랐어요. 그리고 나를 구슬렸어요. 나는 참기로 했어요. 여태까지 고생을 했는데 산통 깰 수가 없거든요. 엄마가 크림까지 발라줬는걸요.

아주머니는 옷을 이것저것 대보았어요. 나는 계속 가슴이 두근거렸습니다. 내 옷을 벗기면 어떡하나 하는 걱정 때문이었어요.

"네 몸집이 작아 마침 잘됐다. 옷을 벗지 말고 그 위에다 그냥 이걸 껴입어라."

나는 살았다 싶었어요. 내 속옷은 엉망이에요. 팔꿈치, 무릎, 여기 저기를 기운 누더기거든요.

"그 옷을 입으니 너 참 미남이구나. 영 따파이야."

아주머니는 수다를 떨었어요.

옷을 갈아입는다고 아주머니가 낙준이 새낄 데리고 방으로 들어갔어요. 나는 그 넓은 마루방에 혼자서 멍하니 앉아 있었어요. 나는 지금까지 다음에 커서 어떤 사람이 되어야겠다고 꼭 찍어 정해 본 일이 없었어요. 전쟁놀이가 신나서 그냥 군인이 되면 좋겠다 생각했을 뿐예요. 그런데 오늘 낙준이 엄마가 시킨 대로 나는 의사가 되어야 합니다. 의사는 싫습니다. 나는 병원이 지독하게 싫은걸요. 그치만 죽었으면 죽었지 아빠처럼 엿장수는 안 될 거예요. 아까 낙준이 새끼가 된다는 게 무엇인지 모르지만 아마 기똥차게 좋은 건가 봐요. 이렇게 기막힌 부자로 사는데도 즈네 아빠와 같은 검사가 아닌 걸 보면 말예요. 낙준이 새끼가 뭐가 되든 나는 검사가 되기로 결심했습니다.

"오래 기다렸지? 자, 가자."

나는 낙준이 새끼의 구두 여섯 켤레 중에서 하나를 골라 신어야 했어요. 우주 소년 아톰이 다 지워져버린 헐어빠진 내 신발은 종이에 싸서 들었지요.

학교 운동장에는 자동차들이 수십 대 줄지어 서 있었어요. 몇 시부터 시작하는지를 운전사가 알아보러 간 사이에 난 차 속에서 앉아서 낙준이 엄마가 묻는 말에 다시 차근차근 대답을 했습니다.

"곧 시작한댑니다. 내리시죠."

운전사가 돌아와 알렸습니다.

"이걸 달고 나가야지."

아주머니는 핸드백에서 손바닥만 한 종이를 두 장 꺼냈습니다. 그걸 아주머니는 낙준이와 내 가슴에 하나씩 달아주었어요. 그 빳빳한 종이에는 2자 7자 5자가 씌어 있고 그 아래 내 이름이 적혀 있었어요.

나는 차에서 내려, 부잣집 아이들만 다닌다는 말로만 들은 '샛별 사립국민학교'를 볼 수 있었어요. 나는 순 엉터리라고 생각했어요. 우리 아랫동네에 있는 내가 다닐 학교의 반밖에 안 되는 크기였어요. 근데 소문에는 학교가 기막히게 좋아 들어가기가 영 힘들대나요. 그래서 나도 오늘 공갈로 입학하러 온 거지만요.

"자모님들께 알려드립니다. 자모님들께 알려드립니다. 신입생들의 추첨이 곧 시작되겠습니다. 자모님들께서는 아동들을 곧 강당으로 인솔해 주십시오. 자모님들께서는 강당에 들어가실 수가 없게 되어 있으니 식당이나 그 외 장소에서 대기하시기 바랍니다. 다시 말씀드립니다."

마이크에서는 똑같은 말을 몇 번씩이나 되풀이했어요.

"엄마, 나 오줌 마려."

낙준이가 상을 찡그리며 말했어요.

"뭐어? 집에서 누고 오잖고. 영찬이 넌?"

아주머니는 나더러도 묻더니 대답할 사이도 주지 않고 말했어요.

"둘 다 가자. 미리 눠둬야지."

나는 변소엘 가보고 그만 찍소리도 못 하게 기가 죽어버렸어요. 거 있잖아요. 오줌을 벽에 붙은 하얀 사기그릇에 누고 위에 달린 꼭지를 누르면 물이 쏴악 나와 오줌을 깨끗하게 설거지해 버려요. 문이 달려 있는 곳이 똥 누는 데가 틀림없는데 한 군데의 문이 열렸길래 슬쩍 훔쳐보았더니 햐아 텔레비전에서 본 그 의자같이 앉는 것이잖아요. 영 달랐어요. 내가 다닐 학교의 변소는 우리 집 것하고 똑같아요. 우리 집 건 벽이 판자고 학교 건 시멘트라는 것만 다르지요. 내가 다닐 학교 것에 비하면 이건 변소가 아녜요. 아무리 킁킁거려 봐도 냄새가 나야죠. 그뿐이 아녜요. 손 씻는 데도 있는데 비누, 수건까지 있잖겠어요. 누가 훔쳐가지 않나 모르겠어요.

"애, 네 아버지 직업이 뭐지?"

아주머니가 갑자기 돌아서더니 물었어요. 나는 얼떨떨했어요.

"저어……"

난 어떤 걸 대답해야 좋을지 몰랐어요.

"아 벌써 까먹었어?"

아주머니가 짜증을 부렸어요. 난 정신이 퍼뜩 들었지요.

"예, 우리 아버진 태양무역 사장입니다."

"알았지? 넌 오늘 진짜 태양무역 사장 아들이야. 괜히 기죽어 빌빌거리지 말구 사장 아들답게 폼을 잡는 거야. 넌 지금 멋진 옷에 근사한 구두를 신고 있어. 알겠지?"

나는 고개를 끄덕거렸어요. 그러면서 차 안에 두고 온 종이에 싼 신발을 생각했어요.

넓고 넓은 강당에는 애들이 바글바글했어요. 선생님들이 애들의 가슴에 단 종이에 적힌 번호대로 줄을 세웠어요. 나는 낙준이와 떨어졌어요. 창호를 찾아보려고 뒤꿈치까지 들고 빙빙 돌았지만 창호는 보이지 않았어요. 애들은 지독하게 떠들었어요. 저쪽에 따로 선 계집애들이 더 시끄럽게 하는 것 같았어요. 나는 나도 모르게 고개를 빠뜨리고 있다가 변소에서 했던 아주머니 말이 생각나서 고개를 번쩍 들곤 했어요.

한참이 지나서 저 앞에 놓인 높은 책상에 선생님이 나타났어요.

"여러분, 여러분, 조용히 하세요. 지금부터 떠들면 안 됩니다. 곧 번호대로 추첨을 시작할 테니 조용히 차례를 기다려야 해요. 떠드는 사람은 맨 나중으로 빼놓겠어요."

강당 안은 금방 밤중처럼 조용해져 버렸어요.

"자, 여학생, 여학생만 뒤로오 돌앗!"

계집애들은 뒷문으로, 우리들은 앞문으로 네 명씩 선생님을 따라 가기 시작했어요. 나간 애들은 다시 돌아오지 않았어요. 나는 가슴이 두근거리기 시작했어요. 제비를 잘못 뽑을까 봐 걱정이 되기도 했지만 내가 가짜라고 들통이 날까 봐 겁이 나는 것이었어요. 나도 좋은 옷, 좋은 구두를 신었으니까 아무도 모를 거라고 마음속으로 쌩폼을 잡아봤지만 왜 오줌은 자꾸 마려운지 모르겠어요.

나는 아빠가 엿장수인 것이 이렇게 창피한 것을 처음 알았어요. 그전에는 아빠도 돈 잘 버는 회사에 다니거나 큰 공장 기술자였으면 좋겠다는 생각은 했어도 이렇게 창피한 생각이 든 때는 없었어요. 창호 아빠 채소 장수, 영진이 아빠 고물 장수, 민규 아빠 뻥튀기 장수, 다 그게 그거니까 아무렇지도 않았어요. 아빠 왜 엿장수가 됐는지 모르겠습니다. 난 죽었으면 죽었지 엿장수는 안 될 거예요.

내 차례가 왔습니다. 나는 두 주먹을 꼬옥 쥐었어요. 자꾸 온몸이 떨려요. 선생님이 내 번호와 이름을 부를 때 어찌나 크게 대답을 했는지 선생님이 깜짝 놀라고 옆의 애들이 깔깔대고 웃었어요. 나도 모르는 일예요.

나는 다른 세 아이들처럼 동그랗게 생긴 제비 뽑는 기계 앞에 섰어요. 선생님이 가르쳐준 대로 손잡이를 잡고 돌렸어요. 눈을 질끈 감고 말예요. 그리고 그 교실을 나왔어요.

밖으로 나오니 아주머니들이 웅성거리고 있었어요.

"영찬아, 여기다, 여기."

낙준이 엄마였어요.

"잘했니? 자신 있어?"

아주머니는 내 머리를 쓰다듬어주었어요. 목소리도 아주 다정했구요. 난 무어라 대답해야 좋을지 몰랐어요. 아주머니에게 손을 잡혀 차로 돌아오니 낙준이가 빵을 우물거리고 있었어요. 나도 빵을 하나 받았지만 영 먹고 싶지가 않았어요. 제비 뽑은 것도 걱정이었지만 면접이래나 뭐래나 하는 그 거짓뿌렁시킬 일이 무서워서였어요.

"얘, 어서 먹어라. 참 고생 많았지. 괜히 하지도 않을 면접 땜에 널 못

살게 굴었구나. 여기 우유도 마시고."

"……!"

엄마……, 난 눈을 꼬옥 감았어요. 그리고 속으로 몇 번이고 엄마를 불렀어요.

얼마가 지나서 운전사가 헐레벌떡 뛰어왔어요.

"사모님, 추첨 발표를 한댑니다. 빨리 나오십쇼."

아주머니가 뭐라고 소리를 지르며 차에서 내려 운전사와 뛰어가고 그 뒤를 낙준이가 따라서 뛰었어요. 사람들이 차마다에서 내려 저쪽으로 몰려갔어요. 난 기운이 하나도 없었어요. 그리고 이상하게도 찬물로 낯을 씻을 때처럼 기분이 시원해졌어요. 나는 낙준이 새끼 구두를 벗었어요. 그리고 종이에 싸둔 내 신발을 꺼냈어요. 옷도 벗어버렸습니다.

"너 미쳤니? 여기서 옷을 벗으면 어떡해. 남들이 보잖니."

차로 돌아온 아주머니는 내가 옷을 벗은 것을 보고는 화를 냈어요.

"영찬이 아니었음 어떡할 뻔했니? 이 학곤 영영 못 다닐 뻔했다구."

아주머니는 자기 아들 낙준이를 나무라듯 말했어요.

"엄만 왜 자꾸 야단야. 그러니까 돈 줘가며 저 새낄 데려온 거지 뭐야."

낙준이는 대들듯 쏘아붙였어요.

이런 말을 듣고 나는 나도 모르게 두 손을 모아 잡았어요. 그러면서 속으로 또 엄마를 불렀습니다. 그러나 아까처럼 울고 싶은 마음에서가 아니었어요. 그 반대로 펄떡펄떡 뛰면서 엄마를 소리쳐 부르고 싶은 거예요. 나는 제대로 제비를 뽑고 낙준이는 허탕을 치고 만 것이지요.

"자, 이것 받아라. 오늘 고생했다."

아주머니가 5백 원짜리 여섯 장을 세어서 내게 주었어요. 나는 그걸 접기가 아까웠지만 딱 가운데를 반으로 접어 주머니에 넣었어요.

운전사가 창호와 아까 본 아주머니를 찾아가지고 왔어요. 그 아주머

316

니 옆에도 한 아이가 서 있었어요.

"경식이 엄만 괜히 수고만 했구려. 둘 다 돼버렸으니."

낙준이 엄마가 말했어요.

"누가 이렇게 될 줄 알았어야지요. 안전한 게 젤이지. 3대1이래잖아요. 그러나 어쩌죠, 또 폐를 끼쳐야 되겠으니. 오늘따라 무슨 놈의 회의가 글쎄……, 이 통에 공무원 못해 먹는다구요."

창호네 아주머니는 수다를 떨었어요.

"아무 걱정 말아요. 우리 집 차가 바쁠 땐 경식이 엄마 신셀 지는걸. 쟤 빨리 태워요."

"옷은 어떡하죠?"

"거기 가서 벗기죠 뭐."

"그게 좋겠네요. 그럼 부탁해요. 이따 만나 고스톱이나 한판 벌이자구요."

"좋지요. 먼저 가 계세요."

아침에 떠난 양복점 옆에 차가 정거하고 창호는 옷을 벗어주고 내렸어요.

창호는 화가 나서 인상을 쓰며 걸었어요. 구멍가게 앞에까지 왔어요. 창호와 헤어져야 합니다.

"잘 가."

"……."

창호는 대답도 안 하고 걸어갑니다. 나는 창호 자식 뒤에다 대고 용용이를 쳐주며 속으로 놀렸어요. 야 임마 몰랐지, 꿈은 반대라는 걸, 몰랐지. 콧쌤이다, 쌤통이다, 헤헤 용용 죽겠지. 창호를 놀리다가 언뜻 그 생각이 떠올랐어요. 내가 뽑은 자리에 낙준이 새끼가 들어가게 된다는 것 말예요. 그치만 어떡해요. 첨부터 그렇게 등록증을 뗀걸. 그런 학교 못 간다고 슬퍼하면 뭘 해요. 우리 아빠 엿장수고 낙준이 새끼 아빠 검산걸요.

이런 쓸데없는 생각 더해서 기분 잡치고 싶지 않아요.

"엄마, 엄마, 나야."

나는 마당으로 뛰어들며 소리쳤어요. 방문이 열리며 엄마가 뛰어나왔어요.

"엄마, 난 3천 원이구 창호는 5백 원이야. 창호는 그 집 애도 뽑혀버렸거든. 이거야 이거, 돈. 3천 원이야, 빠다라시로 3천 원."

엄마는 돈을 받지 않고 나를 덥석 안았어요. 그리고 팔에 힘을 주어 꼭꼭 끌어안았어요. 그러면서 우는 거예요. 소리는 안 나지만 엄마 몸이 떨리는 것으로 알 수 있었어요. 나도 울음이 나오려고 했어요. 그러나 꾹 참았어요. 그러면서 커서 꼭 검사가 되겠다고 나는 다시 마음을 단단히 먹었어요.

〈1975년〉

어떤 솔거의 죽음

어떤 솔거의 죽음

"여봐라, 이 성내에 쓸 만한 환쟁이가 있느냐!"

어느 날 성내를 조망眺望하고 있던 성주城主가 별안간 물었다.

"환쟁이라니요……?"

성주 옆에 붙어서 있던 신하가 반문했고, 둘러선 다른 사람들도 의아한 표정이 되었다.

"환쟁이를 몰라서 그러는 게냐!"

모두들 움찔했다. 성주의 음성에 노기가 묻어난 때문이다. 눈치 없이 데데하게 굴다가는 그 불덩이 같은 성미가 폭발할 것이다. 그렇게 되면 누구에겐가 불똥이 튈 것이고, 그 세례를 받은 자는 재수가 좋아야 파직이고, 운수 꼬이면 볏짚 깔고 벽 바라보고 앉아서 〈사미인곡〉 읊는 처량한 귀뚜라미 신세가 될 판이었다.

"예에, 있구말구요. 새가 금방 후드득 날아갈 듯이, 호랑이가 금방 우르릉 울 듯이, 사슴이 금방 깡충 뛸 듯이, 있는 대로 보는 대로 그려내는 귀신 같은 솜씨를 지닌 환쟁이가 있사옵니다."

한 신하가 연상 눈알을 디룩거려가며 아뢰었다.

"후드득 날고, 우르릉 울고, 깡충 뛰게 하는 귀신 같은 솜씨라…… 그게 사실이렷다!"

"감히 어느 안전이라고 이 짧은 혀로 거짓을 고하오리까."

얼굴이 상기된 신하는 허리를 굽실거리며 사실을 확인했다.

"그렇다면 그자를 곧 불러들이도록 하라."

"예에…… 하온데……."

모두의 엉거주춤한 눈길은 성주의 얼굴 주변을 서성이고 있었다.

헛기침을 두어 번 한 성주는 둘러선 신하들을 한차례 휘이 훑어보았다.

"성내의 백성들이 태평성세를 누리며 내 덕을 칭송하고 있다는 그대들의 진언은 사실과 추호의 차이도 없으렷다."

"여부가 있사옵니까."

모두는 가락을 맞추어 합창하며 일제히 머리를 조아렸다.

"자알 알겠노라."

성주는 뒷짐을 지며 신하들로부터 눈길을 거두었다. 그리고 실눈을 뜨고 멀리 성내를 굽어보는 것이었다. 그런 그의 얼굴에는 만족스러운 웃음이 넘쳐나서 처져내린 양쪽 입꼬리로 질질 흘러내리고 있었다.

"듣거라. 그대들이 진언하는 바대로 성내의 백성들이 태평성세를 누리며 내 덕을 칭송함에 있어 내가 그들에게 어떤 답례를 내릴까 골똘히 생각하던 중 묘안이 떠올랐느니라. 그들의 극진한 칭송에 대한 답으로 내 영정을 현치문賢治門 앞에 걸도록 함이니라."

"과연 현안이시옵니다."

"성주님의 은혜 하해와 같사옵니다."

"백성들의 기쁨이 한층 더할 것이옵니다."

"성주님께서는 역시 백성들의 목마름이 무엇인지 꿰뚫어보시는 혜안을 지니셨사옵니다."

둘러선 신하들은 서로 질세라 제각기 한마디씩 아뢰기에 바빴다. 그런 그들의 얼굴에는 아쉬움과 후회의 빛이 엇갈리고 있었다.

그는 당일로 불러들여져 성주 앞에 읍했다.

"네가 바로 신기를 지녔다는 환쟁이렷다!"

버티고 앉은 성주가 다짐을 놓았다.

"황공하옵니다."

그는 전혀 감정이 담기지 않은 음성으로 대꾸했다.

"이미 들어서 알고 있을 터인즉 더 말하진 않겠다. 다만 그대의 임무가 얼마나 막중한지를 명심토록 할 것이니라. 알겠느냐!"

"명심 거행하오리다."

"며칠이나 걸리겠느냐!"

"명확한 장담을 올릴 순 없사오나, 대략 열흘쯤이면 가할 줄로 아옵니다."

"어허…… 그렇다면 열흘 내내 내가 네놈 앞에서 장승이 되어야 한단 말이냐!"

성주의 언성이 파도를 일구었다.

"아니옵니다. 단 한순간도 소인의 앞에서 자릴 잡으실 필요가 없사옵니다. 성주님께서는 소인을 전혀 개의치 마시옵고 평상시와 다름없이 거동을 하시면 되옵니다. 하오면 소인이 성주님의 이런저런 모습을 세밀히 관찰한 다음 정리하여 화폭에 재현시킬 것이옵니다."

그는 동요되는 빛이 없이 담담하게 말했다.

"허허, 역시 소문대로 신기를 가진 모양이로구나. 그럼 오늘부터 일을 시작하도록 하라."

성주는 흡족한 웃음을 피웠다.

그는 그날부터 먼발치에서 성주를 지키기 시작했다. 그 위치는 성주의 좌측일 때노 있었고 우측일 때도 있었다. 더러 정면일 때도 있었는데, 그런 경우에 그는 기둥 뒤에 몸을 숨기거나 나무 그늘에 몸을 감추는 것이었다. 그의 이런 행동은 성주가 잠을 깨서 잠자리에 들 때까지 잠시도 멈춰지지 않고 계속되었다.

나흘째 되는 날 그는 성주 앞에 불려나갔다.

"아직 먹 한 번 찍지 않았다니, 이게 어찌된 일이냐. 내 앞에 한 번 한 약속은 두 번 다시 바꿀 수 없느니라. 만약 약속을 이행하지 못할 시에는 어찌되는지 알고 있으렷다!"

성주는 심히 못마땅한 표정으로 그를 내려다보고 있었다.

"소인 잘 알고 있사옵니다. 너무 심려치 마십시오."

그는 흔들리지 않는 음성으로 말했다.

"어허, 이런 답답한 일이 있나. 앞으로 며칠이나 남았다고 심려를 안 한단 말이냐!"

성주는 눈을 치뜨며 버럭 소리를 질렀다. 성주는 저 환쟁이놈의 태도부터가 비위에 거슬리는 것이었다. 어떻게 생겨먹은 놈이 통히 그 꼴이 그 꼴인 것이다. 자신을 대하는 태도가 불손한 것도 아니고 그렇다고 공손한 것은 더구나 아닌, 그러면서도 어디라고 딱 꼬집어낼 수 없는 기묘한 태도를 취하고 있었다.

"소인의 솜씨 비록 미천하오나, 처음 아뢰었던 날짜까지는 기필코 완성할 것이옵니다."

그는 분명한 어조로 또박또박 박아서 말했다.

"어김이 없으렷다!"

"여부가 있겠사옵니까. 어느 안전이라고 두말을 하오리까."

이렇게 성주 앞을 물러나오고서도 그는 이틀을 더 성주를 졸졸 따라다니는 것만으로 날짜를 보냈다.

그날 저녁 그가 식사를 마치고 명상에 잠겨 있는데 우두머리 신하가 나타났다.

"어인 일이십니까?"

인기척에 눈을 뜬 그가 우두머리 신하를 알아보고 자리에서 일어났다.

"졸고 있었소?"

우두머리 신하가 혀를 끌끌 차며 퉁명스럽게 물었다.

"그럴 리 있습니까. 건강이 남달리 좋은 편은 못 되지만 자리를 깔지 않은 채 눈을 붙이는 좀스러운 짓을 해본 일은 한 번도 없습니다."

그의 얼굴은 웃고 있었지만 어조는 차디찼다.

"물론 그래야지요. 중임 중에 중임을 맡은 몸으로 앉아 조는 것 같은 천박한 행동을 해선 안 되지요."

우두머리 신하는 남의 거처에 불쑥 나타난 자신의 무지하고도 경망한 행동을 쑥스러워하기는커녕 자못 근엄한 표정으로 훈계를 하고 있었다.

"어쩐 일이십니까?"

그는 용건을 묻고 있었다. 불필요한 사람과 마주 대하고 앉아서 시간을 빼앗기는 것을 그는 딱 질색했다. 더구나 명상하는 시간을 토막 내게 되는 경우 그 도는 몇 갑절 심해졌다.

"어떻게 하실 참이오?"

우두머리 신하의 어조는 사뭇 심문조였다.

"무얼 말입니까?"

그는 순간적으로 얼굴에 침을 뒤집어쓴 것 같은 모욕을 느끼며 되물었다.

"몰라서 묻는 거요?"

우두머리 신하는 뒷짐을 지고 버티고 선 채 백지일 뿐인 커다란 화폭에 시선을 꽂고 있었다.

"……."

그는 어금니를 꽈악 맞물었다. 아무 말도 하고 싶지가 않았다. 할 말이 없었다.

"말을 물었으면 대답이 있어야 게 아니오. 도대체 목이 몇 개나 되길래 이렇게 태평하게 앉아서 날만 보내고 있는 거요?"

우두머리 신하는 이마에 핏줄이 오르도록 화가 나 있었다. 그의 태도가 자신을 무시하고 있다고 자기대로 받아들인 것이었다.

그의 입 언저리에는 경멸의 웃음이 보일 듯 말 듯 어렸다.

"난 기인奇人이 아니기 때문에 목은 하나밖에 없지요. 그 하나밖에 없는 목을 이 정도의 일을 맡아가지고 내놓을 만큼 헐값은 아닙니다. 내 목숨 귀한 것은 내가 더 잘 알고 있으니 그다지 염려 안 하셔도 됩니다. 그리고 쉽게 말해서, 개나 돼지도 제가 안 먹으려 하는데 억지로 먹일 수는 없는 일 아닙니까. 하물며 사람이 아무리 환칠을 해먹고 살긴 하지만 사람의 목숨을 가진 자가 짐승만도 못할 리가 있겠습니까."

그는 어스름이 덮여오는 창밖 먼 곳에 시선을 둔 채 이렇게 말했다. 옆 볼에는 우두머리 신하의 따가운 시선이 씩씩거리는 숨소리와 함께 무수히 꽂혀오고 있었다.

"무례한 것 같으니라구!"

이 한마디를 남겨놓고 우두머리 신하는 옷깃을 펄럭이며 나가버렸다.

이레째 되는 날 그는 비로소 붓을 들었다. 이제 그의 머릿속에는 성주의 모습이 훤하게 조각되어 있었다. 그는 마음먹은 대로 성주의 모습을 수천 조각으로 나눌 수도 있고 다시 결합시킬 수도 있었다. 어느 한 부분을 실물보다 크게 확대시킬 수도 있었고 작게 축소시킬 수도 있었다.

붓을 대기 시작한 그는 잠자거나 먹는 것을 거의 중단하다시피 했다. 그의 청을 받아들인 성주가 명령을 내린 탓으로 그가 기거하고 있는 방에는 세 끼 밥을 시중드는 사람 외에는 그 누구도 얼씬거리지 못했다.

그는 나흘 만에 파리해진 모습으로 방을 나왔다. 약속대로 만 열흘 만에 성주의 영정을 완성한 것이다.

그는 흡사 술에 취한 듯한 걸음걸이로 성주 앞에 나섰다.

"어서 펼쳐보아라."

성주가 다그쳤고 그는 읍을 하고 나서 받쳐들고 있던 두루마리를 풀기 시작했다. 양쪽으로 늘어선 신하들은 하나같이 긴장한 표정들이 되었다.

그림은 하반신부터 나타나기 시작했다. 그림이 펼쳐져감에 따라 실내에는 농도와 색깔이 다른 침묵이 쌓여져갔다. 목이 나타나고 턱, 입, 코, 눈, 이마를 거쳐 머리 부분이 나타나려 할 때였다.

"요런 고이얀 놈, 당장 치워라!"

성주가 벌떡 일어서며 고함을 질렀다.

모두는 소스라친 표정으로 딱 굳어졌고 실내에는 순식간에 살얼음이 끼었다. 다만 그 혼자만이 이해할 수 없다는 표정으로 성주를 올려다본 채 계속 두루마리를 풀고 있었다.

"이놈 귀가 먹었느냐. 당장 치우라니까, 당장!"

성주는 발을 구르며 소리쳤다.

"어인 분부시옵니까, 성주님."

그는 정색을 하고 물었다.

"몰라서 묻는 거냐, 이놈! 네 놈 눈깔에는 내가 그처럼 흉물로 보이더란 말이냐. 요런 발칙한 놈아."

성주는 곧 쫓아 내려올 듯이 팔을 치뻗어대며 고함을 질렀다.

아……, 그는 끝도 없는 벼랑을 의식했다. 한 발짝만 물러서면 그대로 곤두박이고 마는 벼랑. 그는 정신을 가다듬었다.

"소인의 재주가 워낙 모자람을 잘 알고 있사오나 붓을 들어 화폭에 그림을 그릴 때만은 추호의 거짓도 없이, 티끌만큼의 잡념도 없이 마음을 다스리옵니다. 하옵고, 비록 그림이 다 되었다 하나 어느 한구석이라도 미진하거나, 선 한 가닥이라도 거슬리면 결코 타인 앞에 내놓지를 않사옵니다. 하물며 성주님의 영정을……."

"닥쳐라 이놈아! 감히 어디라고 주둥아릴 나불거리느냐."

벌겋게 핏발이 선 성주의 두꺼운 볼이 씰룩거렸다.

"황공하옵니다만 좌중에 물어주실 것을 소인 감히 소청드리옵니다."

그는 신념 어린 눈빛으로 성주를 올려다보았다.

"당돌한 놈 같으니라구……."

성주는 수염을 신경질적으로 쓰다듬으며 신하들을 휘 둘러보았다.

그가 끝을 받쳐 들고 있는 커다란 족자에는 실물 크기의 세 배에 가까운 성주의 좌상이 담겨져 있었다. 칼만 가까이해도 쫙 벌어질 것처럼 팽팽하게 살이 쪄 오른 볼, 살에 밀려 거의 닫힐 위기에 몰려 있는 가느다란 눈, 뚱뚱한 몸집의 체면을 손상하기에 제격인 채신머리없이 달라붙은 염소 수염, 몸집을 닮아 하늘 높은 줄을 모르고 세상 넓은 줄만 아는 펑퍼짐하게 퍼져버린 코, 그 장대한 육신을 먹여 살리기에 안성맞춤인 두껍고도 큰 입, 어느 부분이든 실물과 너무나 똑같았다. 더구나 전체적으로 발산하고 있는 분위기는 여지없이 성주 그대로였다. 흡사 무더위처럼 어디선가 꾸역꾸역 괴어 오르는 심술이라든가 땀 냄새처럼 끈적끈적하게 묻어나는 것 같은 탐욕스러움은 영락없이 살아 움직이는 성주였다.

"네놈 소원이 정히 그렇다면 한 사람씩 의견을 듣도록 하겠다. 허나 만약 한 사람이라도 네놈의 말과 다를 시에는 결코 살아남지 못하리라. 그래도 자신이 있는가!"

성주가 잔인한 웃음을 입가에 물며 싸늘한 경고를 내던졌다.

"후회하지 않을 것이옵니다."

그는 성주를 똑바로 응시하며 분명한 어조로 대답했다.

"방자한 놈 같으니…… 여봐라, 그대들은 차례로 저 그림을 보고 그 느낌을 숨김없이 아뢰도록 하라."

명령이 떨어지자 신하들은 한 사람씩 성주의 영정 앞에 읍을 했다.

"아뢰옵기 황공하오나 저건 성주님의 영정이 아닌 줄 아옵니다."

"그러하옵니다. 성주님과는 전혀 닮은 데가 없음이 사실이옵니다."

"소인의 눈도 마찬가지옵니다. 어찌 성주님의 모습이 저러하오리까."

신하들의 말은 이런 식으로 계속되었고, 그의 눈은 차츰차츰 이상한 빛을 띠어가고 있었다.

"저자가 감히 성주님을 모독하고 있사옵니다."

"그러하옵니다. 성주님의 인자하시고 후덕하신 모습을 저자가 고의로 왜곡하고 있사옵니다."

"더 아뢰어 무엇하오리까. 환칠을 할 줄 안다는 좀스러운 손재주를 가지고 성주님을 모욕하려 했음이 분명하온즉 이 어찌 죄가 되지 않으오리까."

그의 눈은 이제 이글이글 타고 있었다.

"네 이놈! 귀가 뚫렸으니 빼놓지 않고 다 들었으렷다. 그래도 더 할 말이 있느냐!"

성주는 실내가 쩌렁쩌렁 울리도록 호령했다.

그는 눈을 감았다. 그리고 곧 떴다. 그 지극히 짧은 시간 동안에 그는 모든 것을 정리했다. 중론을 듣고자 했던 것은 어리석고 어설픈 투기였다. 그러나 그는 후회하지 않았다.

조금도 동요의 빛이 없이 꼿꼿하게 일어선 그는 입을 열었다.

"모두의 말이 다 옳습니다. 하오나 매일 아침 당경唐鏡을 보셨을 때

당경도 그런 말들을 했사옵니까. 분명 당경만은 거짓을 고하지 않았으리라 믿사옵니다."

그의 눈은 이제 훨훨 불이 붙고 있었다.

"저, 저놈이……. 저놈을 당장 하옥시키도록 하라."

성주의 말이 떨어지기가 바쁘게 그의 팔에는 결박이 지어졌다.

그는 다음 날 아침 성주 앞에 불려나갔다.

"네놈의 죄가 얼마나 무거운가를 보여주기 위해 끌어냈느니라. 이제부터 네놈과 같은 환쟁이의 말을 똑똑히 듣고 네놈의 죗값이나 기다리렷다."

성주의 말에 그는 고개를 들었다.

"아니……."

자신이 그린 성주의 좌상이 걸린 앞에는 지루가 서 있었다. 그는 지루를 뚫어지게 쳐다보았지만 지루는 일부러 딴청을 부리고 있었다.

"너는 어서 그 그림에 대한 느낌을 거짓 없이 고하도록 하라."

성주가 명령했고,

"네에에, 그러하오리다."

지루는 크게 머리를 조아렸다.

"긴 말씀 드리면 성주님께서 피곤하실 것인즉 간단히 요약할까 하옵니다. 저 그림은 성주님을 욕보이려는 의도적인 흉계로 제작되었기로 사실을 조작, 왜곡하고 있음을 냉정히 지적하지 않을 수 없사옵니다."

"그 말이 사실이렷다."

"여부가 있겠사옵니까. 소인의 목숨은 둘이 아니오라 오직 하나일 뿐이옵니다."

지루는 연신 허리를 굽실거렸다. 그의 매서운 눈초리는 무수한 불화살이 되어 지루의 몸뚱어리에 꽂히고 있었다.

"저것이 조작된 것이라면, 그럼 그대는 사실을 사실대로 그려낼 수 있겠는가."

"황송하옵니다. 소인의 재주 별로 보잘것없사오나 감히 저런 흉계는 꾸미지 않을 것이옵니다."

"그렇다면 며칠이나 걸리겠느냐."

"닷새면 족할 것이옵니다."

"닷새라니? 저놈은 열흘이 걸렸어도 저 모양을 만들었느니라."

"뜻이 바르지 못했사온데 스무 날이 걸린들 무슨 소용이 있사오리까."

"과시 네 말이 옳다. 당장 이 시각부터 일을 시작토록 하라."

"황공무지로소이다."

지루는 이마가 발등에 닿을 지경으로 깊은 절을 했다.

"그놈을 끌어내라!"

그는 일으켜세워져 등을 떠밀리는 마지막 순간까지 지루에게 불화살을 퍼붓고 있었다. 그러나 지루가 줄곧 외면을 하고 있었기 때문에 끝까지 눈길은 마주치지 않았다.

그는 다시 옥에 갇혔다.

그는 멍한 시선으로 돌벽을 바라보았다. 거기 선연히 떠오르는 얼굴이 있었다.

"아니 스승님……."

그는 자신도 모르게 외치며 두어 발짝 앞으로 다가갔다. 그러나 스승님의 모습은 간 곳이 없고 때묻은 돌벽만 앞을 막고 있었다.

"너희들은 이제 배울 만큼 배웠느니라. 나로선 더 가르칠 게 없으니 앞으로는 실제 사물을 보고 느끼고 그 느낀 점을 자기의 것으로 다시 나타내는 일을 거듭해야 한다. 누차 말했다만 그림은 손재주만 가지고 되는 게 아니다. 마음에 깊은 느낌이 없어서는 안 되는 것이야. 재주란 사람으로 치면 뼈대와 같은 것이고 거기다가 살이 붙어야 사람 구실을 하게 되는 게 아니더냐. 앞으로는 너희들의 재주에다가 살을 붙이는 일을 지치지 말고 해야 한다. 그래야 피가 통하고 혼이 담긴 그림이 되는 법이니까. 터득하도록 해야 해, 터득하도록."

스승님은 어느 때 없이 이런 긴 말씀을 하고 제자들을 둘씩 짝지어 사방으로 흩어보냈다.

그는 지루와 짝이 되어 관동 지방으로 가게 되었다. 나머지 여덟 명도 스승님이 정한 지방으로 강산 유람을 떠났다. 풍류를 곁들여 말해서 유람이지, 그건 어디까지나 공부의 연장이었다. 한 달 동안에 자유로 선택한 소재로 열 장을 그려야 했고, 지역마다 스승님이 지정한 풍경을 찾아내서 완성시켜야 하는 무거운 짐이 지워져 있었다.

"설악산과 경포대 사이에 낙산이라는 곳이 있느니라. 바다에 면한 벼랑 끝에 해송海松이 솟아 있고 그 사이로 꿰비치는 일출日出이 장관이니라. 구름 한 점 없이 활짝 개인 날의 일출을 그리도록 해라."

이것이 그와 지루에게 떨어진 스승님의 지시였다.

매일 강행군이었다. 걷다가 마음이 끌리는 풍경이 있으면 화필을 잡았고 그것이 어지간히 틀을 잡게 되면 다시 걷는 일정의 연속이었다.

보름이 넘어 낙산에 당도할 수 있었다. 그와 지루는 다음날 신새벽부터 해변가 벼랑을 향해 어둠을 헤치기 시작했다. 일출을 기다리는 둘의 위치는 상당한 거리를 두고 있었다. 둘은 숙식을 같이하며 타향을 떠도는 몸이었지만 그림을 그릴 때는 서로 냉정하게 등을 돌렸다. 그래서 서로의 그림이 어떻게 그려지고 있는지는 전혀 알 도리가 없었다.

첫날은 구름이 가득 끼어서 일출을 맞이할 수가 없었다. 설친 잠은 낮에 보충하고 남는 시간에는 그동안에 그린 그림들을 손질했다. 둘째 날도 두꺼운 구름은 해를 보여주지 않았다. 셋째, 넷째 날도 마찬가지였다.

"갈 길이 먼데 그만 떠나야 되지 않겠나?"

그가 힘없는 목소리로 지루에게 말했다.

"하지만 쉽사리 다시 오기 어려운 길이니 하루만 더 머무는 게 어때?"

이런 지루의 말에 그는 아무 생각 없이 동의했다.

다음 날은 구름이 약간 걷히긴 했지만 그림을 그리기에는 마땅치 않은 일출이었다.

그들은 여장을 챙길 수밖에 없었다.

그들이 집에 당도한 하루 이틀을 앞뒤로 다른 사람들도 모여들었다. 다들 피곤하고 초췌한 모습들이었다.

사나흘 여독旅毒을 푼 다음에 제자들은 둘씩 짝이 되어 스승인 앞에 그림들을 올렸다. 스승님이 눈여겨보는 그림은 제자들이 자유로 그린 열 장이 아니라 당신이 지적한 한 장의 그림인 것은 너무나 당연한 일이었다.

그는 지루와 나란히 무릎을 꿇고 앉아서 그림 뭉치를 두 손으로 받들었다. 스승님은 지루의 그림부터 한 장, 한 장 유심히 살펴나갔다. 그도 숨길을 가다듬으며 지루의 그림에 시선을 고정시키고 있었다. 그림마다 예사로 보아넘길 수 없고 무시할 수 없는 지루의 재주가 번뜩이고 있었다. 그림이 바뀔 때마다 스승님도 입을 꼭 다문 채 보일 듯 말 듯 고개를 끄덕이는 것이었다. 그런 스승님의 미간에 잡히는 잔주름은 그때그때의 놀라움을 선명하게 기록하고 있었다.

마지막 한 장, 스승님이 지시한 일출의 그림이 펼쳐졌을 때 그는 하마터면 소리를 지를 뻔했다. 한 장의 종이 위에는 찬연하게 불붙어 다고 있는 하늘과 바다, 그 사이에서 이글이글 제 몸을 사르고 있는 불덩이가 그야말로 장관을 이루어놓고 있었다. 아직 표구도 하지 않은 그림인데도 색깔이 펄펄 살아서 뛰고 있었다. 흡족한 미소가 겹으로 물굽이를 이루는 스승님의 얼굴이 자꾸 흐리게 흔들리는 것을 의식하며 그는 정신을 다잡으려고 속입술을 깨물었다.

이번에는 스승님의 손에서 그의 그림들이 차례로 펼쳐졌다. 그림이 바뀔 때마다 그는 심한 현기증에 시달리고 있었다. 마지막 그림이 펼쳐졌다. 현란한 채색의 일출이 있어야 할 거기에는 백지가 그대로 드러났다. 순간 스승님의 얼굴이 번쩍 들렸다. 그와 눈이 마주쳤다. 그 눈에는 노여움과 꾸지람과 실망과 의혹이 뒤엉켜 있는 듯했다.

"소인의 눈에는 스승님께서 일러주신 청명한 일출이 보이지 않았습니다."

그는 가까스로 이 말을 했을 뿐이다. 그리고 곧 그 자리를 물러나오고 말았다. 그 길로 집에 돌아온 그는 꼬박 이틀을 침식을 잊고 누워 있었다. 그는 주체할 수 없는 혐오감에 시달리며 더 살고 싶은 생각이 없었다.

사흘째 되는 날 스승님이 그의 집을 방문한 것은 너무나 뜻밖의 일이었다.

"난 네가 내놓은 백지에서 지루의 것보다 몇 배 훌륭한 일출을 보았느니라. 넌 크게 될 것이야. 꺾일망정 휘어지지 않는 심성을 지녔으니까. 네가 원한다면 앞으로도 내 문하에 남도록 해라. 내 힘에 겨웁기는 하다만."

그는 스승님 앞에 머리를 박고 엎드려 오열했다. 다른 방법이 없었다. 제자들 모두가 한결같이 바라던 그 말씀을 드디어 자신이 받들게 된 것이었다.

다시 옥에 갇힌 그는 그날부터 침식을 완전히 끊어버렸다. 벽을 향해 무릎을 꿇고 앉은 그는 눈을 내려감은 채 미동도 하지 않았다. 하루, 이틀, 사흘, 그는 계속해서 그렇게 앉아만 있었다.

밤낮 없이 그림 그리기에 혈안이 된 지루는 약속했던 대로 닷새 만에 그림을 완성했다. 지루는 그와는 달리 아예 족자를 긴 대나무에 양쪽을 매달아 펼쳐 들게 해서 성주 앞에 나타났다.

"과연 그대의 솜씨가 신기로다. 어쩌면 그렇게 솜씨가 빼어날 수가 있단 말인가. 훌륭한지고, 훌륭한지고."

성주는 기쁨을 미처 가누지 못했고,

"과찬이시옵니다, 과찬이시옵니다."

지루는 득의에 찬 눈을 번뜩이면서도 겸손을 지어 보였다.

"그대들의 눈에는 어떻게 보이는지 차례로 구경들을 하시오."

성주의 말에 늘어섰던 신하들이 차례로 영정 앞에 섰다.

"바로 저 모습이 성주님의 참모습인 줄 아뢰오."

"이제야 비로소 성주님의 인자하심과 후덕하심이 생광을 얻은 것으로 믿어 의심치 않사옵니다."

"감히 무어라 아뢰오리까. 성주님의 영정을 우러르매 폭포수처럼 쏟아져내리는 은혜에 그저 몸둘 바를 모르옵니다."

모두 이런 식으로 입을 모았고,

"어허허허……, 역시 그대들은 내 신하들로서 손색 없는 눈들을 지녔소. 내 이 기쁨을 그대로 덮어둘 수 없으니 오늘 저녁 잔치를 베풀 것이오. 그대들은 맘껏 즐기도록 하오."

"황공하여이다."

모두는 머리를 조아리려 합창했다.

"그리고 화공에겐 후한 상금을 내릴 터인즉 사양치 말라."

"황공무지로소이다."

지루는 기쁨이 충만된 얼굴로 허리를 굽혔다.

"저 영정은 내일 아침 내다 걸도록 하렷다."

"명심 거행하오리다."

족자에 그려진 얼굴은 얼핏 보아서는 생판 딴사람이었다. 우선 삐져 나오도록 살이 찌지 않은 게 그랬다. 그리고 눈도 서글서글했고 입술도 미련스럽게 투박하지 않았다. 그래서 그런지 심술이나 탐욕스러움 대 신 미풍 같은 미소가 번져나는 속에 한없이 인자하고 후덕한 기운을 훈 훈하게 풍기고 있었다. 흡사 부처님이 의관 정제한 것이 아닌가 착각할 지경이었다.

엿새째 되는 날 새벽 그는 몸을 털고 일어났다. 문 쪽으로 더디게 다 가선 그는 간수를 불렀다.

"내 청이 한 가지 있는데 들어주시겠소?"

"말해보슈."

"물 좀 한 통 떠다 주시겠소."

"며칠째 밥도 마다더니 물은 한 통씩이나 어디다 쓰려오. 물배라도 채워야 살겠소?"

"농 마시고 내 이 마지막 청을 좀 들어주오."

"마지막이라니?"

"오늘이 내 이승 마지막 날이라오."

그의 입 언저리에 엷은 웃음이 잠시 머물렀다 사라졌다.

"내가 모르는 일을 당신이 어찌 안단 말이오. 며칠 굶더니 정신이 헛 도는 거 아니오?"

"어떻게…… 청을 못 들어주시겠소?"

"아, 알겠수다. 하여튼 물 한 통 떠다 주기는 어렵지 않은 일이니까."

간수는 고개를 갸우뚱거리며 돌아섰다.

그는 간수가 떠다 준 물로 얼굴과 손발을 말끔히 씻어냈다. 그리고 헝클어진 머리도 풀어내려 물을 묻혀서는 가지런히 손질을 했다.

그는 물통을 내보내고 다시 벽을 향해 무릎을 꿇었다. 그리고 눈을 감았다.

진정 그림에 미쳐 살아온 40 평생이었다. 그림을 찾아 한정도 없이 유랑했고 그림을 쫓아 산을 넘고 강을 건넜다. 화폭에서 밤이 밝고 하나의 그림 속에 엉뚱하게 긴 세월이 묶여 있기도 했다. 그러다 보니 스승도 부모도 이 세상 사람이 아니었고, 장가들 나이도 도망을 치고 없었다. 그려도 그려도 모자라는 붓끝의 힘에 휘청거리지 않으려고 몸부림하며 살아온 세월이었다. 하루가 아니라 한나절처럼, 정말 한나절처럼, 뙤약볕이 쏟아지는 속에서 뻘뻘 땀을 흘리는 바쁜 농군처럼 그렇게 뙤약볕의 한나절을 살아온 세월일 뿐이었다. 했다는 것도, 딱히 더할 것도 없는, 그림 그리기는 그렇게 끝도 한도 없는 세상이었다. 그 깨달음의 소중함 앞에 목숨은 한낱 가랑잎이었다.

그가 무릎을 꿇고 앉은 지 얼마 안 되어 병정들이 우르르 몰려들었다. 그는 눈을 내려감은 채 결박을 받았다.

문을 나선 그는 걸음을 옮기려다 말고 간수에게 눈길을 주었다.

"물 고마웠소."

담담한 목소리였고,

"아니 세상에……."

간수는 팔을 뻗친 채로 떠밀려가는 그를 멍하니 바라보고 서 있었다.

"네놈의 죄가 얼마나 무거운지 알고 있으렷다."

"……."

그는 냉기 서린 눈으로 성주를 노려보고 있을 뿐이었다.

"저놈이 감히 어느 안전이라고 눈을 치뜨고 있느냐!"

"……."

전날과는 달리 차갑기 이를 데 없는 그의 눈빛은 이제 성주 옆에 서 있는 지루에게로 옮겨 박혔다. 눈길이 부딪치자 지루는 외면을 해버렸다.

"저 당돌한 놈을 당장 형장으로 끌로 가라! 감히, 감히……."

성주가 발을 구르며 고함을 질렀다.

그는 성 밖 형장으로 끌려가면서 멀리로 메아리쳐가는 사람들의 함성을 들은 듯했다. 그 누구의 설명이 없었어도 그 함성이 무엇을 위한 것인지 그는 익히 알아차리고 있었다.

〈1977년〉

유 형의 땅

유형의 땅

"이 늙고 천헌 목심 편허게 눈감을 수 있도록 선상님, 지발 굽어살펴주씨요. 요러크름 빌 팅께요."

영감은 부처님 앞에 합장을 할 때보다 더 간절하고 애타는 심정으로 손을 모았고, 그것도 부족한 것 같아 그만 바닥에 무릎까지 꿇었다.

"영감님, 왜 이러십니까. 딱한 사정 충분히 알았으니 어서 의자로 올라앉으십시오."

원장은 당황한 몸짓으로 영감을 일으켜 세우려 했다.

"선상님, 지발 딱부러지게 맡아주시겠다고 말씀해주시씨요."

영감은 몸을 더욱 오그리며 애원하고 있었다.

"……알겠어요. 맡도록 하지요."

원장은 착잡한 표정으로 어렵게 대답했다.

"고맙구만이라, 선상님. 이 하늘 같은 은혜 저시상에 가서라도 잊어뿔지 않컸구만이라."

가슴께에 두 손을 모으고 무릎을 꿇고 앉은 자세로 영감은 두 번 세 번 고개를 주억거렸다. 그런 영감의 눈에는 안개 빛의 눈물이 번지고 있었다.

"영감님, 어서 의자로 올라앉으세요."

이렇게 사정을 하지 않고 문 앞에 버리고 가버렸으면 어차피 맡아야 될 아이가 아닌가 하고 원장은 생각했다. 어려운 몸짓으로 의자에 다시 앉은 영감은 연상 콧물을 들이마시며 속주머니를 더듬어댔다.

"선상님, 요거 지가 가진 전 재산인디 받아주시씨요. 삥아리 오줌 같은 것인디…… 지 맴 표시니께……."

영감의 투박한 손에는 접었던 자리가 선명한 만 원권 지폐 두 장이 들려 있었다.

"아닙니다. 영감님 약값에나 보태십시오. 애는 우리가 다 알아서 할 겁니다."

"지발 받아주시씨요. 못난 애비의 마지막 맴이니께요. 요걸 안 받으시면 지가 워찌 발길을 돌릴 수 있겠는가요. 선상님, 받아주시씨요."

눈물이 그렁거리는 영감의 눈은 입보다 몇 곱절 더 애타게 말하고 있었다.

"정 그러시다면……."

원장은 떨리는 영감의 손에서 돈을 옮겨받았다.

"요건 내복 한 벌썩 장만헌 것이구만이라."

영감은 손등으로 눈을 쓱 문지르고는 조그만 보퉁이 하나를 내밀었다.

"예에……."

원장은 보퉁이를 받아들며 부정父情의 신음을 듣고 있었다.

"겉옷도 한 벌썩 장만혔어야 허는디, 속옷을 새로 사 입히고 봉께로 돈이 모지래서……."

영감은 입 언저리에 울음을 가득 물고는 변명처럼 말했다.

"너무 걱정 안 하셔도 됩니다."

"그라고 요것 잘 간수혀 주시씨요."

영감은 낡아빠진 종이쪽을 조심스럽게 내밀었다. 원장은 종이쪽지에 그리다시피 쓴 '아부지 천만석'이란 여섯 글자를 한눈에 읽었다.

"고것이 지 이름 석 자구만이라. 지 할아부지가 상것으로 가난허게 산 것이 원이 되고 한이 되야, 니만은 꼭 만석꾼 부자가 돼야 쓴다 허고 붙여준 이름인 모양인디 요 꼬라지가 되야뿌렀소."

영감은 절망의 덩어리 같은 한숨을 내쉬었다.

"새끼 하나 수발 못허는 빙신 같은 애비지만 이름 석 자만은 알게 혀 야 되잖을까 혀서 ……."

"그러믄요. 아버지 없는 자식이 어디서 생겨날 수 있겠습니까. 당연 히 알아야 될 일이지요."

원장은 이렇게 말하며 다시 영감을 뜯어보았다. 삶에 지칠 대로 지 친, 가랑잎처럼 그 목숨이 사그라지고 있는 한 사내의 운명이 비참하게 놓여 있었다.

영감은 복도에 나가 있는 아들을 불러들였다. 여섯 살이라고는 했지 만 제대로 먹이지를 못해서 그런지 가뭄철의 개똥참외처럼 말라비틀어 져 있었다. 그런 아이놈의 몰골을 보자 새로운 서러움이 영감의 가슴을 찢었다.

죽으나 사나 끝까지 옆에 끼고 있을 걸 잘못한 짓이 아닐까 하는 생 각이 불현듯 들었다. 이곳을 찾아오기 전까지 무수히 되풀이했던 아비 로서의 죄책감이었다.

"아무리 살기가 어려웠다 해도 몸이 이렇게 되도록 내버려두면 어떡 합니까. 앞으로 아주 조심하셔야 해요. 자칫 잘못하다 큰일납니다."

의사의 이 말이 아들을 끝까지 데리고 있어야 되겠다는 물기 젖은 생 각을 동강내고는 했다. 뼈만 얼기설기 드러나는 그 엑스레이라는 흉측 한 사진은 자신의 목숨이 기름 바닥난 등잔불 같다고 의사에게 가르쳐 준 모양이었다.

굳이 병원을 찾아가기 전에도 영감은 자신의 병이 얼마나 깊어지고 있나를 대체로 알고 있었다. 입에서 피가 넘어오기 전에 벌써 그 징조는 나타났던 것이다. 이상하다 싶게 몸이 술에 휘둘렸고, 하루가 다르게 기운 쓰기가 어려워졌던 것이다. 기운을 써서 세 끼 밥을 먹고 살아가는 축들은 건강의 변화를 의사보다 더 빨리 눈치채는 재주들을 가지고 있었다.

어느 노동판, 어느 길목에서 숨결이 끊길지 모를 일이었다. 그때 가서 고아로 버려지기는 마찬가지였다. 앞으로 1년을 더 살게 될지, 2년을 더 살게 될지 알 수가 없는 일이다. 자신의 손으로 미리 고아원에 맡기는 것이 그나마 한 가닥 핏줄을 지킬 수 있는 유일한 방법이라고 생각했던 것이다.

"철수야, 오늘부텀은 이 원장 선상님허고 여그서 사는 것잉께, 원장 선상닝 말씸 잘 들어야 써, 알겠어?"

영감은 아들의 조그만 얼굴을 허리 굽혀 깊이 들여다보며 말했다.

"아부지는……?"

아이는 늙은 아버지의 눈을 쳐다보며 짧게 물었다.

"어허, 또 그 소리. 느그 엄니 찾아갖고 온다고 쌔 빠지게 헌 말 잊어뿌렀냐?"

영감은 일부러 사나운 목소리로 말했다.

"언제 와?"

아이는 시무룩해져서, 그러나 아버지의 눈을 똑바로 쳐다본 채로 물었다.

"엄니 찾으면 금시 올 것잉께……."

"못 찾으면?"

아이는 아버지의 말을 자르며 다부지게 물었다.

영감은 잠시 말문이 막혔다. 가슴 저 깊이로 서러움 한 줄기가 싸늘하게 뻗쳐나갔다.

"올 것이여, 엄니 찾아갖고 꼭 와."

영감은 자신 있게 말했다.

"아부지, 약속 걸어."

아이는 새끼손가락을 내밀었다. 영감은 손가락을 내밀 생각도 않고 아들을 물끄러미 바라보고 있었다.

불쌍한 내 새끼. 어쩌다 나 같은 인종한테 태어나 요런 꼴이 된단 말이냐. 건강허게 커야 써. 아프지 말고, 밥 잘 묵고…… 불쌍한 내 새끼…….

"빨리 약속 걸어."

"그려, 그려."

영감은 주체할 수 없이 솟구치는 울음의 덩이를 목이 찢어지도록 아프게 삼키며 손가락을 내밀었다.

작고 가느다란 손가락과 굵고 투박한 손가락이 허공에서 얽혀졌다.

"아부지, 엄니 찾아서 꼭 와야 해."

아이가 손가락에 힘을 주고 손을 흔들며 말했다.

"그려, 그려."

"엄니 빨랑 찾아달라고 밤마다 기도할 거야."

"그려, 그려."

영감은 이제 울음을 질겅질겅 씹고 있었다.

똑똑헌 내 새끼야. 니 혼자 앞으로 어쩌크름 살 것이냐. 요런 생이별을 알았으면 낳지를 말았어야 혔는디. 이 못난 애비가…… 불쌍헌 내 새끼야…….

"철수야, 원장 선상님 말씸 잘 들어야 혀. 여그서는 밥 굶는 일도 읎고, 가마니 깔고 자는 일도 옳어. 아부지허고 살 때보담 훨썩 좋으니께 원장 선상님 말씀 잘 들어야 혀. 알겄어?"

아이는 이별이 가까워진 것을 느끼는지 시무룩한 표정으로 고개만 끄덕였다.

"자아, 철수야, 이리 오너라."

원장이 이별을 알렸다.

영감은 아이와 얽었던 손가락을 풀고 일어섰다. 그리고 아이의 등을 밀어 원장에게로 보냈다. 아이의 여윈 등은 밀리지 않으려고 저항하고 있었고, 그 기운은 영감의 손바닥을 타고 들어 뜨겁게 전신으로 퍼져나가고 있었다.

"너무 걱정 마십시오."

원장이 이별을 재촉하고 있었다.

"그저 잘, 잘……."

영감은 두 번 세 번 머리를 조아렸고, 끝내 말끝을 맺지 못했다. 영감은 다 헐어빠진 가방을 드는가 싶더니 급하게 돌아서서 사무실을 나섰다.

"아부지!"

영감은 뒤돌아보지 않았다.

복도를 지나 운동장으로 나섰다. 영감은 휘적휘적 걸으며 비로소 눈물을 쏟고 있었다.

"아부지이이, 엄니 찾아서 꼭 와야 해애!"

운동장을 다 지나 정문께에 이르렀을 때 아들놈의 외침이 뒤에서 쟁쟁하게 들려왔다. 영감은 뒤돌아보지 않으려 했지만 도저히 되지 않는 일이었다.

돌아섰다. 아들은 원장에게 어깨를 잡힌 채 현관에 서서 손을 흔들고 있었다.

"꼭 와야 해애, 아부지이이!"

영감은 다시 솟구치는 울음을 울며 돌아섰다.

"오살을 헐 년, 저 불쌍한 새끼를 내뿔고 도망질을 치다니⋯⋯."

영감은 부르르 몸서리를 치며 이빨을 앙다물었다.

여편네의 헤실헤실 웃는 얼굴이 눈물로 흐려진 눈앞에 떠올랐다.

"나쁜 년 같으니라고!"

바로 눈앞에 상대가 있기라도 한 듯 욕을 쏴대며 손등으로 눈을 쓱 문질렀다. 여편네의 모습은 간 곳이 없었다.

영감의 가슴에서는 다시 불길 같은 증오가 타올랐다. 잡기만 하면 정말 두 연놈을 그대로 살려두지 않을 결심으로 네 살짜리 어린것을 들쳐 업고 방방곡곡을 헤매며 2년을 보낸 것이다.

"내가 넋 빠진 잡놈이었어."

영감은 절망적인 한숨을 내쉬었다. 여편네에 대한 식을 줄 모르는 증오심과 똑같은 비중으로 후회의 자책감도 함께 마음을 괴롭히는 것이었다.

집도 절도 없는 막노동꾼 신세에 무슨 영화를 보자고 꽃을 볼 작정을 했었는지 몰랐다. 자신의 일이었으면서도 도무지 이해가 되지 않았다. 그만큼 그 일은 후회스러운 것이었고, 그때 일만 저지르지 않았더라면 이제 와서 핏줄을 남의 손에 맡기는 일은 하지 않아도 되었을 것이라는 안타까움이 영감을 못 견디게 하고 있었다.

"천씨는 이 나이가 되도록 왜 혼자 살아요? 외롭지 않아요?"

여자가 이런 식으로 꼬리를 치기 시작했을 때 모질게 잘랐어야 했다. 그런데 비린내 맡은 고양이처럼 회가 동해 가고 있었다.

"그렇게 말허는 임자는 왜 혼자 산당가? 그리고, 외롭지 않다는 것잉 가?"

이렇게 대꾸하며 색다르게 느껴지는 여자 냄새에 코를 벌름거리지 않았던가.

"데려갈 사람이 없으니 이런 모진 고생 해가며 혼자 사는 거지요. 나 같은 박복한 신세, 외로워도 어쩔 수 있나요."

여자는 갑자기 기가 꽉 꺾이며 말했고, 그는 불현듯 여자가 불쌍하다 는 생각을 하면서 가슴이 울렁거리는 것을 느꼈다.

이 무신 느자구읎는 짓거리여. 반평생을 하루같이 쫓기고 숨어 살아 온 체신에 무신 놈에 암내는 맡고 지랄이여.

그는 자신의 꿈틀거리고 흔들리려는 마음을 황급하게 다잡고는 했 다. 끝까지 그렇게 했어야 했다. 그렇지 못할 것 같았으면 그 공사판을 일찍이 등졌어야 했다.

공사판은 기름기가 자르르 돌고 있었다. 겨울철 같지 않게 일거리는 지천으로 널려 있었다. 공단工團은 내년 봄에 가동하도록 되어 있었고, 직원들이 입주할 아파트도 그때까지 짓지 않으면 안 될 형편이었다. 그 래서 일거리는 남아도는 판이었고, 일당도 후한 데다가 지불도 시간을 어기는 일조차 없을 지경이었다.

30년이 다 차가도록 오만가지 공사판을 찾아 떠돌아다녔지만 이처럼 걸직한 판은 만난 적이 없었다. 그것도 겨울철에 말이다. 공사판이 이 렇듯 기름진 것이 또 하나 탈이라면 탈이었다.

"사람 한평생 잠깐인데 천씨는 무슨 재미로 살아요?"

"거 무신 씨나락 까묵는 소리랑가?"

"이렇게 밤마다 쏘주 마시는 재미?"

여자는 술을 따라주며 빠꼼하게 쳐다보았다.

"재미로 술 마시는 사람도 있능가? 재미가 읎으니께 술이나 푸제."

"그럼 기막힌 재미를 만들면 되잖아요."

"무신 기맥힌 재미는…… 하루 벌어 하루 묵는 신세에."

가당찮다는 듯 그는 술을 입에 털어넣고는 깍두기를 으석으석 썹었다.

"하루 벌어 하루 먹는 신세라고 누가 색시 재미, 자식 재미 못 보게 막던가요? 사람 사는 게 뭔데 천씨는 이 나이가 되도록 마누라 하나, 자식 하나 없어요? 천 년 살 줄 알지만 이러다 더 나이 먹고, 덜컥 병이 나 봐요. 아니, 죽으면 송장은 누가 거둬주고, 찬물 한 사발이라도 제사는 누가 지내준답디까. 이 세상에서 공사판 찾아 떠돌인 인생 살았으니 저 세상에 가서도 떠돌이 귀신 돼야겠단 말인가요?"

"멋이여? 무신 놈에 주둥아리를 고러크름 싸가지 읎이 나불대?"

그는 섬뜩함을 느끼며 소리를 버럭 질렀다.

"어머, 무서워라. 화내지 말고 생각해봐요. 지금 천씨 나이에 홀몸인데 내 말이 틀렸나를요."

"듣기 싫여. 문딩이보고 문딩이라고 놀리니께 화가 나는 것이여."

"그럼 지금이라도 늦지 않았으니 문딩이 신세를 면하면 될 거 아녜요."

"멋이라고……?"

그는 바로 코앞에서 헤시시 웃고 있는 여자의 발그레한 눈자위를 보면서 불두덩에 찌르르 전기가 통하는 것을 느꼈다.

순임이는 국밥집에서 일을 하고 있었다. 그래서 하루에 한 번씩은 꼭 대하곤 했다. 그저 흩어져 있는 소문으로는 시집을 갔다가 내쫓겼고, 국밥집은 먼 친척이 된다는 정도였다. 한 가지 분명한 것은, 어느 공사판에든 걸레처럼 널려 있는 작부는 아니었다.

만석은 순임이의 말을 듣고 새삼스럽게 자신의 신세를 돌이켜보지 않을 순 없었다. 순임이는 자신의 아픈 데를 족집게처럼 찍어낸 것이었다. 순임이가 아니더라도 전에 언뜻언뜻 생각하지 않은 건 아니었다. 그러나 애써 잊어버리려고, 생각하지 않으려고 해왔었다. 그런 생각이 스친 날이면 다른 날과는 달리 곤죽이 되도록 술을 마셨다.

30년으로 기울기 시작한 세월에 이르는 동안 공사판을 찾아 정처 없이 떠돌면서 겪은 여자는 무수하게 많았다. 정이 있어 얽어진 사이가 아니라 돈을 주고받고 얽힌 사이였다. 막노동꾼이 인간 쓰레기라면 그 쓰레기들의 돈을 뜯어 목구멍을 채우겠다고 아랫도리를 내놓는 여자들은 더 말할 것이 없었다. 그런 여자들과 아무리 많이 몸을 섞는다 해도 그 누구 하나 순임이 같은 말을 할 리가 없었다.

실로 너무나 오랜만에 만석은 자신의 장래를 생각해주는 정이 담긴 말을 들은 것이었다. 그것도 술집 작부나 창녀가 아닌 여자한테서 말이다. 만석은 무일푼이라는 것도 잊어버렸다. 마흔아홉이라는 나이도 잊어버렸다. 그저 벅차고 두근거리는 마음의 갈피를 잡을 수가 없는 채로 전과는 달리 일이 힘드는 줄을 몰랐다.

"나도 잘 모르겠어요. 그냥 마음이……."

국밥집에 드나드는 공사판 사람들 중에 다른 젊은것들도 많은데 왜 하필이면 나이 많은 자기냐고 묻는 말에 순임이는 얼굴을 붉히며 이렇게 말꼬리를 흐리고 말았다.

"내 나이 마흔아홉, 임자 나이 서른셋이면 몇 살 간격인지나 아는가?"

"진시황은 하룻밤을 자려고 만리성을 쌓았대요."

순임이는 아주 유식하게 대답했다.

"허, 참……."

만석은 더 할 말이 없었다.

만석은 순임이의 말을 듣고 욕심껏 계산을 해나가기 시작했다. 자기를 닮은 자식을 키워보고 싶었다. 술을 바짝 줄이고 사먹는 밥값만 모으면 너끈히 살림을 꾸려갈 수 있을 것이었다. 허리끈 조이고 알뜰살뜰 살면 한곳에 뿌리내리고 떠돌이 신세도 면하게 될 것이다. 사람답게 한

번 살아보라고 하늘이 점지해준 짝이라 싶었다.

막노동으로 시달린 마흔아홉 살의 육신이 갑자기 새순 돋는 봄나무처럼 싱싱해지는 것을 느꼈다. 항시 희뿌연 구름으로 덮여 있던 마음도 가을 하늘처럼 활짝 개어 있었다. 매일이다시피 마시던 술을 거의 입에 대지 않았다. 굳이 마다했던 야간 작업에도 나섰다. 그래도 노곤한 줄을 몰랐다. 점례를 색시로 맞아들이기 위해 뼈 휘는 줄 모르고 일을 했던 스무 살 적 근력이 되살아난 것 같았다.

석 달을 그렇게 악다구니로 보내고 나니 수중에는 제법 목돈이 잡혔다.

"인자 사글세방 하나 장만헐 액수는 모아졌는갑구만."

만석은 순임이 앞에서 고개도 제대로 못 들고 이렇게 말했다.

"어머, 벌써요? 내가 사람 한번 틀림없이 봤군요. 젊은것들로는 어림도 없는 일예요. 이런 날을 얼마나 기다렸다구요."

순임이는 생각했던 것보다 훨씬 더 반가워하고 기뻐했다.

혼례식이고 뭐고 필요한 게 아니었다. 방 하나를 얻어 살림을 차렸다.

"서른 계집 암내에 쉰 사내 기둥뿌리 빠질 테니 조심해."

"암, 암, 스물 계집 고게 비지살 조개라면 서른 계집 고건 찰고무 조개야. 섣불리 꺼떡대다간 허리까지 내려앉는다구."

노동판 험한 입들은 만석의 느닷없는 색시 맞이를 그대로 보고 넘기지 않았다.

"요런 버르장머리 읎는 삭신들아, 염려들 말어. 안즉 아들로만 열은 뽑을 기운이 남았응께."

만석은 주책없다 싶게 벙글거리며 맞받아넘겼다.

사실 만석은 더없는 행복감에 취해 있었다. 길고 긴 떠돌이 생활이 일단은 끝을 맺은 것이다. 그리고 암울하고 한심스럽던 앞날에 어렴풋이 희망이 보이기 시작한 것이다. 맨주먹으로 왔다가 맨주먹으로 가는 것이 사람의 한평생이라고 체념하고 살았었다. 그러나 그건 어디까지나 답답했던 때의 생각이었다. 한번쯤은 사람답게 살아보고 싶은 욕심은 언제나 마음 깊은 곳에 도사리고 있었던 것이다.

신방 아닌 신방을 차렸던 날 밤, 만석의 가슴에는 지나간 세월의 기억들이 슬픔과 아픔으로 되살아나고 있었다.

"말씨로 고향이 전라도라는 건 아는데 장가는 첨 드는 건가요?"

신방치레를 한차례 치르고 나서 순임이가 물은 말이었다.

"첨이면 어떠코 열 번, 스무 번째면 워쩔 것잉가?"

만석은 퉁명스럽게 되물었다. 그러면서 딴 생각에 깊이 빠져들고 있었다.

"어쩌긴요? 이제 부부가 됐으니 이런저런 것들이 궁금해서 그러지요."

"굼벵이를 삶아 묵었능가, 궁금허게. 따로 챙개논 처자석 읊응께 임자는 쓰잘 데 읎는 생각 말고 앞으로 살 일이나 궁리허드라고."

"그래도 고향이 어딘지, 왜 떠돌며 살게 됐는지, 부모님 형제간은 어디 사는지, 알아야 될 게 있잖아요."

"아, 시끄러!"

만석은 눈을 부릅뜨며 벌떡 일어나 앉았다. 그런 그의 눈은 섬뜩한 살기를 품고 있었다.

"니가 면서기여, 지서 순사여. 워다다 써묵자고 쓰잘 데 읎는 과거지사를 꼬치꼬치 캐고 야단이여. 니나 나나 오다가다 눈 맞고 배 맞어 어디 한번 살아보자는 것뿐인디 멋헌다고 과거지사는 캐고 지랄이여. 오지기 내놀 것 읎고, 보잘 것 읎으면 뜬구름맹키로 떠돌이 신세가 됐을 것잉가. 나는 족보도 읎고 고향도 읎는 진짜배기 상것이니께 고런 것 따지고 살라먼 당장 짐 싸갖고 나가뿌러. 아, 싸게 나가랑께!"

만석은 곧 후려칠 것처럼 벌겋게 흥분되어 있었다.

"아녜요, 그게 아녜요. 난 관심을 써준다고 생각하고 한 말인데……
잘못했어요. 다시는 안 물을게요."

　한바탕 날벼락을 맞고 난 마누라 순임이는 돌아누워 깊은 잠에 빠져
있었다. 만석은 그녀의 가냘픈 어깨를 물끄러미 바라보며 미안하다고
생각했다. 그녀의 말마따나 새로 맞은 남편에 대한 예의로 물었을 뿐인
말을 가지고 자신이 너무 지나치게 흥분한 것이었다. 그러나 그건 어쩔
수 없는 일이었다. 그 과거라는 것 때문에 30년 가까이나 죄인으로 숨
어다니고 쫓기며 살아온 것이었다. 그동안 살아 있었다고는 하지만 죽
은 것이나 뭐가 달랐던가. 세월이 많이 달라졌다고는 하지만 지금까지
도 고향엘 갈 수가 없는 것은 자신의 죄가 그대로 남아 있는 증거였다.
정씨 문중이 그대로 자리잡고 있는 고향에 내려가면 그들은 당장 자신
을 생매장하고 말 것이었다. 어제까지 한편이었던 인민군의 총질에 쫓
겨 초저녁 어스름을 타고 고향을 도망쳐 나온 후로 그 누구에게도 입을
열지 않던 과거였다.

　"개잡년!"

　만석은 부르르 치를 떨었다. 그 생각만 하면 전신이 싸늘하게 굳어지
며 피가 머리로 뻗쳤다. 그리고 그때의 장면들이 세월의 흐름과는 상관
없이 한 치도 틀리지 않고 되살아나는 것이었다. 원래 기억력이 좋은
편이 못 되었고, 마흔 고개를 넘기면서부터는 며칠 전 일도 까맣게 잊
어먹고 하는데, 그때의 기억만큼은 어쩌면 그리도 생생하게 박혀 있는
지 모를 일이었다. 사진도 30년 세월이면 누렇게 변색하게 마련인데 그
기억만은 전혀 변색할 줄을 몰랐다. 모습이 변색을 하지 않은 것만 아
니라 장면장면에 따라 그때의 냄새까지 역력하게 맡아지는 것은 또 어
찌된 일인가.

　"육시헐 년!"

만석은 눈을 질끈 감으며 뜨거운 숨을 토해 냈다.

점례 그년이 옷만 홀랑 벗고 있지 않았더라도 그년까지 죽이지는 않았을 것이다. 아랫도리만 벗겨져 있었더라면 그놈한테 당한 일이라고 덮어버릴 수도 있었다. 그런데 새끼까지 배고 있던 년이 옷을 홀랑 벗어던지고 그놈과 엉클어져 있었던 것이다.

인민위원회 부위원장 만석은 시市인민위원회에 보고 사항을 가지고 이틀간 집을 비워야 했다. 부하 두 명을 대동한 행차는 만석의 기분을 더없이 들뜨게 만들었다.

"천 동무, 동무의 혁명 투쟁은 혁혁한 것이오. 동무의 위원장 임명은 시간 문제요. 잘 다녀오도록 하오."

길을 떠나기 직전에 했던 분주소장의 목소리가 귓가에 쟁쟁했다. 위원장이 되면…… 만석은 옆에서 걷고 있는 두 부하가 모르게 주먹을 말아쥐었다. 부위원장이라는 자리만으로도 그동안 휘둘러온 권한은 스스로 믿어지지 않을 정도였다. 25년 세월 동안 겪어왔던 배고픔과 서러움을 한풀이하기에 부족함이 없었다. 그런데 위원장이 되면…… 두말할 것도 없이 감골·학내·죽촌 마을이 다 자신의 것이 되는 것이다.

사실 위원장을 맡고 있는 수길은 못마땅한 데가 한두 가지가 아니었다. 곧잘 나가다가도 엉거주춤 겁을 먹거나 망설일 때가 있었다. 수길이 위원장 자리에 앉혀진 것은 순전히 나이를 세 살 더 먹었다는 것뿐이었다.

정 참봉네 큰손자를 처형할 때도 수길은 등신처럼 머뭇거렸다. 서울에서 법을 공부하던 그가 마을에 잠입했다는 소문이 돌았다. 바로 정 참봉네 식구들을 끌어다가 요절을 내버릴 수도 있었지만 일단 비밀 수색을 하기로 했다. 얼마 전에 읍장을 지내던 정 참봉 아들이 처형되어 집안이 쑥밭이 되었기 때문이다. 나흘을 잠복한 끝에 정 참봉네 손자는 당숙 집의 대밭 토굴에서 체포됐던 것이다.

그는 뒷등 소나무 아래로 끌려나갔고, 갈 길은 빤히 정해져 있었다. 그는 파리한 얼굴에 입을 꼭 다문 채로 이쪽을 뚫어지게 쏘아보고 있었다.

"엄니 초상에 쌀 한 말을 내준 것이 바로 저 형규였어."

수길이 떨리는 목소리로 나직하게 한 말이었다.

"그려서 살려주자 그런 말이당가요?"

만석은 잠시의 틈도 주지 않고 대질렀다.

"멋이냐, 꼭 그러잔 것이 아니라……."

"위원장 동무, 혁명 완수를 위해서는 과감허게……."

일부러 목청을 돋우어 분주소장의 말을 흉내내는데, 이상한 낌새를 챘는지 뒤에 서 있던 분주소장이 다가서며 물었다.

"뭣들 하는 게요?"

순간 수길의 얼굴이 굳어지며 만석을 애원하듯 바라보았다.

"저 반동을 얼렁 처단해 뿔자고 헌 말이구만이라."

만석은 재빨리 대꾸했다. 그러면서, 살았다 싶게 어깨를 늘어뜨리는 수길의 모습을 지켜보았다.

"좋소, 빨리 처단하시오!"

분주소장의 명령이 떨어지자 만석은 대창을 들고 서 있는 부하들에게 눈짓했다. 세 명은 대창을 꼬나잡고 소나무에 묶여 있는 정 참봉네 손자를 향하여 돌진했다. 그리고 온 산을 찢고, 하늘을 찢고, 땅까지 찢어발기는 것 같은 비명 소리가 길게 길게 퍼져나가고 있었다. 그때 수길은 눈을 꼭 감은 채 나무토막처럼 뻣뻣이 굳어져 서 있었다. 그런 수길을 비웃음으로 바라보고 서 있는 만석은, 네놈은 위원장 자격이 없어, 생각하고 있었다.

만석은 수길과 반대로 그 길게 퍼져나가는 비명 소리를 들으며 전신마디마디가 짜릿짜릿해지는 쾌감을 느끼고 있었다. 그 쾌감은 곧 복수심이었다. 대대로 종놈으로 살아왔고, 태어나서 지금까지 스물다섯 해 동안 겪어온 모든 서러움과 고통과 억울함이 그 짜릿짜릿한 쾌감 속에서 천천히 천천히 씻겨나가고 있었다. 만석은 그 쾌감이 마누라 점례 위에서 느끼는 쾌감보다 더 뜨겁고 진하고 아찔아찔하게 느껴졌다. 마누라 배 위에서 느끼는 쾌감도 환장할 만한 것이긴 했지만 그건 너무나 짧았고, 그리고 금방 낭떠러지로 떨어지는 것 같은 허망함이 찬 기운으로 몰려드는 것이었다. 그러나 자신을 사람 취급하지 않았던 자들의 마지막 비명 소리에서 느끼는 쾌감은 잊을 수 없는 기억들이 줄지어 떠오르다 사라지는 시간만큼 길었고, 아쉬움은 있을망정 낭떠러지로 떨어지는 것 같은 허망함은 없었다.

머잖아 위원장이 되리라는 기대에 부풀어 시위원회에 도착했고, 거기서 내리는 급한 지시 사항을 가지고 당일로 50리 길을 되돌아와야 했다.

위원회 사무실에 당도했을 때는 해가 뉘엿뉘엿했다. 긴 여름 하루 종일 백 리 길을 걷느라고 만석은 지칠 대로 지쳐 있었다. 사무실에는 아무도 없었다. 우선 두 부하를 돌려보냈다. 지시 사항을 전달하기 위해서 자신은 분주소장을 만나야 했다. 다리를 책상 위에 올려놓고 한동안 앉아 있던 만석은 언뜻 이상하다는 생각을 했다. 사무실이 이렇게 텅 비어 있을 리가 없었다. 무슨 큰일이 일어나지 않고서는 있을 순 없는 일이었다. 이대로 앉아만 있을 게 아니라 찾아봐야겠다는 생각을 했다.

사무실을 나온 만석은 뒤로 붙어 있는 숙소로 돌아갔다. 숙소에 누가 있나 싶어서였다.

숙소로 가까이 다가가던 만석은 무의식적으로 걸음을 멈추었다. 이상한 느낌의 인기척이 새어 나왔던 것이다. 다시 귀를 기울였다. 그건 분명 밤일을 할 때나 내는 남녀의 소리였다. 순간 만석은 속이 꿈틀 꼬이는 것 같은 야릇한 기분으로 긴장했다. 그리고 자신도 모르게 좌우를 빠르게 살폈다. 어떤 황소 뱃가죽 가진 놈이 벌건 대낮에 위원회 숙소에서…… 이런 생각과 함께 몸은 벌써 창가로 찰싹 달라붙어 있었다.

"어, 어……."

만석은 그만 소리를 지를 뻔했다. 엎어져 있는 사내놈의 얼굴은 저쪽으로 돌려져 파묻혀 있었기 때문에 알 수가 없었지만, 눈을 꼬옥 감은 채 입을 반쯤 벌리고 끙끙대고 누워 있는 건 바로 자신의 마누라 점례였던 것이다.

만석은 머리가 핑그르르 돌며 앞이 캄캄해지는 걸 느꼈다. 그리고 다음 순간 전신에 불이 붙는 것 같은 뜨거움이 뱃속에서 터져올랐다.

눈에 보이는 대로 커다란 돌을 집어들었다. 그리고 문을 박차고 들었다.

"요런 개잡녀러 것들아!"

엎어져 있던 사내가 딱 굳어지는 것 같더니 벌떡 일어섰다. 그 순간 커다란 돌덩이가 사내의 뒤통수에 퍽 소리를 내며 떨어졌다. 벌거벗은 사내의 몸뚱어리는 괴상하게 짧은 비명을 토하며 그대로 방바닥에 뒹굴어졌다. 거의 동시에 알몸의 여자는 발딱 일어나 두 팔로 가슴을 가린 채 파랗게 질려 앉은걸음으로 방구석을 향해 쫓기고 있었다. 눈에 불을 켜고 이빨을 앙다문 만석이 다가서고 있었던 것이다. 여자는 마침내 방구석에 박혀 더는 뒤로 물러날 수 없게 되었고, 발가벗은 몸은 방구석에서 와들와들 떨며 점점 조그맣게 오그라들고 있었다. 만석은 짐승처럼 다가서고 있었다. 한 발짝 앞까지 만석이 다가섰을 때였다.

"살려주씨요오."

소리를 지르며 여자가 몸을 튕겨 앞으로 내달았다. 그때 만석의 발길이 여자의 배를 걷어찼다. 여자는 돌로 뒤통수를 맞은 사내처럼 짧은 비명을 토하며 방바닥에 나뒹굴었다.

만석은 이빨을 뿌드득 갈아붙이며 사내 쪽으로 돌아섰다. 사내는 머리에서 피를 철철 쏟으며 꿈지럭거리고 있었다. 허공에 뻗쳐진 사내의 팔은 푸들푸들 경련을 일으키고 있었다. 한사코 무언가를 잡으려는 몸짓이었다. 만석은 엎어진 사내의 얼굴을 발로 차서 돌렸다.

"아니! 니놈이……."

만석은 섬뜩 물러섰다. 그 사내는 분주소장이었다. 그렇게 하늘처럼 믿었던 분주소장이……. 속았다는 분노가 창밖에서 마누라의 얼굴을 확인했을 때보다 더 뜨겁게 전신을 터져나왔다.

거의 흰창뿐인 눈을 홉뜬 분주소장은 여전히 허공으로 팔을 뻗친 채 몸을 꿈틀대고 있었다. 그 팔을 뻗친 방향에 따발총이 놓여 있었다. 만석은 따발총을 집어 들었다. 그리고 사내의 하복부를 향해 방아쇠를 당겼다.

따따따따…….

만석은 마누라 쪽으로 돌아섰다. 마누라는 그 사이 몸을 가누어 일어나선 문 쪽으로 엉금엉금 기어가고 있었다. 만석의 눈앞에 커다란 마누라의 둔부가 확대되어 왔다. 두 엉덩이 사이에 그대로 노출된 그것은 돼지의 그것처럼 더럽고 추악했다. 만석은 그곳을 향해 다시 방아쇠를 당겼다.

따따따따…….

탄환이 더 나가지 않게 되었을 때 만석은 총을 내던졌다. 방 안은 피바다가 되었고, 그 속에 내장이 터져나온 두 시체는 나자빠져 있었다.

만석은 도망가야 된다고 생각하며 황급히 숙소를 뛰쳐나왔다. 그리고 산길 쪽을 향해 내닫기 시작했다.

"시상은 참아감서 살아야 허는 것이여. 한을 험허게 풀면 또다른 한이 태이는 것이여. 안 되야, 안 되야, 지발 사람 상허게 말어."

아버지의 음성이 줄곧 따라오고 있었다. 어머니의 찌든 얼굴이 어른거렸다. 세 살 먹은 아들이 방싯거리며 "아부지, 아부지" 부르고 있었다.

새마누라 순임이는 다시는 지난 이야기를 묻는 일 없이 그런대로 살림을 꾸려나갔다. 만석은 사는 재미가 이런 것인가, 새삼스럽게 느끼며 아직도 젊은 마누라를 품고 전과는 다른 온기 서린 잠을 깊이 잘 수 있었다.

공사판 저쪽 멀리로 아지랑이가 간지럼을 타듯 아롱거리고, 아파트도 예정대로 다 되어가고 있을 무렵이었다.

"몸이 영 이상해요."

마누라가 눈을 내리깔고 한 말이었다.

"멋을 잘못 묵었간디?"

만석은, 물약이나 한 병 사다 묵어 하는 식으로 말하고 말았다.

"그게 아니구요, 꽃이 두 달째나 안 비쳐요."

"꽃……?"

되물어놓고는 만석은 머릿속에 전등불이 환하게 켜지는 걸 느꼈다.

"워메, 소식이 있단 말이당가?"

만석은 들뜬 목소리로 물었고,

"그렇당께요."

마누라는 만석의 말을 흉내내며 부끄러운 듯 눈을 흘겼다.

"아들 하나만 쑥 빼내뿔소. 나가 곱절로 일을 혀서 호강시킬 팅게."

만석은 마누라의 손을 덥석 잡으며 말했고,

"징그러워요. 낳지 어떻게 빼내요."

마누라는 수줍게 웃었다.

"평생을 있는 놈덜 발 밑에 밟히고 사는 쌍놈 신센 줄 알았으면 자식

새끼는 애시당초 낳지를 말았어야제라. 요런 세상 불거지지 않았으면 머 땀새 요런 드러운 꼴 당했을랍디여."

"지멋대로 뚫어진 구멍이라고 저놈 말허는 것 잠 보소. 니놈이 그 나이에 멀 알 것이냐. 이 담에 나이 들면 다 지절로 알게 될 팅께."

아버지는 열여덟 살의 만석이를 더는 탓하지 않았었다.

스물한 살에 장가를 든 것도 꼭 마음이 내켰던 것은 아니었다. 부모들의 성화에는 아예 관심도 없었고, 장난 삼아 색싯감을 얼핏 보았는데 그 인물이 아주 잘생겼던 것이다. 상것 취급을 받기엔 너무 아깝게 잘생긴 얼굴이었다. 그래서 마지못한 것처럼 장가를 들었고. 잠자리를 함께하다 보니 애아버지가 된 것이었다. 그때도 아버지의 말뜻이 무엇이었는지 깨닫지를 못했다. 아니, 아버지의 말은 아예 생각나지도 않았다.

그런데 쉰의 나이에 마누라의 임신 소식을 들으며 32년 전의 아버지 말이 떠오르는 것은 무슨 까닭인가. 아버지의 말대로 나이가 들어서 저절로 알게 된 것인가. 이 세상에서 한평생을 살다 가며 제 핏줄을 남긴다는 것은 말로 다 헤아릴 수 없는 어떤 깊은 뜻이 있다는 것을 만석은 어렴풋이 느끼고 있었다.

마누라의 배가 차츰 불러오기 시작하면서 공사판의 일도 다 끝나가고 있었다. 마누라는 공사판을 찾아 떠돌아야 한다는 사실을 무서워했다. 그래서 취직 자리를 알아보겠다고 나섰다.

"아, 시장시런 소리 하덜 말어. 배워묵은 것이라곤 농새짓는 것허고 노동판 품팔이뿐인디 취직은 무신 놈에 취직이여."

만석은 처음부터 만류했지만 마누라는 듣지 않았다. 마누라가 며칠 만에 알아온 것이 공단의 경비직이었다. 밤에만 일을 해야 하는 그 자리마저도 만석의 처음 예상대로 자격 미달이었다. 중졸 이상으로 제한한 학벌이 그랬고, 서른다섯 이하로 못 박은 나이가 그랬고, 재정 보증인, 신원 조회, 자격 미달은 한두 가지가 아니었다. 마누라는 두어 군데 더 알아보고 나서는 포기했다.

"내가 다시 국밥집에 나가 일을 했으면 했지 떠돌이 신세로는 못 살아요."

"멋이 어쩌고 워째? 나허고 배 맞춤시롱 여그서 죽을 때꺼정 살라고 작정혔더란 것이여?"

다시 국밥집에 나간다는 말에 만석은 그만 화가 머리꼭지로 치솟았다.

"귀때기 활짝 열고 내 말 똑똑허니 들어. 다리 몽댕이 뿐질러뿔기 전에 방구석에 달싹 말고 처백혀 있어. 멕이든 굶기든 내 알아서 헐 팅께."

만석은 문을 박차고 나왔다.

생각해보면 마누라의 심정도 충분히 이해가 갔다. 뱃속에 애까지 넣고 일거리를 찾아 어딘지도 모를 곳으로 정처 없이 떠돌아야 한다는 것이 무서운 일일 것이었다. 그러나 어쩌랴. 자신은 한글도 완전히 깨치지 못한 무학無學에, 나이는 쉰이나 먹은 영감인 것이다. 나이를 생각하면 앞날이 캄캄해지기도 했다. 노동도 하루 이틀이지 언제까지 계속할 수 있을지 의문이었다. 벌써 공사판의 일당도 젊은 축들과는 차이가 나게 매겨졌다.

찾아가 볼 사람이 한 사람 있긴 했다. 아파트 공사 현장 책임자인 박 기사였다. 젊은 사람이 많이 배우고 높은 자리에 있으면서도 전혀 뻐기거나 도도하지 않았다. 기술자도 아닌 막일꾼에게까지 인정스럽게 대했다. 만석은 그 박 기사와 유독 가깝게 지낸 사이였다.

만석은 몇 번을 망설인 끝에 박 기사를 찾아가기로 했다. 그에게 숨김없이 사정을 다 털어놓았다.

"딱한 사정이군요. 제가 알아볼 테니 내일 다시 만나십시다."

박 기사는 언제나처럼 정겹게 말했다.

다음 날, 박 기사는 취직 자리를 만들어놓고 기다리고 있었다.

"뭐 취직이랄 게 없군요. 아파트 관리실 소속으로 허드렛일을 해야거든요. 월급도 너무 적고, 마음에 드실지 모르겠군요."

"고맙구만이라, 박 기사님. 지까징 것이 맘에 들고 안 들고가 워디 있간디요. 고맙구만이라."

만석은 먹구름이 가득 끼었던 가슴에 햇빛이 환히 비치는 기분으로 수없이 머리를 조아렸다.

만석은 잡역부였다. 월급은 겨우 먹고 살 정도였다. 그것만으로도 만석은 하늘의 별을 딴 기분이었다. 마누라의 소원을 풀었고, 생전처음 월급이라는 것도 타보게 된 것이었다. 공사판 일에 비하면 아무것도 아닌 일이라서 만석은 그저 부지런히 몸을 놀렸다.

마누라는 아들을 낳았다. 왜 그렇게 기분이 좋은지 모를 일이었다. 그러나 저놈이 장가를 들려면, 생각하다가 만석은 얼굴이 굳어졌다. 스무 살에 장가를 들은다 해도 자기의 나이가 칠십이었던 것이다. 그때까지 살 수 있을까 하는 생각이 마음을 써늘하게 식혔다.

아이 하나가 더 생기자 돈이 어른 한몫이 넘게 들어갔다. 마누라는 월급이 적다고 불평을 하기 시작했다. 애가 자라나는 것에 정을 쏟으며 마누라의 투정에는 귀도 기울이지 않았다. 해가 바뀌어도 월급은 오르지 않았다. 마누라의 불평은 더 심해 갔다. 그렇다고 월급이 오를 리는 없었다. 잡역부는 임시직이었다.

산다는 것은 무엇일까. 그건 어쩌면 시나브로 세월이라는 것을 한 술씩 떠 마시며 죽어가는 것인지도 모를 일이었다. 세월을 마디마디 묶어 표시해 놓은 나이라는 것은 참 무서운 것이었다. 마흔여덟이 다르고, 마흔아홉이 다르고, 더군다나 쉰은 더 다른 얼굴이었다. 서리 내린 다음의 나뭇잎이 하루 사이로 달라지듯 늙음으로 치닫는 나이도 다급히 변색해 갔다. 한 해가 다르게 몸에서 진기가 말라가는 것이었다.

아이놈 철수는 가난한 집 자식으로 태어날 것을 알고 미리 제 복을 타고났는지 무병하게 자랐다. 커서 부디 훌륭하게 되라고 이름도 국민학교 책에 나오는 것으로 철수라고 지었다. 날이 갈수록 생활은 쪼들려가고 그럴수록 마누라의 찡찡거리는 소리는 심해 갔다. 그러나 만석은 아이놈에게 쏟는 정으로 이런저런 괴로움을 잊으려 했다.

아이놈이 네 살을 서너 달 앞두고였다. 관리비 절감 계획에 따라 만석은 잡역부 임시직마저 그만두지 않을 수 없게 되었다. 그건 밤길에서 만난 절벽이었다. 그렇게 앞길이 캄캄한 절망을 느낀 것은 처음이었다. 혼자 몸으로 떠돌며 끼니를 거르던 때와는 전혀 다른 절박함이고 쓰라림이었다. 당장 다음 날부터의 생계가 문제였다. 만석은 마음을 가다듬고 공사판 소식을 수소문하러 나섰다. 그래도 믿을 건 막일밖에 없었다. 며칠을 헤맨 끝에 2백 리 밖에서 벌이가 될 만한 공사가 벌어지고 있다는 걸 알아냈다.

"산 입에 거무줄 치란 법 읎다. 집 비우는 동안 철수 수발이나 잘허고 있드라고. 돈은 메칠씩 묶어 보낼 팅게."

만석은 지체하지 않고 공사판으로 떠났다.

열흘치씩 일당을 모아 집으로 부쳤다. 쉰세 살의 몸에 남은 기운은 스스로 생각해도 믿어지지 않을 만큼 바닥이 나 있었지만 만석은 이를 갈아붙였다. 그 초롱초롱한 눈을 가진 자식을 굶길 수 없다는 마음에서였다. 막일꾼에게 밥만큼 요긴한 게 술이었다. 그러나 만석은 한 홉 이상은 절대 입에 대지 않았다. 안주는 김치 깍두기로 족했다. 일당을 모아 부치는 것을 유일한 보람이요 즐거움으로 삼고 하루하루의 고달픔을 견뎌내다 보니 두 달이 넘어가고 있었다.

그런 어느 날 만석은 편지를 받았다. 편지를 읽다 말고 만석은 벌떡 일어나며 뭐라고 소리쳤고, 비척비척하며 다시 주저앉았다.

그 길로 집에 돌아와 보니 편지에 적힌 대로 방은 썰렁하게 비어 있었고, 아무것도 모르는 아이놈은 국밥집에 맡겨져 있었다. 마누라가 젊은 놈과 도망을 가버린 것이었다.

"개잡년, 워디 두고 보자. 내 눈에 흙 들어가기 전까지는 니년을 찾아 땅 끝까정 갈 것잉께 잽히기만 혀봐, 연놈 가랭이럴 열두 갈래로 찢어 놓고 말 것잉께."

만석은 아이놈을 안아 올리며 뿌드득 이빨을 갈아붙였다. 그런 그의 눈앞에는 피바다가 된 방바닥에 내장을 다 드러내고 나자빠진 두 남녀의 시체가 역력하게 떠오르고 있었다.

"애시당초 글러묵은 기집 복이 두 번째라고 있을 턱이 옳제. 잡아 쥑이는 일만 남았응께, 워디 을매나 멀리 내빼는가 보자, 개잡년같으니라고."

이렇게 중얼거리고 있는 만석의 입가에는 서늘한 웃음이 번지고 있었고, 눈에는 파란 살기가 서려 있었다.

사글세방의 얼마 안 되는 보증금까지 알뜰하게 챙겨 달아난 사실을 뒤늦게 알고 만석은 분에 떠밀려 주저앉고 말았다. 세간살이를 정리해서 몇 푼의 돈을 마련한 만석은 아이놈을 들쳐 업고 정처 없는 길을 밟았다.

누구는 서울로 갔을 거라고 했고, 어느 사람은 부산일 거라고도 했다. 다 추측에 지나지 않았다. 우선 가까운 부산부터 뒤지자고 작정하고 길을 잡았다.

때로는 굶기도 하고, 다급해지면 거렁뱅이 짓도 해가며 도시에서 도시로 발길을 옮겼다. 젊은 나이에 일판을 따라 떠돌 때와는 달리 세상은 너무나 넓었고 또 적막했다. 비라도 추적추적 내리는 날이거나, 눈이라도 한정 없이 쏟아지는 날 같은 때는 아이놈을 품에 싸안고 만석은 소리 없는 울음을 끝없이 울었다.

한평생 산다는 것이 무언가. 나는 지금 어디로 가고 있는가. 나는 왜 이 낯선 땅에서 이러고 있는가. 사람이라는 것이 한번 잘못 태어나면 이렇게 되고 마는 것인가. 누구는 양반으로 태어나고 누구는 상것으로 태어나는가. 왜 이 세상에는 양반이고 상놈이고 하는 법이 생겨난 것일까. 다 똑같은 사람인데, 생김도 같고, 생각도 같고…… 그런데 어디서부터 그런 차등이 생긴 것일까. 내가 잘못한 것이었을까. 상놈의 피를 타고났으면 상놈답게 살아야 하는 게 순리였을까. 내 피 속에는 정말 남다른 열이 섞여 있어서 그랬을까. 서너 달 사이에 사람들을 상하게 한 죄로 이 꼴이 된 것인가……. 아니 이렇게 목숨이 붙어 있다는 것이 오히려 잘못된 것인지도 모른다. 아버지처럼 그렇게, 상것으로 취급받으며 살고 싶지는 않았다. 그것이 욕심이었을까. 상것의 턱없는 욕심이었을까. 이렇게 떠돌다가 오래지 않아 죽게 될지도 모른다. 그럼 내 새끼는 어찌되는 것인가. 이 어린것의 일생은 어찌되는 것인가. 이 세상 한평생을 살고 남은 건 이 새끼 하나뿐이다. 이거나마 끼고 있으니 그래도 살아갈 맘이 생기는 것인가. 내일은 또 어디로 가야 할 것인가.

만석은 괴로움을 주체할 수가 없었다.

떠돌다 보니 고향 가까이까지 이르렀다. 만석은 예나 마찬가지로 가슴이 방망이질하고 자꾸만 오금이 저려왔다. 야음을 타고라도 한번 들러 갈까 하는 생각을 했지만 그건 순간이었다. 도저히 그럴 만한 용기가 나지 않았다.

늦은 탓일까. 전에 없이 마음이 끌리고 안타까웠다. 그동안 굳이 피했으면서도 두 번을 고향 언저리까지 접근했었다. 그때마다 밤을 이용해서였다. 그러나 서둘러 몸을 피하곤 했다. 자신의 죄는 퍼렇게 살아 있었던 것이다.

떠돌기를 1년 반을 했을 즈음 만석은 피를 토했다. 몸이 파삭파삭 마른 것처럼 느껴졌다. 이제 머지않았다는 걸 느끼면서도 어린 자식이 마음에 걸려 행여 하는 생각과 함께 병원을 찾아갔다. 엑스레이라는 사진은 그만 살라고 말하는 모양이었다. 마누라를 찾아내는 마지막 길이라 작정하고 발길을 들여놓은 서울이었다. 그래서 이 세상을 사는 마지막 일로 생각하고 마누라와 고아원을 함께 찾으며 6개월 동안 서울을 헤맸다. 그리고 더는 몸을 지탱할 수가 없어 아들을 고아원에 맡기기로 한 것이었다. 차츰 자주 피를 토하게 된 것이다. 아이를 더 끼고 있다가는 같은 병으로 죽이게 될지도 모른다는 두려움도 컸었다.

"내 새끼덜언 요러타께 한번 키워볼라 혔는디…… 깽가리 소리 맨치로 씨원허게 한바탕 삼시로 내 새끼덜언 쌍놈 안 맨들라고 혔는디……."

고아원을 등지고 비척비척 걸으며 영감은 중얼거리고 있었다. 꼭 실성한 것 같은 영감의 움푹 파인 볼에는 눈물이 흐르고 있었다.

영감의 흐린 시야에는 두 아들의 얼굴이 겹쳐서 어른거리고 있었다. 하나는 세 살 때 굶어 죽은 첫아들 칠봉이었고, 다른 하나는 지금 고아원에 떼놓고 가는 두 번째 아들 철수였다.

영감은 예정했던 대로 고향으로 갈 작정이었다. 이번으로 세 번째 발길이 되는 것이다. 맞아 죽는 한이 있더라도 이번에는 고향 땅을 밟을 결심이었다.

자신이 저지른 죄로 아버지, 어머니가 분주소원에게 총살당하고 혼자 남겨진 아들 칠봉이가 굶어 죽었다는 사실을 안 것은 전쟁이 끝나서였다.

"요것이 누구당가. 자네 만석이 아니라고?"

난리가 끝나고 3년 만에 야음을 틈타 나루터 주막에 얼굴을 내밀었을 때 황 서방은 귀신이라도 본 것처럼 놀랐다.

"자네, 워쩔라고 요러크름 왔능가? 지끔이 워쩐 세상인디?"

황 서방은 어둠으로 앞을 분간할 수 없는데도 사방을 두리번거리며 다급했다.

만석은 등을 떠밀려 방으로 들어갔다. 그러면서, 역시 못 올 곳을 왔다는 생각에 전신이 싸늘하게 굳어졌다.

"말도 마소. 자네가 내뺀뿐 바로 그날 밤으로 자네 엄니, 아부지는 총살당해 뿌렀단 마시."

만석은 굳은 돌이 되어 있었다.

"기왕 온 걸음잉께 여그서 하룻밤 보내고 낼 아침 밝기 전에 뜨소."

만약 잡히는 날에는 생매장당할 것이라고 황 서방은 괴로운 얼굴로 말했다.

"나도 나가 진 죄가 을매나 큰 것인지 알았기 땀새 그 죄 씻을라고 여그서 내뺀 그 질로 군대에 자원허지 않았습디여. 3년 꼬빡 전쟁터를 갈고 댕김서 죽을 고비도 수십 번씩 냉김스로 뽀둣이 살아난 것인디……"

만석은 변명이라도 하듯 안타까운 표정으로 말하고 있었다.

"고거 참말이여?"

황 서방이 너무 의외라는 듯 만석의 눈을 쏘아보았다.

"황샌 앞에선 부신 상 받자고 고런 거짓말을 허겄소?"

"그랬음사 참말로 큰일혔구만 그랴. 허나…… 고것으로 정씨 문중 사람덜 원한을 풀 수 있는 것은 아니란 말이시. 그 사람덜 원한은 시퍼렇게 남았응께. 영영 풀리기는 틀린 것일 꺼구만. 가소, 먼 디로 가서 살도록 허소."

"그래야제라. 나가 진 죄가 있는디……"

이렇게 말을 하면서도 만석은 새롭게 솟는 후회와 서러움으로 마음을 추스를 수가 없었다. 어둠에 몸을 숨겨 고향에 발을 들여놓으면서도 여기서 살게 되리라고 기대하지는 않았었다. 식구들의 안부를 알아보는 것이 목적이었다. 그런데 막상 멀리 떠나라는 말을 듣고 보니 묘한 서러움이 응어리졌다.

"지끔 시상이 꼭 자네들이 깃발 들었던 그때허고 진배없네. 달라졌다면 쥔이 바뀐 것이제. 참말로 험헌 시상이 엎치락뒤치락이네."

"다 지가 미친 지랄헌 것이제라. 죄 읎는 엄니, 아부지꺼정 잡아묵고……."

"따지고 보면 다 자네 죄만은 아니네. 나맹키로 무식헌 것이 멀 알까마는, 시국이 죄여, 시국이. 자네헌티 죄가 있다면 성깔이 꼬치맹키로 맵고, 거그다가 젊었다는 것이제."

"우리 시상이 온다는 바람에…… 개돼지맹키로 산 것이 분허고 원통혀서……, 다 뜬구름 잡기였제라."

만석은 산골짜기를 휘돌아 빠지는 거센 바람처럼 느껴지는 한숨을 길게 내쉬었다.

"난 지끔꺼정 잊어뿔지도 않네. 자네 열두 살 적이었등가? 정 참봉네 재종손을 강물에 처박아뿐 것 말이네. 그때부텀 자네 성깔은 탱자나무 까시였응께. 그 일로 자네 아부지가 을매나 고초를 당혔등가마시."

황 서방은 안타까운 표정으로 연진 혀를 찼다.

"아부지가 나 대신 끌려가 쎄가 빠지게 당허고, 동네서 내쫓기기꺼정 혔지라우. 그때부텀 나 가슴에는 독사 대가리맹키로 원한이 맺히기 시작헌 것이제라."

만석의 한숨 섞인 목소리가 잠겨들었다. 자신의 생일날을 잊어버리는 일은 있어도 그때의 일만큼은 잊을 수가 없었다. 그러면서도 되짚어 생각하고 싶지 않은 기억이기도 했다.

강변의 갈대숲에서 서늘한 바람기가 스치는 9월이었다. 이때쯤이면 으레 짙푸르던 갈잎들이 옷갈이를 시작하는 낌새를 보이고, 털북숭이 참게는 탄탄하게 속살이 찌기 시작했다.

만석은 정 참봉네 재종손 둘과 참게를 잡고 있었다. 참게는 갈밭 바위틈 같은 데 굴을 파고 살았다. 그놈들은 미련하게도 갈대꽃 줄기를 살금살금 굴 속에 디밀며 놀려대면 서너 번 멈칫거리다가 그 무작스럽게 큰 집게발로 덥석 무는 것이다. 그러면 참게는 잡은 것이나 마찬가지였다. 그놈은 어찌나 미련한지 한번 집게발로 문 것은 절대로 놓는 일이 없었다. 그 집게발은 몸에서 떨어져서도 한번 문 것은 그대로 물고 있을 지경이었다. 그래서 아이들 사이에서는, 손가락을 물리면 그대로 뎅겅 잘린다는 소문이 나 있었다. 참게를 불에 구워 간장에 찍어 먹으면 그렇게 맛이 고소한데도 아이들이 선뜻 참게를 잡으려 들지 않는 것은 손가락을 잘리게 될 무서움 때문이었다.

만석은 아이들 사이에서 참게를 잘 잡기로 이름나 있었다. 참게 굴을 눈빠르게 잘 찾아냈고, 참게를 신기하게도 잘 얼렸으며, 갈대꽃 줄기를 물고 늘어진 털투성이 참게를 용케도 잘 다루는 것이었다. 만석의 이런 솜씨를 보며 아이들은 그저 감탄하고 부러워했다.

만석이 이렇게 되기까지에는 아이들이 모르는 고통을 혼자 겪어냈던 것이다. 만석이 강변을 따라 질펀하게 펼쳐진 갈대숲을 뒤지기 시작한 것은 여섯 살 때부터였다. 갈숲에는 남모르게 배를 채울 것이 심심찮게 있었던 것이다. 봄에는 물새 알, 여름에는 물새 새끼, 가을에는 참게, 만석은 그런 것들로 허기진 배를 채웠다. 꽁보리밥도 제대로 먹지 못하는 속은 언제나 헛헛하고 쓰렸다. 배를 채우기 위해서는 참게의 집게발 따위는 그렇게 무서울 게 없었다. 처음 얼마 동안은 안 물린 손가락이 없었다. 일단 손가락을 물리면 재빨리 참게를 땅바닥에 패대기를 쳐야한다. 그러면 집게발이 몸에서 떨어지고, 그 다음 아픔을 참아내며 살을 파고드는 집게발을 떼내야 하는 것이다. 그런데 참게 몸뚱어리를 집게발에서 떼내지 않은 채 손가락을 빼내려고 덤비면 또 하나 남아 있던 집게발에 다른 손을 물리기 십상이었다. 두 집게발에 양쪽 손의 손가락을 하나씩 물리는 신세가 되면 어찌될 것인가.

거의 안 물린 손가락이 없을 정도로 혼자 고통을 당하는 사이에 만석은 능숙한 솜씨로 참게를 다룰 수 있게 된 것이었다. 참게한테 물릴 때의 아픔은 대단한 것이었다. 눈에서 불꽃이 번쩍하는 것 같기도 하고, 자지 끝이 맵게 쏘이는 것 같기도 했다. 그러고는 손가락이 빠져나가는 것처럼 아파지는 것이다. 그러나 손가락이 잘려 나가지는 않았다. 눈앞이 노래지며 무릎이 자꾸 꺾이는 배고픔을 없앨 수 있다면 그까짓 아픔쯤 아무것도 아니었던 것이다.

그런데 다른 애들은 그 아픔이 무서워 참게를 잡을 엄두를 못 냈고, 특히 정씨네 문중 아이들은 참게가 털투성이의 다리 열 개를 마구 내두르는 모습만 보고도 뒷걸음질을 쳤다. 만석은 그런 그들을 마음속으로 비웃고 무시했다. '느그덜이 양반 부잣집 자석들이라 내가 지는 것이여. 그런 것 싹 읎애쁠고 혀본다면 다 한주먹 밥잉께.' 이런 속말을 하고 있었다.

그날 정 참봉네 재종손이 고구마 세 개를 내밀며 참게 다섯 마리를 잡아달라고 했던 것이다. 별로 밑지는 장사는 아니어서 만석은 그러기로 했다. 잘 삶아진 밤고군마를 우물거리며 만석은 참게 잡기에 열중했다. 네 마리째를 잡느라고 갈대꽃 줄기를 까딱까딱 놀리고 있는데 느닷없는 비명 소리가 울렸다. 만석은 벌떡 몸을 일으켰다.

참게를 담은 조그만 항아리 옆에 쪼그리고 앉았던 정 참봉네 재종손

둘 중에 동생이 숨이 넘어가고 있었다. 아홉 살 먹은 그놈은 자지러지게 비명을 지르며 팔딱팔딱 뛰고 있었는데, 허공을 내젓고 있는 팔, 그 손가락에는 참게가 매달려 있었다. 그리고 만석이와 동갑인 그의 형은 "엄니, 엄니" 외치며 어쩔 줄을 모르고 있었다. 보나마나 항아리를 기어오르려고 버둥대는 참게를 보며 장난질을 치다가 손가락을 덥석 물린 것이었다.

만석은 재빨리 달려가서 날뛰고 있는 녀석의 팔을 붙들고는 아래로 힘껏 뿌렸다. 그래도 참게는 손가락에 매달려 있었다. 손바닥을 땅에 대게 했다. 그리고 뒤꿈치로 참게를 짓밟았다. 몸통이 으깨지며 집게발이 떨어졌다. 언제나 마찬가지로 집게발은 그대로 손가락을 물고 있었다. 녀석은 계속 숨넘어가는 비명을 지르고 있었고, 만석은 빠른 솜씨로 집게발을 벌려 손가락에서 떼냈다. 그때였다.

"요런 개자석!"

이런 욕과 함께 만석의 눈에서 불이 번쩍했다. 참게에 물린 녀석의 형이 주먹으로 만석의 볼을 갈긴 것이다.

"워째 이려?"

너무 느닷없는 일이라서 만석은 어리둥절해서 물었다.

"몰라서 물어?"

다시 주먹이 날아왔다. 피할 겨를도 없이 맞으며 만석은 자기가 잘못을 뒤집어쓰고 있다는 것을 직감했다. 만석은 기막힌 기분이 되면서 서너 발짝 뒤로 물러섰다.

"니 심뽀 나가 다 앙께로 더 지랄허지 말어."

만석은 맞서 싸울 태세를 갖추며 소리쳤다. 그런 만석의 입은 앙다물어졌고, 눈빛은 험악하게 변해 있었다. 그런 기세에 놀랐는지 큰녀석이 주춤했다.

"우리 동상이 물린 것은 니 땀새 그런 것잉끼, 존 말로 헐 찌개 니 두 손 다 저그다 쑤셔 박어!"

큰녀석이 참게가 든 항아리를 가리켰고, 작은녀석은 손가락을 들여 다보며 서럽게 울고 있었다.

"멋이여?"

만석은 속이 뒤집히는 걸 느꼈다. 또 상것이기 때문에 당해야 하는 억울함에 부딪히고 있는 것이었다. 그 억울함은 말로 되는 것이 아니었 다. 억지였기 때문에 언제나 말이 필요 없었다. 말은 아무 소용이 없었 다. 시키는 대로 하는 것만 남아 있었다.

그러나 지금 참게가 든 항아리 속에 손을 넣을 수는 없었다. 잘못이 있고 없고가 문제가 아니었다. 저놈은 어른도 아니고 자기와 동갑인 것 이다. 그런 놈이 시키는 대로 할 수는 없었다. 그러느니 차라리 콱 죽어 버리는 것이 나을 것이었다.

"아, 얼렁 못 넣겄어!"

큰녀석이 소리쳤고,

"죽었으면 죽었제 고러케는 못 허겄구만!"

만석은 입가에 비웃음을 물며 맞섰다.

"워쩌? 니까징 것이 대들어? 참말로 죽어야 니가 맛을 알겄다 그것이 제. 야, 동진아, 저놈 새끼럴 오늘 반쯤 쥑여뿔자!"

큰녀석이 동생에게 말했고, 둘이는 주먹을 말아 쥐고 다가들었다.

"이눔아, 존 일 헌다고 말썽 피우지 마라. 사람은 지 태생을 알아야 쓰는 법이여. 그저 죽어 지내는 기 상수여."

크고 작은 말썽이 일어날 때마다 순하디순한 아버지는 이렇게 되풀 이하곤 했다. 두 녀석이 합세해서 달려들고 있는 다급함 속에서도 아버 지의 그 말이 번뜩 떠올랐다. 그러나 이대로 몰매를 맞을 수는 없었다.

만석은 휙 날아드는 주먹을 피했다. 아무리 못 먹고 살긴 했지만 열 살이 못 되어 나뭇짐을 지기 시작했고, 열 살이 넘으면서부터는 지게질을 한 몸이었다. 싸움하는 기술만큼은 기름지게 먹고 큰 정씨네 문중의 아이들 둘쯤은 식은 죽 먹기였다.

만석은 한 방으로 싸움에 이기는 법을 알고 있었다. 헛손질을 한 큰 녀석이 숨을 씩씩대며 다시 달려들고 있었다. 만석은 녀석의 사타구니를 겨냥해서 그대로 발을 날렸다. 달려들던 녀석은 소리도 제대로 못 지르며 나가떨어져 버르적거렸다. 불알을 차인 것이었다.

"성, 성, 일어나 일어나랑께!"

작은녀석이 파랗게 질려 뒹굴고 있는 제 형을 흔들어대고 있었다.

"니놈도 내 주먹 맛 잠 봐야 써!"

만석은 작은녀석의 멱살을 잡아 일으켜 사정없이 후려갈겼다. 만석은 이미 제정신이 아니었다. 성질이 칼칼하고 불 같은 그는 한번 흥분하면 걷잡지를 못했다. 그래서 그의 어머니는 '지리산 호랭이가 칵 씹어갈 성깔머리'라고 욕하곤 했다.

만석은, 이놈들을 아무도 모르게 죽여버려야 되겠다는 무서운 생각을 하고 있었다. 더 두들겨 패서 강물에 처박아버리자는 생각이 머리를 스쳤다. 그래서 두 녀석을 정신을 잃을 때까지 팼고, 하나씩 질질 끌어 강가로 옮기다가 동네 어른들에게 들킨 것이었다.

아버지는 정씨 문중에 끌려가 반죽음이 되도록 얻어맞고 업혀왔고, 겨우 거동을 하게 되었을 때 내쫓기는 신세가 되었다. 아버지는 한 번만 살려달라고 땅에 엎드려 울며 빌었고, 정씨 문중 사람들은 달구지에 세간살이를 실어내서 강가에다 부려버렸다. 아버지는 강 건너 산비탈에다 움막을 지어야 했고, 정씨 문중의 소작을 잃어버린 생활은 굶는 것이 곧 먹는 것이 되고 말았다. 그러나 아버지는 만석을 때리거나 나무라지 않았다.

"니는 천상 느그 할아부지럴 빼박은 것이여. 쌍놈으로 살기는 피가 너무 뜨건 것이제."

몸을 가누지 못하고 앓아누운 아버지는 혼자말처럼 중얼거리며 주르 륵 눈물을 흘렸던 것이다.

아버지가 정씨 문중의 용서를 받고 다시 옛 집으로 이사를 한 것은 4년 이 지나서였다.

"행여 아부지, 엄니 산소는 윈처케……."

만석은 망설이고 망설였던 말을 힘겹게 하고는 고개를 떨구었다.

"자네 볼 면목이 옳네. 살기등등헌 그 등살에 누가 묘 쓰겄다고 나섰 겄는가. 무담씨 화 당헐까 벼 나부텀 꽁지를 사린 인심 아니었등가."

황 서방이 솔직하게 말했고, 만석은 고개를 떨군 채 아무 반응도 없 었다.

만적이 이 말을 입에 올렸던 것은 혹시라도 부모님 묘가 있으리라는 기대감을 가져서가 아니었다. 마지막으로 마음을 거두는 땅인데, 그 사 실을 확인하고 싶었던 것이다.

반동치고 그보다 더한 반동이 있었을까. 그 누가 감히 시체를 거둬주 려 나섰을 것인가. 어느 구덩이에 한꺼번에 묻히고 말았을 것이다.

"황샌, 고맙구만이라. 인자 가봐야 쓰겄소."

만석은 일어섰다.

"아니, 무신 소리여. 눈 한숨 붙이고 닭 울기 전에 떠나랑께."

"아니어라우. 공연시리 새복에 움직기리다가 넘덜 눈에 띄면 황샌 입 장만 바늘방석잉께요. 지끔이 숨어가기는 질 좋겄구만이라."

"요러케 가뿔 줄 알았으면 주먹밥이라도 얼렁 한 뎅이 맨들었을 것인디."

"황샌, 그때 나 살려준 은혜 평생 잊지 않을 것이구만이라."

"아니여, 아니여. 자네나 나나 다 피 잘못 받고 태어난 죄밖에 읎는 목심들이여. 자네 속 내 다 알어. 실로 따지고 보면 나 같은 남자가 보잘것읎는 쫌팽이여. 한목심 편차고 이래도 웃고, 저래도 웃고 사는 나 같은 것은 속창아리도 읎는 빙신잉께. 나 같은 것에 비길라 치면 자네는 을매나 남자다운가. 정작 남자는 자넨 것이여. 그렁께 나헌테 은혜 입었다는 소리는 날 욕허는 소리여. 자네 숨은 디를 안 갤차준 것은 자네맹키로 힘지게 못 산 나 같은 짜잔헌 사내가 마땅히 혀야 헐 일이었응께."

황 서방의 눈에는 물기가 어리고 있었다.

"황샌, 오래오래 사시씨요."

만석은 목이 메어 깊이 고개를 숙였다.

"다 잊어뿔고, 다 잊어뿔고, 크게 한바탕 살아보소, 그것이 이기는 질잉께."

만석은 어둠 속에서 황 서방과 헤어졌다.

어둠 속에서 눈이 차츰 익자 강줄기가 희뿌옇게 드러났다. 그 강줄기를 바라보며 만석은 움직일 줄을 몰랐다. 나룻배로 강을 건너면 고향마을이었다.

등 뒤에서 총소리가 콩 볶듯 하기 시작한 것은 만석이 서낭당을 지났을 무렵이었다. 총소리 사이사이로 왁자한 사람들의 외침이 들리기도 했다. 불이 붙도록 다급한 마음과는 달리 만석은 빨리 뛸 수가 없었다. 하루 종일 왕복 백 리 길을 걸은 다음이라 지칠 만큼 지쳐 있었던 것이다. 총소리는 차츰 가깝게 들리고 있었다. 만석이 강벼 나루터에 도착했을 때 황 서방은 배를 대놓고 있던 참이었다.

"화, 황샌, 나 잠 살려주씨요."

"자네, 워쩐 일여?"

"분주소장을 쥑여뿌렀소. 얼렁 배를 잠 띄우씨요."

"자네 미쳤능가? 배 띄웠다가는 둘 다 강 복판에서 죽게 되야. 싸게 갈밭으로 내빼, 갈밭으로. 지끔 안개가 피기 시작혔고, 금방 어두워질 것잉께. 아, 싸게 내빼란 마시."

황 서방은 발을 굴렀다. 만석은 갈대밭으로 뛰어들었다.

소쩍새 울음빛 같은 노을이 강물을 태우고 있었고 강변으로는 서서히 저녁 물안개가 피어오르고 있었다. 갈대밭에는 애기 울음 같은 소리를 내며 바람이 지나가고 있었고, 갈숲은 바람 타는 물결처럼 솨아솨아 흔들리고 있었다. 만석은 안심하고 있는 힘을 다해 갈밭을 기고 있었다. 이 정도로 갈숲이 바람을 타면 사람 하나쯤이 흔들어 내는 것도 표도 안 나는 것이었다. 어렸을 때부터 갈대밭에 드나들어 체득했던 것이다.

강변에서 서너 발의 총성이 울린 것은 만석이 질펀한 갈대밭 중간쯤에 이르렀을 때였다. 만석은 어둠이 짙어지기를 기다렸다가 강물로 뛰어들었다. 큰길을 피해서 산을 탔다.

그때 자신의 목숨은 황 서방의 손가락 끝에 매달려 있었던 것이다.

7월 초순에서부터 9월 초순까지, 만석 자신이 누린 그 꿈만 같던 세월은 고작해야 두 달이었다. 그동안 만석은 정말이지 세상이 다 자기 것인 줄 알았었다.

노동자, 농민을 해방시킨다고 했다. 부자나 지주들을 쳐 없애고 상것들이 모든 행세를 하는 것이라 했다. 만석은 생각하고 자시고 할 필요가 없었다. 그는 물 만난 고기였다.

만석이 제일 먼저 해치운 일이 정씨 문중의 사당을 불 지른 것이었다. 불길에 휩싸이는 사당을 바라보며 만석은 소리치고 있었다.

"지금부텀 정씨놈덜 씨를 말려뿔 것이여. 좆 달린 것이라면 한 마리도 안 냉기고 싹 쓸어뿔 것이라고."

시퍼런 낫을 휘두르며 소리치는 만석의 앞에 그 누구도 얼씬거리지 못했다. 만약 누가 대들었다면 휘둘러대는 낫에 뎅경 목이 달아나고 말았을 것이다.

발이 빠른 사람들은 더러 피신을 하기도 했지만 그렇지 못한 정씨 문중 남자들은 다 잡혀서 끌려갔다. 그리고 반죽음이 되도록 두들겨 맞고는 날마다 한 사람씩 뒷등 소나무에 묶여서 죽어갔다.

정씨네 사람들은 어느 집이나 밥을 굶었다. 곡식이란 곡식을 모조리 빼앗겼기 때문에 죽도 끓일 것이 없었다.

"안 되야, 안 되야. 즘생도 고로크름 야박허게 다루는 것이 아닌디, 위째 사람을 그랄 수가 있드라냐. 어린 새끼덜이 있는디 죽이라도 쑤게는 혀야 혀. 만석아, 이눔아, 맴 돌려서낭은 죽이라도 끓이게 맹길어. 애비 쥑인 웬수라도 고러케 허는 벱이 아닌 것이여."

아버지는 만석에게 매달리며 애원했다.

"아부지는 평생 당하고만 산 일이 치가 떨리지도 안 혀서 그런다요?"

만석은 아버지를 뿌리치며 눈을 치떴다.

"고런 못된 소갈머리 버려야 써. 미우나 고우나 그 사람덜이 우리럴 믹여살린 것이여."

"아부지. 참말로 고런 말말 골라서 허실라요? 아부지, 고런 맘일랑 안 고쳐묵으먼 워치게 뇌는지 아시겠서? 정가놈덜허고 똑같은 꼴 당헌단 말이요."

만석은 싸늘한 표정으로 말했고,

"하먼이라. 아부님 말씸은 쪼께 과헌 성싶구만이라. 원제 그 사람덜이 우리 믹여실렸습니여. 우리가 쌔 빠지게 일혀서 고것들 팅팅 살찌게 혔고, 우리사 쭉징이만 묵고 포돗이포돗이 살았제라."

며느리가 눈을 희게 뜨며 남편을 거들고 나섰다.

천씨는 그만 입을 다물고 말았다. 며느리까지 생판 딴사람으로 변한 지가 오래였다. 사람이 맘이 변하면 죽는 일을 당한다고 했다. 아들도 며느리도 제정신이 아닌 것이다. 아들놈은 사람 백정 노릇을 눈 하나 깜짝 안 하고 해내고 있고, 며느리는 그 얌전하던 옛 모습을 하루아침에 벗어버리고 꼭 화냥년처럼 변했다. 아들놈하고 똑같이 며느리도 여맹 부위원장이 되어 날쳐대고 있는 것이다. 그 예쁜 얼굴에 눈 한번 제대로 뜨지 않던 며느리가 그렇게 변한 것이 못내 서운했다. 아니, 사람을 그렇게 돌변시켜 버리는 그 공산당이란 것이 생각할수록 겁나고 무서워졌다.

만석은 날개를 있는 대로 편 독수리가 되어 제멋대로 날아다니느라고 제 발밑에서 불이 붙고 있는 것은 까맣게 모르고 있었다. 마누라가 말 한마디로 모든 것을 척척 해내는 분주소장에게 정신이 팔려 있다는 사실을 낌새도 채지 못했다. 피곤하다는 이유로 잠자리의 요구를 물리치곤 했을 때도 의심은커녕 혁명 과업을 완수하느라고 낮에 고생한 아내를 괴롭히는 것 같아 오히려 미안하게 생각했던 것이다.

만석은 인민의용군에게 붙들려가지 않으려고 벽촌으로만 피해 다녔다. 그러면서 밤마다 그 험악한 꿈에 시달렸다. 두 연놈이 알몸뚱이로 뒹굴고 있었고, 피바다가 된 방바닥에 배창자가 터져 나온 두 연놈이 나자빠져 있는 광경이었다.

밥을 먹다가 언뜻 그 생각이 떠오르면 구역질이 치밀어 더는 먹을 수가 없었다. 한 달 가까이 피해다니다가 인민군이 싸움에 져서 거의가 산속으로 도망을 치고 있다는 소식을 들었다. 그런 사고가 없이 그대로 고향에 있었더라면 자신은 어떻게 됐을까를 만석은 곰곰이 생각해보았다. 세상은 다시 뒤바뀐 것이다. 틀림없이 몸을 피한 정씨 문중 사람들이 들이닥칠 것이었다. 인민군을 따라 도망칠 수밖에 다른 도리가 없었을 것 같았다.

이제 전쟁은 다 끝났다. 그러나 뒷정리까지 다 끝난 것은 아니었다. 타작을 끝내고 나면 청소를 할 뒷일이 남는 거나 마찬가지였다. 산으로 도망갔던 공비가 밤이면 여기저기 출몰했고, 전에 부역했던 사람들이 색출되고 있는 참이었다.

"보나마나 뻔헌 일 아니겠능가. 더러 산사람이 되기도 혔고, 눈치 못 채고 뒤처진 축들은 잽혀서 또 그 징헌 꼴 안 당했드랑가."

황 서방은 더 길게 애기하고 싶지 않다는 듯 고개를 설레설레 저었다.

만석은 강줄기처럼 긴 한숨을 내쉬었다. 그리고 천천히 어둠 속을 걸었다. 황 서방의 말대로 멀리 떠나서 사는 길밖에 없었다. 이제 얻은 것도, 남은 것도 아무것도 없는 것이다. 허망하기도 했고 어이가 없기도 했다.

그렇게 학교라는 것이 다녀보고 싶었다. 그러나 아무나 배우는 것이 아니라고 했다. 상것은 상것대로 할 일이 따로 있다고 했다. 그것이 나무하는 일이었고, 지게질이었고, 소 꼴 뜯기는 일이었다. 정씨네 아이들이 나무 그늘에서 수박이나 참외를 배 터지게 먹으며 히히덕거리고 있을 때 자기는 땡볕 속의 논길을 이리 뛰고 저리 뛰며 새를 쫓느라 목이 터지게 소리를 질러야 했다. 겨울이면 으레 아이들의 책보를 모아들고 학교까지 가야 했다. 그 아이들은 자기보다 몇 배 두꺼운 솜옷에 장갑까지 끼고는 손이 시려서 책보를 못 들고 간다는 것이었다.

인절미 두 개를 얻어먹기 위해 아픈 것을 참고 자지를 까 보였다. 감한 개를 얻어먹으려고 말타기 놀이의 말 노릇을 한나절 했다 끝없는 배고픔 속에서 배를 채울 수 있다면 무슨 일이든 하려 들었다. 그러나 그것도 열서너 살까지였다. 열다섯이 넘으면서부터는 이뿌리가 아플 지경으로 이빨을 앙다물기 시작한 것이다.

"만석이, 만석이, 나 잠 살려주소. 내 논밭 다 줄 팅께 나 잠 살려주소."

누군가는 손바닥에 불이 나도록 비벼대며 숨이 넘어갔다.

"만석이, 아녀, 아녀, 부위원장님, 나허고 춘부장 어르신네허고는 30년 친구였지라우. 나 잠 살려주씨요, 나 잠……."

누군가는 펑펑 눈물을 쏟으며 마룻바닥을 뺑뺑이를 돌았다.

"부위원장 동무, 부위원장 동무, 부위원장 동무……."

누군가는 입술을 푸들푸들 떨며 더는 말을 못했다.

누군가는 생똥을 쌌고, 누군가는 질퍽하게 오줌을 쌌고, 누군가는 팔다리가 떨리다 못해 뻣뻣이 굳어져버렸다.

그 누구 하나 며칠 전까지 가졌던 그 당당함, 그 거만함, 거드름, 그 위세를 그대로 지니고 있는 사람이 없었다. "요 개만도 못헌 쌍놈아, 니놈이 감히 누구헌테 요런 못된 짓을 혀!" 이렇게 호령을 하는 사람이 하나라도 있었더라면, 그 사람은 차라리 살려줬을지도 모른다.

그들의 망령이 막아서라도 다시는 올 수 없는 땅이 된 것이라고 생각하며 만석은 강을 등지고 어둠 속을 빨리 걷기 시작했다.

만석 영감은 연상 눈물을 훔치며 변두리 고아원에서부터 번화가까지 걸어나오느라고 서너 시간이 걸렸다. 수중에 동전 한 닢 남아 있지 않아 걸을 수밖에 없었다.

눈여겨보아 두었던 육교를 찾아냈다. 난간을 붙들고 힘겹게 육교를 오른 영감은 검정 고무신 한 짝을 벗었다. 그리고 양쪽 계단이 갈라지는 육교 바닥에 쪼그리고 앉았다. 검정 고무신 한 짝은 그 앞에 놓여졌다.

당장 하루 한끼는 입에 풀칠을 해야 했고, 고향으로 갈 차비는 마련해야 했다.

이제 노동은 할 수가 없었다. 어느 노동판에서고 일거리를 주지 않았다. 주름투성이가 된 파삭 쭈그러진 얼굴도 얼굴이었지만, 이미 어깨가 축 늘어져 한눈에 노동판꾼의 몸이 아닌 게 표가 났다. 혹시 인정이 많거나 아니면 풋내기 현장 감독이 일거리를 떼준다 해도 감당할 능력이 없었다. 전신이 풀려버린 데다가 억지로 힘을 쓰고 나면 으레 피가 넘어오는 것이었다.

영감은 고개를 푹 수그린 채 눈을 감고 있었다. 그런 영감의 몰골은 영락없이 거지였다.

고무신에 동전이 얼마나 모아지는가에 대해서는 영감은 아예 관심이 없었다. 영감의 마음은 어느덧 고향으로 가 있었다. 영감은, 죽을 날이 가까워져서 그러는 것이려니 했다. 언제부턴가 부쩍 그곳으로 마음이 쏠리는 것이었다.

아무것도 남은 것이 없는 땅이었다. 반겨줄 얼굴 하나 없는 땅이었다. 있다면 험악한 과거만이 있을 뿐이었다. 그런데도 한사코 마음이 쏠리는 것은 무슨 까닭일까. 아무리 생각해도 그런 자기의 속을 알 수가 없는 일이었다.

공사판을 따라 2년인가 떠돌았다. 새로 벌어진 간척지 공사장을 찾아가다 보니 고향 땅이 백 리 조금 넘는 거리에 있었다. 처음엔 혹시 아는 얼굴이라도 만나게 될까 봐 다른 일터를 찾아나설까도 했다. 그러나 공사장 여건이 선뜻 딴 데로 발길을 돌리지 못하게 했다. 간척지 공사는 우선 그 기간이 길어서 좋고, 대개 관에서 하는 일이라 일당이 제때제때 나오는 이점이 있었다. 몇 번을 망설이다가 될 대로 되라는 심정으로 주저앉고 말았다.

2개월이 지나고 3개월이 지나도 아는 얼굴은 하나도 만나지지 않았다. 그렇게 되니 마음이 슬그머니 동하는 것이었다. 황 서방이라도 한

번 만나보고 싶은 생각이 일어난 것이다. 그 생각이 한번 머리를 들게 되자 마음은 자꾸만 설레발을 치기 시작했다.

노동판에도 사람은 얼마든지 있었다. 몸뚱이를 부려 하루 세 끼 목구멍을 채우는 같은 처지의 사람들이 많았다. 그러나 그들에겐 잘 구워진 고구마 맛 같거나, 눈 오는 날 구들장의 온기 같은 정이 없었다. 한 노동판, 같은 조組로 일을 할 동안은 그런대로 허물이 없는 듯하다가도 공사가 끝나고 뿔뿔이 흩어지게 되면 그 길로 까맣게 잊어버리게 되는 타인들일 뿐이었다. 떠돌이 인생들이란 으레 그런 모양이었다.

여자가 없는 것도 아니었다. 그러나 그 여자들은 오히려 남자들보다 더 허망한 그림자였다. 몇 푼의 돈으로 몸을 파는 그 여자들은 그 일이 끝나버림과 동시에 아무 쓸모도 없는 살덩이로 변하고 말았다. 그 여자들과의 일은 아무리 되풀이해 보아도 발목밖에 안 차는 미지근한 목욕물에 들어선 기분이었다. 목까지 푹 잠기는 뜨끈뜨끈한 목욕물이 몹시 그리웠다. 언뜻 마누라의 몸이 생각났다. 전신이 흠뻑 땀으로 젖으며 온몸의 진기가 다 빠져나간 것 같은 아련하고도 아슴하던 그 기분이 그리웠다. 그러나 그 그리움을 지체 없이 박살내고 달려드는 기억이 있었다. 벌건 대낮에 숙소에서 뒹굴던……

황 서방을 만나보고 싶은 것은 그런 마음의 정처 없음 때문인지도 몰랐다.

공사판은 1주일에 하루씩을 쉬었다. 그날은 너무 지루하고 답답했다. 술타령도, 투전판도 별로 마음이 끌리지 않았다. 정종이라도 한 병 사들고 황 서방을 찾아가고 싶은 생각만이 마음에 가득했다.

만석은 꾹꾹 참다가 결국 점심때가 지나서 버스를 타고 말았다.

고향 마을을 30리 앞둔 ㅂ읍에서 버스를 내렸다. 해가 지려면 얼마 남지 않은 시간이었다. 만석은 가게에서 정종 두 병을 샀다. 그리고 밥

집을 찾아들었다. 국밥 곱빼기에다 소주를 시켰다. 밤길 30리를 걷자면 든든하게 먹어둬야 했다.

"묘 쓰는 일이 안직도 안 끝났단 말이당가?"

"아, 그렇다니께."

"참말로 요상허네이. 난리 끝나뿐 것이 원젠디, 2년씩이나 묘를 쓴단 말이당가?"

"요 사람, 영 태평헌 소리만 혀쌓는구만이. 아, 죽은 사람 숫자가 을 맨지 자네 몰라서 허는 소리여?"

"허긴 그때 인공 치하에서 반년만 더 끌었다면 정씨 문중 씨는 싹 말라 읎어질 뻔혔응께."

입으로 술잔을 가져가던 만석은 그대로 동작을 뚝 멈추었다. 몸이 뻣뻣이 굳어지는 것 같은 충격이 뒷머리를 때렸다. 만석은 눈만을 빠르게 굴려 두 남자의 얼굴을 살폈다. 전혀 안면이 없는 얼굴이었다. 만석은 자신도 모르게 파장이 심한 한숨을 내뿜었다.

"그러게 말이시. 국군이 그맘때만 혀서 싸움에 이긴 것은 정씨네헌테 큰 부조헌 거여."

"하면, 하면. 그란디 묘는 지대로 써지고 있는 것잉가?"

"워디가. 그 많은 사람덜이 굴비 엮듯 혀서 이 구뎅이 저 구뎅이 묻혀뿐 것잉께 누구 뼈다구가 누구 뼈다군지 워찌 알 것잉가."

"참말로 환장헐 일이구만 그랴. 누구 뼈다군지도 모름시로 즈그덜 부모 것이라고 생각허고 이장을 허는 자손들 속이 위쩔 것잉가."

"금매 말이시. 그 효심들이 상 받을 만허다니께."

"근디, 정씨 문중우 그렇게라도 혼을 건진다 허고, 부역혔던 사람덜이나 그 일가 뿌시레기덜 망령은 위쩐디야?"

"아, 걱정도 팔짜여. 지금 정씨네 서슬이 시퍼런 이 마당에 부역허다 죽어뿐 망령 걱정허게 되얐능가?"

연거푸 술잔을 비우고 있는 만석의 마음은 싸늘하게 긴장하고 있었다. 그만 자리를 뜨고 싶은 마음과는 달리 몸은 점점 더 무거운 무게로 아래로 내려앉고 있었다.

"내 말은 고런 말이 아니란 마지. 위쩌케 되얐거나 간에 한 품은 망령이 떠돌아댕겨서는 그 동네가 안 되야묵능다 그런 말이네."

"그렇다고 정씨 문중에서 그 웬수녀려 상것들의 묘를 써줄 것잉가?"

"가당찮은 일이제. 무신 감투를 쓴 것도 아닌 그 멍청한 점바구를 생매장헌 걸 보면 정씨네도 보통은 넘는 사람들이여."

"하먼, 말허먼 멀 혀. 내놓고 말은 못혀도, 위디 부역헌 사람들만 다 나쁘간디. 인자 정씨네도 맘덜 고쳐묵어야 헐 것이여."

"암만, 북은 쳐야 소리가 나고, 바람이 불어야 나무가 흔들리는 것 아니드라고."

……점바구, 왼쪽 이마에 동전만 한 점이 박혀 있던, 약간쯤 모자라는 것 같은 사내. 그는 제 세상이 왔다고 덩실거리며 대창을 꼬나잡고는 시키는 일이면 무엇이나 해치웠다. 대창으로 가슴팍을 푹 찔러놓고는 누런 이빨을 드러내고 헤벌쭉 웃는 것이었는데, 그런 그의 얼굴은 웃는 것이 아니라 성난 개가 으르렁거리는 모습과 너무나 흡사했다. 그 섬뜩한 느낌의 표정을 사람들은 '개웃음'이라고 불렀다. 그 점바구가 생매장을 당했다는 것이다. 약간쯤 모자라는 탓으로 사태가 불리해진 낌새를 눈치 채지 못했을 게 뻔했다. 점바구는 생매장을 당하면서도 개웃음을 웃었을까……. 술잔을 들어올리고 있는 만석의 팔이 부들부들 떨렸다.

"위쨌거나 인자 공비가 안 내려옹께 살겄구만. 작년꺼정만 혀도 어디 발 뻗고 편헌 잠 잘 수 있었드라고."

"인자 에지간히 잽힌 모냥이여. 위원장 지냈던 수길이가 죽어뿐 작년 10월 후로는 그 동네에도 이적지 한 번도 안 내려왔드랑만."

"그라면 그때 수길이허고 함께 죽은 그 얼굴이 몰라보게 잉끄레져뿐 것이 소문대로 부위원장 지낸 만석이가 영락없는 것 아니었으까?"

"모르면 몰라도 그럴겨. 그때 싹 죽어뿌러서 발이 끊긴 것 아니겄어. 그때 수길이만 죽고 만석이가 살아 달아났드라면 정씨 문중이 무신 험헌 꼴 또 당했을지 아능가? 고 만석이란 물건이 예사 물건은 아니였등갑는디. 독허기가 독사 대가리 열 합친 것만 허다드만그랴."

"글씨 말이시, 열 살 안짝에 비얌을 꾸어 묵은 징헌 자석이람시로?"

"그러타느만."

"근디 마시, 만석이 그 사람이 분주소장허고 즈그 마누래 쥑여뿔고 내빼뿐 것허고 인민군이 봇짐을 싼 것허곤 보름이나 더 차이가 지는디…… 그라고 인민군헌티는 만석이가 총살감 죄인이 아니었드라고? 그란디 워쩌케 또 한패가 되았으까?"

"요 사람 참말로 답답허네잉. 속사정이 워째튼, 넘 마누라 붙어묵는 놈이 잘못인가, 그런 놈 쥑인 남편이 잘못인가. 즈그덜도 속이 있응께 옛일 덮어뿔고 다시 합친 것 아니겄어? 그라고 심이 달려 쫓기는 판에 한 사람 더 보태는 것이 워딘디. 만석이 같은 독헌 인종 하나 보태는 것은 예사 사람 열 보태는 폭이었을 것 아니라고?"

"그러컸구만, 그러컸어."

만석은 창백한 얼굴로 식당을 다급하게 나왔다. 그리고 황 서방 집과는 반대쪽으로 걷기 시작했다. 공사판 쪽으로 가는 차가 있어야 할 텐데 생각하면서.

공사판으로 돌아온 만석은 황 서방에게 주려고 샀던 정종 두 병을 다 마셔버렸다. 그리고 나흘 동안 꼼짝을 못 하고 앓아누웠다.

열 살 안쪽 나이에 뱀을 잡아 구워먹은 일은 없었다. 구워 먹으면 어떨까 하는 생각은 많이 했었다. 소·돼지·개·닭은 다 먹는다. 메뚜기나 개구리도 먹는다. 그러면 뱀이라고 못 먹을 게 뭐 있을까 싶었다. 여름이 되면 뱀은 강변 갈밭이고 논이고 야산 풀섶에 흔했다. 아이들은 뱀을 보면 질겁을 하고 뺑소니를 쳤다. 그러다가도 누군가가 한 마리 잡기만 하면 너도나도 돌멩이를 들고 대드는 것이었다. 으레 뱀은 온몸에 상처투성이가 되어 죽어야 했다. 그러나 아이들은 물러나지 않았다. 뱀을 토막 쳐 죽이지 않으면 밤이슬을 먹고 되살아나 새벽에 꼭 복수를 하러 온다는 것이었다. 되살아난 뱀은 자기를 죽이려 했던 아이들 집을 하나하나 찾아다니며 꼭 자지를 물어 죽인다는 것이었다. 그래서 아이들은 사생결단 돌을 던져 다 죽어버린 뱀을 토막토막 끊어야 직성이 풀려 했다. 어떤 아이는 한 손으로 사타구니를 거머잡고 기를 쓰며 돌을 던지기도 했다. 그러나 만석은 돌을 던지지 않았다. 배가 고파 기운이 없는데 뱀을 죽이는 일에 기운을 쓸 필요가 없었고, 저것을 어떻게 하면 구워 먹을 수 있을까를 열심히 궁리하고 있었던 것이다. 강에서 잡히는 뱀장어라는 것의 맛은 기막혔다. 기름이 지글지글 끓는 뱀장어 한 쪽을 입에 넣었을 때의 그 고소하고 달큼한 맛, 이름이 비슷하니까 하는 생각에 몰두해 있곤 했었다.

수길은 빨치산이 되어 동네를 습격했다가 죽은 모양이었다. 그놈도 억세게 불쌍한 놈이었다. 홀어머니 밑에서 어쩌면 만석이 자신보다 더 배를 곯으며 살았을지 모른다.

"니기미, 요런 팔짜로 한평생 살아보면 멀 헐껴. 엄니 땀새 사는 것이지, 엄니만 죽어뿔면 나도 요런 염병헐 시상 고만 살란다."

기운 쓰기에는 안 어울리는 뼈대를 갖춘 수길은 곧잘 이런 말을 하곤 했었다.

그는 인민위원장이 되면서 그래도 생기가 나는 것 같았다. 그러나 마구잡이로 사람을 죽이는 것을 꽤는 괴로워했었다. 그런 그가 결국 고향 땅에서 죽어간 것이다.

고향 사람들, 특히 정씨 문중 사람들에게는 자신은 이미 죽은 것으로 되어 있는 모양이었다. 그러면 자신의 생존을 알고 있는 것은 황 서방 내외뿐이다. 입 무거운 황 서방이 자신의 생존을 입 밖에 낼 리가 없다. 자신은 이미 죽은 목숨인 것이다. 이제 고향에 남은 자신의 흔적은 아무것도 없다.

만석은 나흘 동안 앓아누워서 자신의 신세를 골똘히 생각해보았다. 참 허망하고 어처구니가 없었다. 달라진 것이라곤 소작 농사꾼에서 떠돌이 막노동꾼으로 바뀐 것이었다.

만석은 다시는 고향 땅 가까이 가지 않기로 마음먹었다. 그 결심은 30년이 가깝도록 지켜져 왔던 것이다. 아무리 좋은 일판인 벌어져도 고향 쪽이면 아예 외면을 해버렸다.

강변에는 저녁 안개가 어떤 슬픔의 흔적처럼 자욱하게 번져나가고 있었다. 무거운 듯 어깨를 늘어뜨리고 선 영감은 오래 전부터 갈대숲으로 번지는 안개의 꿈틀거림을 하염없이 바라보고 있었다.

지금도 저 갈숲에는 참게가 그리도 많을까. 어렸을 적에는 구워 먹었고 나이가 들어서는 술안주로 그만이었지. 소주 한잔을 꺾고 진간장에 담근 그 털북숭이 참게 다리를 씹는 맛이란…….

영감은 군침을 삼키며 손바닥으로 입을 훔쳤다. 손바닥의 꺼칠한 느낌만 입 언저리에 무슨 흉터처럼 선명하게 새겨지는 기분이었다. 영감은 허전한 기분으로 손바닥을 내려다보았다. 못이 박이다 못해 자디잔 금을 그으며 터진 손바닥. 굳어진 군살이라서 그런지 어지간한 것에 찔려서는 아픔을 느낄 수가 없었다.

영감은 가늘고 길게 한숨을 쉬었다. 손바닥을 내려다보고 있는 눈에 안개빛을 닮은 우수가 서렸다.

긴 세월이야. 빠르게 달아난 세월이야. 허망한 세월이고…….

영감은 입꼬리가 처지도록 입을 꾹 다물며 눈길을 다시 강변으로 옮겼다. 안개는 흡사 살아 있는 것처럼 질편한 갈대밭과 넓은 강폭을 먹어가고 있었다.

저 갈대밭이 없었더라면…….

영감은 몸을 으스스 떨었다. 막상 강을 앞에 하고 서니 그 일은 꼭 어제 일어난 것처럼 그동안의 세월의 간격을 허물어뜨리고 다가섰다.

안개는 그냥 퍼지고 있는 게 아니었다. 엷은 어둠을 한 자락 한 자락 깔아나가고 있었다. 영감은 등줄기가 서늘한 한기를 느끼며 주위를 둘러보았다. 산등성이의 윤곽이 흐려 보일 만큼 어두워져 있었다. 영감은 눕고 싶은 무거운 피곤과 함께 시장기를 느꼈다. 이제 그만 주막으로 들어가고 싶었다.

옛 자리에 그대로 있는, 지붕만 슬레이트로 변한 왼편의 주막을 향해 영감은 더디게 걸음을 옮겼다. 이 꼴이 되어버렸는데 어쩌랴 싶으면서도 어느 만큼 어두워지기를 기다렸다. 어찌할 수 없이 뼛속 깊이까지 스며 있는 죄의식이었다.

황 서방은 살아 있을까. 살아 있다면 칠십이 넘었을 것이다. 마누라한테 주막 일을 맡기고 자기는 나룻배를 저었었다. 추우나 더우나, 한밤이나 새벽이나를 가리지 않고 한 사람을 위해서도 나룻배를 띄우던 황 서방이었다. 항시 웃는 얼굴인 그는 이 세상에 싫은 사람도, 미운 사람도 없는 것 같았고, 그래서 감골·학내·죽촌 마을의 그 어떤 사람이든 황 서방 내외를 아끼고 감쌌다. 그런 황 서방이 처음으로 자신에게 눈을 치뜨며 소리를 높였었다.

"자네 위째 이러능가. 자네 미쳤는가? 시상이 위찌 변혔거나, 시국이 위쩌케 달라졌거나 간에 사람이 변허면 못쓰는 법이여!"

"황샌, 말조심허씨요? 황샌도 앞장서야 헐 사람임스롱 무신 말을 고렇게 허씨요!"

"어이, 내 말 잠 들어보소. 일정日政 때 앞잽이 놀이 허던 사람덜 꼴 못 봐서 그러능가?"

"멋이 위쩌고 위째라? 아, 지금이 일정 때허고 똑같은 줄 아씨요? 나 마지막으로 한마디만 허니께 귀때기 활짝 열고 똑똑허게 들어두씨요 잉. 지끔 헌 말 황샌이니께 안 들은 것으로 허겄소. 한 번만 더 고런 소리 허면 싹 보고허고 말 팅께 그리 아씨요."

황 서방은 입을 헤벌린 채 아무 대꾸도 하지 못했었다.

황 서방이나 아버지는 그때 이미 세상살이가 어떤 것인지를, 한 목숨 살아가는 뜻이 어디 있는지를 환히 알고 있었는지도 몰랐다. 둘이 다 순리로 살아야 한다고 했다. 그 순리라는 것이 무엇인지 알다가도 모를 일이었다.

이제는 황 서방도 어느 길목에서 마주친다 해도 서로 알아볼 수 없을 정도로 늙었을 것이다. 긴 물굽이를 이루며 흘러간 세월이었다.

영감은 징검다리라도 건너는 것처럼 약간 더듬거리는 듯한 걸음을 땅거미 속으로 내딛기 시작했다. 구부정한 어깨에 다 헐어빠진 가방이 매달려 있었다. 주막을 몇 발짝 남겨놓고 영감은 걸음을 멈추었다. 그리고 기침을 하기 시작했다. 한 손은 입을 가렸고, 다른 한 손은 가슴께의 옷을 움켜잡고 있었다. 기침 소리는 전혀 생기가 없이 목구멍에서 맴도는 밭은 것이었다. 기침은 끊길 줄을 몰랐고, 영감의 몸은 점점 작게 오그라들고 있었다.

영감의 몸이 거의 주저앉다시피 하였을 때 기침이 멎었다. 영감은 숨을 헉헉대고 있었다. 이렇게 한바탕 기침이 휘몰아치고 지나가면 가슴은 다 찢어진 창호지 문처럼 너덜거리는 느낌으로 견디기 어려운 열에 들끓었다. 전신에 땀이 죽 흐르고, 오한이 일어나는 것은 그 다음 증상이었다.

틀린 거야. 다 끝났어.

영감은 고개를 저으며 또 같은 생각을 했다. 기침이 한바탕 가슴을 들쑤시고 지나가면 영감은 또 한 걸음 다가선 죽음을 느끼는 것이다.

영감은 다리가 후들거려 무릎을 손바닥으로 짚고 더디게 일어섰다. 비릿한 냄새가 나는 것 같은 현기증이 강변에 퍼지는 안개처럼 아득하게 일어났다.

영감은 주막 문 앞에서 일단 멈춰섰다. 뭐라고 인기척을 할까를 생각했다. 그러나 할 말은 떠오르지 않고, 젊은 황 서방의 순하디순한 얼굴만 어른거렸다.

"기시요? 누구 없소?"

영감은 있는 힘껏 소리쳤다. 그러나 그 소리는 자신이 들어도 너무 힘이 없이 떨리고 있었다.

"누가 왔능가?"

한 남자가 헛간에서 나오며 두리번거렸다.

"……."

영감은 눈에 힘을 모았다. 저녁 어스름이 끼고 있긴 했지만 저쪽의 남자가 늙은이가 아니라는 건 직감할 수 있었다.

황 서방 아들일까?

영감은 불현듯 생각했다. 그 뚝심이 세던 녀석, 제 아비 대신해서 서툴게나마 노질을 하기도 했었다.

"큰 부조헌 기여. 저눔이 3년만 일찍 시상에 나왔어 보드라고. 이쪽으로든 저쪽으로든 끌려가고 말았을 것잉께. 그랬으면 내 애간장이 위찌됐을 것잉가 말이시."

황 서방의 말이 생생하게 들리고 있었다.

"뉘시오?"

40대의 건장한 남자가 나직한 목소리로 묻고 있었다.

"저어…… 요새도 주막을 허능가요?"

영감은 뒤엉킨 여러 가지 물음을 밀쳐놓고 이 말부터 물었다.

"위디요. 다리가 생기고 나니께 나룻배가 소양 읋어지고 자연 주막도 시들해졌구만이라."

남자는 심드렁하게 대꾸하며 영감의 몰골을 달갑잖은 눈길로 훑어보았다.

"요 강 우로 다리가 놓였어라우?"

영감은 놀라움을 감추지 못하며 물었다.

"그것이 원제 일인디요. 이 고장을 떠난 지 영 오래되야뿐 모양이지라우?"

남자는 새삼스러운 눈길로 영감을 찬찬히 훑어보았다. 영감은 반사적으로 방어 태세가 되었다. 그날 이후 30여 년 동안 겪어온 감정의 어두운 굴절이었다. 그러나 영감은 그런 감정의 응고를 습관대로 겉으로는 전혀 드러내지 않고 입을 열었다.

"농새일이 싫어 젊은 나이에 봇짐을 싸분 것이요."

"그려요? 헌디, 돈은 잠 벌었능가요?"

남자는 비웃는 투로 물었다. 영감의 몰골은 돈과는 너무나 거리가 멀었던 것이다.

"혹시 지끔도 황 서방이 이 집에 사십디여?"

영감은 마음의 동요를 누르며 넌지시 물었다.

"황 서방이 누군디라?"

남자는 고개까지 흔들며 전혀 모르는 표정을 지었다. 순간 영감은 암담한 기분이 되었다. 이 남자는 집주인이 분명한데 황 서방을 모른다. 황 서방은 세상을 떠난 것일까, 아니면 어디로 이사를 간 것일까.

"멋이냐, 황순돌이라고…… 나룻배를 젓던……."

"아아, 전 주인 말이구만이라. 10년도 전에 시상을 버렸구만요. 아들은 이 집을 우리헌테 넹기고 도회지로 떠나가 뿔고요."

영감의 귀에는 아무 소리도 들리지 않았다. 고향 땅을 찾아온 것이 아니었다. 황 서방을 만나러 온 것이었다. 정처 없이 떠돌면서도 마음이 고향 땅으로 쏠렸던 것은, 부모님 원혼이 떠돌고 있다는 가슴 아픔 말고도 황 서방이 있었기 때문이다. 그런데 황 서방은 이미 10년도 전에 세상을 떠났다는 것이다. 거렁뱅이 짓을 해서 근근이 모은 돈이긴 했지만, 정종 한 병을 가방 속에 사 넣었던 것도 황 서방을 위해서였다.

"영감님은 워디로 가시는디요?"

집주인의 말에 영감은 정신을 차렸다.

"행여, 죽어뿐 황샌 묏등이 워딘지 모르시겄소?"

영감은 물기가 번진 눈을 아슴하게 뜨며 물었다.

"글씨요, 잘 모르겄는디요."

남자는 무뚝뚝하게 대답했고, 영감은 연상 고개만 잘게 끄덕이고 있었다.

"그라면 살펴가시씨요."

집주인이 돌아섰다.

"나 시장혀서 그란디, 밥 잠 묵을 수 있겄소?"

영감은 집주인의 등 뒤에다 대고 힘없이 물었다.

"글씨요……."

"공짜 밥 묵자는 건 아니니께 염려는 놓으씨요."

"머 그것이 아니라, 찬이 벨로 읎어서…… 우선 듭시다."

집주인이 되돌아섰다.

사방은 어둠이 완연해져 있었다. 영감은 강변을 내려다보았다. 흡사 살아 있는 것처럼 뭉클뭉클 피던 안개의 자취는 암회색 어둠 속에서 찾을 수가 없었다. 황 서방만 있었더라면……. 영감의 가슴에는 허전한 슬픔이 강변을 덮던 안개처럼 퍼져나가고 있었다.

"머 허씨요, 영감니임. 얼렁 들오씨요."

집주인이 불렀고,

"소피가 급혀서……."

영감은 얼버무리며 사립을 들어섰다.

마침 밥때여서 그런지 밥상은 금방 들어왔다.

"쇠주 한잔헐 수 있겠소?"

영감은 숟가락을 들 생각도 안 하고 술부터 찾았다. 그러면서 가방에 고이 간직해 온 정종을 생각했다. 황 서방과 마주 앉아 마시려고 했었다. 지칠 만큼 지치고 시들 만큼 시들어버린 감정과 육신을 달래며 한 잔씩 하려고 산 술이었다. 자신의 평생을 통해서 정종이란 값비싼 술을 산 것은 이번으로 세 병째였다. 처음 두 병도 황 서방에게 권하지 못했고, 이번에도 마찬가지가 된 것이었다.

영감은 소주를 잔에 넘치도록 부어 단숨에 마셨다. 싸하고 짜릿한 소주 기운이 목줄기를 타고 내리는 느낌에 영감은 눈을 지그시 감았다. 바람에 떠밀려 정처 없이 떠돌고, 구름을 이고 덧없이 보낸 세월 속에서 그래도 변함없이 곁을 지켜준 건 이 소주 맛뿐이었다.

"자아, 한잔 받으씨요."

주인에게 잔을 내밀었다.

"워디요, 묵고 싶음사 내가 따로 묵제 위째 손님 술을 받아묵겄소."

주인은 팔을 내저으며 사양했다.

"보씨요, 술 한잔 주고받는 인정꺼정 고러크름 야박허게 토막 치지 마씨요. 내 꼴 보면 다 알겄지만 술 두 잔 낼 돈도 읎는 신세요. 얼렁 받으씨요."

영감은 쓸쓸한 표정으로, 그러나 힘찬 어조로 말했다.

"그라면……."

주인은 잔을 받았다.

술을 따르는 영감의 손이 잘게 떨렸다. 그러나 술이 잔에 다 찼을 때 손은 정확하게 술병을 거둬올렸다.

"영감님, 나룻배럴 찾는 걸 보니께 죽골께로 가는 참이었능가요?"

주인이 잔을 내밀며 물었다.

"……."

영감은 많은 생각을 모으는 듯 눈을 가늘게 뜨며 고개만 끄덕였다.

"여그 와 알았는디, 죽골서부텀은 왼통 정씨 문중 판입디다요."

"……."

영감은 여전히 고개만 끄덕였다.

"다리도 정씨 문중서 나서서 맹들었고, 얼매 안 있으면 중핵교 고등핵교도 맨든다고 허드만이라."

"……."

영감은 고개를 끄덕이며 담배를 빼 들었다.

"허기사 국회의원이 나오는 판이니께 무신 일인덜 못헐랍디요. 다른 성씨도 있긴 헌디 다 정씨네 그늘 덕에 사는 쪽박 신세들이지라우."

"헌디……."

영감은 무슨 말인가를 하려다 말고 술잔을 입에 털어넣듯이 했다.

"무신 말씀인디요?"

주인이 영감을 물끄러미 바라보았다.

"헌디…… 정씨 문중 체(중심)를 잡아가는 사람덜은 누굽디여?"

"그야 배웠다는 내 나이 또래 사람덜이지라우. 노인네덜이 읎는 건 아니지만 다 뒷전에 나앉은 모양입디다. 그란디, 소문으로 들응께 그 노인네덜이 벨로 대접을 못 받는다는 말이 있드만이라."

"워째서?"

"덜 똑똑혀서 그런다는디, 진짜배기 똑똑헌 사람덜언 난리통에 다 죽어뿌렀답디다."

"……."

영감은 굳어진 표정으로 벽을 응시하고 있었다.

"정씨네가 난리통에 죽긴 억수로 죽은 모양이드만요. 추석, 설 빼놓고 정씨 문중에서 젤 큰 행사가 7월 하순에 드는 합동 제산디, 그 구경 거리가 참말로 볼 만허드랑께요."

"……."

영감은 눈을 꼭 감은 채 담배만 깊이깊이 빨아들이고 있었다.

"세도깨나 부리던 정씨네가 난리가 나는 바람에 하루아침에 상것들 손에 잽혀 파리 목숨이 되았으니, 그 한이 풀릴 리가 읎잖겄소? 그 난리통에 상것들 안 날친 디가 읎었는 모양이제만, 여그 정씨 문중 동네서는 유별났드람서요? 영감님은 그때 그 징헌 굿을 보셨습디여?"

"아니, 아니여……."

영감은 담배를 비벼끄며 고개를 세차게 내저었다.

"그때 워디서 살았습디여?"

주인이 영감의 얼굴을 지그시 들여다보듯 하며 물었다.

"난리 전에 일찌감치 여그럴 떠나부렀소. 그렁께 난리통에 일어난 일은 암것도 모르겄소."

영감은 잘라 말했다.

"참 볼 만헌 굿이었능갑든디. 영감님은 존 귀경거리 놓쳤구만이라."

주인은 그때의 이야기를 듣게 될지도 모른다고 은근히 기대를 했던 모양이고, 그 기대가 깨져서 그러는지 실망하는 눈치였다.

"존 귀경거리는 무신 존 귀경거리였겄소. 사람 쥑이고 죽는 꼴 잘못 봤다 허먼 평생 병 되는 법인디."

"그려도 그것이 워디 예사 귀경거리간디요? 상것덜 날치는 꼬라지가 을매나 가관이었겄소. 참 볼 만혔을 것이요."

영감은 더 이상 대꾸를 하고 싶지 않았다. 말끝마다 상것들, 상것들 하는 말이 몹시 비위에 거슬렸지만 탓하지 말자고 했다. 이 사람이 무엇을 알랴 싶었던 것이다. 마흔으로 잡아도 열 살 적 일이고, 서른다섯으로 잡으면 다섯 살 적 일인 것이다. 이 사람은 그때의 죽이고 죽던 참혹한 일을 멀고 먼 옛날이야기로 재미있어 하고 있을 뿐이었다. 30년의 세월은 그런 것이었다.

"잘 묵었소. 나 이만 가봐야 쓰겄소."

영감은 힘겹게 일어섰다.

"날이 까빡 어두어져뿌렀는디 괜찮을께라?"

"다 아는 길잉께로……."

영감은 술기운 탓인지, 기운이 없어서 그런지 휘청거리며 마당을 가로질러 갔다.

"어둔디 조심허씨요이."

다 헐어빠진 가방을 옆구리에 꼭 낀 채 휘청휘청 어둠 속으로 사라지고 있는 영감을 향해 주인은 소리쳤다.

영감의 시체가 다리 아래쯤에서 발견된 것은 다음 날 오전이었다. 다 헐어빠진 가방을 앞가슴에 꼭 껴안은 채로 굳어진 영감의 얼굴을 알아보는 사람은 아무도 없었다. 경찰이 신원을 파악하기 위해 소지품을 다 뒤졌다. 그러나 가방에서 나온 것은 몇 푼의 돈과 정종병 하나였다. 그 정종병에는 술이 반쯤 남아 있었다.

　그대로 시체를 처리할 수 없게 된 경찰에서는 꼬박 하루 동안 시체를 길가에 놓아두었다. 그리고 오가는 사람들에게 보게 했다. 그러나 영감을 아는 사람은 하나도 나타나지 않았다.

　강에 사람이 빠져 죽었다는 소문을 듣고 많은 사람들이 모여들었다. 그 속에 주막집 주인도 끼어 있었다. 그는 소스라치게 놀랐지만, 다음 순간 침착해졌다. 괜히 아는체했다가 경찰서로 불려다니는 귀찮은 일 할 필요가 없다고 판단한 것이었다.

　"어젯밤에 투신했다고 가정한다면 아마 저 위쪽의 옛날 나루터쯤이 투신 장소가 될 거야. 그래서 밤 사이에 여기까지 떠내려온 거고. 그렇게 사건 조서를 꾸며서 처리하도록."

　사복한 남자가 지시했고,

　"알겠습니다, 반장님."

　정복을 입은 경찰이 거수경례를 붙였다. 그리고 둘둘 말려 있던 거적을 쫙 펴더니 시체 머리에서부터 아래로 덮어버렸다.

〈1981년〉

박토의 혼

박토의 혼

1

어머니의 위급 전보는 집을 에워싸고 있는 얼음 덩이 같은 이른 아침 추위를 가르며 날아들었다.

"여보, 여보……."

아내의 음성이 다시 방문을 비집고 들었고, 동명은 반사적으로 이불을 뒤집어썼다. 아침마다 대충 10분 간격으로 다섯 차례쯤 되풀이되는 기상 독촉 나팔인 '여보' 소리만큼 지긋지긋한 소리가 없었고, 그때처럼 아내가 미운 때도 없었다. 그 소리는 다른 때의 '여보'와는 표정이며 색깔이 영 딴판이었다. 아침의 '여보'는 평소의 호칭이 아니라 구령이나 호령으로 바뀌어 있곤 했다. '여보, 여보'가 영락없이 '이랴, 이랴 낄낄'로 들리는 것이다. 이놈의 말, 게으름피우지 말고 어서 일어나 달려라, 이랴 낄낄……. 그래서 아내의 카랑카랑한 목소리가 문을 비집고 들 때마다 동명은 진저리를 치며 이불을 뒤집어쓰지 않을 수 없는 것이다. 간밤에 사랑 놀이라도 치르고 난 아침 같은 때는 그 정도가 한층 심해져서, 행동에 전혀 변화가 없는 아내한테 배신감 같은 것을 느끼는 동시에 살아간다는 것에 증오심이 끓어오를 지경이었다. 간밤에 품에 안겨 부르던 '여보' 와 몇 시간 간격을 두고 아침에 부엌에서 부르는 '여보' 는 어쩌면 그렇게 다를 수 있단 말인가. 몰인정한 여편네 같으니라구…….

이불을 뒤집어쓴 동명은 아슴아슴한 잠의 여울로 잠겨들며 아직 두 번은 더 부를 것이라는 걸 어렴풋하게 계산하고 있었다.

그런데 그게 아니었다. 방문이 열리는가 싶더니 '여보, 여보' 가 귓전에서 다급하게 울렸고 거의 동시에 이불이 확 걷혀 나갔다. 아내가 재빨리 다음 말을 했기에 망정이지 그렇지 않았더라면 버럭 소리를 지르고 말았을 것이다. 아내는 아침마다 충실한 마부 노릇을 했을망정 이불을 걷어붙이는 식의 무례는 범하지 않고 있었다.

"이 전보 좀 보세요, 어머님이……."

싸한 추위를 온몸에 묻히고 있는 아내의 손에 종이 한 장이 위태롭게 들려 있었다.

"어머니가?"

동명은 잠자리를 차고 일어나는 것과 아내의 손에서 전보를 바꿔 채는 것과를 한 동작으로 해냈다.

　　―모친 위독 얼렁 와라 외숙.

무슨 벌레들처럼 한 줄로 흩어져 있는 자모들을 조립한 전보 내용이었다. 모친 위독까지는 해독이 쉬웠는데 '얼렁' 에서 막혀 잠시 짜증이 일어났다. 그러나 '얼렁 와라' 가 '급래急來' 라는 상투적인 전보 용어를 대신하고 있음을 깨닫는 순간 동명의 가슴은 차갑게 얼어붙었다. 평소에도 네 자로 된 한문 문자 쓰기를 즐기는 외숙이 '急來' 라는 한자어를 모를 리가 없었다. '얼렁 와라', 이건 다급한 외숙의 육성이었다. 얼마나 상황이 급박했으면 소리쳐 부르듯이 '얼렁 와라'를 전보 용지에 적었을까.

갑자기 전보 용지에서는 죽음의 냄새가 짙게 묻어났다. 그 냄새를 느끼는 순간 동명의 의식은 충돌 사고를 일으킨 자동차의 앞 유리창처럼 산산조각으로 부서져나갔다. 캄캄해져 오는 시야 속에서 전보 용지의 '위독'이 '사망'으로 바뀌는 것만은 불빛처럼 확실하게 보였다.

"여보, 왜 그래요. 정신 차리세요."

아내의 차가운 손이 동명의 이마를 짚으면서 흩어지려는 그의 의식을 부축했다.

"마음 단단히 잡으세요. 위독이라고만 했잖아요."

그러나 아내의 말은 위로의 능력을 이미 상실하고 있었다. 그 심하게 떨리는 목소리에는 동명 자신이 느끼는 것과 동질의 어두운 예감이 서려 있었다. 아내의 그런 반응은 어머니에 대한 깊은 이해로부터 비롯되는 것이었다. 아내는 어느 면에서는 동명 자신보다도 어머니를 더 잘 알고 있는지도 모른다. 그건 시어머니와 며느리라는 상식적인 가족 관계만으로는 가능한 일이 아니었다. 어머니와 아내는 시어머니와 며느리 사이에 생기기 십상인 옹색한 거리감이나 난감한 갈등 같은 것이 거의 없었다. 두 사람 사이에는 같은 여자로서의 감정 통로가 마련되어 있었다. 아내는 어머니가 겪어낸 세월의 상처를 진정으로 아파할 줄 알았고, 어머니의 찢긴 지난 세월을 자신의 손으로나마 기워야 되겠다는 듯 성심을 다하려 했다. 물론 아내의 그런 마음씀은 전적으로 어머니의 마음씀에서 비롯된 것이었다. 한마디로 말해서 어머니는 아내한테 흔한 시어머니 노릇 하기를 원하지 않았고, 며느리를 친혈육 아끼듯 감쌌다.

아내가 전보의 '위급'에서 어두운 예감을 직감하는 것은 어머니의 자기 학대에 가까운 인내를 알기 때문이다. 어머니는 며칠씩 앓아눕는 경우에도 결코 연락하는 일이 없었다. 어쩌다 다니러 갔을 때 외숙의 입을 통해서 알게 되었고, 어머니는 그런 말을 하는 것마저 마땅찮아했다.

"상섭이는 뭘 하고 있어?"

동명은 방바닥에 떨어져 있는 전보를 얼른 집어 들며 큰아들을 챙겼다.

"아직 자고 있어요."

"빨리 깨워야지, 빨리."

동명은 장롱을 열어젖히며 다급해지고 있었다.

"어떻게 하시게요?"

"상섭이 데리고 먼저 떠날 테니까 당신은 집 누구한테 맡기고 애들 데리고 뒤따라와."

말을 하면서도 동명의 손은 넥타이를 매기에 바빴다.

"아니······."

남편의 넥타이를 본 그녀는 너무 놀랐고, 하려던 말을 순간적으로 삼켜버렸다. 남편은 의식적인지 무의식적인지는 모르지만 검정 넥타이를 매고 있었다.

"아, 빨리 서두르잖고 뭘 그렇게 보고 있어?"

남편은 약간 역정이 섞인 투로 말했고, 장롱으로 돌아서더니 여덟 벌의 양복 중에서 정확하게 검정 양복에 손을 뻗쳤다. 그 순간 그녀는 전신에 소름이 끼치는 것을 느꼈다. 남편은 어머니의 마지막을 기정 사실처럼 받아들이고 있음이 분명했다. 그녀는 쫓기듯 방을 나왔다.

부리나케 아이들을 깨워 일으키고, 부엌으로 드나들고 하면서도 그녀의 의식은 질정 없이 흔들리고 있었다. 검정 양복을 입어야 하는 남편의 심정은 어떠할까. 그 어머니가 어떤 어머닌데, 어쩌면 말 한마디 없이 검정 양복 입기를 결정할 수 있을까. 자신에게 세 아이를 낳게 한 남편으로서가 아니라 냉정한 판단을 내리는 남자로서의 박동명이란 사람이 저만치 우뚝 서 있었다. 남편의 그런 변신은 가끔 나타나곤 했는데, 그럴 때마다 저만치의 거리감은 그녀에게 남자와 여자의 차이를 인식하게 했다. 그건 여자로서의 열등감인 동시에 남편에 대한 신뢰감이기도 했다. 그러나 그 신뢰감은 이제 무서움으로 바뀌어 있었다. 남편은 그 짧은 시간 동안에 어떻게 어머니의 마지막을 판단 내릴 수 있었을까. 남편이 나타낸 감정 변화라는 건 눈을 꼭 내려감은 채 전보 용지를 방바닥에 떨어뜨린 것이 전부였다. 그때 남편은 어떤 확실한 예감이라도 잡은 것일까. 이 세상 모든 자식들은 부모에 대하여 그들 나름의 애틋함이나 시린 정의 끈이 연결되어 있게 마련이지만 남편의 경우에 있어서는 그 정도가 상상 외로 아프고 절실한 데가 있었다. 시어머니의 등 전체를 뒤덮고 있는 끔찍한 화상의 흉터는 바로 남편의 생명을 지켜낸 증거였다. "아가, 요런 숭악허게 생긴 등짝을 너헌테 까보이는 건 이 에미가 헌 일 공치사허잔 것이 아니여. 느그 남편은 인자 내 자식에서 니 사람으로 자리바꿈을 했다. 내 한 몸 불타 죽어도 자석은 살려내자 허는 맘 하나로 이날 이때꺼정 살아왔니라. 인자 니 사람 되얐은께 너도 이 에미 맘묵디끼 남편 섬기라고 요 등짝 까 보이는겨. 니 몸 위허디끼 니 남편 섬기기만 험사 나는 씨엄씨(시어머니) 노릇 눈꼽쟁이만큼도 헐 생각 읎는 사람이다." 시어머니는 당신 몸으로 불길을 막아 목숨을 건져내 키운 아들을 거짓 없는 마음으로 한 여자의 지아비 자리에 놓아주었고, 며느리를 딸 대하듯 훈훈한 마음의 이불을 마련함으로써 그녀에게 한 약속을 어김없이 지켜나갔다. 시어머니가 살아낸 거친 세월의 물굽이는 상상만으로도 가위가 눌릴 지경이었고, 아무리 노력을 해보아도 현실감이 생겨나지 않았다. 그런 세월을 살아낸 시어머니가 장한 것인지 아니면 장하기 때문에 그런 세월을 살아낼 수 있었던 것인지, 그녀로서는 구분할 수가 없었다. "장하다는 한마디로 말하기도 좀 이상하지. 뭐랄까, 어머니를 곰곰이 생각하다 보면 사람 같지가 않아. 그렇다고 신神이라는 뜻은 전혀 아니고, 사람이 그렇게 무섭고 질길 수 있는가 하는……. 어머니는 참 기막힌 한恨이 많은 분이시지." 결혼 15년이되도록 남편은 어머니 이야기만 나오면 금세 눈시울이 뜨거워지곤 했다. 항시 새롭기만 한 그 아픔과 슬픔을 보면서, 사무치는 사람의 정처럼 순수한 금金도 없다는 사실을 삶의 경험으로 깨달았다.

그러나 그런 이해를 뒤따르는 불안을 그녀는 떼칠 수가 없었다. 언젠가 시어머니가 돌아가시게 되면 그때 남편은 어찌될 것인가…….

"상섭이 빨리 나오너라."

남편은 현관에 나서 있었다. 그녀는 남편을 살필 겨를도 없이 아들의 방으로 들어갔다.

"세수도 못 하고……."

중학교 1학년인 큰아들은 윗도리의 마지막 단추를 꿰며 불만스럽게 말했다.

"후딱후딱 하지 못하고 무슨 잔소리냐. 할머니가 위독하신데 세수 한번 안 하면 어때. 내려가는 동안 아빠 기분 상하지 않게 조심해."

그녀는 아들의 손에 장갑을 들려주며 등을 밀었다.

"엄마, 학교에 연락해야 돼요."

아들이 퉁명스럽게 말했다. 그 목소리만큼이나 무뚝뚝한 저항이 아들의 등을 밀고 있는 그녀의 손에 전해져 왔다. 그녀는 순간 이런 못된 녀석이 다 있나 하는 생각과 함께 한마디 야단을 칠까 하다가 그만두었다. 현관에 기다리고 선 남편 때문이기도 했고, 어쩔 수 없는 세대 차이라는 단절감이 그녀의 말을 막았던 것이다.

아이들은 할머니와 함께 살지 않기 때문에 깊은 정이 없었고, 어쩌다 할머니와 함께 지내는 며칠 동안도 할머니를 별로 필요로 하지 않았다.

할머니가 들려주고 싶어하는 옛날이야기를 아이들은 한마디로 거절했다. "그런 6·25 때 얘기는 텔레비에 얼마든지 나온다구요." 할머니는 머쓱해질 수밖에 없었고, 할머니가 온 정성 다해 만들어가지고 온 강정이나 약과 같은 것보다는 아이들 입에는 초콜릿이나 아이스크림이 더 맛있을 뿐이었다. 그런 현상은 설득을 시키거나 야단을 친다고 해결될 성질의 문제가 아니었다. 할머니는 손주들 사이에 자신의 자리를 마련할 수 없었고, 그녀가 민망해서 무슨 말인가를 하려 하면 시어머니는 서운한 기색 말끔히 감추고 말하곤 했다. "시상이 달라졌응께 응당 그래야 하는겨. 요새 시상에 촌이고 서울이고가 워디 따로 있다냐. 우리 고향 아그덜도 다 똑같니라." 그분은 몸집의 몇십 배가 넘는 마음을 지닌 분이었다. 그 넓은 마음속에 이 세상 살아가며 닥치는 온갖 서러움, 고통, 어려움, 분함 같은 것들을 끌어들여 삭이고 묻고 하는 것 같았다.

"가자."

남편은 큰아들을 앞세웠다. 남편의 짧은 한마디와 무표정과 큰아들만을 먼저 데리고 가는 의미와……. 이것이 살아가는 것인가 하는 절절한 생각이 슬픔처럼 가슴 자욱이 차오르는 것을 느끼며 그녀는 서둘러 신발을 꿰신었다. 눈물이 현관 바닥에 뚝뚝 떨어졌다. 내가 죽게 되면 상섭이 저것이 제 아들을 앞세워 오겠지. 순간적으로 스친 생각을 눈물을 훔치며 함께 지웠다.

"회사에 연락하구요, 집은 이모한테 맡기고 금방 뒤따라갈게요."

그녀는 대문을 따며 두서 없는 기분으로 말했다.

대문을 나선 남편이 그녀를 보았다. 눈이 마주쳤고, 남편의 눈자위가 바람 끝처럼 파르르 떨렸다. 그리고 눈 가득 물기가 번졌다. 그 눈을 보자 그녀는 새로운 눈물이 울컥 솟았다. 남편은 돌아서서 걷기 시작했다. 아들 상섭이의 검정 교복과 남편의 검정 양복이 골목을 걸어가고 있었다. 추위가 꽁꽁 얼어붙은 골목에 두 검정 옷은 섬뜩한 느낌으로 두드러져 보였다. 지금쯤 어머니는 숨을 거두신 게 아닐까……. 그녀는 빠르게 고개를 저어 불길한 생각을 떨치려고 했다. 그리고 전보를 받은 후 처음으로 어머니가 아무 일 없기를 빌고 있었다. "내가 너헌테 꼭 바라는 소원 한 가지가 있다. 고것이 먼고 허니, 아들은 적어도 셋은 낳아달라는 것이다." 어머니는 당신이 살아온 긴 이야기를 끝내고 등의 화상 흉터를 보여준 다음 그렇게 말했던 것이다. 아직 잠자리도 서먹서먹한 새댁의 입장에서 그 말은 너무 부끄러운 것이어서 그녀는 아무 대답도 못하고 고개만 깊게 숙였다. "시상이 개명혀서 쪼깨 낳고 잘 키우자고 나라에서 축대기는 모양인디, 고것은 가당치도 않은 소리여. 워디 그때적 난리가 다 끝났간디? 아 지끔도 서로 총구녕 맞대고 응등그리고 있는 판인디, 원제 또 총질해댐스로 난리판굿 꾸밀지 알 것이냐. 그런께 암 소리 말고 아들 셋은 낳야 쓴다. 내 나이 서른셋에, 정순이 낳고 9년이나 지내놓고 느그 남편이 들어서지 않았겠냐. 참말로 영 남새시럽기도 허고 나이 묵어 젖 뿔릴 일이 한심시럽기도 혔는디, 그때 느그 남편이 들어서지 않았드라면 워찌됐을 것이냐 금메. 다아, 다 하늘이 알아서 헌 일이여. 자석 쪼깨 낳자는 것은 키우기 힘든께로 허는 소린가분디. 이 에미가 힘 보탤 팅께 니는 낳기만 혀." 경제 원조까지 다 짐하며 시어머니가 '바라는 소원 꼭 한 가지'는 시어머니 입장에서는 실로 절실한 것이었다. 시어머니의 한평생을 갈기갈기 찢어놓은 그 전쟁은 다 끝난 것이 아니라 아직도 휴식의 잠을 다만 길게 자고 있을 뿐이었다. 그 잠을 언제 깨게 될지 모른다는 위기의식에 사로잡혀 '적어도 손자 셋' 얻기를 유일한 소원으로 삼고 있는 시어머니 앞에서, 산아제한의 근본 취지는 키우는 게 힘드는 것은 둘째 문제이고 우선 인구 팽창으로 미래에 빚어질 인류의 비극을 막자는 것이라고 유식한 체 입을 놀린다면 그것처럼 부질없고 어리석은 일은 없을 것이었다. 만약 그랬다면, 너 당장 짐 싸갖고 친정으로 가그라, 막말이 터져나왔을지도 모른다. 아들 셋을 낳자면 애를 전부 몇이나 낳아야 할 것인가……. 그녀는 겁 질리긴 했지만 시어머니의 소원이 결코 무리한 것만은 아니라는 생각을 하고 있었다.

검정 옷을 입은 남편과 아들은 골목 어귀를 막 돌아서고 있었다. 그들은 두 개의 크고 작은 산이었다. 두 개의 산은 약속이나 한 것처럼 뒤도 한 번 돌아보는 일 없이 골목 밖으로 자취를 감추었다. 그들이 헤치고 간 골목의 추위 속에 뱃길처럼 두 개의 자국이 선명하게 그어져 있었다. 그 길을 따라 그들 산의 무게가 달려와 그녀의 가슴에 실렸다.

그 무게 위에 그녀는 다시 시어머니의 무사를 기원했다. 그러면서 아들 하나를 더 낳지 못하고 있음이 죄로 느껴져왔다. 아들 하나, 딸 하나를 낳고 세 번째 아이를 임신했을 때 친구들은 하나같이 의아해했고, 어떤 입빠른 아이는 지워버리라는 권유를 하기도 했다. 시어머니의 기뻐하고 고마워하는 모습을 떠올리며 그녀는 그저 웃기만 했다. 산아 제한을 곧 여권 신장으로 확대 해석하는 그들에게 아무런 말이 필요하지 않았다. 그들이 세 번째 임신의 이유를 알게 되면 시어머니보다도 그런 시어머니 뜻에 동조하고 있는 자신이 더 혹독하게 매도당할 것은 말할 것도 없었다. 그녀는 첫아이를 낳고 그리고 키워가면서 시어머니가 겪어낸 아픔의 마디마디를 절실하게 상기시킬 수 있었고, 모성母性이라는 것이 얼마나 질기고 질긴 생명의 끈인가를 인식했고, 남편은 시어머니에게 아들로서 얼마나 소중하고 귀한 존재인가를 새삼스럽게 깨달을 수 있었다. 그녀는 자식을 낳아봄으로써 비로소 시어머니의 소원을 풀어드려야 되겠나는 결심을 확실하게 할 수 있었고 또 그럴 수 있다는 자신감도 생겨나는 것을 느꼈다.

2

고속 버스는 맹수처럼 추위 속을 달려가고 있었다. 유리창마다 서리고 있는 성에는 밖의 추위를 세련된 추상화로 그려내고 있었다. 아들 상섭이는 아까부터 그 추상화 위에다가 자신의 무료를 손가락 끝으로 그리고 있었다. 아들이 그리는 무료의 그림은 손가락 끝의 체온으로 성에를 녹여 밖을 내다볼 수 있는 작은 유리 공간을 만들고 있을 뿐 어떤 형체도 조형하는 것이 아니었다. 다만 아들의 손가락 끝에서는 아들의 어린 나이에 비례해서 그만큼 많이 배당된 아들의 시간이 무료라는 죄명으로 압사당해 가고 있었다. 동명은 아들의 무료가 신경에 거슬렸다. 할머니의 위독 때문에 이처럼 황망한 길을 가고 있는데……. 그는 말을 하고 싶어 하는 마음을 만류했다. 아이들에게 할머니는 다만 아빠의 엄마라는 의미뿐이었고, 어쩌다 만나면 설도 아닌데 꼭꼭 큰절을 해야 하는 존재 정도일 것이었다. 아이들은 할머니의 옛날이야기는 고사하고 아빠의 어릴 적 이야기도 쉰내 나 했다. 큰놈이 국민학교 2학년 때였던가, 대여섯 가지 반찬이 놓인 밥상머리에서 반찬 투정을 했다. 그 하는 짓이 하도 철없이 보이고 한심스러워서 애비로서 훈계를 하기로 작정했다. 아빠가 네 나이 적에는…… 이렇게 시작해서, 점심은 매일 굶어야 했던 일, 김치에 보리밥도 제대로 먹을 수 없었던 것, 10리 길을 넘게 걸어 나무를 해 날라야 했던 것 등등, 가난의 수기라도 쓰듯 줄줄이 엮어댔던 것이다. 그런데 뿌루퉁한 표정으로 다 듣고 난 놈은, 치이 아빠 가난했던 게 창피하지도 않아요? 하며 눈을 똑바로 뜨고 있었는데 그 얼굴이, 아빠가 그런 창피한 사람인 줄은 몰랐다 하는 표정이었다. 그는 어처구니가 없기도 하고 화가 치밀어오르기도 해서 버럭 소리를 지르려는 찰나에 아내가 허벅지를 꾹꾹 찔렀다. 그래서 겨우 한숨 돌려가지고, 왜 아빠가 그런 말을 했는지에 대해서 쓴 입맛 다셔가며 교육적(?)인 설명을 덧붙여 끝냈다. 소비가 미덕이라고 찬양되는 시대와 굶주림이 상식이던 전후와는 천당과 지옥의 차이 같은 것일지도 모른다. 그런 천당의 시대에서 자라고 있는 아홉 살짜리에게는 가난만큼 큰 창피가 없을지도 모른다. 착오를 범하고 있는 쪽은 오히려 동명 자신이었다. 큰놈만이 아니라 딸애 상희가 커나고, 셋째 상준이에 이르면서는 그의 어릴 적 이야기는 더욱 퇴색해졌을 뿐이다. 쌍둥이도 서로 세대 차이를 느낀다는 되바라진 익살을 던져가며 저희들끼리도 간섭의 냄새가 묻은 말 듣기를 꺼리는 아이들이 할머니의 옛날이야기에 귀 기울일 리 만무였다.

　큰아들 상섭이는 할머니가 위독하신 게 아니라 돌아가셔서 고향엘 가는 길이라 하더라도 지금과 마찬가지로 무료해할 것 같았다. 그건 어쩌면 당연한 결과인지도 모른다. 할머니와 정이 깊어지려면 함께 살았어야 한다. 할머니의 옛날이야기를 텔레비전의 수사극이나 대본 가게의 만화보다 재미없어하는 것이 정이라는 것과는 별개의 것이었다. 정이라는 것은 몸과 마음이 가깝게 살면 살수록 그 농도가 짙어지는 영혼의 분비물인 것이다. 그런데 아이들은 할머니와 멀리 떨어져 살면서 1년에 서너 번 만나는 게 고작이었다. 그래서 아이들에게 할머니의 늙은 얼굴은 대할 때마다 항시 서툴고 서먹한 것이었다. 아이들은 골목 어귀에 있는 구멍가게의 노파에게는 예사롭게 할머니라는 호칭을 쓰면서도 정작 친할머니에게는 그 호칭 쓰기를 어색해하고 머뭇거리는 눈치였다.

　어머니는 함께 사는 것을 한사코 사양했다. 그건 어머니가 치르고 있는 또 하나의 고통스런 인내였다. 동명은 결혼을 하게 되면서 어머니에게 고향을 떠나 함께 살 것을 본격적으로 권했다. 그건 의례적인 자식된 도리로서가 아니었다. 동명에게는 이 세상에서 어머니만큼 슬픈 이름이 없었고, 어머니만큼 서러운 대상이 없었다. 언제 어느 때고 어머니만 생각하면 목이 메이고 가슴이 저렸다. 어머니의 일생을 그렇듯 모질게 찢어버린 그 지긋지긋한 땅에서 어머니를 빼내오고 싶었다. 그래서, 어머니 목숨으로 불길을 막으며 품에 품고 살려낸 하나 남은 자식 옆에 사시며 지난 세월의 아픔이 한 매듭씩 시나브로 풀릴 수 있기를 바랐다. 그러나 어머니의 태도는 완강했다. "니 맘 내가 다 알어, 하면 알고말고. 그 맘 하나로 이 에미는 족혀. 에미도 그 징헌 놈에 땅이 좋아서 사는 것은 아녀. 느그 아부지 억울헌 혼백이, 장개도 못 가고 죽은 느그 두 성님들 망령이, 그리고 원통허고 기맥히게 목숨 끊은 느그 누님 혼이, 그라고……." 어머니는 여기서 말을 뚝 끊었다. 어머니가 무슨 말을 삼켜버렸는지 동명은 잘 알고 있었다. 강춘복에 대해서였다. 어머니의 마디 굵은 거친 두 손은 돌덩이처럼 단단하게 말아쥐어져 부들부들 떨리고 있었고, 씰룩씰룩 경련이 일어나는 볼에는 눈물이 흘러내리고 있었다. 핏발 성성한 어머니 눈에서 흘러내리고 있는 눈물은 눈물이 아니라 증오의 독물이었다. 긴 꼬리를 늘이며 흘러간 세월과는 상관없이 어머니의 아픔은 그때 그대로 남아 있는 것이었다. "내 숨길 끊길 때꺼정 거그서 발붙이고 살아야 써. 두 눈 똑똑허니 뜨고 살아야 써." 어머니는 허공을 응시한 채 남편과 자식들의 혼백에 맹세라도 하듯 힘주어 말하는 것이었다. 첫아들을 낳고 행여나 싶어 아내와 함께 다시 권유를 했지만 어머니 마음에는 변화가 없었다. "손지 새끼 기저구 갈아 채움시로 잠지 맨져보는 재미 싫은 할매가 워디 있었냐. 그려도 고건 그냥 재민 것이고, 고런 재미는 참아내자 허면 참을 수 있는 재민께로……." 말끝을 흐리는 어머니의 주름 깊은 얼굴에는 어두운 그림자가 잠시 머물렀다 사라졌다. 그건 어머니 마음에서 일어나고 있는 슬픈 갈등이었다. 그러나 어머니는 끝내 고향의 인력引力에 빨려들고 만 것이

412

다. "어머니가 정 그러신다면 저희가 여기 살림 다 정리해서 시골로 내려가야겠어요." 동명이 미처 말을 끝내기도 전에 어머니가 느닷없이 소리쳤다. "그것도 말이라고 허는겨?" 어머니는 정말 무섭게 화를 내고 있었다. "에미 말 똑똑허니 들어. 인자 니넌 내 자석만이 아니여. 남편이고 아부지가 된 거여. 앞으로는 이 에미보담도 니 처자석 배 뜨시게 챙기는 것이 니가 헐 일인 것인디, 그 일 열심히 허니라고 이 에미 생각 멀리혀도 이 에미는 암시랑토 안 혀. 이 에미가 고 숭악헌 꼴 당험스롱도 팍 죽어뿌지 못허고 이빨 응등물고 산 것이 왜 그런지나 아냐? 다 니 하나 땀새, 니 하나 오늘맹키로 되기 바래서였어. 니는 인자 느그 새끼덜 잘 키워냄스로 한평생 사는겨. 고것이 이 시상 사는 순리여. 물줄기가 아래로 아래로만 흐르디끼 내리사랑 험시로 사는 것이 사람 한평생이여. 내가 고 징헌 고향 땅 못 버리고 사는 것도 다 그 이치 소관이여. 나라고 여잔디 이 시상에 나옴서부터 삼줄맹키로 칡넝쿨맹키로 질겼을라드냐. 눈 번히 뜨고 그 숭악헌 꼴 다 당허고 난 다음부터 사람이 변헌겨. 누가 갤차줘서, 누구헌테 배와갖고 맘이 그리되는 게 아닌 거여. 그냥 그리, 저절로 그리되는 게 새끼 가진 부모 맘인 것이여. 헌디 니넌 한시상 다 살아뿐 이 쪼그랑 망태기 에미헌테 효도허겠다고 아래로 흐르는 물줄기를 꺼꿀로 돌리겠다는 것이냐? 가당찮은 소리 허딜 말어. 말 새끼는 낳면 제주도로 보내고, 사람 새끼는 서울로 보내라고 혔는디, 서울 살림 싹 짊어지고 촌구석으로 내려온다니 고것이 무신 넋 빠진 소리여." 이런 어머니 앞에 아내는 진정으로 머리를 숙였다. 어쩔 수 없이 독자일 수밖에 없는 아들 하나를 거느린 홀시어머니—아내의 상식적 예상은 여지없이 빗나가고 있었다 어머니는 그렇게 말하면서도 철 따라 지은 농사를 보따리 보따리 싸가지고 천릿길을 멀다 않고 오셨다가는 미처 사흘도 머물지 않고 바람결처럼 떠나시곤 했다. 어머니의 마음은 서울과 고향 사이를 서성이는 방황의 그림자였다.

동명의 사십 평생을 통해서 그때의 기억만큼 선명한 채색으로 남아 있는 게 없었다. 그건 기억이라는 이름을 붙이기에는 적합하지 않았다. 그건 살아 있는 마법이었다. 그리고 그 마력은 동명의 그 후 30년을 줄기차게 지배해 왔다. 아내와 사귀는 동안 좋은 추억거리가 될 만한 중요한 대목을 까맣게 잊어버려 아내를 실망시키기 일쑤인 동명의 기억력이었다. 그런데 그때의 일만큼은 어쩌면 그리도 선명하게 피 묻은 지푸라기 하나, 햇빛 속에 그어지던 한 줄기 비명, 식별해 낼 수 없던 아른아른한 냄새까지도 그대로 나타나는 것이었다. 그건 바로 눈앞에서 펼쳐지고 있는 장막 연극이었다. 아니, 이렇게 말하는 것도 정확하지 못했다. 관객의 입장이 될 수 없기 때문이다. 자신은 언제나 그 연극의 조역으로 출연하고 있었던 것이다. 현실의 나이를 먹어가는 것과 상관없이 그 연극 속에서 자신은 언제나 아홉 살짜리였다.

자신이 이러할 때 그 연극의 주역이었던 어머니가 어떠할지는 더 말할 필요가 없는 일이었다. 어머니가 죽을 때까지 고향을 떠날 수 없음이, 어머니가 고향을 지키며 보낸 30년이란 세월이 하루와 다를 바 없음을 동명은 가슴으로 받아들이고 있었다.

3

농업학교를 다닌 큰형 동일은 얼핏 보면 아버지와 혼동하기 쉬었다. 얼굴 생김새 말고도 큰 키가 그랬고, 목소리가 그랬다. 어둠이 내려앉기 시작하는 고샅을 돌아나오거나, 희뿌연 새벽 어스름 속에서 움직이고 있는 큰형은 영락없이 아버지였다. 동명은 "아부지이" 하고 부르는 실수를 하곤 했는데, 그때마다 큰형은 능청맞게도 "오오냐, 동명이냐" 하는 아버지와 똑같은 대꾸를 하는 것이었다. 큰형한테 속은 것을 뒤늦게 안 동명은 코를 씩씩 불며 주먹을 휘둘렀지만 큰형은 끄덕도 하지 않았다. "오오냐, 내 새끼. 어디 보자, 우리 막둥이." 아버지를 흉내내며 큰형은 동명을 번쩍 안아올렸다. 자신의 양쪽 겨드랑이를 받쳐 올리고 있는 큰형의 팔 힘은 어쩌면 아버지보다 셀지도 모른다고 동명은 생각하곤 했다. 사실 큰형의 양쪽 팔에는 거짓말을 하나도 보태지 않고 계란 세 개보다 큰 알통이 들어 있었다. 큰형이 팔을 반으로 꺾으며 힘을 쓰면 그 알통은 불쑥 솟아나곤 했는데, 동명은 그 알통을 만지는 일이 언제나 기분 좋았다. 그 알통 위에 두 손을 깍지 끼면 큰형은 금방 알아차리고 씨익 웃었다. 그 큰 알통을 두 손에 감싼 채 큰형의 실한 팔에 매달려 마당을 두어 바퀴 도는 것만큼 신명 나는 놀이가 없었다. 물론 아버지 팔에도 알통이 없는 것은 아니었지만 어쩐지 큰형 것만큼 단단해 보이지가 않았고, 아버지는 마당을 돌면서도 큰형만큼 신바람 나게 얼러주지를 않았다.

한번은 아버지와 팔씨름을 하면 누가 이길 수 있느냐고 큰형한테 물었다. 거야 혀봐야 알 일인디 하며 큰형은 고개를 갸우뚱거렸다. 똑같은 말을 아버지한테 물었다. 느그 성이 이겨야제, 하면 느그 성이 이긴다. 아버지는 서슴지 않고 대답했다. 그렇게 말하는 아버지는 빙그레 웃고 있었는데, 그 웃음이 큰형 같은 것은 문제없이 이길 것 같았고, 만약 팔씨름이 붙으면 아버지가 거짓말로 져줄 것만 같았다. 왠지 그런 느낌을 큰형한테 말하면 안 될 것 같아서 동명은 입을 다물고 말았다. 큰형은 몸집도 아버지와 비슷했지만 잠지도 아버지 것만큼이나 컸다. 그리고 아버지와 마찬가지로 털도 겁나게 나 있었다. 동명이 아버지 그것을 처음 본 것이 여섯 살 땐가 저수지에 미역을 감으러 가서였는데,

물가에 앉아 올려다본 아버지의 그것이 어찌나 무지무지하게 큰지 그만 숨이 흑 막힐 것만 같았다. 동명은 기가 질려 고개를 돌리고 말았다. 그런데 눈앞에 또 그 큰 것이 보였다. 동명은 눈을 질끈 감았다가 떴다. 그건 그대로 있었다. 자세히 보니 아버지의 알몸이 물에 비친 것이었다. 그 후로 아버지만 보면 그 큰 것이 떠오르며 목이 움츠러드는 것 같고는 했는데, 미역을 감으면서 보니까 큰형 것도 또 그렇게 숨막히게 컸던 것이다.

큰형과 세 살 차이인 작은형 동현은 알통이 별로 보잘것이 없었다. 몸집도 큰 편이 아닌 데다가 운동 같은 것을 그다지 좋아하지 않았다. 항상 무슨 생각을 혼자 하는 것 같았고, 집에 있어도 있는지 없는지 모를 정도였다. 동명으로서는 그런 작은형보다 큰형이 좋았고, 마음속으로는 자기도 다음에 커서 큰형처럼 되고 싶다는 생각이 감춰져 있었다. 그러나 동명이 제일 좋아하는 사람은 따로 있었다. 나이 차이가 너무 많이 나는 두 형보다는 바로 손위인 정순이 누나와 제일 친했다. 바로 손위라고는 했지만 나이 차이는 아홉 살이나 되었고, 그런 이유로 하여 둘 사이에는 아무에게도 말하지 않는 비밀이 마당 가 똘감나무의 똘감처럼 많았다.

특히 동명이 누나를 좋아하는 것은 자신이 알고 싶어하는 일이면 무엇이든지 가리지 않고 속속들이 가르쳐준다는 점이었다. 동명의 소원들 중에서 제일 다급한 것은 어서 커서 어른이 되는 것이었는데, 그런만큼 어른들의 일에는 궁금한 것도 많았고, 알고 싶은 것도 많았다. 어른들이 쉬쉬하는 눈치의 일일수록 동명의 눈과 귀는 간지럼을 타는 것처럼 근질거리게 마련이었다. 이런 때면 누나는 동명을 꼭 끼고 누운 밤 깊은 시간에 가만가만 이야기를 해주는 것이었다. 누나는 호기심으로 간지럼 타는 동명의 눈과 귀를 제때제때 긁어주었고, 나이에 비해

숙성하고 똑똑하다는 말을 듣는 것은 다 그런 누나의 덕이었다. 누나의 소원은 사범학교에 들어가 국민학교 선생님이 되는 것이었는데 여자라는 것 때문에 그 소원을 이루지 못하고 집에 갇히게 되었다. 여자는 소학교 나와 살림하는 것 배워 시집 잘 가면 그만이라는 아버지의 엄한 말로 누나의 소원은 깨어지고 말았다. 누나가 제일 불쌍할 때는 여자로 태어난 것을 비관하며 남몰래 흐느껴 우는 때였다. 오줌이 마려워 일어나거나, 무서운 꿈에 쫓기다 잠이 깰 때면 누나는 엎드려 울고 있고는 했다. 그때처럼 누나가 불쌍할 때가 없었고, 그때처럼 아버지가 미운 때가 없었다. 잠들기 전에는 그렇게도 방싯방싯 웃으며 이야기를 찰떡 씹듯 잘하던 누나가 어쩌면 저렇게도 슬픈 얼굴로 울 수 있는지 동명은 도무지 믿어지지가 않았다. 누나는 동명이 말고는 식구들과 거의 이야기를 하지 않았다. 누나와 그런 사이가 계속될 수 있었던 것은 동명이 누나와 한 비밀 약속은 꼭 지켰기 때문이다.

큰형이 공산주의 운동에 가담해 있다는 것을 안 것도 누나를 통해서였다. 다른 때와는 달리 마른침을 삼켜가며 어느 대목에서는 더듬거리는 누나의 설명을 들으며 국민학교 1학년인 동명은 공산주의라는 것을 알 듯 말 듯했다. 큰형은 농업학교를 다니면서 공산주의에 물들기 시작했고, 졸업하고 나서 아버지를 도와 과수원 일을 하면서 본격적으로 그 운동을 펼쳤고, 아무 눈치도 모르고 있던 아버지는 형 대신 경찰서에 끌려가서야 모든 것을 알았고, 형은 미리 눈치를 채고 어디론가 몸을 숨겨버렸다는 것 등이 동명의 머리에 남은 이야기였다. 누나는 어느 때 없이 겁먹은 얼굴로 비밀을 지킬 것을 몇 번씩이나 다짐받았다. "공산주의 허는 것이 도둑질이 아닌디 어째 순경이 잡아간당가?" "나라에서는 도둑질보담 더 나쁘게 생각허는 거여." "워메, 고런 나쁜 짓을 큰성은 워찌했을까? 모르고 혔을까?" "아녀, 다 암스롱도 혔겄지." "큰성은 바보가 아닌디, 잽혀갈 줄 뻔히 암스롱도 그 나쁜 짓을 워찌 혔을까?"
"긍께 열 질 물 속은 알아도 한 질 사람 속 모른다고 혔지." "큰성은 워
다다 쓰자고 그런 일을 혔을까?" "나도 잘 모르겄는디, 남자들이 세상
삼스로 지 멋에 겨워 저질르는 일일껴." "아무리 지 멋에 좋다고 순경헌
테 잽혀갈 일도 혀?" "금메 나도 그 맘은 잘 모른다니께." "누나가 모르
는 일이 워딨어. 안 갤차줄라고 거짓말허는 것이제." "아녀, 아녀, 내가
큰성 맘 짐작혀 보기로는, 큰성이 그 일 시작헌 맘이 내가 학교 선상님
되고 잡은 맘이나 얼추 같을껴." "워메, 그렇크름 미치는 맘으로 큰성은
그 일을 혔다고?" 동명은 그제야 큰형이 그 일을 얼마나 열심히 했는지
알 것 같았다. 도대체 공산주의라는 것이 무엇이길래 큰형을 그렇게 미
치게 만들었을까. 여자인 누나가 선생님이 되고 싶어 미치는 마음은 차
마 옆에서 볼 수 없을 지경으로 딱한 것이었다. 그런데 남자인 큰형, 알
통이 그리도 크고, 아버지 것만큼이나 큰 잠지도 가진 큰형이 그렇게
미칠 수 있었던 공산주의라는 것은 선생님보다 얼마나 더 좋은 것일까.
그런데 왜 또 그건 도둑질보다 나쁜 것일까. 아무리 되작거려 생각해보
아도 등줄기에 오소소 무섬증만 일어날 뿐 알 수가 없는 일이었다. "큰
성은 워디로 도망을 갔을꼬?" "금메……." "밥은 묵었을랑가?" "금메
말이여." 누나의 목소리가 이상했다. "밥 굶으면 배고플 틴디." "동명
아, 얼렁 자그라." 누나가 와락 끌어안았는데 그 목소리는 완연히 울고
있었다. 동명도 울컥 울음이 솟구쳤다. 큰형이 못 견디게 보고 싶었다.

  아버지는 집안 망할 일 터졌다고 장탄식을 하며 매일같이 술을 마셨
고, 집안에는 어디에고 서늘한 바람이 가득 차 있었다. 어디서 바람이
부는 것도 아닌데 그 서늘한 바람은 집안 구석구석에 차 있었다. 상여
움막에서나 느낄 수 있는 그 섬뜩하고도 으스스한 바람은 몇 날 며칠이
지나도 없어질 줄을 몰랐다. 큰형한테서는 아무 소식이 없었다. 그러던

어느 날 작은형이 경찰서에 붙들려갔다. 작은형은 고개를 푹 수그리고 걸었는데 그 뒤를 동네 아이들이 줄줄이 따라붙고 있었다. 어머니는 과수원으로 아버지를 부르러 미친 듯이 내달았고, 동명은 누나에게 손목을 잡혀 대문 앞에서 바들바들 떨었다. 작은형도 큰형과 같은 잘못을 저지른 거냐고 물어보고 싶었지만 도무지 말을 할 수가 없었다. 과수원에서 바로 경찰서로 달려갔다는 아버지는 밤늦게 돌아왔고, 집 안에는 그 서늘한 바람이 한결 두껍게 끼었다. "워쩝디여?" 어머니가 아버지 눈치를 살피며 다급하게 물었고, "조사혀 보고 내보내겠다고 혔응께 하룻밤 기둘려봐야 알겄네." "근디, 개 패듯 허먼 어쩔깨라?" 어머니가 얼떨결에 말했고, "어허!" 아버지가 소리쳤는데 그 순간 아버지의 눈길이 동명이와 마주쳤다. 동명은 말없이 일어나 방을 나왔다. 누나가 설거지를 끝내고 돌아오기를 기다릴 수밖에 없었다.

"작은성도 공산주 헌 거여?" 누나가 방으로 들어서자마자 물은 말이었다. "아녀, 작은성은 아닐껴." 누나는 근심스런 얼굴로 고개까지 저어 보였다. "근디 위째서 순경이 잡아가!" "행여 물들었나 볼라고 그러는 모냥인디, 순경들이 헛일 허는겨. 큰성허고 작은성은 애시당초 사상이 달랐응께." "사상? 고것이 먼디?" 금메, 고것을 뭐라고 혀야 쓰겄다냐…… 긍께 고것이, 그려 생각, 맘묵은 생각이라고 허먼 되겄다." "큰성하고 작은성은 애시당초 맘묵은 생각이 달랐다는 것이 무신 말이여?" "큰성은 공산주의로 이 시상을 바꿔야 헌다는 생각이었고, 작은성은 그래서는 안 된다고 반대를 헌 거여." "고것이 참말이여?" "허먼 참말이제." "그라먼 누나가 경찰서에 가서 얼렁 그 말을 혀. 그래야 작은성이 후딱 풀려나제." "워메, 웨메, 사람 잡을 소리 허덜 말어. 인자 외서 고런 소리 혔다가는 큰성이 공산주 허는 것 다 알아놓고도 경찰에 미리 알리지 않았다고 되갱겨 죄만 커진단 말이여." 누나는 얼굴이 파랗게 질려 있었다. 말을 듣고 보니 누나는 이미 큰형이 공산주의 하는 것을 알고 있었다는 뜻이었다. "워치케 된겨. 누나는 큰성 허는 일 다 알고 있었제? 아부지도 엄니도 알고 나만 모르는 일이제?" "아녀, 동명아, 그런 것이 아녀. 아부지 엄니는 암것도 모르고, 작은성은 큰성이 공산주의 사상만 가졌지 숨어서 사람을 모집허는 일꺼정 허는 줄은 모른겨. 나는 큰성허고 작은성이 즈그덜 방에서 공산주의가 조니 나쁘니 허는 소리만 귓등으로 들은 것뿐이고 말이여. 요것은 눈꼽쟁이만치도 거짓말이 아닌게 이 누나를 믿어야 써." 누나는 눈물을 글썽이며 말했고, 동명은 그 눈물에 마음이 약해지며 고개를 끄덕였다. 누나는 그 사실을 입 밖에 절대로 내지 말 것을 다짐했고, 그래서 비밀은 또 하나 더 늘어났다.

작은형은 이틀 만에 후줄근하게 변해 돌아왔다. 어머니는 눈물을 질금거리며 작은형의 몸 여기저기를 살피느라고 정신이 없었다. "엄니, 암시랑토 않단께요." 작은형은 퉁명스럽게 말하며 어머니의 손을 뿌리쳤다. 그런데 작은형은 1주일이 가깝도록 방에 누워만 있었고, 어머니와 누나는 한약을 달인다, 닭죽을 끓인다, 부산하게 움직였다.

집 안을 뒤덮고 있는 서늘한 바람이 가시지 않은 채 한 해가 지났고, 큰형은 어디서 무엇을 하는지 설이 되어도 아무 소식이 없었다. 어머니는 큰형 걱정으로 걸핏하면 눈물을 짰다. 그러면 아버지는 버럭 역정을 내며 성냥을 득 그어 담배에 불을 붙였다.

큰형이 느닷없이 나타난 것은 여순반란사건의 소식과 때를 같이 해서였다. 큰형의 손에는 총이 들려 있었다. 큰형이 변한 것은 그것만이 아니었다. 눈이 이상한 빛으로 이글거렸고, 얼굴도 전과는 달리 딱딱한 돌껍질처럼 보였다. 그런 큰형이 반갑기보다는 겁부터 났다.

"아부님, 절 받으시씨요."

우악스럽게 생긴 목 긴 구두를 벗고 마루로 올라서며 큰형이 말했다.

"너 이놈, 그 총 당정 칙간에 처박고 오너라. 그리 못 헐 바에는 애비라고 절할 것이 읎어!"

아버지는 무섭게 호령했는데 정작 식구들이 놀란 것은 큰형한테였다. 큰형은 태연하게 서서 빙긋이 웃고 있었다.

"아, 썩 물러스라니께!"

"아부님 고정허시씨요. 인자 기엉코 우리덜 시상이 되얐구만요. 순천·여수가 눈 깜짝헐 새에 우리 것이 되야불고, 여그 경찰서도 우리가 차지혔구만이라. 못 믿으시겄으먼 가 확인해 보시씨요. 내 부하덜 배치시켜 놓고 오는 길잉께요. 아부님도 인자 인민 혁명 전선에……."

"주딩이 닥쳐라 이눔아!"

아버지가 소리를 지름과 동시에 놋쇠 재떨이를 집어던졌다. 큰형은 기막히게 빠른 동작으로 마루를 뛰어내렸고, 재떨이는 맞은편 벽에 부딪혀 요란한 소리를 내며 떨어졌다.

결국 형은 아버지에게 절을 하지 못하고 집을 나갔다. 어머니는 아무 소리도 내지 못하고 부엌 구석에 쪼그리고 앉아 어두워질 때까지 울었다. 큰형은 돌아왔지만 집 안을 뒤덮은 서늘한 바람은 더 두꺼워진 것 같았다.

밤이 되자 어둠 그 어디에선지 비명 같은 총소리가 길게 울리고는 했다. 동명은 누나의 가슴에 바짝 붙어 누워 마음이 조마조마했다. 누나의 큰 젖가슴도 다른 때와는 달리 심하게 벌떡거리고 있었다. 누나도 겁나고 있는 것이 분명했다. "저 총, 누가 누구헌테 쏘는 것이까?" 동명은 견디다 못해 기어 들어가는 소리로 물었다. "모르겄어, 나도 모르겄어." 누나가 겁이 실린 조그만 목소리로 대답했다. "큰성이 쏘는 것이까?" "모르겄어, 얼렁 자, 얼렁." 어찌어찌하다가 잠이 들었는데, 누나

치마가 다 젖어버리도록 오줌을 싸고 말았다. 다른 때 같았으면 동네방네 다 소문내고 말겠다며 동명의 애가 닳도록 놀렸을 텐데 누나는 시무룩한 표정인 채 말없이 팬티만 내주었다.

큰형 말마따나 밤사이에 세상은 완전히 뒤바뀌어 있었다. 순경 대신 젊은 사람들이 붉은 완장을 두르고 완장 색깔만큼 기세 좋게 활개를 쳤다. 그들이 모두 큰형의 부하라는 것을 동네 아이들이 입을 모아 떠들어댔다. 그러나 동명은 그 사실이 하나도 즐겁거나 자랑스럽지가 않았다. 아버지가 싫어하는 짓을 하는 큰형이었다. 간밤에 순경이 둘인가 죽었다는 소문이었고, 반대하는 사람들을 잡아들인다고도 했다. 큰형은 해거름에 집에 들렀는데 곧장 작은형 방으로 갔다. 둘이서 무슨 이야기를 하는 것 같더니 금방 큰소리가 터져나왔다. 큰형의 목소리였다. 어머니와 아버지는 과수원에 일 나가고 없었고, 누나는 문밖에서 발을 동동 구르고 있었다. 큰형의 목소리는 점점 더 커졌고, 작은형의 목소리도 따라서 커지고 있었다. 공산주의, 민주주의, 자유, 혁명, 살인, 파괴, 이런 말들이 엇갈리는 그들의 말다툼은 무슨 뜻인지 알아들을 수가 없었다.

"마지막으로 묻는디, 니 참말로 내 말 못 듣겄어?"

"죽었으면 죽었지 못 들어."

"니 참말이여?"

"나도 남자여."

"에라 잡것!"

철퍽 하는 소리와 어쿠 하는 비명이 동시에 터졌다.

누나가 벌컥 방문을 열어젖혔다.

"큰오빠, 그라면 안 되야!"

누나가 울부짖었다.

"니가 동생만 아니라면 한 방에 쏴 쥑여야 허는 악질 반동이여!"

큰형은 방바닥에 놓인 총을 들어 작은형을 겨누었고, 작은형은 코피를 질질 흘리면서 큰형을 빤히 올려다보고 있었다. 누나가 총을 잡고 매달리며 소리쳤다.

"큰오빠, 안 되야, 안 되야."

총으로 작은형을 겨누던 큰형의 얼굴은 큰형의 얼굴이 아니었다. 그것이 동명이 마지막으로 본 큰형의 모습이었다. 동명은 그 일을 어머니, 아버지한테 절대 말하지 않겠다는 다짐을 했고, 그래서 누나와의 비밀은 또 하나가 더 늘어났다.

밤사이에 작은형이 자취를 감춘 사건이 벌어졌다. 동명은 큰형이 끌어다가 죽인 것이 아닐까 하는 생각에 덜컥 겁이 났다. 그러나 누나의 귓속말을 듣고는 안심했다. 큰형을 피해 어딘가로 몸을 숨겼을 것이라고 했다. 애달아 하는 아버지와 어머니한테 모든 것을 말해주고 싶었지만 누나의 매서운 눈초리가 말을 막고는 했다. 누나의 말로는, 큰형이한 짓을 다 알리고, 작은형이 큰형 때문에 집을 나간 걸 알게 되면 아버지가 큰형한테 쫓아갈 것이고, 그러면 무슨 일이 또 벌어질지 모른다는 것이었다. 동명은 이제 큰형을 믿지 않았기 때문에 누나의 말을 따를 수밖에 없었다.

큰형은 꼭 엿새 동안 대장 노릇을 하다가 순경들에게 쫓겨 또 어디인가로 도망가는 신세가 되었다. 그러나 큰형만 도망간 것으로 끝나지 않았다. 순경들이 집으로 들이닥쳤고, 아버지는 손을 뒤로 묶여 잡혀갔다.

아버지는 이틀이 지나고 사흘이 지나도 돌아오지 않았다. 어느 아이가 아버지는 큰형이 자수를 해야 풀려날 것이라고 했다 동명은 그 말을 꼭 믿지는 않았지만, 틀린 말은 아니라고 생각했다. 동명은 밤마다 잠을 자지 못했다. 큰형은 자기 때문에 아버지가 붙들려간 것을 모르고 있을 것이고, 안다고 하더라도 아버지를 풀려나게 하기 위해 자수를 할 큰형이 아닐 것 같은 생각 때문이었다.

어머니는 날마다 울면서 경찰서를 오갔고, 아버지는 열흘 만에야 돌아왔다. 그러나 아버지는 과수원에 일을 나가지 못했다. 집 안에 가득 찬 서늘한 바람은 더욱 두꺼워졌다.

4

큰아들 동일은 한사코 농업학교를 가지 않으려고 했다. 그건 아버지의 뜻이 아니라 과수원 주인 이시하라의 뜻이기 때문에 왜놈이 시키는 대로 따를 수 없다는 것이었다. 그런 어른스런 생각을 품고 있는 아들을 바라보는 새터댁의 마음에는 대견함과 조바심이 엇갈리고 있었다. 등에 업혀 사과나무 새순을 뜯어 입에 넣던 것이 어느새 저리 컸을까 싶었고, 끝까지 고집을 세우다가는 무뚝뚝한 제 아버지한테 불벼락을 맞게 될 것이기 때문이었다. 남편은 아직까지는 심하게 다그치지 않고 있었다. "안즉 여유가 있응께 자네가 살살 달개서 맘 고쳐묵게 맹글소. 고놈 생각도 영 틀려묵은 것이 아닝께." 남편도 일단은 큰아들을 대견해하고 있는 것이었다. 그러나 무한정 그러고 있을 남편이 아니었다. 남편은 바위 덩어리 같은 사람이었다. 한번 마음 정하면 소 여물 되새김질하듯 지칠 줄 모르고 밀고 가는 뚝심이 있었다. 과수원도 남편의 그 뚝심 하나로 이루어진 것이나 마찬가지였다. 과수원 주인 이시하라도 남편의 끈질긴 뚝심을 누구 앞에서나 칭찬했다. 박상은 조선 사람 같지 않은 조선 사람이다. 박상 같은 조선 사람만 있었다면 우리 일본이 조선을 도와주려고 이렇게 애쓸 필요가 없다. 이시하라가 인부들을 나무라며 곧잘 쓰는 말이었다. 이시하라가 동일을 농업학교에 보내주려고 하는 것도 다 남편의 헌신 때문이었다. 그리고 남편도 그것을 바라고 있었다.

"엄니는 몰라서 그러요, 농사 짓는 기술 공부혀서 결국 누구 존 일시킬지는 뻔헌 일 아니겄소? 이시하라는 지놈 배불리자고 날 농업학교에 보낼라는 것이랑께요."

"금메 고것을 누가 모른다냐? 아무 핵교도 못 가고 바로 과수원 일꾼으로 처백히는 것보담야 낫덜 않겄냐. 농업핵교에서도 인문핵교서 갤치는 것 다 갤친다는디. 도회지 물도 묵어보고, 이 엄씨 말대로 혀라, 존 일 헌다고."

"엄니는 몰라서 그런디, 젊은 놈덜이 농사 짓는 공부나 혀갖고는 이 나라는……."

큰아들 동일은 더 말을 하지 않고 자리를 차고 일어났다.

참말로 요상허네웨. 저것이, 저것이 다 큰 남정네맹키로 나라 걱정을 다 허네웨. 저놈이 속이 워찌 생겨묵었으까이. 자석도 겉을 낳제 속을 못 낳는다드니 꼭 저놈 두고 헌 말잉갑구만. 참말로 사람 애간장 녹이네. 새터댁은 대문을 나가는 큰아들 동일을 멍하니 바라보며 어이가 없었다.

동일은 끝내 아버지 앞에 무릎을 꿇고 앉았다.

"그려, 니 말도 틀린 것은 아녀. 허나 그렇크름 말허는 것은 하나만 알고 둘은 모르는 소치여. 워찌 고것이 일본놈 과수원이겄냐. 너는 일본놈덜이 세세만년 이 땅에서 살아질 것 같으냐? 결국은 망혀서 즈그덜 땅으로 쫓겨가게 되는겨. 고것이 시상 이치여. 고것들이 쫓거김스로 우리 땅뗑이꺼정 떠메고 갈 것이냐. 고것만은 안 되야, 고것만은 안 되는 것이여. 고때 과수원은 누구 것이냐. 우리나라 것잉 거여. 일본놈 쪽

발이 삳 밑구녕에 빈대맹키로 붙어묵고 사는 놈이라고 사람덜이 날 욕
허는 거 모르는지 아냐? 내 다 알어. 다 암스롱도 내 귀먹었니라 허고
과수원 일 쎄 빠지게 헌겨. 무식헌 농꾼이 농사 짓는 일 말고 머를 또
헐끄나? 니가 차마 말 못 허고 삐대는 독립운동을 헐끄나? 사람은 다
지 헐 일을 타고나는 벱이여. 이 애비가 무식허긴 혀도 쪼깨 생각은 있
는 사람이여. 나라 잃은 설움도 알고, 나라 찾자고 싸우다 죽는 사람덜
장헌지도 다 알어. 근디 이 애비가 헐 일은 농새 짓는 일이었단 말이여.
과수원 일 쎄 빠지게 험시로, 요건 우리나라 것이여, 요건 우리나라 것
이여 허는 생각을 중 염불 외우대끼 헌 애비 맘 니가 알기나 혀?"

남편은 역시 남자였다. 그리고 남자는 남자가 다루어야 되는 모양이
었다. 큰아들은 대꾸 한마디 못하고 농업학교를 가겠다고 뜻을 굽혔다.
큰소리 한 번 치지 않고 아들의 뜻을 돌려버리는 남편이 그렇게 장해
보일 수가 없었다. 남편이 말을 그리도 청산유수로 잘하는지도 몰랐던
일이고, 생각이 그렇게 깊은 줄은 더구나 몰랐던 일이었다. 함께 살을
섞고 살면서도 다 알 수 없는 것이 사람 속이라 싶었다.

과수원 주인은 이시하라였지만 과수원은 남편의 몸이나 다름이 없었
다. 나무 한 그루 한 그루가 남편의 손가락이고 발가락이고 머리카락이
고 핏줄이었다. 과수원의 나무는 어느 것 하나 남편의 손길이 안 닿은
것이 없었다. 남편은 그 많은 나무들 하나하나를 다 기억했고, 먼발치
에서도 어느 것이 아픈지를 금방 알아차렸다. "워치케 나무가 다 아프
당가요?" "백날 말로 혀서 되는 일이 아녀. 내 몸 돌보대끼 허다 보면
나무가 아프다고 말을 허제." "나무가 말을 혀라?" "하먼, 나무도 사람
허고 다 똑같어. 자네도 세월 보내다 보면 시나브로 깨치게 될 것이구
만." 꼭 무당의 주문 같은 소리였다. 그러나 남편 따라 15년 남짓 나무
들을 보살피면서 새터댁은 그런 것들을 환하게 터득할 수 있었다.

과수원은 남편의 몸만이 아니었다. 새터댁 자신의 몸이기도 했다. 그 땅에 땀 뿌리고 나무들을 자식 키우듯 해서가 아니었다. 여자로서의 굴욕과 눈물을 죄의식과 함께 아무도 모르게 묻은 땅이었기 때문이다.

열여덟에 시집을 왔을 때는 남편은 이미 과수원에서 일을 하는 몸이었다. 시집은 겨우 밥을 끓일 수 있는 정도의 살림이었다. 3개월 남짓 비단 치마저고리 입고 새댁 노릇을 하고는 거친 일에 나서야 했다. 남편을 따라 과수원에 나다니는 일이었다. 남편은 밤이면 그리도 뜨거운 불덩어리가 되면서도 날만 밝으면 언제 그랬느냐 싶게 무뚝뚝하게 변했다. 과수원에서도 나무 사이에 단둘이 있을 때가 많은 데도 눈길 한 번 주는 일 없이 일에만 정신을 쏟고 있었다. 무슨 말은 안 하더라도 한 번이라도 쳐다보아 주기만 해도 지루함을 덜 것 같은데 남편은 야속할 정도로 무신경했다. 그런 사람이 밤만 되면 어찌 그럴 수 있을까 생각하다가 밤 광경이 떠올라 얼른 눈길을 돌렸다. 얼굴이 확확 달아오르고 아랫배 거기가 찌르르 울렸다. 남편은 밤마다 그녀를 알몸으로 만들었다. 그녀는 속저고리만큼은 그대로 입고 있으려 했지만 남편은 기어이 알몸을 만들고는 했다. 남편은 한 번만이 아니었다. 서너 번씩 불덩어리가 되어 그녀의 전신을 덮혀왔고 그리고 그녀의 속 깊은 곳에다 한 움큼의 불덩어리를 옮겨 심는 것이었다. 그곳의 알키한 통증이 미처 가시기도 전에 그녀는 다시 불덩어리를 받아들여야 하곤 했다. 그런데 참으로 이상한 일이었다. 밤마다 거듭되는 그 통증이 싫지 않은 것은 무슨 까닭인가. 싫기는커녕 벌건 대낮에 남편이 밤에 했던 그런 느낌의 눈으로 보아주기를 바라고 있었다.

남편은 일을 열심히 하는 만큼 일본인 주인의 신임을 받고 있었다. 그래서 인접한 도시로 돈 심부름을 가기도 했고, 비료 같은 것을 인수하러 이삼 일씩 과수원을 비우기도 했다.

접붙일 나무를 구하러 남편이 떠난 날이었다. 비가 내리고 있었다. 그녀는 창고에서 혼자 사과나무 사이에다 심을 씨받이 콩을 고르고 있었다. 빗소리 사이에 섞이는 인기척을 느끼고 무심히 고개를 들었다. 주인 이시하라가 다가서고 있었다. 그런데 그 눈빛이 비린내를 풍기고 있었다. 그녀는 위기를 직감하고 몸을 사렸다. 그러나 이시하라가 그녀의 팔을 낚아챘다. "가만히 내 말 들어. 목욕해 버리면 깨끗해져. 말 안들으면 니 남편을 당장 쫓아내고 말거다." 바들바들 떨고 있는 그녀의 귀에다 대고 이시하라는 소곤거렸다. 그녀는 이시하라가 미는 대로 뒷걸음질쳤고, 짚덤불 뒤에까지 밀려가서 쓰러졌다. 그가 하는 대로 그녀는 몸을 내맡기고 있었다. 남편이 쫓겨나서는 안 된다는 소리만 환청처럼 들으며.

그녀는 그날 밤 목욕물을 두 동이나 데워 거기를 열 번도 더 씻었다. 그래도 이시하라의 비린내가 그대로 남아 있는 것만 같았다. 그녀의 간절한 바람과는 상관없이 남편은 또 그녀를 알몸으로 만들었다. 남편의 불덩어리가 자신을 속살 깊이로 무너져 들어왔을 때 그녀는 그만 엉엉 소리쳐 울고 싶었다.

이시하라는 그후로도 열 차례 남짓 그녀를 괴롭혔다.

남편의 쫓겨남을 막기 위해 그 괴로움을 견디어낸 것이 잘한 일인지 잘못한 일인지 구분할 수 없는 채로 남편에 대한 죄의식은 그녀의 몸을 누에의 고치처럼 둘러싸고 있었다. 그리고 목숨의 구차함에 서러워하며 사과나무 사이에서 남모를 눈물도 많이 흘렸다.

큰아들 동일이 농업학교 졸업을 반년 남겨놓고 해방이 되었다. 미루나무 잎새 위에 부서지는 햇살의 무수한 반짝임도, 푸르른 들녘을 부드럽게 빗질하며 흐르는 바람결도 어제의 것이 아닌 듯싶게 해방은 새로움과 술렁임의 얼굴로 왔다. 새터댁은 표현 못하는 속에서 그 누구보다

428

해방을 고마워하고 눈물겨워했다. 이시하라, 그 남자를 대면하지 않고 살게 된 것이었다.

이시하라가 새터댁 내외를 밤중에 부른 것은 해방 소식이 전해진 이틀 후였다.

"조선이 해방되었는데 자네 기분은 어떤가?"

이시하라가 입꼬리 돌아가는 웃음을 웃으며 물었고, 남편은 대답을 하지 않았다.

"물론 기쁘겠지. 이건 자네 명의로 바꾼 과수원 문서야."

남편 앞에 봉투가 툭 떨어졌다. 고개를 약간 숙인 채인 남편은 미동도 하지 않았다. 큰아들을 농업학교에 보내며 남편이 했던 말이 퍼뜩 스쳐갔다.

"자네 명의로 돼 있지만 영원히 자네 건 아냐. 20년 있다가 다시 살러 올 테니까 그동안 잘 가꾸라는 거야. 20년 그거 별로 긴 세월 아냐. 자네가 내 밑에서 일한 게 24년이야. 그런데 엊그제 같지 않아?"

쉰이 넘은 이시하라는 20년을 강조하고 있었고, 남편은 바위 덩어리로 앉아 있기만 했다.

입술에 발린 말이라도 고맙다는 말 한마디 하지 않고 남편은 이시하라 집을 나왔다.

"어허, 사람 환장허겄네웨!"

대문을 나와 몇 걸음을 옮기던 남편은 걸음을 우뚝 멈춰서며 하늘을 향해 이런 소리를 황소 울음 토하듯 했다. 너무 놀란 새터댁은 왜 그러느냐고 물으려다가 입을 다물었다. 20년 후에 다시 오겠다는 말 때문에 그러는 게 아닐까 하는 생각을 그녀는 했다.

남편 뒤를 조심스럽게 따라 걸으며 생각해 보니 자신이 과수원에 바친 세월이 19년이었다. 그건 곧 결혼 생활의 햇수이기도 했다. 그동안

아들 셋, 딸 하나를 낳고 서른일곱의 나이가 되어 있었다. 그때 심은 어린 나무가 한창 열매를 많이 매다는 청년으로 자라나 있었다. 무심하긴 했지만 허망한 생활은 아니었다. 고생의 연속이긴 했지만 불행하지는 않은 생활이었다.

"지가 살아날 구녕 챙기니라고 잘헌 짓이제. 딴 짓 혔었드라면 지놈이 고이 살아 돌아가지 못혔지. 고런 것 하나 쥑여도 시상은 끄떡도 안 혀."

과수원이 우리 것이 되었다고 기뻐하는 딸 정순이한테 큰아들이 쏴붙인 말이었다.

"음마, 큰오빠는 꼭 불한당맹키로 말허네잉."

정순이는 무색하고도 겁나는 표정을 지었고, 큰아들은 가래 돋우는 소리를 내며 자리를 떠나버렸다.

큰아들은 농업학교에 다니면서도 마음은 콩밭에 빼앗긴 꿩이었다. 학교를 졸업하고 아버지가 시키는 대로 과수원에 열심이었던 것도 결국은 눈속임에 지나지 않았다. 일본놈 미워하고 몰아낼 궁리하는 것까지야 얼마나 기특하고 장한 일인가. 그러나 그 문제가 해결되었으면 그런 생각 다 털어버리고 세상 살아갈 일에 정신 쏟아야 옳은 일일 것이었다. 그런데 어쩌자고 공산당 운동으로 빠져들었단 말인가. 일본놈 몰아내는 일하고 공산당하고가 무슨 상관이 있는 일인가. 새터댁은 큰아들을 없는 자식 취급할 수 없는 안타까운 모성의 아픔을 느낌과 동시에 큰아들이 일으키는 바람 때문에 집안이 무너지게 될지도 모른다는 불안한 예감을 떼칠 수가 없었다. 그런데 1년 가까이 자취를 감추었던 큰아들은 총을 들고 난데없이 나타나 온 읍내를 진창 밟듯 해놓고는 엿새 만에 다시 쫓기는 꼴이 되고 말았다. 피해를 당한 사람들 입장에서 보면 큰아들이 저지른 잘못은 차마 입에 담을 수 없이 큰 것이었다. 이틀 동안에 사람을 열서너 명이나 죽였는데, 거기에는 순경과 그 가족도 들어 있었다. 남편은 팔을 묶여 가며, 기둘리지 마소 했던 것이다. 남편은 아들 대신 죽을 작정을 한 것이었다. "내 자식이 진 죄 다 아는디, 근디 부몬들 워쩔 것이요. 다 커뿌러 말 안 듣는디 부몬들 워쩔 것이요. 부모가 무신 죄가 있겄소, 살려주씨요." 새터댁은 매일 경찰서로 쫓아가 온몸의 피를 태워가며 몸부림쳤다. 유일하게 아는 얼굴인 강춘복을 보기만 하면 바짓가랑이를 잡고 땅에 무릎을 꿇어 애원했다. "어이웨 춘복이, 자네는 동일이허고 동무였잖은가. 동일이 그놈 나쁜 거 내 다 알어. 그놈헌테 즈그 아부지가 을매나 말린지 아는가? 그놈 귀가 벽창호였단 말이시. 힘 잠 써주소, 힘 잠 써주소." "아짐씨가 이래싼다고 일이 풀리는 것이 아니어라. 그라고 동일이는 인자 우리 심장에 총구녕 겨눈 원수가 되야분 것 아니요." 이 말에 대꾸할 말이 없어 새터댁은 춘복의 바짓가랑이를 놓으며 땅바닥에 엎드려 오열했다.

남편이 풀려난 것만으로 새터댁은 고마워했다. 남편은 작은아들 때문에 더 의심받고 고초를 겪은 모양이었다. 왜 작은아들이 밤사이에 없어졌는지, 어디로 갔는지 전혀 알 길이 없는 상태에서 경찰의 의심을 풀어줄 방법이 없었다. 경찰은 작은아들이 큰아들과 연결되어 있었던 것이 아닌가 의심했는데 그로서는 아니라는 말밖에 할 것이 없었다.

나흘째 되는 날 강춘복이 찾아왔다. 새터댁은 가슴이 덜컹 내려 앉았다. 반란군들과 지리산 쪽으로 도주했던 동일이 이삼 일 전에 백아산에 진을 쳤다는 정보를 입수했다는 것이다. 경찰은 동일을 죽이는 것이 목적이 아니라 자수를 시키는 것이 목적이니까 아버지가 함께 가서 자수 설득을 해달라는 것이었다.

"안즉 기동도 불편헌디……." 새터댁은 기어드는 소리로 말했고, "우리 차가 있응께 고건 염려 미씨요." 강춘복이 앞을 가로막듯 말하고는 일어섰다. 남편은 강춘복이 사라진 그쪽 허공에 눈을 박은 채 숨도 쉬지 않는 것처럼 앉아 있었다. 남편의 기에 눌려 그녀도 손가락 하나 움직일 수가 없었다. 남편은 가지 않을 수 없다는 것을 알 것이고, 가보았자 동일이 말을 듣지 않을 것을 알 것이고, 그 다음에는 어떻게 될 것인가를 생각하고 있을까.

"찬물 한 사발 떠오소."

남편은 깊은 한숨으로 말했다.

남편은 한 방울도 남기지 않고 찬물 한 사발을 다 마셨다. 남편은 물을 마신 것이 아니라 이러지도 저러지도 못하는 기막힌 자신을 신세를 마시는 것 같았다.

"요놈은 자석이 아니라 웬수여. 전생에 무신 웬수 짓고 태어났길래 요리도 험헌 꼴 당허게 허는지 몰라. 참말로 나가 죽고 말지, 못헐 노릇이네."

새터댁은 걷잡을 수 없이 흐르는 눈물만 훔쳤다. 고생만 하고 살아온 남편이었다. 과수원 주인이 되고 나서 3년 남짓 허리 펴고 살았을 뿐이다. 이만하면 지난 고생 잊어가며 남은 평생 웃으며 살 수 있으리라 했다.

남편은 활달하지 못한 걸음걸이로 강춘복을 따라나가며 아무 말이 없었다. 차에 오르면서도 새터댁을 이윽히 쳐다보았을 뿐 입을 열지 않았다. 그 얼굴이 섬뜩하도록 추워 보였다.

새터댁은 벽에 기대앉은 채 밤을 새웠다. 닭이 홰를 쳐서야 뜬눈으로 밤을 새운 것을 알았는데, 밤새도록 무슨 생각을 했었는지는 하나도 잡히지 않았다. 아무 생각도 하지 않은 것 같기도 했고, 끝도 없이 많은 생각을 한 것 같기도 했다.

장지문에 묻었던 어둠이 서서히 묽어지고 있을 무렵이었다.

"새터댁, 새터대액—."

외치는 소리와 함께 거칠게 대문 두들기는 소리가 났다. 새터댁은 문을 박차고 나갔고, 맨발로 마당을 가로질렀다. 무슨 힘이 대문에서 끌어당기는 것만 같았다. 빗장을 빼고 대문을 쥐어뜯듯이 열었다.

"박샌이 죽었구만요."

새터댁은 돌덩어리가 머리를 치는 것을 느꼈고, 땅바닥에 펼쳐진 거적을 보았다.

"아, 안돼애……."

하늘이 새터댁에게로 무너져왔다.

"낭떠러지서 굴러갖고……."

빙글빙글 도는 새터댁의 의식에 부딪힌 그 말들은 조각조각 깨어져나가고 있었다. 새터댁은 거적 끝을 움켜잡으며 정신을 잃었다.

5

어머니의 얼굴은 언제나 화석化石이었다. 단순한 느낌의 조각일 수도 없었다. 그 어떤 조상彫像이든 그것을 만든 사람의 체온을 담은 표정이 있게 마련이었다. 그런데 어머니의 얼굴에는 불가사의할 만큼 아무런 표정이 없었다. 인공이 가해지지 않은 하나의 돌이 제 나름의 형태와 색깔을 가진 것처럼 어머니의 얼굴은 사람으로서 필요한 모양과 구조물을 갖추고 있을 뿐이었다. 모든 감정이 배제되어 버린 그 얼굴, 어떠한 감정도 표출되는 일이 없는 그 얼굴에도 피가 돌고 있다는 사실이 믿어지지 않을 정도였다. 살아 있는 사람의 얼굴이라는 것을 전제로 해서 군이 무슨 표정인가를 찾아내려고 애쓴다면 어머니의 얼굴에는 추위를 느끼게 하는 우울이 안개처럼 자욱하게 덮여 있었다. 그러나 그것은 분위기일 뿐 표정이 아니었다.

방학이 되어 집에 돌아오면 동명은 언제나 어머니를 과수원 나무 사이에서 대면하곤 했다. "왔냐, 몸은 성허고." 어머니는 이 한마디뿐이었다. 그땐 어머니의 얼굴에는 얼핏 무슨 표정이 스치곤 했는데, 그건 항시 어머니의 얼굴을 덮고 있는 우울의 안개를 잠시 걷어내는 적막한 바람일 뿐이었다.

어머니는 단 하루도 거르는 날이 없이 과수원에서 살았다. 어머니는 일을 하는 것이 아니라 어머니조차도 그대로 한 그루 나무였다. "이 과수원은 그냥 흔헌 과실밭이 아니여. 느그 아부지 몸이여." 아버지의 묘는 비탈진 과수원 그 위쪽 양지바른 곳에 있었다. 아버지의 생전에 그랬던 것처럼 어머니는 매일 과수원에서 아버지와 함께 있는 것이었다. 어머니에게 만약 과수원이 없었더라면 그 허허로운 긴 날들을 결코 살아내지 못했을 것이다.

아버지, 큰형, 작은형, 누나까지 차례로 잃어버린 어머니는 더는 견딜 수 없었는지 실성을 해버렸고, 3년 만에 가까스로 정신을 붙들어 잡은 어머니는 얼굴을 잃어버리게 된 것이다. 얼굴만 잃어버린 게 아니라 어머니는 눈물도 잃어버렸다. 난리 중에 너무나 많이 울어야 했던 어머니의 몸에는 더 이상 흘릴 눈물 한 방울도 남아 있지 않았는지도 모른다.

그런 어머니가 눈물을 보인 것은 20년 만이었다. 하나뿐인 며느리를 얻어 큰절을 받고 나서였다. 어머니는 20년 동안 한 번도 입에 올린 적이 없는 난리 때의 이야기를 며느리에게 들려주며 눈물을 흘린 것이다. 어머니는 이야기의 결론을 내리듯 아들을 최소한 셋은 낳아달라고 했다. 어머니의 그 긴 이야기는 최소한 아들 셋이 필요한 데 대한 이유 설명이었던 것이다.

전혀 예고 없었던 어머니의 말을 듣고 동명은 적이 당황했다. 결혼하기 전에 집안 이야기를 대충 들려주긴 했지만 애 낳는 문제에 대해서는 신혼여행 동안에도 고려해 본 사항이 아니었던 것이다. 어머니의 절실한 필요성이 아내에게 얼마만 한 실감으로 받아들여질지가 걱정이었다. 그런데 아내는 의외로 차분한 태도로 어머니의 말을 받아들이고 있었다. 그렇게 하겠다고 대답을 한 것은 아니었지만, 그 부끄러움으로 감싸인 아내의 쪼그려앉은 자세가 그것을 확실하게 느끼게 했다. 고개를 보일 듯 말 듯 끄덕이고 있는 어머니도 같은 느낌을 받은 것이 분명했다.

어머니 옆에 이틀을 머무는 동안 아내도 동명도 그 이야기를 입에 올리지 않았다. 그런데, 동명은 아내의 늪 속으로 잠입하는 그 순간 아들이어야 할 텐데 하는 생각이 퍼뜩 떠올랐고, 활활 타오르고 있는 모닥불에 한 줄기 물을 끼얹는 것 같은 감정의 굴절에서 벗어나려고 곤욕을 치렀다.

그런데 이야기를 먼저 꺼낸 건 아내였다. 열차가 속력을 내기 시작하자 자리를 편안하게 고쳐앉은 아내가 입을 열었다.

"너무 옹색해하지 마세요."

동명은 담배에 막 불을 붙이려다가 이 말을 들었는데 직감적으로 그 말이 그 이야기를 가리킴을 알았다. 그러나 반갑고 고마운 마음과는 생판 다르게 동명의 입에서 흘러나간 소리는 어눌하기 짝이 없는 한마디였다.

"머얼……."

"아이 몰라요."

눈흘김과 함께 아내의 귓불은 환한 꽃빛으로 물들었고, 아내는 동명의 팔을 끼며 어깨에 이마를 묻어왔다. 둘이는 그러고 한참을 있었디. 동명의 귀에는 열차 바퀴 굴러가는 소리만 가득 차오고 있었다. 레일의 이음 자리를 건너는 소리가 강음으로 일정하게 섞이는 그 금속성이 그렇게 경쾌한 음악일 수가 없었다. 그건 자신이 마련한 한쪽 레일이 앞으로 시작해야 될 삶의 여정旅程을 무난히 치러낼 수 있을 것 같은 충족감의 반응이었다.

"그런데…… 아들 셋을 가지려면 애들을 전부 몇이나 낳아야 할지 걱정이네요."

아내가 그의 어깨에 이마를 묻은 채 가만가만한 음성으로 말했다.

"이런 사람, 너무 걱정하지 말어. 그건 다만 어머니의 소망일 뿐이야. 당신이 그런 어머니 마음을 이해하면 되는 거고, 그리고…… 하늘이 어머니의 한을 조금이라도 풀어주려고 한다면 당신이 줄줄이 아들 셋을 낳게 해줄 거야."

동명은 아내의 손을 찾아 잡았다. 아내의 손이 말하고 있었다. 최선을 다하겠다고. 동명이 한 말은 아내에게만이 아니라 스스로에게도 한 말이었다. 자식을 기르는 것은 또 몰라도 낳는 것만은 인력으로 어찌할 도리가 없는 문제였다. 아들을 딱 하나만 바라다가 딸만 대여섯씩 쏟아내고 마는 희극이 얼마든지 있었다. 동명은 어머니의 말을 무슨 불문율처럼 생각해서 압박감을 받고 싶지는 않았다. 아내의 입장은 그 점을 더욱 필요로 할 것이었다.

아내와 깊은 체온을 나누면서도 그녀가 얼마만큼 어머니를 이해하고 있는지 동명은 궁금했다. 왜냐하면 아내가 전쟁을 통해서 알고 있는 것은 혹독한 추위와 쓰린 배고픔뿐이었다. 살인을 목격하지도 못했고, 인민군의 그림자도 보지 못했다고 했다. 그건 더없는 다행이고 행운이었지만 어머니를 이해하기에는 많은 결격 사유를 가진 셈이었다.

동명은 아내에게 필히 보여주고 싶은 것이 있었다. DMZ라고 이름붙여진 휴전선이었다. 중부전선 최전방 오피에 배속되어 처음 휴전선을 보았을 때 예리한 무엇이 찡 가슴을 관통하는 것을 느꼈다. 그리고 어디서부터 시작된 것인지 알 수 없는 비애가 콧등을 맵게 울리고 지나갔다. 휴전선으로 금 그어진 땅은 껍질이 벗기어져 속살이 벌겋게 드러나 있었다. 나무는 고사하고 풀 한 포기 없는 그 줄 그어진 땅은 이쪽과 저쪽의 푸른 피부를 가진 땅 사이에 끼어 그 모습이 더욱 처연하게 드러나 보이고 있었다. 그건 흉터가 아니라 핏방울 뚝뚝 떨구고 있는 상처였다. 생살 찢겨 껍질을 벗기운 땅의 신음이 들리고 있었다. 속살 벌겋게 드러낸 땅의 울음이 울리고 있었다. 상처는 좌로 끝도 없이, 우로 끝도 없이 이어져 나가고 있었다. 구렁이가 꿈틀대며 기어가고 있는 것처럼 구불구불 한정도 없이 이어지고 있는 상처에서는 그만큼 긴 땅의 신음이, 그만큼 큰 땅의 울음이 번져나고 있었다. 좌로 이어져 나간 상처는 황해에 이르고, 우로 이어져나간 상처는 동해에 이르고……. 동명은 눈물이 핑 돌면서 가슴이 먹먹하게 막혀왔다. 그리고 형태를 알 수 없는 서러움이 참으려는 의지를 무너뜨리며 꾸역꾸역 부풀어올랐다. 추스르고 추슬러 넘긴 눈물로 목이 막혔다. 어디서 비롯된 슬픔인지 모른다. 껍질 벗기어져 벌건 속살 드러낸 땅은 눈물이었다. 아무 생각도 용납하지 않는 눈물이었다. 석양 햇살이 비껴 비치고 있었다. 저녁 바람이 일고 있었다. 몇 마리의 새가 날아가고 있었다. 그랬다. 첫날 보았던 것처럼 휴전선은 떠나올 때까지도 속살 벌겋게 드러낸 채 신음하고, 울고 있었다. 그곳을 자유로이 통행할 수 있는 건 햇빛과 바람과 철새들 뿐이었다. 그리고 휴전선은 처음에도 마지막에도 눈물이었다.

그런데 그 기회가 왔다. 회사와 자매 결연을 맺고 있는 부대에서 최전방 시찰 계획을 마련한 것이다.

오랜만에 찾아온 일요일 외출을 반가워하며 소풍 가듯 경쾌했던 아내의 기분은 차츰차츰 우울한 색조로 가리앉기 시작했다. 버스가 국도를 버리고 자전 도로로 접어들기 시작하면서부터 탱크 저지대, 철조망

지대 같은 것이 나타났기 때문이다. 사단 사령부에서 브리핑을 받고 다시 차에 올랐을 때는 아내의 기분은 완전히 침울하게 바뀌어 있었다. 차가 회전을 자주 해야 하는 비탈길을 오르느라고 숨을 헐떡이고 있을 때 동명은 눈을 감고서도 휴전선이 가까워졌음을 알 수 있었다.

"어머, 저 땅이 왜 저래요!"

중위의 설명을 듣기도 전에 아내는 벌겋게 드러난 휴전선을 보고 엉겁결에 말해놓고는 자신의 말에 놀랐는지 손으로 얼른 입을 가렸다.

"괜찮아. 저게 바로 휴전선이야."

동명은 아내의 손을 잡아주며 나직하게 말했다. 그리고 아내의 손을 끌어 중위 가까이로 갔다. 중위는 절도 있는 목소리로 명료하게 설명을 해나갔다. 휴전선의 긴 역사는 중위의 입을 통해서 짧은 시간에 간추려지고 있었다. 아내의 시선은 이미 멀고 멀리 휴전선을 따라가고 있었다. 바람에 흩날리는 머리카락 사이로 아내의 경직된 옆얼굴이 어릿거렸다.

"여보……."

동명은 떨구고 있던 시선을 얼른 아내에게로 돌렸는데, 아내의 눈에는 크렁 눈물이 고여 있었고, 반쯤 열린 입 언저리와 긴장된 콧등에는 금세 쏟아질 것 같은 울음이 담겨 있었다. 동명은 아내의 어깨를 감싸 잡았다. 아내가 동명의 품 속으로 돌아서며 입을 가림과 동시에 흑 울음을 들이켰다. 아내의 어깨가 잘게 들먹였다. 동명은 어깨를 감싼 채 아내의 감정이 가라앉기를 기다렸다.

"가슴이 먹먹한 게…… 내가 왜 이러는지 모르겠어요……."

아내가 울음에서 건져낸 것 같은 음조로 말했다.

"그래…… 휴전선은 누구한테나 다 그래."

"당신도 그래요?"

아내가 고개를 숙인 채 물었다.

"나는 뭐 아프리카에서 왔나."

눈물을 수습한 아내를 데리고 한적한 쪽으로 갔다. 아내의 눈길은 다시 그 붉은 황톳빛 띠를 따라 멀어져가고 있었다.

"세상에……"

탄식처럼 아내의 입에서 나온 말이었다. 아내는 반대쪽으로 돌아섰다. 아내의 눈길은 다시 멀어져 가고 있었다.

"세상에……"

아내의 눈에는 새로운 눈물이 담겨 있었다.

"꼭 토끼의 허리 부분 털을 뺑 돌아가며 뽑아버린 것 같군요. 너무 기가 막혀요."

동명은 놀란 눈으로 아내를 쳐다보았다. 아내의 느낌은 너무나 정확하게 맞아떨어졌던 것이다. 한반도는 원래 포효하는 호랑이 형상으로 상징되던 것을 일제 시대에 왜놈들이 토끼로 바꾸었는데, 이 경우에는 토끼라는 것이 적절했고, 휴전선은 그 허리를 반으로 갈라놓고 있었다.

"그럼, 저 붉은 땅에는 뭐가 살 수 있나요?"

아내는 대답을 들으려는 것이 아니라 독백을 하고 있는 것 같았다.

"햇빛, 바람, 철새……"

동명도 꼭 아내가 들으라고 한 말은 아니었다.

"이렇게 슬프고 심각한 줄은 몰랐어요."

아내가 차를 타러 언덕바지를 내려오며 조그맣게 말했다. 그건 아내의 실감이고 결론이었다.

버스는 비탈길을 조심스럽게 내려가고 있었다. 그 누구도 말을 하고 있는 사람이 없었다. 올 때의 소란과는 대조적인 침묵이 버스 안에 가득 차 있었다.

"풀 한 포기 없이 그렇게 땅껍질을 벗겨놓고서도 갈라져 사는 건 누구 잘못인가요?"

버스가 국도로 진입하고 얼마가 지나 아내가 물었다.

"글쎄…… 우리 모두의 잘못이겠지."

둘 사이에는 더 말이 계속되지 않았다.

"어머님이 아들을 원하시는 거…… 무리가 아니에요."

버스가 시내로 들어서기 시작했을 때, 남편이 왜 자기를 휴전선 나들이를 시켰는지 알고 있다는 듯 아내는 말했다. 동명은 아내의 손만을 가만히 잡았다.

아내가 임신 소식을 알린 것은 다음 달이었다. 의사의 말을 전하듯 간접화법을 쓰고 있는 아내는 부끄러움이나 쑥스러움보다는 안도감을 더 느끼는 것 같았다.

자신의 생명이 아내의 몸을 빌려 이어지게 되었다는 사실을 확인하며 동명은 그때의 기억이 선명한 천연색 사진으로 의식 속에 확대되는 것을 느끼고 있었다.

그때, 불구덩이 속에서 어떻게 빠져나오게 되었는지 전혀 기억이 없었다. 정신을 차렸을 때는 마당 가에 널브러져 있었고, 견뎌낼 수 없는 오한으로 전신이 오그라들며 턱이 제멋대로 떨려 이빨이 맞부딪치고 있었다. 동명은 눈을 비비며 정신을 가다듬었다. 툭툭 소리를 내며 불길은 맹렬하게 타오르고 있었는데 집은 온데간데가 없었다. 지붕이 내려앉아 버린 것이었다. 엄니는 워찌됐으까! 동명은 벌떡 일어섰다. 연기가 가득 찬 방으로 불길이 번지기 시작했고, 밖에는 총을 들이댄 사람들이 지키고 있었다. 꼼짝없이 타 죽을 수밖에 없었다. "정신채려, 이에미가 있응께 정신채려." 어머니는 이빨을 뿌드득 갈며 말하고는 동명을 방바닥에 엎드리게 했다. 그리고 어머니는 동명을 품고 엎드려 치마를 뒤집어썼다. 공포와 숨막힘과…… 그 다음은 모른다. 동명은 어머니를 찾아 사방을 두리번거렸다. 변소 가까이에 있는 짚더미 옆에 눈길이 끌렸다. 얽힌 지푸라기 때문에 누구인지 식별할 수는 없었지만 사람인 것만은 분명했다. 엄니다! 동명은 그쪽으로 뛰었다. 워메…… 동명은 소리치며 주춤 물러섰다. 그건 어머니가 아니라 누나였다. 누나는 짚더미 속에 누워 있었다. 그런데 누나는 죽었는지 살았는지 알 수가 없었다. 동명은 누나를 얼싸안듯 하며 귀를 코에다 갖다 댔다. 누나는 살아 있었다. 어머니를 찾아낸 것은 구정물통 옆에서였다. 구정물통은 나뒹굴어져 있었고, 어머니는 구정물을 뒤집어쓴 채 넘어져 있었다. 그런데 어머니의 등허리 쪽 옷이 거의 다 타고 없었다. 동명은 비로소 모든 것을 알 수 있었다. 어머니도 살아 있었는데 누나의 숨소리보다는 훨씬 약해서 곧 끊어져버릴 것만 같았다. 짚단을 옮겨다가 두껍게 깔고 끙끙대며 어머니를 옮겼다. 그리고 다시 짚으로 덮었다. 불길이 약해져 가고 있었다. 그때까지도 사람은 누구 하나 나타나지 않았다. 그들의 총에 죽을까 봐서였다. 날이 밝을 때까지 어머니를 저대로 뒤서는 죽게 되리라는 다급하고 무서운 생각만이 머리를 채우고 있었다. 사람을 불러야 했다. 올 만한 사람은 외삼촌뿐이었다. 외삼촌이 사는 가시리까지는 10리가 넘었다. 여우고개를 넘어야 했고, 공동묘지를 지나야 했다. 아이들은 그곳을 낮에도 혼자 가기를 무서워했다. 그러나 어머니와 누나를 살려내기 위해서는 외삼촌을 부르러 갈 수밖에 없었다. 어둠 속을 줄곧 뛰었다. 외삼촌 집에 당도했을 때는 온몸이 땀으로 젖어 있었다. 외삼촌과 다시 집으로 돌아왔을 때 불길은 다 잦아져 있었다. 정신이 깨어난 누나는 짚덤불 속에 참새처럼 조그맣게 쪼그려앉아 있었다. 그런데 겁에 질린 것 같은 눈은 외삼촌도 동명노 알아보는 것 같지가 않았다. 그때까지 정신을 차리지 못하고 있는 어머니는 등의 화상 때문에 들것에 엎어져 실려졌다. "썩을 놈의 시국이다, 참말로 징혀 못살겄다." 들 것을 들며 외삼촌이 무너지게 한숨을 쉬었다.

누나는 시름시름 앓다가 실성을 했다. 그리고, 어머니가 등에 입은 화상으로 더위를 이겨내지 못해 괴로움에 시달리고 있던 어느 날 저수지에 빠져 죽고 말았다.

6

강춘복의 말은 전적으로 믿을 수는 없었다. 그러나 거짓말이라고 할 수만도 없었다. 어쩌면 남편은 자기 앞에서 자식 죽어가는 꼴을 보기보다는 차라리 자기가 죽는 길을 택했을지도 모른다. 말 한마디 없이 섬뜩하게 추운 얼굴을 하고 떠나던 모습이 예사롭지는 않았다.

그러나 남편이 실수가 아니라 고의적으로 낭떠러지에서 몸을 던진 것이라 하더라도 강춘복을 용서할 수는 없었다. 남편을 그런 막다른 골목으로 몰아붙인 것이 강춘복이었다. 아무리 서로 생각이 달라 총구멍을 맞겨누고 있는 사이라지만 그럴 수는 없는 일이었다. 자식이 제아무리 흉악한 죄를 저질렀다 하더라도 그 자식을 고발할 수 없는 게 부모 마음인 것이다. 병신 자식일수록 더 안쓰럽고 더 마음이 쓰이듯이. 그런데 강춘복은 그 거역할 수 없는 인륜을 거역하라고 강요한 인물이었다. 남편을 죽인 것은 바로 강춘복이었다. 그런데도 강춘복은 미안한 기색 같은 것은 전혀 보이지 않았다. 만약 장례를 치르는 데 얼굴만 한번 비쳤더라도 그를 용서했을지도 모른다. 왜냐하면 큰아들이 저지른 일을 생각하기 때문이었다.

새터댁은 결코 큰아들을 두둔하고 싶은 생각은 없었다. 점쟁이한테 미치는 속 빈 사람들처럼 큰아들이 넋을 팔아버린 공산주의라는 것이 무엇인지 알 수 없었다. 또 굳이 알고 싶지도 않았다. 그런데 큰아들한 테서 용서 못 할 것이 한 가지 있었다. 제가 미친 것에 반대하거나 방해 가 되는 사람들을 죽이는 점이었다. 세상에 그런 법이 어디 있는가. 네 발로 기는 짐승은 말할 것도 없고 나비나 하루살이 같은 미물도 목숨을 얻어 이 세상에 올 때는 다 제 명 누리며 한세상 살아보라고 하늘이 점 지하신 것인데, 짐승도 아니고 더구나 미물도 아닌 사람을 어찌 생각이 다르다고 죽일 수 있단 말인가. 큰아들이 거두절미하고 한 말로는, 너 나없이 고루 잘사는 세상을 만드는 것이 공산주의라고 했다. 그런데 그 말과 행동이 어찌 그리 다를 수 있을까. 그리 좋은 세상을 이루려고 하 면서 왜 사람을 죽이는 것인가. 큰아들이 엿새 만에 도망을 치고 말았 으니 망정이지 그렇지 않았더라면 옷소매 틀어쥐고 앉아 단단히 따져 보기라도 했을 것이다. 그러나 따져보나마나 다 시장스러운 짓거리들 일 게 뻔했다. 사람 사는 세상에 어찌 높고 낮음이 없을 수 있으며, 음 지와 양지가 없을 수 있으랴. 과수원에 오랜 세월을 묻다 보니 알게 된 사실인데, 나무들 사이에도 층하가 있었다. 기운 센 놈 옆에서는 기운 약한 놈은 치게 마련이었다. 그런데, 사람이라고 생겨난 물건들은 딴 짐승들에 비해 욕심이 제일 많은 짐승인데 어찌 고루 잘사는 세상이 만 들어질 수 있을 것인가. 그 세상에도 면장은 있고, 경찰서장은 있고, 판 검사는 있을 것이 아닌가. 그런 사람들이 어찌 농사 짓는 사람들하고 똑같이 산단 말인가. 제아무리 좋은 법이라고 해도 사람이라는 것이 만 들어 낸 법이라면 다 피장파장인 것이다. 사람한테서 욕심이라는 것 꼭 뽑아내지 않고 오만가지 법 있어봤자 다 그 법 만들어낸 즈이들 좋은 대로 발라맞춰 권력 잡자는 속임수 아닌가. 설령 이 세상에 아무리 기 막힌 법이 있다 한들 하나밖에 없는 목숨하고 바꿀 가치가 있는 법이 어디 있겠는가. 사람답게 살아보자고 만드는 법이지 그 법 때문에 사람을 죽이고 죽는 것은 얼마나 미친 짓들인가. 철딱서니 없는 것, 세상을 뼈아프게 살아보지도 못한 것이 달차근하게 발라맞추는 소리에 속아 넋을 팔아버린 것이지. 괜한 사람들 죽이고, 끝내는 아버지까지 잡아먹은 바보 같은 놈……. 새터댁은 아들이 주장하는 법도, 아들을 잡으러 다니는 법도 다 신용하지 않았다. 양쪽 모두에 정나미가 다 떨어지고 말았다. 일본놈 등쌀에서 벗어난 지가 몇 년이나 되었다고 서로 못 잡아먹어 그 야단들이란 말인가. 잘났으나 못났으나 사람 한평생 사는 건 순리를 따르면 될 일 아닌가. 새터댁이 믿는 법은 딱 한 가지밖에 없었다. 이 세상에 목숨 가진 것들은 한 번 태어나서 한 번 죽게 되어 있는 하늘이 만든 법이었다. 그 법을 따라 부지런히 일하며 곱게 살다 죽는 것이 바른 길이라 여겼다. 과수원 일을 하며 터득한 것이었다.

새터댁은 남편을 과수원 위쪽에 터를 잡아 묻어주었다. 그 자리에서는 과수원이 한눈에 내려다보였다. 새터댁은 남편 옆에 자신이 누울 자리까지 미리 마련해두었다.

큰아들이 경찰서를 습격해 온 것은 남편 장례를 치르고 사흘째 되는 밤이었다.

여자의 비명처럼 찢어지는 총소리에 놀라 잠이 깬 새터댁의 가슴은 걷잡을 수 없이 벌떡거리고 있었다. 그 총소리에서 큰아들의 냄새를 직감했기 때문이다. 무슨 근거가 있는 것이 아니었다. 총소리는 꼬리에 꼬리를 물었다. 칼끝처럼 예리한 그 소리는 한 줄기씩의 피를 뿌려대는 것 같았다. 밤이 얼마나 깊었는지 짐작조차 할 수 없었다. 저놈이 죽을라고 환장을 혔구나, 죽을라고 환장을 혔어. 새터댁은 벽 쪽으로 바짝 쪼그리고 앉아서 실성한 것처럼 같은 말을 자꾸 되풀이하고 있었다.

총소리가 멎은 다음에도 새터댁은 이불 속으로 들어갈 수가 없었다.

속입술을 잘근잘근 씹으며 큰아들이 아니기를 빌었다. 별로 긴 시간이 지나지 않아 닭이 울었다. 총소리는 자정이 지나 울리기 시작한 것 같았다.

새터댁의 예감은 그대로 맞아들었다. 어둠이 걷히기를 기다려 동네 우물로 나갔을 때는 벌써 소문이 돌아 있었다. 우물가에 둘러선 여인네들은 새터댁을 보자 하던 말을 뚝 끊고 딴전을 피웠다. 그들의 태도에서 찬바람이 일었다. 그건 노골적인 배척이었다. 새터댁은 자신이 애타했던 것이 그대로 들어맞았음을 알았다. 그러나 그냥 돌아설 수는 없는 일이었다. 총은 장난 삼아 쏜 것이 아닐 것이었다. "나가 무슨 낯짝 들 면목이 있겄소. 허나 고것도 새끼라고 맘 쓰이는 기 에미 맘인디, 워찌 되얐는지 말 잠 해보씨요들." 새터댁은 간곡하게 말했다. "셋이 붙들렸는디, 그 속에 새터댁 큰아들도 들었답디다." 어느 여자가 빠르게 말했고, "워메 요 일을 워쩌끄나!" 새터댁은 물이 질퍽하게 고인 우물가에 철퍽 주저앉고 말았다.

큰아들은 허벅지에 총을 맞고 도망치다가 잡힌 것이었다. 새터댁은 경찰서에 가서 그 사실을 알고도 눈물을 흘리지 않았다. 누구를 붙들고 애걸하지도 않았다. 천지개벽을 하지 않는 한 큰아들이 살아날 가망은 바늘 구멍만큼도 보이지 않았던 것이다.

새터댁은 남편의 묘 앞에 엎드려서야 눈물을 쏟았다. 아무 할 말이 없었다. 말로 헤아릴 수 없는 죄스러움만이 눈물로 흘러내렸다. 생전에 술 한 번 흥건하게 마셔본 일 없이 일에만 묻혀 살았던 남편이었다. 세세한 정 드러내는 남편은 아니었지만 마음속 깊은 곳에는 자식들을 끔찍이 여기는 뜨거움이 감추어져 있었다. 평소에는 정겨운 말 한마디하는 일 없으면서도 아이들이 가벼운 고뿔만 앓게 되어도 안절부절못하는 남편이었다. 큰아들이 홍역을 치를 때는 며칠 밤을 꼬박 뜬눈으로 새우다가 끝내 벽 쪽으로 돌아앉아 눈물을 훔친 남편이었다. 남편의 그런 여린 마음은 일을 해내는 황소 같은 뚝심과는 대조적인 것이었다. 부모 한평생은 자식들 위해 사는 것이라는 말을 남편은 입버릇처럼 했다. 남편은 평소의 그 말대로 큰아들을 대신해서 죽기로 작정했던 것인가. 어떤 영화를 얻자고 자식을 키우는 것은 아니었다. 그러나 자식 때문에 생생한 목숨 빼앗기려고 그 자식을 기른 것이 아니었다. 새터댁은 자식을 잘못 키워 모든 것이 그렇게 된 것만 같아 죄스러움이 자꾸만 커가고 있었던 것이다. 큰아들이 당하고 있는 일을 차마 입 밖으로 꺼내지 못하고 새터댁은 남편의 묘 앞에서 물러났다.

다음 날 점심때가 지나서였다.

"새터댁, 새터댁!"

누군가가 쫓기는 것처럼 다급하게 부르고 있었다. 어제부터 줄곧 긴장되어 있는 새터댁의 신경 끝에 파드득 불꽃이 일었다.

"누구요? 나 여깄소."

새터댁은 소리치며 나무 사이를 빠져나가고 있었다.

"큰일났소, 새터댁."

구례댁이 숨을 몰아쉬고 있었다.

"우리 동일이헌테 무신 일 났소?"

"그려라. 총살시킨다고 공회당 뒤 언덕배기로 끌고 가드랍디다."

"워메, 어쩌끄나!"

새터댁은 비명처럼 외치며 뛰기 시작했다. 고무신이 벗겨져 달아났다. 저고리 옷고름이 풀어져 너풀거렸다. 돌에 걸려 사정없이 나뒹굴어졌다. 그러나 새터댁은 부리나케 일어나 무섭게 내달리고 있었다. 머리에 썼던 수건이 날아갔고, 치마가 흘러내렸다. 발가락에서 피가 흘렀다.

탕, 탕, 탕……

공회당에 거의 이르렀을 때 총성이 울렸다. 새터댁은 뚝 멈춰섰다. 눈동자가 빙그르르 도는 것 같았다. 그리고 흰창이 많은 눈으로 변했다. 그 눈이 이상야릇한 빛을 쏘아냈다. 넘어질 것처럼 몸이 휘청하더니 새터댁은 다시 뛰기 시작했다.

언덕배기는 사람으로 뒤덮여 있었다.

"동일아, 동일아……"

새터댁은 울부짖으며 언덕을 오르고 있었다. 사람들이 양쪽으로 갈라졌다.

"동일아, 동일아……"

언덕마루에 올라선 새터댁이 큰아들의 이름을 절규하며 다시 뛰려고 했을 때 누군가가 앞을 막아섰다.

"아니…… 니가 누구여!"

앞을 가로막고 선 것은 강춘복이었다. 그의 어깨에는 총이 메어져 있었다.

"니놈이 기엉코 우리 동일이럴……"

증오가 이글이글 타고 있는 새터댁의 눈에서는 눈물이 주르륵 쏟아졌다. 새터댁은 입이 돌아가도록 아랫입술을 깨물며 부르르 떨었다.

"우리 동일이 어딨냐, 동일이……"

새터댁은 강춘복의 가슴을 떠밀며 앞으로 나가려고 했다. 그러나 강춘복의 억센 팔이 새터댁을 막았다.

"이눔아, 여그 봐, 노란 말이여!"

울부짖고 있는 새터댁의 입에서는 침에 섞인 피가 흐르고 있었다. 그 모습이 흡사 미친 사람이었다.

"강 순경, 보내주게. 어차피 시체는 인계해야 하니까."

권총을 찬 순경이 말을 해서야 강춘복은 새터댁의 양쪽 팔을 놓아주었다. 큰아들 동일은 다른 두 명과 함께 소나무에 나란히 묶여 죽어 있었다.

"이눔아, 워디 보자 이눔아."

새터댁은 아들의 시체에 매달리듯 하며 푹 떨구어진 고개를 두 손으로 받쳐올렸다. 아들은 이빨이 박히도록 아랫입술을 깨물고 있었다.

"아이고 이눔아, 아이고 이눔아……."

마침내 새터댁은 통곡을 터뜨리기 시작했다. 새터댁의 피를 토하듯 하는 곡성은 긴 파문을 일구며 퍼져나가고 있었다. 햇살도 내려 앉기를 잠시 머뭇거렸고, 바람도 문득 가던 길을 멈추었다.

"요런 불효막심헌 놈아, 요렇게 험헌 꼴로 죽을라고 그 잘난 공산당에 미쳤드냐. 니는 부모 형제간보담도 그 빌어묵을 공산당이 더 중허드냐. 이눔아, 니가 그 못된 공산당 귀신헌테 씌운 것을 죽어서라도 알아야 혀. 니놈 하나 잘못으로 생때 겉은 아부지 잡아묵고 인자 니놈꺼정 요리 숭허게 죽어도 누구 원망 한번 못 혀. 이눔아, 이눔아, 요런 꼴로 죽으라고 그 고상혀 감서 키운 줄 아냐."

새터댁은 아들이 묶여 있는 삼끈을 풀며 실성한 것처럼 중얼거리고 있었다.

해가 기울어져 가고 있었다. 새터댁은 있는 힘을 다 살려 아들을 업었다. 새터댁의 허리는 반으로 굽었고, 등에 업힌 아들의 두 팔이 축 늘어져 곧 땅에 끌릴 것만 같았다. 기울고 있는 해가 그들의 모습을 해괴한 그림자로 길게 그려내고 있었다.

새터댁은 며칠째 고열에 시달리고 있었다. 죽조차 넘길 수 없도록 열은 온몸을 끓이고 있었고, 정신을 가다듬으려 해도 눈앞에는 헛것이 어른거렸다. 그것은 남편 같기도 했다가, 큰아들 같기도 했다가, 엉뚱하게 어머니 같기도 했다. 새터댁은 가까스로 정신을 바로잡곤 하면서, 이러다가 사람이 미치게 되는 것인가 보다 마음을 독하게 사리고는 했다. 자신의 옆에는 아직 세 자식이 남아 있는 것이다. 더구나 작은아들은 행방을 모르는 처지였다. 그런데 작은아들은 어느 날 해거름에 그림자처럼 조용하게 돌아와 있었다.

"엄니, 엄니, 작은오빠가 돌아왔구만요."

딸 정순이가 방으로 뛰어들며 금방 얼싸안기라도 할 듯이 두 팔을 벌리고 있었는데, 거기에는 기쁨과 반가움이 그득 안겨 있었다.

"무신 소리냐?"

"금메 정제서 나오다 본께로 오빠 방 앞에 눈에 익은 신발이 있드랑께요. 잘못 봤는가 싶어 또 봐도 작은오빠 신발이 틀림읎드랑께요. 작은오빠, 부름스로 문을 열어본께 작은오빠가 방가운데 멍허니 앉었드만이라."

"머허고 섰냐. 얼렁 일로 오라고 안 허고!"

새터댁은 조급해서 소리쳤다.

"금세 오겄담서 날보고 앞서 가라드만요."

"근디, 워디 갔었다디야?"

"암 말 안 허드만요."

정순이가 작은오빠가 집을 비운 이유를 아버지, 어머니한테는 일절 알리지 않았음을 미리 귀띔해두었다.

"워째 집 나갔는지도 말 안 허고?"

"야……."

그때 작은오빠가 들어섰다.

"많이 편찮으신 모양이구만요."

작은오빠가 어머니 옆에 앉으며 하기 싫은 말을 하듯 힘을 들였다.

"워디 갔었드냐와. 몸은 성허고?"

새터댁은 눈물을 글썽이며 작은아들 손을 잡았다.

"야."

"동현아, 니가 읎는 새에 말이다……."

"아부지, 성님 돌아가신 거 다 알고 있구만요."

더 듣고 싶지 않다는 듯 동현은 냉정하게 말했다.

"고걸 워쩌케 알았냐?"

"경찰서에서 들었구만요."

"경찰서는 무신…… 니 또 잽혀갔었드냐?"

새터댁은 금방 두려운 얼굴이 되었다.

"내 발로 찾아갔었구만요. 큰성 나대는 것이 암만 봐도 위험혀서 ㅂ시에 있는 동무 집으로 피했어요. 친구 아버지가 경찰주임인디, 집으로 돌아옴스로 내가 거기서 지냈다는 글을 증거로 써 받아왔구만요. 집에 오면 보나마나 또 의심을 받을 테니께요. 그 글을 전헐라고 오든 길에 경찰서에 먼저 들렀었지라우."

"그려, 그려……."

새터댁은 연신 고개를 끄덕이고 있었다. 한 배로 낳은 자식이 어쩌면 그렇게 다를 수가 있을까 싶었다. 몸집이나 생각이 그렇고 주의성까지가 큰아들과 작은아들은 정반대였다. 큰아들은 쫓기고 있는 신세에 어쩌자고 경찰서를 치고 들었는지 모른다. 그 어리석음은 토끼가 호랑이한테 덤비는 격이었다. 그런데 작은아들은 아버지가 경찰인 친구 집에 피해 있다가 돌아오면서는 그 증표까지 받아온 것이다.

작은아들은 마음 그 어느 구석에 얼음처럼 차가운 생각을 지니고 있는 것 같았다. 형은 말할 것도 없고 아버지가 돌아가신 것에 대해서도 야속하리만큼 아무 내색을 하지 않았다. 아버지가 낭떠러지에서 떨어진 것이 실수였겠느냐, 고의였겠느냐 물었을 때도, "그건 아버지만 아는 일이었지요" 하며 더는 아무것도 묻지 못하도록 냉기 서린 막을 둘러쳤다. 강춘복에 대해서도 긴 말을 하지 않았다.

"엄니 맘이 어떤지 다 알아요. 그렇지만 그 사람 미워허는 맘 잡숫지 말어요. 엄니 맘만 더 병드니께요. 그 사람도 좋아서 허는 일 아닐 거구만요. 다 잊어뿌려야 혀요. 지끔은 사람 사는 시상이 아닌께요."

새터댁은 작은아들의 모습에서 이 뒤숭숭한 세상 살아내기를 고단해 하고 있음을 느낄 수 있었다. 지금 작은아들의 나이는 자신이 시집올 때 남편의 나이와 비슷했다. 그때 남편은 일에 파묻혀 몸이 고단해 있었고, 지금 작은아들은 어지러운 세상 물결에 마음이 고단해 있는 것이다. 새터댁은 작은 아들이 마음 실하게 먹어주기를 바랐다. 남편도 큰아들도 떠나고 없는 앞으로의 세상살이에서 자신이 믿고 의지할 데라곤 작은아들뿐이었다. 앞으로 남은 날들을 살아낼 일이 땡볕 속에 끝없이 뻗어나간 황톳길처럼 아슴하고도 겁나게 느껴졌다.

작은아들은 대학 공부를 포기했다. 남편의 생전 약속을 지켜주려고 새터댁은 대학 가기를 권했지만 작은아들은 무뚝뚝한 한마디로 거절해버렸다. "공부 더혀서 쓸 데가 읋는 세상이구만요." 작은아들은 남편이 그랬던 것처럼 과수원 일에 매달렸다. 그러나 일손에 아무런 재미도 붙는 것 같지가 않았다. 일을 하다가도 멍하니 하늘을 바라보고 서 있었고, 나뭇잎이 파르르 떨릴 정도로 짙은 한숨을 내쉬고는 했다. 그런 작은아들을 볼 때마다 새터댁은 가슴이 아파 견디기가 어려웠다.

남편 제사를 한 번 지내고 나서 해가 바뀌었다. 구름을 몰아오는 샛바람만 부는 것 같던 세상 물결이 마침내 전쟁을 일으키고 말았다. 난리가 터졌다는 소문이 흉흉한 바람처럼 휩쓸고 지나가고 며칠이 안 되어 그 전쟁의 손길은 새터댁의 집안에 불쑥 나타났다. 작은아들이 군대에 나가야겠다고 한 것이었다.

"고게 무신 소리다냐? 피혀도 션찮을 판인디 자원을 허겄다는 것은 또 뭔 말이여?"

미련하게 왜 사지死地로 뛰어드느냐는 말을 차마 못하고 새터댁은 작은아들의 옷깃만 틀어잡았다.

"나라에 전쟁이 터지면 젊은 사람들은 으당 나가 싸워야 되는 것잉께요."

작은아들은 이 말 한마디로 또 새터댁은 다른 말을 막아버리듯 차가운 기운을 온몸에 묻혀냈다.

"참말로 무신 뜻인지 못 알아묵겄다. 가면 원제 간다는 것이냐?"

"내일 떠나야지라우."

"멋이여?"

새터댁은 부르짖듯 했다.

작은아들은 다음 날 열서너 명의 청년들과 함께 경찰서 마당에서 자원 입대 축하식을 받고는 떠나갔다. 새터댁은 다음 날에야 비로소 작은아들이 자원 입대한 이유를 알게 되었다. 결국은 큰아들 때문이었다. 그리고 식구들을 위해서였다. 작은아들은 자원 입대를 함으로써 빨갱이 집안이 아닌 것을 내보이려 했던 것이다.

"누님, 너무 상심 마시씨요. 어채피 끌려나가야 헐 군대, 동현이가 똑똑혀서 한 발 먼첨 나간 것뿐인께요."

동생의 말을 들으면서도 새터댁은 남편의 묘 앞에서 일어날 줄을 몰랐다.

그리고 며칠이나 지났는지 모른다. 밤사이에 세상이 바뀌어 있었다.

경찰서가 텅 비어버렸고, 다시 붉은 완장을 두른 사람들이 어디서 솟은 듯이 나타난 것이다. 새터댁은 땅이 뒤집어지고 과수원 나무들이 뒤엉켜 쓰러지는 어지럼증에 몰리며 나무를 부둥켜안고 주저앉고 있었다. 그 어지러운 의식 속에 작은아들의 얼굴이 흔들리고 있었다.

눈에 익은 얼굴을 앞세워 그들이 총을 들이댄 것은 한밤중이었다.

"자원 입대한 반동 집구석!"

연기 냄새가 맵게 퍼지기 시작했다. 새터댁은 막내아들 동명을 끌어안았다. 새터댁의 암담한 의식 속에는 막내아들을 무슨 수를 써서라도 살려내야 한다는 생각만이 한 줄기 빛으로 명료하게 그어져 있었다.

7

제복을 단정하게 입은 안내양이 제복처럼 무미한 음성으로 안내 방송을 하고 있었다. 휴게소가 가까워진 모양이었다.

"…… 식사를 못 하신 분들은 짧은 시간이나마 이용하시고, 발차 시간에 늦지 않도록 승차하시기 바랍니다."

고속버스의 둔중하고 지루한 엔진 소음의 일부처럼 들리던 안내양의 음성이 이 대목에서 갑자기 생기를 띤 말로 바뀌었다. 동명은 자신이 아침 식사를 하지 않았음을 상기했다. 아니 그건 까맣게 잊어버리고 있었던 옆자리에 큰아들에 대한 깨우침이었다. 동명은 얼른 옆자리로 고개를 돌렸다. 유리창의 낀 성에 위에 무료를 그리고 있던 큰아들 상섭이는 그것마저 무료했던지 잠이 들어 있었다.

"상섭아, 상섭아, 그만 일어나거라."

동명은 아들의 어깨를 가만가만 흔들었다.

"예, 예? 다, 다 왔어요?"

동명의 조심스러움이 무색해지도록 큰아들은 화닥닥 놀라 잠이 깨더니 아무것도 제대로 보일 것 같지 않은 잠이 묻은 눈동자를 이리저리 굴리며 말을 더듬었다. 아들의 그 당황하는 몸짓의 의미가 동명의 가슴에 찡하니 와 박혔다. 아들은 제 나름으로 긴장해 있었던 모양이다.

"조금 더 가야 한다. 휴게소에 곧 도착하는데 뭘 좀 먹도록 하자. 너 배고프지?"

동명은 아들의 머리를 쓰다듬었다.

"네…… 아아뇨, 괜찮아요."

아들의 얼굴은 색전등이 켜지듯 확 밝아졌다가 금방 불이 꺼지며 음울하게 변했다. 그 예민한 감정 변화에서 동명은 아들의 성장을 발견하고 있었다. 큰아들은 이제 아이의 마음과 어른의 감정을 공유하고 있는 중간 지대에 와 있었다.

동명은 자신이 큰아들과 같은 학년이 되었을 때 여자를 최초로 느꼈던 기억을 떠올렸다. 그 경험은 오래도록 뜨거움과 설렘으로 가슴에 남아 있었다. 여름이었다. 친구 집에 놀러갔다가 고등학교에 다니는 친구 누나가 상체를 벗고 씻고 있는 것을 목격한 것이다. 그 희고 큰 젖가슴을 보는 순간 숨이 딱 멎으며 무언가 뜨거운 덩어리가 불쑥 솟아 가슴속을 마구 구르기 시작했다. 어떻게 해서 그 자리를 도망 나왔는지 기억이 없었다. 그날 밤 잠자리에서 친구 누나의 젖가슴은 감은 눈 속에 선명하게 떠올랐고, 자신의 성기가 발기하는 당혹감을 경험하게 되었다. 그리고 그 사건은 누나의 기억을 새롭게 깨닫게 해준 계기가 되었다. 누나는 동명의 목욕을 자주 시켜주곤 했는데, 누나는 때도 별로 없는 사타구니께를 때가 많은 무릎이나 발뒤꿈치만큼 오래 문지르는 것이었다. 동명이 간지럼으로 몸을 비틀면 누나는 볼기를 찰싹찰싹 치며 씻겼는데, 그때의 누나는 다른 데를 씻길 때와는 달리 꽁꽁 힘쓰는 소리를 내는 대신 강글강글 이상한 콧소리를 냈다. 동명은 간지럼을 타면서도 누나가 거기를 오래 씻어주는 것이 누나의 젖을 만지며 잠드는 것만큼이나 기분 좋았다. 동명은 밤마다 누나의 가슴에 안겨 잠이 들었는데, 두 손은 누나의 젖을 감싸고 있었다. 동명은 누나의 젖을 만지는 것만이 아니라 빨고도 싶었지만 누나는 그것만은 절대 허락하지 않았다. "야가 누구 시집 못 가게 헐라고 이런다냐." "젖 뽈면 위째 시집 못 가는감?" "그거는 담에 크면 알게 되야." 그러나 그런 것들은 아무에게도 말하지 않는 비밀이었다. 누나가 땅에 묻힐 때 차라리 따라 죽고 싶도록 암담한 슬픔에 몸부림치며 손가락에서 피가 나도록 땅을 긁어 팠던 것도 그런 비밀을 더 간직할 수 없게 되었기 때문은 아니었을까. 누나가 죽고 나서 동명이 제일 고통을 겪었던 것은 밤마다 손이 허전해서 잠들 수 없는 것이었다. 그 괴로움을 벗어나기까지는 1년이 넘어 걸렸다. 누나는 동명의 소년기를 꾸며준 가장 아름다운 꽃인 동시에 가장 서러운 허무였다.

버스가 휴게소로 들어서고 있었다.

"가자, 뭘 좀 먹어야지."

동명은 큰아들을 앞세워 차를 내렸다. 우동 판매대 앞에는 거른 아침 한 끼를 제한된 짧은 시간 안에 찾아 먹고자 하는 본능들이 난무하고 있었다. 동명은 그 원색적 아우성을 보며 잠시 기가 꺾이는 것을 느꼈다.

그러나 아들은 배가 고플 것이고 한정된 시간은 짧았다. 아들에게 변소를 다녀오라고 이르고 그 물결을 헤집고 들었다.

"어서 먹어라. 꼭꼭 씹고."

동명은 큰아들의 그릇에 고춧가루를 타주며 말했다. 그러면서 언뜻 놀랐다. 어디선가 어머니 음성이 들리는 것 같았기 때문이다. 어머니는 밥상 앞에 앉을 때마다 꼭꼭 씹어 먹으라는 말을 꼭꼭 하셨다. 지금 자신은 어머니의 ㄱ 말을 무심결에 대신하고 있었다.

큰아들은 묽은 국물에 담가진 굵은 국수 가락을 입으로 긁어 넣느라고 코가 국물에 빠질 지경으로 고개를 처박고 있었다. 서너 시간이란 간격이 만들어낸 무서운 식욕이었다. 녀석, 시장이 반찬이군. 동명은 아들에게서 눈길을 돌리며 국수를 한 젓가락 떠넣었다. 혓바닥이 깔깔한 게 도저히 먹을 수가 없었다. 국물을 한 모금 마셔 억지로 넘겼다. 그리고 젓가락을 놓다 보니 큰아들은 그 사이 국물까지 다 들이마시고 나서 손등으로 입술을 쓱 문지르는 참이었다.

"자, 이것 마저 먹어라."

동명은 자기 그릇을 아들 앞으로 밀어주었다.

"아빠……."

큰아들은 어색하고 쑥스러운 얼굴이 되었다.

"아빠 속이 안 좋구나. 어서 먹어라."

"엄마가 걱정하신단 말예요."

큰아들은 간접화법으로 염려를 표시하고 있었다.

"속 불편할 땐 굶는 게 약이다. 어서 먹으라니까."

큰아들은 달갑잖은 듯한 얼굴로 그릇을 끌어갔지만 일단 젓가락을 들자 아까의 식욕이 되살아났다. 그런 아들을 물끄러미 바라보고 앉아서 동명은 부모의 마음이란 다 이런 것인가 생각하고 있었다. 어머니는 동명 자신이 음식을 맛있게 먹는 것을 보고 흐뭇해하고 고마워했다. 그래서 동명은 무엇이나 제 맛보다도 훨씬 맛있게 먹어 보이려고 노력했었다. 어머니는 그런 모습을 장래에 복 받고 잘살 것이라는 데까지 비약시키고는 했다. 그 비약은 어머니의 소망과 기원으로 바뀌었고, 동명이 학교 시절에는 공부에 열성을 쏟고, 사회 생활에서는 일에 성실을 다했던 것은 어머니를 실망시켜서는 안 되었기 때문이다. 동명의 생활에서 어머니는 언제나 일차적 목표로 앞세워져 있었다. 그러나 자신의 남보다 빠른 성취가 어머니에게 드릴 수 있었던 것은 만족감이나 보람이라는 무형의 것일 뿐이었다. 모든 유형의 것들은 자신의 차지였고, 어머니의 그 간절한 소망이나 기원은 결국 자식에게 바친 사랑이었다.

"더 먹고 싶은 게 있으면 빨리 사가지고 차로 오너라."

동명은 큰아들에게 천 원을 쥐여주었다. 그리고 자동 판매기에서 커피 한 잔을 빼가지고 차로 돌아왔다.

고속버스는 다시 추위 속을 맹렬하게 달리기 시작했다. 잎이 하나도 남김 없이 떨어져 가지만 앙상한 미루나무들은 꼭 대빗자루를 거꾸로 세워놓은 것 같았는데, 거센 바람에 상단부의 가지들이 한쪽 방향으로 쏠리고 있는 것이 하늘을 빗질하고 있는 것 같았다. 큰아들은 사가지고 온 햄버거를 건강한 식욕으로 먹고 있었다.

외삼촌 집으로 옮겨진 어머니가 혼수 상태에서 깨어나기까지는 사흘이 걸렸다. 의사는 치료를 하면서도 고개를 갸우뚱거렸다. 외삼촌은 동명을 조용히 불러 어머니가 정신이 깨어나지 못하고 돌아가실지도 모르니 마음 단단히 먹고 있으라고 다짐을 하기까지 했다. 동명은 어머니가 돌아가시면 따라 죽고 말겠다는 생각을 곱씹으며 주체할 수 없는 눈물을 목이 막히도록 삼켰다. 혼수상태인 어머니의 등에서는 진물이 질질 흘러내렸다. 의사는 어머니의 정신이 깨어나도 그 심한 화상 때문에 생명이 위독할지 모른다고 했다. 그런데 어머니는 사흘 만에 깨어났던 것이다. 어머니는 깨어나자마자 동명이부터 소리쳐 불렀다. 동명이 울음을 터뜨리며 안기자 어머니는 내 새끼, 내 새끼를 백 번도 더 되풀이하며 부들부들 떨었다.

어머니는 억지로라도 많이 먹고 기운을 차리려고 애를 썼지만 너무 심한 화상으로 몸을 못 가눈 채 밤낮없이 끙끙 앓았다. 어머니는 동명을 한시도 옆에서 벗어나지 못하게 했다. 어머니의 화상은 차츰 더워지는 날씨 때문에 낫기는커녕 더해지는 것 같았다. 의사의 말로는 미군들이 쓰는 좋은 약이 있는데 구하기가 어려워 무척 비싸다는 것이었다. "동상, 나 좀 도와주소. 요놈에 난리 끝나면 내 두 배 쳐서 갚을 팅께 논이락도 풀어서 그 약 좀 구해다 주소. 불구뎅이 속에서 타죽어 뿌렀으면 몰라도 요런 꼴로라도 살았는디 약을 못 구해 죽을 수야 읊잖은가." 어머니는 외삼촌에게 애원했다. "하면이라, 그래야제라. 사람 목심보담 귀한 것이 또 워딨겄소." 외삼촌은 고마운 분이었다. 여기저기서 돈을 빌려 그 좋다는 약을 구했고, 화상이 다 아물어 낫기까지 반년 가까운 동안에 외삼촌은 논을 네 마지기나 헐값에 팔아치웠다. 어머니의 화상은 10월 들어 찬바람이 일어나면서부터 급속도로 나아가기 시작했다. 어머니는 12월 중순께에 완치가 되었다. 실성한 누나가 죽었을 때 어머니는 수척한 얼굴로 눈물만 한정없이 흘렸을 뿐 소리 내어 울지는 않았다.

작은형의 전사 통지서가 오기 전까지 다섯 달 동안에 어머니의 건강은 거의 전처럼 좋아져 있었다. 그런데 작은형의 전사 통지서를 받고 까무러치더니 어머니도 그 길로 실성을 해버렸다. 다행히 어머니의 실성기는 그리 심한 편은 아니었다. 집을 뛰쳐나간다거나 보기에 민망한 짓을 한다거나 하지 않았다. 방에 들어앉아 히물히물 웃거나 먼 산을 넋 놓고 바라보고 앉아 무슨 말인가를 끝도 없이 중얼거리는 것이었다. 어머니의 실성기는 2년을 갔다. 동명은 학교를 오가면서 만나게 되는 미친 여자들을 예사로 보아넘길 수가 없었다. 그 흔하게 보이는 미친 여자들이 모두 어머니 같은 고통을 당한 끝에 미치게 된 것이라고 여겨졌다. 동명이 제일 싫어한 아이들은 그런 미친 여자들을 놀리거나 돌팔매질하는 아이들이었다. 실성기가 잡힌 어머니는 과수원을 외삼촌과 함께 해나갔다. 기쁨도 즐거움도 노여움도 슬픔도 나타내는 일이 없는 그 얼굴로.

"할머니 연세가 몇이신가요?"

큰아들이 버스가 터미널에 도착하기 직전에 물었다.

"일흔둘이시다. 앞으로는 잊지 않도록 해라."

큰아들은 고개를 끄덕였는데, 그 의미가 일흔둘이라는 나이가 이 세상을 버릴 만큼 많다는 뜻인지 아니면 앞으로는 잊지 않겠다는 대답인지 동명으로서는 구분이 되지 않았다.

일흔둘—그러니까 어머니는 동명 자신의 지금 나이 그 언저리에서 그런 흉악한 일들을 당한 것이고, 여태껏 혼자서 억새풀처럼 살아온 것이었다. 어머니가 살아낸 30여 년의 세월 동안 어머니를 지탱해 온 것은 무엇이었을까. 마지막 남은 아들을 지키고자 했던 의지였을까. 아니면 또 다른 그 무엇이 있었을까.

동명이 집에 당도하니 어머니는 혼수상태에 빠져 있었다. 가까워진 어머니의 임종을 한눈에 느낄 수 있었다. 검은빛에 가깝게 상해 있는 얼굴과 움푹 꺼진 눈자위에 임종의 그림자가 짙게 덮여 있었다.

"그동안 왜 이리 상하셨습니까? 어디가 편찮으셨던가요?"

동명이 목이 멘 소리로 물었다.

"지금 고게 급헌 게 아니다. 엄니헌테 니가 온 것을 얼렁 알려야 써."

외삼촌이 손을 내저었다. 그리고 있는 대로 소리쳤다.

"누님, 동명이가 왔구만요. 동명이가 왔당게요오—."

마치 기적처럼 움푹 파인 어머니의 눈자위가 잠자리의 투명한 날개가 미세하게 떨리듯 경련을 일으켰다.

"엄니, 동명인디요, 동명이가 왔구만요!"

동명은 왈칵 울음이 쏟아지며 외삼촌보다 더 크게 소리쳤다.

어머니의 움푹 파인 두 눈이 아까보다 좀더 강하게 떨렸다. 그리고 눈꼬리로 물기가 약간 번져나왔다.

"엄니, 눈을 떠요. 동명이라니께요!"

동명은 다시 소리쳤지만 이번에는 반응이 없었다. 함께 들여다보고 있던 외삼촌이 얼른 귀를 코에 댔다. 동명은 서둘러 어머니 손목을 찾아 잡았다.

"운명허셨다!"

손목의 맥 자리를 짚기도 전에 외삼촌의 말이 동명의 가슴을 쳤다.

"어엄니, 어엄니……."

동명은 어머니를 붙안고 통곡했다.

동명은 눈물이 범벅된 얼굴로 이미 혼이 떠나버린 어머니를 하염없이 바라보고 있었다. 어머니는 마지막 힘으로 죽음의 문이 열리지 못하도록 떠받치고 있다가 아들이 온 것을 확인하고는 그 문에서 손을 뗀 것이었다. 그리고 죽음의 마차에 실려 이승의 일흔두 해를 껍질처럼 남겨놓고 표표히 떠나버린 것이다. 어머니는 마지막 길마저 어머니의 매운 마음처럼 냉정하게 막음하고 말았다. 어머니는 외로운 하나의 산이었다. 항시 거기 그렇게 계심으로써 자신에겐 힘이었고 위안이었고 길이었다. 그런데 어머니는 이제 영혼의 바다로 떠나 섬이 되어버렸다. 그 바다를 건너갈 수 있는 배가 없고, 동명은 마침내 홀로 남겨졌다는 외로움과 만나며 다시 허망한 서러움에 사무쳤다. 그 외로움은 나이와 상관없이 슬픔이었고, 그 슬픔은 어머니의 한스러운 세월을 아프게 반추시켰다.

어머니는 위암이었다. 3개월 전에 갑자기 병세가 악화되면서 어머니는 당신의 병명을 의사한테 직접 물어 알았다는 것이다.

"어채피 죽을 병인디 절대로 알려서는 안 된다고 허셨지. 인명재천이고 인생무상이라고. 내가 곰곰 생각혀봐도 느그 어무님 말씸이 맞는디 공연시 알려갖고 쓰잘 데 읎이 돈이나 깨묵고 맘고상 시키면 머헐 것이냐. 다 어무님 뜻이다."

460

"그래도 며칠 전에는 알렸어야지요. 얼굴 한 번 못 보시고, 유언 한 마디 못 하시게 하는 법이 어딨습니까."

"야아야, 나헌테 화내딜 말어. 그것도 다 느그 어무님 뜻이었응께. 유언은 발써 오래전에 써갖고 저 반닫이 안에 꼭꼭 넣어놓셨다."

어머니의 유언은 너무 간단했다.

　　─과수원은 니 자석 때꺼정은 몰라도 니 평생에는 꼭 간수허고 있어
　야 헌다. 고것은 그냥 과실밭이 아니라 느그 아부지 살아 있는 몸이다.

누구에겐가 대필을 시킨 그 문장은 생전의 어머니 육성 그대로였다. 그 유언 위에 눈물이 뚝뚝 떨어져 내렸다. 그건 아버지의 몸만이 아니라 어머니의 몸이기도 했다. 어머니는 그 땅에 한을 심고 목숨을 심고 내생까지 심은 것이었다. 어머니의 유언이 아니었더라도 그 과수원은 대대로 물려야 된다고 오래전부터 생각하고 있었다. 그곳엔 아버지가 묻혀 계셨고, 이제 어머니도 묻힐 것이었다. 불현듯 동명의 머리를 스치는 생각이 있었다. 큰형 그리고 누나의 혼도 그리로 이장을 해야겠다는 생각이었다. 그래야 자신이 죽어서도 그 땅에 묻히게 될 것이었다. 어머니 생전에 이 생각이 떠오르지 않았던 게 안타까웠다. 어머니는 이제라도 반가워하실 것 같았다. 어머니, 아버지가 평생을 바쳐 가꾼 나무들이 차츰차츰 없어지고 그 자리에 자손들이 묻혀가면 어머니, 아버지는 당신들의 품에 자손을 품게 되는 것이었다.

빨간 보자기에서는 다섯 개의 저금통장이 나왔다. 하나에는 아내의 이름이, 나머지 세 개에는 상섭이·상희·상준이의 이름이 적혀 있었는데 마지막 셋에는 '상규'라는 알 수 없는 이름이 적혀 있었다. 상규? …… 그때 머리를 관통하는 생각이 있었다. 어머니는 네 번째 아이, 그

러니까 세 번째 아들의 이름을 '상규'라고 지어 저금통장을 마련한 것이었다.

"엄니이⋯⋯."

동명은 그 저금통장을 두 손으로 감싸 이마에 대며 오열했다.

"니가 20년 동안 다달이 보낸 생활비 한푼도 축 안 내고 넷으로 쪼개 적금을 부었니라. 느그 어무님은 니가 자석을 하나도 갖지 못헌 총각 적부텀 통장 셋을 맹글었는디 둘째 상회가 생기니께 하나를 더 늘군 것이여. 그라고 느그 안식구 이름으로 된 것에는 어무님이 1년 농새짓고 나서 살고 남은 돈은 다 저축헌 것이다."

외삼촌의 설명이 제대로 귀에 들어오지 않았다. 자꾸만 설움이 복받쳐올라 울음을 참아낼 수가 없었다.

장례 준비는 외삼촌이 다 해놓아 신경 쓸 것이 없었다. 두 아이를 데리고 두 시간쯤 늦게 도착한 아내는 오래도록 섧게 울었고, '상규'라는 이름이 적힌 저금통장을 보고는 다시 통곡했다.

밤이 어둑어둑해지고 문상객이 뜸해진 즈음이었다. 외삼촌이 손짓으로 불러 마당으로 나갔다. 외삼촌의 옆에는 의외의 남자가 서 있었다. 강춘복이었다.

"니 이분 알제?"

외삼촌이 물었고,

"강춘복 씨, 알고 있습니다."

동명은 강춘복을 똑바로 보면서 대답했다. 그러면서 가슴이 꿈틀 요동하는 것을 느꼈다.

"나 자네를 이렇게 대하기 미안헌 사람이네. 자네 외숙은 내 진심을 잘 알고 계시네만, 자네 모친 살아 계실 때 몇 차례 인사 올리고, 그때적 일 사죄헐라고 혔었네. 자네 모친은 번번이 나를 퇴하셨고, 끝까지 날 용서 안 허시고 가져버렸네. 내가 사죄헌다고 모친 가슴에 맺힌 한이 풀리시겠는가. 다 내 맘 무거운 짐 덜자고 헌 욕심이제. 자네 아직 젊고 생각 깊은 사람이니 생각 좀 해보소. 내가 자네 모친 가슴에 못박을라고 해서 박았겠는가. 내 맡은 일이 그랬고, 다 시국 어지러운 탓이었제. 나도 그때적 기억 땀새 이날 이때꺼지 꿈자리가 사나운 사람이네. 인자 모친 가셨는디 자네가 내 입장 이해허고 허락헌다면 영전에 절 올리고 명복을 빌라고 찾아온 것이네."

동명은 가슴의 요동이 가라앉아 있음을 의식했다. 동명은 외삼촌을 쳐다보았다.

"말헌 그대로다. 진심이여."

외삼촌이 자신 있게 대답했다.

"들어가시지요."

동명이 비켜서며 말했다.

"고맙구만, 참말로 고마워."

강춘복이 손을 내밀었다. 동명은 그 손을 잡았다. 그의 체온이 따뜻하게 느껴졌다.

"자네 여섯 살 적에 자네 큰성허고 나허고 저수지서 미역감은 일 생각나는가? 그때 수박밭에서 수박 훔쳐다 깨 묵고, 내가 자넨헌테 큰 메기 한 마리럴 잡아줬는디."

동명의 머릿속에서는 한 토막의 기억이 또렷하게 떠오르고 있었다.

"그랬었지요. 그 메기로 어머님이 매운탕을 끓이셨지요."

"그랬어, 그랬어."

강춘복은 동명의 팔을 몇 번이고 흔들었는데, 그 얼굴에 이미 황혼이 깃들여 있다.

강춘복은 어머니 영전에 향을 꽂고 정성스럽게 두 번 절을 올렸는데,

두 번째의 읍은 좀체로 풀어질 줄을 몰랐다. 그는 울고 있었던 것이다.

강춘복은 밤을 새고 아침에야 돌아갔다. 다음 날 밤도 새웠다. 그리고 어머니의 관을 운구했다.

어머니는 과수원의 아버지 옆에 나란히 누웠다.

〈1983년〉

찾아보기

당경: 당경唐鏡. 중국 당나라 때에 금속으로 만든 거울. 백동白銅, 은, 철 따위로 만들었고 무늬가 화려하다.(p 329, 330)

대지르다: 찌를 듯이 대들다.(p 155, 272, 355)

데데하다: 변변하지 못하여 보잘 것 없다.(p 321)

도라꾸: 트럭. 일본 발음에서 유래.(p 126)

도시: 도무지.(p 87, 94, 128)

돌르다: 훔치다.(p 56)

되작거리다: (1) 물건들을 요리조리 들추며 자꾸 뒤지다. (2) 이모저모 살펴보다. (3) 생각을 이리 저리 굴리다.(p 418)

떼치다: (1) 달라붙는 것을 떼어 물리치다. (2) 붙잡는 것을 뿌리치다. (3) 요구나 부탁 따위를 딱 잘라 거절하다. (4) 어떤 생각이나 정 따위를 딱 끊어버리다. (p 47, 81, 86, 137, 199, 202, 216, 234, 266, 307, 406, 430)

ㅁ

멕기: 도금.(p 277, 279)

무논: 물이 늘 괴어 있는 논. 물을 쉽게 댈 수 있는 논.(p 116, 117)

무담시: 공연히.(p 107, 374)

무작스럽다: 보기에 무지하고 우악한 데가 있다.(p 138, 369)

미역: 냇물이나 강물 또는 바닷물에 들어가 몸을 담그고 씻거나 노는 일.(p 93, 415, 416, 463)

ㅂ

배냇송아지: 주인과 나누어 가지기로 하고 기르는 소.(p 127)

버그러지다: (1) 짜임새가 물러서 틈이 어긋나게 벌어지다. (2) 서로의 사이가 벌어지거나 나빠지다. (3) 일이 잘못되어 틀어지다.(p 263)

비지살: 살결이 허여멀겋고 단단하지 못한 살.(p 351)

빠다라시: 빳빳한 새돈을 일컫는 속된 표현.(p 299, 300, 301, 318)

뻐드러지다: (1) 끝이 바깥으로 벌어져 나오다. (2) 굳어서 빳빳하게 되다.(p 59)

뽀듯이: 겨우.(p 367)

사루마다: 사루마다[猿股,さるまた]. 속잠방이.(p 93)

새복: 새벽.(p 374)

생각키다: 생각나다.(p 182)

설한풍: 눈이 내릴 때에 휘몰아치는 차고 매서운 바람.(p 46, 261)

속창아리: 속창자.(p 375)

수수롭다: 마음이 서글프고 산란한 데가 있다.(p 197)

시마이: 시마이[仕舞]. 끝, 끝남, 끝냄.(p 292)

시장스럽다: 한심스럽다.(p 116, 360, 443)

시퍼보다: 무시하다.(p 117, 119)

싸게: 빨리.(p 53, 60, 85, 90, 94, 107, 352, 376)

쌔: 혀.(p 91, 95, 108, 120, 344, 368, 377, 426)

알키하다: (1) 살을 다쳐 아리거나 따끔하다. (2) 맛이나 냄새 따위가 알알하다. (3) 술에 취한 듯 정신이 어렴풋하다.(p 427)

야코: 콧대를 속되게 이르는 말(p 299)

얄궂다: 야릇하고 짓궂다.(p 86, 177)

어릿거리다: (1) 어렴풋하게 자꾸 눈앞에 어려 오다. (2) 말과 행동이 활발하지 못하고 생기 없이 움직이다.(p 438)

염: 염슨. 무엇을 하려는 생각이나 마음.(p 115)

영축없다: 영축없다. 틀림없다.(p 89)

오꼬시: 오코시[おこし]. 밥풀과자.(p 96)

오지다: 오딜'시나'의 준말. 마음에 흡족하게 흐뭇하다.(p 126)

올벼: 제철보다 일찍 여무는 벼.(p 94, 129)

욱대기다: 윽박지르다. 우격다짐을 하다.(p 107)

웨메: 워메. 웜메. '아이, 참'을 뜻하는 전라도 지방의 감탄사. '어디에다가'라는 뜻으로도 쓰임.

(p 90, 92, 97, 106, 108, 116, 118, 119, 124, 419, 441, 445, 446)

은진미륵: 충청남도 논산시 은진면 관촉사에 있는 석조 미륵보살 입상.(p 55)

을매나: 얼마나.(p 91, 92, 93, 104, 106, 121, 364, 367, 368, 375, 396, 431)

응등그리다: (1) 춥거나 겁이 나서 몸을 움츠리다. (2) 이를 사납게 드러내다.(p 408)

잉끄리다: 이리저리 짓찧어서 일그러뜨리다.(p 95, 112, 205, 385)

┃ ㅈ ┃

잡지다: 잡죄다. 아주 엄하게 다잡다. 몹시 독촉하다. (p 53)

정제: 부엌.(p 449)

질정: 갈피를 잡아서 분명하게 정함.(p 101, 175, 188, 235, 404)

징상스럽다: 징그럽다. 보기 흉하고 끔찍하다.(p 57, 86)

짜잔하다: 못나다.(p 375)

┃ ㅊ ┃

칙간: 뒷간.(p 125, 421)

┃ ㅌ ┃

퉁: 퉁명스러운 핀잔.(p 46)

┃ ㅍ ┃

포둣이: 겨우.(p 377)

폴새: 벌써. 이미 오래 전에.(p 57)

푸지다: 매우 많아서 넉넉하다.(p 124, 168)

| ㅎ |

하매: 벌써.(p 121)

항께: 함께.(p 49)

화식: 화식和食. 일본식 요리.(p 280)

회가 동하다: 구미가 당기거나 무엇을 하고 싶은 마음이 생기다.(p 273, 347)

휘지다: 무엇에 시달려 기운이 빠지고 쇠하다.(p 182)

희붐하다: 날이 새려고 밝은 기운이 어렴풋이 비쳐 오는 모양.(p 48)

1943년	전남 승주군 선암사에서 아버지 조종현과 어머니 박성순 사이의 4남 4녀 중 넷째로 태어남. 아버지 조종현은 유명한 시조 시인으로, 일제시대 종교의 황국화 정책에 의해 만들어진 시범적 대처승이었음.
1948년	순천에서 여순반란사건을 겪음.
1949년	순천 남국민학교 입학.
1950년	충남 논산에서 6·25전쟁을 맞음.
1953년	숙부들이 살고 있던 벌교로 이사. 벌교상교 교사이던 아버지가 채점한 시험지 뒷면에 글을 써서 최초의 자작 문집을 엮고, 글짓기에서 전교 1등을 차지함.
1956년	광주 서중학교 입학.
1958년	아버지가 서울 보성고등학교로 전근.
1959년	서중학교 졸업. 보성고등학교 입학.
1962년	보성고등학교 졸업. 동국대학교 국문과 입학.
1967년	시인 김초혜와 결혼.
1969년	육군 병장 제대.
1970년	《현대문학》 6월호에 단편소설 〈누명〉이 첫 회 추천됨. 12월 동 잡지에 〈선생님 기행〉을 올려 추천 완료됨. 동구여상 교사로 근무.
1971년	《현대문학》에 중편소설 〈20년을 비가 내리는 땅〉과 단편소설 〈어떤 전설〉을, 《신동아》에 단편소설 〈빙판〉을 발표. 〈선생님 기행〉이 일본어로 번역됨.
1972년	《현대문학》에 중편소설 〈청산댁〉이, 《월간문학》에 단편소설 〈이런 식이더이다〉가 발표됨. 김초혜 시인과 부부 작품집인

470

《어떤 전설》(범우사) 출간. 중경고등학교로 전근. 아들 도현 출생.

1973년　《현대문학》에 중편소설 〈비탈진 음지〉를, 단편소설 〈거부 반응〉을, 《일본 한양》에 〈타이거 메이저〉를, 《월간문학》에 〈상실의 풍경〉(〈상실기〉를 개제한 작품임)을 발표. 10월 유신으로 교직을 떠남. 《월간문학》 편집 일을 시작함. 일본에서 간행된 《한국전후대표작선집》에 〈청산댁〉이 번역되어 실림.

1974년　작품집 《황토》(현대문학사) 출간. 《월간문학》에 단편소설 〈술 거절하는 사회〉를, 《현대문학》에 단편소설 〈빙하기〉를, 《월간문학》에 단편소설 〈동맥〉을 발표.

1975년　《현대문학》에 단편소설 〈인형극〉을, 《문학사상》에 단편소설 〈이방 지대〉를, 《신동아》에 단편소설 〈살풀이굿〉(〈전염병〉을 개제한 작품임)을, 《월간문학》에 단편소설 〈삶의 흠집〉(〈발아설〉을 개제한 작품임)을 발표. 〈황토〉가 영화화됨. 월간문학사를 그만둠.

1976년　《현대문학》에 단편소설 〈허깨비춤〉을, 《한국문학》에 단편소설 〈방황하는 얼굴〉을, 《소설문예》에 단편소설 〈검은 뿌리〉를, 《월간문학》에 단편소설 〈비틀거리는 혼〉을 발표. 민족문학 대계의 일환으로 장편소설 《대장경》 집필 완성. 월간 문예지인 《소설문예》를 인수하여 10월호부터 발간함.

1977년　《현대문학》에 중편소설 〈진화론〉을, 《소설문예》에 단편소설 〈비둘기〉를, 《문학사상》에 단편소설 〈한, 그 그늘의 자리〉를, 《소설문예》에 장편소설 〈신문을 사절함〉을, 《창작과 비평》에 단편소설 〈어떤 솔거의 죽음〉을, 《신동아》에 단편소설 〈변신의 굴레〉를, 《소설문예》에 단편수설 〈우리들의 흔적〉을 발표. 작품집 《20년을 비가 내리는 땅》(범우사) 출간. 10월호를 끝으로 《소설문예》의 경영권을 넘김.

1978년	《소설문예》에 중편소설 〈미운 오리 새끼〉를, 《현대문학》에 단편소설 〈마술의 손〉을, 《주간조선》에 단편소설 〈외면하는 벽〉을, 《월간중앙》에 단편소설 〈살 만한 세상〉을 발표. 작품집 《한, 그 그늘의 자리》(태창문화사) 출간. 도서출판 민예사 설립.
1979년	《문예중앙》에 단편소설 〈두 개의 얼굴〉을, 《주간조선》에 단편소설 〈사약〉을, 《정경문화》에 단편소설 〈장님 외줄타기〉를 발표. 〈청산댁〉이 KBS 〈TV 문학관〉에 극화로 방영됨.
1980년	《현대문학》에 단편소설 〈모래탑〉을, 《주간조선》에 단편소설 〈자연 공부〉를 발표. 민예사의 경영권을 넘기고 주간을 맡음. 문고본 《허망한 세상 이야기》(삼중당) 출간.
1981년	《현대문학》에 중편소설 〈유형의 땅〉을, 《월간조선》에 중편소설 〈길이 다른 강〉을, 《여성동아》에 중편소설 〈사랑의 벼랑〉을, 《한국문학》에 단편소설 〈껍질의 삶〉을 발표. 장편소설 《대장경》(민예사) 출간. 〈청산댁〉이 프랑스어로 번역 출간됨. 〈유형의 땅〉으로 현대문학상 수상.
1982년	《한국문학》에 중편소설 〈인간 연습〉을, 《현대문학》에 중편소설 〈인간의 문〉·〈인간의 탑〉을, 《소설문학》에 중편소설 〈인간의 계단〉과 단편소설 〈그림자 접목〉을, 《문학사상》에 단편소설 〈회색의 땅〉을 발표. 작품집 《유형의 땅》(문예출판사) 출간. 〈인간의 문〉으로 대한민국문학상 수상. 〈유형의 땅〉이 MBC TV 6·25 특집극으로 방영됨.
1983년	《한국문학》에 중편소설 〈박토의 혼〉을, 《소설문학》에 단편소설 〈움직이는 고향〉을 발표. 1만 5000장 예정으로 대하 장편소설 《태백산맥》을 《현대문학》 9월호에 연재하기 시작함. 연작 장편소설 《불놀이》(문예출판사) 출간. 이 작품은 MBC TV 6·25 특집극으로 방영됨.

1984년	《한국문학》에 중편소설 〈길〉(〈운명의 빛〉을 개제한 작품임)을, 《소설문학》에 단편소설 〈메아리 메아리〉를 발표. 장편소설 《불놀이》가 영어로, 중편소설 〈박토의 혼〉이 독일어로 번역됨. 〈메아리 메아리〉로 소설문학작품상 수상. 민예사가 《한국문학》을 인수한 뒤 주간을 맡아 봄.
1985년	《한국문학》에 중편소설 〈시간의 그늘〉을 발표함. 《태백산맥》의 집필을 위해 매달 안양의 라자로 마을에 열흘 정도 머묾.
1986년	9월 《현대문학》에 연재하던 《태백산맥》 1부(원고지 총 4800장)가 완성됨. 제1부를 3권의 단행본으로 출간.
1987년	《한국문학》 1월호부터 12월호까지 《태백산맥》 2부(원고지 총 3200장)를 연재하여 2권의 단행본으로 출간.
1988년	《한국문학》 3월호부터 12월호까지 《태백산맥》 3부(원고지 총 3200장)를 연재하여 2권의 단행본으로 출간. 작품집 《어머니의 넋》(한국문학사) 출간. 신문사 문학 담당 기자와 문학평론가 39명이 뽑은 '80년대 최고의 작품' 1위에 《태백산맥》이 선정됨. 성옥문화상 수상.
1989년	《한국문학》 1월호부터 11월호까지 《태백산맥》 4부(원고지 총 4500장)를 연재하여 3권의 단행본으로 출간. 이 소설의 완결을 1회분 반을 남겨놓은 채 아버지의 부음을 전해 들음. 문학평론가 48명이 뽑은 '80년대 최대의 문제작' 1위에 《태백산맥》이 선정됨. 동국문학상 수상. 《한겨레신문》이 선정한 '80년대 금단을 깬 대표 소설'에 이름을 올림.
1990년	새 대하소설 《아리랑》의 집필을 위해 취재차 중국 만주, 동남아시아 일대, 미국 하와이, 일본, 러시아 연해주 등지를 여행함. 12월 11일부터 《한국일보》에 2만 장 예정으로 《아리랑》을 연재하기 시작함. 《경향신문》이 발표한 출판인 34명이 뽑은 '이 한 권의 책' 1위, 《시사저널》이 발표한 현역 작

가와 평론가 50명이 뽑은 '한국의 최고 소설'에 《태백산맥》이 선정됨.

1991년   《아리랑》 연재 계속됨. 《태백산맥》으로 단재문학상 수상. 역시 《태백산맥》으로 유주현문학상을 수여받게 되었으나 수상을 거부하였고, 이를 계기로 상 자체가 폐지됨. 《태백산맥》 연구서 《문학과 역사와 인간》(한길사) 출간. 전국 대학생 1650명이 뽑은 '가장 감명 깊은 책' 1위, 《중앙일보》가 발표한 '대학생 필독도서' 1위에 《태백산맥》이 선정됨.

1992년   《아리랑》 계속 연재. 대검찰청에서 《태백산맥》이 국가보안법상의 이적 표현물과 적에 대한 고무 찬양에 저촉되는지 내사한 결과 작가에 대한 의법 조치를 취하거나 책의 판금을 문제 삼지 않기로 함. 그러나 '학생이나 노동자들이 읽으면 불온 서적 소지·탐독으로 의법 조치할 것이며, 일반 독자들이 교양으로 읽는 경우에는 무관하다'는 대검의 발표는 언론의 비판거리가 되었다. 대검의 이러한 공식적 태도는 《태백산맥》 1부가 발간된 이래 몇년간 줄기차게 작가에게 가해져 온 모든 수사기관의 음성적 압력과 억압, 그리고 협박이 표출된 데 지나지 않음. 일본의 집영사와 《태백산맥》 전권을 완역하기로 출판 계약을 함. 일본에서 대하소설을 완역 계약한 최초의 사례임. 《출판저널》이 발표한 한국의 지성 49명이 뽑은 '미래를 위한 오늘의 고전' 60선과 《조선일보》가 발표한 독자 500명이 뽑은 '가장 기억에 남는 작품' 1위에 《태백산맥》이 선정됨.

1993년   《아리랑》 연재 계속. 중편 〈유형의 땅〉이 영역되어 출간됨.(《유형의 땅》, 샤프 출판사) 아들 도현이 육군 사병으로 입대.

1994년   6월 《아리랑》 1부 〈아, 한반도〉(도서출판 해냄)를 3권의 단행본으로 출간. 8월 2부 〈민족혼〉을 3권의 단행본으로 출간. 10월 3부 〈어둠의 산하〉 중 일부가 제7권으로 출간됨. 12월 제8권 출간. 신문 연재로는 원고량을 소화할 수 없어서 《한국일보》 연재를 중단하고 후반부 집필에 전념. 4월 8개의 반공 우익 단체가 국보법을 위반한 불온서적 및 사상 불온자로 《태백산맥》과 작가를 검찰에 고발. 이승만 전 대통령의 양자에 의해 이승만의 명예훼손죄 고발이 첨가됨. 6월 치안본부 대공수사실의 수사를 받음. 몇 개월간 출두 요구와 거부가 되풀이되는 동안 《아리랑》 집필이 지연됨. 《태백산맥》이 태흥영화사에 의해 영화화되자 반공 우익단체들이 극장과 영화사를 폭파하겠다는 공갈협박을 자행하여 사회에 물의를 일으킴. 《한겨레신문》이 발표한 전국 애장가 720명이 뽑은 '가장 아끼는 책' 1위에 《태백산맥》이 선정됨.

1995년   2월 《아리랑》 제3부 〈어둠의 산하〉 중 일부가 제9권으로 출간됨. 5월 제4부 〈동트는 광야〉 중 일부가 제10권으로 출간됨. 7월 25일 총 2만 장의 《아리랑》 집필 완료. 7월 제11권을, 8월 해방 50주년을 맞아 제12권을 출간하여 4년 8개월의 여정 끝에 《아리랑》이 완간됨. 서울대학교 신입생 218명이 뽑은 '가장 감명 깊게 읽은 책' 1위에, 《시사저널》이 뽑은 '가장 읽고 싶은 책' 2위에 《태백산맥》이 선정됨.(3위는 《아리랑》) 《도서신문》이 발표한 '가장 읽고 싶은 책' 1위에, 《출판문화》가 발표한 '사회 전문가 47명이 뽑은 올해의 좋은 책' 1위에 《아리랑》이 선정됨. 《한겨레 21》 독자들이 뽑은 '1995년의 좋은 인물'에 작가 조정래가 선정됨. 1000만 명 서명을 목표로 하는 '태백산맥 · 아리랑 작가 조정래 노벨문학상 추천 서명인 발대식'이 11월 28일 종로 탑골공원에서 시민단체의 자발적인 의지로 이루어짐.

1996년	문학평론가 권영민 집필로 《태백산맥 다시 읽기》(도서출판 해냄) 출간. 문학평론가 조남현 외 11명의 집필로 《아리랑 연구》(도서출판 해냄) 출간. 세 번째 대하소설의 구상을 위해 독일, 프랑스, 미국 등 취재 여행을 떠남. 〈유형의 땅〉이 이탈리아어로 번역됨. 프랑스 아르마탕 출판사와 《아리랑》 전권을 완역하기로 계약함. 《태백산맥》이 미혼 직장 여성 502명을 대상으로 조사한 '친구에게 가장 권하고 싶은 책' 1위에 (3위는 《아리랑》) 선정됨. 《동아일보》·《조선일보》가 발표한 '가장 감명 깊게 읽은 책' 1위에 《태백산맥》이, 4위에 《아리랑》이 선정됨. 전국 20세 이상 독자 1200명이 뽑은 '가장 기억에 남는 소설' 1위에, 《시사저널》이 조사한 '우리 사회에서 가장 영향력이 큰 책' 1위에 《태백산맥》이 선정됨.(5위 《아리랑》)
1997년	새 대하소설의 집필을 위해 베트남, 사우디아라비아로 취재 여행을 떠남. 3월 6일 《태백산맥》 100쇄 출간기념회를 프라자호텔에서 개최. 대하소설로서 100쇄 발간은 최초의 일이며, 450만 부 돌파는 한국소설사 100년 동안의 최고 부수라고 각 언론에 보도됨. 3월 동국대학교의 첫 번째 만해석좌교수가 됨. 장편소설 《불놀이》 영역판(전경자 번역)이 미국 코넬 대학 출판부에서 출간됨. 프랑스 유네스코 역시 동 작품의 번역을 시작함. 《태백산맥》이 각 대학 수석 합격자 40명이 뽑은 '후배들에게 가장 권하고 싶은 소설' 1위에(5위 《아리랑》, 《중앙일보》 발표), 전국 국문과 대학생 150명이 뽑은 '가장 좋은 소설' 1위에(4위 《아리랑》, 《조선일보》 발표), 서울대학생 1000명이 뽑은 '가장 감명 깊게 읽은 소설' 1위에 (4위 《아리랑》, 《조선일보》 발표) 선정됨. 서울 6개 대학 도서관 문학작품 대출 순위 1위로 집계됨. 전남 보성군청이 추

진하던 '태백산맥 문학공원' 사업이 자유총연맹과 안기부의 개입으로 좌초됨.

1998년 4월 말《아리랑》프랑스어판 제1부 3권이 출간됨.(아르마탕 출판사) 문예진흥원의 번역 지원으로《유형의 땅》의 프랑스어 번역이 시작됨. 5월 15일《한겨레신문》창간 10주년을 기념하여 세 번째 장편소설《한강》의 연재를 시작함.《태백산맥》이 20~30대 사무직 남녀 600명이 뽑은 '지금까지 살아오면서 가장 기억에 남는 책' 2위에(남녀 각 부문) 선정됨. 《아리랑》이 서울대 도서관 대출 순위 1위로 집계됨. 제1회 노신문학상 수상.

1999년 《한국일보》가 조사한 문인 100명이 뽑은 지난 100년 동안의 소설 중 '21세기에 남을 만한 10대 작품'에《태백산맥》이 선정됨.《출판저널》이 발표한 각 분야 지식인 100명이 뽑은 '21세기에도 빛날 20세기의 책들' 36종에도 오름.《한겨레 21》이 창간 5돌을 기념해 조사한 전국의 인문·사회 계열 교수 129명이 뽑은 '20세기 한국의 지성 150인'에 선정됨. MBC TV〈성공시대〉에 '소설가 조정래'가 70분 특집 방영됨.《조정래문학전집》전 9권 출간.(해냄출판사)《태백산맥》일어판 1·2권 출간.(집영사) 장편소설《불놀이》가 프랑스 유네스코에서 프랑스어로 번역 출간됨.(아르마탕 출판사) 소설집《유형의 땅》이 문예진흥원의 도움을 받아 불어판으로 출간됨.(아르마탕 출판사)《세계일보》가 발표한 출판인 50인이 뽑은 20세기 최고의 작가 2위에 작가 조정래가 선정됨.《중앙일보》가 발표한 20세기 명저 국내 20선에《태백산맥》이 선정됨. 역시《중앙일보》가 발표한 20세기 한국의 베스트셀러에《태백산맥》과《아리랑》이 동시에 오름. 한 작가의 두 작품이 동시에 선정된 것은 유일한 사례임.

2000년	《태백산맥》일어판 완간.(집영사) 9월 29일 《아리랑》의 발원지인 전북 김제에서 시민들의 이름으로 '조정래 대하소설 아리랑 문학비'가 건립되고, 제1호 명예시민증이 수여됨. 같은 날 10시 29분 첫 손자 재면이가 태어나 겹경사를 이룸.
2001년	〈어떤 솔거의 죽음〉이 그림을 곁들여 청소년 도서로 출간됨. 광주시 문화예술상 수상. 자랑스러운 보성인상 수상. 11월 《한강》제1부 〈격랑시대〉를 3권의 단행본으로 출간.(도서출판 해냄) 12월 제2부 〈유형시대〉를 3권의 단행본으로 출간.
2002년	1월 3일 총 1만 5000장의 《한강》을 3년 8개월 만에 집필 완료함. 1월 《한강》제3부 〈불신시대〉의 일부를 단행본으로 출간. 2월 나머지를 2권의 단행본으로 출간하여 전 10권을 완간함. 12월 등단 33년 만에 첫 번째 산문집 《누구나 홀로 선 나무》를 출간.(문학동네)
2003년	2월 온라인 서점 Yes24 회원이 선정한 2002년의 책에 《한강》이 남자 부문 1위, 여자 부문 2위를 차지함. 3월 만해대상 수상. 4월 제1회 동리문학상 수상. 5월 프랑스 아르마탕 출판사에서 《아리랑》전권이 완역됨. 유럽 지역에서 한국의 대하소설이 완간된 것은 최초의 사례임. 5월 16일 전북 김제시에서 '조정래 아리랑 문학관' 개관. 생존 작가의 문학관이 세워진 것 역시 최초의 일임. 7월 25일 《태백산맥》·《아리랑》·《한강》1권 기준 300쇄, 전체 총 2000쇄 발간 기념으로 각각 고급 양장본으로 출간함. 문학평론가이며 순천대학 교수인 한관수의 집필로 《태백산맥 문학 기행》(도서출판 해냄) 출간. 《실천문학》에 중편소설 〈안개의 열쇠〉를, 《문학사상》에 단편소설 〈수수께끼의 길〉을 발표.
2004년	4월 프랑스의 시인이며 극작가인 테르지앙이 《아리랑》을 각색한 희극집 《분노의 나날》(아르마탕 출판사)을 출간. 7월

성치수 시인이 희곡집 《분노의 나날》을 번역하여 《분노의 세월》(해냄 출판사)로 출간. 8월 《태백산맥》 프랑스어판 제1권이 한국문학번역원의 지원으로 출간됨.(아르마탕 출판사) 9월 《유형의 땅》 독일어판이 출간됨.(페퍼코른 출판사)

2005년　1월 1일 《문화일보》 신년 특집 〈광복 60돌 '한국을 빛낸 30인'〉에 선정됨. 《현대문학》에 단편소설 〈미로 더듬기〉 발표. 4월 1일 서울지방검찰청에서 《태백산맥》 고소고발 사건에 대해 11년 만에 '무혐의' 결정을 내림. 5월 말 순천시에서 '조정래 길'(낙안 구기—승주 죽림까지) 지표석 개막식을 개최. 6월 말 포털 사이트 네이버와 인터넷 서점 Yes24가 조사한 '네티즌 추천 한국 대표작가—노벨문학상 후보를 추천해 주세요'에서 네티즌 6만 명에 참여해 조정래를 1위(2만 7800표)로, '한국인에게 큰 감동을 준 작품'으로 《태백산맥》을 1위(2만 1539표)로 선정함. 8월 《불놀이》 독일어판이 출간됨.(페퍼코른 출판사) 인천시립극단에서 광복 60주년 기념 특별 공연으로 《아리랑》이 상연됨.(8월 13~21일) 8월 《태백산맥》 프랑스어판 제3권 출간.

2006년　《실천문학》 봄호에 장편소설 《인간연습》을 제1회 분재. 3월 《태백산맥》 프랑스어판 제4권 출간. 4월 〈미로 더듬기〉로 현대불교문학상 수상. 《실천문학》 여름호에 장편소설 《인간 연습》 분재 완료. 6월 말 장편소설 《인간연습》 단행본으로 출간. 《문학동네》 겨울호에 장편소설 《오 하느님》을 제1회 분재.

한국문학대표작선집 [27]

황토 외

초판 1쇄 | 2007년 1월 5일
초판 2쇄 | 2010년 1월 7일

지은이 | 조정래
펴낸이 | 임대현
펴낸곳 | 문학사상사
주소 | 서울특별시 송파구 오금동 91번지(138-858)
등록 | 1973년 3월 21일 제1-137호

편집부 | 3401-8543~4
영업부 | 3401-8540~2
팩시밀리 | 3401-8741~2
한글도메인주소 | 문학사상
홈페이지 | www.munsa.co.kr
이메일 | munsa@munsa.co.kr
지로계좌 | 3006111

* 잘못 만들어진 책은 구입하신 서점이나 본사에서 바꾸어 드립니다.
* 값은 표지 뒷면에 표시되어 있습니다.

ISBN 89-7012-774-7 03810